Der Baum !!!!!!!

AF199843

Ich bin jetzt 200 Jahre alt, ich habe heute Geburtstag, und jetzt
ist die Zeit gekommen mal was auszuplaudern, zu erzählen,
kundzutun, Geschichten, Anekdoten, heiteres, ernstes, Dinge die
das Leben schreibt, Dinge die normal, unfassbar, abartig, schön,
liebenswert, lebenswert, vom Menschen, vom Leben, vom
dasein, Krieg, Feste, Feiern, Geburtstage, Geburten, Tod, all jene
Dinge die sich hinter verschlossenen Türen, hinter Türen die
geschlossen werden und wieder geöffnet, und was in der Zeit
von öffnen zum schließen und wieder öffnen und wieder
schließen passieren und eigentlich nicht nach außen dringen
sollten! Geheimnisse, kranke Fantasien , Alltägliches, Banales,
Schönes, und all das was zum Leben, leben und lieben, streiten
und hassen gehört, von all dem werde ich heute berichten !!! Im
Herbst ,bei einem tosenden ,erschreckenden, stürmischen
Gewitter viel ich , eine Eichel von den riesigen Verzweigungen
der riesigen wunderschönen, anmutigen, ja fast majestätisch
anzuschauenden Eiche zu Boden in den durch platzenden Regen
aufgeweichten Waldboden wo mich sofort eine orkanartige
Windbö gezielt erfasste ,Windbö für Windbö aneinander
gereiht ,wie an einer endlos langen Perlenkette flog ich , rollte
ich , schlitterte ich ,Sekunde für Sekunde , Minute für Minute,
Stunde für Stunde, Zentimeter für Zentimeter , Meter für Meter ,
Kilometer für Kilometer im zickzackkurz Richtung Westen von
der großen Eiche fort ! Nach vielen Stunden meiner
ungewollten, schnellen, stürmischen Reise lies der Wind endlich
und abrupt nach und wurde zu einem lauen , sanften, liebevollen
Lüftchen , und ich blieb zwischen einem graublauem, von der
Natur in hunderten von Jahren geschliffenen fast runden Stein
und einem Stück Gehölz eingeklemmt ruhig und friedlich
liegen ! Es begann dann recht bald der Winter , er kündigte sich
an, indem sich der erste Raureif so grau und pflaumig wie ein
Pelz, in den Morgenstunden auf mich nieder lies , aus Reif

wurde Schnee und aus Schnee wurde Eis , Eis so wunderschön bläulich und durchsichtig wie dickes Panzerglas ! Mit der etwas höher stehenden Sonne und den erwärmenden Strahlen derer ihr entfleuchten, konnte man merken und erahnen das der Frühling vor der Tür stand ,es wurde von Tag zu Tag wärmer , wohliger, lauer und ich die Eichel öffnete mich und fühlte wie eine Wurzel aus mir in den sandigen nahrhaften Boden eindrang und das Leben der Natur aus ihm saugte und mich zum Leben erweckte , und schon recht bald keimte das erste winzige Blättchen nach oben in Richtung Himmel und Sonne , es hatte begonnen, das Leben, mein Leben ! Zu Anfang erschien mir alles riesengroß, gerade zu mächtig, jedes Blatt, jedes Insekt, jedes Tier, jeder Stein, alles kam mir so unermäßlich und ungeheuer groß vor, und jeder kleine Regentropfen der vom grauen, düsteren Himmel viel, kam einem reißenden Wasserfall gleich und brachte mich mächtig zum beben! Aber im laufe der vielen Jahre wurde alles, auch das kleinste Detail im Verhälltniss zu mir immer kleiner und kleiner und kleiner, manches sogar ungeheuer winzig und bald nicht mehr real und exeztent! Und ich wuchs, und ich sah, und ich hörte, wie viele male sah ich, hörte ich, spürte ich den Frühling, den Sommer, den Herbst und den Winter ! Der Frühling, alles wird zum Leben erweckt, die Landschaft die mich umgab erstrahlte in den schönsten verschiedensten Grüntönen, Vögel in ihren unterschiedlichsten Arten, Formen, und Farben fingen an ein traumhaftes, schrilles Konzert zu pfeifen und zu zwitschern , die Sonne fing an alles lau zu erwärmen, die Tage wurden merklich länger, es machte immer den Anschein, das die ganze Welt neu zum Leben erweckt wurde ! Der Sommer mit der hoch stehenden Sonne, seiner sengenden Hitze, seiner Glut, wilden rasenden Regenstürzen und flammenden Gewittern, unzählige Libellen mit gläsernen Flügeln die ihr golden Feuer entzündeten, Tiere aller Arten die an schattenspendenden Orten, Plätzen, Büschen, Bäumen, nach etwas Abkühlung und Schutz suchten ! Der Herbst, der anfing die Sonne wieder zu senken, der die ersehnte Abkühlung brachte, die Winde taten sich zusammen und wurde zu tosenden Stürmen, zu Stürmen die die Welt erbeben läst und ließ! Vögel flogen wie Pfeilspitzen durch den mit weißen Wolken durchzogenen Himmel in Richtung Süden, Tiere sammelten Nahrung und bauten sich ihr Winterquatier, bereit für einen langen herholsammen Schlaf! Der Winter, es wurde still, teilweise eine Gespenstige Stille, Ruhe, alles war wunderschön in Weiß gehüllt die ganze Welt schien gedämpft, verpackt, die Luft so klar und rein, vom Himmel fielen gefrohrende Regentropfen in wunderschönen Formen wie ein leuchtender Kristallregen nieder und verzauberten die Welt in ein Märchen, ein Märchen in weiß ! Wie oft duftete es nach Frühling, Sommer, Herbst und Winter, wie oft? Unzählige Tage vergingen, die Schatten wanderten und die Zeit zog an mir still und leise vorbei! Und ich wuchs, und ich sah, und ich hörte immer weiter, meine Verzweigungen wurden zu einer großen prächtigen Krone, meine Blätter immer schöner und mein Stamm immer fester, immer breiter, immer dicker, immer höher, ich wurde zu einem riesigen Baum einem Baum den man anschaut, einem Baum der Schatten spendet, einem Baum der bei Regen Schutz bietet, zu einer riesigen, prächtigen, imposanten Eiche ! Irgendwann war es soweit, ich überragte alles neben mir, alles!! An dem Tag als es soweit war und ich alles überblicken konnte,duftete es nach Frühling, der süße angenehme Duft des Lebens war stark und intensiv zu spüren , ich stand auf einer großen Wiese, durchzogen von grasigen Wegen die ins nirgendwo zu führen schienen, bunte Blumenstreifen zierten die Wiese und Bienen mit surrenden Flügeln drangen begierig in die höhlungen der Blumen ein ! Etwas weiter von mir entfernt war ein kleines Tannenwäldchen,und in meiner nahen umgebung ein paar Birken mit ihren schön anzuschauenden weissen Stämmen , Richtung Westen viele Äcker, Kartoffeln, Mais, Weizen und dahinter lagen kleine Dörfer mit ihrem ländlichen Charm, Richtung Osten etwa 150 Meter von mir, ein kleiner See mit einem winzigen Kanal der in einen Fluss mündete, das Wasser das den See und auch Fluss füllte war tief Schwarz, dunkel, nicht schön anzusehen, nur wenn die Sonne tiefer stand und fast den Horizont erreicht hatte, legte sich ein wunderschöner Film wie aus Blattgold über den See und Fluss und im hellen Mondschein war dieser Film in Silbern getaucht ! Die Landschaft war nicht spektakulär, keine riesigen Berge, keine grünen Hügel, kein blaues Meer, nichts der gleichen eher flach und öde, aber eines war doch noch sehr erwähnenswert, interessant, und auch in gewisser Weise spektakulär, ich stand am Rande einer riesigen Stadt, genauer am westlichen Stadtrand !! In dieser Stadt pulsierte das Leben, überall Kalkhaufen, Ziegelsteine, Baugerüste,Staub, Stahl, Eisen, Holzbalken, Mauersteine, ein unendlich scheinendes Geflächt aus gepflasterten Strassen durchzogen diese riesige Stadt! Häuser in allen Formen und Variationen, große Fabriken, Plätze, wunderschön anzusehen ,Alleen, Kaufmannsläden in dem man alles mögliche zu seinem eigen machen konnte, Caffees, Nachtlokale, Tanzbars! Die ersten Filmtheater wurden errichtet, Schulen, Sportplätze und auf einem riesigen Feld wurde im Eiltempo mit viel Fleiß, Liebe und Akkoratesse ein Flughafen errichtet! Grüne Wälder und viele Seen durchzogen wie von Künstlerhand gemalt die gesamte Stadt und gaben ihr ein einzigartiges und besonderes Flair! An diesem lauen sonnigen Frühlingstag waren die Strassen mit vielen Menschen gefüllt, Menschen die den Tag genossen, in den Gartencaffees saßen Paare gut und elegant gekleidet die Damen hatten teilweise riesige Hüte auf ihren gut frisierten Köpfen, es gab Männer mit schwarzen Zylindern auf ihren Haupt die regelmäßig in ihren Hosen oder Fracktaschen nach ihren Taschenuhren griffen, sie heraus zogen und mit einen gekonnten Druck des Daumens den Deckel aufspringen ließen um dann einen flüchtigen Blick auf das Ziffernblatt zu werfen ! Die Gartencaffees und Strassen waren gut besucht und gefüllt, es war Samstagnachmittag! In einem dieser Gartencaffees saß ein Paar im mittlerem Alter mit guter Sicht auf die prächtige Allee, gut und elegant gekleidet, er ein Mann groß und mit guter Statur gerade einen Blick

4

auf seine goldene Taschenuhr werfend hob dann seinen Kopf und schaute seine Frau mit lieben aber doch scharfen gezieltem Blick in ihr feines hübsches Gesicht und sagte "Marlene meine Teuerste ich muß so langsamm nach der Rechnung verlangen, wir sind heute Abend mit Amtsrat Schneider und seiner entzückenden Frau in diesem neuen feinen Tanzlokal Blauer Engel verabredet, Amtsrat Schneider hat zu 2o Uhr einen Tisch bestellt, es wird wohl das ein oder andere Fläschchen Champagner fließen und ein gutes Mahl werden wir uns auch zu Munde führen" Sie " ja lieber Walter dann mach das mal, wenn ich so an den sehr dekadenten Abend heute denke, kann ich es kaum glauben das wir noch vor ganz wenigen Jahren einen Weltkrieg der 17 Millionen Menschen das Leben kostete verloren haben" Er "Marlene meine Gute rede nicht immer so, genieße lieber, das nennt man dann die goldenen 20ziger! Herr Ober die Rechnung bitte"!! Ein wildes Treiben herrschte in dieser Stadt, kein wildes durcheinander eher sehr wohl geordnet, alles hatte seine Bestimmung, alles hatte irgendwie seine Ordnung, alles hatte einen Sinn! Die Industrie hatte Hochkonjunktur, in den zahlreichen Fabriken dieser Stadt rauchten die Schornsteine, der Qualm des Geldes und des Wohlstandes zog langsam, leise und bedächtig in den Himmel, hinaus in die Welt! Morgens gingen Männer, Familienväter in Anzügen mit ihren Aktentaschen in dem das von ihren Frauen liebevoll hergerichtete Mittagsbrot lag zur Arbeit, Männer in Uniformen, Arbeitsanzügen mit Werzeugkisten in den Händen und unter den Armen gingen meist gut gelaunt und pfeifend durch die Strassen , Fuhrwerke mit ihren kräftigen Lastpferden vorn eingespannt rollten über die Pflastersteinstrassen und machten laute, nervende Geräuche, die aber niemanden zu stören schien und auch keiner missen wollte! Überfüllte Bäckereien und an allen Ecken stehende Zeitungsstände, wo man zugriff und mit schneller Hand das lose Kleingeld hinlegte, rundete das quirlige aber doch wohl geordnete und mit viel liebevollem Charme durchzogene Gesamtbild der Stadt ab! Am Abend wenn die Väter und Ehemänner von ihren Büro oder

5

auch schweißtreibenden Arbeiten nachhause kamen wurde gut gegessen und auch getrunken und so mancher Mann gönnte sich eine würzige, geschmackvolle, große Zigarre und in der freien Zeit an Samstagabenden oder auch Sonntags wurden Theater, Kinos und Revuen besucht und genossen alles schien gut alles war schön und nahezu perfekt!! Aber der Schein trog, diese Idylle schwankte, das Gute, das Schöne, das wunderbar angenehme und würdevolle Leben von Familien, Kindern, Frauen und Männern wurde an einem einzigen Tage in seinen Grundmauern erschüttert ja sogar zum einstürzen gebracht! Es war im Herbst, dunkle tiefschwarze Regenwolken die nur darauf warteten aufzubrechen und ihr Nass in Form von starken großen Regentropfen freizulassen und die lauen Sommerwinde hatten schon längst mit starken Herbststürmen getauscht, es war an einem Freitag, es war der schwarze Freitag, wahrlich ein schwarzer Tag! An diesem Tage veränderte sich auf einem Schlag, in minutenschnelle die heile Welt von Millionen Menschen! Dieser dunkle, furchtbare und furchterregende Tag brachte ein riesiges Unheil, eine Wirtschaftskrise von unübersehbaren, unvorstellbaren Aussmaß, eine Weltwirtschaftskrise, eine überdimensionale Geldblase aufgebaut aus Schulden, explodierte, zerschmetterte, wurde zerfetzt und in Milliarden kleinster Teilchen gerissen, ein Unheil, eine Katastrophe! Die Auswirkungen in der Stadt neben mir, waren nicht zu übersehen, der Rauch, der Qualm des Wohlstandes trat nicht mehr heraus, heraus aus den Schornsteinen der Fabriken, hinaus in den Himmel, Morgens sah man nicht mehr die fleißigen Arbeiter hin und her rennen und um Pünktlichkeit bemüht die Beine in die Hand nehmend! Die meisten großen Stahltore der Fabriken blieben geschlossen und die Arbeitslosigkeit stieg in ungeahnte Dimensionen, die ganze Stadt schien still zu stehen, Hunger, Armut, Elend und Leid machten sich breit! Die Familien lebten von der Hand in den Mund und ihre Hoffnungen vielen ins bodenlose zurück und es machte nicht den Anschein das da irgendwo eine Bremse im Verborgenen lag, es schien Hoffnungslos! Krankheiten breiteten sich aus, auf den Strassen an jeder Ecke standen Männer, Familienväter mit selbstgebastelten Pappschildern um den Hals gebunden, auf denen war zu lesen " Suche Arbeit" " nehme jede Arbeit egal welcher Art" " brauche dringend Arbeit, habe Hunger" Es herrschte ein Bild des Grauens, ein Bild der Armut und des Elends auf den dreckigen und herutergekommenden Strassen! So manch gestandene Mannsbilder waren der Lage nicht mehr Herr und dem Wahnsinn nahe und machten ihre Frauen und Kinder zu Witwen und Halbwaisen! Die Leierkastenmänner liefen wie eh und je mit ihren Drehorgeln von Hof zu Hof, drehten gekonnt die Kurbel im richtig wohldosiertem Tempo, und fröhliche Musik füllte die Innenhöfe, aber eines war doch anders als eh und je, wenn sie die Melodien beendet hatten machte es nicht mehr wie sonst plock,plock.......plock........plock,plock,plock....plock, wenn Mütter und Kinder kleine Münzen gut eingewickelt in Papier, aus dem Fenster zu Boden warfen, nein jetzt machte es nur noch mit viel Glück plock!!! Was war geschehen, was war nur los, hatte sich denn die ganze Welt umgedreht? Wenn nichts mehr zu helfen scheint, weder Liebe, Seele, Herz, noch Verstand, dann hilft der Teufel! Und der Teufel kam, er kam in Gestalt eines kleinen bösen Mannes! Auf einmal war er da, klein, schmächtig, strenger Seitenscheitel, winziger Schnautzbart, stechende Augen und ein Gesicht aus dem jeden Moment der Irrsinn heraus zu springen drohte! Er kam daher in affektierter aber würdevoller Haltung und fing an zu reden, er redete vor 5 Menschen, 10 Menschen, 30 Menschen, bald waren es hunderte dann tausende, für viele war es nur Verstiegenheit und Phantastereien, aber trotzdem hörten sie ihm zu!Wenn er seine Reden hielt dann aus vollster Seele mit vollem Einsatz, der Kopf rotierte hin und her, er wurde immer lauter, er gestikulierte, er schrie, er haute voller Eifer mit den Fäusten auf den Tisch, ja er zerriss sich förmlich und die Leute hörten ihm zu, es wurden immer mehr die ihm zuhörten, ja es wurden sogar Millionen, er war zur rechten Zeit am rechten Ort! Sein Aufstieg schien

nicht mehr zu stoppen, es wurde versucht, aber eher halbherzig, nicht mit dem nötigen Nachdruck denn es verlangt hätte um das Grauen abzuwenden , er hatte Verbündete aus aller höchsten Kreisen, er hatte Führsprecher, er hatte Beführworter, ja er hatte sogar Fans! Und so geschah es wie es geschehen mußte, der Tag kam, der kleine böse Mann war oben angekommen, ganz oben, und als er oben war wollte er viel er wollte sehr viel, er hatte Visionen, kranke Visionen, aber er hatte sie! Er wollte Stück für Stück die Welt erobern, ja er wollte die ganze Welt zu seinem eigen machen, er wollte die gottverdammte Welt! Und nebenbei gab es da noch ein kleines Völkchen das ihm zu wider war und das wollte er auf brutalster, abscheulichster Art und Weise ausrotten, bis auch der letzte Mensch dieses Volkes nicht mehr da war und qualvoll sterben musste, oh wie abscheulich! Eines Tages stand er hoch oben auf seinem Rednerpult, und er redete sich und Millionen in Trance, wie versteinert und doch in halber Extase und ihm gehörend standen tausende vor ihm, vor ihrem Führer und er schrie aus vollster Kehle, er schrie den Satz, voller Überzeugund und aus tiefstem Herzen schrie er diesen Satz, er schrie "wollt ihr den totalen Krieg?" Und die Menschen und die Massen und alle schrien wie aus einem Guss, wie aus einer Kehle wie aus einem Munde, wie aus einem Herzen, ja wie aus einem Körper - jaaaaaaaaaaaaaaaaaa-! Sie schrien "ja"!!!!!
Oh wie trüb und dunkel war es in seiner Seele? Es dauerte dann auch nicht mehr lang und die Armee des kleinen bösen Mannes marschierte voller Tatendrang und Inbrunst im Stechschritt über die Grenze ins Nachbarland ein! Der kleine böse Mann forderte das Schicksal zum Kampf heraus! ES WAR KRIEG! Sehr schnell und rasch bot sich ein Bild der Traurigkeit und der Trostlosigkeit, riesengroß wie eine Leinwand, eine Leinwand voll gemahlt mit Schmerz und Verlust, Männer standen vor ihren Haus und Wohnungseingängen, bereit sich von Frau und Kindern zu verabschieden und auf beiden Seiten gab es keine Gewissheit sich je wieder in die Augen zu schauen, sich irgendwann wieder voller Glück und

Freude in den Armen zu liegen, das war einfach weit weg und sehr ungewiss! Unzählige Tränen wurden vergossen, Angst und Schrecken konnte man überall wie Sonne und Wind spüren, Angst so stark und gewaltig das es die ganze Stadt auszufüllen schien! Frauen und Kinder waren ab jetzt zu meist auf sich alleine gestellt, und ihre Männer und Väter kämpften an allen Ecken und Fronten, bei Hitze, bei eisiger Kälte, bei Regen und Sonnenschein, bei Sturm und Schneegestöber und die Zeit verging in den Schützengräben bei Kugelhagel, Granatfeuer und Bombenfall mal schnell und hastig, mal langsam und lau und in den verzerrten Gesichtern der Männer sah man die blanke Angst, eine gespenstische, schmerzvolle Todesangst! Man konnte sie schon hören bevor man sie sah, die donnernden Motoren an denen sich die rotierenden Propeller befanden und augenblicke später sah man sie auch, die Bomber, sie machten einen höllischen Lärm wenn sie über meiner Krone in Richtung Stadt flogen, in der Stadt gingen dann die bis ins Mark stechenden Sirenen an, dann war Bombenalarm! Bombenalarm, oh wie oft hörten die Menschen in der Stadt diese furchtbare Sirene, und dann gab es immer das gleiche Bild, immer das gleiche Treiben, Frauen, Kinder und alte kranke Männer rannten wirr und in aller Eile kreuz und quer durch die Strassen um sich so schnell wie möglich in ihren Kellern oder Luftschutzbunkern in Sicherheit zu bringen! Da saßen sie dann zusammen gefercht und die blanke Angst stand ihnen in den weit aufgerissenen Augen und sie hörten und lauschten und zuckten zusammen wenn in der Nähe eine Bombe viel und es in den Kellern und Bunkern wackelte und der Lärm in den Ohren pochte und sie warteten geduldig bis der Luftangriff vorüber ging! Langsam, vorsichtig und mit dem unguten Gefühl den kläglichen Rest ihres Hab und Gutes verloren zu haben traten sie heraus auf die Strassen und sahen ein Bild der Zerstörung, der sinnlosen Zerstörung und wieder und   wieder waren Menschen noch ärmer als sie es vorher schon waren! Es bot sich dann ein furchtbares Bild, ein schrecklicher Anblick, ein tosendes Inferno, überall stiegen die gelb, orange,

9

roten Feuerschwalle hoch, hoch in den Himmel, Rauchschwaden durchzogen wie mit dem Stift gemalt die weissen Wolken und ließen sie grau bis schwarz erscheinen, überall zerstörte Strassen, zerstörte Häuser, es schien kein Stein mehr auf dem andere an seinem Platze zu liegen! Die einst wundervoll anzuschauende Stadt glich nach und nach von Angriff zu Angriff immer mehr einer steinernden Geröllwüste! Und zwischen all dem Elend dem Leid, dem Blut, den Leichen, der Zerstörung, liefen Männer in ihren braunen Uniformen bewaffnet mit Gewehren hektisch umher, sie rannten von Haus zu Haus und durchsuchten Raum für Raum und wenn sie dann wieder heraus traten, trieben sie Frauen, Kinder, Männer, vor sich her, Menschen mit aufgenähtem gelben Sternen auf ihren Brüsten und sie trieben sie wie eine Herde Tiere zum Bahnhof, Frauen und Männer wurden dann getrennt und sie wurden in Güterwagons wie Vieh gefercht, gedrückt, gepresst, getreten bis zwischen ihnen kein cm Platz mehr war, ohne Fenster ohne Luft standen sie förmlich zusammen gepresst und mit einer unvorstellbaren Angst wie eingeschweißt in ihren Köpfen, ja so standen sie da! Güterzug nach Güterzug rollte ein und wieder und wieder wurden die Menschen hinein gequetscht und es waren doch immer noch Menschen! Die Züge rollten los, Zug nach Zug rollte aus dem Bahnhof sie rollten, sie fuhren langsam und dann schneller, Meter für Meter in den Tod, Kilometer für Kilometer in den sicheren Tod, denn es waren die Todeszüge! Die Zeit schmolz langsam und schmerzvoll dahin, viele Tage vergingen, viele Vollmonde gingen auf und tauchten die Nächte in einen silbernen Glanz, die Baumkronen blüten schon, sie blüten in weiss und rot, auf den Wiesen waren schon die Blumen wie Teppische ausgebreitet, die Luft war lau und wohlig und die Sonne stand schon höher am Horizont! Es war Frühling, die Natur wurde wieder zum Leben erweckt und die Menschen in der Stadt waren weiter dem Tode geweiht! Von weitem sah ich Soldaten über die Äcker schreiten, 20 mögen es gewesen sein, sie liefen auf die Wiese zu und sangen Kameradenlieder,

10

aus voller Kehle, tief und angenehm als hätten sie es
Wochenlang geprobt, ihre Gesichter waren dreckverschmiert und
ausgezerrt! "30 min Pause" rief der Feldwebel klar, deutlich,
unmissverständlich! Die Soldaten ließen sich erschöpft auf der
Wiese nieder, zwei von ihnen setzten sich unter meiner
prächtigen Krone nieder und lehnten sich an meinem breiten,
festen, starken Stamm! Der eine, klein, schmächtig ja sogar
schon von zarter Statur, blonde Locken traten aus dem Stahlhelm
hervor und betonten sein feines sehr junges Gesicht, möge er 19-
20 jahre alt gewesen sein, der andere groß, kräftig, stechende
braune Augen, ein Blick zum fürchten und älter als der kleine,
etwa 25-30 jahre alt! "ich werde sterben, ich werde sterben"sagte
der kleine mit zitternder Stimme "hör auf, das sagst und denkst
du schon ewig, und sieh dich an, hier sitzt du immer noch" sagte
der große mit leicht gereizter Stimme! "du und deine große
Klappe immer, wie man hört steht der Feind schon vor allen
Toren, bereit uns fertig zu machen" "uns macht niemand fertig
wir sind so stark wie diese große Deutsche Eiche hier, der Führer
hat noch seine Geheimwaffe, du wirst schon sehen, sehr bald
schon wirst du es sehen" sagte der große mit voller Überzeugung
in seiner Stimme! "ich bin noch so jung, nicht einmal ein
Mädchen habe ich je geküsst, nicht einmal das, beinah hätte ich
es getan, Liese, sie war so klein und zart, wir haben als Kinder
schon zusammen gespielt, und später hat sie so richtig mein Herz
berührt, wir saßen auf der Bank bei uns im Park und wir hielten
uns schon bei den Händen, schauten uns tief in die Augen, in
meinem Bauch ging es auf und ab und ich wollte mit meinem
Munde ganz dicht zu ihrem Munde es war fast soweit, aber dann
kamen diese Soldaten und haben mich mitgenommen, mich in
eine Uniform gesteckt mir ein Gewehr gegeben und mich in den
Zug, in den Zug der zur Front fuhr gesetzt, ein Gewehr, was
sollte ich damit? ich wusste doch gar nicht was ich damit
anfangen soll und dann habe ich dich getroffen, du hast mir
gezeigt was man damit macht, oh Gott, ich habe Menschen
damit erschossen, umgebracht, tot gemacht, ich habe ihnen dabei
in die Augen sehen

müssen, ich zitterte am ganzen Körper, ein Blitz, ja wie ein Blitzeinschlag durchzuckte es meine Seele, aber der Selbsterhaltungstrieb machte es wohl möglich, und jetzt werde ich sterben, mein Gott ich werde sterben, ich will nicht sterben, ich habe doch noch kein Mädchen geküsst" Der große schaute ihn mit großen Augen an "du wirst nicht sterben ich passe doch wie immer auf dich auf und jetzt höre auf zu jammern" Der Feldwebel stand dann auf und schrie "Männer, Pause beendet, noch ca 2 Stunden Fussmarsch und wir sind im Quatier, los geht's" Die Männer rafften sich auf, müde verzerrt waren ihre Gesichter, sie nahmen ihr Marschgepäck und schulterten ihre Gewehre und liefen dem Feldwebel mit lethargischem Schritt hinterher! Plötzlich kamen aus dem Tannenwäldchen zwei Soldaten heraus gerannt, ihre Gesichter hochrot, der Schweiss rinnte ihnen die Stirn und Schläfe entlang, aber in ihren Augen konnte man das reine Glück herausspringen sehen, einen Ausdruck im Gesicht den man lange nicht mehr gesehen hatte, sehr lange nicht mehr in dem vor Angst, Leid und Schmerz verstellten Gesichtern der Menschen! "Kapitulation", schrien sie und waren völlig außer sich!" der Krieg ist aus, er ist vorbei" "Wie kommt ihr darauf? Woher wollt ihr das Wissen?" fragte der Feldwebel mit mißtrauischem Gesichtsausdruck "unsere Einheit ist gleich dort" er zeigte mit dem Finger in Richtung Norden "gleich dort etwa 30 Minuten von hier, 300 Soldaten sind wir auf dem Weg zum Hauptquartier, da hats unseren Funker angeklingelt und der hats unseren Leutnant gegeben, und der hat es dann gesagt, wir haben getanzt vor lauter Freude, es ist vorbei, aus, Ende" sagte der eine der beiden Soldaten völlig aufgeregt! " wer hat kapituliert? Wer?" fragte der große "Wir" antwortete der Soldat, der große reckte seine Arme und seinen Kopf nach oben zum Himmel und schrie "Nein, Nein, Warum, Wieso? Was soll das? Wir hätten sie doch alle noch fertig gemacht, ich hätte sie alleine fertig gemacht, diese Bastarde, einen nach dem anderen hätte ich eigenhändig abgemurkst, mit meinen Händen hätte ich sie alle erwürgt, alle, jeden einzelnen von diesen

Bastarden, Waaaarum?" Der kleine sah ihn mit glücklichen Augen an und sagte "ja ich glaube es dir du riesen Hornochse, aber freue dich doch der Krieg ist aus er ist vorbei, ich werde doch noch ein Mädchen küssen, ich werde es bald tun, ich werde vieles tun, sehr vieles und ich freue mich so darauf, ja ich werde leben, ja Leben!" "lass mich" sagte der große mit gesenktem Kopf und trat voller Wut und Zorn gegen eine Tanne "lasst mich bloß alle" Die Männer gingen, ja sie tanzten schon mehr voller Freude in den Tannenwald hinein und man konnte noch hören wie sie glücklich, ja sogar völlig außer sich ein Liedchen sangen! Zur selben Zeit oben in der Luft, eine Bomberstaffel auf dem Anflug zur Stadt, bereit, jeder einzelne von ihnen von den todbringenden Piloten bereit die Stadt zu bombardieren, die Sicherungen für den Bombenabwurfschalter schon entriegelt! Im Bomber 42 saß Pilot Smith, er entriegelte gerade die Sicherung, versunken in seinen Gedanken, schon als kleiner Junge wollte er fliegen, alleine am Steuer sitzen, ganz alleine, seine ganze Jugend hat er daraufhin gearbeitet Pilot zu werden, er hat alles dafür gegeben und ging dann mit genau diesem in seinem Kopf tief verankertem Ziel zur Armee und er schafte es auch, er selbst hat nie daran gezweifelt, zu stark, zu groß war sein Wille, zu groß seine Sehnsucht, aber niemals hatte er darüber nachgedacht Bomben abzuwerfen, zu zerstören, zu töten und beim ersten Flug über die Stadt, als das Komando zum Bombenabwurf kam mußte er sich zwingen, er sträubte sich mit jeder Faser seines Körpers dagegen und als er den schrecklichen roten Knopf gerdückt hatte überrollte ihn eine Welle des Grauens vom Scheitel bis zur Sohle, ganz tief spürte er den Ekel, den Ekel vor sich selbst und er mußte sich übergeben, wieder und wieder und das schlechte Gewissen war da, Tag für Tag, tief verwurzelt in seiner Seele! Er dachte gerade an seinen kleinen Sohn und an seine wunderschöne Frau, werde ich sie je wiedersehen? Es kam wieder die schon üblich gewordene Angst in ihm hoch, die Todesangst die ihm jedes Mal, bei jedem Einsatz bis fast zum wahnsinn quälte,

13

und der Angstschweiss kroch ihm langsam und unaufhaltsam aus allen Poren, werde ich jemals wieder frei, ungezwungen, und mit gutem Gewissen, ohne Reue ohne mich selbst zu hassen leben können, leben und geniessen, leben und lieben, werde ich das jemals wieder können? Genau in dem Moment als er in seinen Gedanken vertieft war, kam sie über Funk auf seine Kopfhörer, die Meldung! "Achtung an Bomberstaffel,Achtung an Bomberstaffel, der Feind hat kapituliert, der Feind hat kapituliert, keine Bomben abwerfen, bitte keine Bomben abwerfen, unverzüglich abdrehen, sofort abdrehen und zum Landeplatz zurück fliegen, der Krieg ist aus, vorbei, keine Bomben, abdrehen und zurück , der Krieg ist beendet !! Pilot Smith konnte kaum glauben was er da gerade hörte, ein unvorstellbares Glücksgefühl stieg in im auf und er fing an bis über beide Ohren zu grinsen, er riss beide Arme hoch, er ließ das Steuer los und klatschte voller Freude in seine schweissnassen Hände, es schossen ihm sofort Gedanken in seinen Kopf und er sah seine Frau und seinen Sohn vor seinen leuchtenden Augen umherschwirren, gerade so als seien sie mit ihm in dem Cokpit, er jubelte weiter und schrie laut, er schrie aus vollster Kraft, aus voller Kehle und sah dabei den von ihm verhassten roten Knopf an und er schrie nie wieder werde ich auf ihn drücken müssen um eine Bombe abzuwerfen, nie wieder, er holte weit aus und voller Wut schlug er auf ihn ein, in dem Moment huschte ihm ein Gedanke wie ein Blitz durch den Kopf, oh mein Gott ich hatte den Knopf doch schon entriegelt, oh nein oh nein, was habe ich da nur getan?Unten am Boden des Bombers ging die Klappe auf und 200 kg Stahl sausten herunter, wie ein Pfeil schien sie die laue Luft zu durchschneiden und sie raste genau auf den Tannenwald zu genau auf die Soldaten, die das sahen und sich schnell zu Boden warfen, oben in der Luft konnte Smith das genau mit ansehen und er riss weit die Augen auf, ohne Gedanken im Kopf, es war Leere und Trostlosikeit in ihm, er war nur noch eine Hülle und kein Körper mehr, er erstarrte und ging sofort in den Sturzflug!

Mit einem Donnerknall schlug die Bombe im Tannenwäldchen ein und kurze Zeit später krachte es im Kartoffelacker und der Bomber zerschellte in 1000 Einzelteile wie bei einem herunter gefallenden Glass flogen Splitter in allen Richtungen! Der Tannenwald ging sofort in Flammen auf und es war ein riesiger Krater zu sehen in dem die Soldaten wild verstreut lagen, ein Anblick des Grauens trat hervor überall Blut und Leichen, und der blonde kleine lag auf dem Rücken, der Leib von oben bis unten aufgeplatzt, die Eingeweide krochen langsam heraus und das Blut lief in Stömen aus ihm, und bildete schon eine große Pfütze die bis zum großen reichte der neben ihm lag, er lag da mit zerfetztem Schädel, seine Beine waren so stark verdreht und man hätte denken können das sie nicht zu diesem Körper gehörten und sein rechter Arm war abgerissen und lag über seinem Kopf, man sah die Sehnen und die einzelnen Venen aus denen das Blut in regelmäßigen Stößen heraus schoß, es war ein starker Arm ein kräftiger Arm und an seiner Hand zuckten noch alle fünf Finger, beinah so als ob sie den Krieg noch ganz alleine gewinnen möchte! Das war die letzte Bombe die in diesem furchterregenden, bösen, brutalen, schlimmen Krieg, der 65 Millionen Menschenleben forderte, vom Himmel fiel!Es braute sich dann sofort ein mächtiges Gewitter zusammen, tief schwarze Wolken trafen aus allen Richtungen aneinander und es fing an zu regnen, wie aus Eimern gegossen, fast in einem Strahl plätscherte es zur Erde hinab, ganz langsam und bedächtig wurden die lodernen Flammen im Tannenwald gelöscht! Eines wusste ich jetzt ganz genau, im Krieg wird, gesungen, geredet, gehungert, geweint, gekämpft, geschossen, gebombt, und gestorben !!!!!!!! Die ganze Welt drehte sich dann trotz allem weiter, oben war noch der Nordpol und unten der Südpol, wie immer links herum gegen den Uhrzeigersinn, wie von einem riesengroßen unsichtbarem Finger ständig, leicht und sanft angestupst!Und nach einer anfänglichen, ungeheuren Euphorie und Glücksgefühlewelle die die Menschen überrollte wie ein riesiger rosaroter Ball, kam dann doch danach die Ernüchterung und sie sahen das

15

wirkliche, das Reale, das Jetzt ! Sie sahen eine völligzerstörte Stadt und sie fühlten Verlust und Demütigung, mit gesenkten Köpfen und tief in ihren Herzen verletzt liefen sie durch die Trümmerstadt und dachten, was habe ich getan, was hatte ich damit zu tun? Ernüchterung verfälschte und verblaßte die gewohnten Gefühle und Freuden, die Gärten waren ohne Duft, die Wälder lockten nicht mehr, die Welt stand um sie herum wie ein Ausverkauf alter Sachen, fad und reizlos, die Bücher waren Papier und Musik nur ein Geräusch, Regen rinnte an ihnen herab, Sonne durchflutete ihre Körper, und Frost ließ sie frieren und erzittern, aber sie merkten es nicht, sie standen ruhig, still und leise umher und warteten, sie warteten auf Veränderung auf einen Ruck, auf ein Wunder? Die Menschen erholten sich rasch, es bedurfte kein Wunder, nur Menschen, Menschen die ihr Haupt wieder hoch nach oben trugen, die gierig nach Leben, Luft, Duft, schmecken, fühlen, riechen, sehen, hören, sprechen waren, Menschen die aus Papier wieder Bücher machten, aus Geräusche wieder Musik in ihren Ohren erkannten und erklingen ließen! Es ging dann rasend schnell, man konnte meinen die Menschen hatten es eilig um keine doch so kostbare Zeit zu verlieren, sie räumten auf, sie bauten auf, Stein auf Stein ließen sie voller Tatendrang eingestürzte Mauerwerke im neuen Glanz erstrahlen, wie Ameisenkollonien zogen sie wohl geordnet und gut organisiert Tag für Tag durch die Stadt, nach allen Richtungen schwirrten sie aus und durchzogen wie kleine Äderchen die ganze Landschaft! Es pulsierte an allen Ecken und Enden, man musste auf der Hut sein, ja aufmerksam musste man sein um auch nichts zu verpassen dort und hier und überall, die Stadt wuchs und wuchs in alle Richtungen, an allen Tagen, in allen Monaten, und besonders in Jahren wurde sie immer moderner und futuristischer anzusehen, die Pflastersteine auf den Strassen mussten schon längst Asphalt und Teer weichen, Pferdefuhrwerke gab es schon lange nicht mehr, sie wurden durch Autos und Lastwagen ersetzt, immer mehr und mehr man hätte fast denken können das sie in Strömen vom Himmel fielen, sie verstopften die Strassen und machten ein Höllenlärm und die Strassen wurden immer breiter um der Sache Herr zu werden! Riesige Betonsiedlungen für tausende von Menschen wurden hochgezogen, nicht schön anzusehen aber praktisch, es wurden mehrere dieser Betonwüsten gebaut, man musste die vielen Menschen unterbringen, die Menschen die dieser Stadt ihr Leben und ihren Flair gaben, es wurden Millionen! Prächtige Glaspaläste wurden gebaut die in der Abendsonne überall wie Bleikristall funkelten, ganze Plätze gab es davon überall konnte man sie sehen, Häuser die bis in den Himmel zu ragen schienen mal hier , mal da, wie kleine Farbtupfer auf einem Gemälde stachen sie heraus! Aus der Stadt wurde im laufe der Zeit im laufe der Jahre eine pulsierende Metropole, eine Metropole in der sich Millionen umher tummelten, es wurden Feste gefeiert, Feste aller Art, kleine, große, riesige, bunte , bizarre, laute, besinnliche, schöne, weniger schöne, es war alles dabei und es wurde sogar Geschichte ja Weltgeschichte hier an diesem Ort geschrieben! Aber es gab sie immer noch, die grünen Wälder, die schimmernden Seen, die romantischen Parks, die Flüsse, all diese schönen von der Natur uns dargereichten Dinge blieben meist und größtenteils unangetastet und machten diese mächtige Metropole zu etwas besonderem, nahezu einzigartig und würdevoll! Es war wohl die uralte Spekulation auf Natur und Barmherzigkeit die das möglich machte! Man konnte sich wohlfühlen, musste es aber nicht, für jeden war und wurde etwas geboten, ob Frau, Mann oder Kind sämtliche Bedürfnisse wurden gestillt, normale, seichte, feine, ruhige, auch abnormale, bizarre, schlechte und böse, es gab alles wenn man nur wusste wie und wo! Eigentlich liebte ich die leisen, stillen, sanften Geräusche der Natur, ich lauschte ihnen mit Wonne, aber die lauten Töne des Lebens kamen im laufe der Zeit immer näher, der Gürtel aus Stahl, Beton, Glass, Strassen, Autos und vielen Menschen zog sich langsam und erdrückend wie ein riesiges Korsett um mich herum zu! Nach und nach kamen Männer in Anzügen ja meist gut gekleidet, auch Frauen in Kostümen, sie hatten alle berge von Schriften dabei und sie begutachteten alles um mich herum, sie machten Zeichnungen und schrieben unermüdlich und mit vollem Eifer in ihren Schriften, Büchern, Ordner hinein, sie diskutierten, manchmal stritten sie auch und alle gaben peinlich genau darauf acht, das in ihren Gesichter bei den hitzigen Gesprächen immer der Ausdruck vom allwissenden klar und deutlich zu erkennen war! Dann wurde es wieder still, die Ruhe und Einsamkeit der Natur beherrschte wieder in ihrer vollen Schönheit und Pracht das um mich herum, aber nur für kurze Zeit, dann kamen sie, die Männer die Maß nahmen es wurde gemessen, es wurde vermessen, aufgemessen, abgemessen, zugemessen, untergemessen, übergemessen, und des öffteren auch vermessen, was immer riesige nicht mehr aufzuhörende Wortgefechte und Diskusionen nach sich führte, aber nach mehrmaligem nachmessen gab es doch immer einen eindeutigen Gewinner, dessen Gesicht nach solch einem Sieg immer des eines antiken Helden glich und dessen ganzer Stolz jeden Moment aus seinen leuchtenden Augen heraus zu springen drohte! Kurze Zeit später wurde alles markiert, Holzpflöcke wurden in den Boden gerammt und alles mit Rot-Weißem Band umspannt, ein undurchsichtiges Geflächt und ein kaum zu überschauendes Wirrwarr aus Rot-Weißem Band durchzog großflächig die Landschaft um mich herum, dass Wirrwarr und Geflächt ging sogar rechts und links am See vorbei und vereinnahmte ihn ganz und gar! Was ist hier los? Was wird hier geschehen? Was passiert hier nur? Eines war sicher hier wird gebaut, was Großes wird hier gebaut, aber was? Der Gürtel, das riesige Korsett, zog sich unaufhaltsam und gnadenlos Stück für Stück zusammen, ich merkte es, ich spürte es und ich wusste es, werde ich ihm, dem Gürtel zum Opfer fallen? Wird mein doch so langes Leben ausgelöscht? Nach allem was ich gesehen, gehört und auch gespürt und erlebt habe, nach all dem! Werde ich umgeholzt? Werde ich gefällt????? Die erste Nacht nahm ich seit längerem mal wieder so richtig war, ein riesiger Vollmond ging auf und in seinem Silber schweigendem Schein schien die Welt so friedlich und vollkommen, am Himmel standen Haufenwolken freundlich aufgetürmt wie Eiscremkugeln, und darüber die zarten Ranken der kleinen Federwolken, langsam, ruhig, und bedächtig zogen sie durch den Himmel und verdeckten mal kurz, mal lang den hellen Schein des Mondes, Milliarden Sterne wie glitzerne Diamantsplitter verteilten sich unregelmäßig von Horizont zu Horizont und die dunklen Schatten meiner Verzweigungen verstreuten sich in allen möglichen Figuren und gespenstisch anzuschauenden Formen unten am Boden! Es war eine stille Nacht, ganz ruhig und friedlich schien alles, ein Geräusch mal hier mal da alles wie immer und wie es sein sollte, dann färbte sich der Himmel blutrot, die Sonne der große heisse Gasballon trat am Horizont hervor und läutete mit hellem Licht einen neuen Tag ein! Ich war aufs höchste darauf gespannt was passieren wird, aber es blieb still, noch zwei mal ging der Mond auf und wieder unter, die Sonne auf und wieder unter, und am dritten Tag in der Frühe, es war alles noch im nächtlichem Glanz getaucht, ruhig und friedlich war es noch so früh am Morgen! Als der Boden unter mir anfing sich zu erzittern und laute Geräusche Meter für Meter näher zu kommen drohten! Dann bebte der Boden, und der Lärm, der ohrenbetäubende Krach fraß sich schrill, nervig und unaufhaltsam in meine Richtung durch, im nu kam er näher und wurde immer lauter und dröhnender, dann sah ich es, tausende Kilo, ja Tonnen aus Stahl rollten auf mich zu und machten den schönen Morgen zu einem furchterregenden Ereignis! Bauwagen rollten an, Toiletten aus Plastik wurden aufgestellt, Bauarbeiter aus allen Himmelsrichtungen fielen über das große weitläufige Areal wie blutrünstige Piranhas über ein Stück Fleisch her! Starke kräftige Männer im Einklang mit ihren tonnenschweren Maschinen fingen an wie furchtlose Krieger umher zu wüten, laut in ihrer Sprache, mit Stolz in ihren Gesichtern und Zielstrebigkeit in den Augen, sie rissen die alten Birken samt ihren feinen Wurzeln aus dem Boden, ein Anblick der einem bis ins Mark erschüttern konnte, überall wurde gebaggert, geschaufelt, gefurcht, gegraben, gewälzt und ausgehoben! Wann? Ja wann nur werden sie mich aus dem Boden reißen? Aber kurze Zeit später wurde ein neuer, glänzender, schön anzuschauender Bauwagen direkt neben mich abgestellt, ja sogar geparkt, fest verankert und ein riesiges undurchschaubares Kabelgewirr an ihm angeschlossen, so stand er nun da und meine zärtliche runde Krone spendete ihm Schatten und schützte ihn vor der Sonne, was die Vermutung doch sehr nahe legte das ich überlebe, nicht rausgerissen werde und dem Schauspiel des Lebens weiter mit meiner ganzen Aufmerksamkeit und Neugier beiwohnen durfte! An dem Bauwagen wurde dann ein großes Schild angebracht auf dem zu lesen stand- Architekt/Bauleitung- Dr.Werner Keßler/Markus Müller! Zwei Männer liefen der Wiese entlang, genau auf den Bauwagen zu, sie unterhielten sich angeregt und intensiv wärend ihre Beine sie schnell und zielstrebig voran trugen, unter ihren Armen waren Aktenordner eingeklemmt und in ihren Händen hielten sie Zeichnungen, sie traten in den Bauwagen ein und setzten sich an einen großen breiten Tisch, sie rollten ihre Zeichnungen darauf aus und sahen sich gegenseitig mit scharfen und gezielten Blicken in ihre Augen! Bauleiter Markus Müller war ein Mann von Großer schlanker Statur, sein dunkles Haar trug er bis auf die breiten Schultern hängend und strich sie ständig mit den Zeigefingern hinter die Ohren, er war beliebt in der großen Baufirma, er war stets nett und fair und er konnte auch selbst mit anpacken wenn es notwendig war, man konnte es an seinen abgearbeiteten Händen sehr leicht erkennen, Kollegen die ihn länger und gut kannten nannten ihn leicht ironisch aber voller Respekt MundMs was den etwa 45 jährigen Mann nicht zu stören schien! Architekt Dr.Werner Keßler war ein kleiner leicht rundlicher Mann mit grauem kurz geschorenem Haar, sein Gesicht hatte immer einen leicht angespannten Ausdruck und er schaute immer etwas finster drein, aus seinen grauen Augen schien das pure Intellekt heraus zu springen, er trug einen edelen schwarzen Anzug dem man sofort ansah das es ihn nicht irgendwo von der Stange zu kaufen gab, und wenn der etwa 55 jährige Mann anfing zu reden, hieß es gut zu hören, denn seine Worte schossen so schnell aus seinem schmalen Mund heraus, wie Projektile aus einem Schnellfeuergewehr, Keßler war ein im höchstem Maaße angesehener Architekt der schon mehrfach mit Preisen ausgezeichnet wurde unter anderem dem BDA den er zweimal hintereinander erhielt, er war bekannt dafür unmögliches möglich zu machen und schien immer für alle Probleme eine angemessene Lösung zu finden, er hatte so seine Eigenheiten und Wiederspruch schien ihm immer und überall unangemessen und des öffteren warf er dem Widersprecher einen geringschätzigen Blick zu, sein Wort war das Gesetz! Soviel war mal sicher Bauleiter Müller war das alles bekannt, sie kannten sich sehr gut, sie haben schon sehr oft miteinander gearbeitet, und beide zusammen versuchten immer und auch stehts mit Erfolg aus Keßlers Vorstellungen ein lebendiges Bild zu machen! "Wir sehen uns wie besprochen Montags um 10 Uhr in meinem Büro zur Baubesprechung und jeden Donnerstag werde ich hier vor Ort sein, die Besprechung halten wir dann hier im Wagen ab, ich hoffe auf gute Zusammenarbeit Herr Müller, aber wird schon gut gehen wie immer, bei Fragen bitte ich Sie mich anzurufen, wir halten uns an das Besprochene denn wir wissen ja beide wer der Bauherr ist" Für diese Worte brauchte Keßler keine 10 Sekunden! Müllers Gesicht verzog sich zu einem leichten Grinsen und er musste breit lächeln "sagen wir doch lieber "Bauherrin" oder haben sie Ihn bei irgendeiner Besprechung oder einem Treffen je gesehen?" "he-he-he sie haben recht Müller hab ich nicht, aber egal, uns soll es recht sein, er zahlt die die Zeche he-he-he eine recht hohe Zeche he-he-he, aber egal was geht es uns an, lassen sie uns professionell bleiben he-he-he Entschuldigung ich entgleise he-he-he" "kein Problem Herr Keßler, schön sie mal lachen zu sehen" "gut Herr Müller ich sehe sie dann Donnerstag hier vor Ort und ich nehme an hören werde ich sie wohl schon vorher! Bauherrin he-he-he ! Bis dann" er stand auf und mit einem breitem Grinsen in seinem meist doch sonst so ernstem Gesicht trat er aus den Bauwagen heraus und

21

schloss die Tür mit einem festen Ruck und man konnte noch kurz ein he-he-he hören! Bauleiter Müller wusste nur zu genau was auf ihn in der nächsten Zeit zukommen würde, er machte sich erst einmal einen Kaffee, er nahm eine Kapsel aus der Verpackung und schob sie in die Maschine hinein, dann stellte er seine Lieblingstasse darunter, weiß mit einem Foto von seiner Frau und seinen Jungs, Zwillinge 10 Jahre alt, er drückte auf den Knopf , setzte sich auf einen der Stühle, lehnte sich entspannt nach hinten, streckte die Beine aus, nahm sich eine Zigarette aus der roten Schachtel, zündete sie an, nahm ein schluck Kaffee, zog genüsslich an der Zigarette, stieß den Rauch aus, machte die Augen kurz zu, "ha-ha-ha Bauherrin"! Es ging los überall an jeder Ecke in jedem Winkel des riesigen Areals wurde gearbeitet, da wurde gegraben, dort wurde betoniert, hier gezimmert, da hinten gemauert, links geteert, rechts verglasst, in der mitte gefliest, überall Kabel gezogen, ringsum eingezäunt, hier und dort etwas ausgehoben, unzählige Rohre verlegt, gelötet und vergraben, Teile geformt, an einigen Stücken gemeißelt, gesägt, feinster italienischer Marmor gelegt, Eisen geflochten, wunderschön zierend bleiverglast, zu geziegelt, gepflanzt, gesät, es wurde Kaffe getrunken, Bier getrunken, geredet, diskutiert, gestritten, geschrien, vertragen, versöhnt und verbrüdert! Es war ein Wirrwarr, es herrschte Chaos, das Spektakel was sich jeden Tag dann abspielte, schien undurchschaulich zu sein und aus allen Winkeln, Ecken und Seiten, ja von überall her bildeten sich Fäden, Stricke, Seile die sich vor dem glänzenden Bauwagen zu einem reissenden Strom zusammen taten und verschmolzen, um dann an der Tür zu enden! Der Bauwagen von Bauleiter Müller schien der Nabel der Welt zu sein, das pulsierende Herz, das ganze Leben und Sein der Baustelle, alles, so hätte man denken können nahm hier seinen Anfang und sein Ende! Alle wollten ständig und zu jeder Zeit, war sie auch noch so unangebracht, eine Auskunft, hatten eine Frage, wollten reden, brauchten Bestätigung, oder ein ja oft auch ein nein! Zeitweise waren die Nerven von Müller zum zerbersten gespannt. Aber er blieb immer ruhig und der Sache dienlich, er war einfach ein Profi, er war einfach gut, aber wenn er spät am Abend in sein Bett fiel und die Augen schloss, dachte er manchmal darüber nach ob 6000-7000 Euro im Monat der ganzen Sache wert sei? Die Antwort darauf war immer die gleiche "ja" Nach 4610 beantworteten Fragen, 3312 Telefonaten, 2640 wohl durchdachten Entscheidungen, 1760 gut überlegten Bestellungen, 901 Ärgerlichen Reklamationen, 692 hastig getrunkenen Tassen Kaffee, 452 zu Fuß zurückgelegten Kilometern auf der Baustelle, 312 mal schweren mal weniger schweren Arbeitsunfällen, 19 Entlassungen, 9 Neueinstellungen und einem dramatischen Todesfall, war das Werk vollbracht, der Bau war fertig gestellt, es war in seiner ganzen Pracht und Schönheit vollendet! Hier und dort wurden noch ein paar letzte feine und gut sortierte Handgriffe angelegt, aufgeräumt, geputzt und peinlich genau sauber gemacht, die Tonnen schweren Giganten hatten schon nach und nach das riesige Areal mit einem tosenden Krach verlassen und zu guter letzt wurde noch der Nabel der Welt, das Herz, die Seele abgeholt, der Bauwagen von Keßler und Müller wurde aus meinem Schatten rausgezogen und man hätte denken können das sich der eigentlich tote Gegenstand dagegen zu wehren vermochte, so als ob doch Leben in ihm steckte, kurze Zeit später war auch er entfernt worden, ich werde in der Nacht sein leichtes Knirschen und Quietschen im Wind vermissen! Die Nacht war lau und still, eine leichte Brise nur durchzog sanft und zärtlich meine Krone und entlockte ihr ein ganz stilles rascheln meiner doch schon sehr giftig grünen Blätter! Die Sonne war schon aufgegangen und sie hatte schon zwischen dem Horizont und ihr selbst etwas Platz gelassen, ein herrlich milder Sommertag schien seinen Lauf zu nehmen als ich plötzlich auf der neu erbauten Strasse eine schwarze Limousine auf dem schwarzen Asphalt in ruhiger fahrt sah, sie hielt vor dem Tor das ins Areal führte, drinnen saßen Dr.Keßler und Bauleiter Müller, sie unterhielten sich angeregt und richteten dann ihre Augen und angespannten Gesichter geradeaus direkt auf das Tor zu, Müller hielt eine Fernbedienung in der rechten Hand auf der er einen roten Knopf drückte, in diesem Moment öffneten sich zwei riesige etwa 5 Meter hohe schwarz-goldene von Hand geschmiedete Stahltore indem sie sich nach rechts oder links verschoben, an den Toren grenzte ein nicht enden wollender schwarz-goldener mit viel Liebe zum Detail geschmiedeter 2,5 Meter hoher Zaun der das komplette Anwesen umspannte! Die Limousine fuhr langsam herein, auf einem breiten Weg, der ganz leicht nur mit hellblauem Rollsplitt versehen war und in der Morgensonne wie ein Wasserlauf auszusehen schien, ihre Blicke richteten sich dann genau auf mich, einer 25 Meter hohen Eiche die genau in der Mitte, in der Verlängerung, in einer Achse mit dem riesigen Eingangstor stand, der Weg teilte sich dann nach rechts und links und führte in einem eleganten Schwung und Bogen auf beiden Seiten an der Eiche vorbei um sich danach wieder zu einem Weg zu vereinen! Der Weg führte dann weiter über einen dunkelgrünen Englischen Rasen verschönert mit allerlei bunten Zierbeeten, Rosensträuchern und Buchsbäumen angeordnet in der verschiedensten Formen und Figuren, direkt auf einen traumhaft anzuschauenden im Durchmesser etwa 15-20 Meter großen Marmorbrunnen zu, aus dem Brunnen sprangen drei ineinander verschlungende und verdrehte Delphine steil in die höhe und spuckten eine riesig hohe Wasserfontäne aus ihren langen und feinen Mündern, im Wasserbecken des Brunnens schwammen noch weitere drei Tümmler mechanisch angetrieben den ganzen Tag im Kreise, auf den glatt geschliffenen Marmorrand des Brunnen saßen noch sechs Wasserschildkröten gut verteilt, die ihre langen Hälse empor streckten und aus ihren Mäulern spuckten sie einen feinen Wasserstrahl der in einem halbrunden Bogen in das Becken plätscherte, der Weg teilte sich dann wieder und führte links und rechts um den Brunnen herum um sich erneut zu vereinen! Und dann hatte man freien Blick, es konnte einem der Atem stocken bei diesem Anblick, es war einfach nur schön, traumhaft, einfach Dekadent, man stand vor einem unglaublichen Märchenschloss, an Schönheit kaum zu überbieten, der Baustil erinnerte an das 18.Jahrhundert, daran war er angelehnt aber mit seiner eigenen Eleganz und Anmut, das Mauerwerk bestand aus ein mal ein Meter großen in ihrer Oberfläche unregelmäßigen Steinen die in zarten Gelb bis hin zum ganz leicht Orange-Ocker Ton in ihrer Farbe waren! Ein von doppelten Doppelsäulen getragener Rundbogen zierte das mächtige aus Mahagoniholz bestehende Eingangstor das mit kunstvollen Schnitzereien verziert war, die Fenster waren teils rechteckig, teils oben abgerundet, wovon einige bunt und stilvoll bleiverglast waren, an dem Hauptgebäude angrenzend waren in unregelmäßigkeit rechteckige und runde Türme angebaut, die sich in das Gesamtbild des zweistöckigen Schlosses erbarmungslos schön einfügten, die Dächer der in ihrer Form und Größe verschiedenen Türme waren hoch, steil und spitz zulaufend, im Hauptgebäude hingegen eher flach und stumpf, gedeckt war das Dach überall mit dunkelgrauen halbrunden Schieferplatten die im Sonnenlicht ein leichtes verspieltes Funkeln in die Welt warfen, auf den Dächern der Türme befanden sich eine Art Turmspitzen aus geschmiedeten Stahl die jeweils von einer kunstvollen Figur getragen wurden und steil in den Himmel ragten, am Mauerwerk der Fassade waren noch in regelmäßigen Abständen handgemeisselte Figuren in allen möglichen Arten und Formen als Verzierung angebracht! An der Rückseite des Schlosses hielt man sich an dem Gesamtbild, eine große Kunstvoll gestaltete Flügeltür gab einem den Weg auf die sehr große und schöne Terrasse frei von der man über eine 20Meter breite 10 stufige Steintreppe deren Geländer üppig verziert war direkt in den weitläufig und großzügigen Park gelangte, er war sehr kunstvoll angelegt und trotzdem von einer blauen Poollandschaft durchzogen, an dem an einer Seite riesige Hinkelsteine aus Frankreich aufgetürmt zu einem Wasserfall lagen, das Wasser prasselte in dicken Strömen an ihnen hinab und stürzte in die Poollandschaft hinein, wo es dann schneeweiß aufschäumte wie eine Schneelawine in den Bergen, in weiter Entfernung konnte man einen Tennisplatz erkennen an dem ein Gebäude grenzte das im Stil des Schlosses gehalten wurde, innen sah man einen Pool von 25 Meter länge und das Antlitz im inneren ähnelte das eines Römischen Dampfbades, Antik und verspielt! Ganz am Ende fast am See angrenzend gab es noch einen sehr modernen Pferdestall an dessen hinterausgang ein Reitplatz mit allem was dazu gehört in der Sonne strahlte! Und einmal um den nicht gerade kleinen See herum wurden alle 20 Meter wunderschöne große in Antike gehaltene Eisenlaternen aufgebaut und ließen ihn um dunkelen sanft und romantisch erleuchten! Dr.Keßler und Müller hatten hinter der Eiche genau da wo der Weg wieder zu einem verschmolz angehalten und sind dann ausgestiegen, sie lehnten beide an der Kühlerhaube und ließen ihre Blicke schweifen mal rechts, mal links, überall umher "ein Traum" sagte Müller "ja wunderschön, ich bin ja nicht gerade arm, aber wie muß das sein wenn man sich so etwas leisten kann, einfach schön ist uns gelungen Herr Müller, ich danke ihnen für ihre tolle Zusammenarbeit" und im Gesicht von Dr.Keßler konnte man ehrliche Dankbarkeit erkennen "ich danke ihnen, ich danke ihnen dafür das sie so etwas erschaffen können, sie sind ein Genie" sagte Müller voller Erfurcht! "danke schön sehr nett von ihnen, so jetzt müßte der Bauherr aber jeden Moment erscheinen, oder Bauherrin he-he-he" "ha-ha-ha" beide lachten herzlich und reichten sich die Hände! In genau diesem doch so herzlichen Moment ging das Stahltor auf die riesigen Türen schoben sich bei Seite und gaben den Weg und Anblick frei, ein Bentley in Braunmetallic fuhr sanft und bedächtig herein, rechts an der Eiche vorbei, er hielt genau neben Keßler und Müller, die Fahrertür öffnete sich und es stieg ein Mann heraus, im ersten Augenblick dachte man das sich die ganze Welt zu verdunkeln schien, ein Mann wie man ihn nur ein oder höchstens zweimal im Leben begegnet, 2,02 Meter groß 160 kg schwer, durch seinem dunkelen Anzug konnte man die gewaltigen Muskelmassen erkennen, man wartete nur darauf das bei jeder Bewegung die dieser Körper doch so geschmeidig machte der Anzug in tausend Stücke zerrissen wird, der Schneider der diesen edlen Anzug schneiderte wird sich wohl dessen Maße nicht notiert haben, denn er wird sie nie wieder vergessen können, der Riese lief um den Bentley herum nach hinten rechts, sein Gesicht war ernst und zum fürchten, die Haare sehr kurz geschoren, die Nase flach und breit, die Augen stechend und voll konzentriert, er griff mit seinen riesigen Pranken in der größe einer Bratpfanne den Türgriff ganz fest, in diesem Moment konnte man einen Pistolenhalfter an seinem Gürtel deutlich erkennen und dann öffnete er die Tür! Sein Name Dimitrie Rassjenkoff, Beruf Leibwächter, Alter 36 Jahre! Aus dem Wagen stieg eine Frau, als sie aufrecht stand konnte man sofort den Glanzschimmer der sie umgab erkennen und fühlen, eine Figur Elfengleich und einfach nur perfekt! Das Gesicht bildete ein unbeschreibliches liebliches Oval, die Augenbrauen waren so regelmäßig schön und rein, dass sie gemalt zu sein schienen und die grünen kullervörmigen Augen waren von langen Wimpern verschleiert, welche auf die sanft geröteten Wangen einen Schatten warfen, die Nase war fein und edel geformt und gaben dem ganzen Gesicht einen geistreichen Ausdruck, der Mund mit seinen üppig und schön geformten Lippen verdiente es wirklich das man stehen blieb, um ihn anzusehen, die Haut hatte jenen zarten Flaum, auf welchem das glänzende Tageslicht spielte, die glänzend dunklen Haare waren in einem Scheitel geteilt, welche sich an den Augenbrauen vorbei zogen und am Hinterhaupt zusammen gebunden waren und die zierlichen Ohrläppchen sehen ließen, an welchen zwei Diamanten im Wert von etwa 10000 Euro funkelten. Dieses reizende, wunderschöne Köpfchen hatte einen ganz kindlich-naiven Ausdruck, man hätte glauben können, diese großen, unschuldigen Augen hätten nie etwas anderes als den blauen Himmel angesehen und der Mund habe nur fromme Worte gesprochen, aber dem war ganz und gar nicht so! Ihr Name Sophia Gutmann, Beruf Gattin, Alter 29 Jahre! Dann ging hinten links die mächtige Tür des Bentleys auf und ein Mann stieg aus, und als er gerade und aufrecht so da stand, sah man einen kleinen sehr zarten, ja dürren Mann, er gehörte zu den rothaarigen Typen und besaß dessen milchige und sommersproßige Haut, sein Gesicht war hager und seine hellen grauen Augen wurden leicht von einer starken Nickelbrille verdeckt, es war ein Mann den man nicht gerade als auch nur ansatzweise Attraktiv bezeichnen konnte, er war eher hässlich, was ihn aber nicht unscheinbar zu machen schien, weil einem ein solch Äußeres zum hinschauen verleitete, aber sein Blick war scharf und gezielt, aufmerksam und begierig, seine Haare waren rot, kurz und leicht gekräuselt! Sein Name Alexander Gutmann, Beruf Privat Bankier, Aktien Magnat, Immobilien Mogul, Pharmazie Unternehmer! Besondere Merkmale, Milliardär, Alter 30 Jahre! "Herzlich willkommen Frau und Herr Gutmann, ich hoffe es gefällt ihnen was sie so entfernt sehen?" Sophia stand da mit weit geöffneten Mund, sie führte ihre zarten wunderschön anzuschauenden Hände nach oben um ihren weit offenen Mund zu verdecken, und sie stieß einen leichten Jubelschrei heraus "ein Traum, wunderschön, bezaubernd, reizend, sie sind wunderbar Dr.Keßler, der Beste, einfach genial" sagte Sophia überwältigt! "ich habe sofort ein Mangel entdeckt Dr.Keßler, unter dieser wunderschönen prächtigen Eiche gehört eine Bank, damit ich unter ihr sitzen und denken kann, ha-ha-ha" sagte Alexander mit einem lachen, " kein Problem, wird gleich morgen erledigt, sie können sich darauf verlassen" sagte Müller mit Hochachtung in seiner Stimme! " so wenn sie möchten können wir, lassen sie uns in aller Ruhe einen Rundgang machen und alles anschauen" sagte Keßler rasend schnell wie immer! " Sophia geh du mit den Herren, ich würde sehr gerne noch etwas hier verweilen, so ganz für mich alleine, wenn es recht ist, ich komme dann später hinzu" "ganz wie sie möchten Herr Gutmann" und schon gingen die drei in Richtung Marmorbrunnen, in wilder Gestik und angeregt unterhaltend! Alexander Gutmann drehte sich um und sah die Eiche an, dann ging er auf sie zu setzte sich auf den Boden, lehnte sich entspannt zurück mit dem Rücken an ihren dicken, kräftigen Stamm und schaute in Richtung Brunnen den dreien hinterher, dann griff er mit seiner Hand in seine Jackentasche und holte eine Schachtel Zigaretten heraus, zog mit seinen dürren eher weibischen Fingern eine Zigarette raus, steckte sie in seinen schmalen Mund zwischen seinen blassen Lippen, zündete sie an, inhalierte den Rauch mit genuss, schloss seine Augen und gab seinen Gedanken mit seinen Schicksalen und Geheimnissen die er tief in sich trug ihren freien Lauf!

Ende erstes Kapitel!!

Zweites Kapitel !!

Eine Erinnerung begann sich in ihm aus dem Schlaf zu arbeiten, die Erinnerung wie es dazu kam, die Erinnerung vom Kinde bis hin zu diesem doch so kostbaren Moment.Alexander merkte sehr schnell das er anders war, kindliche Verspieltheit war ihm fast fremd, woran andere Kinder ihre Freude hatten, brachten sein Herz und seine Seele nicht in Wallung, er fand es eher trübe, fad und langweilig! Jeden Morgen wenn er mit noch viel zu müden Augen als Erstklässler das Haus verließ um zur Schule zu laufen, drehte er sich am großen weissen Gartentor noch einmal um und betrachtete sein Zuhause , ein großes, wunderschön anzusehendes weisses Haus, erbaut im Viktorianischen Stil mit vielen Verschnörkelungen und einem roten, gewaltigen, spitz zulaufenden Dach, würdevoll umrahmt von einem prächtigen, gepflegtem Garten. Am Ende des Gartens, dort wo der weiße Zaun das Grundstück zum Nachbarn teilte, blickte Alex sich ein letztes mal um, um noch einen letzten flüchtigen Blick auf den doch recht weit entfernten Pool zu erhaschen, und das strahlende Blau der edlen Fliesen des großen Bassins blitzte in einem Strahl zurück in seine hellen Augen und zauberte noch ein kleines lächeln in sein Kindergesicht. Er lief dann ganz in seinen Gedanken vertieft die Alleen entlang, eintausenddreihundertfünf Schritte waren es bis zur Schule,mal 2-7 weniger mal 2-7 mehr, Schritte die er gerne machte, er hatte sie oft gezählt, Zahlen die er nicht mochte, er liebte sie eher, die wunderschönen Zahlen, andere Kinder in seiner Klasse zählten mit mühe bis 20, er konnte zählen, den ganzen Tag konnte er zählen und er würde immer noch die nächste Zahl die dann folgte, von seinem Geiste durch den schmalen Mund zaubern! So lief er also und sog dabei den Duft in langen Atemzügen ein, den Duft der bunten Blumen, den Duft von grünen Rasenflächen, den Duft von den Kastanienbäumen die sich in den Alleen aneinander reihten, und den Clorgeruch der vielen Pools der so manches mal in seiner Nase biss! Die größten und neusten Autos vorwärts getrieben von unzähligen PS fuhren aus den Garagen und dann die Alleen entlang, geradewegs an ihm vorbei! Alex wohnte in einer sehr feinen, reichen Gegend in dieser Stadt, das war ihm klar, das begriff er schon sehr früh und sehr schnell. Als er dann den Schulhof betrat betrachtete er das große rote Backsteingebäude mit interessenlosen Augen, er blickte über den mit Bäumen durchzogenden Schulhof und sah Kinder, klein, weniger klein und größer, alle irgendwie in kindlichen Spielen vertieft, er ging dann die 10 Stufen empor zum Eingang und dann die 46 Stufen hinauf zum Flur, bog dann rechts ab und trat in die zweite Tür links ein, setzte sich an seinen Tisch, er saß alleine an dem Tisch, alle saßen zu zweit nur er saß alleine, das störte ihn nicht, nein nein er fand das recht gut er mochte es, das alleine sein die Einsamkeit drückte ihn nicht! Nach und nach trudelten seine Mitschüler ins gelbliche Klassenzimmer ein, einer nach dem anderem und wie jeden Morgen beachteten sie ihn nicht, ja die meisten von ihnen würdigten Alex nicht eines Blickes, und dann war es soweit die drei Jungs aus der Betonwüste kamen rein, Mario, Mike und Sven, man konnte es sehen, man konnte es hören, ja man konnte es sogar riesschen, im vorbeigehen schlug der größte von ihnen, Sven mit der Faust auf Alex seine Schulter und sagte " nah Rotfuchs alles klar, hat Mama dich wieder fein gemacht?" Alex störte auch das nicht, obwohl es jeden Morgen kurz recht schmerzvoll wurde, aber er dachte immer, wenigstens einer der mich war nimmt! In aller Regel Sonntags hatte der Vater frei, Mutter,Vater und Alex machten meist einen Ausflug aufs Land in ein hoch angesehenes Schlossrestaurante und bei schönem Wetter gingen sie nach dem köstlichen Mahl noch durch den Schlossgarten spazieren, die Fahrt begann in einer großen schwarzen Limousine, der Vater fuhr nicht selbst er fuhr nie selbst, am Steuer saß Alfred, ein grauhaariger, schon in die Jahre gekommener Mann, er trug einen schwarzen Anzug und hatte immer eine schwarze Schirmmütze auf dem Kopf, die ihm etwas Edles, in sein mit Falten durchzogenes Gesicht zauberte, sein benehmen, wie Vater einmal zitierte war einwandfrei, korrekt und tadellos! Alex blickte immer aufmerksam und mit interessierten Augen aus dem Fenster der Limousine und gleich hinter seiner Schule man mußte nur noch viermal abbiegen um dann in eine große, breite Hauptstrasse ein zufahren sah er das es nicht überall so schön war wie in der Gegend in der er wohnte, er sah riesige Betonsiedlungen und er sah Menschen, Frauen, Männer, Kinder die einfach anders waren, man sah es an Kleidung, Mimek, Gestig, kleine Autos verbeult, rostig, alt standen überall herum, an den Hauswänden der riesigen Betonwüsten tobten sich wohl regelmäßig einige von ihnen mit Farbspraydosen so richtig aus, es war überall schmutzig und ungepflegt und am frühen Mittag saßen schon Männer auf der Strasse und tranken Bier aus Flaschen und sie grölten und schrien sich gegenseitig in ihre ungepflegten Gesichter, Alex durchzog bei diesem Anblick immer kurz aber heftig ein Ekel in seinem Körper! Ein Hochhaus ganz am Ende der Betonwüste, recht unangenehm anzuschauen stand schon einer anderen Strasse zugehörig und laut Bezirksverordnung war dieses Hochhaus einzugsgebiet einer anderen Grundschule und so mußten die Kinder die in ihm wohnten links runterlaufen zur roten Backsteinschule mit dem schönen Kastanienbaumschulhof, die anderen aber, die absolute Mehrzahl mußten rechts runter laufen um zu einer neuen, kalten nicht schön anzusehenden Schule zu laufen, und so kam es das auch wenige Kinder aus der furchtbaren Betonwüste sich das Klassenzimmer mit den ja doch recht betuchten Kindern des reichen Bezirkes teilten oder teilen mußten! Nach einem guten Essen und einen

31

intensiven Spaziergang fuhr Alfred in aller Ruhe und wie immer recht souverän die Familie wieder zurück und Alex schaute wie immer sich alles einsaugend und mit höchstem Interesse aus dem Fenster der schwarzen Limousine, als sie wieder an der Betonwüste vorbei fuhren, erkannte er wie immer einen unheilvollen Dunst, der kaum sichtbar, aber doch alles in einem dumpfen, schweren, bleigrauen Mantel hüllte, er mochte das alles und die ganze Szenerie nicht! Die ersten 1-3 Jahre in der Schule vergingen recht schnell, er saß weiter alleine an seinem braunen Holzschultisch, der Unterrichtsstoff viel ihm leicht, er begriff alles sehr schnell und er war versessen darauf seinem Verstand Nährstoff zu zuführen, in den Mathematikstunden hörte Alex nicht einmal zu er beschäftigte sich mit für ihn weit aus wichtigeren Dingen, nämlich mit dem schnellen erlernen der Lesekunst, für ihn das wichtigste überhaupt zu dieser Zeit! Alex stellte seinem Vater vor etwa 3-4 Monaten die Frage, die Frage die ihm nicht mehr los ließ, die Frage, die in seinem Geiste und seiner Seele umher spukte, die Frage von der er angesteckt war, sie war ihm ins Blut gekrochen und er fragte " warum geht es uns so gut, warum haben wir alles, womit verdienst du das ganze Geld dafür?" der Vater schaute Alex mit einem Lächeln im Gesicht an und sagte, bestimmend aber doch liebevollen Wortes! " Alex, wenn du richtig lesen kannst, ich meine richtig, perfekt und ich werde darüber urteilen, dann setzen wir uns zusammen bei einander und du wirst alles ganz genau erfahren" "bekomme ich fürs Lesen einen Privatlehrer bitte?" "Nein, du hast noch genug Zeit und wirst es in der Schule recht bald lernen!" Wenn in der Mathematikstunde eine Arbeit geschrieben wurde, schaute er kurz darauf, schrieb die Ergebnisse im Sekundentempo dort hin wo sie hin gehörten, gab die Arbeit ab und widmete sich wieder dem erlernen des Lesens, seinem eigentlichem Ziel, das er in Mathematik um ein vielfaches weiter war als seine Mittschüler, war seinem Lehrer wohl bekannt. Wo die meisten Kinder noch am Gängelband geführt wurden, sie wurden zur Schule gebracht und wieder fein abgeholt, überließ man Alex schon seinem eigenen Willen und er konnte tun und lassen was ihm behagte, aber trotzdem zog es Alex nach Schulschluss sofort zurück nachhause, Denn er wusste nur zu gut was für fantastische

Leckereien auf ihn warteten, denn er hatte Hunger, wie immer hatte er Hunger nach der Schule und seine Schritte wurden immer schneller, er sprang durchs Gartentor rannte zur großen schweren Eichenhaustür, schloss sie auf und da hörte er sie schon, Esmeralda, sie rief wie immer " Alex bist du es?" "jaaaa Esmeralda ich bin es" und schon stand sie vor ihm,Esmeralda, klein, rund, alt, etwa 50-60 Jahre möge sie gewesen sein, sie grinste ihn mit breitem Mund und feurigen schwarzen Augen an, wobei man ihre vielen goldenen Zähne erkennen konnte und mit ihren kleinen wurstigen Händen packte sie Alex heftig an den Wangen um sie dann so lange zu rubbeln bis sie purpur wurden, dann noch ein liebevoller, lauter Kuss auf die Stirn! " komm kleiner Mann gut Essen steht schon da, du mußt werden groß und stark und gesund mußt du bleiben immer! Alex mochte Esmeralda sehr sehr gerne, oft saß er bei ihr in der Küche und hörte ihr zu wenn sie von damals erzählte, von ihrer Jugend auf Puerto Rico, von ihren ärmlichen Verhältnissen und von Oscar, ihrer großen Liebe mit dem sie hier her kam um zu arbeiten bis er dann schwer krank wurde und starb! Alex liebte es ihr zu zuhören, der spanische Akzent, der so angenehm und wunderbar in seine Ohren eindrang und sanft und mild sein Herz berührte, ihr zu zuhören, das Feuer in ihen Augen zu sehen, das Temperament was aus Esmeralda raus sprühte zu spüren war einfach nur wunderbar, sie war der gute Geist der Familie und im Hause, sie machte alles, kochen, backen, waschen, bügeln, reinigen und alle bedienen, man hatte bei ihr zu jeder Zeit das Gefühl sie wurde geboren um genau das zu tun! Zu Alex seiner Mutter sagte sie immer voller Respekt Grande Seniora! Alex war noch ein recht kleiner Knabe, aber schon recht groß im Kopf, wie groß ahnte noch niemand, auf jeden Fall wusste er für sich selbst, das nicht seine Mutter die Grande Seniora war sondern Esmeralda!
Esmeralda tat etwas, sie tat viel, sie arbeitete sich den ganzen Tag ihre wurstigen Finger wund, Dinge die Sinn hatten machten sie und das mit karibischer Lebensfreude und viel Spaß dabei. Alex seine Mutter tat nie irgendetwas! Alex trat hinaus auf die Terrasse, stützte sich mit seinen Ellenbogen auf dem Geländer ab und rief nach unten zu seiner Mutter die im Liegestuhl am Pool lag und sich gelangweilt in der lauen Frühlingssonne einen

Cocktail zu Munde führte "ich bin zuhause" Sie hob eher halbherzig den rechten Arm in die Höhe und antwortete "ja ja " ohne ihn auch nur eine Sekunde anzuschauen! Wie sie so in rechter Pose in ihrem Liegestuhl lag und in einer Modezeitschrift blätterte, ja da sah sie so wunderschön aus, dass man nicht wusste ob sie lebendig oder nur aufgezogen war! Sie war so etwas wie der fleischgewordene Männertraum und sie erweckte bei allen Männern an denen sie elegant vorüber schritt sofort das Fleischesverlangen, das verlangen nach ihr, nach ihrer unverwechselbaren Schönheit, nach ihren unwiderstehlichen Reizen. Sie kam aus eher ärmlichen Verhältnissen, sie war ungebildet und recht dumm, aber sie hatte so eine eigenwillige Bauernschläue und war sich recht bald und früh ihrer Reize bewusst, und da sie auch noch recht faul zu seien schien, wusste sie was zu tun sie gedachte, nämlich einen sehr reichen Mann finden, und sie legte es darauf an, das war ihr Ziel, ihre Aufgabe, ihr ganzes Bestreben diesen zu finden und es gelang ihr, sie wollte Geld, Luxus und Einfluss in der Welt der Reichen! Dem Vater war das alles klar, er wusste woran er war, er wusste warum sie seine Frau wurde, er wusste wie er selbst auf die Frauenwelt wirkte, eher abstoßend und recht unansehnlich! Für den Vater war sie nichts weiter als eine Trophäe, ein schön anzuschauender Siegerpokal, es gab zwischen ihnen nicht auch nur den kleinsten Funken von Liebe, oder von ihrer Seite aus sogar von Zuneigung, er benutzte sie wann immer es ihn verlangte um seine Gelüste zu stillen, das war zwar Unmoralisch aber Ehevertraglich niedergeschrieben und festgesetzt, da er aber selten zuhause war und man ihn auch keinen gierigen Sexprotz nennen konnte, hielt sich die Arbeit für die Mutter in überschaubaren Rahmen, und sie war weit aus mehr damit beschäftigt auf alle Menschen arrogant, hochnäsig und von ober herab zu wirken! Sie war nichts weiter und einfach nur, eine Prostituierte die dem Vater den gewünschten Stammhalter gebahr! Beim ersten Anzeichen vom selbstständigen Denkens und das war recht früh bei Alex , hatte er sofort jeglichen Respekt gegenüber seine Mutter verloren, es war als wenn zwischen ihnen beiden eine kilometerhohe Mauer stünde, aber es schien werder der Mutter noch Alex irgendwie zu stören! Es muß so etwa in der 4.Klasse gewesen sein,

Alex war jetzt der Meinung das er es perfekt zu lesen verstand, kurz zuvor im Deutschunterricht laßen sie alle eine Zauberhafte Fabel aus einem Buch, die Schüler mußten laut vorlesen, immer der Reihe nach, jeder ein paar Zeilen, die Lehrerin sagte dann immer der nächste bitte, Alex war als fünfter an der Reihe drann und er begann, er fing an zu lesen und er las und las, wie eine wohlklingende Ouvertüre von Beethoven sprudelte jedes einzelne Wort im perfektem Rhythmus und mit genau wohl dosierter Betonung aus Alex seinem Munde hinaus, hinaus ins gelbe Klassenzimmer und die Schüler saßen wie erstarrt auf ihren Stühlen und lauschten mit aufmerksamen Ohren Alex seiner Zeilen, die Lehrerin unterbrach ihn nicht und die Ruhe und Stille im Klassenzimmer war fast gespenstig, als die Fabel nach etwa 20 min zu Ende gelesen war schauten sich die Schüler gegenseitig mit offenen Mündern in ihre erstaunten Gesichter und Augen und die Lehrerin sagte "wow Alexander das war wunder wunderschön wir danken dir alle dafür!" In diesem für ihn doch so erhebenden Moment wusste Alex sofort was er zu tun hatte, er wollte seinem Vater Sonntag vorlesen, es war endlich soweit, nur schade das es erst Mittwoch war! Am nächsten Morgen im Klassenzimmer, Alex saß schon an seinem Tisch als seine Mittschüler einer nach dem anderen, mal leise mal mit viel gedöhns ins Zimmer eintraten um sich an ihren Tischen zu platzieren und dann konnte man es wie jeden morgen hören, auch wenn sie noch in einiger Entfernung zu seien schienen, hörte man sie näher kommen, dass rumgealber, dass saudumme Getue, diese lauten Organe, Mike, Mario und Sven traten ein wie immer als letzte um ihren großen Auftritt so richtig zu zelebrieren, sie musterten ihre Mitschüler genau mit ernsten aber dummen Blicken, machten obzöne Gesten und verteilten ordinäre Worte, dass sie arm waren störte Alex nicht aber das sie dumm waren und auch niemals irgendwelche Anstalten machten das zu ändern, störte ihn schon, die ständigen Androhungen von Prügel gegenüber der anderen Jungs in der Klasse, das Gangster- getue der eigentlich noch kleinen Jungs, sie sind die besten, größten, tollsten, all das ging Alex recht mächtig gegen den Strich und auf die Nerven, es ekelte ihn und drang mächtig und gewaltig wie eine riesige Welle in seinem Geist und Körper ein, denn er wusste nur zu genau, sie sind nichts und werden niemals etwas sein außer dumme Menschen! Alex verabscheute sie so langsam nach und nach und Sven der ihm jeden Morgen mit der geballten Faust in seine Schulter schlug, ja den hasste er sogar mit jeder Faser seines kleinen, schwachen Körpers! Die drei gingen mit verachtenden Blicken an Alex vorbei und schon durchzuckte es Alex wie ein Blitz in seiner Schulter, Sven hat wieder zugeschlagen und wie immer kamen die Worte, er dachte sich auch niemals andere aus als wenn er nur diese kannte "nah Rotfuchs, alles klar, hat Mami dich wieder fein gemacht?" Aber diesmal drehte sich Alex um und sagte "he Sven" sofort drehte sich Sven um und schaute Alex mit düsteren Blick direkt in die Augen "ja Muttersöhnchen" Alex hielt dessen Blick stand und sagte "das war heute das letztemal das du mir in die Schulter geboxt hast, ich hoffe du hast es ein letztesmal genossen?" Sven fing ganz laut zu lachen an "ach ja Muttersöhnchen, das werden wir ja morgen früh sehen" im selben moment dachte Alex darüber nach ob er nicht den Mund zu voll genommen hatte, er war klein und schwach, Sven aber groß und stark, ja für sein Alter sogar sehr stark, genau so stark wie er dämlich und dumm war Alex hatte aber die Nase gestrichen voll und wusste nur zu genau was er morgen früh zu tun gedachte!!!!!!!!!!!!! In der folgenden Nacht schlief Alex mehr als schlecht, Unruhe, Schweißausbrüche und Albträume waren ständiger Begleiter, in der Nacht die ihm so endlos lang vorkam wie noch keine zuvor in seinem bisherigen dasein! Völlig müde und mit schleppenden Schritten quälte er sich am morgen den Weg entlang zur Schule! Als er dann wie fast immer als erster auf seinem Stuhl saß, pochte sein Herz wie ein umwickelter Hammer der auf einem Amboss fällt und er wartete, er wartete auf Sven, dann hörte er die drei schon von weitem, seine Augen richteten sich starr und im höchstem Maße konzentriert in Richtung Tür! Sven trat ein, er lachte und machte sein übliches Affentheater wie man es von ihm gewohnt war. Alex hatte nur noch Svens rechte Hand in den Augen, er kam näher und Alex sah wie er sie schon zur Faust zusammen ballte, hass vom Scheitel bis zur Sohle durchströmte Alex sein Körper, gedanken die man lieber für sich behält schwirrten in seinem Kopf herum! Es war soweit, Sven holte mit der rechten Faust zum Schlag aus! Die Faus brauste schnell und zielgerichtet auf Alex seiner Schulter zu, Alex seine linke Hand trat ihr blitzschnell entgegen und umfasste das Handgelenk, er drückte die Faust mit einem Ruck nach unten auf die Tischplatte wo sie mit einen dumpfen Knall aufschlug, dann holte Alex seine rechte Hand die er unter dem Tisch verborgen hielt hervor, mit einer kreisrunden Bewegung holte nun er aus, seine Hand war auch zu einer Faust geballt in der er seinen Zirkel fest umklammernd hielt, mit viel Schwung und seiner ganzen Kraft donnerte Alex den Zirkel in Svens Handrücken hinein, wo er dann durch die Haut, durch das Fleisch, durch Sehnen und Knoch raste, und dann so tief das auch die Einstellrändelschraube in der Faust vergraben wurde, stecken blieb!Ein ohrenbetäubender Schrei entweichte aus Sven seinem Mund, ein schmerzverzehrtes Gesicht bekam Alex zu sehen, Sven ging jammernd, schreiend und weinend zu Boden wo er nun lag und sich vor Schmerzen krümmte und sich hektisch hin und her wand, Alex schaute nach unten, Svens rechte Hand lag flach am Boden und der Zirkel steckte noch in ihr, Alex hob sein rechtes Bein leicht an und stellte es auf Sven sein Handgelenk, er nahm seine Hand und zog den Zirkel langsam und bedächtig heraus und legte ihn wieder auf seinen Tisch, er sah dann wie Blut in schwallen aus der Hand floss und sich wie eine Pfütze über den Fussboden verteilte, Alex beugte sich dann ganz tief nach unten zu dem jammernden und weinenden, mit seinem Mund ging er ganz dicht an Sven sein rechtes Ohr und sagte klar und deutlich und unmissverständlich! "ich habe es dir doch gestern gesagt das es das letzte mal war, dass du mir in die Schulter geboxt hast, ach ja und noch eines, ich bin kein Muttersöhnchen, ich mag meine Mutter nicht, ich kann sie nicht einmal leiden, ich mache mich immer ganz alleine so Fein, und beim nächsten mal landet der Zirkel in deinem Auge!" Während der ganzen Aktion herrschte eine furchtbare Stille, keiner in der Klasse wagte es sich auch nur zu rühren, man konnte Angst und Schrecken in den Gesichtern der anderen Schüler erkennen, sie saßen alle wie erstarrt, es war sehr eigenartig in dem ganzen Raum machte sich wirklich eine unangenehme, eisige, verblutende Stille breit! Alex erschrak, er wunderte sich, er wunderte sich darüber, worüber er erschrak, er erschrak nicht wegen seiner Worte, auch nicht wegen der Bluttat die er gerade begangen hatte, er erschrak weil es sich gut anfühlte, er fühlte sich befreit, befreit von Krallen die sich in seine Seele bohrten, Tag für Tag drückten sie ihn, mehr und mehr so das er das Gefühl hatte zu platzen, jetzt aber fühlte er sich davon befreit, gelöst. Es fühlte sich richtig und gut an! Danach ging alles sehr schnell, Lehrerhysterie, Sven Krankenhaus, Alex zum Direktor! Die Schuldirektion hat selbstverständlich bei Alex zuhause angerufen um einen der Eltern sofort zur Schule zu bestellen, Mutter sagte ab, wichtiger Beautytermin, so holte man den Vater aus einer wichtigen Besprechung, der sofort Alfred rief um ihn in die Schule zu fahren! Alex saß vor dem aufgebrachten, zornigen Direktor und schaute mit voller absicht starr zu Boden, es gab keine Antworten von ihm, stumm wie ein Fisch im Teich saß er da und dacht nur nicht in die Augen schauen lassen vielleicht sieht man was ich denke, nämlich nicht einen Funken von Reue, keine Spur von schlechtem Gewissen. Ob der Direktor das wohl auch konnte? Gab es überhaubt jemanden der das konnte? Alex wusste das noch nicht so genau, er musste es noch rausfinden, er musste der Sache mal nachgehen, also lieber nach unten schauen, aber jetzt merkte er das ihm diese Frage brannte, sie brannte in ihm wie eine heisse Wachskerze! Ist er alleine? Sind alle so? oder nur einige? Alex glaubte die Antwort zu kennen und recht zu haben machte ihm Angst! Jetzt saß er vor des Direktors Büro und wartete auf seinen Vater, er schaute wieder nach oben, eine wohltat war das denn ihm tat schon leicht sein Nacken weh vom nach unten sehen, dann sah er seinen Vater, mit seinen schnellen, flinken aber kurzen Schritten kam er rasch immer näher! Der Vater war ein kleiner, dürrer, zarter Mann, seine Haare hatten das gleiche helle rostrot das auch Alex sein Kopf zierte, er hatte die gleiche feine Nase, die gleichen schmalen Lippen, die gleichen hellen grauen Augen, vor denen eine kleine Brille mit kreisrunden Gläsern stand! Der Vater war Alex, nur in ausgewachsen, abstreiten das es Vater und Sohn waren, absolut zwecklos, Alex war seinem Vater wie aus dem Gesicht geschnitten! Er trug einen edlen dunkelblauen Anzug, die Krawatte in einem Rotton dazu, trotz seiner eher abstoßenden Äußerlichkeit war da was, Mimik, Gestik, Worte und der Blick, Zielstrebigkeit, Wissen, Inteligenz, Macht und Respekt stachen gezielt aus seinen Augen! Alex stand voller Respekt sofort auf und trat ihm mit 3-4 Schritten entgegen, es war aber Respekt vor dem Menschen, vor diesem Mann und nicht Respekt aus Angst oder vor dessen Strenge, er konnte sich nicht daran erinnern das sein Vater jemals böse zu ihm war, er war immer nett und liebevoll, trotzdem hatte Alex allerhöchsten Respekt vor diesem Mann! Nun standen sie sich gegenüber, Alex schaut leicht nach oben der Vater leicht nach unten, er hob seinen rechte Arm etwas an und mit seiner Sommersprossen durchzogenen Hand fuhr er Alex durch sein rostrotes leicht gekräuseltes Haar, liebevoll über den Kopf! Und er sagte und das hingegen aller Erwartungen die man bei dem Anblick dieses Mannes hätte haben können, mit einer tiefen, klaren, feinen Stimme die einem Bariton glich "Hallo mein Junge" Hallo Vater" der Vater lächelte, aber nur leicht Alex ins Gesicht "man hat mir am Telefon schon in etwa erklärt um was es sich dreht, was passiert ist, nimm bitte deine Sachen, Alfred wartet unten auf dich und wird dich nachhause fahren, Esmeralda weiss auch Bescheid, ich komme heute sehr spät, wir werden uns nicht mehr sehen, aber morgen bin ich ab nachmittag zuhause und wir werden reden, ich werde dann viel Zeit für dich haben und wir können über alles reden über alles was dich drückt und was dir auf und am Herzen liegt" "alles klar Vater, bis Morgen dann und danke das du kommen konntest, Tschüß" "bis dann Alex" Den Rest des noch sehr langen Tages begleitete Alex eine leicht gedämpfte, aber doch angenehme euphoriewelle, auf ihr sitzend ließ er sich durch die Zeit tragen, und in seinen Gedanken vertieft wurde es recht bald Abend, und dann später Abend! Alex begab sich zu Bett und im nu fiel er in einen tiefen, festen, steinernen Schlaf! Alex hatte schwarze Stiefel an seinen Füßen die von goldenen Sporen geziert wurden, er trug ein reinweißes weit geschnittenes Hemd das über seinen schwarzen Hosen im Wind flatterte, um seiner Taille trug er einen breiten schwarzen Gürtel an dessen linker Seite ein fein geschmiedeter Degen befestigt war, mit dem linken Stiefel trat er in den Steigbügel und mit seinen Armen und Händen zog er sich an der langen Mähne nach oben,

39

nach oben auf den Rücken eines großen, prächtigen, stolzen Schimmels um ihn dann die goldenen Sporen zu geben! Das stolze Roß fing sofort an über eine große samtweiche, weiße Wolke zu galoppieren, am Ende der Wolke machte der Schimmel einen weiten Satz um auf der nächsten Wolke zu landen und weiter im rasenden Tempo zu galoppieren, dann sprang er zur nächsten und nächsten und nächsten, Alex saß gekonnt oben auf und hielt sich immer noch an der Mähne fest, das Roß sprang wieder von der Wolke ab und raste dann im höllen Tempo abwärts, Alex sah die Erde immer näher kommen, sein Herz pochte und sein Blut schien in seinen Adern zu gefrieren, sie rasten weiter auf moosgrüne Hügel zu, auf azurblaue Seen, und auf bezaubernde kleine friedliche Täler, sie rasten und rasten, Alex umklammerte fest den Hals des Schimmels und wartete voller Angst auf den Aufschlag, nein, nein, jeeeetzt, rief er laut und im letzten Moment, mögen es noch wenige Centimeter gewesen sein, breitete der stolze Schimmel riesige weiße Flügel aus, machte damit einen gewaltigen Flügelschlag und dann segelten sie ruhig und sanft an den Berghängen der Täler entlang, nur etwa einen Meter über den moosgrünen Wiesen schwebten sie weiter und weiter, es war so friedlich, es war so still, es war so wunderschön, Alex betrachtete voller Glückseligkeit die traumhafte Landschaft! Doch ganz plötzlich, wie aus heiteren Himmel wurde diese Idylle förmlich zerrissen, aus den moosgrünen Berghängen und Wiesen, aus den azurblauen Seen traten lange Arme empor dessen Hände zu Fäusten geballt waren, sie versuchten Alex aus allen Richtungen zu erreichen um ihn dann zu schlagen! Alex zog seinen Degen, wie ein ganzer Mann, wie ein Krieger stellte er sich dem Kampf! Wie ein Großmeister des Degens, machte er geschickt und gekonnt seine Bewegungen, er kreiste, er fuchtelte, er stieß, verteilte Hiebe, wie entfesselt und in voller Rage kämpfte er um sein Leben, unzählige Fäuste aus allen Richtungen kommend, trennte er mit seinem Degen ab, ab von den langen Armen, es wurden immer mehr und mehr, Alex seine Bewegungen wurden immer schneller, seine Hiebe immer präziser, rechts, links, vorne, hinten, oben, unten, überall gleichzeitig schien er seinen Degen zu schwingen und er trennte und schlug und hackte Faust nach Faust ab, die dann zu Boden fielen, das Blut schoss in Schwallen und heftigen Stößen aus den Fäusten und Armen in hohen Bögen in den Himmel hinein, von wo aus es dann wie ein heftiger Platzregen zur Erde nieder schoss! Alex schaute im Kampf nach unten zur Erde, der Anblick der sich ihm bot war gespenstisch, er war erschreckend, die Seen waren nicht mehr Azurblau, die Wiesen und Berghänge nicht mehr moosgrün, alles so weit das Auge reicht war blutrot, das blutigste Rot was man sich nur vorstellen konnte, die ganze Welt schien von Blut überflutet zu sein und das Blut kochte und blubberte, es traten dicke heisse Blutblasen hervor um dann zu platzen, wie heisse Lava kochte und dampfte es! Alex wurde langsam müde vom Kampf, seine Bewegungen etwas langsamer, eine Faust traf ihn hart an der rechten Schulter, er konnte sich nicht mehr auf dem mittlerweile roten Schimmel halten und viel runter, er viel nach unten in mitten der heissen blutigen Lava hinein, mit den Füßen voran tauchte er ein und blieb dann in der zähen Blutlava stecken, nur noch sein Kopf, Hals und der rechte Arm den er gerade nach oben reckte mit dem Degen fest in der Hand, schauten heraus! Alex schrie vor Schmerzen, er merkte wie die heisse Blutlava seine Haut vom Fleische kochte, er schrie und sank dabei immer tiefer und tiefer, die Blutlava hatte jetzt fast seinen Mund erreicht, er schrie ein letztes mal vor Schmerz aaaaaaaaaaaaaaaaaaaaaaaaaaaaah, nein, nein, nein! Wie eine abgefeuerte Kugel schoss Alex nach oben, er war wie nach einem Fieberwahn nass durchtränkt, die Augen und den Mund hatte er noch weit aufgerissen, seinen Schrei noch selbst hörend, sein Herz raste, sein Puls pochte bis in die Schläfen hinen! Er saß aufrecht in seinem Bett, der Schreck fuhr noch durch all seine Glieder, er versuchte zu verstehen, er versuchte sich zu finden, zu orientieren, zu sammeln, aber dann! "Ein Traum, ein Traum, Gott sei dank es war nur ein Traum" schrie er dann hinaus, hinaus in die schwarze Nacht! Nach dem er sich beruhigt, und seinen trockenen Mund und Rachen mit Wasser durchnässt hatte, legte er sich wieder hin und fiel in einen sanften, traumfreien, erholsamen Schlaf! Am Morgen zeigte sich recht schnell, es wird einer jener Frühlingstage die reizlos und trüb werden, ein Tag an dem die Sonne die Erde nicht küßt, der Himmel war grau wie Packpapier, es regnete im feinem Sprüh, und die Luft hatte sich stark abgekühlt und war nicht mehr so wohlig lau wie in den Tagen zuvor, ein Tag der einem fast zurück in den Winter zu versetzten drohte, Alex hatte für all das keinen Blick und Sinn, der Alb der Nacht geisterte noch ein wenig in ihm, aber auch die Freude auf seinen Vater machte sich so langsam in seinem Kopf breit! Einige Stunden später, der Vater war schon zuhause und hatte gerade köstliche Leckereien aus Esmeraldas Küche genossen, es war später Nachmittag, er schritt zur Terrassentür und öffnete sie ganz weit, sofort strömte kalte Luft in das riesige Wohnzimmer hinein, dann ging er rüber zum Marmorkamin um dort ein Feuer zu entfachen, als es richtig anfing zu lodern und die gelben Flammen hoch empor stiegen zog er zwei große rote Ohrensessel dich heran, die weiche wohlige Wärme konnte man sofort auf der Haut spüren, ein knistern machte sich im Zimmer breit, Ein knistern gut für die Seele und erholsam für den Geist! Zwischen den roten Ohrensesseln stellte er einen kleinen Mahagonitisch, dann rief er Alex zu sich "Alex mein Junge setzt dich bitte, mach es dir bequem" Alex setzte sich hin und mit einer gekonnten Bewegung seiner Arme zog er an den Armlehnen und schon klappte ein Teil für seine Beine nach oben, der Vater setzte sich ebenfalls und tat es ihm gleich, beide schaute sich mit einem Lächeln im Gesicht gegenseitig in die Augen, man konnte nur erahnen wie bequem und komfortabel diese Sessel waren, es konnte für das Wohlsein ruhender Glieder überhaupt nicht humaner gesorgt sein! Esmeralda kam mit einem Tablett herein und stellte einen frisch zubereiteten warmen Kakao für Alex und ein Glas Brandy, einen Aschenbecher, ein Feuerzeug und eine Zigarre für den Vater auf den kleinen Tisch ab! "bitte für kleinen und großen Jungen" sagte sie lächelnd, "danke Esmeralda, vielen dank" entgegnete der Vater, schon mit der Zigarre im Mund, er zündete sie an, er machte damit soviel Qualm das man seinen Kopf nicht mehr sehen konnte, der graublaue, wohl duftende Rauch schwebte wie eine Wellen durchs Zimmer, hinaus auf die Terrasse! Beide starrten in das Feuer, in das flackernde Holzfeuer, sie sahen es flammen und brausen, einsinken und sich krümmen, verflackern und zucken und sie sahen die versunkene Glut am Boden brüten! " Das Feueranbeten ist nicht das Dümmste, was erfunden wurde" sagte der Vater und zog an seiner Zigarre, und lies den Rauch in seinem Mund umher kreisen um ihn so richtig zu schmecken! "Alex mein Junge, kommen wir zu gestern, stimmt es das der Junge dich öfters geschlagen hat?" "ja, er hat mich mit seiner Faust in meine Schulter geboxt, er hat mich genau 752 mal geboxt, das ist genau die exakte Zahl" sagte Alex mit ernstem Gesichtsausdruck! "Okay, ich finde es gut was du da getan hast, ein wenig brutal vielleicht, aber gut, irgendwie bin ich sogar stolz auf das was du da getan hast, es zeigt mir das du Mut hast und dich zu wehren weisst, der Direktor wollte dich von der Schule verweisen, es wäre ein leichtes für mich dich in einer Privatschule unter zu bringen, aber ich bin der Meinung die letzten zwei Jahre kannst noch dort bleiben, ich glaube das es gut für dich ist, ich konnte den Direktor leicht umstimmen, es hat mich aber 3 Elektromikroskope für den Biologieunterricht und ein neues Klavier für den Musikunterricht gekostet, aber was solls, Schwamm drüber!Und Alex wie geht es dir sonst?" "Vater, mir geht es gut, die Schule ist ein klacks für mich, ich bin niemals krank, ich habe alles was ich brauche, mein Taschengeld ist höher als so manch gestandener Mann verdient, nehme ich mal so an, aber bitte lass die Floskeln, vor einiger Zeit habe ich dir eine Frage gestellt, du sagtes, wenn ich perfekt lesen kann würdest du mir alles erklären, nun ich kann jetzt perfekt lesen" "Wow wow kleiner Mann, an deinen Worten kann man leicht hören das du kein kleiner Mann mehr bist, das ist verwirrend, denn das solltest du eigentlich noch sein" "tut mir leid Vater, es war nicht so gemeint" " nein nein, schon gut, ich habe es dir genau so gesagt, also bist du bereit es mir zu beweisen? Ich werde streng urteilen das sage ich dir gleich mein Lieber" "Ja ich bin bereit, man könnte nicht bereiter sein!" Der Vater stand auf und ging in das nebenan grenzende Zimmer, es war eine Bibliothek, an drei Seiten waren Bücherregale hoch bis fast an die Decke, es müssen so an die 10000 Bücher gewesen sein, ein beeindruckender Anblick der auch Alex in seinen Bann gezogen hatte, besonders in letzter Zeit wo er sich heimlich, still und leise an einigen Büchern bediente um rasch das Lesen zu erlernen! Der Vater kam zurück mit einem dicken schweren Buch in einem edlen schwarzen Ledernen Einband, er setzte sich und gab Alex das Buch hinüber in seine kleinen Hände "das ist mein Lieblingsbuch, ich habe es das erste mal gelesen, als ich schon mein Wirtschaftsstudium begonnen hatte, um etwas Ablenkung zu bekommen, damals habe ich es schätzen und lieben gelernt! Alex schaute sich das Buch genau an! Fjodr Michailowitsch Dostojewski, so hieß der Schriftsteller, schon sein Name ist ein Zungenbrecher dachte sich Alex, Schuld und Sühne, war der Titel! "das ist also dein Lieblingsbuch?" sagte Alex zu seinem Vater "ja das ist es, schlage es auf und beginne mit der ersten Seite bitte, ich bin gespannt" Alex schlug das Buch auf schaute mit wissbegierigen Augen hinein und fing an zu lesen! "An einem der ersten Tage des Juli, es herrschte eine gewaltige Hitze, verließ gegen Abend ein junger Mann seine Wohnung, ein möbliertes Kämmerchen in der S...gasse, und trat auf die Strasse hinaus, langsam, wie unentschlossen, schlug er die Richtung nach der K.....brücke ein....................! Alex laß und laß und laß, und nach etwa 20 min unterbrach ihn der Vater und sagte "danke, ich könnte dir die ganze Nacht beim lesen zuhören, es ist schön und auch perfekt, du kannst wundevoll lesen, sogar ein solch schweres Buch, es ist ja kaum zu glauben, aber ich habe es selbst gehört, ich bin sehr stolz auf dich, dessen kannst du dir sicher sein mein Junge" "danke Vater, darüber freue ich mich sehr, ich habe aber auch viel und fleißig geübt, aber Spaß hat es mir auch gemacht, dein Lieblingsbuch gefällt mir, ich werde es wohl weiter lesen" sagte Alex mit stolzem Gesichtsausdruck! Wie die beiden so da saßen, wohl positioniert in den großen bequemen Ohrensesseln, angestrahlt von dem flackernden Schein des Feuers das aus dem Kamin trat und warm und wohlig ihre Gesichtern rot erhitzte, ja so glichen sich die beiden wie ein Fußstapfen im trockenen Schnee und ein Fußstapfen im nassen Lehmboden! "Vater wir wohnen in diesem wunderschönen großen Haus mit seinem prachtvollen Garten, du hast eine riesige schwarze Limousine und den passenden Fahrer dazu, nämlich Alfred, Mutter fährt einen schicken Sportwagen, auch sonst macht sie kaum etwas anderes als Unsummen an Geld auszugeben, wir haben einen Gärtner der sich auch um den Pool kümmert, wir haben die gute, liebe Esmeralda und dann noch das traumhafte Ferienhaus in der Karibik, an deinem Handgelenk trägst du eine Armbanduhr die soviel Geld gekostet hat, das davon ganze Familien 2-3 Jahre leben könnten, wieso geht es uns so gut, womit oder wie verdienst du das Geld für all das? Erkläre es mir bitte ich bin soweit" Der Vater schaute mit einem Lächeln im Gesicht über seiner Brille hinweg direkt in Alex seine erwartungsvollen Augen, er muste etwas lachen! "ich glaube dir das du soweit bist, ich merke es und bin mir seit heute auch sicher das du intelligent genug bist es auch zu verstehen, du kannst es nicht abwarten, richtig?" "nein kann ich nicht, lache bitte nicht über mich, stell mir keine Fragen mehr, bitte erzähle es mir, bitte" "Okay, Alex ich will ehrlich zu dir sein, das alles ist nicht mein verdienst, nur die letzten Jahre ein wenig, als ich 1948 geboren wurde, war alles schon soweit da, der Grundstein wurde schon vor langer Zeit gelegt, die Welt habe ich bis auf ein paar persönliche Dinge, wie Schule und Studium schon so vorgefunden! Dein Ururgroßvater Otto Gutmann geboren 1858 wurde schon recht früh im zarten Alter von 13 Jahren Vollweise und er wurde zu einem sehr altem Ehepaar aufs Land gebracht, ein kinderloses Paar mit einem sehr großem Hof mit Schweinen, Kühen und allem was so zu einem Bäuerlichem Hof gehört, und er mußte Tag für Tag knechten von Lichtanfang bis Lichtende, er war gehorsam, fleißig und recht angenehm im Umgang, das alte Paar war von ihm recht angetan und schloss ihn wohl in ihre doch recht rohen Herzen, irgendwie wurden die drei eine Verbindung, eine Einheit, es war Bindung die sich nicht abstreiten ließ da und als das alte Ehepaar kurz nacheinander verstarb, vermachten die beiden Alten ihr ganzes Hab und Gut dem jetzt schon erwachsenen Otto, dem war sofort klar so klar wie eine frisch gereinigte Glasscheibe das er in die Stadt ziehen wollte, dort hin wo es ihn in den letzten Jahren in seinen tiefsten und geheimsten Gedanken und Träumen hinzog! Er verkaufte den Bauernhof an den Bauern nebenan der schon darauf spekuliert und immer ein Auge geworfen hatte für recht gutes Geld und wie das Leben und das Schicksal es so manchmal zu spielen versteht fand er bei dem durchsuchen des alten Bauernhauses in einem Koffer versteckt in der hintersten Ecke einer unscheinbaren Kammer das gesammte über die vielen Jahre gehortete,

45

angesammelte, schwer verdiente Geld der Alten! Recht vermögend und mit dem Gedanken und dem Wissen niemals wieder arbeiten zu müssen zog er in eine recht annehmbare schöne Wohnung! Hinein, mitten hinein, genau ins Zentrum der Stadt, sein Traum wurde war. Da er keinen Hehl daraus zu machen schien das er sehr vermögend war und sich auch in diversen Bars rum zu drückend schien, ja da wurde er wohl öfters angesprochen ob er den einen oder anderen vielleicht etwas Geld leihen könne! Das tat er dann und schon bald betrachtete man ihn als den großen Gönner, der er aber eigentlich nicht war, er verlieh das Geld aber er nahm 10-15 Prozent Zinsen dafür je nach dem wie er den gegenüber einzuschätzen wusste, ob es dringend, eilig, oder es sich sogar überlebenswichtig darzustellen schien! Bald gingen Leute bei ihm aus und ein, er machte offizielle Kreditverträge, hatte schon bald einen Rechtsanwalt und Notar an seiner Seite und auch sonst wusste er sich bei nicht Einhaltung des Vertrages zu wehren, wie man sagte mit recht dubiosen, eigenwilligen Mitteln, man sprach auch von Brutalität, womit geklärt wäre von wem du das hast mein Junge" der Vater fing laut zu lachen an, Alex verzog sein Gesicht zu einem verschmitzten Lächeln und schaute verlegen zu Boden! Der Vater fuhr fort "jedenfalls angesteckt von der Gier, von der Macht, von dem haben wollen des Geldes mietete sich Otto Gutmann ein Büro und weitete seine Geldgeschäfte immer weiter aus! Er lernte dann Lori kennen deine Ururgroßmutter, sie bekam einen Sohn, Walter dein Urgroßvater geboren 1888! Mit dem in den letzten Jahren wohl stattlichem angesammeltem Vermögen eröffnete Otto Gutmann im Jahre 1892 die Privatbank Gutmann und als Otto im Jahre 1908 verstarb übernahm Walter nahtlos und im vollen Eifer die Geschäfte der Bank! Walter schon längst angesteckt von dem Reiz und der Macht des Geldes weiteten die Geschäfte immer weiter aus, Aktien, Wertpapiere, Versicherungen und andere Dinge wurden von ihm aufs schärfste voran getrieben. Wie das Leben so spielt, auch er heiratete und bekam einen Sohn, Friedrich deinen Großvater geboren 1918, als Walter im Jahre 1938 verstarb, ja genau da stand Friedrich schon bereit, auch er natürlich angesteckt und auch er trieb die Geschäfte immer weiter an und eröffnete im Jahre 1952 eine zweite Filiale in München, nun gab es die Privatbank Gutmann auch in München und auch er hatte davor schon geheiratet nämlich deine Großmutter Hilde, wie sollte es auch anders kommen sie bekammen auch einen Sohn, denn 1948 wurde ich geboren, genau ich, Manfred Gutmann dein Vater! Als dein Großvater im Jahre 1968 verstarb war ich noch sehr jung aber das waren alle Söhne die übernahmen, trotzdem beendete ich mein Wirtschaftsstudium und übernahm dann die Leitung der Banken und auch ich wurde angesteckt, es ist wie eine Sucht, ein Zwang, es pulsiert in deinem Körper von unten nach oben von oben nach unten, es läßt dich nicht mehr los, es vereinnahmt dich jede Sekunde, man erkennt die Macht des Geldes und es ist schwer ein netter, umgänglicher und liebenswerter Mensch zu bleiben, ich hoffe oft das es mir gelungen ist, aber ich merke auch oft das dem nicht so ist, es ist schwer zu beurteilen wenn es einem selbst betrifft das müssen schon andere tun und für andere Menschen ist es schwer zu verstehen was in unseren Köpfen passiert, besonders wenn man arm oder sogar mittellos ist, solche Menschen hassen uns sogar und ich kann Es und Sie verstehen!Auch ich habe die Geschäfte ausgeweitet und in Frankfurt kurz nach deiner Geburt 1980 eine neue Filiale eröffnet, und auch hier bei uns wurde noch eine neue Filiale eröffnet, und als letztes Jahr die Mauern vielen, sind wir auch ins Immobiliengeschäft groß eingestiegen, eine sichere Sache, erkläre ich dir andermal aber gut und sehr erträglich für uns, aber schlecht für den normalen und nur leicht betuchten Bürger! Das ist soweit die Geschichte der Gutmanns, die Geschichte unseres Geldes, deshalb geht es uns so gut!" "Vater ich habe aus deiner Erzählung raushören können, das kein Gutmann seinen Großvater je kennen gelernt hatte, und wenn ich deine Jahreszahlen richtig verstanden habe, so ist mir doch aufgefallen das Großvater, Urgroßvater und Ururgroßvater, ja alle drei nicht älter als 50zig Jahre wurden, auch ich habe meinen Großvater nicht mehr kennenlernen dürfen,wie kommt das, was hat es damit auf sich?" Der Vater schaute erschrocken zu Alex hinüber, sein Gesicht verfinsterte sich, in seinem Blick konnte man Angst und Schrecken erkennen, es sah auf einmal so aus, als wenn ein schreckliches Gewitter mit tiefschwarzen Wolken darin umher spukt, er riß beide Augen weit auf und mit leicht zittriger Stimme sagte er "du hast gut zugehört und gut mitgerechnet, ja genau so ist es, es liegt an dem Fluch, an dem Fluch an den man immer öfter denkt je älter man wird, es läuft mir kalt den Rücken entlang wenn ich daran denke, es ist der halbe Jahrhundertfluch der Gutmanns! Es wurde erzählt und überliefert das Otto Gutmann einer Zigeunerin Geld geliehen hatte, diese aber öfters in Rückzahlungsverzug geraten war und irgendwann dann setzte Otto seine fragwürdigen Methoden bei ihr ein und nach einem riesigen Streit der beiden verfluchte sie Otto und alle Nachkommen, sie sagte wohl, alle Gutmanns werden an ihrem 50zigsten Geburtstag sterben, genau an ihrem Geburtstag, so soll es sein! Und was soll ich dir sagen mein Junge genau so ist es gekommen genau so, unfassbar aber wirklich war" Er senkte schüttelnd den Kopf nach unten, sein Blick wurde starr und abwesend! "so etwas gibt es nicht, das ist Zufall, ich glaube nicht an Flüche das ist alles Hokuspokus, Quatsch, Nonsens, Blödsinn, ich habe darüber gelesen!" sagte Alex mit glühenden Wangen und völlig aufgeregt! "so so mein Junge, glaubst du das wirklich? Ja es hört sich recht eigenartig und Bizarr an das gebe ich gerne zu, aber höre dir diese Geschichte an und dann urteile doch selbst mein Junge! An seinem 50zigsten Geburtstag hatte Otto geladen, geladen zu einer großen pompösen Feier im Gasthaus Goldener Falke etwa 500 Meter von seiner großen Wohnung entfernt, an diesem Tage herschte ein unglaublicher Regen durchzogen von Gewittern, um nicht völlig durchnässt zur Feier zu erscheinen bestellte er für sich und Lori einen Fiaker, sie standen beide vor dem Haus unter dem Vordach und dann sahen sie die Kutsche heranbrausen im schnellen Trab, gezogen von einem prächtigen schwarzen Pferd, sie traten unter dem Vordach etwas hinaus um der Kutsche entgegen zu treten, und genau in diesem Moment, erhellte sich der Himmel, ein riesiger Blitz durchzog ihn, gefolgt von einem mächtigen Donner, einem Donner genau über ihren Köpfen, das schwarze Roß wieherte, stieg empor, nur auf seinen Hinterbeinen stehend blickte es noch oben zum schwarzen Himmel und dann ging es sofort durch, die weiße Kutsche rutschte zur Seite, sie erfasste Otto und

Lori und brachte die beiden sofort zu Fall und eines der riesigen, schweren Holzräder überrollten die beiden und enthauptete alle beide, es soll ein schrecklicher Anblick gewesen sein, die beiden Köpfe sollen sich noch gegenseitig in die Augen geblickt haben, bevor ihre Blicke starr und tot wurden! Dein Urgroßvater Walter und deine Urgroßoma Meta machten eine ausgedehnten Spaziergang, es war natürlich der 50zigste Geburtstag, das Wetter war schön und sie freuten sich darauf abends ins Theater und danach zum Essen zugehen, plötzlich sahen sie wie die SS jüdische Frauen und Kinder durch die Stadt trieben, erbarmungslos und voller Brutalität! Walter, dem man einen ausgeprägten Gerechtigkeitssinn nachsagte, trat dem Sturmbandführer entgegen und schrie ihn an, ob er sich denn nicht schäme so mit Frauen und Kinder umzugehen? Der Sturmbandführer sagte nein, zog seine Pistole aus dem Halfter und schoss erst Meta und dann Walter in den Kopf, steckte seine Pistole wieder zurück und ging weiter! Ja und was deinem Großvater Friedrich und seiner Hilde betrifft die beiden kamen kurz zuvor aus dem Urlaub zurück, von Babados wo sie ein Jahr zuvor unser Ferienhaus, das Haus im Kolonialstil was du so liebst und wo wir auch immer Urlaub machen erstanden hatten, guter Laune, völlig erholt und glücklich waren sie beide und braun gebrannt kamen sie zurück, ich konnte wegen meines Studiums damals nicht mit, aber kurz nach ihrem eintreffen hier wurden beide sehr krank, hohes Fieber befiel sie und sie wurden ins Krankenhaus gebracht, alle Untersuchungen ergaben nichts, es wurde voller Eifer gemacht und getan aber man konnte den Verfall ihrer nicht aufhalten, als ich zum Geburtstag meines Vaters ins Krankenhaus kam, ja da konnte mein Erschrecken nicht größer sein, beide sahen aus wie ausgetrocknete verdörrte Mumien, eingefallen, grau, riesige nichtssagende Augen traten hervor und sie konnten nicht mehr auch nur ein einziges Wort sagen! Die Ärzte konnten machen was sie wollten, der Zustand der beiden wurde von Minute zu Minute schlechter, bis sie dann beide am frühen Abend mit schmerzverzerrten Gesichtern zur fast gleichen Zeit einschliefen um nie wieder aufzuwachen, man weiß bis heute nicht was sie hatten, es blieb für immer ein Rätsel! Die Beantwortung dieser Frage bürdeten sie wohl der Ewigkeit auf!

49

Nun mache dir deinen eigenen Reim daraus mein Junge, ich bin jetzt 42 Jahre und wenn ich daran denke, so erfüllt mich das doch mit Angst und Schrecken!" "das ist ja eine schreckliche Geschichte die du mir da erzählt hast, unglaublich, da kommt man doch glatt in die Versuchung an Flüche zu glauben, aber wir haben noch fast 8 Jahre Zeit um den Fluch zu durchbrechen, wir lassen uns was geeignetes einfallen" sagte Alex "ich fürchte mein Junge einen Fluch kann man nicht durchbrechen, er kann nur von einem genommen werden und das nur von der Person die ihn ausgesprochen hat und die dürfte doch wohl schon sehr lange tot sein" Alex schaute seinem Vater direkt in die Augen, er runzelte seine Stirn so das sein noch junges und zartes Gesicht in Falten fiel und sagte "es gibt keine Flüche dessen bin ich mir sicher, aber trotzdem werden wir zu gegebener Zeit angemessene Sicherheitsvorkehrungen treffen! Einverstanden?" der Vater nickte nur mit dem Kopf! "Vater, wie reich sind wir? Kannst du es so in etwa in Zahlen ausdrücken?" "oh oh mein Junge, du möchtest es aber genau wissen, wir sind Reich, furchtbar Reich sogar, aber es gibt Menschen, ja genauer sogar Männer die sind Milliardäre, nur sehr wenige aber es gibt sie, die Milliardäre! Ich habe schon Einfluss auf Dinge, wenn ich es geschickt verstehe mein Geld einzusetzen, aber diese Männer sind in Wahrheit die wirklichen Regenten dieser Welt, sie haben keinen Einfluss, nein es ist vielmehr Macht, die absolute Kontrolle, wenn sie es geschickt verstehen damit umzugehen, ja dann sind die meisten Staatsmänner und Politiker einfach nur noch ihre Handpuppen, Majonetten, ihr Spielzeug! Und wenn sie es selbst nicht so gut verstehen mit ihrem Geld so umzugehen, ja dann haben sie jemanden der das kann, sie haben für alles die besten, es ist wichtig die besten zu haben, das solltest du dir gut merken, es gibt immer Dinge die man selbst nicht gut kann, aber es gibt immer jemanden der das kann und den gilt es zu finden! Aber jetzt schweife ich ab, du wirst bestimmt nicht wissen was eine Milliarde ist und ich oder sagen wir ab jetzt mal immer Wir, ja wir sind da doch noch weit von entfernt" der Vater blickt rüber zu Alex und lachte laut! "ich weiß ganz genau was eine Milliarde ist, es sind 1000 Millionen, eine eins mit neun Nullen, eine unfassbare Zahl, ich wusste nur nicht das es

Menschen gibt die so viel Geld besitzen, so einen Berg, so einen Batzen, so einen Haufen, aber in dem Moment wo du sagtest Milliardär durchzog mich ein Blitz von ganz unten bis ganz nach oben, ja das ist es was ich werden möchte, alles andere erscheint mir ab jetzt wie ein Tropfen im heftigen Tropenregen, wie ein Sandkorn in der Sahara, wie ein einzelnes Blättchen im Regenwald, Milliadär ja dieses Wort oder der Gedanke es zu sein ist mir schon komplett ins Blut gekrochen und es kriecht darin rum und nimmt jeden Milimeter meines Körpers ein, ja ich würde sogar meine Seele verkaufen um es zu werden, Milliadär" Alex sagte dieses Wort langsam und sehr langezogen mit der Betonung auf der letzten Silbe! "ich fange gleich morgen damit an und werde alles lernen, alles was mit Wirtschaft und Geld und Banken und Aktien usw…….. zu tun hat, ich werde Tag und Nacht lernen und lesen bis ich alles weiß und alles kann, ja gleich morgen, ja genau morgen früh fange ich an!""Alex mein Junge bleib ruhig, du bist ja völlig euphorisch, ja wie von Sinnen sogar, aber gut wenn es so ist, ist es so und du kannst auf meine Unterstützung bauen, egal was es ist, wenn es Bücher gibt die du möchtest oder sogar brauchst wird Alfred dich in die Bücherei Sandmann und Co bringen und du kannst dir bestellen was du brauchst, sie sollen es auf meine Rechnung schreiben, ich sage gleich morgen dort bescheid und du kannst mich auch mal in meinem Büro in der Bank besuchen und dann zeige ich dir alles, auch diese komischen neumodischen Computer von denen ich nichts verstehe, aber ich habe natürlich welche die was davon verstehen, nun werden wir einmal sehen ob es dir oder besser uns gelingen möge es zu werden, die Vorraussetzungen dafür sind gut, es ist schon eine Menge, ein Haufen, ein Batzen, ein Berg, so wie du es gerade nanntest von allem da!" der Vater mußte sehr laut und herzlich lachen "danke Vater, danke für alles, ich werde auf das ein oder andere Angebot mit Sicherheit eingehen, weißt du eigentlich das ich seit ich denken kann immer zu dir aufgeschaut habe, für mich bist du ein großer Mann und der beste Vater der Welt, ich könnte mir keinen besseren vorstellen, Danke für alles! Der Vater lächelte leicht verlegen aber auch mit Stolz in den Augen rüber zu Alex "du machst es mir aber auch leicht" Sie schauten sich gegenseitig an, mit ihren leicht erhitzten und roten Wangen sahen die beide aus wie nach einer kräftigen Rauferei! Das Feuer fiel, die Wärme wurde lauer, die Farbe dunkler, es glühte kräftig Rot, es flammte nur noch leicht und tief! Alex dachte bei sich, es ist schön, ein schöner Augenblick und er hörte dem nur noch leisen Knistern des Feuers aufmerksam zu! "hast du noch was auf dem Herzen, ist noch was über das du reden möchtest?" fragte der Vater! Alex machte seine Augen zu und stützte seinen Kopf auf den Händen die zu Fäusten geballt waren ab, und er dachte nach, angespannt, unsicher, unentschlossen, vorausschauend, ganz genau, intelligent, vielleicht aber auch schlau und sehr lange, und dann sagte er "nein" Das meiste was ein Mensch hat sind Sehnsüchte und Geheimnisse, jeder Mensch hat sie, und jeder hat sie für sich ganz alleine, und er muss damit umgehen, für sich ganz alleine oder auch nicht! Alex hat seine neueste Sehnsucht hinaus geschrien, laut und mit Nachdruck, in den Raum, in den Kamin, ja sogar in Vaters Gesicht, aber er war sich seit heute sicher, sein Geheimniss ist sein eigenstes Eigentum, und es wäre schlau und besser es auch dabei zu belassen! Zu abwegig, zu seltsamm, zu bizzar ja zu verrückt sogar, würden Menschen es finden und niemand würde ihm glauben, aber es ist so und Alex weiß ja das es so ist, er kann in den Augen der Menschen lesen, wenn sie ihm oder er ihnen in die Augen schaut weiß er ganz genau was sie denken, nicht Wort für Wort aber fast, wie ein leuchtendes Reklamebanner zog es zu ihm rüber und an seinen Augen vorbei, er mußte nur lesen um zu wissen was in den Köpfen der anderen so vor sich geht und was sie denken, er hat es verfolgt und in allen Variationen ausprobiert, es war so, genau so und wenn sie was anderes sagten als er laß, ja dann logen sie, auch dafür hatte er schon oft den Beweiß mitten auf den berühmten Silbertablett serviert bekommen, es war gespenstig, es war gerade so als wenn er die Gedanken der Menschen aus ihren Augen zu sich rüber zog und wie ein Buch las, er selbst fand irgendwie keine Worte dafür, auch keine Erklärung, er wusste nur das er wohl der einzige ist, und eben das es so ist! Und dieses Geheimniss hat in den Köpfen, Geistern und Seelen der anderen nichts verloren, dem war sich Alex sicher! Sein eigenstes Eigentum! Die kleinen gelben Flämmchen gingen ganz nieder und fielen zu Boden, nur noch Baumstämme die zu Holzkohle glühten, dunkelrot und giftig von ihrer Farbe und der schwache Schein ließ das Zimmer in einem furchterregenden Antlitz dem fast gleich der Hölle stehen! Vater und Sohn unterhielten sich noch ausgelassen und angeregt, sie diskutierten darüber ob sie nur müde, hundsmüde, oder schon todmüde waren, einigten sich aber rasch auf hundsmüde, dann standen sie auf und gingen jeder auf zwei Beinen und nicht auf vier Pfoten in ihre Richtungen zu Bett, ins dunkle Schwarz und Taubstumme, direkt in den Schlaf! Gesagt, getan! Gleich am folgenden Montag besorgte er sich Bücher, Bücher der Wirtschaftslehre, des Bankwesens, über Aktien, Staatsanleihen, Fonds, Immobilien, Zinsrechnungen, Gewinn-Verlustrechnungen, Vermögensplanungen, Bücher die bis tief hinein gingen, hinein bis ins letzte noch so verworrene Detail, Bücher die er hätte niemals verstehen dürfen, doch er verstand sie! Wie besessen war er, Buch nach Buch verschlang er, presste deren Inhalt bis in den letzten Winkel seines Hauptes, hinein in sein Hirn bis in die letzten Windungen, Tag und Nacht, vor der Schule, in der Schule, nach der Schule, einsam in seinem Zimmer, alleine auf der Terrasse, unter verständnislosen Blicken in der Schule! In der Schule saß er immer noch alleine und das war gut so denn er wollte seine Ruhe und seit dem Vorfall mit Sven, wollten auch die Mittschüler ihre Ruhe vor ihm, bei den meisten gallt er einfach nur als verrückt, irr, völlig durchgeknallt, in ihren Augen sah er, Angst und Missachtung ihm gegenüber, doch das war ihm einerlei, er spürte deshalb keinen Schmerz, es war gut so wie es war, denn sein Dynamo, seine Erleuchtungsanlage funktionierte einwandfrei, er prüfte sich selbst, alles was er lernte blieb da wo er es abgelegt hatte, wie von Saugnäpfen festgehalten, festgehalten für die Ewigkeit und abzurufen auf einen winzigen, leisen Fingerschnipp! Esmeralda machte sich Sorgen um ihren kleinen Mann, wie sie ihn immer nannte und sorgte stets dafür das er gut zu Essen bekam, Alex sah in ihren Augen das sie sich wirklich Sorgen machte und deshalb sagte er ihr oft das es ihm gut gehe und das er genau das was er tat brauche, Esmeralda sagte dann aber immer "doch mache aber Sorgen" Der Vater fragte öfters mal nach ob alles in Ordnung sei, und ob er sich nicht vielleicht etwas übernehme, aber Alex sagte ihm alles Okay und das er sich keine Sorgen zu machen braucht! Der Vater zwinkerte ihm zu und sagte " ich mache mir keine Sorgen, aber Gedanken" 400 Tage waren vergangen, mehr als ein ganzes Schuljahr huschte im Eiltempo nur so an Alex vorüber und die Großenferien standen unmittelbar vor der Tür, bevor das letzte Schuljahr, die 6.Klasse begann! Alex bemerkte eine Veränderung an sich selbst, es war eine eigentümliche Schwere die auf ihm lastete und ihm das Herz zusammenpresste, als ob sein Blut sich verdickte und langsamer als sonst zirkulierte, es war wie eine Müdigkeit, ein Gefühl einer ätzenden Unzufriedenheit mit sich selbst kam in ihm auf, er fühlte sich schwer, er fühlte sich krank, er war müde, er war fertig, es herrschte eine leere in seinem Kopf, ein Vakuum, er war einfach am Ende, er brauchte eine längere Pause das war ihm einfach nur noch klar! Und so kam es ihm gerade zur rechten Zeit, genau richtig, exakt auf dem Punkt, die Frage die ihm sein Vater stellte, er fragte Alex " Alex hast du lust mit mir und deiner Mutter die ersten 2 Ferienwochen in unserem Haus auf Barbados zu verbringen, ich kann hier mal wieder für 2 Wochen weg?"die Antwort kam schnell, blitzschnell aus Alex seinem Mund geschossen "Ja,ja,ja ich freue mich sehr darauf" Mit einem Ruck, wie von Geisterhand gezogen öffnete sich die große Glasschiebetür und der Windzug der daraus entstand kühlte Alex für einen flüchtigen Moment das rot erhitzte Gesicht und wehte der Mutter ihre langen vollen Haare kurz in die Höhe! Sie traten ein, ein in das Flughafengebäude, und sie zogen alle drei sündhaft teure Rollkoffer wie Bollerwagen hinter sich her,Alex fühlte sich gut und hatte irgendwie das Gefühl tief in sich, das alles anders ist als sonst, er fühlte sich erwachsener, er genoss jeden Schritt und jeden Moment und schaute mit weit aufgerissenen Augen dem wilden Treiben und der Hektik am Flughafen konzentriert zu, seine Blicke wanderten in alle Richtungen und dann hörte er die geheimnisvolle Stimme, die Stimme die alle Ansagen laut von sich gibt und niemand das passende Gesicht dazu je zusehen bekommt, genau in diesem Augenblick sah Alex in Gedanken ganz oben in der hintersten Ecke einen großen gelben Vollmond mit freundlichem, feinem Frauengesicht aus deren Mund die Ansagen kamen, dann schaute er seiner Mutter hinterher, wie sie aufrecht und elegant dahin schritt, ihre wohlgeformte Nase fast bis zur Decke gehoben, ihre traumhaft schönen Augen schauten arrogant , ja fast abwertend , gezielt und starr in eine Richtung! Alex beobachtete wie Männer mit Gier in den Augen ihr hinterher schauten und sich dabei schon beinahe die Hälse verrenkten, einige von ihnen bekamen Ellenbögen in ihren Rippen zu spüren und verzogen kurz das Gesicht zu komischen Fratzen, dann schaute Alex seinem Vater in die Augen, er lächelte und darin zu lesen war nur ein Wort! Meins! "Vater" "ja Alex" "sieh mal genau hin,Mutter stolziert durch den Flughafen wie die Königin von Saba" der Vater lächelte Alex direkt ins Gesicht und sagte "ja Alex das macht sie doch überall und immer, aber sie ist ja nicht die Königin von Saba, nur genauso kostspielig ist sie"! Und ganz oben in der Ecke lächelte wieder der Mond! Dann kreuzten ein Pilot und eine Stuardess ihren Weg, angeregt und tief im Gespräch vertieft, gleich dahinter der Copilot mit noch einer Stuardess, flüsternd und sich tief in die Augen schauend liefen sie vorüber und Alex erkannte noch die schamlose Wollust der letzten Nacht in ihren Augen, dann liefen sie an einer langen Schalterschlange vorbei, Checkin Palma de Mallorca stand etwas schief auf der Anzeigetafel, schief war auch die Schlange dahinter, junge Leute, lachend, grölend, bei allerbester Laune, völlig in ausgelassener Stimmung, in voller Vorfreude auf den Urlaub und mitten drinnen sprang ein dicker, plumper, bunt angezogener junger Mann übermütig wie ein aufgezogener Affe umher und spielte den Spassmacher und seine roten Wangen leuchteten bis hinauf zum lächelnden Mondgesicht, und man wusste sofort, nach diesem Urlaub brauchen sie alle erst einmal Urlaub! Alex zeigte aufgeregt mit dem Finger in eine Richtung "dort müssen wir hin, genau dort ist unser Abflugschalter" sein Blick fixierte den Schalter mit der beschriebenen Tafel auf der zu lesen stand, Checkin Bridgetown Barbados, zwei lange Schlangen standen schon an zwei offenen Schaltern, aber nun kam der erhabene Moment, der Moment wo sich Alex wie ein kleiner Prinz fühlte, der Moment woran man erkannte das diese drei anders waren, sie gingen links an den Schlangen vorbei,

Alex sah Neid, Missachtung und die Frage wer sind diese drei? In den Augen der Fluggäste, aber egal, sie gingen weiter links vorbei, genau zu dem Schalter der völlig ruhig und einsam da zustehen schien und auf der Tafel stand, Checkin First-Class! Dahinter saß eine Stuardess mit festem rotem Haar zu einem Zopf gebunden, ihre Sommersprossen im Gesicht gaben ihr etwas Süßes, die hellen Augen lächelten freundlich, und Alex dachte "ob das wohl meine Tante ist?" dann grinste er leicht verschmitzt! Die Stuardess begrüßte die drei in überschwänglicher Freundlichkeit, sie war so nett und zuvorkommend, so lieb und bei bester guter Laune, das man dachte, ja sogar befürchten mußte, das sie jeden Moment damit anfangen könnte, ein fröhliches Liedchen zu trällern! Nach der Passkontrolle begaben sich die drei in die Bordingzone und setzten sich gemütlich in die grünen Plastikschalen, Alex ließ seinen Blick im Kreise umher wandern, ihm gegenüber saß ein viel zu dicker Mann der nicht genau in die Schale passte, sein kugelrunder Kopf war hochgradig errötet, er hatte ein buntes Hawaihemd an das durchnässt war vom Schweiß, Schweiß der ihm sogar am Kugelkopf in Strömen runter floß, er griff in seine Hosentasche und holte ein weißes Taschentuch hervor um sich damit die breite Stirn zu trocknen, ein Badetuch wäre die bessere Lösung, dachte Alex, man hatte Angst das sich bald unter diesem Mann eine große Pfütze bildet, in der man leicht ausrutschen könnte, Fettsucht, Hitze und große Flugangst waren wohl der Auslöser des Schweißdramas, denn er schien auch noch sehr nervös zu sein! Direkt am Fenster, angestrahlt von der Sonne stand eine Bohnenstange, eine sehr große und dürre Frau, sie trug eine grüne Hose und eine grüne Bluse, auf ihrem Kopf war ein runder Strohhut platziert, sie sah aus wie eine riesige Sonnenblume, denen gleich die Esmeralda jeden Frühling im Vorgarten säte und den ganzen Sommer hegte und pflegte um sich dann im Herbst immer darüber zu ärgern, das sie den Rekord, 3,07 Meter von 1979 nicht übertroffen hatte, wenn die Sonnenblumen dann verwelkten! Mindestens zwei Tage rannte sie dann durchs Haus und murmelte immer vor sich hin"79 das war Blume der Sonne, Blume groß und stark die Namen Sonnenblume hat verdient, bis kurz vor Sonne ist gewachsen sie! Der Mond ging ein letztes mal auf, ganz oben in seiner vertrauten Ecke, aber diesmal lächelte das Gesicht nicht, der Mundwinkel hing nach unten und die Augen waren halb zugekniffen, denn der Mond musste schimpfen, weil jemand zu spät war und alle auf ihn warten mussten! Das Bording ging dann sehr schnell, alle bogen im Flugzeug rechts ab, wir drei links, Taschen und andere Dinge wurden ordnungsgemäß verstaut und schon saßen wir in komfortablen, bequemen großen Sitzen, ja eher schon Sesseln, die First-Class war sehr klein, es gab nur 12 Sitze und 2 waren nicht einmal besetzt, die anderen Fluggäste in der First-Class waren gut gekleidete und wohl duftende Mitflieger, was immer sie auch waren, sie konnten sich den 10fachen Flugpreis für den 8 Stundenflug offenbar leisten! Angegurtet, aufrechte Position eingenommen und auf den Start gewartet war jetzt angesagt und in diesem Moment mußte der Fluggast, der genau vor Alex am Fenster saß niesen! Einmal, zweimal, dreimal und Alex dachte in einem Flugzeug niest man doch nicht, er niest von der Sonne die durch das kleine Fenster hinein scheint, viermal und fünfmal, ich kann es nicht leiden wenn jemand so oft niest, kann er denn nicht aufhören, nur beim ersten höchstens zweiten mal hällt er sich die Hand vors Gesicht dann nicht mehr, hat er denn keine Manieren, man hoft nach jedem mal das es zu ende ist, und kann trotzdem nicht aufhören, aufs nächste Mal zu warten, man wird dumm im Kopf, man zählt und hilft mit! Jetzt niest er zum sechsten mal, er soll sich doch den Nasenflügel massieren bis es nicht mehr kribbelt, seine Augen sind schon so dick wie Kastanien, wenn er nicht bald aufhört hüpfen sie heraus, jetzt niest er zum siebenten mal habdschi, ich habe vom zusehen schon Luft im Hirn, soll er doch mal was anderes niesen als habdschi, jetzt ist aber Schluss, nein er niest zum achten mal, von dem wird nix mehr übrigbleiben, der niest sich aus, der schrumpft zu einer Rotzkugel, aber dann ist doch Schluss! Danke, danke, besser hier unten als da oben, der hätte uns zum Sturzflug gebracht! Die Turbinen werden immer lauter, sie heulen, sie kreichen, jetzt kommt der Augenblick den einer mag und der andere hasst, Alex mochte ihn, diesen Moment wo man in seinen Sitz gepresst wird, wo man diezügellose Kraft der gewaltigen Turbinen am eigenen Leibe direkt zu spüren bekommt, immer fester und fester drückt es einen nach hinten, hinein in den Sitz bis es dann vorbei ist und man anfängt wie ein Vogel zu schweben! Es geht dann in einem bestimmten Winkel immer weiter und weiter in Richtung Himmel hinein, bis das Flugzeug dann waagerecht bleibt und die Turbinen immer leiser und leiser werden, bis sie dann fast zum schweigen gebracht werden! Dann dauert es nur noch ganz kurze Zeit aber Zeit die manch einem wohl vorkommen mag wie Wochen, sie zappeln und räkeln sich, sie winden und drehen sich, mann könnte denken sie sitzen auf dem Elektrischenstuhl ganz kurz bevor der Schalter umgelegt wird und sie gegrillt werden, aber dann endlich ertönt ein heller Gong, das Angurtzeichen erlischt, es macht nur noch klick, klick, klick, aus allen Richtungen, endlich frei, frei! Die elegant gelb-blau gekleidete, recht ansehnliche, sehr freundliche Stuardess steht sofort auf um ihren 10 anspruchvollen Gästen jeden Wunsch von den Augen abzulesen, "jungerMann darf ich ihnen etwas bringen" "ja gerne, eine Cola bitte" "und ihnen Herr Gutmann" "ach wissen sie was, ich nehme auch eine Cola bitte" "und ihnen Gnädige Frau" Alex schaute rüber zu seiner Mutter und zur Stuardess und dachte bei sich! Ich weiß was du willst, los sag das Wort, sag es doch, ich weiß es, du weißt es, alle wissen es, was schaust du so in ihre Augen, warum denkst du nach, mein Leben würde ich wetten das das Wort kommt, worauf wartest du noch, sag es doch endlich, los sag es, sag es jetzt das Gottverdammte Wort! "Tomatensaft" sagte sie arrogant und von Oben herab! Tomatensaft, ja,ja,ja, ich wuste es doch dachte Alex und lehnte sich beruhigt, und bequem in entspannter Position zurück! Es schaukelte, es rappelte, Alex machte seine Augen auf und sammelte sich kurz, erst einmal den Kopf ordnen, ach ja ich muss wohl einen flüchtigen Moment eingenickt sein, er hörte das quietschen und knarren der Stoßdämpfer des großen Geländewagens! Er zog sich mit einer Hand an der Sitzlehne hoch und schaute aus der Heckscheibe, er konnte die tiefschwarze Teerstrasse gerade noch hinter einer grauen Staubwolke verschwimmen sehen, aha wir sind von der großen, guten Strasse auf die Sandpiste abgebogen, Gut so dann ist es nicht mehr so weit, er zog sich an der Lehne vor ihm hoch und sah da hinter seine Mutter schlafen, ihr roter Schmollmund stand offen, vorne saß der Vater neben dem Fahrer und sie unterhielten sich angeregt und vergnügt, sie lachten, der Fahrer hatte kurze schwarze Haare, auch sonst war er sehr schwarz, er trug auch noch eine schwarze Hose und ein schwarzes T-Shirt das die ganze Sache auch noch schwarz abrundete, er steuerte den Wagen sehr lässig mit einer Hand und man konnte bei jeder Bewegung die er machte, das Spiel seiner trainierten Muskeln erkennen, wie ein riesiges Gebirge taten sie sich unter dem T-Shirt hervor, man wartete nur auf den Moment wo das Shirt zerfetzt wird! Seine schwarzen, feurigen Augen glänzten freundlich, und bei dem ganzen schwarz konnte man den dicken weissen Strich im Gesicht nicht übersehen, aber man sah ihn nur wenn er lachte oder redete! Vater nannte ihn Sam, wow dachte Alex, paßt zu ihm S, wie stark, A, wie aussdauernd und M, wie mutig, ja genau so muß dieses Gebirge wohl sein! Alex öffnete das Seitenfenster und laue, wohlige Luft umspielte sein Gesicht, er fing an zu grinsen, der Vater hörte das und drehte sich zu Alex um und sagte " Alex wir sind bald da, alles gut bei dir?" Alex hob einfach nur seinen Daumen in die Höhe und lächelte! Er betrachtete die wunderschöne Landschaft, links der Kokosnußpalmenhain, rechts fingen gerade die Zuckerrohrfelder und Plantagen an, voran ein Tal und unten drin ein Teppich, ein Teppich aus tausenden Grüntönen, der Regenwald! Ganz langsam fuhren sie an dem alten Dorf vorbei, ein armes runtergekommenes Dorf, mit teilweise noch Lehm und Strohhütten, man hätte flüchtig denken können das seit der Entdeckung der Insel durch den Portugiesen Petro Campos im Jahre 1536 hier nichts mehr getan wurde, es war das Dorf der Arbeiter, der Arbeiter von den Zuckerrohrplantagen! Sie fuhren weiter der staubigen, schlechten Strasse entlang und etwas voraus sah Alex zwei halbwüchsige, es schien von weitem ein Junge und ein Mädchen zu sein, ja es war ein Mädchen im pinkfarbenen Kleid und ein Junge in kurzer Hose und gelben Shirt, die beiden drehten sich um und schauten zu Alex der seinen Kopf weit raus gestreckt hatte, jetzt waren sie sich genau gegenüber, die beiden sahen fast gleich aus mit ihren dicken schwarzen Locken, sie grinsten beide mit ihren großen weißen Zahnreihen und ihren strahlenden schwarzen Kulleraugen, Alex direkt ins Gesicht, Alex erkannte, freundlichkeit, und karibische

Lebendsfreude darin, Alex grinste leicht schüchtern zurück in diese lieben, zarten, Gesichter, sie rannten neben dem Geländewagen der recht langsam fuhr her und fingen an ihm etwas mitzuteilen, in einer Sprache die Alex nicht verstand, es war ein Mix aus Englisch und Kreolisch wie die Einheimischen es hier zu reden pflegten, sie gestikulierten mit Händen und Füßen, sie plapperten wie wild auf ihn ein, und sie lachten und in ihren Augen sah Alex das sie ihm wohlgesonnen waren und das ihre Freundlichkeit und Herzlichkeit mitten aus ihrer Seele rausssprangen, das sie echt waren, der Wagen fuhr nun etwas schneller und Sam machte seine Scheibe runter, mit einer Bewegung seines starken Unterarmes wollte er wohl zeigen das sie verschwinden sollen, aber sie schafften es noch ein kurzes Stück, dem Wagen im vollem Tempo nebenher zu rennen, der Junge zeigte mit dem Finger der rechten Hand auf sich selbst und schrie laut Jo,Jo, dann zeigte er auf das Mädchen und schrie noch lauter Joleen,Joleen, Alex verstand sofort und zeigte auf sich selbst und schrie aus vollster Kehle Alex, sie winkten sich noch zu und schon war der Wagen ein ganzes Stück von den beiden getrennt! Kurze Zeit später fuhren sie einen kleinen, sanften, grünen Hügel empor, und in diesem Augenblick konnte man das traumhafte, weisse, große Haus erkennen! Majestätig, wie ein Eisberg im dunkel des grünen Jungels stand es da! Jetzt waren sie vor dem riesigen Gittertor angekommen und Alex sprang schnell aus dem Wagen, er schaute sich nach allen Richtungen um, wie wunderschön, dachte er, und auf der linken Seite unter dem Berg auf dem das Haus stand, konnte er sogar das Meer sehen, vielleicht 200 Meter zu Fuß waren es nur, er drehte sich mehrmals im Kreise um und dachte "paßt meine helle Haut überhaubt in dieses bunte Paradies ?" Die Sonne stand noch flach an diesem morgen, der Himmel war tief Blau, kein weißer Tupfer störrte und die Luft war noch mild, rein und lau! Alex stand am Ende des Gründstückes am weißem Geländer, der köstliche Geschmack des Frühstückes kreiste noch in seinem Gaumen umher, er blickte hinab, rüber über die Kokospalmen, in allen Größen und Formen standen sie da und reichten bis zum Meer, viele Blautöne verschmolzen ineinander in diesem endlos erscheinenden Ozean, blau, türkis, hellblau, grün, mittelblau, stahlblau, es war für alle

Augen etwas dabei, so zog sich das Meer hinaus bis es dann tief dunkelblau wurde und in einer Linie mit dem Horizont zu enden schien, am Land wurde das Meer weiß umsäumt, vom Puderzuckerstrand, es sah aus wie Puderzucker, es fühlte sich an wie Puderzucker, ja es schmeckte sogar, nein tat es nicht, es schmeckte nach Sand!Granitfelsen und Kokospalmen die bis ins Meer ragten, rundeten das Ganze in ein Märchen ab! Alex drehte sich um und blickte über den gepflegten Tropischen Garten, Kokospalmen, Yuccapalmen, Mangobäume, Bananenstauden, Orchideen in allen Farben und bunte tropische Blumen kreuzten seinen Blick, Giftschöne Farben waren das, die ihm im Augapfel stachen, er schaute zur Terrasse, Vater und Mutter saßen noch am Frühstückstisch und rauchten eine Zigarette in netter Zweisamkeit! Irgendwie auf einer besonderen Art, kam es Alex so vor, als sei seine Mutte hier in der Karibik symphatischer als sonst, sie lachte laut und lächelte leise und sanft, als sei der Großstadtputz von ihrer Seele gebröckelt, dennoch blieb sie recht Einsilbig! Im hintergrund sah Alex was tief dunkles umherhuschen, Maria, sie war die Auserwählte, die sich um unser Wohlsein hier kümmerte, man schaute nach rechts und sah Maria, wendete den Kopf nach links und sah Maria man sah sie überall, wie ein Wiesel wirbelte sie an allen Ecken und Enden gleichzeitig umher, manchmal war sich Alex fast sicher es gibt sie dreimal, es müssen Drillinge sein, ihre Bewegungen waren schnell, geschmeidig und gezielt genau, von weiten sah Maria aus wie ein noch sehr junges Mädchen, aber wenn man ihr gegenüber stand und in ihre dankbaren Augen schaute sah man doch die Jahre die um Augen und Mund gewachsen waren! Vorn vor dem Eingangstor stand ein kleines weisses Häuschen und davor saß ein großer kräftiger dunkler Mann, dunkel wie 98% der knapp 300000 Einheimischen auf dieser Insel, er hatte eine schwarze Hose an und ein blaues Hemd über den wuchtigen Oberkörper, am Gürtel hatte er links einen Gummiknüppel befestigt und rechts einen Pistolenhalfter, er schaute grimmig und böse, nur wenn sich die Blicke mal kurz mit Alex, Vater oder Mutters kreuzten, zeigte er freundlichst seine tadellose weiße Zahnreihe und neigte den Kopf! Alex stand dann am Rande des Pools und schaute ihn genau an, schön war er, groß war er und in der Mitte war am Boden mit kleinen Mosaiksteinchen in verschiedenen Blautönen kunstvoll eine Meerjungfrau eingefliest, Alex zog sein Shirt aus, warf es auf einen roten Liegestuhl und sprang in den Pool, erst einmal der Meerjungfrau guten Morgen sagen! Alex saß in einem Korbstuhl auf der Terrasse und laß ein Buch, völlig entspannt, der Vater ihm gegenüber vertieft in Akten und das nicht entspannt, Alex überlegte kurz da mal mit rein zu schauen, aber er merkte das das sein Kopf nicht brauchte und im selben Moment strömte sanft aber doch unaufhaltsam ein Duft in seine feine Nase hinein, der Duft von frisch gebackenem Kuchen, so süß, so lecker, so unwiderstehlich, er merkte wie ihm der Speichel im Munde zusammen floß, er stand schnell auf und schaute durch die Terrassentür, da stand sie mitten in der offenen Küche, Maria, und zauberte einen Kuchen zum Nachmittagskaffee! Plötzlich hörte man vorne am Eingangstor den Wachmann laut brüllen, eine angsteinflössende tiefe Stimme hatte er, irgendetwas war dort passiert, er schrie laut, abgehackt, böse, zornig, man konnte sich sogar vorstellen das er gerade seine Zähne fletschte wie ein bissiger Hund kurz vor dem Biss! Alex und Vater blickten sich verwundert in ihre Augen, Alex stand auf und rannte um die Ecke, von weitem schaute er zum Wachmann und sah das der sogar seinen Gummiknüppel in der Hand hielt und wild damit durch die warme Luft fuchtelte und er glaubte von weitem auch etwas pinkfarbenes und etwas gelbes zu erkennen, sofort schoss es ihm wie ein Blitz durch den Kopf, Jo und Joleen ? Er rannte mit flinken Beinen zum Wachmann und versuchte ihm mit wilden Gesten und lauten Worten zu verstehen zu geben das er sie vor lassen darf! Der Wachmann schaute Alex böse an, sein Gesicht war in den Wahn getaucht und Alex konnte in den schwarzen Augen lesen das es ihm überhaubt nicht passte sich von so einem Knirps etwas sagen zu lassen, Alex reagierte sofort und versuchte diese Situation mit sanften Worten und lieben Gesten abzuschärfen, jetze lächelte der Wachmann er wackelte mit seinem Kopf hoch und runter, dann lief er dem pink und gelben Punkten entgegen und rief ihnen etwas zu! Ganz langsam und vorsichtig mit gesenkten Köpfen, schüchtern ja fast schon demütig und sich beide an den Händen fassend kamen sie Schritt für Schritt näher bis sie dann vor Alex am Tor standen, jetzt lächelten die beide freundlich und herzlich bevor sie alle drei anfingen sich anzulachen, ja es gab kein halten mehr und als sie sich beruhigt hatten fingen die beide an zu reden und zu reden, aber Alex verstand nicht viel, ihre Sprache war ein für ihn kaum zu erhörendes Kauderwelsch gepaart mit schlechtem Englisch und Alex sein Englisch war auch noch recht bescheiden, Alex schaute in ihren freundlichen, feurigen, schwarzen Augen und sah nur gutes darin, auch Neugier und Verwunderung, die beiden wollten Alex sein rotes Haar mit ihren Händen untersuchen, Alex schaute sich die Hände der beiden genau an, sie waren schmutzig und sie waren so anders, schwarz und die Innenflächen so hell, komisch dachte er und es war ihm nicht angenehm der Gedanke sich durchs Haar fahren zu lassen, ach was solls dachte er und ließ es zu, die beiden wühlten auf seinem Kopf umher durch seine rostroten Locken und sie lachten und schauten sich verwundert an! Etwas später griff Alex in die schwarzen Locken, es war anders, man glaubte in Stroh zu fassen, die beiden sahen ziemlich gleich aus und waren sehr sehr vertraut miteinander das sah man und fühlte man und auch kamen sie Alex noch recht kindlich vor, er war es nicht gewohnt, er ging so etwas eigentlich immer aus dem Weg in der Schule und überall, er hatte nie Freunde und auch sonst nie Kontakt zu Menschlichen Wesen in etwa seinem Alter! Diese nicht geplante Zusammenkunft war Alex irgendwie fremdlich, bei ihm war alles und zu jederzeit immer geplant, durchdacht und Zielgerichtet, aber er merkte rasch das er gefallen daran fand und es ihm irgendwie auf einer speziellen Art sogar Freude bereitete und er Empfand große und ehrliche Symphatie für die beiden! Die Unterhaltung wurde immer intensiver fortgeführt, es wurde alles eingesetzt, Mund, Hände, Füße, Beine, Arme, Körper, es wurden Grimassen gezogen, komische Bewegungen wurden vorgeführt, man bediente sich allem was greifbar umher am Boden lag, Steine, Stöcker, Blätter und es dauerte dann auch nicht mehr sehr lange und die drei hatten ihre eigene Sprache, ja sie hatten ihre eigene Sprache erfunden! Sie saßen dann den ganzen Nachmittag bis zum Abend vor dem Tor, die Zeit verflog, sie raste wie ein Rennwagen auf der Geraden an ihnen vorbei! Die beiden waren 12 Jahre alt

63

und sie waren Zwillinge und sie wollten Alex unbedingt etwas zeigen, sie wollten mit ihm einen Ausflug machen! Morgen wollten sie Alex abholen und den Tag mit ihm verbringen, Alex fand das gut und erklärte den beiden das er fragen müsse, und so ging er zu seinem Vater auf die Terrasse und fragte "Vater dort draußen stehen die beiden von Gestern die hinter dem Wagen her gelaufen sind und fragen ob ich Morgen mit ihnen wo hin gehe, sie möchten mir etwas zeigen, sie sind wirklich nett, darf ich mit?" der Vater dachte mit zugekniffenen Augen nach und sagte "ich weiss, habe ich schon gesehen, aber ihr habt mich ja nicht bemerkt so ausgelassen habt ihr euch unterhalten, warte kurz hier ich muss ein Telefonat führen, dauert nicht lange" der Vater ging ins Haus, Alex schaute ihm hinterher, der Vater griff das Telefon und schon fing er an zu reden, freundlich aber bestimmt, es wurde noch kurz gelacht dann legte er den Hörer auf, Alex konnte nichts verstehen, der Vater kam zurück! "Vater mit wem hast du denn telefoniert?" "ach unwichtig, ein Geschäftspaartner, hatte kurz eine Frage, um zu deiner Frage zurückzukommen, ja Alex du darfst mit den beiden Morgen losziehen, sie können dich um 10uhr hier abholen" "danke, ich glaube das es spaß machen wird"! Mit dieser für ihn erfreulichen Nachricht rannte er zurück zum Tor und sagte es den beiden, sie grinsten einmal um den Kopf herum mit ihren dicken, dunkelen Lippen und den weißen nicht enden wollenden Zahnreihen! Sie zeigten Alex klar und deutlich dass sie morgen Punkt 10uhr da sind um ihn abzuholen und rannten lachender und guter Laune davon! Es war Punkt 10 Uhr und Alex stand schon erwartungsvoll und ungeduldig am großen Tor, kurze Zeit später hörte er ein Klappern, ein Quietschen, da waren die zwei, sie kamen auf roten Fahrädern mit lachenden Gesichtern ihm entgegen gefahren, Jo machte Alex unmissverständlich klar das er sich auf den Gepäckträger setzten solle, aber Alex schaute das Fahrad mit großen skeptischen Augen an, es war alt, es war klapprig, es war verrostet und so hatte er doch wenig Vertrauen in dieses Vehikel und diesem Gepäckträger, aber Jo redete aufgeregt und voller Eifer auf ihn ein! Alex saß und schon ging es los, er saß unsicher und hart und versuchte die richtige Position zu finden und dabei klammerte er sich mit eisernem Griff an der Sattelstange fest! Wie eine riesige Dampflokomotive, angetrieben von kleinen feinen dunkelen Waden holperten sie über den staubigen Weg, Joleen immer vorne weg und dabei wehten ihre schwarzen Locken wie in Tinte getränkte Watte im Wind umher, dann ging es abwärts ins Tal hinein in Richtung dicker grüner Teppisch! Wie ein trockener Schwamm saugte sich Alex die Landschaft ein, mit weit aufgerissenen Augen versuchte er nichts von dem Schönen zu verpassen, Palmen, Bananenstauden, Tropische Bäume und Sträucher, untermalt von bunten exotischen Blumen, all das streute sich in die sanfte Hügellandschaft fein und wohl dosiert ein! Kurze Zeit später rollten die drei unten im Tal direkt in den grünen Teppich hinein, wie vom Himmel gezogen ja schlagartig verschwand die warme Sonne hinter riesigen Bäumen und einem Meer aus Blättern, Alex merkte sofort eine angenehme Kühle auf seiner Haut! Joleen bremste ihr Fahrrad ab und Jo tat es ihr gleich, sie schoben ihre Räder hinter einen mächtigen Baum um sie dort zu verstecken,Jo zeigte auf einen kaum zu erkennenden kleinen Weg und machte Alex klar das es jetzt zu Fuß weiter geht, Joleen voran, gingen sie weiter, weiter durch das fast undurchdringliche Grün, über Wurzeln die wie die Nerven des Waldes unten am Boden sich in allen Richtungen verteilten, über Steine in allen Formen und größßen, der Weg führte leicht Bergauf und somit mußte man schon etwas klettern, was Alex sehr anstrengte aber großen Spass machte, seine Blicke gingen nach allen Seiten und er sah ein Labyrinth, ein wunderschönes Labyrinth erschaffen von der Erde selbst, überall nur Formen und Farben, hier und da kam ein Sonnenstrahl fixiert auf einem Punkt am Boden durch und legte einen goldenen Glanz dort ab! Sie liefen jetzt etwa eine halbe Stunde und Alex sein roter Kopf fing langsam an zu dampfen, da kamen sie an eine scharfe Biegung und Joleen gab Alex das Zeichen mit dem Finger vor dem Mund, ab jetzt bitte keinen Mucks mehr! Sie gingen nach links in die Biegung hinein! Alex riss seine Augen ganz weit auf, welch Anblick dachte er, er sah eine kreisrunde Lichtung in deren Mitte stand ein großer Granitfelsen, geformt wie eine riesige Treppe, der etwa 5 Meter hohe Felsen leuchtete in der hoch stehenden Sonne in einem zarten Rosa und er war durchzogen mit winzigen

Splittern die wie reine Diamanten erstrahlten und in den Augen ein unvergessliches Schauspiel hinterließen, um den Felsen herum in einem wohl dosierten Abstand waren in einem fast geschlossenen Kreis mächtige, gewaltige, ja unglaubliche Baumriesen gewachsen, Alex schaute nach oben und es machte den Anschein als wenn diese Riesen keinen Abschluss hatten, ja sie wuchsen direkt bis in den klaren blauen Himmel hinein, als hätte die Welt dort oben ihr Ende! Die Baumkronen waren von ehrfürchtiger Schönheit und mit einem undurchdringlichen Blättergewirr gefüttert, an den unzähligen Verzweigungen hingen endlos lange Lianen herunter! Alex dachte, die Natur hat mit ihrer ganzen Kraft und ihrem Verständnis für das Wunderschöne und Ästhetische hier mitten im Tropischen Regenwald ein Amphietheater erschaffen, geformt ja gezaubert! Joleen nahm Alex bei der Hand und und machte noch einmal das Zeichen er soll ruhig sein, sie führte ihn zum Granitfelsen dann kletterten die drei nach oben und setzten sich hin, Jo zeigte mit seinem rechten Zeigefinger in Richtung Baumriesen und flüsterte "da schau dort hin, siehst du?" Alex schaute gezielt und genau in die Bäume hinein, und da sah er es, er sah überall Affen, Affen so groß wie etwa 2jährige Kinder, sie waren Graubraun und sie waren überall, sie lagen völlig entspannt im Geäst und einige von ihnen durchsuchten das Fell des anderen nach Läusen, wie wild fuchtelten sie im Fell des anderen umher, hier und dort lagen Mütter mit ihren Kleinen auf der Brust und nährten sie ganz behutsam, Halbstarke sprangen von Ast zu Ast und jagten sich gegenseitig hinterher und sie schrien laut dabei, ein nervendurchdringendes Kreischen ertönte in den Ohren der drei Zuschauer und sie sahen die Halbstarken von Liane zu Liane schwingen und springen, geschickt, gekonnt, es machte den Anschein als könnten sie fliegen! Alex schaute Jo und Joleen abwechselt in ihre Augen und sagte "ist das hier das Paradies?" "nein das kommt noch" antwortete Joleen! Sie saßen noch eine ganze Weile dort oben und schauten dem Treiben der wilden Affen zu, aber dann kletterten sie runter von dem Felsen und machten sich weiter auf dem Weg, sie gingen einen kleinen Pfad nach bis sie an einen zierlichen, ruhigen Bach kamen und Jo zeigte Alex das er das Wasser trinken kann, Alex bückte sich nach unten um seinen starken Durst zu stillen, das Wasser war kühl und sehr schmackhaft, die reinste Wohltat für die drei Durstigen, sie gingen dann immer weiter leicht ansteigend dem Bächlein nach und aus dem Bächlein wurde recht bald ein Bach und weit im Hintergrund konnte man ein leichtes noch ruhiges Rauschen hören und aus dem Bach wurde sehr schnell ein kleiner Fluss mit leichten Stromschnellen und aus dem ruhigen Rauschen ein Rauschen, jetzt kamen sie an Wasserterrassen vorbei, es war schon ein kleiner Wasserfall und das Rauschen wurde zum platschen! Sie gingen dann noch weiter und etwas steiler einen steindurchsetzten Pfad entlang und das Platschen wurde noch etwas lauter, aber angenehm lauter, es waren nur noch wenige Schritte bis nach oben, um den höchsten Punkt des Pfades zu erreichen, auf einem mal wurde es grell in den Augen der drei, Alex stand oben, geblendet von der Sonne, geblendet von der Schönheit, mit weit aufgerissenen Augen ließ er seinen Kopf umher wandern, er stand vor einem glasklaren See, er war etwa 15 Meter im Durchmesser und kreisrund und am Ende angeschlossen eine riesige dunkle Felswand in deren Mitte ein 5 Meter breiter feiner Wasserstrahl sanft und friedlich 30 Meter abwärts in den See stürzte und die Gischt ließ einen seichten, zärtlichen Sprühnebel geräuschlos über den See wandern und die riesige Felswand war durchzogen von giftgrünen Schlingplanzen und an einigen Stellen überwuchert von moosgrünen Moos, die Wand sah aus wie ein übergroßes modernes Wandgemälde!Gegenüber am Ufer des Sees war alles durchzogen mit Steinen in allen Formen und Größen, wie wahllos dahin geschmissen und doch geordnet sah alles aus, umrandet wurde das Naturschauspiel von unzähligen bunten tropischen Blumen in allen erdenklichen Farben die man sich nur vorstellen konnte, das alles zusammen war ein so schönes Kunstwerk das es nur der allergrößte Künstler erschaffen konnte! Die Natur! Die drei setzten sich auf einen der Steine nieder, Alex schaute dankbar in die sanften, lieben, dunklen Augen der beiden, dann ließ er seinen Blick kreisen und sah überall in der Luft bunte Punkte umher flattern, er stieß die beiden aufgeregt an und zeigte in die Luft umher, sie sahen ihn an und lächelten und er laß in ihren Augen, ja Alex wir wissen, die bunten Punkte waren hunderte von Schmetterlingen, große, kleine, rote, blaue, gelbe, grüne, weiße, gestreifte, gepunktete, es waren so unendlich viele, es waren wohl alle die es gibt an diesem Ort versammelt um Alex zu begrüßen, hinter ihnen und neben ihnen standen Kolibris in der Luft und saugten Nahrung aus den Kelchen der Blüten und Alex konnte nur erahnen wie schnell ihre bunten Flügel schlugen um so ruhig und würdevoll in der Luft zu stehen, hier und dort flogen bunte Papageien durch die Luft und setzten sich im Hintergrund auf Ästen nieder und krächzten wie wild los und auf einem Ast sah er den gelben Schnabel eines Tukans leuchten, er leuchtete in seine Augen und mitten in seinem Herzen hinein! Die drei zogen ihre T-Shirts aus und sprangen ins Nass, Alex merkte einen kühlen, angenehmen Strom an seinen Körper vorüber gleiten, es war so erfrischend das er glaubte, alle seine Sinne werden aufs neuste geschärft und er fühlte sich mehr als lebendig! Dann schwammen die drei auf den Wasserstrahl zu, Alex beobachtete in dem glasklarem Wasser unten am steinigen Boden kleine Fische die wie wild umherzappelten und dann ganz plötzlich griff Joleen mit beiden Händen Alex seine Schultern und lies sich von ihm durchs Wasser ziehen, dabei berührte ihr ganzer Körper Alex seinen ganzen Körper und Alex konnte ihre weiche Haut auf der seinen spüren und es überkam ihm ein komisches aber angenehmes und warmes Gefühl das ihm durch und durch ging, es wurde ihm in dem kühlen Nass ganz warm ja heiß gerade zu! Was ist das dachte er? Und Joleen kam ihm auf einem mal so unwirklich vertraut vor dass es ihm Angst und Bange wurde! Sie tobten im Wasser ausgelassen umher, sie stellten sich unter dem Strahl und ließen sich von ihm massieren, sie kletterten auf den Felsen hoch und Jo und Joleen sprangen durch den Strahl in den See, dann standen die beide unten und schauten mit großen Augen auf Alex und er sah in ihren Augen, spring, spring, spring doch endlich, oder traust du dich nicht? Alex nahm sein ganzen Mut zusammen und sprang und dann sprang er wieder und wieder und wieder, und die drei tobten und lachten und redeten, schwammen, tauchten! Als die drei aus dem Wasser kamen legten sie sich auf einen großen, glatten Stein um sich zu trocknen und schauten in den weiten, tiefen, blauen Himmel hinein! Doch auf einen mal wurde es duster,

68

dunkle schwarze furchterregende Wolken traten am Himmel hervor und im Regenwald schien es auf einem male Nacht zu werden, ein Blitz zuckte auf und zerriss die Dunkelheit, einige Sekunden herrschte niederdrückende Ruhe, dann krachte wie ein Kanonenschuß der Donner, und sein dröhnendes Rollen schmetterte über den See und Wald hinweg, dann brachen wütende Windstöße los und alles fing zu wackeln und zu beben an, und nun riss die Wolke auf und ließ ihr Nass frei, es fielen die ersten Tropfen, die drei suchten Schutz unter einen großen, dichten, dicken Baumriesen, gerade gefunden ging es los, große dicke Tropfen fielen nieder und es wurde von Moment zu Moment immer heftiger, es wurden geradezu kriegerische Wassermassen die dort vom Himmel platschten, man konnte nichts mehr sehen, hier und dort zuckte ein Blitz auf und zerriss die Wolken und für einen flüchtigen Augenblick wurde es grell und hell und die drei sahen sich ängstlich in ihre Augen, ein heftiger Donner ließ die Drei erzittern und sie umarmten sich gegenseitig vor Grauen und voller Angst! Es dauerten dann nicht mehr lange und es wurde wieder hell, die Sonne zeigte sich ganz oben am Himmel und der wurde wieder blau, die drei traten aus dem Schutz des Baumes hervor und gingen zu ihrem Stein, Alex sah jetzt alles im neuen Glanz erstrahlen, alles sah jetzt reiner, klarer, ja sauberer aus, die leuchtend bunten Farben leuchteten noch bunter, als sei die ganze Welt frisch gewaschen, und aus dem Wald stieg dichter Nebel auf, alles dampfte, der See und auch die großen Steine dampften als seien sie kochend heiß, und die bunten Punkte in der Luft waren wieder da nur viel, viel mehr als vorher, als könne man sie greifen und bei Seite schieben, die Schmetterlinge flatterten durch die Luft um ihre Flügel zu trocknen, Alex breitete seine Arme aus und Schmetterlinge ließen sich darauf nieder und er merkte ein kribbeln auf seiner Haut und er betrachtete die schönen bunten Farben, ein Freudenfeuer entfachte in ihm, ganz tief in ihm drin! Es wurde dann Zeit und sie machten sich auf den Rückweg und der Rückweg war glatt und glitschig! Am großen weißen Tor angekommen verabredeten sich die drei für morgen am Strand! Alex schauten den beiden in ihre leuchtenden Augen und sagte "danke, ich danke euch für alles" und er sah das ihr

69

ganzes Wesen mit Jubel erfüllt war, lachend radelten sie davon! Alex rannte um die Ecke auf die Terrasse, er stopfte Leckereien die Maria zubereitet hatte wie ein wildes Tier in sich rein, er setzte sich neben seinen Vater und fing an zu erzählen, zu berichten, zu reden und zu reden, völlig aufgeregt mit Händen und Füßen erzählte er und er erzählte so lange bis es Nacht wurde! Der Vater saß lächelnd da und erkannte seinen Sohn kaum wieder, aber gut war ihm dabei! Die Triebwerke waren schon zum schweigen gebracht dort oben in der kalten Luft, Alex saß mit seinem kleinen zarten Körper bequem in seinem riesigen Sitz, sein Blick war traurig, seine Augen starrten lethagisch durch die klimatisierte Luft des Flugzeugs.Alex drehte seinen Kopf nach links und schaute seiner Mutter auf den Mund, die Lippen umspannten gerade ein Glas, gefüllt mit Tomatensaft und Alex dachte an ein gewaltiges Luftloch, er wünschte sich sogar ein Luftloch so das der Tomatensaft den Weg mit einen Ruck hinaus finden konnte, hinaus und rauf auf die schneeweiße Bluse der Mutter, wie gerne hätte er mit Joleen und Jo ein, zwei Tage im Pool getobt und im riesigen Garten gespielt, wie gern hätte er mit den zwei die Köstlichkeiten aus Marias Küche genossen, aber aus dem Tomatensaft trinkenden Mund kamen nur die Worte, ich möchte keine, kleinen, dreckige, dumme, arme, Negerkinder in meinem Haus haben und sie sagte es mit solcher Verachtung und Bosheit und solch einem Hochmut das Alex einen körperlichen Ekel für seine Mutter empfand, möge ihr das Glas in den Schlund rutschen! Alex sah jetzt direkt vor seinen Augen Jo, Jo wie er am Strand auf Palmen geklettert war, geschickt, kraftvoll, in einem Zug mit einer Machete noch in der Hand, er schlug damit gezielt und mit einem Schlag Kokosnüsse ab und lies sie zu Boden fallen, wo sie dann gedämpft vom Puderzucker liegen blieben, Alex dachte daran wie Joleen und Jo ihm beibrachten die Kokosnüsse zu öffnen, und wie sie dann mit der Milch die sich im innern befand ihren Durst löschten und wie sie im Meer in den Wellen tobten und wie salzig seine Haut danach schmeckte. Und jetzt fühlte er kurz die Angst und das Dunkel um ihn herum und alle Empfindungen von diesem Tag von jenem Tag als es passierte, und er dachte daran das kein Wort der Beruhigung, kein nettes Wort,

70

kein Wort der Zuneigung, kein einziges liebes Wort, kein tröstendes Wort aus dem Munde ja über die Lippen von seiner Mutter kamen, an dem Tag als es passiert war! Er erinnerte sich an die Verlegenheit und an den Scham in Vaters Augen als er log, und sagte das es Mutter nicht gut gehe an diesen Abend als wir bei Joleens und Jos Eltern eingeladen waren, einen Tag nachdem es passiert war!Er dachte an Vaters und sein Gesicht, wie sie sich gegenseitig in die Augen schauten und ihre Augen die Armut sahen, das kleine Haus war kaum so groß wie ihr Badezimmer, es bröckelte der Putz von den Wänden innen wie aussen, es war spärlich eingerichtet und draußen vor dem Eingang waren weiße Plastikstühle und ein weißer Plastiktisch, er war fein gedeckt mit allem was der Haushalt so her gab, man musste sich der Herzlichkeit der jungen Mutter erinnern, und Alex wusste noch ganz genau wie lecker ihm das Essen schmeckte, es gab Hühnchen mit Reis und Gemüse und das lachen und reden der Väter klang noch in seinen Ohren, ein Bild zum schmunzeln waren die beide der weiße kleine Vater und der schwarze große Vater, er war ein junger kräftiger Mann und man konnte sofort die vielen Schwielen in seinen Händen sehen, Schwielen von der Zuckerrohrernte, Schwielen von der Machete, die beiden tranken Rum und dann gingen die beiden 50 Meter einen Weg runter zu den Zuckerrohrfeldern und der große Schwarze zeigte dem kleinen Weißen wie man mit dieser Machete das Zuckerrohr schlägt und der kleine Weiße probierte es auch, wieder und wieder versuchte er es, aber es gelang ihm nicht so recht und sie lachten und Vaters ganzer Kopf nahm so langsam eine helles Rot an und dann tranken sie weiter Rum und von Glas zu Glas wurde der Kopf roter bis er aussah wie Mutters Tomatensaft! Es war ein schöner Abend, es war ein toller Abend, ja es war ein magischer Abend, der Abend nach dem Tag, an dem es passiert war! Alex dachte daran wie die beiden ihn am morgen abholten, sie wollten zu den Affen, und im Wald angekommen versteckten sie die Fahrräder wie immer hinter diesem dicken Baum um zu Fuß weiter zu gehen, und Alex sah wieder sofort die Angst in den Augen der beiden diese furchtbare Angst und er hörte noch einmal die Worte die zugleich aus ihren Mündern laut und leicht stotternd zu ihm drangen, renn weg schnell renn weg,

71

aber es war schon zu spät, zwei große kräftige Männer sprangen aus dem Wald in ihren Gesichtern und in den Augen war nur böses, der eine rannte zu Joleen und Jo der andere direkt auf Alex zu, er umklammerte Alex, Alex wehrte sich mit all seiner Kraft, aber der Mann war stark, fest wie Eisen war sein Griff und im selben Moment zog er Alex einen Sack über den Kopf, er zog ihn ganz nach unten bis auch die Füße drinnen waren dann schnürte er ihn zu, Alex dachte an die Dunkelheit, an das schwarze Nichts dort drin, er dachte an die unvorstellbare Angst die er in diesem Moment hatte, er hörte wieder die Schreie von Joleen und Jo die ihm bis in den letzten Nerv drangen, er erinnerte sich an den Geruch von Kaffee in diesem Sack, genau wie er jetzt aus der Bordküche rüber in seine Nase drang, ja er spürte förmlich noch jeden Kochen und jeden Muskel des Mannes als er ihn über seine breiten Schultern warf und los rannte, es wackelte und schüttelte ihn dort so eingepackt in diesem dunklen Sack, er wollte sich wehren aber er konnte sich nicht bewegen, er konnte nur etwas zappeln dort drinnen, und seine Angst steigerte sich bis ins unermessliche, ja fast bis zum Wahnsinn! Auf einem mal hörte er eine andere Stimme, eine Stimme die nicht dazu gehörte, laut, kräftig, aggressiv, durchdrang sie einem die Ohren, Alex kam diese Stimme aber irgendwie bekannt vor, Alex dachte jetzt an den mächtigen Stoß den es ihn versetzte, er fiel im selben Moment runter von dem Bösen und prallte unsanft auf den Boden, Alex saß in seinem Flugzeugsitz und faste sich direkt an seine linke Schulter die immer noch leicht schmerzte, jetzt dachte er weiter daran wie er im Sack auf dem Boden lag und hörte, er versuchte zu hören was da jetzt außerhalb seines Sackes passiert, er hörte Geräusche, ja wie mächtige Faustschläge kam es ihm vor, es raschelte, es klopfte, es machte alle möglichen Geräusche die Alex nicht mehr zu deuten verstand, das ganze dauerte eine ganze Weile und dann spürte Alex wie jemand die Schnüre des Sackes öffnete und ihn heraus zog! Alex wusste hier in diesem Flugzeug genau das er diesen Moment nie wieder vergessen könne, das schwarze Riesengebirge stand vor ihm, Sam, Alex umklammerte mit noch weichen Knien Sams harten Bauch, Alex weiß noch genau wie er ihm die Hand reichte und immer wieder sagte, danke, danke, danke,

72

Sam! Alex blickte sich um und sah die beiden Männer am Baum gefesselt sitzen, der eine weinte, der andere blutete stark aus Mund und Nase, auf der anderen Seite des Weges sah er Joleen und Jo auch gefesselt sitzen, Alex rannte im Höllentempo rüber um sie zu befreien und er sah Tränen in den Augen von Joleen, befreit umarmten sich die drei und waren froh und Sam dankbar das sie noch einmal nur mit dem Schrecken davon gekommen waren! Alex schmunzelte jetzt kurz, er dachte daran wie schnell die drei wieder lachten, sie lachten über Sam, er stand vor ihnen und mit mürrischem Gesichtsausdruck sagte er laut und etwas böse" Jo, Joleen müßt ihr immer so rasen mit euren Rädern, ich wäre beinahe zu spät gekommen, geht es doch einmal etwas langsamer an ihr Spinner"! Kurze Zeit später kam schon der Vater im Großen schwarzen Geländewagen, und kurz dahinter ein Polizeiauto ! Alex dachte an den Augenblick als der Vater aus dem Wagen sprang und zu ihm rannte und er erinnerte sich an den genauen Zeitpunkt als er erkannte was gespielt wurde, es war der Punkt als er aus dem Dunkel befreit wurde und Sam sah, da wusste er ganz genau das die drei nie alleine waren, Sam war immer dabei das war ihm sofort klar! Der Vater umarmte Alex innig und sie schauten sich gegenseitig in ihre Augen und Alex las in Vaters Augen, er las das er ihn nie kontrollieren wollte, er las das es Vater nicht wusste und nie wissen wollte was die drei so trieben, und er las Erleichterung darüber wie er entschieden hatte , weil er recht hatte, und er las Erleichterung das alles gut gegangen ist, all das las er wie man in einen Buch liest! Er dachte daran wie Vater dann etwas sagen wollte aber Alex unterbrach ihn und sagte "du brauchst nichts zusagen und zu erklären, du hast alles richtig gemacht das weiß ich ich jetzt genau, wir sind sehr reich und das lockt nun einmal" Wehmütig aber doch mit etwas Freude dachte Alex jetzt an den letzten Abend bevor sie am nächsten Morgen ganz in der Früh los mußten, Alex fuhr mit Vater und Sam im Geländewagen bis vor das Haus der Eltern, um sich zu verabschieden, im Kofferraum der so groß war wie manch Auto standen zwei nagelneue Mountainbikes, ein rotes für Joleen und ein blaues für Jo, Sam hatte sie nach den Maßen von Alex besorgt, und er durfte nach Vaters Anweisungen nicht geizen! Alex wird nie die Freudentränen und das Glück in den Augen der zwei vergessen, sie sprangen auf um sofort zu testen und sie jubelten und schrien vor lauter Freude, Vater und Mutter standen da und schauten den zweien zu, der schwarze große Vater umarmte den weißen kleinen Vater und bedankte sich überschwänglich, Alex dachte daran wie Vater dem anderen Vater einen Scheck geben wollte, und er versuchte ihm klar zu machen das er ihn nehmen könne und das er nicht schlecht darüber denken würde, aber der große schwarze umarmte den kleinen weißen noch einmal und sagte, das er das nicht annehmen könne, aber das er ihm auch deshalb nicht böse sei, und dann riß er dem kleinen weißen den Scheck aus seinen Händen und zündete ihn mit einem lauten lachen an! Es wurde noch ein kurzer netter Abend an dem zum Schluss noch die eine oder andere Träne vergossen wurde, und der kleine weiße gab dem großen schwarzen seine Adresse und Telefonnummer und sagte falls du doch mal irgend etwas brauchst, dann scheue dich nicht und melde dich, der große schwarze lachte wieder mal laut und steckte den Zettel in seine Hosentasche! Zum Abschied drückte die Mutter Alex noch ganz herzlich und fest, man wollte kaum Abschied nehmen und als Joleen Alex fest umarmte, ja da war es wieder dieses Gefühl das ihm bis tief unter die Haut ging, dieses kribbeln, und Alex wurde es wieder ganz heiß überall, was ist das nur? Alex saß in seinem Sitz und lauschte den Triebwerken und dachte so vor sich hin und versuchte das alles so richtig einzuordnen und er dachte jetzt! "die Insel, die schönen Dinge, all das stand so fremd um mich herum als ich dort ankam und jetzt wo ich weg bin kommt es mir so vor als gehöre ich dazu! Die Kindheit hat ein sehr schnelles Verfallsdatum und ich habe es nie richtig ausgekostet, schade, aber wohl zu spät, aber trotzdem bin ich mit mir und der Welt im reinen! Und eines war ihm Sonnenklar, er hatte seine Seele gefüttert, gierig, hungrig fraß sie alles in sich hinein, das Gute, das Wunderschöne und das Böse, jetzt mußte er nur noch verdauen! Wieder Zuhause angekommen, im Vertrauten, im ihm bekannten, im Umfeld seines heranwachsen, dort wo sein Leben ist, in seinem eigen Bett merkte er das ihm nun auf einmal alles fremd und fast unbekannt vorkam, ein Gefühl das er kaum einzuordnen wusste huschte durch seinem Kopf,

74

selbst die gute alte Esmeralda auf die er sich gefreut hatte stand vor seinen Augen wie eine Fremde! Und abends in seinem Bett, arbeitete seine plötzlich erregte Seele bis tief in die Nacht hinein, und störte seinen Schlaf! Aber all das verflog, es verflog schnell wie manch Geruch, wie manch Flüssigkeit, wie ein Vogel der kurz am Auge vorbei zog und dann bald nicht mehr zu sehen war, alles wurde normal wie eh und je! Am Abend vor dem flackernden Kamin, bei einem langen Gespräch zwischen Vater und Sohn, bei dem es ausschließlich um Wirtschaft, Geld und Aktien ging, musste der Vater voller Erstaunen und voller Schrecken feststellen, das er fast niemanden kannte der mehr davon verstand, einschliesslich ihm selbst, ein für ihn leicht beunruhigendes Gefühl, was passiert da so im Kopf meines Sohnes? dachte er, aber das auch mit Stolz in seiner Brust und Wohlgefallen in seinem Geiste! Und so beschlossen die beide und das nach drängen von Alex, das er den Rest der Ferien beim Vater in der Bank so etwas wie ein Praktikum absolvieren darf, um nah dran zu sein, nah dran an dem was er wusste, an dem was er liebte, und an dem was er begehrte, am Geld! Vater und Sohn traten leichten Schrittes in die Bank ein, Alex seine Blicke wanderten voller Erwartungen umher, er stand mitten in einem riesigen Atrium, dieser wurde durchzogen von mächtigen Marmorsäulen, überall standen feinste Lodersofas, Glass in allen Formen und Schreibtische aus Mahagoni, groß und klein ruhten auf dem funkelnen Marmorboden, klassische Ölgemälde verzierten die strahlend weissen Wände. Und nach oben hin wurde das Atrium von zwei Galerien übereinander und einmal ringsum durchzogen! Seine Augen wurden von einer großen Kuppel angezogen, eine Kuppel aus buntem Glasscheiben kunstvoll verziert ragte sie über allem und das Licht was durch diese prachtvolle Kuppel schien, ließ alles in einem sanften und angenehmen Glanz erstrahlen! Sie gingen weiter, aber schon blieb Alex wieder stehen als ihm verschiedene Gerüche trafen, Parfüm, süß, blumig, Rasierwasser, herb, rauchig, alles war dabei, er sah und bemerkte jetzt die Menschen, Männer im Anzug, Frauen in Hosenanzügen, in Kleidern bunt und schön, Röcke mit Falten und glatt, Menschen allen Alters, Menschen schön anzusehen, Menschen weniger schön anzusehen, es schien alles dabei zu sein,

Menschen die für seinen Vater arbeiteten, sie hatten Achtung und Respekt das konnte er in ihren Augen lesen, guten Morgen Herr Gutmann hörte man an allen Ecken und Enden, aus allen Winkeln des gigantischen Atriums, hier und da noch der Zusatz, hoffe sie hatten einen schönen Urlaub, und der Vater lächelte auf angenehmster Art und Weise jedem einzelnen zurück und grüßte und gab Auskunft! Die beiden stiegen in einen Fahrstuhl, einem Fahrstuhl aus Glass und fuhren in den zweiten Stock ganz nach oben, als sie ausstiegen stand da plötzlich eine große runde Frau mit einer Brille so groß wie ein Fahrrad auf ihrer dicken Knollnase und sie grinste über beide Hamsterbacken " guten Morgen Herr Gutmann hoffe alles war angenehm? Bin ja froh das sie wieder da sind, es geht ja alles drunter und drüber hier wenn sie außer Haus sind, sie wissen doch, ist die Katze aus dem Haus, tanzen die Mäuse auf dem Tisch" guten Morgen Frau Böhm, ja alles perfekt, Alex das ist Frau Böhm meine persönliche Sekretärin und die gute Seele des Hauses, ohne sie wäre ich niemand" "Och Herr Gutmann sagen sie doch so etwas nicht, und du bist doch sicher der kleine Alex, och wie süß, dem Vater wie aus dem Gesicht geschnitten" und dann nahm sie ihren Daumen und den Zeigefinger und kniff Alex in seine Wange und wackelte damit umher so das ihm der ganze Kopf bebte "och wie goldig du bist" Alex dachte kurz darüber nach ihr ans Schienbein zu treten, aber er blieb erst einmal geduldig mit dieser wie eine Überoma wirkenden komischen Frau! "Herr Gutmann ich bringe ihnen sofort ihren Kaffee und für den kleinen Alex habe ich auch was Feines"sagte sie mit einer Stimme zum weghören! Sie traten in Vaters Büro ein, groß, geschmackvoll, edel, sah alles aus, einfach beeindruckend, ein Konferenztisch aus dunklem Teakholz für etwa 20 Personen stand etwas abseits, sein Schreibtisch, einfach ein Kunstwerk, Alex dreht sich um und ging hinaus auf die Galerie, die Bürotür ließ er weit offen, er schaute nach unten und er schaute dem Treiben dort zu "Vater, was zahlst du Miete für dies alles, das muß ein Vermögen sein?" der Vater schaute hinaus, er lächelte und seine Augen sahen jetzt schelmisch aus wie von einem kleinen frechen Jungen "Alex mein Junge,ich zahle hier keine Miete, das ganze Gebäude gehört mir, nein uns" und er machte dabei mit seiner rechten Hand eine

76

triumphierende Siegerfaust! Alex sah dort unten die Menschen, Frauen und Männer, alt und jung, mit ihren Sehnsüchten, mit ihren Geheimnissen, mit ihren Gedanken, mit ihren Familien, mit ihren Kindern oder auch nicht, sie alle lebten, einer glücklich und zufrieden, der andere nicht, einer kränklich, der andere nicht, mit ihren verschiedensten Interessen und Wünschen, Menschen die liebten und geliebt wurden, sanfte Menschen, grobe Menschen, fleißige, faule, dumme, schlaue, euphorische, lethargische, nervöse, ruhige, aber alles Menschen und eines hatten sie alle samt gemein, um zu leben verdienten sie ihr Geld bei seinem Vater, und in diesen Moment huschte ihm ein Gedanke wie ein Blitz durch den Kopf und er merkte und erkannte das erste mal richtig bewusst, wie mächtig und reich sein Vater war und für einen flüchtigen Augenblick erfüllte es ihm mit Stolz, ja er war stolz auf seinen Vater! "Vater wo gibt es unsere Bank noch?" "München, Hamburg und Frankfurt die Filiale in Frankfurt ist sogar noch etwas größer" sagte der Vater beiläufig und laß weiter in Akten umher die auf seinem Schreibtisch lagen. Dann kam Frau Böhm mit einem Tablett vorbei "komm rein mein kleiner Süßer" sagte sie, sie stellte den Kaffe auf den Schreibtisch"danke Frau Böhm" sagte der Vater artig, "und für unseren kleinen Milch und Kekse" und platzierte dieses am anderen Ende des Tisches! Milch und Kekse dachte Alex, hilfe sie hällt mich für ein kleines Kind, der Beweis steht dort auf dem Tisch und sprudelt ständig aus ihrem Mund, aber gut Milch und Kekse na da habe ich Appetit drauf, gar nicht schlecht, na gut halte ich noch einmal aber das letzte mal meine rosige Wange hin, und er trat ihr entgegen und sagte "danke schön wie lieb von ihnen" er trat dann noch einen Schritt näher und hielt ihr seine Wangen entgegen, und sie griff sofort zu und kniff drauf los und schüttelte und ließ seinen Kopf wieder beben "bitte schön mein Süßer, sehr gerne, och bist du goldig" Die Milch war lecker und die Kekse noch mehr, aber Alex passte peinlichst genau darauf auf das ihm nichts am Mund kleben blieb, den er hatte Angst das Frau Böhm kommt und ihm das mit ihrer Spucke abwischt, oh welch schrecklicher Gedanke, Hilfe! "Vater irgendwie habe ich Angst vor dieser Frau" "hahaha ich auch, aber sie ist wirklich super, glaubs mir" Alex ließ einen skeptischen

Blick rüber zu seinem Vater wandern, in diesem Moment klingelte das Telefon "ah Steffan, wann bist du hier? Haha Okay wenn der Ferrari weiter so läuft in einer Stunde, gut bis dann! "Das war Steffan Frei, nein Dr.Steffan Frei, du kennst ihn er war schon ab und zu mal bei uns zuhause, mein Studenten Freund und Geschäftsführer unserer Firma, in meinen Augen der wohl intelligenteste Mensch den ich kenne" sagte der Vater und man sah die Freude in seinen Augen "ja kann mich erinnern, ich mag ihn" Alex sein Blick wanderte nach oben über den Schreibtisch und dort sah er ein großes Ölgemälde das über allem thronte, ein grimmig drein schauender Mann war dort drauf gepinselt, rote Locken, roter Vollbart, stechende Augen, man hatte das Gefühl er ist hier im Raum und doch war er es nicht, aber man hätte denken können! Alex zeigte mit seinem Finger, dem rechten Zeigefinger, denn dafür ist er ja da, auf das Gemälde "dein Ururgroßvater Otto, der Gründer der mit den fragwürdigen Methoden, komm her Alex ich möchte dir etwas zeigen, etwas von dem ich selbst nicht soviel verstehe, diesen neumodischen Computer hier" Alex setzte sich neben seinem Vater und schaute gespannt auf den Bildschirm! Die Tür ging auf und das ohne anzuklopfen wie es sich nicht gehört, und Steffan Frei trat ein! " guten Morgen Vater und Sohn" sagte er laut und selbstsicher", man spürte sofort die Welle, bestehend aus Witz, Charme und purer Intelligenz die aus seinem Munde und Augen hinaus schwappte und durch das Büro rollte, auch oben über allem thronend musste der alte Otto leicht schmunzeln! Dr. Steffan Frei, Studium, Betriebswirtschaft und Mathematik 2Jahre Nachstudium in Yale und Harward Dr der Betriebswissenschaft, Abenteurer und Frauenheld! Er trat auf Alex zu reichte ihm die Hand und mit der anderen umarmte er ihn kurz und nett, Alex roch gutes Rasierwasser, angenehm und dezent "hoffe alles gut bei dir Alex" sagte er freundschaftlich, dann umarmte er heftig den Vater "Manfred, Alex wie war euer Urlaub?" fragte er die beiden, "schön" sagten beide gleichzeitig wie nach einem Startschuss "ja man sieht es ja förmlich, eure milchig weiße Haut sieht jetzt aus wie Erdbeermilch" er lachte laut! "erzähle du uns lieber warum dein Kopf aussieht wie eine reife Kastanie" fragte der Vater grinsend!

"ich war der Sonne etwas näher als normal, ich war auf dem Mount Blanc" "mit wem" fragte der Vater neugierig, "mit Tammy der blonden Amerikanerin, die ich beim Klettern in den Rockys letztes Jahr kennengelernt habe, erinnerst du dich?" "ja natürlich" "erst habe ich sie erobert, dann haben wir den Gipfel erobert, dann hat sie mich erobert und dann haben wir uns erobert, ein herrlicher Urlaub war das" "Steffan bitte, Alex ist hier" "kein Problem Vater ich kenne ihn ja" sagte Alex und zwinkerte Steffan zu! Der Vater und der Doktor setzten sich an den großen Konferenztisch, Alex blieb am Schreibtisch sitzen um weitere Blicke auf den Monitor zu werfen, aber mit einem Ohr hörte er den beiden zu "und wie geht es der Schönen" fragte der Doktor den Vater "wie immer, sie versteht es das Geld zu lieben, aber sie versteht es nicht zu leben" die beiden unterhielten sich angeregt und lachten laut und ihre Augen waren fröhlich und ehrlich und sie badeten in einer tiefen Badewanne von Freundschaft und Alex schaute hinüber zu den beiden und er genoß es einfach nur! Alex dachte so vor sich hin als er Steffan genau betrachtete, wenn eine Frau sich einen Mann basteln könnte, ja dann würde wohl der Doc rauskommen, und in seinen Augen war leichte Bewunderung zu erkennen! "Alex kommst du mal bitte" rief der Vater hinüber, Alex stand auf und setzte sich den beiden gegenüber an den Tisch, der Vater schaute den beiden mit ernstem Blick in die Augen dann blieb er bei dem Doc hängen und sagte zu ihm "Steffan würdest du meinem Sohn mal bitte auf den Zahn fühlen, ich möchte gerne wissen ob er so gut ist wie ich annehme, ich habe sowieso noch was am Computer zu erledigen" dann stand er auf und ging zum ungeliebten hinüber! Sofort waren die beiden in ein Gespräch vertieft wobei der Doc alles mit wilden Gesten seiner Arme und Hände zu untermauern versuchte, Alex saß lässig zurück gelehnt in seinem Stuhl und redete erst einmal sehr ruhig und sachlich, aber von Augenblick zu Augenblick wurde es hitziger, angespannter, verbissener und als der Vater mal kurz über seinem Bildschirm zu den beiden rüber blickte sah er sie, sich schon gegenseitig anfletschen, er schmunzelte vor sich hin und nun genoss er diese beiden! Einige Zeit später stand der Vater auf und sah und hörte die zwei bei einem Wortgefecht ja schon nahe einem

Krieg "ich gehe rüber zu Luiggi zum Mittag, kommt ihr mit mir?" aber er hörte kein nichts und kein gar nichts "he kommt ihr mit" rief er etwas lauter, beide drehten sich gleichzeitig um und mit leicht verzerrten Gesichtern riefen beide wie aus einer Kehle "keine Zeit" "soll mir auch recht sein, aber bitte bringt euch nicht gegenseitig um" dann verließ er sein Büro! Etwa eine Stunde später betrat der Vater wieder sein Büro, guter Laune, gut gesättigt, und seiner Sinne wieder geschärft mit einer ebenso scharfen Pasta, und er sah die beiden genau wie vorher und er hörte den Satz "das ist genauso unsinnig wie ein eckiger Kreis" aus Alex seinem Munde! Darauf hin stand der Doc auf und umarmte Alex "du kleiner Scheisser" sagte er ganz lieb und nett zu ihm! Der Doc ging hinüber zum Vater "Manfred ich muß dich leider enttäuschen, tut mir sehr leid, aber Alex ist nicht so gut wie du zu glauben meintest, er ist besser, man fragt sich schon wer ist er eigentlich, der Mozart der Finanzen? Was ich dir jetzt sage meine ich völlig ernst, So wie du mir bedingungslos bei allen Finanzfragen vertraust, ja genauso würde ich Alex vertrauen, in meinen Augen wenn man sein Alter bedenkt ein Genie" "na das hört man als Vater doch sehr gerne, aber gut laßt uns über die Konferenz morgen reden es geht um 1000 Wohnungen, bin gespannt was der Teichmann uns anzubieten hat" "bin ich dabei?" fragte Alex "natürlich" antwortete der Doc, dann setzten sich die drei und steckten ihre Köpfe zusammen genauso als spielten sie Indianer und würden über einen Schwur reden, aber sie hingen über Papiere und redeten nur darüber und nicht über einen Schwur! Alex lag an diesen Abend in seinem Bett, er war müde und irgendwie erschlagen, es gab soviel neues, spannendes und interessantes was in seinem Kopf umher schwirrte, aber es ging ihm so richtig gut er war nur platt, einfach nur fertig und müde, und der Tag sagte gute Nacht und die Nacht sagte guten Tag! Als Vater und Sohn das Büro betraten, war der Tag schon längst erwacht und die Nacht hatte sich schlafen gelegt, Frau Böhm hatte den großen Konferenstisch schon gedeckt, Kaffeetassen, Teller, Gläser, belegte Brötchen und Gebäck, zierten das dunkle, edle Teakholz! Der Doc im dunkelblauem Anzug und eine dunkelhaarige Schönheit mit auffällig schönen roten Lippen saßen schon am Tisch und waren in einem

Gespräch vertieft, der Doc ließ seinen Charme und sein Wortwitz in wohl dosierten Strömen und Tempo rüber wandern zu Frau Müller und man sah ihr sofort an, sie war gefangen, es gab wohl kein Entrinnen mehr! Frau Müller, kompetent, intelligent und sehr ansehnlich, sie war die Chefin der Abteilung Immobilien! Dann betraten drei Gestalten den Raum, der erste groß und dürr, der zweite klein und dünn, der dritte mittel und fett, der fette war Herr Teichmann der Chef, es wurden kräftig Hände geschüttelt, dann wurden Nettigkeiten ausgetauscht und dann mehrere Floskeln in den Raum geworfen und dann ganz fix saßen sie sich alle gegenüber, 3 gegen 3,5! Alex verschrenkte seine Arme auf dem Tisch und beugte sich so weit es ging nach vorne um den Dicken genau in die Augen sehen zu können, denn genau das war jetzt sein Job, er wusste es, und nur er wusste es! Das Theaterstück begann, 1. Akt, der Dicke, Eigenlob, Selbstbeweihräucherung , bravo gut gespielt, 2. Akt, Anpreisung, Lobgesang, na ja mit Fehlern in Gestik und Mimik, Vorhang fällt, Pause! Der Dicke greift zum belegten Brötchen und auf seiner Glatze haben sich tausende Schweißperlen gebildet und seine fetten, schmierigen, nassen Finger greifen dann zu einem Stück Kuchen, sein weisses Hemd bekommt jetzt gerade den ersten dunklen Fleck auf der fleischigen Brust, nass, triefender Schweiß, Alex mußte grinsen, warum nur so nass? und im Hintergrund hörte man leise das Zischen und Pusten der Klimaanlage! Vorhang auf 3.Akt, Ablenkung, Schönmalerei, super, Respekt, fehlerlos, bravo! 4.Akte, das große Finale Furioso, man muß es dem Dicken lassen, es war viel Leidenschaft und Liebe zum Detail in seiner Aufführung und als Alex jetzt rüber blickte zum Vater, Doc und Frau Müller sah er sie förmlich in seinem Geiste applaudieren ja förmlich extasieren als hätten sie den Faust gesehen! Der Vorhang viel, das Theater war aus und nach den üblichen schmeicheleien gingen die drei dann auch endlich raus, wahrscheinlich nach Haus! Es war wunderbar, Alex konnte alles in den Augen des Dicken lesen, wie ein Theaterstück von Schiller oder Goethe, und er fragte sich kurz, was gibt das für Möglichkeiten? Es war ein Traum ! Die drei waren dann kurz euphorisiert und nach kurzem abwägen und rechnen, sagte der Doc "das scheint ein sehr gutes Geschäft zu sein" "ja wenn unsere Gutachter den guten Zustand der Wohnungen bestätigen können, wie der Teichmann sagte, ja dann steht dem Vertragsabschluss in zwei Wochen nichts mehr im Wege" sagte der Vater voller Zuversicht in seinen Augen "die Wohnungen verkaufen sich wirklich von sebst in diesem Bezirk, jeder der Geld hat möchte eine dort, Russen, Araber, reiche Asiaten, das wird der neue Szenebezirk alle Analysen bestätigen das, nett aufgehübscht mit neuer Küche und Bad, nett renoviert sind sie ein Selbstläufer, versprochen!" sagte Frau Müller! Alex trat hinüber und setzte sich zu den dreien, er schaute sich noch kurz in ihren Gesichtern um und mußte laut lachen "was ist los Alex warum lachst du so laut?" fragte der Vater und alle drei schauten Alex recht verdust an! "ich freue mich nur über euch drei, denn ihr freut euch ja auch so, gleich dem kleiner Kinder zu Weihnachten an Heiligabend, Vater, Steffan ihr habt Gestern zu mir gesagt, dass ihr mir bedingundlos vertraut, ich frage euch noch einmal, ist dem so?" "ich habe es gesagt und auch so gemeint" sagte der Doc "was ist los" fragte der Vater!"okay, aber fragt mich niemals warum es so ist wie es ist, ich kann es nicht sagen und ihr würdet es nicht glauben, aber es ist eben so! Der Schein trügt, es ist nicht alles so wie gesagt wurde, ich werde euch jetzt sagen wie es wirklich ist und ich mache euch einen Vorschlag wie wir jetzt zu verfahren haben und dann verdienen wir um ein vielfaches Mehr, okay?" Ein Kopfnicken ging um die Runde, jetzt steckten sie wieder ihre Köpfe zusammen, und wieder als würden sie Indianer spielen und über einen Schwur reden, nur dieses mal war eine Squaw dabei und es ging wirklich fast um einen Schwur! Die folgenden Tage liefen Alex nur noch so entgegen, die Angestellten in der Bank traten ihm mit Respekt und teilweise sogar mit Bewunderung gegenüber, es gab auch keinen Grund dies nicht zu tun, denn Alex war nett, freundlich und hilfsbereit und alle merkten sehr schnell dass er ein aussergewöhnlicher Junge war! Er lernte auch rasch Frau Böhm ihre Vorzüge zu schätzen, sie war immer irgendwie, wer weiß wie sie das machte, einen Schritt voraus und als sie ihm eines Morgens wieder in seine Wangen kneifen wollte, griff er mit seiner Hand um ihr Handgelenk und schaute sie böse an und sagte nur "Bitte" ihr Blick verriet ihm das sie verstanden hatte und es kam nie wieder vor! Zwei Wochen waren vorbei und man traf sich erneut im Büro am großen Konferenztisch, es war genau dieselbe Besetzung wie beim letzten mal, der Große Dürre, der Kleine Dünne, und der Dicke, vor allen lagen Papiere abgeheftet in weißen Ordnern bereit, sie leuchteten richtig hell auf dem dunkelen Teakholz und sie glänzten so doll das sich das ganze Büro darin spiegelte und es stand in schwarzer Schrift (Gutachten) vorne drauf! Der Dicke lächelte selbstgefällig in die Runde und man glaubte das sich auf seiner Glatze auch das ganze Büro spiegelt und in seinen Augen sah man die Gier nach dem Geld und aus seinem Mund sprudelte ganz aufgeregt der Hunger nach den bunten Scheinen und er sagte "wie sie aus dem Gutachten ersehen können, das von dem ihnen ausgesuchten und beauftragten Gutachters erstellt wurde, sind für die Renovierung der tausend Wohnungen durchschnittlich 8000-10000 DM pro Wohnung errechnet und angesetzt worden und deshalb halte ich unser Angebot von 25 Millionen für alle Wohnungen für mehr als fair, ja eher ein Schnäppchen würde ich mal so sagen, sie wissen doch alle selbst nur zu gut für welche Preise sie diese dann später verkaufen oder vermieten können, dieses Angebot ist nicht mehr verhandelbar, bitte entscheiden sie hier und jetzt damit unsere Rechtsanwälte die Verträge aufsetzten können, je schneller wir das über die Bühne bringen desto schneller haben wir alle was davon, das sehe ich doch richtig, oder?" "ja das sehen sie genau richtig" sagte Alex mit ruhiger, gelassener Stimme" der Dicke schaute mit fragenden Blick in die Runde das ganz klar zu sagen schien, ist das richtig das der Junge jetzt was sagen möchte? Der Vater, der Doc und Frau Müller nickten alle gleichzeitig bejahend den Dicken ins Gesicht! Und so sprach Alex gezielt weiter! "Herr Teichmann, ja das Angebot ist mehr als großzügig von Ihnen, so großzügig dass ich gedacht habe warum macht er das nicht selbst? Ganz einfache Antwort, sie haben den von uns bestellten Gutachter mit 250000 DM geschmiert, gekauft, bestochen, aber das haben wir natürlich gewusst und haben Zeitgleich noch einen anderen Gutachter beauftragt und dessen Gutachten sieht ganz und gar anders aus, alle Fenster müssen ersetzt werden, die Fußböden auch, die Heizungen müssen raus, alle elektrischen Leitungen müssen neu gezogen werden, alle Wasserleitungen sind veraltet und liefern bleihaltiges Wasser und in 85% der Wohnungen wurde Schimmelbefall festgestellt, die Kosten des Gutachters belaufen sich auf 30000-40000 DM pro Wohnung, nun ist das Geschäft nicht mehr ganz so gut! Sie sind ein Betrüger und ihre Wohnungen werden sie nie los, da wir allen sagen werden was sie gemacht haben und mit was für unlauteren Mitteln sie arbeiten, wir können es beweisen und wir wissen das sie so Pleite sind das sie die Wohnungen nicht auch nur einen Monat länger halten können, aber gut denn all das passt zu ihnen, sie waren ihr ganzes Leben ein Arschkriecher und Arschlecker, ein Ja sager noch dazu, sie haben die Wohnungen von ihrem SED und Stasi Freund dem Vorsteher der VEB Wohnungsgenossenschaft nach dem Mauerfall durch in den Hintern kriechen für Symbolische 100 Ostmark bekommen und mit dem sollten sie dann teilen, sie waren auch im Staatsdienst haben aber nie gearbeitet, auch das war Betrug, ihr Dienst war weiter nichts als ein gemeiner Diebstahl an der Staatskasse, sie haben den Menschen für keinen Pfennig gedient sondern nur ihr Brot gegessen, sie haben alles nur dafür gegeben den Anschein zu waren, sie wollen fressen aber nicht arbeiten, sie wollen saufen aber nichts dafür tun, sie sind ein Parasit und Dieb, und nun die anderen gut zugehört, nach Erhalt der 25 Millionen hätten sie sich sofort aus dem Staub gemacht, sie hätten nicht einmal ihren Stasi Freund das Geld abgegeben, sie hätten ihre Frau und ihre Kinder zurück und im Stich gelassen, ihr Ziel war ein Südamerikanisches Land wo man Verbrecher wie sie es einer sind nicht ausliefert und dort wollten sie in Sauß und Brauß leben, noch mehr fressen und saufen und dazu noch rumhuren und das wieder auf Kosten anderer, in diesem Falle auf unsere Kosten, ich empfinde nur Hass und Ekel für ihre Person, aber trotz allem sind wir Geschäftsleute und somit biete ich ihn Folgendes an, 2 Millionen für alle Wohnungen, das Angebot ist nicht zu verhandeln, sie haben 3 Tage zeit, wenn sie bis dahin nicht zusagen bleiben sie darauf sitzen und wir informieren die gesammte Branche und die Polizei, ich empfehle mich, habe noch einen wichtigen Termin" Alex stand auf und ging aus dem Büro hinüber zu Frau Böhm und fragte "kann ich bitte Milch und

Kekse haben" Der Dick war rot wie Mutters Tomatensaft, er schnaufte schwer und in seinem Gesicht bildeten sich mehrere Zornesfalten, seine Wut konnte man aus Mund und Nase heraus quellen sehen, er stand energisch auf und sagte "ist das Euer ernst, der kleine Junge, und ihr glaubt ihm das was er da erzählt hat?" Der Vater sagte"wir haben dem nichts mehr hinzu zu fügen" der Doc sagte dann sofort"so ist es Herr Teichmann" und Frau Müller nickte nur selbstgefällig mit dem Kopf und schickte ihm mit ihrem roten Lippen einen dicken Kussmund rüber! Der Dicke und die anderen zwei verließen schlagartig das Büro vorbei der Dicke schweißgebadet wie er war bösartig fluchte, er fluchte und brubbelte vor sich hin wie ein zu Boden geschlagener Boxer der den Ring verlässt! Und Alex saß gemütlich bei Frau Böhm, lächelte sie an und genoss Milch mit Kekse! 3 Tage später wurden Verträge unterzeichnet und hin und her geschickt, weitere 2 Jahre und 7 Monate später wurde mit den Wohnungen abzüglich aller Unkosten und Steuern ein Reingewinn von 85 Millionen DM verbucht! Ein gutes Geschäft, nein ein sehr gutes Geschäft! Der Sommer hatte sich schon längst zurück gezogen, ja förmlich versteckt, denn der Herbst und Spätherbst mit seinen starken Winden und Stürmen hat ihn weg gepustet, weg geblasen und in den Schlaf geschickt, Alex stand draußen auf der Terrasse und schaute dem Spiel zwischen Wind, Bäumen und den letzten herab fallenden Blättern aufmerksam zu und sein Kopf nahm die rhythmischen Bewegungen der letzten Blätter die von den Ästen vielen auf, im Sonnenlicht sahen sie aus wie Blattgold das zu Boden schwebte, er schaute auch in den Himmel hinein und sah wie rasend schnell sich die wenigen Wolken durch sein Sichtfeld bewegten, er dachte an gestern, gestern war sein Geburtstag und Vater schenkte ihm einen Computer mit allem was dazu gehört, natürlich das beste und neueste Modell und oben in seinen Zimmer befand sich gerade der IT und Computerspezialist der Firma Gutmann um diesen einzurichten und mit dem Hauptcomputer der Firma zu verbinden! Ein netter Geburtstag, der Vater nahm sich viel Zeit und Esmeralda verwöhnte ihren Alex von morgens bis abends mit allen Leckereien die er so gerne mochte, Mutter gratulierte kurz und danach war sie wieder mit ihrer Schönheit und ihrer Arroganz den Rest des Tages schwer beschäftigt! Alex schaute jetzt dem Gärtner zu, einen in Alex seinen jungen Augen alten aber sehr drahtigen Mann der geschickt mit dem Rechen die letzten Blätter am Boden zusammen harkte, man sah die ganze Erfahrung und das können des Gärtners, denn kein einziges Blatt konnte ihm trotz des starken Windes entkommen und waren eine sichere Beute, sie landeten in der blauen Tüte! Alex viel auf das er noch nie auch nur ein einziges Wort mit dem Gärtner gewechselt hatte obwohl er den Garten in seiner ganzen Schönheit und Gepflegtheit sehr zu schätzen wusste und auch sehr bewunderte, in diesem Augenblick erblickte der alte drahtige Mann Alex und nickte höflich mit dem Kopf und warf ihm einen lieben Blick nach oben auf die Terrasse zu! Alex dachte in diesem Moment, jetzt oder nie "Guten Morgen, möchten sie vielleicht einen heissen Kaffee? Ist doch recht frisch heute" "danke sehr gerne ich könnte ein heisses Schlückchen gebrauchen, Schwarz bitte wie die gestrige Nacht bei Neumond" sagte der Alte verwundert aber dankbar! "Okay bin gleich zurück" rief Alex nach unten schon im davonrennen! Alex ging vorsichtig mit der Tasse in seinen Händen die Treppe hinunter zum Garten, er wärmte sich seine Hände an derer in dem er sie fest umfasste, er streckte dann seinen Arm nach vorne dem Gärtner entgegen "hier bitte schön, heiß und schwarz" der Gärtner griff mit leicht zitternder Hand zu und Alex schaute auf diese Hand, welch eine Hand dachte Alex, voller Schwielen, jeder einzelne Finger krumm, abgearbeitet, vernarbt, dreckig, eine Hand die ihr ganzes Leben schwere Arbeit verrichtet hat, eine Hand die ihm und vielleicht auch andere ein ganzes Leben lang ernährt hatte! "danke schön sehr lieb von dir" sagte der Gärtner und schaute Alex dabei tief in die Augen, und Alex schaute ihm mit einem Lächeln ins Gesicht, er schaute in trübe, aber liebe, freundliche Augen, er schaute in ein Gesicht durchzogen von tiefen Falten ja schon Furchen und durch eine riesige Falte floss von der kahlen Stirn bis hinunter zum spitzen Kinn ein Schweisstropfen, er bahnte sich seinen Weg durch das Gesicht voller Leben genau wie Gebirgswasser hinab durch die Natur in den Fluss, und beim hinein schauen in dieses alte, gelebte Gesicht erkannte er die Vergänglichkeit der Zeit und lernte auch

schnell noch dabei das Gefühl der Melancholie kennen, er schaute
betrübt kurz zu Boden, aber dann besann er sich darauf wie alt er war,
er war noch jung und so hob er seinen Kopf nach oben lächelte und
sagte "ich bin Alex und wie heissen sie?" "ich weiss wer du bist mein
Junge, ich bin Paul und du brauchst nich Sie sagen einfach Paul, der
Kaffe tut sehr gut und schmeckt auch hervorragent" "ja beste Bohne
aus Jamaika steht meine Mutter drauf muß sie unbedingt haben, was
soll ich sagen so ist sie eben, ich haben ihnen noch nie gesagt wie
wunderschön sie unseren Garten hergerichtet haben und wie gepflegt
er immer aussieht, das ist wirklich phantastische Arbeit, ich
bewundere ihr, sorry dein Geschick und dein Händchen dafür" sagte
Alex und schaute ihm respektvoll ins Gesicht "danke schön sehr nett
von dir, aber das ist einfach, da ich die Natur liebe, alles was grün ist,
alles was blüht, denn süßlichen Geruch im Frühling, auch den
modrigen Geruch im Herbst wenn sich die blühende Natur in den
Winterschlaf begibt, all das liebe ich, mit den eigenen Händen einen
Garten zu gestalten macht mich glücklich und ich habe in meinem
Leben schon sehr viele Gärten gestaltet, angelegt und gepflegt, man
muß sie voller Hingabe pflegen damit sie auch dem Außenstehenden
in den Augen glänzen und anmutig stechen!" sagte der Alte mit stiller
und sanfter Stimme! "ja dem ist wohl so, ich hatte bis vor kurzem
noch kein Auge für die Schönheit der Natur, liegt wohl daran das ich
noch sehr jung bin und meine Augen erst einmal nach was anderem
suchten, aber das hat sich schlagartig geändert in diesem Sommer, ich
war nämlich auf Barbados, wir haben dort ein sehr schönes Haus und
Freunde haben mich mit in den Tropischen Regenwald genommen,
der Regenwald ist dort sehr klein, aber wenn man in Ihm ist kommt er
einem riesengroß vor, schier unendlich sogar und in Ihm ist es
wunderschön, nein traumhaft schön ist es, ich könnte stundenlang
davon berichten und erzählen, aber seit dem habe ich auch meine
Augen auf die Schönheit der Natur stets und aufmerksam gerichtet,
aber sie sollten das selbst mal sehen und anschauen, oder waren sie
schon einmal in einem Tropischen Regenwald?" der Alte lachte laut
"nein mein Junge war ich noch nie, kenne ich nur aus Büchern oder
leidlich angelegt im Botanischen Garten, es muß wirklich
beeindruckend sein, ja ein Traum von mir, aber

soviel Geld hatte ich leider nie über! Ich bin jetzt 64Jahre alt und habe mein ganzes Leben mit meinen Händen für meine Familie gesorgt, ich habe 3 Töchter, sie sind jetzt erwachsen und haben mir selber 4 Enkelkinder beschert, ich liebe alle sieben bis ganz tief in meinem Herzen hinein, aber ich mußte die Mädels erst einmal groß kriegen und für eine angemessene Ausbildung sorgen und meine über alles geliebte Frau arbeitet seit 30 Jahren in einem Supermarkt an der Kasse, da verdient man auch nicht gerade üppig, nächstes Jahr gehen wir beide auf Rente, eine Rente die eher spärlich ausfällt, aber wir wollen uns trotzdem den Rest unseres Lebens gemütlich und nett gestallten, ich war schon in Italien, Österreich und sogar schon einmal in Spanien und habe die fantastische Alhambra besucht, aber für den Regenwald wird es nie reichen, nein mein Junge darauf muß ich wohl verzichten, das wird wohl ein Traum bleiben!" und Alex sah das Paul kurz traurige Augen bekam! Oben kam Esmeralda aus der Terrassentür und sie rief nach unten zu Alex "Alex, der Mann oben mit Teufelswerk sagen du sollen hoch laufen, er fertig ist" Alex reichte Paul seine kleine Hand und sagte "ich muß leider weg, aber bald komme ich mal wieder mit einem Kaffee, es ist nett mit ihnen zu reden und sagen sie bitte niemals nie, man weiß nicht was so alles passieren kann, bis bald Tschüß" und schon rannte er davon, aber er hörte noch kurz die sanfte liebe Stimme des Alten Pauls "bis bald Alex"! Alex saß oben in seinem Zimmer vor dem bunten Bildschirm und hörte aufmerksam den Worten des IT Experten zu, ein junger Mann frisch von der Uni gekommen, der Doc hat ihn dort sofort abgeworben, sein Ruf eilte ihm voraus, ein junger Mann der so gar nicht in die Welt der Banken, Aktien und Vermögenswerte passte! Tom war sein Name und seine dicken festen Haare waren verfilzt und zottig, sie wurden zu einzelnen Zöpfen gedrehte und dann noch zu einem Turm in kreisenden Windungen nach oben gebunden, somit war das Vogelnest das seinen blassen Kopf zierte perfekt, seine Kleidung war einfach und alternativ, und wenn Alex in seine braunen Augen schaute sah er was sehr neutrales und seine Gedanken kreisten fortwährend nur im 11001011000100101110 Takt, meist synchron zum leicht rauschenden Rechner, seine Erklärungen waren, exakt, genau, zielgerichtet und gut verständlich, genau wie Alex es mochte und wenn Tom die Tastatur bediente, ging er in einem Tempo über so das man seine geschickten Finger kaum noch zu unterscheiden wusste, und sein Kopf inklusive das Vogelnestes fing an zu beben und sich noch oben und unten zu bewegen, man hätte denken können Frederick Chopin fegt mit seinen begnadeten Händen über die Klaviertatur und spielt eine Mazurka! "komme ich verständlich rüber Alex?" fragte er ständig und dabei zuckte immer sein rechtes Auge, wohl gereizte Nerven dachte Alex! So ging es stundenlang weiter und die beiden waren in einer ganz anderen Welt, fern ab jeder Realität und hätte jemand den beiden heimlich zu gehört, so hätte er gedacht die zwei kennen sich ewig! "ich habe manchmal so nebenbei wahre Wunderdinge über dich gehört Alex und ich muß sagen sie stimmen, gibt es irgendetwas was du nicht gleich verstehst?" "bestimmt, aber du erklärst es einem auch so genau dass es ja gar nicht am Kopf vorbei fliegen kann" sagte Alex mit einem Lachen im Gesicht! "na dann lass uns mal rein in die gute, alte Gutmann Bank" "ja gut, hast du das General Passwort" "was ich habe kein Passwort, wenn ich in der Bank am Computer bin brauche ich keines" "ja klar das hat dein Vater dann immer schon am Morgen eingegeben" "stimmt, so wird es sein, dann hole ich es mir gleich Morgen nach der Schule, bist du auch Morgen dort?" ja bin ich, habe Morgen lange in der Bank an den Rechnern zu tun" "gut machen wir Schluss, danke dir für alles, und wenn ich Fragen habe dann nerve ich dich, dem kannst du dir sicher sein, du wirst lernen mich zu hassen" Tom lachte laut "das glaube ich nicht, na wir werden sehen" dann gaben sich die beiden die Hand und Tom dampfte samt seines Vogelnestes von dannen! Als Alex am nächsten Tag gleich nach der Schule das riesige Atrium der Bank betrat und sich durch die Marmorsäulen schlängelte schaute er wie immer nach oben zur bunten, kunstvoll gestalteten Kuppel, von allen Seiten her traten ihm nette, freundliche, aber auch skeptische Blicke entgegen, hier und dort ein Kopfnicken, ein Fingerzeig, ein Lächeln und mehrere Guten Tag Alex und er beantwortete Zeichen oder Worte freundlichst mit den selbigen, so erschien es ihm als angemessen! Er eilte schnellen Schrittes zum Gläsenen Fahrstuhl und fuhr mit

dem Blick des Treibens im Atrium das sich in dem Fahrstuhl
Sekunde für Sekunde verkleinerte nach oben!Kaum ausgestiegen kam
Frau Böhm vorbei "guten Tag Alex wie geht es dir, dein Vater und
Doktor Frei sind im Büro, darf ich dir irgendetwas bringen, Milch und
Kekse vielleicht, hast doch bestimmt Hunger so kurz nach der
Schule?" "meine liebe Frau Böhm, das währe fantastisch und lieb von
ihnen, es geht doch nichts über ihre Kekse" sagte Alex mit einem
breiten Grinsen das sich übers ganze Sommersproßige Gesicht zog,
und dabei öffnete er schon mit der Hand die Bürotür, er erschrak, ich
habe nicht angeklopft, er zog wieder mit einem Ruck zu und klopfte
sehr laut dreimal an so das er es in seinen Fingern spürte ein "Auha"
verlies leise aber heftig seinen Mund! "komm schon rein Alex"
schallte es von drinnen nach draußen, als Alex das Büro betrat
begrüßte ihn erst einmal grimmig wie immer der alte Otto von oben,
Vater und der Doc saßen lachend und offenbar bei bester Laune am
großen Tisch und vor ihnen lagen weisse Papiere wie Schneeflocken
auf dem dunkelen Teak verteilt!Nach Begrüßung und netten Worten
und einem kurzen Gespräch über den roten Boliden des Docs, der
schlapp gemacht hatte und den Doc kurzfristig dazu zwang in einen
Zug zu steigen um aus Hamburg hier her zu kommen, redete Alex
nicht lange drum rum und sagte "ich brauche das Generalpasswort
damit ich mich zuhause an meinem Rechner einlogen kann" Vater und
der Doc schauten sich gegenseitig verwundert in ihre weit
aufgerissenen Augen um sich dann kurz zu zu nicken "ja okay komm
her ich schreibe es dir auf" sagte Vater, nahm einen Stift und schrieb
kurz was auf ein leeres Blatt und reichte es Alex nach oben der im
stehen schon darauf gespannt war "hier bitte Alex" Alex schaute auf
das Blatt und mußte lachen "okay ich habe gelacht, war auch lustig,
bekomme ich das richtige oder möchtet ihr das nicht, dann müssen
wir darüber reden" der Vater und der Doc schauten sich wieder
verwundert in ihre Augen und der Doc sagte "das ist das Passwort"
und Alex sah in seinen Augen das er die Warheit sagte "das ist nicht
euer Ernst, ich gehe mal davon aus das auch ihr beide wist um welche
Geldbeträge es hier Tag für Tag geht und was unsere Firma für einen
Wert besitzt und wie viele Geheimnisse die nicht für andere bestimmt
sind in diesem

System stecken und Euer Passwort um das alles zu schützen lautet ABCDEF, oh wie einfallsreich ihr doch seit, ich bewundere eure Kreativität, das ist doch unglaublich" sagte Alex völlig verärgert und schon mit einem Anflug von Arroganz "wir dachten auf so ein Einfaches kommt niemand und genau das ist der Trick dabei, sie tippen sich die Finger Wund und zermartern sich ihre Köpfe, aber darauf kommt niemand da sind wir uns sicher" sagte Vater mit einem unerträglichen Selbstbewußtsein in seiner Stimme! "so ein Quatsch, so ein Blödsinn habe ich ja noch nie gehört, ihr seit ja schon so zwei Künstler, Tom der IT und Computerspezialist den ich gestern kennen gelernt habe ist doch heute ihr im Hause so wie er mir gestern sagte, Vater kannst du ihn bitte holen lassen" Der Vater stand vom Tisch auf und ging hinüber zu seinem Schreibtisch, drückte mit dem Mittelfinger einen Knopf und sprach in das Mikrophon "Frau Böhm würden sie bitte Tom Brandt in mein Büro schicken, ich danke ihnen" Kurze Zeit später klopfte es an der Bürotür und Tom trat ohne auf ein Herein zu warten ein, Schüchtern und mit seinem leicht schlürfenden Gang kam er dem Teaktisch immer näher und das Vogelnest auf seinem Haupte wippte hin und her! "Guten Tag Herr Gutmann Guten Tag Doktor Frei, Hallo Alex, womit kann ich ihnen helfen" fragte er und sein rechtes Auge fing wieder an zu zucken "Hallo Tom, könntest du bitte versuchen das Generalpasswort zu knacken, der Rechner steht bereit" fragte Alex schon im Stuhl sitzend und dabei hatte er seine Arme über den Bauch siegessicher verschränkt und ein Lächeln sprühte aus seinem Gesicht heraus! "das kann ewig dauern, Stunden, Tage, ich kann das nicht so zeitlich genau eingrenzen, ich habe zwar so meine Mittel und Wege aber gut ausgesucht ist das extrem schwer, ich werde wohl nicht die Zeit dafür Heute finden, wieso eigentlich? Habt ihr es etwa vergessen? Das darf doch nicht war sein, im Notfall werden wir eine andere Lösung finden müssen, ich habe da was im Kopf dadurch könnten wir viel Zeit sparen" und in seinem Gesicht sah man leichte Panik und Unverständniss, es sprang einem direkt an! "bitte Tom versuche es doch bitte, es ist wichtig, bitte" "Okay ich gehe jetzt gleich rann, könnte ich vielleicht einen Tee bekommen?" "Natürlich gerne" sagte der Vater,

Tom schlürfte rüber zum Rechner, es setzte sich hin, brachte sich in bequemer Position wobei er die Beine gerade vor sich lang hin streckte und die Füße übereinander kreuzte, er lehnte sich mit seinem Oberkörper nach hinten, er streckte beide Arme nach vorne und konnte so gut und sicher die Tastatur erreichen! Alex hatte seine Finger an seinem Chronometer, bereit die Zeit zu stoppen, der Doc und Vater schauten mißtrauig zu ihm rüber und schüttelten beide ihre Köpfe! "ich fange jetzt an" Alex drückte mit dem Zeigefinger den Knopf an seinem Chronometer! Und man sah nur noch ein schaukelndes Vogelnest über den Monitor und man hörte nur noch das klappern der Tastatur und es klapperte schnell und der Meister wurde immer schneller und die drei saßen und schauten und hörten einem Virtuosen an den Tasten zu und es gefiel und Bewunderung machte sich im ganzen Büro breit, die Vorführung, das Meisterwerk hatte gerade begonnen und schon war es wieder beendet "ich bin drin, und wenn das wirlich das Generalpasswort ist, ja dann kann ich nur noch mit dem Kopf schütteln und es muss sofort geändert werden, aber ich glaube das alles war wohl eher ein Scherz hier, aber wenn nein, Alex weisst du noch wie man es ändern kann?" sagte und fragte Tom völlig durcheinander und leicht verwirrt "ja Tom ich weiss es noch und alles okay wir danken dir, du bist echt super, kannst wieder deiner Arbeit nachgehen mit der wir übrings sehr zufrieden sind, danke nochmals" Tom verließ das Büro und Alex zeigte den beiden die Zeit auf seinem Chronometer "35 Sekunden, in dieser Zeit bekomme ich nicht einmal meine Schnürsenkel zu, haha soviel zu Finger wund und Hirn zermartern ihr Spezialisten, das müssen wir sofort ändern" der Vater und der Doc schauten Alex beide in seine lachenden Augen, Verlegenheit schwebte aus ihnen heraus und der Vater sagte dann "tut uns leid Alex das war wohl sehr dumm von uns" die drei schauten sich in ihre Gesichter und fingen laut zu lachen an sie lachten so heftig das sie sich ihre Bäuche halten mußten und Tränen rollten an ihren Wangen entlang und vielen dann zu Boden oder auf das dunkle Teak! Und oben über dem kunstvollen gestalteten Schreibtisch mußte auch der alte Otto leicht schmunzeln! Als Alex aus seinem Zimmer trat, hatte er den ganzen frühen Morgen an seinem

Rechner verbracht, er arbeitete wie besessen an einem Finanz und Aktien Optimierung Plan, den er seinem Vater zu Weihnachten schenken wollte, es war Samstag und als er sein Zimmer verlies traten ihm wohltuende Düfte entgegen und krochen in seine kleine Nase, es duftete nach Zimt, nach Lebkuchen, nach allerlei Leckereien, nach Tannennadeln und nach Punsch und einem deftigen Braten, morgen war der erste Advent und die von Alex so heiß geliebte Weihnachtszeit begann ihren Lauf zu nehmen, er mochte alles daran, er mochte Lebkuchen, Nougat den Adventskalender, Weihnachtsbäume, die vielen Weihnachtsmänner in der Stadt, die geschmückten Strassen, die vielen Lichter bunt und strahlend, die gute Laune der Menschen, die Weihnachtsmärkte und die Geschenke! Er rannte die Treppe nach unten und sah Esmeralda in der Küche umher wirbeln und sie sang wie jedes Jahr bei jeder sich ergebenden Gelegenheit "Felize Navidat" und sie tanzte dazu, Alex trat hinter sie und sang mit und tanzte auch recht ungeschickt dazu, Esmeralda drehte sich um und lachte laut "Alex schau, so geht" und dabei lies sie ihre üppigen Rundungen und Hüften, feurig, elegant und gekonnt kreisen! Alex schaute hinaus in den Garten und sah wie Paul sich dabei abmühte mehrere Kisten in den Garten zu tragen, aaaaaaaaaaaaaah dachte Alex die Weihnachtsbeleuchtung für den Garten wird heute angebracht, eilig zog er sich eine dicke Jacke an, rannte in die Küche zurück und holte eine Tasse schwarzen Kaffee, öffnete die Terrassentür und ging zu Paul begrüßte ihn und reichte ihm seinen Kaffe "danke Alex, brrrrrrr, echt kalt heute" sagte Paul und verzog sein Gesicht dabei, "ja ist es und es riecht nach Schnee ich kann ihn schon fühlen, ja fast sehen, hahaha, darf ich dir heute helfen?, sag mir was ich machen soll und ich versuche es einmal okay" "na gut wie du meinst, wenn du Lust dazu hast dann bitte" und schon fing er an zu erklären mit Händen und Füßen zu zeigen und zu deuten, wie ein Dirigent vor seinem Orchester stand er vor Alex und Alex versuchte alles zu verstehen und dann fingen die beiden an! Alex rannte durch den Garten hier und dort war er, er holte Lichterketten aus Kartons, er klemmte sie an, er sortierte, er entwirrte, er band fest, er überschlug sich fast bei allem was er tat, Paul zeigte mit seinen Händen und gab laut

Anweisungen, und Alex merkte das ihm die Stunden weg schmolzen wie im Schlaf, die Zeit rannte an ihm vorbei und sein Kopf war hoch rot und er dampfte, wie Nebel am frühen Morgen stieg es empor und der Rotz lief ihm aus der Nase und Schweißperlen bahnten sich ihren Weg über seinem Gesicht, plötzlich wie aus dem Nichts kam die Dunkelheit und schien die beiden zu überraschen, aber es schien nur so denn Paul steckte mehrere Stecker zu einem undurchsichtigen Gewirr zusammen und es war vollbracht und er sagte "Alex wir haben es geschafft, jetzt müssen wir nur noch oben auf der Terrasse den Schalter drücken und schon müßte es leuchten, du warst super, ich danke dir"! Die beiden drehten ihre roten Köpfe gleichzeitig zur Terrasse und sahen voller Erstaunen, Vater, Mutter und Esmeralda standen alle oben und schauten wer weiß wie lange schon den beiden zu! "hallo, Vater kannst du bitte einmal auf diesen Schalter dort drücken" und Alex zeigte voller Ungeduld mit dem Finger auf diesen! Vater ging zum Schalter ohne ein Wort zu sagen und drückte mit einem Lächeln auf seinem Gesicht drauf! Der ganze Garten erstrahlte sofort in einem Meer aus Lichtern, es funkelte hier und dort, wunderschön bunt war alles, und oben auf der Terrasse standen die drei Zuschauer und man hörte sofort wie aus einem Munde ein "oooooooooooooooooooooooh" und sie klatschten vor Freude Beifall, Paul und Alex standen dicht beisammen und schauten voller Stolz auf ihr Werk, ein Werk erschaffen mit den Händen dachte Alex und genau in diesem Moment vielen kunstvoll geformte Eiskristalle vom Himmel, dicke Schneeflocken rieselten herab, majestätisch schwebten sie durch das Lichtermeer im Garten zu Boden, und auch auf den Sträuchern und den Bäumen und Tannen fielen sie und ließen sie sich dort nieder, das Schneetreiben wurde immer heftiger und die Flocken immer dicker, innerhalb von kürzester Zeit standen die fünf da und schauten mit glänzenden Augen in ein zauberhaftes Wintermärchen in Weiss und alle konnten sofort die gedämpfte angenehme Ruhe fühlen und genießen und dabei standen sie mitten in ihrem Wintertraum, jeder für sich allein mit seinen eigenen Gefühlen und Träumen mitten im Wintermärchen! Und in ihren Augen war ein ganz besonderer Glanz, sie standen und schwiegen und es war wunderbar,

94

es war schön mit jemanden schweigen zu können, einfach nur schweigen! Paul machte sich dann recht bald daran die Kartons zurück in den Keller zu bringen, Alex wollte ihm noch rasch dabei helfen aber oben auf der Terrasse stehend rief der Vater "Alex kommst du mal bitte" Alex rannte nach oben, der Vater holte einen Briefumschlag aus seiner Jackentasche und reichte ihn Alex entgegen "bitte Alex da hast du das um was du mich gebeten hast" er neigte seinen Kopf dabei und lächelte mit einem zwinkernden Auge "danke Vater" Alex steckte den Umschlag sorgfältig in die Innentasche seiner Jacke und ging wieder nach unten ins Winterwunderland, er griff sich ein paar leere Kartons und machte sich auf den Weg in den Keller, aber Paul kam ihm entgegen und sagte "stell das hier ab ich mache das schon du hast Heute genug getan, du warst mir eine sehr große Hilfe" und als Paul das sagte blickte Alex in müde und trübe Augen, Alex ließ sofort los und die Kartons vielen zu Boden, er öffnete seine Jacke und holte den Umschlag aus seiner Innentasche, er hielt ihn Paul entgegen und sagte "das ist ein Weihnachtsgeschenk von mir und meinem Vater" "Hm, den Weihnachstbonus hat mir dein Vater aber doch schon auf mein Konto überwiesen" "ja ich weiß, aber das ist ein Geschenk, hier drin sind zwei Fugtickets nach Barbados, die Zeit ist offen aber März ist eine fantastische Zeit für die Karibik, am Flughafen werdet ihr abgeholt, ein Mann, groß, schwarz und sein Körper sieht aus wie ein Gebirge, er wird dort mit einem Schild stehen, er heißt übrigens Sam und ich vertraue ihm, er wird auf euch aufpassen aber ohne das du ihn siehst, ich verdanken ihm wahrscheinlich mein Leben, er wird euch in etwa 90 min zu unserem Haus fahren, es steht auf einem Berg und wenn ihr rechts hinunter schaut seht ihr den traumhaft weissen Palmenstrand und wenn ihr nach links schaut seht ihr nich weit entfernt den Tropischen Regenwald, das Haus ist weiss und wunderschön mit einem Tropischen Garten es wird euch gefallen, dann ist dort noch Maria in dem Haus sie wird sich 14Tage lang um euer Wohlbefinden kümmern und sie kocht gut, glaub es mir und dann in den ersten drei Tagen irgendwann werdet ihr abgeholt von zwei guten Freunden von mir, sie heißen Joleen und Jo es sind Geschwister so in meinem Alter und sie führen euch durch den Regenwald, ihr werdet fantastische, traumhafte Dinge sehen, aber ich möchte nicht alles verraten" Alex streckte den Umschlag Paul noch etwas näher entgegen "bitte schön Paul für dich und deine Frau, sucht euch einen passenden Termin aus und sage dann kurz bescheid, es wird dann alles arrangiert, bitte Paul hier für dich und Frohe Weihnachten" Paul schaute Alex mit trüben Augen an, er schüttelte kurz seinen Kopf und sagte "Alex das ist doch sicher alles aus deinem Kopf entsprungen, ja das wäre wohl ein Traum von mir, Aber es gibt eben Menschen denen ist so etwas aus vielerlei Gründen nicht vergönnt so ist es eben, es gibt immer sohne und solche, das ist ein wunderbares und großzügiges Angebot und Geschenk und ich danke dir aus tiefsten Herzen dafür, aber ich kann das nicht annehmen, das wäre nicht richtig von mir" "so ein Quatsch, es wäre nicht richtig es nicht anzunehmen, es ist ein Traum von dir, und ich wäre beleidigt wenn du es ablehnst, ja kränken würdest du mich sogar damit, und wenn du möchtest ändern wir noch die Tickets von First Class auf Holzklasse um, kein Problem aber du mußt einfach ja sagen" und dabei schaute Alex ganz traurig und bittend in die trüben Augen von Paul! Paul stand jetzt recht verzweifelt und unsicher so im Garten rum und dachte nach und plötzlich zog er Alex zu sich und umarmte ihn "okay ich werde mit meiner Helga fliegen,aber nur wenn es bei First Class bleibt", dann drückte er Alex noch fester an sich rann "danke, ich danke dir und deinem Vater dafür, ihr seit großzügige und gute Menschen das habe ich immer gewußt" Alex befreite sich aus der Umarmung und im Schein des schon aufgegangenen Mondes schaute er Paul in die Augen und sah das eine Träne an seiner Wimper glänzte! Alex ging die Alleen entlang, er war auf dem Weg zur Schule, so ganz ohne ihr üppiges Blätterwerk sahen sie eher trostlos und öde aus, er ging von der Vergangenheit direkt in die Zukunft hinein und er konnte nicht im geringsten erahnen was ihm heute noch widerfahren würde, die Strassen waren nass, matschig, denn der Schnee war am schmelzen an diesem lauen Morgen und wenn er seine Füße auf den Boden setzte spritze das Wasser nach vorn im feinem Sprüh und es sah aus als würden die Schuhe niesen. Die Weihnachtszeit war schon längst Vergangenheit und der dazugehörige Duft war schon lange vorher aus seiner Nase entwichen, der Duft fehlte, es war ein schönes Fest, in Alex seinem Gesicht machte sich ein verschmitztes Grinsen breit, Mutter lächelte das ganze Fest und war bester Laune, Vater hatte kaum auch nur eine Minute für sich, denn sie krallte sich förmlich mit ihren roten Nägeln in seinem Fleische fest, sie war liebreizend und nett, ja sie war sogar niedlich in ihrer Art wie sie Vater so anhimmelte, natürlich war das nur so ein Schein und lag wohl an dem sündhaft teuren Geschenk, aber Vater war glücklich und hatte seinen Spass und das war ein Geschenk was Alex gefiel, am zweiten Feiertag kam der Doc zum großen Weihnachtsschmaus und er brachte seine neue Freundin mit, Frau Müller, für Alex keine Überraschung denn das konnte er schon lange vorher in den vier Augen wie einen zärtlichen Liebesbrief lesen, jetzt schaute Alex kurz grimmig, er dachte an die Diskusion der vier als Vater den Finanzplan, seinem Geschenk von Alex den beiden zeigte, er traf von allen Seiten auf Ablehnung, ja er wurde sogar belächelt und verspottet, zu wage, zu optimistisch, zu heroisch, einfach zu gewagt, Lautete das Urteil der Drei! Alex seine Antwort war, wochenlange Arbeit meinerseits, makellos, ohne jede Gefahr, zu 100% durchdacht, nur Schwachköpfe und Angsthasen würden es sich nicht trauen, es kann nichts schief gehen ihr Hasenfüße, großes Gelächter ihrerseits! Alex ließ weiter seine Schuhe niesen und jetzt lächelte er wieder, denn die Hasenfüße konnten der Verlockung des Geldes nicht wiederstehen und investierten und jetzt für das Finanzwesen einer sehr kurzen Zeit verbuchten sie schon einen Gewinn von 6,3 Millionen und sie wussten langfristig gesehen war das nur ein Tropfen im grenzenlosen Ozean des Geldes und immer wenn der Doc jetzt auf Alex traf, verneigte er sich tief und sagte "guten Tag großer Meister" Alex lachte dann und sagte immer "hör jetzt endlich auf damit, ich kann doch nichts dafür das du keine Ahnung hast" Alex sah mit einem Lachen im Gesicht seine Schuhe weiter niesen und dachte an den Abend als Paul sich auf der Terrasse im bunten Schein der Weihnachtslichter bei Vater bedankte und die beiden Glühwein tranken bis ihre Köpfe aussahen wie der Glühwein selbst und ihre Zungen nicht mehr zu gehorchen schienen, auch die Weihnachtsbeleuchtung gehörte schon längst der

Vergangenheit an, sie wurde von Paul und Alex gemeinsam entfernt und Paul hatte sogar schon seinen Termin, der 4.März sollte es sein und bis dahin waren es nurnoch wenige Tage und die Vorfreude sah man in seinem gelebten Gesicht Tag für Tag! Ja die Winterferien waren vorbei und die niesenden Schuhe trugen Alex immer weiter Meter für Meter in Richtung Schule, mitten rein, rein in die Zukunft, nur noch 5 Monate dann gehörte diese Schule der Vergangenheit an und Alex wechselte auf das Gymnasium und er freute sich darauf denn dann braucht er nicht mehr die dumme Fresse von Sven zu ertragen, denn dumme Fresse, dummes Gehirn, Dumme Schule! Er konnte schon den Schulhof sehen, es war nicht mehr weit nurnoch ein paar Schritte, es war noch recht ruhig, Alex war wie immer recht früh dran, er öffnete die große Tür vom Schulgebäude und trat ein und die Schuhe hörten auf zu niesen sie hatten ausgeniest! Alex saß auf seinem Stuhl und nach und nach traten die andern Schüler ein, er beobachtete das sehr aufmerksam, nun hörte er schon das laute Geschrei, das dumme Getue von Sven und schon stand er im Klassenzimmer, er ging an Alex vorbei ohne in auch nur eines Blickes zu würdigen!Und Alex dachte so vor sich hin, irgendwie sieht Sven verändert aus er schien größer und männlicher geworden zu sein, in seinem Gesicht spiegelte sich schon der leichte Ansatz eines Mannes wieder und lies ihn noch kräftiger und stärker erscheinen! Dann dauerte es nur wenige Augenblicke und alle saßen auf ihren Stühlen und warteten auf den Lehrer und Alex wartete darauf das sich plötzlich wie aus dem Nichts sein ganzes Leben veränderte, sein Kopf geschüttelt und seine Seele kräftig gerührt wurde, das sein ganzes Gefühlsleben gleich in wenigen Augenblicken völlig durcheinander geraten würde, nur wusste er es noch nicht und saß lässig nach hinten gelehnt in seinem Stuhl und wartete auf die Zukunft! Der Lehrer trat ein, eine Person der sogar Sven größten Respekt zollte, er war groß, breitschultrig, grauhaarig und mit einer tiefen würdevollen Stimme ausgestattet die einem durch Mark und Bein gehen konnte, dicht hinter ihm trat schleichend ja fast schon demütig mit gesenktem Kopf ein zartes Mädchen mit langen, vollem, dunklem Haar ins Klassenzimmer ein und blieb neben dem Lehrer ganz ruhig stehen und blickte weiter verlegen zu Boden! "das ist Sophia und sie wird den Rest des Schuljahres bei uns verbringen" Sophia erhob ihren Kopf und ihre sieghaft schönen smaragdfarbenen Augen stachen sofort mitten hinein, hinein in Alex sein Herz und in seiner Seele, ihren hübschen Mund halb geöffnet haltend schaute sie schüchtern und traurig in den Klassenraum! "dort kannst du dich hinsetzen neben Alex" sagte der Lehrer und zeigte mit dem Finger in seine Richtung. Alex sein Herz fing sofort mächtig zu pochen an und das Blut kochte in seinen Adern und Sophia ging auf ihn zu, in Zeitlupe sah Alex jeden Schritt, jeder Schritt schien ein Kunstwerk zu sein, jeder Schritt erschien Alex wie eine makellose, vollendete Symphonie, Schritte wie man sie nicht schöner hätte ausführen können, Alex saß da wie erstarrt mit geöffneten Mund und mit weit aufgerissenen Augen fixierte er sie und konnte seinen Blick nicht von ihr lassen, er versuchte es, aber es war ihm nicht möglich, er senkte seinen Kopf nach unten um wenigstens so zu tun, aber trotzdem lies er nicht von ihr ab! Sophia legte ihren Rucksack ab und zog ihren Stuhl nach hinten um sich zu setzten, und als sie saß hob Alex schüchtern seinen Kopf und schaute verlegen in ihr sanftes Engelsgesicht "hallo ich bin Alex" sagte er verlegen mit leiser Stimme und streckte ihr seine Hand entgegen! "hallo" sagte sie mit klarer, reiner und schöner Stimme und griff mit ihrem zarten, wundervollem Händchen sachte zu! Er spürte ihre Hand in der seinen, er spürte wie zart und weich sie war und er spürte ein Gefühl wie er es noch niemals in seinem Leben erlebt hatte, sein Mund stand immer noch weit offen und er schaute ihr tief in die Augen, so vergingen die Zeit ohne das er irgend etwas davon merkte, er war versunken im Smaragdfarbenen See, vertieft mit all seinen Gedanken und Gefühlen in ihr makelloses Gesicht und er war sich sicher, Er hatte noch niemals so etwas wunderschönes auf dieser Welt gesehen! "hallo Alex hallo" sagte sie "ja was denn" antwortete er "bekomme ich sie wieder?"fragte sie "was wieder?" kam aus Alex seinen geöffneten Mund "meine Hand" sagte sie mit einem Lächel das ihn nur noch mehr verzauberte "natürlich, tut mir leid war kurz in Gedanken und er ließ die Hand los, aber am liebsten hätte er sie den Rest seines Lebens nicht mehr losgelassen, und er las leider in ihren

Augen "was ist das denn für ein kleiner rothaariger Spinner" aber
Alex hatte ihr schon verziehen! Den Rest des Tages verbrachte Alex
in einem Vakuum, in einer luftdichten großen Blase und nur er und
Sophia hatten darin Platz, den Rest der Welt nahm er nicht mehr real
war! Von nun an war jede Minute die Alex nicht in der Schule
verbrachte eine Qual, ja es war sogar eine Pein für ihn, alles in seinem
Kopf drehte sich nur noch um Sophia und er gab sich außerhalb der
Schule tagträumen hin in deren Sophia die Hauptrolle spielte und in
der Schule war er nur noch damit beschäftigt sie bewundernd
anzusehen! Es war wie verhext, seine Gedanken liefen wie sie
wollten, es war als sei sein Gehirn ein Kaleidoskop, in dem der
wechsel der Bilder von einer fremden Hand geleitet wurde und an den
Wochenenden war Alex ein kleines trauriges Häufchen das auf den
Montag wartete! Die Zeit verging dann zäh, Stunden wie
Mühlenräder, die sich langsam drehten, langsam und beharrlich
zerkleinerten sie die Zeit. Es gab für ihn nichts schöneres mehr als sie
anzusehen, ihre Aura zu spüren, ihren Duft war zunehmen, ihre
Stimme zuhören und in ihren Augen zu versinken, die leider niemals
etwas Nettes über ihn verrieten aber er konnte verzeihen! Vor
Schulbeginn und nach den Schulstunden versuchte er ihren Weg zu
kreuzen, um noch einen Luftzug von ihr zu spüren, eine verschmitztes
Lächel zu erhaschen, er hatte das Gefühl das er ohne sie anschauen zu
können nicht mehr leben könnte! Die Tage vergingen, die Wochen
vergingen, die Monate vergingen und er mußte ihr das mal alles
erzählen was sich dort in seinem Kopf abspielte, die Zeit wurde
knapp das Schuljahr war fast zu Ende!Alex nahm sich ganz fest vor
mit ihr zu reden, heute nach der letzten Stunde wollte er sie bitten
noch kurz sitzen zu bleiben und seinen Worten zu lauschen, es
klingelte und die letzte Stunde war vorüber, Sophia packte sorgsam
ihren Rucksack, Alex tat das auch, die ersten Schüler verließen schon
den Klassenraum, Alex holte tief Luft sein kleiner Körper fing vor
Aufregung an zu zittern, er hatte Angst, aber egal, jetzt los sag was
und genau in diesem Moment hörte er die sanfte Stimme von Sophia
"Alex kannst du bitte mal warten ich möchte dir kurz eine Frage
stellen bitte" "ja natürlich gerne" und sein Herz klopfte wie verrückt!
Das Klassenzimmer war jetzt leer, auch der

Lehre hatte es schon verlassen Und Sophia schaute Alex in die Augen und fragte ihn "Alex, seit fast 5Monaten bist du unentwegt damit beschäftigt mich anzustarren, warum tust du das? es nervt mich" und dabei schaute sie recht böse drein, sie verdrehte ihren Kopf zu Seite und machte mit ihm eine Bewegung wie, nun los sag schon, los! Bei Alex brachen jetzt alle Dämme und er sagte! "Sophia du bist zum niederknien schön, dich anzustarren scheint mir das einzig angemessene zu sein, dich nur anzuschauen würde deiner Schönheit nicht gerecht werden, ich müßte blinzeln und könnte etwas von dir verpassen, eine Geste, eine Bewegung, du bist das zauberhafteste und schönste was die Natur jemals geformt hat, ich habe schon viele schöne Dinge gesehen, aber es gibt nichts was mit dir vergleichbar wäre oder sich mit dir auch nur messen könnte, deine funkelden Augen sehen aus wie zwei fünfkarätige, lupenreine Smaragdedelsteine! Und wenn die Zeit gekommen ist und wir beide im richtigen Alter sind werde ich dir diese Kostbarkeiten kaufen und dir zu deinen Füßen legen! Du wirst irgendwann die Meine sein und ich möchte jede Nacht deinen bezaubernden Duft mit in den Schlaf nehmen, ich möchte dich ansehen wenn du schläfst, wenn du erwachst, wenn du lachst, wenn du vor Freude weinst und ich möchte in dein wunderschönes Gesicht sehen wenn du mich voller Hingabe mit deinen vollen roten Lippen küßt! Ich werde dir ein riesiges Märchenschloss erbauen lassen und wir werden glücklich und zusammen sein, Tag für Tag für Tag einzeln aneinander gereiht, deren Summe dann das Leben ist! Versprochen" Sophia schaute Alex in sein hochrotes Gesicht und kam etwas näher, sie kniff ihre Augen leicht zusammen und blickte starr in dessen hellen Augen und Alex las böse Dinge darin, Beleidigungen, Ablehnung und auch Ekel, Sophia griff mit der linken Hand nach ihren Rucksack und mit der rechten holte sie aus und gab Alex eine kräftige Ohrfeige! "du bist doch nicht ganz dicht" sprudelte es aus ihrem zuckersüßen Mund, sie stand auf und rannte eilig aus dem Klassenzimmer! In dem Moment als Alex ihr zartes, kleines Händchen heiß auf seiner Wange spürte, ja da hatte er ihr schon längst verziehen! Einen Tag später saßen Sophia und Alex gemeinsam an ihrem Tisch in der Schule, Alex starrte heute nicht, er säte vielmehr leicht verschmitze, schüchterne Blicke zu ihr hinüber und er erntete böse Blicke und ihre herausgestreckte Zunge, in Sophias Augen lesen wollte er nicht, manchmal tat es weh! Alex saß in seinen Gedanken tief versunken da und starrte geradeaus, als ihm plötzlich das schrille, durchdringende Geräusch der Schulklingel zurück hollte, die Schüler sprangen hektisch auf, Schulschluss und Alex sah wie jeden Tag den schnell vorgespullten Film, (Einpacken und Rausrennen) als würden die 2min die sie schneller die Schule verließen die ganze Welt und ihr Leben verändern! Sophia spielte in diesem Film eine der Hauptrollen und war flink wie ein Wiesel nur Sven und ein, zwei andere schienen noch schneller zu sein! Alex ließ es eher ruhig und bedächtig angehen, als er das Schulgelände an diesem blauen, lauen, und schönen Tag verließ, verspürte er weder Hunger noch Lust direkt nach hause zu gehen und er schlenderte gemütlich mit aufmerksamen Blick die Alleen entlang und bog dabei anders ab als sonst üblich! Seine Augen erblickten noch weit entfernt einen in schönen Lindenbäumen verpackten Spielplatz,Alex seine Schritte wurden schneller und er sah Wippen, Schaukeln und ein im dunklem Holz gebautes Fort mit Hängebrücken und vier Türmen als Begrenzung, die runden Blockhausbolen erinnerten Alex an Westernfilme und in einem der Türme waren Geräusche und ein leises Kiechern ganz deutlich zu hören! Langsam und bedächtigen Schrittes näherte sich Alex und sein Herz fing an zu pochen, es drohte aus seinem Körper zu springen und er überlegte kurz sich umzudrehen und weiter zu laufen, aber die Neugier siegte und er stand nun schon vor dem kleinen Eingang des Turmes, er schaute in den feinen Sand am Boden, Zigarettenstummeln lagen zwischen den Mustern gerippter Schuhe, zwei halb leere, braune Flaschen Bier standen am Eingang, Alex beugte sich leicht nach vorne und sah einen Jungen und ein Mädchen sich fest und innig umarmend und umklammernd so das ihre Körper eine Einheit zu bilden schienen, ihre Lippen wild und lüstern aneinander gepresst, die Augen waren geschlossen so das ihnen der Anblick ihrer Zungen die sich zwischendurch suchten und fanden erspart blieb, aber beide machten sachte und leise Geräusche der Wollust die Alex vor lauter Scham eine dunkle Röte in sein entsetztes Gesicht trieben!

Die beiden bemerkten Alex ganz plötzlich, sie drehten sich um und schauten Alex mit weit aufgerissenen Augen an und dann lachten sie ihm direkt ins Gesicht, Alex riss auch weit seine Augen auf und sah voller Entsetzen, Sophia und Sven, es waren Sophia und Sven! Sven trieb Alex in diesem Moment einen spitzen Nagel in sein Herz, mitten hinen in sein pochendes Herz, Alex seine Gedanken waren sofort grausam und aufs äußerste böse, denn sein Kopf brannte vor Eifersucht! Und er sagte "Sophia, echt mit dem Dummkopf?" Sven sah Alex böse an "ich bin kein Dummkopf und nun verschwinde hier" und er sagte es laut und deutlich! "da haben wir es, du bist ein Dummkopf, wärest du dir bewusst das du ein Dummkopf bist, wärst du kein Dummkopf mehr, aber du bist dir dessen nicht bewusst und deshalb bist du und wirst für immer ein Dummkopf sein und auch bleiben, und eines noch, irgendwann werde ich dir die schlimmsten Schmerzen zufügen die man sich nur vorstellen kann, ob psychisch oder physisch, oder gar beides weiß ich noch nicht so genau, was schaust du so? ach ja, da einem deine Dummheit ja von innen anschreit weißt du natürlich nicht was das heißt, es heißt Geistig oder Körperlich, der Tag wird kommen, verlasse dich darauf und ich werde ihn genießen! Und nun zu dir Sophia, ich weiß ja das Mädchen in unserem Alter oft schneller Reif werden als die Jungs und sie verspüren schon die Fleischeslust nach einem Mann weit bevor wir Jungs daran denken, das angenehme Äußere, das leicht Männliche hat dich demnach wohl gelockt und es erschien dir als unwiderstehlich und du konntest der Versuchung nicht wiederstehen und deshalb gibst du dich mit diesem furchtbar dummen Menschen ab, ich rate dir, warte noch einige Zeit sonst könnte es passieren das du mit diesem Dummkopf sehr lange zusammen bleibst und das wäre fatal und eine Katastrophe für dich, denn ich werde dir jetzt einmal erklären wie deine Zukunft mit ihm zusammen aussehen wird! Am Anfang bist du noch in ihn verliebt, du findest ihn schön und körperlich anziehend, aber das wird sich sehr bald ändern, da er arbeitsscheu und faul ist und in seinem ausgedehnten Körper jeder Reiz wunderbar lange braucht bis er das Gehirn erreicht wird er nie fähig sein einen vernünftigen Job auszuüben, er wird dir niemals was bieten können und wird sehr früh anfangen zu trinken, er wird schon am Morgen beim Aufstehen ans Trinken denken, aber er wird es leugnen, am Tage wird er oft noch die Wege glatt machen für den Suff am Abend! Er läuft dann durch die Wohnung mal leicht mal schwer als wäre Luft oder Sand in seinen Beinen und du schaust dann in die blöden, toten, starren, widerlichen Augen eines Säufers, er wird wie tot den ganzen Tag im Unterhemd, weiß, feinripp, bekleckert, stinkend auf dem Sofa sitzen und sich dumme Sendungen ansehen, er wird eine dicke, rote, vernarbte Säufernase bekommen und sein schönes Äußeres wird schnell weg schmelzen wie Butter in der Sommersonne, er läßt sich vor lauter Frust über sein verkorkstes Leben völlig gehen und sein Bauch wird zu einem verschluckten Medizinball heranwachsen, er wird dann immer böser und aggressiver und irgendwann verliert er jeglichen Respekt und Hochachtung vor dir und wird dich schlagen, er wird Nachts nach Suff stinkend an dich herantreten und Sex von dir verlangen! Du wirst dich dann vor ihm ekeln, es wird dir so widerlich sein das du einen Würgereiz bekommen wirst, ab diesem Zeitpunkt wirst du bei jeder Berührung von ihm zusammen schrecken, deine Nerven vibrieren wie hochgespannte Saiten! Und dann kommt die große Angst und das warten auf körperliche Züchtigung!Er wird dir damit drohen dich umzubringen wenn du ihn verläßt, sei auf der Hut, denn er wird es ernst meinen und wenn alles in falsche Bahnen gelenkt wird von ihm, kann es passieren das er um wenigstens ein etwas besseres Leben zu haben dich anschaffen schicken wird, er wird deinen Körper verkaufen damit es ihm gut geht!Dein Leben wird die Hölle sein, du wirst Schmerz spüren tief und schwer und jeden Tag sehr viel Selbstmitleid zu inhalieren ist dann dein ständiger Begleiter, du denkst dann sehr oft an den heutigen Tag zurück und dein größter Wunsch wird es sein, dass ich dich erlösen komme, das ich dich erlöse von deinem Schmerz und deiner Pein und hinaus ziehe aus deinen entsetzlichen Qualen! Du wirst Nachts das Fenster weit öffnen und traurig in den hellen Mond schauen und dabei wirst du meinen Namen rufen, du wirst ihn hinaus schreien in die dunkle Nacht, in die für dich doch so schlechte weite Welt! Aber ich weiß noch nicht ob ich da sein werde um dich zu retten, wir werden es sehen!"

Sophia beugte sich etwas weiter vor und legte ihre bezaubernd kleinen Händchen auf ihren Schoß, sie kniff ihre Smaragdfarbenen Kulleraugen zu Schlitzen zusammen und machte ein böses Gesicht, Alex bemerkte wie süß sie so böse aussah, sie öffnete ihre vollen roten Lippen und sagte "du wirst mich niemals deinen Namen rufen hören, niemals, was bildest du dir eigentlich ein, du kleiner, häßlicher, rothaariger Spinner" und sie sagte es mit Abscheu und Ekel in ihrer Stimme und in ihren Augen! In diesem Moment sprang Sven mit einem Satz aus dem Turm und stand dann Alex genau Auge in Auge gegenüber und Alex konnte sofort lesen was gleich passieren würde, aber es war schon zu spät, Alex spürte einen heftigen, dumpfen Schmerz mitten in seinem Gesicht und die bunten Farben des schönen Sommertages erloschen, es wurde sofort dunkel und Schwarz! Der Zug setzte sich wieder in Bewegung und durch das weit geöffnete Fenster wehte Frische, Klare Luft ins Abteil so Frisch das Alex das Gefühl hatte ein Eiszapfen durchschneidet seine Lunge, trotzdem war es angenehm, er saß schon die ganze Nacht hindurch in dem Abteil und niemand sonst teilte es mit ihm! Der Bahnhof aus dem der Zug rausfuhr war ruhig und leer kein Mensch war zu sehen und die ganze Welt war in einem dunklen Rot getaucht, denn es war kurz vor dem aufgehen der Sonne, Alex setzte sich wieder auf seinem Sitz und hörte der Geräuschkulisse des abfahrenden Zuges aufmerksam zu, ein Zischen hier, ein Quietschen dort, ein Rumpeln da, es setzte sich eine Symphonie der geballten Kraft in Bewegung und wurde immer schneller! Nach dem Niederschlag von Sven und der Demütigung von Sophia ging er die letzten Tage nicht mehr zur Schule, die Zeugniss holte der Vater und an Verabschiedung dachte Alex nicht, warum, warum Verabschieden von wem, von was? Die Grundschule war für ihn nur ein müßendes Hinderniss auf dem Weg Vorwärts! Er flog erst einmal nach Barbados, missgelaunt, traurig voller schlechter Gedanken die hier und dort in seinem Kopf umher kreisten und ihn völlig verwirrten und an seinen Nerven nagten wie ein Biber am Baumstamm! Dort angekommen wurde ihm sofort wieder die grenzenlose Schönheit der Insel bewusst und er freute sich auf Joleen und Jo, Joleen wunderbar verstand sie die feine, zarte Kunst des Tröstens

105

und Jo die des Erheiterns und Bespassens, wunderbar waren die beiden und die drei verbrachten wundervolle zwei Wochen im Regenwald, am Strand und im Hause, ja das war dieses mal kein Problem den Alex reiste alleine und so machten die drei den Eisberg auf dem grünen Hügel zu ihrem Hauptquartier und als Alex wieder nach Hause flog war er sich sicher das er dort einmal leben möchte und das er dort auch zu sterben gedenkt ! Schon auf der Rückreise verschlechterte sich der Zustand seiner Nerven und er fiel in starke Depressionen, alles schien keinen Sinn mehr zu haben und er wurde immer trauriger und in seinem Kopf spukte unerträgliche Melancholie umher so wie ein Gespenst in einem Schloss Zu Hause angekommen dachte er sehr viel nach und er überlegte ob er nur sein zuhause oder lieber gleich das Leben verlassen sollte, aber er kam zu dem Entschluss das er zu jung war und zuviel zu verlieren hatte, der Tod machte noch keinen Sinn! 2 Tage später erschrak der Vater aufs äußerste als er die Worte "ich will und möchte hier weg" aus dem Munde seines Sohnes hörte, Alex wollte weg, weg aus dieser Stadt! Beide zusammen Vater und Sohn suchten nach einer Lösung und fanden diese auch, ein Jungeninternat in der Schweiz genau im Berner Oberland nahe Interlaken sollte es werden ein Internat für Hochbegabte und gut betuchte, ja eher sehr reiche Jungen! Alex mußte einen Test absolvieren der es in sich hatte, aber seine Hochbegabung reichte aus und er bestand diesen und den anderen Test des Geldes bestand der Vater mit überzeugender Bravour! Am sehr späten Abend des Abschiedes nahm ihn Esmeralda in ihre dicken aber zärtlichen Arme und konnte vor lauter Weinen kaum noch reden, und auf dem Bahnhof als Alex den Zug betrat sagte der Vater nur "Alex du machst das schon, wir telefonieren so oft es geht und wenn wir dich dringend brauchen lassen wir dich einfliegen, bis bald" "bis bald Vater ich melde mich wenn ich dort bin"! Mutter war eher kalt wie immer ihm gegenüber, aber das störte Alex schon eine sehr lange Zeit nicht mehr und überhaupt war ihm der Abschied nicht so schwer, denn er freute sich auf das was kommt und er wollte es so und er wollte die Abwechslung und er wollte die Veränderung, er wollte einen neuen Reiz, denn das Leben tat ihm einfach nurnoch weh! Durch das monotone und gleichmäßige

Geräusch des Zuges schlief Alex im sitzen noch einmal in der Morgendämmerung kurz aber tief ein und als der Zug langsamer wurde und sich seine Geräuschekulisse drastig änderte wurde Alex ganz langsam wach und er hörte das der Zug in einen Bahnhof einzufahren schien, er stand auf und schaute aus dem Fenster, es war schon recht hell draußen und Alex riß weit seine müden, kleinen, hellen Augen weit auf ! Und er sah wie aus dem Nichts in steinernder Wucht, Berge aus dem Boden geballt, riesige, nie gesehene übermächtige Gebilde und noch taumelnd vor Überraschung blickte sein erschrockenes Auge zum ersten mal die unvorstellbare Majestät der Alpen an! Vom Oster her kamen ganz fein gegliederte Sonnenstrahlen durch die Passluke, sie zerklirrten in Millionen Reflektionen am Eisfeld der obersten Gipfel und schneidend Weiß war die Reinheit des Lichtes so das es Alex die Augen blendete! Alex stand noch immer wie betäubt am Fenster und schaute zu den winzigen Wasserfällen die von den Bergen sachte runter fielen, zu den lichten Matten, zu den Obstbäumen, zu den Hütten mit ihren grauen Alpkühen davor, als seine Ohren ein lautes Poltern und Krachen vernahmen das immer lauter wurde und anscheinend auf ihn zu zukommen schien, Alex setzte sich wieder auf seinem Platz noch leicht benommen von der Schönheit die seine Augen gerade zu sehen bekommen hatten, als plötzlich genau vor seinem Abteil ein Junge stand, er war kaum zu erkennen, er war bepackt wie ein Lastesel im Süden, er schob einen Rollkoffer vor sich her und gleichzeitig zog er einen Rollkoffer hinter sich her um den Schultern hingen große Reisetaschen und auf dem Rücken trug er noch einen gewaltigen Rucksack, er blieb vor dem Abteil stehen und versuchte es zu öffnen, aber es gelang ihm nicht, alle seine Gepäckstücke setzten sich in Bewegung, nach allen Richtungen schienen sie zu fallen und genau in diesem Moment sprang Alex blitzschnell von seinem bequemen Sitz auf und öffnete das Abteil, er zog einen der Rollkoffer hinein und dann nahm er den Jungen eine große grüne Reisetasche von den Schultern und stellte sie in den Gang des Abteils, und nun schafte es der Junge das Abteil mit viel Geschick und etwas zirkeln zu betreten! "danke" sagte er und stand vor Alex mit leichten Schweissperlen auf seiner Stirn! Alex schaute ihn sich genau an, er hatte schwarzes, dickes, leicht lockiges Haar das bis auf die Schultern herunter hing, und seine dunklen fast schwarzen Augen leuchteten feurig aber auch sehr freundlich, sein Gesicht hatte feine und angenehme Züge inne, und seine Lippen waren voll und geradlinig, seine Statur war groß und schlank aber gleichzeitig auch stark und kräftig, er reichte Alex seine Hand entgegen wobei Alex muskulöse und sehnige Unterarme erkannte, eher ungewöhnilch für einen Jungen seines alters! Alex griff zu und spürte einen sehr kräftigen Händedruck "hallo ich bin Felix, Felix Obermaier mit ai" "hallo ich bin Alex, Alexander Gutmann mit zwei n" Felix mußte dann schmunzeln und fing an etwas zu sagen, aber Alex verstand kein Wort von dessen wohl tiefen Bayrischen Dialekts, "okay du kommst wohl aus Oberbayer, aber ich verstehe kein einziges Wort von dem was du da sagst, bist du vielleicht auch der deutschen Sprache mächtig?" "naaaaatüüüürlich" sagte er ganz langsam"so besser für dich?" "ja danke, was hast du denn da alles so bei dir? Ich hätte ewig gebraucht um das hier in den Zug zu bekommen" Felix lachte laut und er lachte angenehm "ja das glaube ich auch, du bist ja nur ein kleines zartes Kerlchen, aber hast mir im richtigen Moment geholfen, es drohte ja alles über mich zusammen zu brechen, das ganze Zeugs hätte mich dann vielleicht begraben, es sind viele Anziehsachen für eine lange Zeit dort drinnen und eine Kletterausrüstung und Bergsteigerstiefel, ja und auch wenn es dir komisch verkommen mag, sind Gläser, Reagenzgläser, Bunsenbrenner, eine Zentrifuge, diverse Chemikalien, Lösungen, Säuren, Medikamente, Tinkturen, Mörser und, und, und all das habe ich bei mir, ich brauche es eben" und er schaute Alex mit einem Blck an, als müsse er sich dafür entschuldigen und Alex merkte das, er lächelte und sagte "wenn du es brauchst dann brauchst du es eben, es wird schon seinen Sinn haben, wohin fährst du denn und was hast du vor und woher kommst du genau? Wenn ich zu Neugierig bin dann verzeihe mir du brauchst ja nicht zu antworten" "ja scheinst wohl Neugierig zu sein, aber kein Problem, ich komme aus Garmisch und fahre nach Interlaken in die Schweiz in ein Jungeninternat für Hochbegabte, sorry wollte nicht prahlen aber es ist so, die Schule ist eine der besten im Deutschspachigen Raum und mit dem Abitur reißt sich jede Universität nach einem" Alex verschränkte seine Arme lässig über seinem Bauch, lächelte und sagte "soso du hast noch vergessen zu sagen das dieses Internat aber auch nur für sehr gut betuchte zu besuchen ist, ich fahre übrings auch dort hin, ach ja und ich komme aus Berlin" Felix schaute jetzt skeptisch mit halb zugekniffenen Augen und sagte "das mit dem gut betucht erschien mir nicht so wichtig, denn ich bin es nicht und meine Mutter erst recht nicht und nach dem Tod meines Vaters vor 3Jahren kämpfen wir uns so durchs Leben mehr recht als schlecht, das Internat vergibt jedes Jahr ein Stipendium für den besten Schüler im ganzen Deutschsprachigen Raum, man nimmt an einem sehr umfangreichen Test teil, ich hatte 989 Punkte von 1000 und ich freue Mich auf das was jetzt kommt, so du bist also ein kleiner verwöhnter, reicher Saupreuße der das Geld nur so von seinen Eltern in den Hintern geschoben bekommt, na fein was habe ich mir da nur in diesem Abteil eingefangen, hätte ja nicht schlimmer kommen können, womit verdient dein Vater den das Geld für dieses Sündhaft teure Internat wenn ich fragen darf?" und Felix lachte bei seinen letzten Worten so das Alex sofort merkte das er das nicht ganz so ernst meinte! "erst einmal meine Hochachtung für 989 Punkte, ich mußte den Test auch machen, müßen alle, ich habe 614 Punkte ab 600 besteht man warum mehr machen als man muss? Nein nein ich habe alles gegeben, ja und genau ich bin so ein verwöhnter Saupreuße der das Geld in seinen gepuderten Hintern gesteckt bekommt, aber ich habe auch so meine Begabung und die ist richtig Geld zu machen, ich habe persönlich dafür gesorgt das es unserer Familie besser geht als es ihr schon ging, mein Vater besitzt 5 Privatbanken, Immobilien, etwa zur Zeit 40000 Wohnungen, riesige Aktienpakete und eine Versicherungsargentur und er legt aller größten wert darauf das es heißt wir beide besitzen das, ich habe in etwa in den letzten beiden Jahren 100 Millionen ganz alleine verdient denn wenn es ums Geld machen geht bin ich schon ganz groß, also kann man sagen dieses Internat und alles was ich sonst noch so ausgeben werde habe ich alleine verdient, aber ich gebe gerne zu das es um ein vieles leichter ist wenn man schon sehr Wohlhabend ins Leben geschickt wird, also lieber Felix sei nicht ganz so streng mit mir aber keine Sorge die, denen der Hintern mit Geld gepudert wurde wirst du schon recht bald kennenlernen" Felix stand da wie angewurzelt und bekam seinen Mund nicht zu "Wow 100 Millionen, du hast 100 Millionen verdient, ich bin froh das ich diese Zahl schreiben kann, das ist ja unfassbar" und er machte eine tiefe Verbeugung mit einem Lächeln auf den Lippen "nun kriege dich mal wieder ein 989 Punkte sind bei weitem beeindruckender" Sie setzten sich beide und den in etwa 2 Stündigen Rest der Fahrt verbrachten sie damit sich angeregt zu unterhalten, Felix erzählte von Garmisch, von den Bergen, vom Klettern und Bergsteigen das er zu seinem Hobby machte, von seiner liebevollen und fleißigen Mutter die alles tat um ihn würdevoll durch Leben zu bringen und er erzählte von dem Tot seines Vaters der schwer leidend und eher erbärmlich an Lungenkrebs gestorben war, er erzählte von seiner Traurigkeit und Hilflosigkeit die ihm danach überfiel und davon wie er die Entscheidung traf den Krebs, diese heimtückige und ekelhafte Krankheit zu besiegen, wie er seitdem alles über Chemie, Pharmazie, Medizin und allem was dazugehört förmlich in sich rein frass, wie besessen lernte er alles von a-z alles wollte er wissen einfach alles und dafür hatte er das ganze Zeug in seinen Taschen um seine Experimente weiter fortführen zu können! Alex erzählte ebenso euphorisch, angeregt und voller Hingabe vom Vater von der Mutter, von Barbados, und davon wie er schnell merkte das er anders war als alle anderen in seinem Alter, von dem Abend am Kamin wo er den Entschluss faste und davon besessen wurde einmal Milliadär zu werden, von Sven und Sophia, von Esmeralda und seinem Talent Geld zu machen und vom Fluch der seit Generationen auf der Familie Gutmann lag, aber da mußte Felix schmunzeln und sogar lachen! Die Unterhaltung der beiden war sehr angeregt, tiefgründig und stellenweise aufs äußerste intellektuell aber sehr oft mit der richtigen Priese Humor versehen und gesalzen, ja sie mußten sich manchmal sogar ihre Bäuche halten vor lauter lachen und in der heiteren und ausgelassenen Stimmung las Alex sehr oft in Felix seinen Augen und er sah Ehrlichkeit und Symphatie ihm gegenüber darin, und das machte ihn für Alex um ein vielfaches symphatischer! Man mußte kein Orakel oder Prophet sein um zu

110

erkennen das da gerade eine tiefe Freundschaft im entstehen war, ja vielleicht sogar eine Freundschaft fürs ganze Leben! Am Zielbahnhof angekommen hatten die beiden viel Mühe um das Gepäck bis zum Ausgang des Zuges zu befördern und als der Zug zum Stillstand gelangt war öffnete Alex die Tür und die zwei zogen lachenderweise und in bester Stimmung die Gepäckstücke nach und nach aus dem Zug runter auf dem Bahnsteig, sie waren mitten im Gespräch vertieft als sie plötzlich von einem Mann mittleren alters angesprochen wurden " hallo sind sie Alexander Gutmann und Felix Obermaier?" "ja sind wir guten Tag" "guten Tag ihr zwei würdet ihr mir bitte folgen um das Gepäck wird sich sofort gekümmert" und schon setzte sich der Mann in Bewegung, schnellen Schrittes ging er voran! Alex schlenderte mehr ihm nach und seine Augen schauten in alle Richtungen, es war ihm nicht entgangen das die Berge hier an diesem Ort noch gewaltiger und höher waren als noch vor 2 Stunden an dem Zeitpunkt wo sie das erste Mal seine Augen und ihn selbst zu erschlagen drohten! Und Alex konnte sich ein lautes und deutliches "Wooow" nicht verkneifen, Felix schaute zu ihm rüber und mit seinen starken Armen packte er Alex an seinen Schultern und ein grinsen lag in seinem Gesicht "na Alex gefällt dir das hier?" und aus Alex seinem Munde entfleuchte ein leises und gehauchtes "jaaaaaaaa sehr" Momente später saßen die beiden in einem schwarzem Van mit goldener Aufschrift, verschnörkelt und kunstvoll geschrieben (Oberländer-Alpen-Internat) dann gingen am Heck 2Türen auf und das Gepäck glitt leise und sanft hinein ohne das man sehen konnte wer das tat die Türen gingen zu und schon setzte sich der Van in Bewegung!Ganz ruhig und sachte fuhren sie vom Bahnhof ab und sofort in ein Dorf hinein, aber bei genauerem hinsehen sah man das es eher eine kleine Stadt war, eine kleine aber eine sehr schön anzuschauende Stadt war das, überall wo das Auge hin blickte waren viele Holzhäuser, erbaut im alten Stil, sehr charmant stachen sie ins Auge diese kleinen Chalets aus hellem Holz, hier und da Steinhäuser im Alpenstil und überall liefen Menschen umher, die meisten hatten Rucksäcke auf ihren Rücken, Rucksäcke in allen Formen und Farben und ein Fluss teilte die kleine Stadt, sie fuhren jetzt über eine kleine

Brücke und Alex sah wie sich das Glasklare Wasser leicht schäumend durch Unmengen von Steinformationen schlängelte ganz so wie eine Schlange, es ging dann weiter in ein Tal hinein und dann leicht aufwärts einer kleinen Serpentinenstrasse folgend, kurz rechts abgebogen fuhren sie auf einer kleinen schwarzen Teerstrasse weiter und nun konnte man noch in weiter Entfernung ein riesiges Chalets sehen und je näher sie diesem Chalets kamen desto riesiger wurden dessen Außmaße und nun blieb der schwarze Van direkt auf einem sehr gepflegten und großen Vorplatz stehen, der Fahrer machte Alex und Felix die Schiebetür auf und sie stiegen beide aus "das Gepäck wird auf ihre Zimmer gebracht" sagte er freundlich "Dankeschön" erwiderten die beiden wie aus einem Munde, nun standen sie da und musterten mit gezielten Auge was sie da sahen, viel helles Holz, viel Glas und es schien sehr weitläufig zu sein das ganze wunderschöne Areal, gepflegt und prunkvoll stand es da mitten in der Sonne die hoch am Himmel stand und umrahmt von den gewaltigen Steinriesen ganz so als hielten diese riesen Wache über all das hier! Felix stand mit geöffnetem Mund und großen Augen vor all dem, Alex schaute ihn an und sagte "was los? Mach den Mund wieder zu ist doch nur eine kleine Holzhütte, mit deinem Gehirn und meinem Sinn für Geld kannst du dir all das, wenn du mal richtig groß bist selber bauen lassen, Versprochen" Felix schaute eher skeptisch zu Alex und sagte ganz kleinlaut "dein Wort in Gottes Ohr" jetzt schaute Alex skeptisch und antwortete "was hat Gott damit zu tun?" Eine große Glasschiebetür ging fast schwebend ohne Geräusch auf und ein Mann kam den beiden schnellen und hektischen Schrittes entgegen, Alex machte sich schon bereit diesen aufzufangen wenn er ins stolpern kommt, er hatte einen schwarzen Anzug an und seine Haare waren kurz und grau, er selbst klein und untersetzt! Er streckte den beiden seine Hand entgegen und sagte "Guten Tag ihr beiden ich bin Herr Stichler der Direktor des Internates, Alexander Gutmann" Alex streckte ihm seine Hand entgegen, er nahm sie! "hallo mein Junge ich hoffe sehr das es dir hier gefallen wird" all das wiederholte sich mit Felix und nun ging er voran durch die Schiebetür ins Chalets mitten hinein! Alles was Alex innen erblickte war urig, gemütlich und kostbar, alles hatte seinen Reiz, es war schön, die beiden liefen dem Direktor hinterher und mussten sich mühen diesem zu folgen, es ging dann eine sehr breite und in einer Kurve gebaute Holztreppe empor und sie standen in einem weitläufigen Gang in dem rechts und links mehrere Türen waren, der Direktor öffnete Zwei von diesen "Alex mein Junge das hier ist dein Zimmer und das ist deines Felix" Alex sah auf den ersten Blick das seines doppelt so groß war, es war riesig! "Herr Direktor sind hier alle Zimmer verschieden groß, denn meines ist viel größer" fragte Alex "ja mein Junge alle sind etwas anders aber deines ist besonders groß das liegt an den Schulgebüren die dein Vater dafür zahlt, es gibt hier auch Doppelzimmer diese sind noch etwas größer als deines aber eben für zwei" Felix und Alex schauten sich an und Alex las was Felix dachte und auch er hielt es für eine gute Idee und so fragte Alex "Herr Direktor, könnten wir mal so ein Doppelzimmer sehen bitte?" "natürlich mein Junge" er öffnete eine gegenüberliegende Tür und man sah ein noch größeres Zimmer mit herrlichem Ausblick und großem Balkon, und wieder schauten die beiden sich an "können wir das haben ist das irgendwie möglich?" der Direktor schaute in einen Aktenordner den er bei sich trug "aber ihr Vater hat für ein großes Einzelzimmer bezahlt wenn ihr beide zusammen ein Doppelzimmer bezieht, dann hat dein Vater zuviel bezahlt, das Einzelzimmer von Felix können wir sofort vergeben, es gibt eine Warteliste falls jemand krank wird oder noch kurzfristig uns eine Absage erteilt das kommt schon mal vor, also ja gehen tut es schon" "gut um die Kosten die mein Vater hat machen sie sich keine Sorgen, gewonnen haben wir alle, sie können noch ein Zimmer vermieten, Felix und ich haben ein riesiges und nebenbei erwähnt auch wunderschönes Zimmer und meinem Vater stört das nicht, Hauptsache mir geht es gut, so ist er eben ich gebe ihnen mein Wort" "alles klar, dann eben so, Hubert das ganze Gepäck bitte hier herein, ich lasse euch sofort etwas zu Essen aufs Zimmer bringen, wir treffen uns dann in 2,5 Stunden unten am Eingang und halten eine Besprechung und machen dann eine Führung damit ihr alles kennenlernt, bis dahin dürft Ihr auch alles selbst erkunden und Euch frei im ganzen Areal bewegen, ich wünsche Euch viel Spass bis nachher Jungs, ach ja es ist noch sehr ruhig hier, die anderen Jungs kommen alle morgen oder übermorgen, Montag geht es dann richtig los" Das Gepäck kam sofort an und nun standen die beiden im Zimmer das Edel, großzügig und wunderschön war! Felix trat auf Alex zu schaute ihm respektvoll in die Augen und sagte "danke, aber wie kamst du da drauf, kannst du etwa Gedanken lesen?" Alex lachte "bitte, kein Problem und glaube mir es ist auch in meinem Sinne und ob ich Gedanken lesen kann? Wer weiß, wer weiß"! Nach dem die beiden ihre Sachen verstaut und die Betten aufgeteilt hatten nahmen sie einen kleinen aber köstlichen Imbiss ein, Alex stand dann auf und trat hinaus auf den Balkon, er stand am Geländer und die heisse, trockene Luft konnte er in Rachen und Nase deutlich spüren, es war ein sehr heisser Sommertag, er schaute sich das Panorama an und unten im Tal glänzten zwei glatte grünblaue Seen, auf denen Ausflugsdampfer und kleine bunte Boote leise und friedvoll umher schipperten, Alex seine Augen wurden größer und größer, als plötzlich Felix an seiner Seite stand und sagte "na Alex gerade in Gedanken versunken?" Ohne seinen Blick abzuwenden von der Natur sagte Alex "ja, ich stehe hier voller Ehrfurcht und denke über die Zeit und die unvorstellbare Kraft nach, als die Erde sich bog und riesige Massen drückten und Gipfel und Grate hervor trieben, brüllend und krachend müssen sie empor gewachsen sein, Felsberge drängten sich aneinander bis sie ziellos vergipfelten, sie müssen schrecklich gelitten haben" Felix schaute jetzt auch hinaus in die Welt, stumm und starr stand er da und sagte "wow welch Worte, aber wahre Worte" er zeigte mit dem Finger gerade zu zu einem Berg hinüber "siehst du, das ist die Eiger und direkt vor unserer Nase die viel beschriebene Eigernordwand, du wirst davon gehört haben, hier in den Alpen gibt es kaum ein Plätzchen wo die Berge höher sind als hier, die Eiger ist 3974 Meter hoch, rechts daneben der Mönch 4105 Meter, und dort das ist die Jungfrau 4159 Meter und dort hinter Eiger und Mönch siehst du noch den Gipfel vom Finsteraarhorn dem höchsten Berg hier 4274 Meter, in den Walliser Alpen bei Saas Fee und Zermatt sind die Berge noch etwas höher im Schnitt so ca 200 Meter und in den Französichen Alpen steht der König der Alpen der Mont-Blanc 4807 Meter, er steht bei Charmonix,

114

das sind so die drei höchsten Berggebiete in den Alpen, du siehst also es geht noch höher und du wirst sie alle zu gegebener Zeit kennen lernen, und ich möchte auf einige von denen rauf, ich möchte auf den Gipfeln stehen und mir die dünne Luft in meine Lunge saugen, ganz tief hinein in die Flügel, hier in diesem Internat arbeitet ein Lehrer für Sport und Chemie, Alois Huber heißt er und der war schon ganz oben, sogar die Eigernordwand ist er geklettert, im Himalaya war er auch schon, auf zwei achttausender hat er gestanden, Anapurna und auf dem Dach der Welt dem Mount Everest, ich habe über Huber einiges gelesen und kann es kaum abwarten ihn näher kennen zu lernen, genau mein Typ, Bergsteigen und Chemie!" Alex stand da und drehte seinen Kopf langsam und bedächtig und schaute Felix tief in seine Augen und sagte "da habe ich gerade was gelernt und ich finde die Welt der Berge geradezu beeindruckend und wunderschön, aber ich bleibe lieber hier unten, die Luft ist Sauerstoffreicher und man fällt nicht so tief, nein nein das da Oben ist nichts für mich Flachländer und Städter, ich bleibe lieber unten wo ich hin gehöre, so Felix wir müssen nach unten zur Besprechung und der Führung" "ja wohl besser so sonst müßte ich dich womöglich noch nach unten tragen weil du jammern würdest du Flachland Held" "genau und das wollen wir ja nicht, nun komm es wird Zeit"! Nach der ausführlichen Besprechung und der ausgedehnten Führung die keine Wünsche offen zu lassen schien, es gab alles hier, Sportplatz, Schwimmbad innen und aussen, Sporthalle, Freizeiträume,ein kleines Kino sogar, alles was man sich vorstellen konnte um seine Freizeit zu gestallten, es schien ein wares Paradies für Jungen zu sein, selbst die Klassenzimmer hatten ihren besonderen Charme, ja da gingen die beiden noch zum Essen ins große gemütliche Esszimmer und waren begeistert, auch hier blieben keine Wünsche offen, danach schlenderten sie noch begeistert aber doch schon recht müde im Chalets umher um sich dann nach diesem langen Tag auf ihr Zimmer zu begeben! Alex stand an diesen ersten Abend bei Dunkelheit noch auf dem Balkon und blickte in den Himmel, er genoss nach diesem heissen Tag die Kühle und Frische die seine Haut umspülte, jede Pore öffnete sich, und sog die kühle, frische Luft gierig ein um sie dann in seinem danach lechzenden Körper einzusperren, damit sie dort für Erleichterung und Abkühlung sorgen konnte! Alex wunderte sich was so alles in diesem Tag Platz hatte bis er endlich voll und zu Ende war! Wie diamantene Nägel ins Unsichtbare gehämmert standen die Sterne am Himmel und sahen aus wie glitzernde Kekse und über der Jungfrau schwebte der Vollmond wie ein Glas kalte Milch, Alex wollte in den Himmel fassen um sich einen Keks zu holen und zu kosten wie die Zukunft schmeckt, danach das Glas kalte Milch um dann mit einem kräftigen Schluck das leichte Heimweh hinunter zu spülen! Alex wurde wach, er wurde wach wie immer in den letzten fast 2 Jahre von den Glocken die die Kühe um ihre Hälser trugen, den Kuhglocken und da sie alle verschieden groß waren, hatten sie auch verschiedene Töne und so konnte man manchmal so etwas wie eine Melodie erkennen, warum die Kuhglocken verschieden groß waren wusste Alex nicht und zu fragen wagte er einfach nie, er hatte das Gefühl das es eine dumme Frage wäre! Die Kühe standen etwas unterhalb vom Charlet`s in Richtung Tal auf ihrer grünen Weide! Im späten Herbst wenn sie in ihren Ställen untergebracht wurden, ja dann wurden auch ihre sanften Melodien vermißt und so ging es nicht nur Alex, es war eine weit verbreitete Meinung hier, und wenn die Melodien verloschen wusste man das der Winter kommt, er stand schon bereit, bereit seine Schneemassen über das ganze Gebiet hier, über die Stadt und über das Chalets fallen zu lassen, unvorstellbare Schneemassen fielen fast täglich vom Himmel und an allen Ecken und Enden waren Menschen damit beschäftigt diese Schneemassen dort wo sie nicht gebraucht wurden und nur zu stören schienen weg zuräumen, mit schwerstem Gerät und Maschinen wurden sie aufopferungsvoll bekämpft wie die Pest oder eine Heuschreckenplage, dabei mochten die Menschen den Schnee hier und auch Alex mochte den Winter, die märchenhaften Eisblumen an den Fenstern, die spitzen Eiszapfen an den Dachkanten und die wunderschön anzusehende Berglandschaft in Weiß getaucht, der Schnee machte alles ruhiger, gedämpfter und friedvoller, überall sah man jetzt Skifahrer wild und bunt waren sie überall zu sehen wie Ameisen im Wald mit ihren Skiern auf ihren Schultern bevölkerten sie die ganze Stadt! Alex hat das mit dem Skifahren bis jetzt nicht ausprobiert, Felix hingegen war darin sehr geübt und Alex sah ihm in dicken Sachen warm eingepackt sehr gerne dabei zu! Wie sich rausstellte war Felix überhaubt ein angenehmer und überaus gebrauchter und netter Zeit und Zimmergenosse, die beiden wurden in den letzten 2 Jahren beste Freunde! Der Lehrstoff in diesem Internat war wie nicht ander zu erwarten, sehr anspruchvoll und verdammt schwer, Alex wurde bis aufs äusserste gefordert und an seine Grenzen gebracht, das war er nun überhaupt nicht gewöhnt und wenn Felix nicht gewesen wäre hätte er oft versagen müssen, Felix hatte keine Mühe, seine Intelligenz war unfassbar und schien kein Ende zu kennen, er machte alles mit links und hatte noch sehr viel Zeit für viele andere Dinge, zum Beispiel Alex aus der Patsche zu helfen, und er half ihm oft aus der Patsche und er hatte Zeit für seine chemischen Experimente, oft wenn Alex das Zimmer betrat kam ihm ein eigenwilliger Duft entgegen, aber er variierte und war abwechslungsreif dieser Duft aber immer eklig und dann riss er die Fenster auf, Felix schaute dann grimmig drein und sagte dann "hab dich nicht so" und Alex antwortete dann immer mit einem furchtbarem, unechten Husten "hast recht, geht schon" und dann steigerte er seinen Hustenanfall aufs äußerste bis Felix lachen mußte! Was die anderen Mittschüler und überhaupt die Schüler hier betraf, mußte man feststellen das Hochbegabte doch eher langweilig zu seien schienen, es gab hier alles, Kleine, Große, Blonde, Braune, Schwarze, Rote, Leise, Laute, Nette, weniger Nette, Dicke, Dünne, Normale, aber alle eher langweilig, meist saßen sie irgendwo umher und laßen ein Buch oder lernten, es gab auch zwei, drei Raudis die sich am Anfang über Alex, wegen dessen roten Haaren und seiner Sommersprossen lustig machen wollten, aber das wurde sofort von Felix mit einer rechts, links Kombination die ihm eine Menge Ärger einbrachte im Keim erstickt!Und den mit viel Ungeduld von Felix erwarteten Lehrer Alois Huber erkannten die beiden sofort, es war der langhaarige, Bergsonnen braune, trainierte, sehnige, schlanke, kleine Typ, er war sehr nett und hatte eine angenehme ruhige Art, manchmal dachte man das er den Satz mitten drin abbricht, aber dann kam doch noch der Rest ganz langsam und gemächlich aus seinem Munde!

Felix und Huber fanden sehr schnell zu einander und Huber machte Felix in Dingen die das Klettern und Bergsteigen anbelangten zu seinem Lehrling und Zögling, er wurde zu Felix seinem Mentor, bei der Chemie klappte das nicht ganz denn da war ihm Felix schon weit voraus und er brauchte Hubers Hilfe nicht! Manchmal am Wochenende wenn die beiden am frühen Morgen loszogen um irgend einen Berg hinauf zu klettern, zu gehen, zu wandern, blickte Alex ihnen mit großen Augen in den Bewunderung zu erkennen war nach, genau so wie alle anderen Schüler vor einigen Tagen aus ihren Fenstern schauten, oder auf den Sportplatz rannten um dann Alex nach zu schauen als er in den blutroten Helikopter stieg und nach Zürich geflogen wurde, wo es dann für ihn weiter ging um einer großen Firmenfusion bei zuwohnen, Gutmann schluckte eine Versicherungsargentur mit Haut und Haar und Alex drückte den Preis auf Grund von kleinen gelesenen Lügen und Floskeln in den Augen des Anwaltes der Versicherungsagentur um 50 Millionen, Vater und der Doc wunderten sich kaum noch und beide wussten genau das sie auf Alex hören sollten das haben sie beide gelernt, dem Vater war der Wachstum der Firma eher suspekt, dem Doc konnte es hingegen nicht schnell genug gehen, und Alex hörte einmal unabsichtlich und kurz einem Gespräch der beiden mit an, der Doc sagte " ich liebe Alex, wie macht er das nur, er hat bei allem was er tut noch nicht einen einzigen Pfennig verloren, er streckt die Hände aus und das Geld kommt auf ihm zu geflogen wie ein von ihm selbst geworfener Boomerang" der Vater schaute eher skeptisch drein "ja genau so scheint es zu sein, aber mir würde es besser gefallen er wäre etwas mehr Kind, ich mache mir Sorgen um seine kleine Seele"! Nach dieser Fusion versuchte der Vater alles, aber es nutzte nichts am nächsten Tag waren in einigen Zeitungen im Wirtschaftteil Fotos zu sehen, Fotos von Alex seinem roten, sommersproßigem Gesicht, das passte dem Vater nicht, jeder wusste jetzt wie Alex aussah und das bereitete ihm große, unangenehme Kopfschmerzen! Wieder im Internat angekommen betrat Alex das Zimmer und schon trat ihm ein unangenehmer Duft in die Nasenflügel, Felix entschuldigte sich kurz dafür und sagte "gleich vorbei Alex mach dir keine Sorgen" dann ging er auf ihn zu und mit seinen immer

118

stärker werdenen Armen packte er Alex bei den Schultern "na Alex, was war los, wieder eine Million verdient heute?" Alex lachte laut " das war ein großes Ding Heute, da reicht eine Million bei weitem nicht, aber wenn alles gut geht wie von mir berechnet ist da eine Menge Geld drin eine ganze Menge, ja und wenn es schief geht beantrage ich schon einmal Asyl bei dir in Garmisch und hoffe ab und zu ist noch ein warmes Süppchen drin!" "ein warmes Süppchen, na klar! Meine Mutter hat auch nichts besseres zu tun als dir Geldgeilen Lump ein Süppchen zu kochen wenn du Pleite bist, aber das wird niemals passieren, denn du hast schon zuviel von dem Geld was du so liebst" Das Geld war bei den beiden immer ein Thema, Felix hatte 100 Franken Taschengeld im Monat was vorne und hinten nicht reichte, oft hörte Alex mit an wie Felix mit seiner Mutter am Telefon um Geld veilchte, er brauchte ständig neue chemische Dinge von denen Alex nichts verstand es war für ihn ein eher langweiliges, ödes Thema dem er nicht abgewinnen konnte! Alex bot ihm selbstverständlich Geld an, aber aus Stolz der aus seinem Verstand, Herzem und Seele kam und darin tief verankert schien lehnte er immer leicht verärgert ab, er war der Meinung das Alex sein Freund war, eben weil er Alex war und nicht weil er reich war und Alex war der Meinung das er eben deshalb weil sie Freunde waren das Geld annehmen könne, und so ging es hin und her und her und hin, er solle es als Bezahlung sehen für seine doch so häufige Hilfe beim lernen, aber das zog nicht, Freunden hilft man, ja genau sagte Alex dann, aber eines Tages als Felix seine heiß geliebten Experiemente aus Mangel an Geld zu stoppen drohten, kam Alex auf eine Idee und er sagte "wir machen eine Liste in der alles was ich dir an Geld gebe wenn du es brauchst aufgeschrieben wird, auch die kleinste Limonade unten im Dorf und wenn du einmal genug Geld verdienst, von dem wir beide ja ausgehen können, bekomme ich alles zurück bis auf den letzten kleinen Rappen, verlasse dich darauf ich hole es mir zurück, alles bis du den letzten Rappen bezahlt hast! Felix willigte ein und sagte "bis auf den letzten Rappen, verlass dich drauf" Es standen wieder einmal die Sommerferien vor der Tür, hier waren 7 Wochen Sommerferien und 2 Wochen Weihnachtsferien angesagt und das war es, das letzte Jahr verbrachte Alex 3 Wochen auf Barbados und den Rest zusammen mit seinem Vater zuhause, oder in der Bank, und dabei war er schwer beschäftigt, genau wie im Internat oft am Computer, mit den Finanzen der Firma damit auch nicht ein einziger Pfennig verloren geht, der Vater und der Doc ließen ihn gewären, er war einfach ein kleines Genie damit hatten sie sich abgefunden und da Alex in seiner Arbeit aufzugehen schien und sie ihn glücklich machte gab es keinen Einspruch vom Vater! In den diesjährigen Ferien sah der Plan genauso aus, er fragte Felix ob er mit nach Barbados möchte, aber Felix seine Pläne sahen anders aus, er wollte zu seiner Mutter aber vorher noch eine Woche mit Huber in die Berge, Huber wollte mit ihm auf den Mönch, und Felix war schon aufgeregt obwohl es noch 10 Tage hin waren, denn das sollte sein erster 4000er werden, sie wollten eine überschreitung machen und dann von der anderen Seite zurück wandern, Alex verstand nicht sehr viel von dem was sie über die Bergsteigerei so erzählten aber irgendwie fand er es von Zeit zu Zeit immer spannender und reizvoller, wenn sie denn bloß nicht so hoch wären dachte er dann immer, diese verdammten Berge!Am Samstag Nachmittag kam Felix vom Klettern ins Zimmer zurück, er hatte Huber dabei, sie traten hinaus auf den Balkon und tranken noch eine Cola, Alex saß am Computer und hörte den beiden beim fachsimpeln aufmerksam zu, Huber sprach davon das Felix seine komplette Bergsteigerausrüstung nichts mehr tauge und das es nicht gut genug für ihre Tour wäre, Felix war erbost und erklärte ihm das er sich keine neue leisten könne das er aber den Hausmeister fragen würde ob er ihm hier und da etwas reparieren könne, der Hausmeister war ein kleiner schon alter, kugelrunder Mann, mit einem Herzen aus Gold und einem Gesicht zum küssen der immer im blauen Kittel umher lief und sich um alles kümmerte, da er eine kleine Werkstatt unten im Keller hatte, hatte er auch oft Besuch von den Skiern der Schüler um sie zu reparieren und nein sagen konnte er einfach nicht und aus so einem Gesicht hätte man das Wort nein auch niemals erwartet und Felix war sein bester Kunde, denn an seiner veralterten und abgenutzten Ausrüstung gab es immer etwas zu reparieren!Huber sagte ja okay aber lange geht das nicht mehr gut! Als Huber nach der kalten Cola das Zimmer verließ folgte ihm Alex und sprach ihn auf dem Flur an " Herr Huber, Herr Huber" "ja Alex was gibt es denn" "haben sie Montag nach dem Unterricht vielleicht Zeit um mit mir in die Stadt zu fahren, Felix hat Mittwoch Geburtstag und ich habe ihrem Gespräch zuhören können, es war unvermeidlich und ich würde ihm gerne eine komplette neue Ausrüstung schenken, aber ich habe doch gar keine Ahnung von so etwas, würden sie mir vielleicht wenn sie Zeit hätten helfen?" "natürlich würde ich das und ich habe auch Zeit und kann nur sagen Rettung in letzter Sekunde, aber ist dir klar was so eine komplette Ausrüstung kostet?" "keine Ahnung, aber ist mir völlig Wurst, ich möchte das er das beste bekommt und dabei müssen sie bitte helfen" "okay Montag um um 15 Uhr auf dem Parkplatz an meinem Auto bis dann Alex" Huber und Alex standen mitten in einem Laden mitten drin in diesem riesigen Laden und Alex riss weit seine Augen auf, es war interessant dort drinnen, Huber suchte sich einen Verkäufer und dann holte er eine lange Liste aus seiner Tasche und las sie noch einmal sehr aufmerksam durch, er drehte sich zu Alex um und mit hochgezogenen Augenbrauen und spitzem Mund fragte er "Alex das was hier auf meiner Liste steht kostet aber und wirklich nur das beste?" "Herr Huber der Preis ist mir wirklich Wurst, sie wissen doch das ich nicht gerade Arm zu nennen bin, und das was sie und der Verkäufer für das Beste halten, also los geht's wir müssen vor Mittwoch fertig werden" und dabei lachte er laut und setzte sich auf einen Stuhl der in einer Ecke des Ladens stand und nur auf ihn zu warten schien! Kurze Zeit später standen die beiden in Hörweite von Alex und diskutierten, Alex bekam mit wie lange Huber wieder für jedes einzelne Wort brauchte bis es aus seinem Mund entfleuchte und bei Entscheidungen tat er sich noch um ein vielfaches schwerer und in Alex stieg ein heftiges Lachen hoch, aber er traute sich nicht es hinaus zu lassen und biss sich dabei auf die Zunge! Aber alles hat ein Ende und so standen sie an der Kasse und alles wurde in einem sehr, sehr großen Karton verstaut und fein säuberlich zusammen gerechnet, Kletterschuhe, Bergsteigerstiefel, Schlafsack, Steigeisen für Fels, Steigeisen für Schnee und Eis, Eispickel, Gehstöcke, Sicherungshaken, Felsenschrauben, Spannkeile, Eisschrauben und Seile und ein Klettergurt und noch

121

diverse Kleinteile und zu guter letzt noch einen richtig großen Tourenrucksack, aber es war doch noch nicht Schluss, denn es lagen noch Socken und so genannte Funktionsshirts auf dem Tisch, als alles gut eingepackt und verschnürrt war drückte der Verkäufer auf dem Knopf an der Kasse und sagte 2976 Franken bitte sagen wir 2900 Franken! Alex griff in seine Jackentasche und holte Geld heraus und zählte es ab, gab es hin und lächelte dabei, Huber starrte ihn förmlich an und sagte "du lächelst dabei noch, aber ich habe dir gesagt das es sehr teuer werden kann, okay irgendwie war ich auch im Kaufrausch, naja was soll ich sagen, eben nicht mein Geld, wir können auch einiges zurück geben" und dabei sah er den Verkäufer hilferufend in dessen Augen, der nickte kurz zum Zeichen das es gehen würde! Alex schaute in die Runde und sagte "so ein Quatsch, alles okay, alles super so, ich für meinen Teil bin absolut zufrieden, hoffe wir dass Felix es auch sein wird am Mittwoch"! Den riesigen Karton konnten die beiden zusammen gut tragen, aber Alex überlegte ob er ihn auch alleine tragen könne, ach egal er mußte es nicht drauf ankommen lassen! Es war Mittwoch Morgen und Felix sprang wie von einem Scorpion gestochen aus seinem Bett, er rannte die 8-9 Meter hinüber zu Alex und fing heftig damit an, an ihm rum zu ruckeln "he Alex, he wach auf ich habe Geburtstag, los wach endlich auf du Schlafmütze" Jeden Morgen machte Felix seine Augen auf, sprang aus dem Bett und war an, er war sofort da mit allem was sein immer kräftiger werdender Körper zu bieten hatte, Alex hingegen brauchte so seine Zeit bis er funktionierte und das obwohl er doch nur die Hälfte war! Alex wurde aus all seinen Träumen gerissen, er zog seine noch sehr schweren Lider hoch und sah in die schwarzen, feurigen und blitzenden Augen von Felix "Alex wach auf ich habe Geburtstag, du weißt doch ich liebe meinen Geburtstag, he Alex du hast mir einen Kuchen mit Kerzen drauf versprochen, wo ist er?" Alex war noch müde wie jeden Morgen, aber er wusste auch, jetzt muß er sofort an sein sonst würde ihn Felix wohl zu tode quälen "ja Felix du hast Geburtstag ich weiß du sprichst seit einer Woche von nichts anderem Happy Birthday alles Gute für dich, man da hatte ich ja letztes Jahr Glück das zu deinem Geburtstag schon Ferien waren, hast du bestimmt deine

122

arme Mutter am frühen Morgen so gequält, und ja du bekommst deinen Kuchen er dürfte unten auf dem Frühstückstisch stehen, dein Lieblingskuchen ich habe es nicht vergessen und dafür gesorgt und ja Felix wir gehen heute abend Burger essen mit Huber bis dir schlecht wird, bin gespannt wie viele du so essen kannst na wird bestimmt teuer für mich" Felix lief aufgeregt vor Alex seinem Bett von links nach recht wie ein Tiger im zu kleinen Käfig "ich freue mich auf heute Abend, geht ja alles auf deine Rechnung haha und nun hoch ich möchte meinen Kuchen" Alex drehte sich noch einmal im Bett in aller Ruhe um und zog die Decke hoch "Felix wir haben noch Zeit, ach ja vor der Tür müßte ein großer Karton stehen der ist für dich und nun lass mich noch eine halbe Stunde in Ruhe" Felix öffnete die Tür und zog die große Kiste in das Zimmer, ungehalten, ungeduldig und voller Elan öffnete er die Kiste, Alex beobachtete ihn aus dem rechten Augenwinkel, wie ein wildes Tier wühlte er im Karton umher, zog alles raus und untersuchte es genau, Alex sah eine riesige Freude in seinen strahlenden Augen, dann stand Felix auf der sich beim durchwühlen hingesetzt hatte und ging auf Alex zu, setzte sich auf dessen Bettkante und packte zu, mit seinen starken Armen nahm er Alex in den so genannten Schwitzkasten, Alex verspürte einen heftigen Schmerz, so gewollt von Felix und das Blut schoß Alex siedend heiß ins Gesicht "du widerlicher, kleiner, rothaariger, sommersproßiger, arroganter, viel zu reicher, Gelddrecksack und Saupreuße was bildest du dir eigentlich ein, das muß ein Vermögen gekostet haben, du spinnst wohl komplett" dann ließ er seinen Griff der fest war wie Eisen von ihm ab und nahm Alex seinen Kopf in beide Hände "ich danke dir tausendmal dafür, danke, danke, danke" und dabei küsste er Alex hintereinander unentwegt auf dessen Stirn, Alex stieß ihn heftig weg und schrie "höre sofort auf damit das ist ja eklig, ich habe das doch nicht deinetwegen gekauft, ich wollte doch nur unseren viel zu lieben und netten Hausmeister entlasten, der konnte deinen alten Kram nicht mehr sehen, leid hat er mir getan, einfach nur leid" Es wurde dann noch ein schöner, lustiger und ausschweifender Tag, der damit endete das Felix am späten Abend auf dem Zimmer in die Toilette kotzte und dann jammerte wie ein Waschweib! Zwei Tage später verabschiedeten sich die Schüler alle voneinander, sie zerstreuten in alle Himmelsrichtungen, Norden, Osten, Süden, Westen alles war dabei, Alex zog es ans Meer, Felix in die Berge und nach sieben Wochen sahen sie sich alle erneut, und dann standen sie wieder mitten drin, mitten im mal schönen, mal verwirrenden, mal schmerzlichen Schlachtfeld des Lebens! Alex stieg aus dem schwarzen Van aus der ihm vom Bahnhof abgeholt hatte und nach 7 Wochen Abwesenheit erschien ihm das riesige Chalets noch schöner als er es in seiner Erinnerung gespeichert hatte, es war Sonntag und von allen Seiten her trudelten so langsam alle Jungen wieder ein, gleich rechts neben ihm fuhr eine schwarze Limousine vor und es stiegen die Schweizer Zwillinge samt ihrer Mutter und ihrem Vater aus, sie waren recht fein gemacht und man erkannte sofort das sie Mutties Lieblinge waren, die beiden fetten unsymphatischen Jungs, sie mußten wohl alles erst vorher kosten, von der Schokolade, bevor sie die riesige Fabrik des Vaters verlassen durfte um Zähne in aller Welt zu zerstören! Im Chalet herrschte leichter Trubel so wie man ihn kannte wenn die Ferien zu Ende waren, viele Jungen saßen auf den Ledersofas um zu reden und sich auszutaschen, jetzt lief Sasha an Alex vorbei, wie immer mit seinem Gang dem eines weiblichen Models gleichend, der blonde Seitenscheitel reichte ihm jetzt bis fast ins rechte Auge hinein, er grüßte Alex in dem er leicht mit dem Kopf nickte und Alex erkannte in seinen Augen das es endlich so weit war, den er hat jetzt verstanden das er eine Schwuchtel war, rechts neben Alex auf einem Sessel saß der Lichtensteiner, Frank Hilti der Sohn eines Werkzeugfabrikanten und sein Blick war wie immer düster und zum gruseln, in seiner Seele war es feucht und dunkel und er schien gerade darüber nachzudenken wie er andere aufs barbarischste foltern könnte und in seinem selbstgerechten Blick sah man das er krank war, furchtbar krank! Jetzt kreuzte der Österreicher, Alex seinen Weg, er war eigentlich ein netter und ruhiger Typ, aber in seinem Innerin fand ein ständiger Kampf statt, er war wie Yin und Yang, wie These und Synthese und es war voraus zusehen das er einmal verrückt wird und sich dann allem Anschein nach aufhängen wird, oder eine Kugel ins Gehirn jagen wird, der arme Kerl! Ganz hinten in der

Ecke saß die Literatur Gang aus dem schönen Sauerland und sie diskutierten alle drei über die Bücher die sie in den Ferien gelesen hatten und sie machten aus den Sätzen und Worten von Tolstoi und Dostojewski schon fast eine Religion, diese Spinner, links am Marmorkamin lief und tigerte der Südtiroler hin und her und in seinen Augen sah man mal wieder diese Gier und er dachte gerade darüber nach wie er die Deutschlehrerin, eine Schöne Platinblonde Sexbombe, vögeln könnte und überhaupt drehte sich bei diesem Tier jeder Gedanke immer nur ums vögeln und ständig beulte sich seine Hose aus, seine Sexsucht wird ihm wohl noch viele Sorgen bereiten in seinem doch noch so jungen Leben, da hatte er wohl ein ernsthaftes Problem in seiner Hose! Viele von den seltsamen Jungs waren schon auf ihren Zimmern und laßen ein Buch oder lernten schon vor für morgen, oder weinten still vor sich hin weil sie weit weg waren von Mami und Pappi diese Weicheier auf zwei Beinen, Alex dachte alles Mumien, Mutanten und Zombies hier, bin ich oder werde ich genauso? Nein niemals, Alex merkte in den letzten Wochen das er sich veränderte hatte, er wusste wie die Stunden hier wieder ablaufen werden, das ruhige dahin fließen der Tage genügte ihm nicht mehr, er brauchte Bewegung, es war ein Überschuss von Kraft in ihm, er brauchte jetzt Aufregung, Aufopferung und Gefahren, er wollte leben, er wollte jetzt die Welt mit all seinen Sinnen spüren, sie riechen, schmecken, hören und sehen, ja Sie, diese   wunderschöne Welt zu seinem Spielplatz machen und vor ihm, genau vor seinen Augen standen Milliarden von Tonnen in Steinen geformtes Spielzeug, er mußte jetzt nur noch zugreifen und es benutzen, genau das war es was er jetzt wollte! Als Alex sein Zimmer betrat war er sehr erfreut das Felix schon da war, er lag lässig auf seinem Bett und las ein Bergsteigerjournal und als Alex ins Zimmer kam sprang er sofort auf um ihn stürmisch zu begrüßen, sie umarmten sich und gingen sofort raus, raus auf den Balkon um sich gegenseitig über ihre Ferienerlebnisse zu berichten, die beide redeten ohne Punkt und Komma und dann sagte Felix "vor den nächsten Sommerferien wollen Huber und ich auf den König der Alpen, wir wollen auf den Mont- Blanc bei Vollmond wollen wir Abends los um am frühen Morgen bei Sonnenaufgang oben zu stehen ganz alleine ohne den Massenandrang der dann Stunden später folgen wird, Huber kennt die Route genau die wir steigen wollen und er weiß wie lange wir in etwa brauchen werden, das wird der Hammer, ich freue mich jetzt schon darauf" Alex sah in Felix sein aufgeregtes Gesicht in dem sich über der Oberlippe in den letzten Wochen ein Pflaum gebildet hatte oder eher gewachsen war und aussah wie eine kleine Raupe auf Abwegen, Alex lächelte ganz unverkennbar "stört dich irgend etwas in meinem Gesicht?" fauchte Felix "nein ganz und gar nicht, so so auf den König der Alpen wollt ihr also, und jetzt halte dich gut fest, denn ich will, möchte, muß mit" Felix lachte laut und herzlich "wie soll das gehen Alex? Glaubst du ich stecke dich in einen Rucksack und schleppe dich hoch" "nein, nein, ich hatte vor meine Beine, Arme und Hände dabei zu benutzen, genau wie ihr" und er zeigte seinen Bizeps am rechten Arm, Felix lachte wieder laut und herzlich "das ist kein Bizeps sondern ein Mückenstich, was ist los mit dir, meinst du es ernst?" "ja Felix ich meine das bitter ernst, glaub mir" Felix strich mit seinem Zeigefinger an der Raupe von rechts nach links und von links nach rechts entlang. Jetzt schaute Felix sehr skeptisch drein "okay verstanden, aber du hast keine Ahnung davon, du bist nicht trainiert und viel zu schwach und Kondition hast du auch gegen null" "ja ich weiß das doch alles, aber in den nächsten Monaten könnt ihr mich doch fit machen und mir alles oder vieles beibringen" er schaute Felix mit einem Bettelgesicht an "ja in der Zeit dürfte es möglich sein, die Route ist auch nicht gerade technisch schwer nur sehr anspruchsvoll für die Kondition und Ausdauer, aber da du ein Leichtgewicht bist würden man das hinkriegen wenn du dich nicht dämlich anstellst und dir die Zeit nimmst und da ist der Knackpunkt denn du hast diese Zeit die du brauchst nicht, immer nach der Schule hängst du Stundenlang vor dem Computer oder am Telefon und kümmerst dich um eure Firma, weil du ja denkst du könntest einen Pfennig verpassen und das meist bis du zu Bett gehst, also wann möchtest du da das Bergsteigen erlernen?" "mein lieber Felix darüber habe ich natürlich gut und ausführlich nachgedacht, ich habe mich die letzten 4 Wochen sehr intensiv um die Firma gekümmert und weiß genau wie alles steht und was soll ich sagen, es steht so gut mit ihr das sie auch ein Taubstummer Affe

126

leiten könnte und erst recht mein Vater und der Doc, ich ziehe mich da mal raus, mit Vater habe ich darüber gesprochen, er findet es gut wenn ich einmal anderen Dingen nachgehe, also ich werde Zeit haben und ich bin mir sehr sicher das ich auch Lust und Laune dafür habe, ich spüre es tief in mir drin und was sagst du?" Felix hörte gut zu und war der Meinung das Alex es sehr ernst meinte, er glaubte ihm aufs Wort "gut Alex wenn du das möchtest bist du selbstverständlich dabei, wir reden Morgen mit Huber wie es weiter geht, um ehrlich zu sein ich finde es auch gut, es wird dir sehr gut tun da bin ich mir sehr sich, ich hoffe du bist schwindelfrei und bekommst keine Höhenangst, alles andere können wir trainieren, ich freue mich drauf" "danke Felix und ich freue mich noch mehr, ehrlich, ach und eines noch, dort über deiner Lippe klebt so eine kleine Raupe, mach die doch mal weg" antwortete ihm Alex, aber diese Worte brachten Alex mal wieder in den berühmten Schwitzkasten! Als Huber, Felix und Alex auf den Parkplatz fuhren begann gerade so das Vorabendliche Treiben in Chamonix, Huber fuhr weit nach hinten durch zum Einstieg an der Ostflanke und dort herrschte auch Ruhe, wärend der etwa zwei Stunden dauenden Fahrt wurde gelacht und gealbert und die drei waren bester Laune als sie aus dem Volvo Kombi ausstiegen, Huber Öffnete die Heckklappe, die drei sahen nach oben zum Himmel "Perfekt" sagte Huber Milliarden Sterne glitzerten vom Himmel hinab und der Mond zeigte sich gerade über den Gipfeln bereit noch höher zu wandern, groß, kugelrund und prall gefüllt mit Licht stand er da, genauso wie Huber ihn haben wollte, bereit um dieses Urgewaltige Mont-Blanc Massiv auszuleuchten wie eine Flutlichtanlage, Alex stand jetzt da und schaute nach oben, nach oben zum gewaltigen Gipfel und er schien irgendwie unerreichbar, kaum zu glauben dass er vielleicht in etwa 10 Stunden dort stehen solle, er wurde nervös und unruhig! Sie zogen sich dann an und packten ihre Rucksäcke, es wurde alles noch einmal aufs peinlichgenauste kontrolliert, Alex ging alles noch einmal durch, genauso wie Huber es ihm beigebracht hatte, Alex hatte Huber in den letzten gut 10 Monaten schätzen und achten gelernt, er mochte ihn sehr diesen Abenteurer, diesen Profi der schon so viel erlebt hatte, spannende Geschichten hatte er zu berichten und in manch Klemme hatte er schon gesteckt, auf dem Dach der Welt hatte er schon gestanden, da war doch dieser Berg hier für ihn nur eine Schippe Sand dachte Alex so vor sich hin und mußte laut lachen, aber er hat Huber und im besonderen Felix auch hassen gelernt, ja so manches mal haste er sie beim Training, des öffteren kam es ihm wie eine Folter vor, wie oft lag er in den letzten Monaten im Bett, kaum noch in der Lage sich zu bewegen, blutige Finger und Hände hatte er oft und Felix hat immer nur gelacht! Huber hat erzählt den Mont-Blanc besteigt man im Normalfall in zwei Tagen, aber das hat keinen Reiz für ihn den das wäre eine gemütliche Wanderung, so wie es hier jedes Jahr hunderte von Touristen und Möchtegern Bergsteiger machen, ohne sich zu akklimatisieren das man in dieser Höhe einfach mal braucht kommen sie an und bekommen nach kürzester Zeit Kopfschmerzen und keine Luft mehr, ein Thema bei dem selbst er laut werden konnte, er sagte, sie lassen ihren Müll überall liegen, geben auf und steigen ab, Huber, Felix und Alex hingegen hatten vorgesorgt, die erste Woche der Ferien verbrachten die drei Non-Stop auf den Bergen in ihrer Umgebung mit Zelten, in einer Höhe von 2800-3500 Metern gaben sie ihrer Fitness noch den letzten Schliff! Am Anfang über den Winter trainierten sie mit Alex in der Halle, dann in einer Kletterhalle und dann stampften sie mit ihm durch hüfthohen Schnee, quälend und kalt war es meist und als der Frühling endlich kam und den Schnee von den Bergen fraß joggten sie täglich 10 km nur bergauf, immer nur bergauf, Alex mochte den Frühling dann nicht mehr so sehr wie sonst, aber er hat sich nie beklagt, nie gejammert bis zum erbrechen hat er alles mitgemacht und nach dem erbrechen weiter gemacht, zu Anfang sah er Huber und Felix als ware Fitnessgiganten, unvorstellbar was sie so machten und konnten, aber von Zeit zu Zeit tat Alex es ihnen gleich, auch beim Klettern stellte er sich nicht ungeschickt an und was ihm an Kraft fehlte machte er durch sein geringes Körpergewicht wieder wett, es war anstengend, hart und eben oft wie eine Folter aber Alex fing an es zu lieben, es machte ihm Spaß und er fühlte sich gut, Huber und Felix haben das gemerkt und sie haben ihn ausführlich gelobt, sie haben ihn gelobt für das was er geleistet hat und Felix sagte, sogar dein

Mückenstich ist gewachsen auf Wespenstichgröße und er lachte sich wieder kaputt darüber, aber er lachte mit Respekt in seinen Augen, Alex fühlte sich wie ein Gigant! Alex stand jetzt da und schaute wieder hinauf zum Gipfel und so hell beleuchtet vom Schein des kugelrunden Mondes sah er aus wie ein abstraktes Kunstwerk in feinstem Sterlingsilber! So standen sie nun da mit ihren Hightech Ausrüstungen, Alex hat Huber auch noch einiges spendiert für seine Mühe und Huber hat es gerne angenommen, und dann sagte Huber "so Jungs es geht los wir haben 10 Stunden bis Sonnenaufgang, ab geht's" mit ihren hellen Leuchten an ihren Kletterhelmen sahen die drei in dem kleinen dunklen Fichtenwald durch den sie erst einmal durch laufen mußten wohl wie Geister aus, in einem Höllentempo ging es los und Alex merkte sofort das es ihm gut ging er war bereit, bereiter hätte man nicht sein können, aber irgendwas störte, ein Gefühl, eine Ahnung, ein Empfinden, eine innere Unruhe, aber er konnte es nicht einordnen und weiter ging es! Das Tempo im Fichtenwald war hoch und Alex hörte Huber und Felix sein tiefes Atmen, er hatte es schon oft gehört, als sie aus dem Fichtenwald hinaus kamen sahen sie im hellen Schein des Mondes eine weitläufige und steile Moräne eine Anhäufung aus riesigen Felsbrocken und Geröll das sich an der Seite des Gletschers abgelagert hatte, in Millionen von Jahren ist es vom Koloss nach und nach abgebröckelt und doch war es so als hätte nur jemand an diesem massigem Massiv gekratzt, Alex wusste eine Moräne hoch zu steigen ist mühsam und irgendwie ätzend, man schaut ständig zu Boden um nicht fehl zu treten, Huber sprang förmlich von Stein zu Stein, leichtfüßig, elegant, Felix hinterher, kraftvoll und sicher und Alex mußte sich sputen um den beiden zu folgen aber er hielt den Anschluss! Geschaft, nach einiger Zeit konnte man das Ende der Moräne schon erblicken und Alex hörte Huber und Felix tief und schnell Atmen, auch dass hatte Alex schon oft gehört, vor ihnen lag jetzt der Eisbruch, der steilste Teil eines Gletschers, voller Seracs den großen Eisbrocken, in allen Formen und Größen standen sie da und waren für das Auge wundervoll anzusehen, aber ein Eisbruch ist voller gefährlicher Gletscherspalten und so hielt Huber an und nahm seinen Rucksack ab, Felix und Alex wussten was jetzt kommt, Klettergurt ausgepackt und angelegt, Steigeisen ausgepackt und angespannt, Seile ausgepackt und angebunden, Eispicke in die Hand genommen und weiter, bei den dreien saß jeder Handgriff, Huber und Felix hatten diese Handgriffe schon hunderte male gemacht und Alex schon hunderte male geübt! "wie hoch sind wir" fragte Alex Huber der einen Höhenmesser an seiner Armbanduhr hatte "knapp 3000 Meter wir liegen einigermaßen in der Zeit, jetzt sind wir miteinander verbunden ihr wist ja genau warum, die Seillänge zwischen uns beträgt ca 7 Meter das bleibt auch so bis wir wieder genau hier zurück sind, es wird jetzt richtig steil wie ihr sehen könnt aber ich habe die steile Route gewählt weil wir schnell Höhenmeter machen können und technisch für Alex gut machbar ist, nur sehr anstrengend aber was solls wir sind sehr gut in Form und ausruhen können wir den Rest der Ferien, auf geht´s! Der Eisbruch schien kein Ende nehmen zu wollen, Alex kam es vor als wenn sie sich schon eine halbe Ewigkeit dort hinauf quälten, unzählige male hörte er das knacken wenn er seine Steigeisen ins Eis rammte, unzähligemale den dumpfen Ton beim Einschlag seiner Eispicke, mit Händen, Füßen, Beinen, Armen und auf Knien schraubte er sich Meter für Meter nach oben und nach jedem Serac den sie mühsam umkurvten, dachte er es hat ein Ende, aber nach jedem Eisbrocken, nach jedem Eisturm und jeder Pyramide erschien prompt ein neuer Eisklotz vor Alex seinen Augen! Dann war es endlich soweit, sie waren weg wie ausgelöscht, nicht mehr da, diese Türme aus Eis und Schnee, und vor den dreien lag ein Schneefeld, gespenstisch still lag das Schneefeld vor ihnen im Mondlicht und sah aus wie ein weißes Meer, ein Ozean der in den Himmel ragt, und es ging steil nach oben aber nicht zu steil, Alex seine Augen sahen, aber in noch sehr weiter Entfernung und weit über ihnen, den Gipfel, sachte und friedlich schien es dort oben zu sein, in einem sanften Bogen stand er da und schien nur auf die drei zu warten! Sie setzten sich auf einen der letzten Eisbrocken und holten Getränke und Kraftriegel aus ihren Rucksäcken um sich zu stärken! "Alex wie geht es dir" fragte Huber "ich bin kaputt aber ich werde es schaffen, ich muß, seht nach oben schaut hoch, er wartet doch auf mich,wie hoch sind wir dann und wie lange werden wir noch brauchen?" antwortete Alex! Huber schaute auf seine Uhr und nickte selbstsicher mit dem Kopf "wir sind 4000 Meter hoch aber auch wenn alles gut läuft und wir schnell sind müßen wir noch so mit circa 4 Stunden rechnen, wir machen jetzt alle 30-45 Minuten eine kurze Pause um durchzuschnaufen, ab jetzt wird die Luft dünn, sehr dünn, ich laufe eine Spur, Felix wird diese Spur noch besser trampeln und du Alex hast dann einen gemütlichen Gehweg" Huber lachte laut "wie geht es dir Felix" fragte er und schaute Felix tief in dessen Augen "mir geht es super, aber ihr müßt hier kurz auf mich warten ich habe meinen Lieblings Schokoriegel im Auto vergessen, bin gleich zurück" dabei drehte es sich Richtung nach unten und tat so als steige er ab, Huber mußte lachen "los geht es auf auf" und schon setzten sie sich in Bewegung, Schritt auf Schritt folgte und Huber mußte kämpfen, mühsam trat er den tiefen Schnee platt, er bewegte sich teilweise in Zeitlupe wie ein Hirsch im Märchenfilm und alle drei keuchten, Alex konnte jetzt spüren wie dünn die Luft wurde von Schritt zu Schritt dünner und dünner und aus dem Keuchen wurde ein hecheln wie ein Hund in der Sommerhitze hechelte er und rang nach Luft, es war die dritte Pause und sie tranken es wurde immer mehr was sie tranken und sie keuchten und hechelten und das kannte Alex von den beiden noch nicht, und Alex dachte darüber nach wie anstengend das für Huber sein mußte, und auch für Felix um ihn den Gehweg wie ihn Huber nannte zu präsentieren! Jeder Schritt war jetzt eine Qual aber irgendwie auch nicht, Alex merkte die Schritte kaum noch er spürte kaum noch etwas, in seinen Gedanken vertieft von unsichtbarer Hand gezogen und geschoben machte er Schritt auf Schritt wie ein Robotter aber er nahm Schmerzen in seinen Beinen war aber sie drangen nicht richtig in sein Hirn hinein so das er weiter laufen konnte, abwesend und letagisch ging er immer weiter, den Kopf nach unten gesenkt, er sah aus als wenn er gleich zu einem kraftlosen Häufchen zusammen fällt, und er hörte nur noch den hastigen Hammerschlag des pochenden Blutes in seinem Kopf, dann ruckte es kräftig an seinem Seil, Alex hob seinen gesenkten Kopf hoch und sah das Felix am Seil zog und er sah Felix und Huber auf dem Gipfel stehen, er machte noch 4-5 Schritte in totaler Euphorie und stand dann auf dem Dach der Alpen, die drei umarmten sich und ließen einen lauten Urschrei hinaus in die Welt und dabei keuchten und hechelten sie ringend nach Luft, schappend nach Sauerstoff, aber sie strahlten vor Glück! Alex stand da und drehte sich im Kreis herum um nichts von der Welt die ihm gerade zu Füßen lag zu verpassen, genau in diesem Moment veränderte sich die Farbe am Himmel, an den Bergen und in den winzigen Tälern, alles wurde plötzlich in glosendes, glutrotes Feuer getaucht und sie sahen die Sonne im Osten über den Bergen unter ihnen aufsteigen, ein Bild tief verankert für die Ewigkeit in ihren Köpfen, sie standen in einer Reihe der größe nach, Alex, Huber und Felix umarmten sich und sahen dem Schauspiel aufmerksam und voller Andacht zu, Huber holte rasch einen Fotoapparat aus der Innentasche seiner warmen Daunenjacke und machte rasch ein paar Fotos, Fotos von ihnen auf dem Gipfel mit der aufgehenden Sonne im Hintergrund, Alex stand da und seine Gedanken waren nahezu unbeschreiblich, er fühlte sich gut, stark, frei und unbesiegbar ja wie ein Gigant! Die drei standen noch 10 Minuten still und leise so da und sahen zu wie die Sonne den Mond schlafen schickte, sie merkten wie sich die kalte eisige Nacht verabschiedete und es langsam lauer und milder wurde, aber es veränderte sich auch rasch die Thermik und ein heftiger Wind fing an über den Gipfel zu fegen, wie ein heftiger Stromschlag schoss ein Gedanke durch Alex seinen Körper bis hoch in den Kopf hinein und er sagte "wir müßen ja auch wieder runter, den ganzen Weg zurück" ein Schauer zog sich über seiner ganzen Haut von oben bis ganz nach unten, Huber schaute ihn recht skeptisch an "ja Alex so ist es, der Gipfel ist immer nur der halbe Weg, auch wenn es dir jetzt unmöglich erscheinen mag, du wirst es schaffen, wie in Trance wirst du Schritt für Schritt machen und es geht abwärts, du gehst voran immer unserer Spur folgend und du bestimmst das Tempo und auch die Pausen, ab jetzt haben wir alle Zeit der Welt! Etwa so 2 Stunden waren sie schon wieder auf dem Rückweg und immer wenn sich Alex kurz umdrehte wurde der Gipfel immer kleiner, viele sagen bergab gehen ist genauso anstrengend wie bergauf aber das empfand Alex schon immer anders, bergab ging bei ihm wie von alleine, man japst nicht nach Luft, es ist um ein vielfaches leichter der Körper drängt nach unten, immer, und genau das macht es beim aufsteigen so schwer und beim absteigen leichter, aber irgendetwas störte, Alex spürte unter seiner Haut etwas aufsteigen, ein Gefühl der Angst, oder eher eine dunkle Vorahnung, die aus seinen Knochen aufstieg, ein leichtes Zittern der Luft, auf einem Mal war er sich einer eisigen, animalischen Erregung bewusst, Angst, Erregung,Vorahnung und eine verhaltene Lust hier an diesem Ort zu sein machte sich in ihm breit, und aus seinen Augenwinkeln nahm er eine Bewegung war, dann gab es ein lautes knacken gefolgt von einem kräftigen dumpfen Knall, die drei drehten sich um und sahen wie sich unterhalb des Gipfels eine mächtige Schneewächte löste und zu Boden viel, sie setzte sich langsam in Bewegung, Huber brüllte unüberhörbar "Alex renne, lauf so schnell du kannst nach links rüber, los lauf" und er zeigte mit seinem Finger die Richtung an "lauf, lauf so schnell du kannst" Alex hatte begriffen und lief los, er lief so schnell es ging durch den hohen Schnee und noch schneller und in ihm stieg eine Panik auf eine nie vorher gekannte Todesangst überfiel ihn und er lief und lief! Ein tosendes Geräusch war zu hören und es wurde immer lauter und lauter, ein donnern, ein krachen, eine Geräuschkullisse umgab die drei als würde die Erde in sich zusammen fallen, Alex rannte durch den hohen Schnee als sei der nicht vorhanden, dann drehte es sich beim rennen kurz um und sah eine gewaltige weiße Wand, mit unglaublicher Geschwindigkeit raste sie, die weiße Höllenwand des Todes auf die drei zu, das donnern, der tosende Krach wurde so laut und furchterregend das Alex dachte es wird ihm jeden Moment den Kopf zerreissen und dann riss es ihm mit einem heftigen Schlag seine Beine weg und Alex spürte in Todesangst wie er vom Strom der Lawiene mitgerissen wurde, er kämpfte mit allem was er hatte um oben zu bleiben aber er merkte dann schnell wie er im rasenden Fluß der Lawiene langsam immer weiter nach unten gezogen wurde, er raste weiter abwärts immer noch im Höllentempo und dabei wurde er langsam aber sicher lebendig begraben, ein Film lief in ihm ab und er war gerade dabei sich zu ergeben als es plötzlich einen unvorstellbaren, heftigen Ruck an seinem Seil spürte, er dachte das er in seiner Mitte geteilt wird mittendurch, und in diesem Augenblick wurde er hochkatapuliert,

133

er schoß nach oben und konnte kurz den blauen Himmel sehen dann viel er nach unten auf die rasende Lawine mit aller Kraft, mit Händen und Füßen strampelte Alex wie ein wildes Tier und er begann sogar zu schwimmen an, um oben auf den Schneemassen zu bleiben die jetzt unter ihm durchschossen und ihm heftige Schläge verpassten, Alex lag auf dem Bauch und wirbelte instinktiv mit Armen und Beinen wie ein Schwimmer und er blieb oben und die Schneemassen rasten unter ihm durch, aber alles kämpfen nutze nichts, Alex merkte wie er wieder langsam nach unten gezogen wurde, doch plötzlich wurde die Lawine immer langsamer und die Geräusche fingen an immer leiser zu werden bis sie gänzlich verstummten, Alex merkte das der Fluss sich eingestellt hatte alles wurde ruhig und friedlich, still und unwirklich schien ihm alles! Alex versuchte sich zu bewegen und stellte schnell fest das er sich langsam aus den Schneemassen befreien konnte, er kletterte förmlich nach oben und setzte sich auf seinen Hintern, er ließ dann seinen Blick umherschweifen, nichts war wie es einmal war, die ganze Welt stand völlig verzerrt um ihn, kein Winkel, keine Gerade oder Linie passte mehr und der Gipfel schien in sich zu schmelzen, die Spitze neigte sich nach unten, auch war er viel breiter als vorher, der Horizont war nicht mehr gerade er wellte in allen Richtungen davon, das Blau am Himmel war nicht mehr blau, alles, die ganze Welt schien verzerrt und unwirklich, wie auf einem surrealen Gemälde von Salvertore Dahli! Alex spürte das sich sein Verstand in einem Zustand völliger Erstarrung befand, er schüttelte wütend seinen Kopf und rieb sich seine Augen und plötzlich sah er alles wieder so wie es sein sollte, er hatte nur Schnee in seinen Augen, er stand auf um nach Felix und Huber zu sehen, doch so sehr es sich bemühte sie waren nicht da, er drehte sich hektisch wie im Wahn im Kreise, und er rief laut nach ihnen, aber alles blieb totenstill, Alex fing vor Verzweiflung laut zu brüllen an, die Tränen rollten ihm übers Gesicht und er schrie und schrie, sein Blut, sein Herz, sein Nervensystem funktionierten kaum mehr, alles tickte nur noch leicht, er stand wie im Fieberwahn dort in der weißen Hölle und ihm wurde jetzt klar, es wurde ihm bewusst das Felix und Huber lebendig begraben wurden, begraben in den beschissenen, wiederwertigen, abscheulichen

134

Schneemassen, den Dreck aus gefrorenen Wasser, er drehte sich weiter im Kreise, er zitterte am ganzen Körper, die Tränen rollten, der Rotz lief in Strömen aus der gefrorenen Nase, aber so sehr er auch schaute, suchte, blickte, umher sah Felix und Huber blieben verborgen, verborgen wie die Nuss in der Schale! Alex zog sich mit beiden Händen kräftig an den Haaren, er schlug sich mit seiner Faust ins Gesicht und er schrie "Alex, Alex denke nach, denke nach du dummer Vollidiot, denk nach, ein Satz, ein Wort, was hat Huber dir beigebracht, wie sollst du reagieren, was sollst du machen, los ein Wort, fällt dir den gar nichts ein du dummer Saupreuße, du dummes Arschloch, du dämliches Schwein" und plötzlich war es als wenn Sven in wieder in die Fresse schlägt, und er hörte den Satz von Huber klar und deutlich als ständer er direkt vor ihm "so bleiben wir verbunden bis wir wieder genau hier sind" es fiel ihm wie Schuppen vor den Augen und er schrie "das Seil, das Seil, am Ende muss Felix sein" er zog an dem Seil er zog es hoch raus aus dem Schnee bis es nicht mehr ging, dann schmiss er sich in den Schnee und wühlte und grub und buddelte mit Händen und Füßen, mit dem Kopf, mit dem Mund mit den Ellenbogen, mit den Knien, mit allem was ihm zur Verfügung stand, wie in einem Film schnell vorgespult sah es aus wie er im Schnee umher wütete, wie besessen, wie geisteskrank, er spürte sich selbst nicht mehr, wie ein wildes Tier war er am graben und dann hatte er plötzlich ein Stück Jacke in der rechten Hand und er fühlte einen Arm, Sekunden später erkannte er die rote Daunenjacke von Felix, jetzt konnte er seinen Arm greifen, seinen starken, kräftigen Arm und er zog und zog und er merkte das Felix den Arm jetzt bewegen konnte, Alex riss die Schneemassen bei seite und grub weiter, er bekam noch mehr Jacke zu greifen und zog Felix mit den Oberkörper nach oben, Felix saß jetzt und mit betäubten Augen sah er Alex an und schrie "Alex, Alex ich war lebendig begraben, ja einbetoniert war ich, ja lebendig einbetoniert ich konnte atmen aber mich nicht bewegen, nicht einmal den kleinen Finger, Alex ich war einbetoniert, einfach einbetoniert, es war schrecklich nein es war die Hölle Alex die Hölle war es" er sprang aus dem tiefen Schnee und legte sich hin und spuckte noch etwas Schnee nach oben im Bogen hinaus! "Alex, Alex du hast mich ausgegraben" Alex lag völlig erschöpft im Schnee und versuchte Luft in seinen Lungen zu bekommen, er japste nach Luft und hatte das Gefühl jeden Moment in Ohnmacht zu fallen "Alex wie hast du mich so schnell gefunden?" nach Luft ringend antwortete Alex "das Seil Felix, das Seil, am anderen Ende deines Seiles liegt Huber vergraben, wir müssen ihn sofort ausgraben, los, los" Felix sprang sofort auf, er hatte sofort begriffen und er zog am Seil und als es nicht mehr weiter ging fing auch er an zu graben, Alex stürzte dazu und beide gaben alles und zu zweien ging es noch schneller und schon hatten sie eine Jacke in der Hand und sie zogen beide kräftig mit allem was ihr Körper noch her gab und schon saß Huber aufrecht im Schnee, auch er machte große Augen und spuckte noch etwas Schnee raus bevor etwas sagte "ich dachte es ist vorbei, aus, zu Ende nach allem was ich schon erlebt habe, es war schrecklich, gerade zu abartig da drin, Felix, Alex was hat denn da so lange gedauert, ich war am Ende von Felix seinem Seil das war doch klar" ein Schmunzeln machte sein Gesicht wieder lebendig "tut mir leid Huber, aber ich mußte erst einmal Felix ausgraben, denn der war am Ende von meinem Seil und als der ausgegraben war wollte er noch kurz ein Nickerchen halten, es ging schnell und alle konnten wieder lachen, aber der Schreck steckte ihnen noch lange in den Gliedern, bei Alex noch tiefer, er sollte nie wieder einen Berg besteigen, das war es für ihn, die Erinnerung daran das er beinahe seinen besten Freund verloren hätte und er hilflos dabei gestanden hätte ohne ihm helfen zu können, ging ihm nicht so schnell aus dem Kopf und er blieb ab jetzt unten! Eine Stunde später flog ein Helikopter über das Massiv, er landete und brachte die Drei nach unten, nachdem Huber allen versicherte das sie die einzigen am Berg waren und er auch die Elterliche Erlaubniss von Felix und Alex seinen Erziehungsberechtigten vorzeigen konnte, ließ man die drei wieder gehen, völlig fertig und so ziemlich am ende traten die drei in einem Hotel ein, die Hotelgäste und auch die Dame an der Rezeption dachten sie würden Geistern gegenüber stehen, so fertig und zerschunden sahen sie aus, dann nahmen sie sich ein Dreibettzimmer, duschten, gingen dick Essen, und Abends standen sie auf dem Balkon der freie Sicht auf den Mont-Blanc hatte, sie starrten nach oben "ausgerechnet der Flachländer, der scheiß Saupreuße hat uns das Leben gerettet, Huber das können und dürfen wir doch niemanden erzählen" sagte Felix "ist doch egal ob wir das erzählen, glaubt doch sowieso niemand" antwortete Huber und dann drehten sie sich zu Alex um und sie umarmten ihn, "danke, danke" kam aus ihren Mündern! Alex sah bei beiden die Dankbarkeit in ihren Augen, er lachte und sagte "hätte ich gewußt das mich ein Helikopter abholt, ja dann hätte ich nicht gegraben, ich wusste nur nicht mehr den Weg nach unten, das ist alles" sie schauten alle drei starr auf den Gipfel und Huber sagte "merkt euch das Datum, Heute ist der 10.Juli der Tag an dem nur wir drei auf dem Gipfel waren, nur wir drei standen ganz oben, ha ha" sie standen da voller Ehrfurcht für den Berg und wusten ganz genau, dieser Berg wird für immer dort stehen, er wird nie erlöschen, er bleibt wie eine Sonne wandellos leuchtend über der Welt! Alex stützte mit beiden Händen seinen Kopf, er mußte nachdenken, sich voll konzentrieren, die stechende Sonne drang unaufhaltsam mit ihrer ganzen Kraft durch die frisch gereinigten Scheiben des Klassenzimmers herein und machte dabei das denken für Alex noch schwerer als es ohnehin schon war, Alex blickte sich nach hinten um und sah in die Siegessicheren Augen von Felix der kurz lächelte, 3 Jahre war es her, 3 Jahre waren vergangen seit dem Lawinenabgang, es war die allerletzte Klausur, zum Abitur, Chemie, für Felix ein Spaziergang, für Alex das schlimmste was es gab, in den letzten drei Jahren hatten sich Felix und Alex verändert, sie waren keine Freunde mehr, sie wurden wie Brüder wie Zwillingsbrüder gerade zu, nur das sie sich nicht im geringsten ähnlich sahen, Felix reifte zu einem bei der Mädchen und Frauenwelt viel begehrten jungen Mann heran und machte auch so seine Erfahrungen mit ihnen, teilweise schlichen sie sich in den Garten des Chalets hinein und standen vor dem Balkon der beiden um mit Felix reden zu können oder sich mit ihm zu verabreden, fein gemacht und in ihren schönsten Kleidern mit Lippenstift und geschminkten Augen standen sie dort unten um zu werben, bei Alex war das so, je älter er wurde desto weniger passte sein äußeres zu ihm und somit blieb er für die Mädchen und Damenwelt unsichtbar! Alex hatte es aber auch schon gespürt,

137

er spürte das arbeiten der erwachenden Männlichkeit in seinem Blute und in den Lenden, für ihn fühlte es sich teilweise ungewohnt, reizbar und müdemachend an und er begriff ganz dunkel das er zu einem Mann wurde! Die Mädchen warben aber seit fast einem Jahr völlig umsonst, Felix war verliebt, verliebt bis über beide Ohren mit allem drum und dran! Die letzte Klausur dann war es vorbei, bei Alex drehte es sich darum sein Abitur mit einer Note von 3,0 abzuschließen und bei Felix darum ob 1,1 oder 1,2, aber egal die besten Universitäten des Landes warben um ihn nicht weniger als die Damenwelt, in genau zwei Wochen würden sie das Internat für immer verlassen, das wunderschöne Chalets mit allem drum und dran, alles in allem waren sich Felix und Alex einig, es war von der Zugfahrt vor 6 Jahren bis zu dieser letzten Klausur eine für beide schöne, abenteuerliche, lehrreiche, spannende Zeit und egal was noch so kommen würde in ihrem Leben, es hieß bei den beiden immer nur, auf zu neuen Etappen, aber die letzte, die hatten sie so richtig gelebt! Das Problem des Geldes hatte Alex vor einiger Zeit völlig aus der Welt geschaft, böse, mit dem nötigen Nachdruck, gezielt, und sogar leicht gereizt und aggressiv zog er Felix zu seinem Bildschirm des Computers und machte ihm in ein bis zwei Stunden so einiges klar, das selbst wenn sie in einer Stunde 5000 Franken ausgeben würden, er um ein vielfaches mehr in dieser Zeit verdient hatte, er machte Felix seinen unglaublichen Reichtum klar, und vor einigen Tagen feierte Alex seinen 18. Geburtstag und war nach einer Unterschrift auf ein völlig belanglos erscheinendes Blatt Papier zu 50% Miteigentümer der Firma Gutmann, Alex machte diese Firma in den letzten drei Jahren immer größer, ja sogar mächtiger, er verdoppelte das ohnehin schon riesige Aktienpaket, aus 60000 Wohnungen machte er an die 100000 und er ließ vier Einkaufscenter errichten, Arcaden, Galerien und Plais die überall in der Stadt wie Pilze bei feucht, nassem Herbstwetter aus dem Boden schossen, eine neue Bankfiliale in Dresden wurde ebenfalls eröffnet, Alex wurde bekannt, bei Wirtschaft und Politik wurde sein sommersproßiges Gesicht bekannt wie ein bunter Hund und er wurde teilweise als ein Wirtschaftswunderknabe in den Medien gefeiert, was ihm überhaupt nicht schmeckte und passte, das liebe er im Internat, er war hier eher noch anonym und in dieser Gegend wusste niemand wer er war, wer war er? Er war kurz davor, sehr, sehr dicht dran an dem was er vor vielen Jahren vor dem knisternden und lodernen Kamin werden wollte, als die Flammen sich bogen und krümmten, er war kurz davor, ganz dicht dran , vielleicht noch 6 Monate oder wenn es schlecht läuft ein Jahr, er war gerade 18 Jahre geworden und bald war es soweit dann war er Milliardär! Felix hatte begriffen, er hatte verstanden das was bei ihm 1 Franken war für Alex 100000 Franken waren, er hatte sich einmal ganz in Ruhe den unglaublichen Reichtum von Alex auf der Zunge zergehen lassen, er bettelte niemals,er stellte niemals irgendwelche Forderungen, manchmal kam es ihm so vor als könne Alex ihm seine Wünsche von den Augen ablesen, das es so war wusste nicht einmal er, ein Geheimniss was Alex gedachte mit in seinem Grabe zu nehmen, die Liste wurde aber immer weiter fortgeführt, nur das sie doch schon beträchtliche Ausmaße angenommen hatte, und immer wenn was neu drauf geschrieben wurde sagte Felix "bis auf den letzten Rappen" und Alex antwortete "davon gehe ich aus"! So kam es dann auch das Alex in den Ferien auch Felix seine Mutter in Garmisch kennenlernte, Felix hatte ihn mitgenommen und seiner Mutter vorgestellt, Alex lernte eine schöne, stolze, liebevolle und ehrliche Frau kennen, deren Wesen an Sympatie kaum noch zu übertreffen war, Alex mochte sie von der ersten Sekunde an, und auch Felix lernte kurz danach Alex seinen Vater und seine Mutter kennen und natürlich die gute, liebe Esmeralda, Felix liebte diese Frau, ihr Wesen, ihre Kochkünste ihren Hang danach diese beiden Jungen zu verwöhnen und auch ihr feuriges Temperament hatte es ihm angetan, mit dem Vater verstand er sich prima, wie eigentlich alle Menschen und zur Mutter sagte Felix lieber gar nichts, aber Alex wollte dessen Meinung hören und Felix sagte "arrogant, hochnäsig, berechnend, fordernd und depressiv, tut mir leid Alex du hast mich gefragt, aber eines noch über deine Mutter, Wow!" Alex lachte laut und sagte "ja Felix du hast es genau und exakt auf den Punkt gebracht, genau so ist sie" Felix stand mit weit aufgerissenen Augen da, als er das Haus mit allem drum und dran sah und dann haben die beiden auch noch Alfred geholt der mit ihnen eine Stadtrundfahrt machte, Felix sagte "ich fühle mich wie ein kleiner Prinz" die Stadt hatte es Felix angetan und er überlegte vielleicht sogar hier sein Studium zu absolvieren! Dann kam der Vater auf die Idee das Felix und seine Mutter in den nächsten Ferien mit in die Karibik auf Barbados kommen sollten, eine gute Idee der Vater sagte "frag deine Mutter bitte ob sie es schafft in dieser Zeit 3 Wochen Urlaub zu bekommen" ihr Stolz sträubte sich dagegen, aber sie stellte ihren Stolz bei Seite als Felix ihr genau erklärt hatte was ihm Alex erklärt hatte und nach vielen Jahren einmal Urlaub von der Arbeit zu machen, erschien ihr mehr als gerecht! Diese gute, nette, liebevolle und sympathische Frau konnte das alles was sie auf Barbados sah und erlebte kaum glauben, als sie im Flugzeug die erste Klasse betrat schaute sie sich um und sagte "oh mein Gott, ich kann das ja gar nicht glauben" das Haus, der Ozean, der Regenwald, der Garten, der Pool, die Palmen, die Orchideen, die Cocktails, Maria, sogar der Wächter vorne am Eisenzaun blieb nicht verschont, sie stand immer nur da und wusste kaum noch ob das alles hier die Realität oder nur Schein und Trug ist, eine gemeine Täuschung ihres Nervensystems, aus ihrem Mund kam immer nur "oh mein Gott, ich kann das ja gar nicht glauben" bis zum dritten Tag konnte sie das alles nicht glauben aber dann lief Felix an ihr vorb ei und sagte "doch Mutter nun glaub das doch endlich mal und legt dich an den Pool in die Sonne"! Felix seine Mutter und Alex sein Vater verstanden sich auf Anhieb, sie redeten und scherzten und lachten ausgelassen, aber dafür erntete die liebe Mutter von der bösen Mutter sehr abfällige, scharfe, gemeine Blicke, das alles hatte aber zur Folge das die böse Mutter ganz lieb zum Vater wurde und darüber freute sich der Vater und die liebe Mutter und die zwinkerte dem Vater öfter zu und der Vater verstand, nur die böse Mutter verstand nichts mehr und blieb den ganzen Urlaub fast so lieb wie die liebe Mutter und so gab es dank der lieben Mutter zwei liebe Mütter! Am ersten Abend gingen Felix und Alex runter in das Dorf um sich bei Joleen und Jo zu melden, es wurde so langsam dunkel als die beiden den unebenen Sandweg nach unten gingen, die Sterne fingen leicht an zu leuchten und der volle Mond grub sich langsam und vorsichtig

140

nach oben, rechts dicht bei dem Dorf sahen sie eine Hütte voll erleuchtet, ein kleiner Einkaufsladen für alles was man so braucht und davor standen 3 Tische mit Stühlen anbei, und hinter dem Tresen stand sie und wurde angestrahlt von einer 60 Watt Glühlampe, Joleen, wie ist sie doch zu einer wunderschönen, fleißigen und anmutigen jungen Frau heran gewachsen dachte Alex so bei sich, die Mutter und sie haben beide gemeinsam diesen kleinen Laden für den Einkauf der Arbeiter und dessen Familien eröffnet, das wusste Alex natürlich aus Briefen und Telefonaten und auch bei der Finanzierung hatte er geholfen, Joleen trug ein weisses kurzes Kleid, aus ihren vollen Pech schwarzen Haaren waren die Krausen herausgezogen und somit lagen sie in ihrer ganzen Pracht über den zarten Schultern und dem Kleid und aus ihren dunklen schönen Augen sprang ein zufriedenes Feuer hinaus, hinaus in den lauen Karibischen Abend, sie sah hoch und entdeckte Alex der 3 Meter entfernt vor ihr stand und sagte "Joleen du wirst ja immer hübscher" in diesem Moment sprang Joleen über den Tresen, mit einem weiten und gekonnten Satz, direkt Alex an den Hals, sie drückte ihn ganz fest und küsste in auf die rosige Wange "Alex, Alex du bist da, ich freue mich so" rief sie überschwänglich vor lauter Freude, Alex drückte sie ganz fest und sagte "hi Joleen, das hier ist Felix, du kennst ihn ja schon aus meinen Briefen und von den Telefonaten, ich habe dir schon so viel von ihm erzählt und Jolee ist er nicht genauso wie ich ihn beschrieben habe?" er drehte sich um zu Felix und sagte "Felix das ist Joleen" nun standen sich die beiden gegenüber, sich reichten sich ihre Hände und schauten sich gegenseitig in die Augen, man konnte sofort ein knistern in der Luft hören, die Sterne am Himmel verformten sich im Handumdrehen zu kleinen funkelnden Herzen die über ihren Köpfen erstrahlten, die Erde fing an zu beben, die ganze Insel wurde zu einem überdimensionalem Kussmund und der Vollmond stand oben am Himmel wie ein riesiger roter Luftballon und zwinkerte ihnen zu! Ob es Liebe auf den ersten Blick gibt? Diese Frage hatte sich für alle Zeiten geklärt, für Alex und denn Rest der Menschheit, hier stand der Beweiss in Fleisch und Blut genau neben ihm, die beiden konnten in den nächsten drei Wochen nicht von einander ablassen, weder am Tag noch in der Nacht, und die ganze Welt konnte das große Glück ihrer Liebe spüren, Alex gefiel es, er freute sich für die beiden und die liebe Mutter sagte nur, oh mein Gott, ich kann das ja gar nicht glauben! Ein traumhafter Urlaub hatte für alle dann auch sein trauriges Ende, Felix und Joleen mußten fast schon gewaltsam von einander getrennt werden und es flossen Tränen bei Joleen so stark wie in der Regenzeit die Regentropfen fallen! Wieder in der Heimat angekommen, mußten Felix und die liebe Mutter weiter fliegen und die liebe Mutter umarmte den Vater und küsste ihn zärtlich auf die Wange und bedankte sich für alles, ganz herzlich, lieb und sehr dankbar, dann gab sie der anderen lieben Mutter die Hand und zwinkerte ihr noch einmal zu und schon wurde aus der anderen lieben Mutter wieder die böse Mutter, im schon weggehen drehte sich die ware liebe Mutter noch einmal um und rief den dreien "oh mein Gott, ich kann das ja gar nicht glauben, mit einem lächeln im Gesicht ein letztes mal zu! Der Vater schaute der bösen Mutter in Gesicht und sagte "eine wundervolle Frau ist das" die böse Mutter schaute, na was wohl? sie schaute böse! Nach der letzten Klausur gingen die beide erst einmal in den Speisesaal und schoben sich eine kleinigkeit zwischen ihre Zähne, danach rannten sie nach oben in ihr Zimmer, Alex lag flach wie eine Flunder auf seinem Bett und spürte diese unglaubliche Hitze des Sommers, sein Körper, sein Kopf und seine Nerven dürsteten schon länger nach Abkühlung, nach Regen nach dem von Alex begehrtem Nass, Tag für Tag wartete er darauf aber es wollte einfach nicht regnen, es wollte einfach nicht nass werden, die Luft wollte sich einfach nicht waschen lassen um dann die von Alex so gierig und heiß ersehnte Abkühlung zu bringen und er mußte weiter Tag für Tag leiden in diesem heißen, kochenden Sommer! Felix saß auf seinem Bett und sagte "na kochst du wieder vor dich hin du armer Hund, aber heute Abend gehen wir runter mit ein paar anderen Jungs in die Wirtschaft und kippen ein paar Biere zum Abschluss der Klausuren" Alex schaute düster drein und sagte "ehrlich, im ernst" Alex hasste diese Saufgelage unten im Dorf in dieser doch recht großen Wirtschaft, denn er wusste nur zu genau was dann auf ihn zu kam, es saßen viele Männer in allen Altersklassen an Tischen mit ihren Biergläsern vor ihren erst noch sehr schmalen Brüsten die dann von Bier zu Bier immer breiter wurden, Alex saß immer nur so da und schaute mit einem Glass Cola vor seiner immer gleich bleibender Brust dem furchtbarem Treiben recht aufmerksam aber skeptisch zu, erwachsene Männer mutierten zu allem möglichen, alle machten von Glass zu Glass eine Metamorphose durch, einige wurden stark wie Herkules, einige klug wie Einstein, andere mutig wie ein Indianer, aber sehr viele von ihnen aggressiv wie ein hungriger Löwe vor dem Gnu, scmeißt gab es dann noch eine handfeste Wirtschaftsprügelei, die Alex natürlich kommen sah und sich sofort in Deckung brachte, er suchte sich dann immer einen sicheren Platz und wie in einer Loge im Theater schaute er zu, Felix mitten drin und immer gut am austeilen, aber auch am einstecken und zu guter letzt landeten die meisten an dem Punkt wo alles einmal begonnen hatte in ihrem Leben, die Metamorphose war abgeschlossen und sie waren wieder Babys, sie kotzten, machten sich öfters in ihre Hosen und ihre Blicke waren steif und leer, ihre Zungen machte was sie wollten und was aus ihren Mündern kam waren nur noch irgend welche nicht zu verstehenden Geräusche, Alex mußte dann Felix mit aller Kraft die er besaß nach oben bringen, Felix klammerte sich an seinem Hals fest und ließ sich nach oben ziehen und dabei erzählte er Alex immer wie sehr er ihn liebte und das er Alex seine Freundschaft ja gar nicht verdiene und das immer und immer wieder, bis Alex ihn dann endlich auf dem Zimmer hatte, dann wurde noch einmal kräftig ins Klo gekotzt und schon lag er im Bett und schnarchte die ganze Nacht so laut wie Kettensägen im Canadischen Wald, ach wie sehr freute sich doch Alex jetzt schon auf den Abend!"Alex weißt du eigentlich wie sehr ich mich darauf freue Joleen in zwei Wochen wieder zu sehen, ich kann es kaum noch erwarten, und du, was hällst du davon wenn du die kleine blonde hinter dem Tresen heute einmal ansprichst, trau dich doch mal, sie gefällt dir doch" Alex schaute hoch und hinüber zu Felix, mit ernsten Blick sagte er "ja Felix ich weiß das du dich sehr auf Joleen freust und das kann ich gut verstehen, die blonde hinter dem Tresen gefällt mir wirklich sehr gut, aber ich glaube nicht das sie nur auf mich wartet, sieh mich doch einmal genau an, keine Frau wartet auf so einen Typen, es gibt natürlich sehr viele Frauen so Marke meine Mutter, die würden mich sofort lieben mit allem drum und dran wenn sie mein Bankkonto kennen würden, es wird wohl so kommen wie es bei meinem Vater gekommen ist und um ehrlich zu sein ich finde das nicht einmal schlimm, die Eigenschaft etwas zu jagen ist in der Männlichen Brust tief eingepflanzt, der Reiz liegt im Erobern, bei mir ist das nicht so, ich möchte einfach nur besitzen und ich werde eines Tages besitzen, sie wird schön sein, so schön wie Joleen, arm muss sie sein, aus armen Hause muss sie kommen, denn dann wird sie dankbar sein, dankbar dafür das ich sie aus der Armut geholt habe und sie wird nur mir gehören, das werde ich vertraglich so regeln, ich weiß natürlich das mein Geld mir helfen wird aber egal bei einem hilft das hübsche Äußere, bei dem Anderen was Anderes und bei mir eben das Geld, ist doch egal was hilft und wer weiß, vielleicht wird sie mich einmal lieben um meinetwillen und nicht mehr wegen des Geldes, eher unwarscheinlich, aber wer weiß" Felix blickte hinüber zu Alex und sagte "man man erzählst du eine Scheiße, du bist doch kein Monster oder so etwas" in dem moment klingelte das Telefon im Zimmer der beiden und Alex stand auf ging hinüber nahm den Hörer in die rechte Hand hielt ihn dicht an sein Ohr und sagte "ja hallo Alex hier" Felix sah ihm aufmerksam dabei zu und er sah das Alex zitterte und immer nur mit dem Kopf nickte, er hörte wie Alex noch dreimal ja, ja, ja ich habe verstanden sagte und dann den Hörer mit zitternder Hand auflegte, Alex drehte sich zu Felix um und er war kreidebleich im Gesicht, sein Blick war starr und unwirklich und Felix fragte "he Alex ist was passiert?" Alex schaute Felix leicht abwesend an, nickte mit dem Kopf und sagte "ja Felix, der Doc war dran, sie haben vor ca 2 Stunden beim Spaziergang im Park meinen Vater und meine Mutter entführt, die Entführer haben sich beim Doc gemeldet, sie wollen nur mit mir verhandeln und nur über Telefon in der Bank, in 1 Stunde ist einen Helikopter hier, ich muß dringend weg" Felix stand der Schreck förmlich in den weit aufgerissenen Augen und er sagte "nein wir müssen weg" Als die beiden bei Alfred in der Limousine saßen, schien Alex zum ersten mal zu verstehen erst jetzt glaubte er zu verstehen was passiert ist, die Reise bis zur Stadt verlief

144

bei ihm wie in einem Zeitraffer, in einzelnen Bildern zuckte die ganze Welt an ihm vorbei, aber jetzt wurde ihm bewusst das er nun seinen Kopf brauchte und er versuchte sich neu zu ordnen, mit einem leichten zittern in seiner Stimme sagte er   "Alfred zum Hintereingang bitte" Felix war die ganze Rückreise still, ruhig und leise er wusste genau wann es angebracht war auch einmal seinen Mund zu halten! Im Büro angekommen trafen die beiden auf eine bis ins tiefste Mark hinein erschütterte Frau Böhm, die aber wie gewohnt an professionalität nicht zu überbieten war und es gekonnt verstand alle Termine, Anrufe und Sonstiges von den Dreien fern zu halten und auch noch etwas zu Essen besorgte sie im Alleingang, der Doc machte einen recht ruhigen, gefassten Eindruck und begrüßte die beiden als wenn nichts passiert wäre, aber Alex laß das er sich große Sorgen machte in seinen Augen und schon diskutierten die drei ob sie sofort die Polizei einschalten sollten, der Doc sagte das der Entführer dies bezüglich nichts erwähnt hatte, er sagte nur das er heute spät Abends hier anrufen werde und ausschließlich nur mit Alex sprechen möchte und somit beschlossen die Drei diesen Anruf noch abzuwarten um dann erneut eine Entscheidung zu treffen! Die Drei saßen jetzt nur so rum und warteten, sie redeten über belangloses Zeug und warteten, es gibt Tage die einem wie eine Sekunde erscheinen und es gibt Sekunden die einem wie Tage vorkommen und diese Sekunden gehörten dazu, es war schon dunkel draußen man konnte die Lichter dieser Stadt durch das große Bürofenster funkeln sehen und es herrschte gerade eine unangenehme Stille in diesem Raum, als plötzlich Frau Böhm die Tür aufriss und sagte "der Entführer ist am Telefon ich stelle durch" Alex ging rüber zum Telefon, drückte den Knopf für den Lautsprecher und sagte "Felix Gutmann" wie eine Roboterstimme, mechanisch, verzerrt und leicht metallend aber nicht abgehackt sondern fließend in voller Harmonie kam die Antwort "hallo Alex, na wie geht es dir? Ich glaube nicht so gut, aber was solls es geht einem eben nicht immer gut, so ist das Leben nicht, ich weiß nicht ob ihr schon die Polizei eingeschaltet habt, aber eher nicht nehme ich an, so bekommt ihr jetzt meine Erlaubniss dafür, ohne Polizei würde mir die ganze Sache doch nur halb so viel Spass machen, falls ja,

145

der Anruf ist nicht zurück zu verfolgen, ich habe einen Störsender im Telefon eingebaut, und nicht erschrecken wegen der Stimme, ich hätte auch meine eigene nehmen können, aber irgendwie stehe ich auf den Effekt, und ich stehe darauf wie ihr Euch den Kopf zermartern werdet und darüber nachdenkt wie ich mich in echt anhöre, und was ich so für ein Mensch bin, was bin ich für ein Mensch? Solange ich denken kann, hatte ich schon immer tiefe schwarze Flecken auf meiner Seele, als ich noch ganz klein war bemerkte ich das ich Freude empfand wenn ich sah wie eine Mutter ihr kleines Kind den Hintern versohlte, wenn Kinder unbeherrscht angeschrien wurden, sah ich in ihren Augen die vor lauter Angst anfingen zu tränen und ich fühlte Glück, im Biologieunterricht machte es mich glücklich wenn ich mit dem Skalpell den Frosch auftrennen durfte, ich habe auch nach der Schule Frösche gefangen und ihnen Strohalme in den Arsch gesteckt und sie aufgeblasen bis sie aufplatzen, ich habe Katzen Feuerwerkskörper an ihren Schwänzen gebunden und angezündet, als ich schon etwas älter war so 10 Jahre vielleicht, hat mich jede Nacht das Gebelle des Nachtbarhundes so sehr gestört und an meinen Nerven gezerrt das ich ihn mit einer Wurst im dunkelen angelockt habe, dann habe ich ihn an seinen beiden Ohren gepackt und ihm blitzschnell den Hals umgedreht, ich habe ihm das Genick gebrochen und dann die Wurst selbst gegessen, aber in einigen Dingen sind wir uns doch sehr ähnlich, du und ich, genauso wie du bin ich sehr schüchtern, im Mittelpunkt zu stehen liegt mir überhaupt nicht und liebend gerne gehe ich unbemerkt durchs Leben, da sind wir uns doch ziemlich gleich in diesen Punkten gleichen wir uns doch sehr, aber ich bin auch der Typ der in der Oberschule stillschweigend genoss wenn andere fertig gemacht wurden, im Hintergrund habe ich immer gestanden und genossen und in meinem Kopf hatte ich schon immer sehr viele hässliche Verbrechen, sie liefen geistig vor meinen Augen ab, ich habe gedacht und geträumt, Fantasien und Träume sind einsam und anonym, sie sind nur für einem selbst bestimmt, niemand erfährt sie jemals wenn man es nicht möchte, dich und deine Eltern habe ich mir lange und sehr sorgfältig ausgesucht, denn eigentlich hasse ich solch reichen Schweine wie ihr es seid, ihr glaubt mit eurem

146

Geld könnt ihr alles kaufen und andere Menschen wie Dreck behandeln, siehe deine Mutter, ihr glaubt das ihr die Welt bestimmt was meist leider auch auf unserer korrupten Erde stimmt, aber ich werde jetzt meinen Nutzen daraus ziehen, ich befriedige meine Verbrecherphantasien und ich lehre euch Demut denn Demut tut euch mal so richtig gut, ich hole mir vielleicht auch was ich brauche, du wirst es bald wissen, wenn ich jetzt sagen würde deinen Eltern geht es gut, so würde ich lügen, es geht ihnen nicht gut, sie müssen leiden, du weißt schon meine kranken Fantasien, aber sie leben und ihre Leiden kannst du beenden indem du auf meinen Forderungen eingehst und genau das machen wirst was ich dir sage, und was meine Forderungen sind erfährst bald, sagen wir so in 1-4 Tagen, bis dahin wirst du auf das Telefon starren, deine Gedanken werden dich bis fast in den Irrsinn treiben und du wirst leiden und über Demut nachdenken, du wirst in einem Zustand nahe des Wahnsinns verfallen und das macht mich glücklich und deinen Eltern wird es weiterhin nicht gut gehen verlasse dich darauf, das nächste mal rufe ich aber bei euch zuhause an und nun bitte sofort die Polizei angerufen, du weißt doch wegen das Spaßes und ich hoffe für dich das du das Telefonat aufgezeichnet hast damit die Profiler auch ihrer Arbeit nachgehen können, so mein lieber Alex nun wünsche ich dir viele bezaubernde Stunden, bis bald" und schon hörte Alex nur noch ein Tut "ja ich habe das Telefonat aufgezeichnet du Wichser du abartiges krankes Schwein, wir brauchen Profis, wir müssen sofort die Polizei einschalten, ich will dieses Schwein, ich will ihn um jeden Preis, Doc kannst du das bitte erledigen" Alex stand auf und mit zitternden Beinen ging er rüber zum Doc, er griff in dessen Zigarettenschachtel zog eine Zigarette heraus steckte sie in den Mund, zündete sie an und zog von einem Husten begleitet daran, die drei schauten sich gegenseitig völlig ungläubig an und Felix sagte "wow was war das denn, sehr ernst aber Alex alles wird gut gehen, wir brauchen jetzt sofort die Polizei, man man was für ein krankes Schwein" tut tut tu, ja der Polizeinotruf hier wie können wir ihnen weiter helfen?! Einen Tag später glich die große Gutmannvilla einer Festung, außen wurde sie bewacht und innen tummelten sich Kripobeamte umher, das Telefon wurde angezapft mit vielen Geräten zum abhören, aufnehmen und der Chef war Oberhauptkommissar Stollberg, ein großer, breitschultriger Mann mit blondem Haar und einer grünen Armeejacke, auffällig waren seine stechend blauen Augen und man dachte Kommissar Schimanskie steht persönlich vor einem, er verbreitete den Eindruck das er alles in Griff hätte, er stellte Fragen über Fragen an Alex so das Alex manchmal dachte er hat ihn persönlich in Verdacht, und er hörte sich die Aufnahme vom Entführer am Telefon andauernd an, er telefonierte ständig und gab ständig Anweisungen, er ließ Bankangestellte verhören, er war fest davon überzeugt das der Entführer Alex seinen Vater kannte und irgendwie wurde man das Ggefühl nicht los das es ihm spaß machte dem banalem Getriebe des Altagstrottes zu entfliehen, aber er machte einen gründlichen Eindruck, nur eine Sache machte Alex verrückt und diese Sache konnte Alex an Stollberg nicht leiden, er konnte seine Freundlichkeit an und aus knipsen wie einen Schalter! Die Stunden vergingen langsam und zäh und ein Tag zog sich hin wie ein gut durchgekauter bitterer Kaugummi, Alex seine Gedanken waren für ihn nur noch eine einzige Qual, eine Tortur für seine Nerven und seinen Kopf und er ging teilweise stundenlang die Terrasse auf und ab, plötzlich am dritten Tag, Alex seine Zigarrette glühte im Dämmerlicht, rief der Entführer wieder an, kurz bevor Alex den Hörer abnahm drückte ein Polizist auf mehrere Knöpfe und gab dann das Zeichen mit erhobenen Daumen zum abnehmen des Hörers! "ja Alex Gutmann hier" und die Roboterstimme sagte "hallo Alex, wie ist es dir ergangen die letzten drei Tage, ich hoffe es war schwer zu ertragen für dich, ganz schön was los da bei dir im Hause, ich sagte doch ich stehe nicht gerne im Mittelpunkt, aber gut das tue ich ja auch nicht denn niemand wird mich je zu Gesicht bekommen nur du bist es jetzt der im Mittelpunkt steht und ich weiß genau wie sehr du das hasst, es wird Zeit das es vorwärts geht mit uns beiden und deshalb sage ich dir jetzt wie es weiter geht und was meine Forderungen sind" "du sagst mir jetzt gar nichts, erst möchte ich einen Beweiß das meine Eltern noch am Leben sind du kranker Spinner" unterbrach ihn Alex, Stollberg gab ein Zeichen das Alex freundlich bleiben soll "Alex was wirst du denn so böse, sei lieber nett zu mir sonst müssen deine Eltern noch mehr leiden als sie es ohnehin schon müssen du kleiner verwöhnter, rothaariger Drecksack, aber gut warte kurz" man hörte dann wie der Entführer ein paar Schritte machte und man erkannte das Geräuch einer aufgehenden Schiebetür "dein Sohn, los sage ihm etwas" Alex hörte die ihm vertraute Stimme seines Vaters "Alex mein Junge entscheide du wie du es für richtig hälst, du brauchst auf keine Forderungen einzugehen hörst du Alex, dieses Schwein wird uns sowieso umbringen, und es sind zwei" Alex erstarrte "halt dein blödes Maul du Reiche Sau" brüllte der Entführer und man hörte einen Schlag dann hörte man im Hintergrund die Mutter, sie begann ganz leise, kraftlos und kindlich zu klagen, fast wie ein Vogel in hohen schwachen Tönen "Alex bitte, bitte hole uns hier raus, bitte Alex" genau in diesem Moment empfand Alex so etwas wie Mitleid, zum ersten mal in seinem Leben empfand er Mitleid für seine Mutter, all das hier zerriss ihm bald das Herz, und er brüllte laut voller Abscheu "was willst du, los sag schon" alle hörten jetzt das zuschieben der Tür und der Entführer antwortete "so Alex nun hast du ja gehört, das es deinen Eltern gut geht" und dann lachte er laut und ekelhaft "ich möchte 15Millionen, gut verpackt in einen großen Reiserucksack, 5Millionen in Hunderter, 5Millionen in Fünfhunderter und 5Millionen in Tausender, nicht nummeriert und markiert, aber das versteht sich ja von selbst, schön sauber eingepackt und die Hunderter oben bitte und bitte keine Worte wie, ja das dauert aber, mir ist es egal ob es dauert, aber ich weiß das es nicht dauert, ihr braucht doch nur den Tresorraum aufmachen und zugreifen, also bitte kein Wort, so nun wist ihr Bescheid ich meld mich dann wieder um euch zu sagen wie die Übergabe vonstatten geht, ach ja und das nächste mal rufe ich wieder in der Bank an, also umziehen ist angesagt, ich hoffe die Kripo ist mir nicht böse, war doch bestimmt gemütlich in euren riesigen Traumhaus, also ich melde mich dann wieder, sagen wir so in 1-3 Tagen, bis dahin angenehme Träume Alex hahahaha" In den nächsten Tagen gab es Verhöre und Durchsuchungen, Stollberg delegierte und koordenierte wie bessen hin und her, man hatte das Gefühl das er mit allen Mitteln dem allen einen Erfolg abschmeicheln wollte, aber alles führte zu seinem Entsetzen in eine Sackgasse und er kam nicht weiter und

149

nach 3 Tagen, das Licht brannte schon hell über dem Kopf vom alten Otto, riss Frau Böhm die Tür auf und sagte "der Entführer ist am Telefon, eilig wurden wieder diverse Knöpfe gedrückt "ja Alex hier" und dann ließ der Entführer seiner Roboterstimme freien Lauf "hallo Alex und wie waren die Tage und Nächte so für dich, ich hoffe bis aufs äusserste unangenehm und quälend, meine waren toll, schade das es jetzt so langsam zu Ende geht, in dieser Rolle habe ich mich doch so wohl gefühlt, es war alles so richtig nach meinem Geschmack, aber nun kommen wir zum Geschäft, hast du das Geld, und ist alles so sortiert wie ich es gerne hätte, ich brauche einfach Ordnung das war schon immer so, alles gehört an seinen Platz, also alles bereit?" "ja alles eingepackt wie sie es haben wollten, und wie soll die Übergabe nun vonstatten gehen, und eines noch du krankes Schwein, sollte meinen Eltern irgend etwas zustoßen, dann jage ich dich und wenn es sein muß bis zum Ende meines Lebens" ach Alex nun mal langsam, du jagst niemanden, wenn, dann läßt du jagen du kleiner Prinz, aber wenn wollt ihr denn jagen und es wird keinen Grund zum jagen geben, so wenn also alles parat steht im Büro, dann kann ich ja sagen wie es weiter geht, aber erst morgen ich rufe so gegen 9 Uhr an und dann geht das Spiel für mich leider zu Ende hahahaha" tut tut tut! Alex grub nach dem Telefonat seinen Kopf in seinen Händen förmlich ein und dachte nach, ein ganzes Königreich voller Gedanken, tief verborgen im Dunklen, denn er wusste Morgen ist ein ganz besonderer Tag! Alle saßen im Büro völlig übermüdet und schon leicht der Letargie verfallen so rum und warteten auf 9 Uhr, Punkt 9 Uhr rief er an "guten Morgen Alex und allen anderen zusammen, jetzt kommt das große Finale, ach ich freue mich schon richtig darauf, machen wir es kurz denn auch meine Zeit drängt so langsam ein wenig, steht alle auf und geht zum Fenster, bitte, seht rüber zum Blumenladen und genau davor steht dieser Mitternachtsblaue Golf GTI mit der schönen Flammenlakierung in gelb und orange gehalten auf der Motorhaube, ein wahrhaft schnelles Auto, Alex du nimmst jetzt den Rucksack auf deinen schmalen Rücken und wirst hier runter kommen dann lauf über die Strasse und öffne die Beifahrertür, sie ist offen und dann wirst du den Rucksack in den Fussraum vor dem Sitz aufrecht

150

hinstellen, dann drücke den Türknopf nach unten und schlage die Tür zu, dann kannst du wieder nach oben gehen, hast du alles genau verstanden?" Alex wiederholte alle Anweisungen genau "gut so, du hast alles verstanden, wenn ich mir sicher bin das ich nicht verfolgt werde und mit dem Geld alles stimmt und in Ordnung ist rufe ich an und sage dir wo sich deine Eltern befinden, also auf meine förmliche Verabschiedung mußt du noch ein wenig warten und sollte ich verfolgt werden gibt es keine Verabschiedung nur Leichen auch wenn ihr mich schon am Auto abfangen wollt, du hast gehört was dein Vater sagte, wir sind zwei und der andere wird sie dann töten wenn ich nicht zurück komme, also bis dann und nun gehe runter" tut tut tut! Stollberg ließ schnell einen GPS Sender in einer Seitentasche des Rucksackes verstecken, ein ganz kleiner Minisender und er sagte "so können wir genau sehen wo sich der Rucksack und somit auch der Entführer befindet und können in einem sehr weiten Abstand den Golf verfolgen, er wird dann keinen Verdacht schöpfen und wir können im richtigen Moment zugreifen ohne deine Eltern zu gefährden, so nun los! Alex öffnete die Tür und stellte den Rucksack wie gesagt im Fußraum ab, nachdem er die Tür zugemacht hatte schaute er sich das Fahrzeug genau an, ein kleiner Rennwagen war das, Spoiler bis fast zur Erde einmal ringsum, flach und breit war er, ein auffälliger Wagen! Als Alex das Büro wieder betrat standen alle am Fenster und rings um den Golf waren im großen Abstand Beamte postiert, Stollberg war sich sicher das der Entführer nicht entkommen konnte, er hatte keine Chance und würde sie persönlich direkt zu Alex seinen Eltern führen! Alle standen am Bürofenster und schauten auf den Golf, spannung lag in der klimatisierten Luft des Büros und draußen in dem stickigen und heissen Großstadtmief wo die Atemluft zum zerschneiden schien, alle waren auf ihren Posten, alle bereit ihre Aufgaben blitzschnell und professionell auszuführen wenn der Entführer erscheint, alle einfach nur hoch konzentriert, aber es kam niemand, die erste Stunde ging vorüber und der Entführer ließ sich nicht blicken, Stollberg wurde langsam ungeduldig, zwei Stunden vergangen und kein Entführer, Stollberg wurde ungehalten und sagte "was soll das, eines seiner Spielchen" drei Stunden waren dann vergangen und so

151

ganz allmählich glaubte niemand mehr das der Entführer mit dem Golf davon fahren würde, Stollberg wurde jetzt richtig sauer "was hat er vor, warum läßt er uns solange warten, er möchte uns wohl zum Narren halten, ich gebe ihm noch eine Stunde, danach lasse ich den Rucksack wieder aus dem Auto holen, soll er doch zusehen wie er das Geld bekommt und er will das Geld das ist doch klar, also muß er sich was neues ausdenken" auch diese Stunde verging, Stollberg gab über Funk den Befehl an zwei Beamten die Tür zu öffnen und den Rucksack heraus zu holen, Sekunden später waren sie am Golf und öffneten schnell und gekonnt die Beifahrertür dann schauten zu beide nach oben zum Bürofenster und einer spach ins Funkgerät "Chef sie werden es nicht glauben aber der Rucksack ist leer, das Geld ist nicht mehr da" Stollberg schrie sofort ins Funkgerät zurück "so ein Quatsch wie soll das gehen, Magie, Zauberei, hört auf mit dem Scheiss und bringt den Rucksack nach oben, aber sofort" "Chef kommen sie runter und sehen sie selbst" alles stürme von oben und von allen Seiten auf den Golf zu und dann sah man Stollberg mit gesenktem Kopf vor dem Golf stehen, er reckte seine Arme nach oben und schaute hoch in den blauen Himmel und schrie "nein, nein, nein! Der Golf wurde vor 4 Tagen als gestohlen gemeldet, der Halter genaustens überprüft, ein junger Mann, Autofan und Mechaniker, er war sauber und traurig das sein liebstes Spielzeug gestohlen wurde, er hatte mit all dem nichts zu tun, mit dem was in den letzten 4 Tagen passiert war! Im Unterboden des Golfes wurde genau am Beifahrerfußraum eine Klappe eingebaut, dann wurde er genau über einen Kanalisationsdeckel geparkt, der Entführer hat das schweren eiserne Gussgitter hochgedrückt bei Seite geschoben, die Klappe am Bodenblech geöffnet, denn Rucksack von unten aufgeschnitten und das Geld heraus geholt und sich dann durch die Kanalisation aus dem Staube gemacht! Im Büro herrschte aufgebrachte Stimmung, Stollberg rannte hin und her, ausser sich vor Wut war er "ich werden ihn jagen, ich werden in kriegen, was bildet der sich eigentlich ein dieses Schwein, mich zum Narren zu halten, einen Clown hat er aus mir gemacht, ich bin ein Idiot ich bin ein niemand, aber ich werden ihn kriegen und wenn ich ihn bis zum jüngsten Gericht jage ich jage ihn bis ich ihn habe alles andere interessiert mich nicht mehr im Leben, ich will ihn, ich muß ihn haben dieses Arschloch" Alex schaute ihm dabei zu und sagte "scheiss was auf das Geld wie finden wir meine Eltern?" dann meldete sich einer der Beamten, ein ruhiger besonnener Mann den man die letzten Tage kaum bemerkt hatte und er sagte "er wird sich melden und uns sagen wo ihre Eltern sind, wir haben ihn doch alle kennengelernt, für ihn ist das Spiel noch nicht beendet, er wird sich mit Sicherheit melden um uns zu zeigen und zu sagen wie gut und toll er ist, glaubt mir das Spiel ist noch nicht vorbei, das Ende kommt noch" Dumpf und qualvoll langsam verging die Zeit, gereizt und entnervt saßen alle im Büro und es vergingen Stunden und plötzlich um 16 Uhr genau rief er an "guten Tag Alex, guten Tag meine Herren, hahahaha habt ihr wirklich gedacht ich lasse mich von euch durch die ganze Stadt jagen, nein nicht mein Stil, ich kann auch gar nicht gut Autofahren, ich kann es aber eher so leidlich und ihr hätte doch auch immer gewußt wo ich mich befinde irgendwo am Rucksack war doch bestimmt ein Sender versteckt, ein schöner Anblick dieses ganze Geld, jetzt kann ich euch Reichen ja schon fast verstehen, ich habe es jetzt seit fast 7 Stunden und merke wie ich mich langsam verändere hahaha" "wo sind meine Eltern, sag es sofort du hast dein beschissenes Geld" schrie Alex in den Hörer "Alex nur Geduld, das große Finale ist schon ganz nahe, du warst bis jetzt toll, ehrlich meinen Respekt, vielleicht sehen wir und ja einmal, vielleicht lege ich auch etwas Geld in deiner Bank an, wer weiß das schon so genau, aber jetzt werde ich mich bei dir verabschieden, es war schön mit dir Geschäfte zu machen und ich werde dich immer gut in meinen Erinnerungen behalten, pass gut auf dich auf man weiß ja nie was so alles passieren kann, deine Eltern sind auf dem Gelände vom Westhafen, einmal ganz nach hinten durch, auf der linken Seite steht eine verlassene alte Fleischfabrik und ganz hinten links in der Halle seht ihr eine große weisse Schiebetür und dahinter in dem Raum werdet ihr sie finden und nun viel Spass beim großen Finale Furioso ich hoffe es trifft deinen Geschmack hahaha aufwiedersehen und alles Gute noch für dich, Tschüß! In einem Höllentempo zog die ganze Stadt an Alex seinen Augen vorbei, in seinen Gedanken war er jetzt tief versunken

153

und mich sich alleine beschäftig, als Felix, der Doc und Alex im Wagen von Stollberg durch das Gelände vom Westhafen rasten, als sie ankamen sah Alex überall Blaulicht, Polizeifahrzeuge, Krankenwagen und viele Menschen standen überall, die vier stiegen eilig aus und rannten durch die große verlassene Halle, Alex konnte schon die weiße Schiebetür sehen die schon geöffnet wurde und es standen schon Beamte in diesem Raum um seinen Eltern zuhelfen, weiß und hell blitze es Alex in den Augen, der Raum schien hell erleuchtet zu sein, Stollberg rannte im Höllentempo jetzt voraus und schaute in den Raum, er drehte sich dann sofort um und ging auf Alex zu, er nahm in in seinen Armen und sagte "Alex gehe dort nicht rein, tue dir das nicht an, es tut mir so leid, bitte bleib hier" Alex stieß Stollberg mit all seiner Kraft die noch in im steckte bei Seite und trat in den Raum, er stand da und sah einen ganz in weiß gefliesten Raum, dreckig und altes Blut klebte überall an den Wänden und er stand jetzt genau vor seinen Eltern und schaute seinem Vater direkt in die Augen, wie abgehangenes Vieh hingen die beiden in diesem Drecksloch völlig nackt und unwürdig aufgespiesst am Rücken, ein Fleischerhaken bohrte sich durch ihr Fleisch und ihrer Haut am Rücken und so wurden sie aufgehängt, ihre Hände hinter dem Rücken zusammengebunden und ihre Füße berührten gerade noch so die riesige Blutlache die am Boden schon geronnen fast den ganzen Boden bedeckte, an ihren Kehlen sah Alex einen tiefen großen Schnitt den der Mörder gemacht hatte um sie ausbluten zu lassen, dieses Tier von einem Menschen, Alex stand da und dachte, was ist das hier, ein Film? Kommt gleich die Leinwand ab, es sank zu Boden auf die Knie und er hörte jemanden rufen, er drehte sich um aber er konnte gar nichts mehr sehen, er sah nicht einmal sich selbst, die Tränen tropften ihm von den Wangen und verdünnten das geronnene und schon längst getrocknete Blut!Felix hob Alex auf und brachte ihn hinaus, fest in seinen Armen zog er ihn raus aus diesem widerlichen Raum, jetzt stürmten einige Beamte hinein in dieses Blutloch, man hörte Fotoapperate klicken, und man hörte wie sie abgenommen wurden "Stollberg, der genaue Todeszeitpunkt liegt so bei etwa 6-7 Uhr Heute in der Früh" "danke Doktor" antwortete Stollberg, Alex schaute Felix in dessen roten, nassen

Augen und sagte "hast du gehört Heute in der Früh, weißt du eigentlich was heute für ein Tag ist Felix weißt du das ?" "ja Alex ich weiß es, ich weiß es ganz genau, Heute ist der 50zigste Geburtstag deines Vaters wir waren eingeladen, ich werde niemals wieder über einen Fluch lachen, Alex was kann ich tun, was kann ich nur für dich tun, wie kann ich dir jetzt helfen, sage es mir, egal was es ist ich werde es tun" Felix schaute Alex völlig verzweifelt an "Ja Felix du kannst was für mich tun, studiere hier in der Stadt und ziehe zu mir ins Haus und jetzt fliege die nächsten Wochen zu Joleen bis das Studium beginnt, da hast du noch 6 Wochen Zeit, ich komme nach wenn ich hier alles erledigt habe, es wird wohl einiges anfallen was erledigt werden muß und ich ich brauche jetzt mal ein paar Tage nur für mich um runter zu kommen" dann stand er auf und ging rüber zu Stollberg, der ihm voller Mitleid anschaute "Stollberg 5 Millionen wenn sie dieses Schwein kriegen" Stollberg schaute nach unten zum Boden dann erhob er seinen Kopf und mit seinen scharfen, blauen, gezielten Augen schaute er Alex an und sagte "ich will deine Millionen nicht, ich will Ihn und ich werde ihn kriegen, versprochen" Alex und Stollberg reichten sich die Hände dann drehte sich Alex um und ging, er ging hinaus, hinaus ins Leben das weiter gehen musste, aber er wusste auch das es nie mehr das selbe Leben sein würde ohne seinen Vater! Die ersten Tage waren leer und Alex saß da, allein und stumm, er fing an die Welt zu verlieren, in ihm war ein Gefühl als wäre er aus der Welt gefallen, das Leben war erstarrt, stumm, wie ein leerer Kinosaal. Alex dachte viel nach, aber er konnte das Rätsel nicht lösen, es lag so ein Duft von Unabgeschlossenem in der Luft, ein Duft der sich in Alex seinen Kopf ganz tief einfraß und ihn fast bis in den Wahnsinn zu treiben schien, was, wieso, warum, weshalb nur, Vater war ein Ehrenwerter Mann, zu jedem nett, zuvorkommend, alle mochten ihn, er war gerecht, ein wohl umsorgender Vater, man konnte solange man wollte über ihn nachdenken, er war einfach nur ein guter Mensch, so gut wie es nur wenige gibt, er war und daran gab es niemals einen Zweifel und man würde niemanden finden und würde man auch noch solange suchen, der daran den geringsten Zweifel hätte, er war einfach ein Humanist, es gab nur einen einzigen Makel an seiner

Person, er war verdammt reich, das waren Alex seine Gedanken, immer und immer wieder! Zwei Wochen später klingelte das Telefon, Stollberg war dran "wir haben ihn, ihn und seinen Komplizen, ich komme wenn sie Zeit haben gleich einmal vorbei" genau das waren seine Worte, Worte die Alex neu erwachen ließen! Sein Name war, ach egal, alle nannten ihn nur Tobi und Alex konnte sich sofort an ihn erinnern, obwohl er ihn nur 2-3 mal gesehen hatte da er ja die letzten 6 Jahre im Internat verbracht hatte, Alex erinnerte sich an einen höchstens zwei Sätze die er mit ihm gewechselt hatte, er war ihm unsympathisch, in seinen starren Augen drang irgendwie der Wahnsinn heraus und seine Gedanken waren schlecht, er war einer der vielen Nachfolger vom Gärtner Paul! Seine Arbeit war gut, ja sogar hervorragend, aber eines Tages bekam die Mutter mit wie Tobi hinter den Rosenbüschen stand und heimlich Fotos von ihr schoss wenn sie sich am Pool in der Sonne aalte, als sie hinter den Rosenbusch rannte sah sie sogar noch sein vor lauter Gier und Geilheit verzogenes Gesicht, eine Grimasse die ihr Angst und Schrecken einjagte und in seiner rechten Hand hielt er sogar noch seinen Schwanz, ob er fertig war oder auch nicht konnte die Mutter nicht sehen als sie ihn aus vollster Kehle anschrie! Vater hatte ihn sofort fristlos gekündigt, aber nur seinem guten Wesen hatte es Tobi zu verdanken das er ihn nicht angezeigt hatte. Sein Komplize war ein junger schwachsinniger Mann der bei der Stadt als Kanalarbeiter sein Geld verdiente, Tobi hatte ihn bei einer Zechtour kennengelernt und als er erfuhr das der Junge das Kanalsystem in und auswendig kannte kam er auf die Idee und speiste ihn mit 100000 DM ab, mit den Mord an seinen Eltern hatte er nichts zu tun und die Androhungen die Tobi gemacht hatte waren ein Bluff! Man hätte eine Stecknadel fallen hören in dem gespenstig ruhigen Raum, als der große grauhaarige Mann aufstand, eindrucksvoll und einschüchternd sah er aus in seiner schwarzen Robe, wie er so da stand mit einem Ordner in der Hand aus dem er Worte ja sogar ganze Sätze vorlas, er sah aus wie man sich das so vorstellte, der lange Arm des Gesetzes, die graue Eminenz und man konnte sich leicht vorstellen wie viele vor ihm standen und mit großer Angst in ihren Köpfen auf seine Worte warteten die er vorlaß, auf das Urteil was er sprach, der Richter, heute warteten alle nur noch auf ein Wort, der ganze Saal wartete nur auf dieses Wort und im verlaufe der Verhandlung machte die graue Eminenz auch kaum einen Hehl daraus, dass er dieses Wort sagen wird, alle lauschten angespannt und aufmerksam seinen Worten die aus seinem Munde traten, klar, deutlich, in einem wohl klingenden Reim, wie in einer Vorlesung aus einem Bestseller und dann war es soweit er sprach dieses Wort, dass Wort was alle hören wollten, er sagte "Lebenslänglich"! Felix und Alex standen sofort auf und verließen den Gerichtssaal und blieben beide genau vor der Eingangstür, die sie weit offen ließen stehen, einer nach dem anderen verließ jetzt den Raum und zum Schluss sahen Felix und Alex wie Tobi von zwei Justizvollzugsbeamten durch den Saal geführt wurde, die Arme nach hinten in Handschellen zerrten sie ihn in Richtung Ausgangstür, als sie austraten und einen Meter im Flur standen versperrte ihnen Alex den Weg und stellte sich genau vor Tobi, er schaute ihn in die Augen, Tobi lächelte und sagte "was" Alex las nur Böses und Abartiges in dessen Augen, kein Gedanke der Reue, kein Mitleid nichts der gleichen, nur gelangweiltes dummes Zeug, starre, kalte, blöde Augen waren das, Alex sein Blick wurde dann zum fürchten böse und er sagte ganz leise und mit hasserfüllter Stimme "du wirst noch viel von mir hören und spüren, mehr als du dir jetzt vorstellen kannst, ich gebe dir mein Wort darauf, das ist ein Versprechen" und dann holte er es von ganz unten, von ganz tief unten zog er es nach oben, lang und gründlich zog er es hoch bis in seinen Mund hinein und dann rotzte er es in Tobis Fresse, direkt hinaus und mitten rein in des Mörders widerwärtige, abscheuliche, ekelhafte Fresse! Dann drehte er sich um und ging den Flur entlang zum Ausgang, Felix schaute in an und lächelte sein Lächeln! In der Zeit danach war es beinahe so als hätte jemand an einem Knopf an Alex seinen Kopf gedreht, als reguliere man einen neuen Sender am Radio per Knopf dreh neu ein, denn danach fing Alex damit an sich das Leben neu zusammen zu basteln, er mußte sich erst einmal den Weg durch die Geschäftswelt und die Welt der Reichen ertasten, sonst stand der Vater immer ganz Vorn und er im Hintergrund, jetzt stand Alex direkt an der Front in erster Linie, für ihn ein eher unangenehmes Gefühl, er gab sich höflich und bescheiden, ja vielleicht sogar ein wenig kühl, aber immer wohl durchdacht, er wurde in den nächsten zwei Jahren immer bekannter und in den höchsten gesellschaftlichen und politischen Häusern hätte man ihn sehr gerne als Gast gesehen aber Alex zog es vor sich Privat zurück zu ziehen, alles was er tat, alles was er anstellte brachte Profit und Gewinn, er arbeitete oft Tag und Nacht, und nicht Wenige hatten zum Anfang des neuen Jahrtausends das Gefühl ihm gehöre schon die ganze Stadt und auch nicht Wenigen passte das nicht, Alex war anders als sein Vater denn er griff auch wenn es sein mußte zu nicht immer ganz legalen Mitteln, Bestechung, Korruption und Erpressung waren ihm nicht fremd, es gab da so Dedektive und andere Männer die im Notfall mal so nach halfen und auch im entferntesten Sinne auf ihn aufpassten, aber nicht richtig, denn einen Leibwächter hatte Alex nicht, der Gedanke daran ließ ihn leicht erschaudern und sich schon unangenehm, ja sogar krank fühlen! Felix der jetzt schon im viertem Semester studierte und dabei ein Höllentempo vorlegte sorgte wenigstens dafür das das Haus rund um die Uhr unter Fachmännischer Beobachtung stand, Felix fühlte sich rund um wohl in der Stadt und bei Alex im Haus und so sollte es auch bleiben, er hatte nichts gegen das was Alex so trieb, er wusste sogar das es manchmal nicht anders zugehen schien, aber trotzdem wollte er sich im Hause sicher fühlen und das Alex alleine Auto fuhr, denn Alfred gab es nicht mehr, passte ihm rein gar nicht und verursachte bei ihm furchtbarste Bauch und Kopfschmerzen! Für die Frauenwelt war Alex immer noch unsichtbar, außer er schaute ihnen tief in die Augen, denn da gab es welche in denen er Abscheu und Ekel laß, aber auch ein ja, wenn sie kurz darüber nachdachten wie es auf seinem Konto aussah, und sie biederten sich ihm an so furchtbar an das es Alex ganz schlecht wurde, am liebsten hätte er solch Frauen mitten ins Gesicht gespuckt und er dachte wenn schon so etwas, dann müsse sie absolut Perfekt sein, rein makellos, aber da im Frauen egal waren, waren ihm diese Frauen mehr als egal, aber nicht weil ihm Frauen egal waren, denn er hatte auch seine Bedürfnisse und ihm überkam auch die Fleischeslust, denn da war er doch auch so wie die meisten jungen Männer und wenn es denn soweit war, bezahlte er Geld für eine Professionelle und hatte danach seine Ruhe und keine Frau an seiner Backe wo sie einfach für seinen Geschmack nicht hin gehörte! Alex saß am Schreibtisch in seinem Büro am Computer und mit der rechten Hand griff er nach einem Keks ohne seine Augen vom Bildschirm zu wenden, er steckte den Keks in seinem Mund und dachte, irgendwie bekomme ich nie genug von Frau Böhm ihren selbst gebackenen Keksen, das war etwas was sich in all den Jahren nicht geändert hatte, er liebte immer noch diese verdammten Kekse und das Glas Milch, es gehörte schon zu ihm wie seine Hände an seinen Armen gehörten, plötzlich schnellte die Bürotür auf und Felix trat schnell und schwungvoll hinein und sagte "Alex wir müssen reden" "immer" antwortete Alex mit einem Lächeln, Felix schien aufgeregt zu sein "Alex, es ist soweit, all meine Forschungen und Experimente haben jetzt ihren Erfolg, ich teste diese Mittel schon eine ganze Weile, wollte dich nur damit nicht belästigen und habe deshalb nichts davon erwähnt, aber nun ist es einfach soweit, ich bin mir absolut und zu 100% sicher, ich habe ein neues und revolutionäres Potenzmittel erfunden, kein Witz, echt war, dieses Mittel bringt auch den letzten schlaffen Stengel eines Mannes der schon Jahrelang keinen Ständer mehr hatte zum stehen und die Glocken zum leuten, weißt du eigentlich was das bedeutet? Alex kniff seine Augen zusammen und auf seiner Stirn bildete sich eine tiefe Furche und er sagte "gib mir eine Minute ich muß nachdenken" Felix nickte mit dem Kopf "okay, ich weiss was das bedeutet, wenn dem so ist und ich hege keinen Zweifel daran, denn du weißt ja das ich schon fast ein abergläubisches Vertrauen zu dir habe, dann brauchen wir die Zulassung vom Staat und das Monopol auf dieses Mittel und dessen Zusammensetzung und wenn man den Zahlen glauben kann die man so gehört hat dann wäre es in etwa so als wenn man den ganzen Tag einen 10 Zoll Schlauch in mein Büro legt, aus dem dann den ganzen Tag in einem Strahl die Münzen raussprudeln bis ich daran ersticke, oh welch angenehmer Tod, wie lang dauert es bis man die Zulassung und das Monopol erhällt, hast du schon einen Namen für das Zauberpillchen?" Felix musste laut lachen und gab zur Antwort "der Name setzt sich aus den Substanzen zusammen die ich verwendet habe und somit

159

kommt der Name Viagra raus, und ich kenne deine Ungeduld nur zu genüge und somit weiß ich das dir meine zweite Antwort nicht gefallen wird, es dauert bis zu zwei Jahre um für solch ein Mittel die Zulassung zu bekommen, denn es stehen noch sehr viele Tests an und du weißt ja die Mühlen der Verwaltungen hier in diesem Land mahlen langsam und deshalb dauert es" Alex dachte nach und dann sagte er "ich brauche von dir die Namen der Verantwortlichen, ich kann und will keine zwei Jahre warten, kannst du mir die Namen besorgen?" "ja kann ich" antwortete Felix "gut so, dann kümmere ich mich darum, du solltest dein Studium ein Jahr auf Eis legen, denn wenn wir die Zulassung haben bauen wir sofort eine Pharmazie Fabrik und du mußt dich um alles kümmern Herstellung, Vertrieb einfach alles, du hast absolut freie Hand in allem, ich finanziere und baue, dann gründen wir eine Pharmaziefirma zu 55/45 % zu deinen Gunsten, eines noch, hällt das Medikament den Tests und den Anforderungen stand?" "ja Alex 100%tig und ich brauche mein Studium nicht auf Eis legen denn in 4 Wochen mache ich meinen Abschluss und dann kann ich mich um alles kümmern" du machst deinen Abschluss?" fragte Alex erstaunt "ja, ich habe eben ein bischen Gas gegeben und es schnell voran getrieben" "du bist ja der reine Wahnsinn einfach unglaublich, deine Gehirnzellen hätte ich auch gerne und nun bist du auch bald noch Steinreich, einen besseren Fang hätte Joleen nicht machen können, ich hoffe bei euch ist alles noch in Ordnung, oder hällt die Liebe einer Fernbeziehung nicht stand?" in Felix seinen Augen kam so ein Schöner, Heller, verliebter Schein rüber gewandert zu Alex "das Alex ist der nächst Punkt über den ich mit dir reden möchte, Joleen und ich möchten heiraten und dann würden wir sehr gerne bei dir im Haus wohnen bleiben, nachdem ich sie und Jo hier rüber geholt habe, ich habe sehr ausführlich mit Jo und Joleen über alles gesprochen, Esmeralda ist schon alt und kann nicht mehr so recht die Arme, Joleen würde sehr gerne ihren Platz einnehmen und Jo den des Gärtners und noch so andere Dinge machen, du weißt ja genau wie gut er das alles kann, was sagst du dazu?" Alex sprang auf und umarmte Felix "das freut mich sehr, das habe ich mir gewünscht, gratuliere ich wünsche euch nur das aller beste, aber ich glaube nicht das ich es zulassen kann das deine künftige Ehefrau unseren Haushalt machen sollte, Jo und Joleen sind meine besten Freunde, ich möchte nicht das sie sich ihre Hände für mich schmutzig machen müssen, ansonsten wird mein Herz ihnen zujubeln und sie herzlich willkommen heissen, das Haus hat 10 Zimmer, also Platz genug haben wir ja" Felix räusperte sich kurz und spielte mit seiner Hand an seinem Kinn "Alex ich habe mit den beiden lange und ausführlich gesprochen und wir drei wussten genau was du sagen würdest, aber sie wollen es nicht anders, sie bestehen darauf und ich finde es gut so, ehrlich Alex die beiden würden deswegen nie schlecht über dich denke, sie möchten es einfach so haben, gib dir einen Ruck und sag ja dazu" Alex schaute grimmig und sagte laut und deutlich "ja" aber voller Widerwillen "und jetzt noch eines Alex, ich bin jetzt noch mehr der Meinung als ohnehin schon das du einen Leibwächter brauchst, besorg mir die Namen, ja, ja ich besorge dir die Namen, aber wer weiß was du da schon wieder vor hast und ich will es auch nicht wissen, aber es gibt Leute die dich hassen, das weiss ich genau und wenn dir was passiert drehe ich durch, du brauchst einen Leibwächter" "ach lieber Felix du solltest der letzte sein der dann durchdreht, den du bist nach meinem neusten Testament der Alleinige Erbe, ich brauche keinen Leibwächter, ich schrecke alle schon durch mein Äusseres ab und der Sicherheitsdienst vor unserem Haus reicht völlig aus, eines Tages wird er vor mir stehen und ich werde ihn sofort erkennen, meinen Leibwächter" Felix stand mit weit aufgerissenen Augen vor Alex und sagte "bist du völlig durchgeknallt, ich dein Erbe, wenn dir wirklich etwas passieren sollte bin ich doch der erste der verhaftet wird, ich wollte dir diese Frage niemals stellen und ich schäme mich dafür das ich sie dir jetzt stelle, aber wie Reich bist du eigentlich, brauchst aber nicht antworten, wollte es nur genau wissen bevor ich dich abmurkse" Alex musste kurz grinsen und sagte "verstehe ich voll und ganz, man sollte schon wissen für wie viel man mordet, ich bin so zwischen 4-5 Milliarden wert, also besser du hast ein wasserdichtes Alibi wenn mir etwas zustoßen sollte und nun besorge mir die Namen die ich brauche, wir sehen uns dann heute Abend, Esmeralda macht uns Heute ihr Fantastisches Filetsteake und eine Cremebrüllet zur Nachspeise" "mmm ich freue

161

mich darauf" antwortete Felix und ging! Alex saß am großen Teaktisch in seinem Büro und schaute Schmitt in dessen Augen, dieses verschmitze Lächeln, der Dreitagebart, die Verwegenheit und diese List die aus seinem Gesicht fiel verriet so einiges von ihm, Schmitt war kostspielig und teuer aber er war der Beste und das hatte Alex schon in frühen Jahren vom Vater gelernt, kannst du es nicht alleine machen, ja dann hole dir den Besten! Schmitt holte einen Dina 4 Briefumschlag aus seiner schwarzen Ledertasche hervor und warf ihn ohne auch nur ein Wort zu sagen auf den Tisch, Alex griff zu und holte drei große Fotos heraus, er betrachtete sie und verzog sein Gesicht als hätte er in eine Zitrone gebissen "die Seelischenabgründe manch Menschen sind doch sehr tief, in diesem Fall so tief wie der Marieannengraben" sagte Alex, die Fotos zeigten H.Chef des Gesundheitsminesteriums in einem großen Gitterbettchen mit einer Windel um seinen dicken Arsch und ein Milchflächen in der Hand, auf dem zweiten Foto sah man H. im Schoß einer dicken und barbusigen Prostituierten an deren Busen er sich nährte, und auf dem dritten Foto ließ H. sich schlicht und einfach nur von ihr wickeln und dabei machte er ein dummes aber zufriedenes Gesicht! Schmitt holte einen weiteren Briefumschlag aus seiner Tasche und schmiss ihn wieder auf den Tisch, Alex holte zwei Fotos und einen USB Stick heraus, die Fotos zeigten Z. dem Leiter des Testlabors für neue Medikamentenzulassungen, wie er am Bahnhof mit seinem schwarzen Mercedes stand und ein sehr junger, wahrscheinlich Drogensüchtiger Junge in sein Auto stieg, auf dem anderen Foto das selbe nur ein anderer Junge "habe Heute schon schlimmeres gesehen, und was ist auf dem Stick" sagte und fragte Alex " Schmitt lächelte triumphierend und sagte "habe ich von Z. seinen Rechner bei ihm zuhause runter gezogen, versteckt im äußersten Winkel hinter hunderten von verschiedensten Ordner, kleine nackte Jungs, die am Bahnhof habe ich überprüft, alle samt Volljährig, die auf dem Stick so zwischen 4-8Jahre alt" "armer Pädophilier,   und was ist mit O.?" fragte Alex noch hinterher "O. ist ein warer Saubermann, Junggeselle, aber alles sauber und im grünen Bereich, er hat nur eine Macke, er steht auf Ferrari, seine Wohnung sieht aus wie ein Museum und zwei, dreimal in Jahr mietet er sich einen, aber wenn wir H. und Z. haben brauchen wir ihn nicht, aber der arme Kerl wird sich von seinem Gehalt wohl nie einen eigenen leisten können" sagte Schmitt lachend "Hmm ich möchte auf Nummer sicher gehen, deshalb bieten sie ihm das neuste Modell an" "okay wird gemacht, H. ist verheiratet und hat zwei Kinder, im nächsten Jahr würde er gerne Siberhochzeit feiern und Fotos in Windeln könnten das glaube ich verhindern und außerdem würden sich die Fotos in der Kantiene des Gesundheitsminesteriums auch schlecht machen, bei Z. ist es so ähnlich und Pädophilie ist ja auch nicht so wirklich lustig" Alex lehnte sich weit nach hinten und streckte seine Beine nach vorne aus dann sagte er "Schmitt sie sind einfach der Beste, schön sie auf meiner Seite zu haben, dann schicken sie mal ihre bösen Jungs los, meine Bestellung lautet, einmal Bestechung und zweimal Erpressung bitte" dann griff er in seine Anzuginnentasche und holte auch einen Umschlag hervor und legte diesen genau vor Schmitt auf den Tisch, Schmitt nahm ihn und schaute kurz aber genau rein und sagte "sehr großzügig Herr Gutmann danke" dabei überdeckte ein riesiges Grinsen sein Gesicht, Alex schaute ihn freundlich an und sagte "so bin ich eben, lieb, nett, freundlich und großzügig" sie gaben sich die Hand und Schmitt verließ das Büro schnell und zackig so ganz wie es seiner Art entsprach! Wer hätte das gedacht zwei Monate später bekamen Felix und Alex das frei für das Medikament, die Erlaubniss Viagra zu produzieren und zu verkaufen! Alex saß in seinem Büro, spät war es schon und man konnte vereinzelte Böller wahrnehmen und hören die explodierten, unten auf der Strasse, es waren noch zwei Tage bis Silvester und dann würde das neue Jahrtausend von 2000 auf 2001 umspringen, in der letzten Zeit wurde sowieso viel gefeiert und deshalb hatte Alex nicht die richtige Lust auf Silverster, auf das nach Datum voll laufen lassen, auf Betrunkene und neuen Vorsätzen aus den Mündern von Menschen die sich einen Tag später dann nicht mehr daran erinnern konnten und auch nicht mehr wollten! Kurz nach der Freigabe der Protzpille feierten sie Felix sein bestandenes Staatsexamen und Alex schenkte ihm die Freigabe, serviert auf einem Silbertablett, Felix schüttelte nur mit seinem Kopf, aber wollte nicht wissen wie Alex das wieder hin bekommen hatte, beide gründeten schnell eine Firma und einigten sich auf den Namen Felax Pharma, eine Fabrik war schnell gebaut und gleich im neuen Jahr sollte es los gehen, Felix hatte die alleinige Verantwortung und Leitung und merkte schnell was das an Arbeit bedeutete, aber er kniete sich von der ersten Sekunde an voller Tatendrang und Eifer voll rein und er wusste kaum noch ob das noch rein passt in seiner begrenzten Zeit, aber in ihm war Liebe und mit verschieben wollte er auch nicht sein neues Leben beginnen und somit gab es noch eine Märchenhochzeit, eine Hochzeit die jedes Klischee einer solchen voll zu bedienen wusste, alle Verwanten von Joleen wurden eingeflogen, sah man die beiden in ihrer weissen Hochzeitskutsche, ja da sah man ein wunderschönes Paar, Joleen war mit ihrer dunklen zarten Haut in dem weissen Hochzeitkleid an Schönheit wohl kaum noch zu überbieten, es war ein schönes ausgelassenes Fest, für jede Frau ein Märchen, ein Traum! Diese wundervolle Traumhochzeit war das Geschenk von Alex an die beiden, die Liste die schon recht stattliche Ausmaße angenommen hatte wurde damit nicht belastet. Seit der Hochzeit kümmert sich Joleen rührend und gut um das Wohl der beiden und um den Haushalt, eine Woche nach der Hochzeit ist die Gute, Alte Esmeralda noch geblieben um Joleen alles zu zeigen, danach ist sie unter bitteren Tränen nach all den Jahren zurück in ihre Heimat zurück auf die Insel, heim nach Puerto Rico, gut ausgestattet mit einer Rente und einem Scheck der es ihr erlauben wird wie eine Königen ihren Lebensabend im Kreise ihrer Familie zu verbringen, Jo hingegen kümmerte sich um alles, Haus, Garten, Auto, Pool, und noch so viele andere Dinge machte er voller Lust und voller Eifer, nur als der erste Schnee viel und es bitter kalt wurde räumte er ihn mit der silbernen für ihn völlig unbekannten Schneeschaufel bei Seite und dabei war er nicht mehr zu erkennen, nurnoch seine beiden dunklen Augen stachen hinaus in die bittere kalte Welt, der Rest war eingehüllt in einem Meer aus Anziehsachen und er schob und schaufelte und schimpfte wie der berühmte Rohrspatz! Alex knipste das Licht im Büro aus und ging runter in die Tiefgarage, stieg in die schwarze Limousine und fuhr los, etwas Entspannung würde jetzt gut tun dachte er und da es in seinen Lenden schon seit

164

ein paar Tagen unruhig war bog er an der Kreuzung rechts statt links ab, es überkam ihn die Fleischeslust und er fuhr einen Weg der ihm nicht unbekannt war, als er über den Hinterhof fuhr und sein Auto parkte überkam ihn wieder dieses Gefühl vom Verbotenem, vom Verruchten, ein eher unangenehmes Gefühl, er stand jetzt vor der schwarzen Eingangstür mit der großen goldenen Klingel daneben und über der Tür schimmerte die rote Leuchtschrift, Club Royal leuchtete es und biss in seinen Augen, er drückte den Klingelknopf, die Tür ging auf und es begrüßte ihn der viereckige Türsteher und sein kahler Kopf glänzte ihm dumpfen Licht, der Türsteher war eher nett als ruppig und ihm auch bekannt, Alex ging durch zur Bar und setzte sich auf einen der vielen leeren Hocker, die Barfrau kam sofort auf ihn zu und sagte "nah kleiner Mann auch mal wieder hier, was darf es denn sein mein süßer?" Alex schaute in ein altes und ihm nicht unbekanntes Gesicht, wie immer war die Barfrau völlig überschminkt um zu kaschieren was nicht mehr zu kaschieren war, auch im gedämpften Rotlicht sah man das sie ihre besten Jahre schon weit hinter sich gelassen hatte und das knappe Outfit stand ihr eigentlich nicht mehr zu, Alex ließ seinen Kopf kreisen, er schaute sich um, er schaute sich die Damen an die Heute anwesend waren, mehr als knapp bekleidet lümmelten sie auf den bequemen Sofas rum, von püppchenhaft bis unauffällig war alles dabei und auch Gina entdeckte er "eine Flasche Champagner für die Damen und für mich ein Wasser bitte" sagte er leise und nett, die Damen bedankten sich und Gina stand auf und ging auf Alex zu, Gina faszinierte und erregte ihn, sie verwechselte niemals sexy mit vulgär, sie war wunderschön und hatte alles was Alex mochte und in ihren Augen las Alex nicht diesen Ekel wie bei vielen anderen Frauen, ja sie mochte ihn sogar etwas und nahm das alles sehr gelassen, gleich war sie da und wollte sich mit ihm unterhalten, Alex hatte nie wirklich Lust darauf, auf eine Unterhaltung mit den Damen, auf blödes Geschwafel auf diesen überflüssigen Smalltalk, aber er dachte immer, wenn er schon äußerlich nichts zu bieten hatte dann sollte er wenigstens nett sein und das war er dann auch immer! Gina umarmte Alex und gab ihm einen zärtlichen Kuss auf die Wange, sie roch nach süßem Parfüm, Alex schaute in ihre wunderschönen Augen und

165

auf den roten dicken Mund und in dem Moment als ihre zärtlichen, wunderbaren Hände seine Körper berührten war es geschehen, seine Lust auf ihr sanftes, seidenglattes Fleisch steigerte sich bis aufs äusserste, er wollte sie "na Alex schön das du mal wieder hier bist, ich freue mich" sagte sie mit ihrer wohltuenden Stimme, "ich freue mich auch das ich mal wieder etwas Zeit habe, du weißt doch, ich habe immer soviel zu tun, aber Heute nehme ich mir die Zeit" antwortete Alex mit einem lächeln auf den schmalen Lippen, und genau in diesem Moment leuchtete die rote Klingel an der Eingangstür auf, der viereckige Kahlkopf öffnete und sofort konnte man eine Diskussion an der Tür hören, kurze Zeit später traten fünf Männer in den Club ein, sie entledigten sich ihrer Jacken und setzten sich laut und mit viel trara neben Alex und Gina an den Tresen. Sie bestellten sich alle fünf eine billiges Flaschenbier und im ganzen Raum roch es jetzt nach billigem Rasierwasser, sie gehörten hier nicht her das sah und roch man sofort, unter ihren hautengen Shirts traten riesige Muskelberge hervor, sie kamen wohl gerade aus einer Eisenschmiede in der sie Tonnenweise Stahl bewegt hatten, ihr zu hoher Testosteronspiegel verteilte sich sofort quer durch den ganzen Club und in dem Augenblick als der eine mit den streng nach hinten gegelten Haaren Alex in die Augen schaute, wusste der sofort das sein netter Abend wohl zusammenfallen würde wie ein Souffles` "na du kleiner Wichser, glaubst du wirklich das so eine Traumfrau auf dich steht du hässlicher, kleiner Zwerg" Alex wollte antworten aber schon war der viereckige Mann da und sagte nett aber sehr bestimmend das die fünf bitte sofort den Club verlassen müssen, diese lachten aber nur laut und im nuh sprangen zwei von ihnen auf und schlugen wild mit den Fäusten auf den Türsteher ein, bis der zu Boden viel, Alex wusste das es Zeit wurde sofort zu gehen, aber zu spät, der Gegelte holte schon weit aus und hatte die Hand zu einer Faust geballt, die Faust kam auf ihn zugeflogen, es war zu spät, dann aber sah Alex einen großen Schatten vor seinem Gesicht, es war eine andere Hand eine Hand in der größe einer Bratpfanne und diese stoppte die Faust, umgriff sie und Alex hörte so etwas wie knackende Knochen in seinem rechten Ohr, die riesige Hand drückte die Faust zusammen und es knackte, der Gegelte ging

166

schreiend auf die Knie, gefolgt von einem riesigen schwarzen Schuh der dem Gegelten noch in den Bauch traf und nun lag der Gegelte flach wie eine Flunder auf dem Rücken und hatte die Augen geschlossen, Alex schaute zur Seite nach oben, aber er mußte seinen Kopf lange nach oben wandern lassen, neben ihm stand eine schwarze mächtige Wand im schwarzen engen Rolli, ein Monster, ein Mann wie Alex noch keinen gesehen hatte, ein Riese bestehend aus reinen Muskeln, Sehnen und Adern, als Alex seine Augen, endlich die seinen trafen schaute er in ein furchterregendes, kaltes Gesicht, Alex stand da mit weit geöffneten Mund völlig starr und unfähig sich zu bewegen, der Riese schaute ihn an und spürte sofort das Alex vor Angst ja sogar auch Angst vor ihm selbst zu einer Salzsäule wurde und er lächelte und zwinkerte ihm kurz zu, Alex verstand! Sofort rannten zwei der Männer im Höllentempo auf den Riesen zu, der aber mit einer geschickten Bewegung zur Seite elegant wie ein Ballettänzer und schnell wie eine Katze ausweichen konnte und die Männer ins Leere laufen ließ und schon kamen die anderen beiden angerannt, der erste rannt im vollem Tempo gegen den Riesen und prallte wie von einer Gummiwand zurück geschleudert wieder zwei Meter von ihm ab, und den zweiten verpasste er kurz vor dem Aufprall eine rechte, zielgenaue, blitzschnelle Gerade, der Mann hob kurz ab und flog nach hinten, dann lag er blutend auf dem Rücken, flach auf dem Boden, die drei die noch standen griffen den Riesen jetzt zusammen an, von vorne, Von hinten und einer von der Seite, Alex schaute zu und konnte es kaum glauben das sich so ein Riese so bewegen konnte, er war schnell, wendig, ja sogar elegant, jede Bewegung wie ein geschmeidiger Tanz und flink wie ein Gepard auf der Jagd, einen Haken, zwei exakte Geraden und zwei gewaltige Fusstritte später lagen jetzt alle fünf, der eine mehr der andere weniger blutig auf dem Boden, jetzt stand auch der viereckige Mann wieder auf und der Riese machte eine Bewegung mit seinem Kopf und schon rannte das Viereck los und öffnete die Eingangstür. Alex stand nur noch da und schaute sich diesen riesigen Muskelberg voller Ehrfurcht an, dieser Mann sah aus wie ein Mensch der seinen eigenen Himmel und seine eigene Hölle hatte, welche niemand mit ihm teilen darf, irgendwie schien er nicht

167

ganz menschlich zu sein, er kam Alex vor wie ein zusammen gebastelter Kampfroboter! Der Riese klemmte sich zwei von den Männer wie zwei alte, muffige Läufer unter die Arme und brachte sie zur Tür, dann schmiss er die beiden noch drei Meter von sich weg auf den Parkplatz, er drehte sich um und holte sich die nächsten zwei um das Ganze noch einmal zu wiederholen, gefolgt von dem Viereck der den fünften hinter sich herzog und dann rausschmiss, die Barfrau brachte noch die Jacken der fünf und schrie laut "laßt euch hier nie wieder blicken" der Riese drehte sich um und ging auf Alex der immer noch mit weit geöffneten Mund regungslos dastand zu, Alex schaute ganz genau, aber kein Kratzer, nicht die geringste Schramme oder der kleinste rote Fleck am Rriesen konnte er erkennen, immer noch wie aus dem Ei gepellt stand er jetzt vor ihm "alles gut?" fragte er kurz und knapp "ja vielen dank" antwortete Alex und griff nach seiner Brieftasche in der Anzugjacke, er holte eine Karte heraus und hielt sie dem Riesen mit gestrecktem Arm entgegen und sagte "es würde mich sehr freuen wenn sie Montag kurz Zeit hätten und mich in meinem Büro besuchen könnte, ich würde sehr gerne mit ihnen reden" der Riese nahm die Karte in seine Hand, worin sie wie ein kleiner Schnipsel zu wirken schien, blickte kurz drauf und sagte "bin 11Uhr da" er drehte sich um und ging weg! Alex spürte den heissen Atem und hörte das Herz laut pochen, von Gina die wieder neben ihm stand, er blickte in ihr wunderschönes Gesicht, aber er fühlte sich komisch, noch aufgeregt und aufgewühlt von dem eben erlebten und er dachte kurz nach, dann griff er nach ihrer sanften, zarten Hand und ging mit ihr weg, nach hinten! Als Alex die Tür vom Club Royal hinter sich ließ, sah er wie große weisse Flocken vom Himmel fielen, sie wirbelten über seinem Kopf durch die Luft um sich dann stumm und lautlos auf den kühlen Boden nieder zu lassen und als er das Licht an seinem Wagen anschaltete wusste er, das auch wenn es ihn und den Rest der Welt nicht mehr geben würde, das Licht seines Wagens immer weiter und weiter zog bis in aller Unendlichkeit! Es war Montag und es war kalt draußen, ein neues Jahr hatte begonnen und das alte Jahr als vergangen in die Vergangenheit geschickt und um Punkt elf Uhr trat Frau Böhm ins Büro ein und sagte "Herr Gutmann, ja Herr Gutmann hat sie ihn seit dem Tod des Vaters genannt, sie wollte die Förmlichkeit waren, das schien ihr als angemessen, ein Herr möchte sie sprechen, er ist riesengroß und stark wie ich bis jetzt noch niemanden zu sehen bekommen habe, man muß sich ja vor ihm fürchten" "bitte fragen sie ihn was er trinken oder essen möchte und schicken sie den Herren rein, danke" entgegnete ihr Alex, die Tür ging auf und der Riese trat ein, Alex stand auf um ihn entgegen zu treten, er reichte ihm die Hand und schaute nach oben in sein leicht brutal anmutendes Gesicht "guten Tag, ich bin Alexander Gutmann, ich freue mich das sie gekommen sind, bitte nehmen sie platz, ich würde sehr gerne mit ihnen etwas besprechen" "guten Tag Dimitrie Rassjenkoff" antwortete er und setzte sich, "Herr Rassjenkoff wo haben sie denn so kämpfen gelernt? Wenn ich mal fragen dürfte" der Riese schaute Alex stechend an und dann lächelte er, ein Lächeln das nicht zu ihm passte, man erwartete alles von diesen brutal aussehenden Fleischberg, aber kein sanftmütiges Lächeln, er holte tief Luft und sagte "Russische Armee, Elite Einheit, Ausbildung in Nahkampf und als Scharfschütze, ich kenne 300 verschiedene Arten einen Menschen mit bloßen Händen umzubringen, zu töten, aber für sie Herr Gutmann bin ich Dimitrie, was kann ich für sie tun?" er hatte einen starken und harten russischen Akzent der gut zu seiner tiefen Stimme passte "okay, danke Dimitrie, wie groß und schwer sind sie eigentlich?" "ich bin 2,02 Meter groß und wiege so in etwa 160-165Kg je nach dem wie ich gerade in Form bin, aber sagen sie doch bitte was ich für sie tun kann, wie ich ihnen helfen darf?" "ich suche einen Leibwächter, jemanden der Tag und Nacht auf mich aufpasst, der immer da ist aber trotzdem nicht da ist, verstehen sie, ach nein du" "ja ich verstehe Herr Gutmann, ich weiß auch genau wer sie sind und ich glaube sogar ihren Reichtum zu kennen oder sagen wir lieber zu erahnen, ich habe meine Schularbeiten gemacht, weil ich mir denken konnte was sie von mir möchten und ich muß ihnen leider sagen das für einen Mann in ihrer Position sämtliche Sicherheitsvorkehrungen mehr als schlecht sind, ich habe einiges schon selbst überprüft, sie brauchen keinen Leibwächter sondern einen Sicherheitschef, beides eben" Alex lächelte und sagte "aha wir verhandeln also schon, okay, ich möchte dich für diesen Job, die Finaziellen Mittel um ein angemessenes Sicherheitssysthem aufzubauen werden unbegrenzt sein, aber ich möchte dich auch als meinen Leibwächter und Chauffeur, wäre das was für dich?" der Riese dachte kurz nach wobei er ein sehr ernstes Gesicht machte dann sagte er "Herr Gutmann wenn der Preis stimmt, bin ich bereit ihr Leben mit dem Meinigen zu schützen, ich wäre der loyalste Mann den sie für Geld bekommen könnten und ich würde mein Leben für sie geben, wenn der Preis stimmt, und ich müßte bei ihnen wohnen, das dürfte wohl klar sein" "na das hört sich doch wunderbar an Dimitrie, ich würde sofort im hinteren Teil von meinem Grundstück ein Poolhaus für sie bauen lassen mit Trainingsraum, Büro und schöner Wohneiheit, würden, sagen wir mal nicht ganz so legale Metoden für dich infrage kommen wenn ich darum bitten würde" sagte Alex recht kleinlaut und dann sagte er Dimitrie genau was er erwartete und von ihm verlangen würde und er redete und redete und dann sagte er "kommen wir zum Preis, du bist mir 15000 DM im Mmonat wert" Dimitrie stand auf und reichte von oben Alex die Hand "ich bin ihr Mann, sie werden es nicht und niemals zu keiner Zeit bereuen, ich werde sie mit meinem Leben beschützen, darauf gebe ich ihnen mein Wort" "super" sagte Alex erfreut "du fängst gleich Morgen an, oben im Dachgeschoß ist noch ein Zimmer frei das müßte gut gehen, bis das Poolhaus fertig ist, ach und eine Frage habe ich noch, hast du Verbindungen zur………………?" Dimitrie machte wieder das was nicht zu ihm passte, er lächelte und sagte "ja habe ich, und ich fange Heute gleich an" dann tastete er mit seiner mächtigen Pranke in seiner Jackentasche umher und zog einen goldenen Ring hervor, einen Herrenring mit einem dicken Sigel, er reichte ihn Alex und sagte "schauen sie mal ob er auf einen Finger paßt" Alex probierte ihn an und am rechten Mittelfinger passte er recht gut "wunderbar" sagte Dimitrie "sie können den Sigel aufklappen und darin befindet sich ein kleiner Knopf" Alex klappte den Sigel bei Seite und sah einen kleinen kaum scheinbaren Knopf "drücken sie bitte auf den Knopf" sagte Dimitrie, Alex tat das und in Dimitie seiner Armbanduhr ertönte ein Signal und sie leuchtete rot auf "bitte nur drücken bei absoluter Gefahr,

Lebendsgefahr und ich werde sofort wissen wo sie sich befinden und ich werde da sein" "danke schön Dimitrie danke" "gerne, jetzt ziehe ich um, bis dann" genau in diesem Moment öffnete sich die Bürotür und Felix kam herein, der sich sofort vor dem Riesen erschrak "gut das du kommst Felix, das ist Dimitrie, er wird ab Heute auf uns und besonders auf mich aufpassen, Dimitrie das ist Felix Obermeier mein bester Freund und auch Geschäftspartner, er wohnt auch im Haus mit seiner Frau" Felix schaute sich Dimitrie genau an und sagte dann "hallo Dimitrie und herzlich willkommen, wow beruhigend sehr beruhigend dich auf unserer Seite zu haben" "guten Tag Herr Obermeier, man sieht sich" dann verließ der Riese das Büro!Dieses denkwürdige Jahr huschte nur so dahin, es glitt genauso wie kleine Münzen durch Finger gleiten durch Alex und Felix ihren Köpfen hindurch, sie hatten Schlicht weg zuviel zu tun, die Produktion und der Vertieb von Viagra stahl Felix jegliche Zeit, machte ihn aber auch in kürzester Zeit zu einem reichen Mann, ja und Alex einfach nur noch reicher. Und genauso wie sich der Frühling langsam aber unaufhaltsam in den Winter geschlichen hatte, so hatte sich Dimitrie in die Herzen von Joleen, Jo, Felix und Alex geschlichen, alle mochten diesen riesigen, fleischigen Bär und für seinen Chef hätte er sich beide Arme und Beine ausreissen lassen, das sah, fühlte und spürte man Tag für Tag! Wenn Felix und Alex am Abend vor dem Kamin saßen und Licht im Poolhaus sahen, ließen sie es sich nicht nehmen rüber zu gehen um Dimitrie beim täglichen Training zu beobachten und sie waren sich beide darüber einig und im Klarem, das sie in Anbetracht seiner Kampfkunst und seiner Urgewaltigen Kraft, dem stärkstem Mann der Welt gegenüber standen und Alex sagte einmal "Dimitrie du packst einen wilden Stier bei den Hörnern und brichst ihm das Genick, dessen bin ich mir sicher" und Dimitrie lachte laut und antwortete "Chef, wenn der Stier sie mit seinen Hörnern aufspießen möchte, ja dann würde ich es sofort versuchen"!

An einem schönen, lauen Frühsommerabend saßen Dimitrie und Alex im Büro im Poolhaus und Dimitrie ließ gerade ein Telefon in seinen Pranken verschwinden, so das man gar nicht erkennen konnte das er gerade telefonierte, aber man hörte es, er sprach Russisch und gestikulierte wild mit der anderen Hand, dann legte er auf und sagte mit einem Augenzwinkern "Chef, wird erledigt" Alex schaute Dimitrie mit einem Lächeln auf seinen Lippen an und zeigte ihm den erhobenen Daumen, aber dann sagte er "Dimitrie, eure russische Sprache ist eine verkältete Sprache, sie hört sich an wie Husten, Schnauben, Niese, Röcheln, Keuchen und Spucken, einfach nur ekelhaft" Dimitrie schaute grimmig und sagte "Chef, Deutsch nicht besser"! Zwei Tage später zwitscherten es die Spatzen direkt aus der Justizvollzugsanstalt, das zwei russische Häftlinge gleich nach dem sie alle anderen Häftlinge höflich aus dem Billardzimmer baten, und der Aufseher wohl gesagt haben soll das sie 10 Minuten Zeit hätten, einen Häftling den alle nur Tobi nannten entjungferten, sie entjungferten ihn zärtlich mit dem Billardkö, sie rührten in seinem Arschloch so lange herum bis das Blut in Strömen floss und sein Anus danach im Hospital mit 5 Stichen genäht wurde um ihn wieder auf Normalgröße zu bringen, danach konnte der arme Tobi wie man hörte wohl vier Wochen nicht richtig sitzen und auch keine allzu feste Nahrung aufnehmen, und einer der Russen soll wohl gesagt haben "viele Grüße vom kleinen rothaarigen Mann, aber das ist wohl nur ein Gerücht, oder?, aber egal denn das war nur Tobi Teil eins! Ja und noch eines passierte in diesem denkwürdigem Jahr, Millionen von Männer, überall auf der ganzen Welt , die sonst mit hängenden Köpfen und auch hängenden Schwänzen, völlig apathisch unter schlimmsten Depressionen leidend durch die Strassen schlichen, ja all diese Männer stolzierten wieder aufrecht und gerade mit erhobenem Haupte durchs Leben und sie benahmen sich wie die Silberrücken kurz vor der Paarung, sie grunzten und trommelten mit ihren Fäusten auf ihren doch so männlichen Brüsten umher, voller Stolz und voller Gier die jetzt wieder in ihnen steckte gaben sie alles, bevor sie das nächste Weib vögelten, und wenn sie gewußt hätten Wer? Dann hätten sie zu Felix gebetet, ja sie hätten ihn sogar gehuldigt und vergöttert! So verging das Jahr wieder rasend schnell im D-Zugtempo, es gab ein wunderschönes, harmonisches Weihnachtsfest und ein Silvester mit einem gigantischen Feuerwerk und vielen Gästen im Haus, ja so ging man Zielgerichtet und voller Tatendrang ins neue Jahr und Felix noch dazu mit prall gefüllten Taschen, 2001 machte aus ihm einen viel beschäftigten, aber auch sehr wohlhabenden jungen Mann im Vergleich zu Alex noch immer ein armer Schlucker, aber für den normalen Menschen war er schon beneidenswert und missgönnend Steinreich, er war ein Mann den man hassen oder lieben konnte, je nach dem auf welcher Seite man stand, er war schön, klug, reich und glücklich, ihm fehlte nur noch eines zu seinem perfektem Glück und auch das ließ nicht mehr lange auf sich warten! Alex stand draußen auf der Terrasse in einer dicken Jacke eingekleidet, mit einer qualmenden Zigarette in der rechten Hand und in der erleuchteten Arena seines eigenen Verstandes vertieft, dachte er nach, er dachte an Finanzen, daran das in 2 Wochen eine Währungsumstellung erfolgte, daran das sein Geld Zahlenmäßig nur noch die Hälfte beträgt aber Wertmäßig verdiente er ein Vermögen damit, Europa war zusammen gewachsen und man führte eine gemeinsame Währung ein, den Euro, der gab für Alex den Weg frei, frei zu ungeahnten Möglichkeiten und nach genauem rechnen wusste Alex das er über Nacht dadurch 1 Milliarde verdiente, ach wie liebte er doch diesen neuen Euro und unten auf dem Terreasseboden in einer Regenpfütze spiegelten sich die Sterne, goldene Sterne als seien sie vom Himmel gefallen und genau in diesem Moment, als diese sich in Alex seinen Augen spiegelten, ging die Terrassentür auf, Felix trat Hand in Hand mit Joleen dick eingemummelt heraus, sie gingen auf Alex zu und umarmten ihn beide von hinten, Felix hatte ein Stück Papier in seiner Hand und sagte "Alex bevor wir diese Währungsumstellung haben möchte ich dir etwas geben, das ich dir für alles sehr dankbar bin weißt du ganz genau, aber ich möchte es dir noch einmal ausdrücklich sagen, danke für alles, hier mein Freund für dich, wie abgemacht bis auf den letzten Rappen" und er hielt Alex einen Scheck entgegen und Alex griff mit einem lächeln im Gesicht zielgerichtet zu "wird ja auch Zeit Felix, ja stimmt alles bis auf den letzten Rappen, na dann danke ich doch auch dafür, du hast dein Wort gehalten, aber das war mir immer klar und ich muß dir sagen, das war die beste Investition meines Lebens, finanziell sowieso, aber menschlich einfach unbezahlbar, ich danke dir für alles, einfach nur für absolut alles, Danke" dann nahm er den

Scheck und zerriss ihn in Hundert kleinste Teilchen und Joleen sagte mit ihrem schon recht guten aber niedlichen gebrochenen deutsch "siehst du Felix ich hatte recht, ich habe es dir doch gesagt, das er ihn zerreissen wird, das war mir doch klar und lieber Alex wir müssen dir beide noch etwas wichtiges sagen" die beiden umarmten sich sehr eng und zärtlich und in ihren Gesichtern spiegelte sich Freude und Zufriedenheit rüber zu Alex, die beide schauten sich verliebt in ihre Augen und küssten sich liebevoll und Felix sagte "Alex, Joleen bekommt ein Baby sie ist in der 8.Woche Schwanger, wir werden Eltern, wir bekommen ein Kind, wie findest du das" Alex stieß ein Jubelschrei aus und sagte "das finde ich wunderbar, eine bessere Nachricht kann ich mir ja gar nicht vorstellen, das freud mich so sehr, ein kleines Kind im Hause, was kann es schöneres geben, ich verspreche euch das ich der beste Onkel auf der ganzen Welt werde" er umarmte die beiden und küsste Joleen auf ihre Wange und er schrie noch einmal "Glückwunsch für euch beide" Joleen und Felix lachten laut und man sah ihnen förmlich ihre Vorfreude an "wir gehen noch etwas spazieren, kommst du mit Alex" fragte Joleen ganz aufgeregt "nein geht ihr zwei mal alleine, ich habe noch etwas zu tun" Arm in Arm gingen die beide die Treppe runter in den Garten, sie schritten Geheimnissvoll zwischen den schweigenden Bäumen hindurch und über ihren Häuptern glommen klein und zärtlich die vielen Sterne! Alex saß auf der Terrasse und ein Vollmilchfarbenes Händchen tatschte unbeholfen und wild in seinem Gesicht umher kurz bevor ein kleiner zarter Finger in seinem Nasenloch bohrte, riesige schwarze Kulleraugen starrten lächelnd in sein blasses Gesicht, dicke, glänzende, schwarze Locken kitzelten Alex an Stirn und Wange, es war ein milder sonniger Spätsommertag, und auf seinem Schoß saß ein gut in Pampers verpackter kleiner brauner Junge, gut ein Jahr alt, Alex hasste nichts mehr als unerwünschten Körperkontakt, aber in diesem Fall war er erwünscht, ja der kleine Scheißer zauberte sogar Gefühle ins tiefste Innere von Alex, wie er noch nie welche gekannt hatte, ja er war verzaubert, verzaubert wie im Märchen aus tausend und einer Nacht, Alex war ganz vernarrt in den kleinen Moritz, Moritz war eigentlich sein Name, aber als die schwarzen Locken immer dichter wurden und in die Höhe zu wachsen begannen und die schwarzen Kulleraugen unaufhaltsam immer größer und größer wurden, nannte ihn ein jeder nur noch Momo. Momo war ein Sonnenschein, im Sommer an einem Sonntag bei Sonnenschein geboren, er ließ sich auch nicht viel Zeit dabei, denn er wollte raus, raus aus seiner warmen kuscheligen Höhle, er hat wohl gewußt das die große Welt dort draußen ihm wohl gesonnen war! Erst lief Fruchtwasser an Joleens Beinen entlang und plätscherte auf das Walnußparkett, Dimitrie nahm Joleen wie ein kleines Baby auf den rechten Arm, Felix lief aufgeregt hin und her, alle waren aufgeregt, alle konnten es kaum erwarten, Felix seine Mutter war auch dabei und Alex hatte live die Eltern von Joleen und Jo am Handy und berichtete jeden Fuß vor dem anderen, es war ein riesen Wirbel ein Tamtam, ein Spektakel, alle konnten kaum noch einen klaren Gedanken fassen, die Geburt des Jesuskindes war ein Dreck dagegen! Nach nur einer Stunde war er da, auf der Welt, Vollmilchschokobraun und kräftig trat er ins neue Leben, Felix hielt Joleen ihre verkrampfte Hand und küsste zärtlich ihre Stirn, Moritz war geboren und draußen schien immer noch die Sonne!Moritz eroberte Alex sein Herz im Sturm, so saß er jetzt auf seinem Schoß und die beiden führten ein ernsthaftes Gespräch, Momo sagte zu Alex, dada, dudu und blabla und Alex erklärte Momo die Welt, während die kleinen Fingerschen in seiner Nase bohrten zeigte Alex mit seinem Finger auf das Haus, Alex hatte wärend der Schwangerschaft von Joleen anbauen lassen 100qm zusätzlich im Viktorianischen Stil, genau passend zu dem Rest, der neue Anbau sah genauso alt aus wie der Alte und der Alte genauso neu wie der Neue, alles passte perfekt zusammen, alles erstrahlte im neuen Glanz und auch innen ließ er alles im neuen Glanz erstrahlen und dabei merkte er das er ausgeben konnte was er wollte, sein Geld wurde trotzdem unaufhaltsam, schnell und rasant mehr und mehr und mehr! Alex nahm nun Momo seinen Kopf in beide Hände und drückte ihm einen Kuss mitten ins Gesicht, er drückte seine Wange gegen Momos Wange und er wusste ganz genau das auch er ein Kind haben wollte, er fühlte es ganz fest und doll, tief im Herzen und drückend in seiner Seele! Alex schaute jetzt ins Haus und sah Joleen die bekannt war für ihren

175

ausgeprägten Sinn für Sauberkeit, Reinlichkeit und Ordnung, wie sie erbarmungslos die Hausangestellten in den Tönen eines Feldwebels delegierte, Alex mußte laut lachen und dachte diese kleine Joleen hat immer alles im Griff, während dessen sah er unten im Garten Dimitrie seine Runde gehen, Dimitrie kontrollierte gerade alle Sicherheitsanlagen die jetzt vermehrt am, im, und um das Haus angebracht waren, Dimitrie hatte jetzt auch noch ein unsichtbares Auge mehr das er stets auf Momo gerichtet hatte, er liebte den kleinen Scheisser und der kleine Scheisser liebte ihn, würde jemand den kleinen auch nur ein Haar krümmen, oh jäh, da möchte man nicht in dessen Haut stecken, Dimitrie würde ihn wohl zerquetschen wie die Schrottpresse das alte Auto, auch sonst hatte der Riese eine Menge zu tun! Joleen trat dann heraus auf die Terrasse und gab Alex ein Brief in die Hand, sie sagte : "Alex der ist gerade für dich gekommen, ich nehme Momo jetzt mit rein und lege ihn hin zum Mittagsschlaf" Alex gab Momo noch einen sanften Kuss auf die Stirn und reichte dann den kleinen Scheisser zu Joleen rüber! Alex schaute auf den Brief und erkannte sofort von wem er war, er drehte ihn in seine Hände, kniff seine Augen zusammen, spitzte seinen Mund und legte ihn erst einmal bei Seite auf den Tisch, aber man sah auch die Neugierde in seinen Augen, Alex stand dann auf und ging nach unten in den Garten um zu fragen wie es Dimitrie geht, den der trug seinen rechten Arm in einer schwarzen Schlinge, weil vor 8 Tagen noch eine Kugel Kaliber 38 in seiner massigen Brust steckte! Vor 8 Tagen saß Alex am Pool und genoss die Sonne und eine Tageszeitung, als er plötzlich Dimitrie durch den Garten rennen sah, und er schrie laut "Chef flach auf den Boden legen, sofort" Alex schmiss sich sofort flach auf die Marmorfliesen die den Pool umrahmten und schaute erschrocken Dimitrie nach, er sah das ein Mann vom oberen des hohen Zaunes nach unten sprang und dann eine Pistole auf ihn richtete, aber dann sah er wie Dimitrie einen riesen Satz machte, Dimitrie hob ab um förmlich zu fliegen und er flog genau auf den Mann zu und riss ihn zu Boden, in diesem Moment hörte man eine lauten Schuss durch den ganzen Garten hallen, Dimitrie entwaffnete den Mann, legte ihn mit dem Bauch auf den Rasen und band seine Hände nach hinten mit einem Kabelbinder

176

zusammen dann machte er das gleiche mit seinen Beinen, Alex stand jetzt mit weichen Knien neben Dimitrie und beide schauten in ein flehendes mit Tränen überströmtes, ja sogar verzweifeltes Gesicht eines jungen Familienvaters! Alex sah erschrocken zu Dimitrie nach oben und sagte "Dimitrie du blutest ja wie ein abgestochenes Schwein, ich rufe sofort einen Krankenwagen und die Polizei" Dimitrie schaute nach unten und lächelte "Chef nur die Ruhe nicht so schlimm wie es aussieht, habe nur eine Kugel in meiner Brust stecken, geht schon tut kaum weh" kurze Zeit später war die Polizei und der Krankenwagen da und alles ging seinen vorgeschriebenen Gang! In Dimitrie seinem Büro schlug es Alarm und auf einen der vielen Monitore konnte er erkennen wo der Mann über den Zaun stieg und somit war er sofort im Stande zu reagieren, der junge Mann war gut ausgerüstet mit Klettergurt und Seil und er war verzweifelt und wütend, seine ganze Wut richtete sich nur gegen einen Menschen, gegen Alex! So fühlten viele andere Menschen auch, nur die gingen nicht ganz so weit, Alex hatte seit geraumer Zeit eine neue sprudelne Geldquelle, er kaufte für wenig Geld Firmen die kurz vor dem Konkurz standen, ja auch ganze Ladenketten die Pleite und eigentlich schon Tot waren auf, und die Arbeiter und Angestellten freuten sich, sie hatten Hoffnug und wieder den Glauben daran das sie weiter ihrer Arbeit nachgehen konnten um ihre Familien zu ernähren und sich den gang zum Arbeitsamt sparen könnten, sie hatten wieder Perspektive, Zuversicht und eine sichere Zukunft, aber es kam anders als erwartet! Alex schnitt all die Firmen in kleinste Teilchen und verkaufte jedes Teil einzeln, jedes Gebäude, jedes Grundstück, jeden einzelnen kleinen Laden, jedes Gerät, jede Maschine, jeden Firmenwagen, einfach alles und der Gewinn war beträchtlich, er lag so bei 300%, die Menschen interessierten ihn nicht, an diese hat er nicht eine Sekunde gedacht, er sah nur das Geld, das Geschäft, den Gewinn, und die Rendite! Erst als Messias gefeiert, wurde er dann schnell zu einem der meist gehassten Menschen in dieser Stadt, ja sogar im ganzen Land, er musste teilweise durch aufbrausende Menschenmassen, Funk, Fernsehen, Presse, Arbeiter, Angestellte, alle riefen ihn Böses entgegen und Dimitrie musste öfters und auch manchmal recht unsanft eine Furche, eine Schneise, einen Gang für seinen Chef in die Menschenmassen fräsen, die meisten traten bei seinem Anblick freiwillig zur Seite, die anderen flogen teilweise bei Seite, der arme Dimitrie, er hatte in letzter Zeit viel zu tun, man sah die beiden oft in den Zeitungen und im Fernsehen und sie bekamen den Spitznamen, der Piranha und sein Weißer Riesenhai! Alex sah das alles ein wenig anders, wie dazu später mehr! Dimitrie ging es gut, wie er unten im Garten seinen Chef versicherte, die beiden gingen noch einem angenehmen und lustigem Gespräch nach bevor Alex wieder nach oben auf die Terrasse ging und sich wieder hinsetzte, sein Blick wanderte zum Tisch hinüber und der Brief stach sofort in seine Augen, aber er stand erst einmal auf und bat einer der Hausangestellten sehr freundlichst um einen Kaffee, er zündete sich eine Ziggarette an, zog tief ein und starrte auf diesen Brief, es machte den Anschein als möchte er ihn nicht öffnen, irgend etwas schien ihn zu hindern, Alex stand dann auf und ging ins Haus um seinen Kaffee entgegen zu nehmen, Joleen ging an ihm vorbei und schaute ihm in die Augen, Alex las sofort was sie jetzt sagen würde und genau das sagte sie "willst du ihn nicht öffnen" Alex schaute zurück in ihre schwarzen Augen und sagte "später" er ging dann raus lief an dem Brief vorbei setzte sich auf einer der Treppenstufen, zog an seiner Ziggarette und starrte nachdenklich in den Garten hinein! Er lies die Zeit an sich vorbei rauschen, tief versunken in seinen Gedanken wirkte sein Blick kalt und starr, dann sah er Jo eine ganze Weile aufmerksam bei der Reinigung des Pools zu, der Garten blühte in den schönsten Farben, der Pool spiegelte azurblau, und überall konnte man Geräusche des Sommers vernehmen, die gelbe Sonne fing an abwärts zu wandern und Joleen ging hastig in wilden Gesten vertieft auf der Terrasse auf und ab und delegierte weiter, Momo hatte ausgeschlafen und plapperte auch vor sich hin, und nun rief auch noch Jo von unten durch den ganzen Garten, und oben am tiefblauen Himmel hörte man die Düsen eines Flugzeuges, und das Rauschen fiel langsam zu Boden nieder, von allen Seiten her hörte Alex Geräusche, aber dann bedeckte das Sirren eines Insektes an Alex seinem Ohr alle anderen Geräusche, er wackelte heftig mit seinem Kopf umher und schlug mit der Hand heftige

Wellen in die milde Sommerluft, dann sprang er auf und rannte die Treppe nach oben zur Terrasse, griff gierig nach dem Brief, rannte nach unten zum Pool, legte sich auf eine der Liegen, atmete die Chlorhaltige Luft ein und sagte zu Jo "laß mich bitte kurz alleine" "kein Problem bin sowieso fertig" antwortete der und ging! Alex öffnete den Brief und fing an zu lesen und er las (hallo Alex, wie ich schon immer bei unseren für mich doch netten und angenehmen Gesprächen am Telefon erwähnte, bist du wie ich, jetzt wo ich hier so sitze und dir diesen Brief schreibe erinnere ich mich sehr gut daran und hoffe du hast unsere Gespräche auch etwas genossen, na gut ich glaube wohl eher nicht, aber das war wohl der mehr als unangenehmen Situation für dich geschuldet, aber wenn du mal genau darüber nachdenkst, ja dann kannst du es nicht von dir weisen, du bist wie ich! Ich habe deine Eltern gequält, du hast mich gequält, ich habe dich psychisch fertig gemacht und du hast mich psychisch fertig gemacht, ich habe deine Eltern umgebracht und du hast mich umgebracht, ja wenn du diesen Brief liest bin ich nicht mehr, alles ist bereit, ich werde mich gleich mittels meines Bettzeugs und Lakens erhängen! Als die Russen mich mit dem Billardkö vergewaltigt hatten, dachte ich okay das hast du verdient, und dann als die Russen mir Monate später ganz genüsslich unter der Dusche ganz langsam alle 10 Finger brachen, ganz in aller Seelenruhe einen nach dem anderen, da wusste ich das es niemals ein Ende geben wird, als ich dann Wochen später meine Hände wieder so langsam gebrauchen konnte, nie so wie vorher, aber doch wieder etwas, da wartete ich jeden einzelnen Gottverdammten Tag darauf was als nächstes passieren wird, jeden Tag Angst, Tag für Tag diese Angst, ich sah überall nur noch diese Russen, an jeder Ecke schienen sie zu lauern, ja ich fing an Gespenster zu sehen, ich bekam Halluzinationen und mit meiner Psyche ging es immer mehr Bergab von Tag zu Tag, manchmal habe ich mir vor lauter Angst in die Hose gepinkelt und vor Aufregung fast die Hände zerbissen und als ich dann an der Tür vom Fitnessraum vorbei ging, völlig nervös und am Boden zerstört wie jeden Tag, ging die Tür auf und sie zogen mich rein, ja da wusste ich es geht weiter, die anderen verließen den Raum und nur diese Russen, diese Barbaren blieben, sie haben mir beide Kniescheiben und beide Ellenbogengelenke gleichzeitig gebrochen, 4 Monate lag ich von oben bis unten eingegipst im Hospital und auch jetzt bin ich noch nicht so richtig im stande mich zu bewegen aber das ist nicht einmal das schlimmste, das schlimmste ist wieder diese Angst Tag für Tag und das warten auf das nächste mal und es wird ein nächstes mal geben, es wird immer ein nächstes mal geben immer und immer wieder, du hast gewonnen und ich bin ein feiges Schwein, ich gebe es zu, auf Steine zu schiessen heist nur Pfeile zu verlieren, in ca 5 Minuten bin ich tot und ich weiß nicht so genau was du denken wirst wenn du diesen Brief liest, vielleicht verstehst du mich und du verstehst auch das was du bewiesen hast, hier drinnen und auch nach allem was man so von dir hört da draußen, jeden Tag immer wieder aufs neue! Du bist wie Ich! Bis dann, wir sehen uns in der Hölle! Tobi ! Alex senkte seinen Kopf, er faltete den Brief zusammen und tat ihn zurück in den Umschlag, dann lies er ihn nach unten auf die Marmorfliesen fallen, er legte sich steif und starr wie eine Leiche mit auf der Brust verschränkten Armen flach auf die Liege und bohrte mit den Augen Luftlöcher, so lag er eine halbe Ewigkeit in seinen Gedanken versunken da und rührte sich nicht, der Himmel wurde dunkler und dann Scharlachrot, die Sonne ging unter und man konnte schon die leichte Kühle des nahenden Abends spüren, aber Alex hatte sich immer noch nicht bewegt, er dachte nach und war in einer anderen Welt versunken, aber tief in ihm drin toste ein Wirbelsturm! "Alex hallo Alex" rief Felix der in der Zwischenzeit nach hause gekommen war, er hatte Joleen an seiner Hand und mit der anderen Hand wackelte er an Alex seiner Schulter, der schaute nach oben und sagte "Hi Felix" Felix kniff die Augen zusammen, er merkte sofort das was mit ihm nicht stimmte "was ist los mit dir, ist irgend etwas passiert, geht es dir nicht gut" fragte er, Alex zeigte auf den Brief "lest ihn beide" Felix hob den Brief von der Erde auf, zog ihn aus dem Umschlag und setzte sich auf die Liege neben Alex, Joleen daneben und beide fingen leise an zu lesen wobei Felix öfter mal das Gesicht verzog und leise Geräusche von sich gab und Joleen machte mmmmmmmmmmmmmmmm…! "Wow das habe ich ja gar nicht gewusst, hast du wirklich für all das was dort

180

passiert ist gesorgt Alex" fragte Felix mit Falten auf der Stirn und strengen Blick "ja, habe ich" antwortete Alex starr wie eine Schaufensterpuppe, dann schaute er rüber zu Felix und Joleen, sein Blick war aufgewühlt und traurig und er fragte mit leicht zitternder Stimme " Felix, bin ich ein böser Mensch" Joleen stand dann sofort auf und sagte "ich lasse euch beide mal alleine" dann ging sie durch den Garten in Richtung Terrasse! "lieber Alex erst einmal möchte ich behaupten das dich niemand so gut kennt wie ich, und das du dir diese Frage stellst kann ich sehr gut verstehen nach alldem was in den letzten Wochen passiert ist, wild gewordene Horden von Menschen versperren dir den Weg, sie beschimpfen dich, sie beleidigen dich, sie schreien dich an und die, die Presse gibt dir sogar schon einen nicht schmeichelhaften Spitznamen, letzte Woche wollte dich jemand umbringen, es war knapp beinahe hätte dieser Mann dich erschossen, und Heute noch dieser Brief da kann man schon mal nachdenklich werden, das halte ich für normal, okay kommen wir zu dem Brief, das ist schon recht brutal was du da angeleiert hast, ich nehme an mit Dimities Mithilfe, aber in meinen Augen hat dieses Schwein nichts anderes verdient und ich glaube von 1000 hätten 999 so gehandelt wie du wenn sie deine Macht darüber gehabt hätten, und bitte glaube mir, du bist nicht wie er, das ist absoluter Quatsch. Und diesen wilden Horden von Menschen, ja da ist es genauso wie du es mir vor ein paar Tagen erklärt hast, du hast ihnen nicht den Job weggenommen, sie hatten ihn doch schon verloren oder hätten ihn ein, zwei Monate später verloren, sie suchen nur einen Sündenbock und der bist nun einmal Du und wenn man genauer darüber nach denkt kann man die Menschen vielleicht auch verstehen, aber trotz allem ist es Unrecht was sie dir antun, über die Presse brauchen wir erst gar nicht reden, die schreiben das was sich verkauft, sie machen genau das was du machst, sie handeln aus persönlichem Interesse, wie es dir dabei geht interessiert sie nicht, du hast bei den Käufen aus persönlichem Interesse gehandelt, denn alles auf dieser Welt beruht auf persönlichem Interesse, einfach alles, jedes Geschäft ja sogar alle Kriege dieser Erde die es jemals gab, das ist das erste Gesetzt der Menschheit, persönliches Interesse, dich interessieren Zahlen, Daten, Fakten, Gewinn,

181

Rendite, genau das ist dein Ding, aber das macht dich nicht zum schlechten Menschen, denn wenn dem so wäre, ja dann wären alle Menschen schlecht, vielleicht sind sie das auch, wer weiss! Ich weiss nur eines über dich, alle die für dich arbeiten werden fair behandelt, sie verdienen gutes Geld und wenn es die Zeit zu lässt hast du sogar schon für den einen oder anderen ein offenes Ohr gehabt und ihm geholfen, du bist nett, höflich, zuvorkommend, hilfsbereit, großzügig zu allen Menschen und was deine Familie nämlich uns anbelangt bist du lieb, einfühlsamm, verständnisvoll und immer für uns da und du bist wie du es versprochen hast der beste Onkel der Welt, Momo liebt dich, Alex du bist alles andere als ein böser Mensch, vertraue mir wie du es immer getan hast, Alex du bist ein guter Mensch, ein sehr guter" Felix lächelte Alex an und Alex stand auf, er nahm Felix seinen Kopf in beide Hände und drückte ihm einen nassen Kuss auf die Stirn und sagte dann "danke Felix, aber ich weiss nicht so genau, ich gehe jetzt schlafen, ich hoffe du hast recht wie immer, gute Nacht" Und Alex lief davon, wie ein kleines Männchen auf dessen Schultern die ganze Welt zu lasten schien, während die Nacht schwärzer den je über die Stadt hereinbrach und es war eine Stille als hole die Luft Atem! Die Zeit verging schnell, einfach nur zu schnell und seit es den kleinen Momo gab bekam das ewige Zeitvergehen noch einmal einen kräftigen Schub von hinten, sie schien jetzt zu rasen wie ein Rennwagen, seit dem lesen des Briefes wurde schon wieder zwei mal der Geburtstag von Momo gefeiert, jedes mal ein Spektakel das seine Gleichen suchte, das riesige Haus und der große Garten glichen einem Volksfest, Joleen gab alles und als es dann soweit war schien sie an allen Ecken und Enden gleichzeitig zu sein, Felix lächelte den ganzen Tag, Jo war die Ruhe selbst und hatte alles wie immer im festen Griff, Alex schaute und genoss, was den kleinen Momo anbelangte, so zahlte der das alles mit einem Lächeln und seiner angenehmen und liebreizenden Art sofort in barer Münze zurück und außerdem wußter er noch gar nicht so genau warum ein Volksfest mitten in seinem doch so geliebten zu hause stattfand! Alex sah jeden Tag dabei zu, er sah das Glück von Joleen und Felix direkt vor seinen Augen und auch Jo hatte eine nette, hübsche Freundin gefunden bei der er öfters übernachtete,

182

Alex war dankbar darüber das er nach dem Tod seiner Eltern eine neue Familie gefunden hatte, er hatte jeden einzelnen von ihnen zu tiefst in sein Herz geschlossen, jeden auf seine eigene Weise, und jeden Morgen wenn er wach wurde kam sofort der Wunsch nach Frau und Kind in ihm hoch und manchmal wenn er genauer darüber nachdachte konnte dieser Wunsch schon mal den Tag vertrüben wie ein dichter Nebel im kühlen Spätherbst, aber an dem Tag als Alex voller Tatendrang aufstand kündigte sich der Frühling an, der Garten fing ganz langsam und zärtlich zu knospen an und der schöne riesige Rasen entfaltete sein tiefes Grün, die ersten Vögel zwitscherten am frühen Morgen ihr Konzert und Alex rannte nach anraten von Dimitrie rüber ins Poolhaus um mit ihm zu trainieren, Dimitrie sagte und Alex machte und so kam es das Alex 30 min später schweißgebadet vor Felix stand, als der das Poolhaus betrat und lachen mußte "na Alex macht dich der Riese wieder fertig, aber man sieht ja den Erfolg, ich dachte kurz Herkules steht vor mir" und sein hämisches Lachen schalte durch das ganze Poolhaus, Alex zeigte Felix beide Bizeps in Zuckermandelgröße und grinste dabei wie ein Zahnpastavertreter "na da staunst du wohl, in ein paar Monaten muß ich auf Dimitrie aufpassen und nicht er auf mich" hechelte Alex heraus und Dimitrie entgegnete ihm "so wird es kommen Chef" Felix fragte "und machen wir uns Heute einen faulen sonnigen Sonntag mit der ganzen Familie" "bin dabei" sagte Dimitrie und dabei stemmte er 200 Kilo in die Luft als wäre es ein Sack gefüllt mit Federn, "ich auch" keuchte Alex und stemmte dabei 35 Kilo in die Luft als wäre es eine Diesellok aus reinstem Edelstahl "aber heute Abend Dimitrie müssen wir bitte noch ins Royal, es wird langsam sehr unruhig in der Lendengegend" sagte Alex, Dimitrie nickte nur mit dem Kopf und lächelte dabei "aha Sehnsucht nach Gina" Sagte Felix laut und deutlich "nein nicht direkt nach Gina nur nach ihrem Fleisch und ihren Kunststücken" Felix und Dimitrie mußten lachen, dann ging Dimitrie zum Kühlschrank und holte drei Wasser raus, verteilte diese und sagte kurz "dann Schluss für Heute Chef, Kraft sparen für heute Abend" dann prosteten sich die drei zu und redeten was Männer so reden! Als Alex am Abend die ihm doch schon vertraute goldene Klingel unter dem roten Neonlicht drückte war er wie immer etwas aufgeregt, aber das Gefühl von etwas Verbotenem oder Verruchtem hatte er schon vor längerer Zeit verloren und in die Ecke des Vergessens gestellt! Das Viereck öffnete die Tür und begrüßte Alex wie immer freundlich und bat ihn herein, und als er Dimitrie in der schwarzen Limousine sah trat er aus der Tür um seinen alten Freund die Hand zu schütteln, Alex ging geradezu in Richtung Bar und setzte sich auf einen der Hocker, die alternde Barfrau drehte sich um und lächelte, sie kam mit zwei Schritten näher und gab Alex einen Kuss auf die Wange, sie roch blumig "hallo Alex schön das du mal wieder den Weg hier her gefunden hast, ich habe eine Schlechte und eine Gute Nachricht für dich, ich fange mit der Schlechten an okay" "na dann mal raus damit" sprach Alex "Gina hat uns letzte Woche verlassen, irgendetwas Privates, sie ist nach Spanien gezogen und kommt auch nicht mehr wieder" "das ist wahrlich eine sehr schlechte Nachricht" fuhr Alex dazwischen "aber wir haben ein Neues Mädchen da und ich bin mir sehr sicher das sie genau deinen Geschmack trifft, sie ist wunderschön und sehr nett und lieb, die Lulu ist was für dich, darauf würde ich wetten, schau dort drüben neben der großen Palme sitzt sie, du kannst sie nicht genau von vorne sehen, aber ich rufe sie gleich zu uns" "ganz ruhig ich schaue erst einmal bitte" sagte Alex ganz leise und blickte zu Lulu rüber! Alex schaute gelassen rüber und las die Linien ihres schönen und aufregenden Körpers, selbst in dem abgedunkelten Licht des Raumes glänzten ihre wunderschönen braunen Haare wie frisch polierte Kastanien im Sonnenschein und jede ihrer Bewegungen war erregend und graziös, dann drehte sie ihren Kopf nach rechts und schaute zur Bar, Alex hatte seinen Kopf schnell gedreht und schaute aus den Augenwinkeln so das sie ihn nicht gleich sehen konnte, sie lächelte zur Barfrau rüber, ihr lächeln war einfach nur magisch! Ein Gefühl flutete wie eine mächtige Welle in Alex sein Herz hinein und es leuchtete ein Feuer in seinen matten Augen auf, sein ganzer Körper fing leicht zu zittern an, er konnte kaum glauben was er dort drüben sah, er drehte sich zur Barfrau und sagte völlig aufgeregt "das ist nicht Lulu, das ist Sophia" "du kennst sie" fragte die Barfrau erschrocken "ja ich kenne sie, ich habe ihr schon im zarten Alter von zwölf meine Liebe gestanden, da wusste ich noch nicht was Liebe ist, ich glaube das ich das immer noch nicht weiss, jedenfalls nicht was es bedeutet eine Frau zu lieben" Die Barfrau lächelte und fragte "und was hat sie damals gesagt als du ihr deine Liebe gestanden hast" Alex verzog sein Gesicht "sie hat mir eine runter gehauen und mich kleinen rothaarigen Spinner genannt" "auha" gab die Barfrau von sich "ich gehe nach hinten ins Royalzimmer, schicke sie mir bitte mit einer Flasche Champagner und einem Wasser rein zu mir, und es kann sehr, sehr lange dauern" "glaubst du Alex das das eine gute Idee ist" unterbrach die Barfrau "keine Angst, ich weiss genau was ich tue, wir werden die ganze Nacht reden, mehr nicht und wir haben über die letzten knapp 14 Jahre zu reden, mehr wird nicht passieren, aber bitte nicht sagen das ich sie kenne, es soll eine Überraschung sein" dann holte er sei Handy aus der Ttasche und drückte eine Nummer "hi Dimitrie, fahre bitte nach Hause und gehe schlafen, es wird sehr lange dauern, ich nehme mir dann ein Taxi" eine Pause und dann "Dimitrie keine Wiederede, ich komme klar im Notfall rufe ich dich an, schlaf gut" er machte das Handy aus, stand auf und ging nach hinten zum Royalzimmer "viel Glück "rief ihm die Barfrau noch nach "danke" dann schloss er die Tür hinter sich und setze sich auf das riesige, bequeme, runde Bett so in Position das sein Gesicht im Schatten des Lichtes nich zu erkenne war, er starrte dann voller Ungeduld auf die Tür und wartete, seine Hände fingen leicht zu vibrieren an! Die Tür ging auf und sie trat ein "hallo ich bin Lulu" sagte sie und Alex viel sofort auf das sich ihr Stimme verändert hatte, sie klang so sanft und rein, er schaute sie an und wusste in diesem Augenblick das die schönste Frau der Welt vor ihm stand, so makellos und fein, so perfekt und bezaubernd, ihre Smaragtgrünen Augen strahlten durch den ganzen Raum und gaben ihm einen ganz besonderen Glanz "nein bist du nicht, du bist Sophia" kam aus seinem vor Aufregung ausgetrockneten Mund! Wie ein scheues Reh machte sie einen Schritt nach hinten und schaute verwirrt "wer bist du" fragte sie "komm doch näher dann siehst du es" antwortete er, und Sophia ging ganz ruhig und zögernd auf Alex zu, er schaute jeden ihrer Schritte aufmerksam zu und es wurde ihm klar, er wollte sie, er wollte sie nicht sofort,

185

er wollte sie langsam, er wollte sie für immer, aber wie sollte er das anstellen? Ihr die Vorzüge seiner Seele zu zeigen und nicht die Reize seines Äusseren die es wahrlich nicht gab schien ihm jetzt angebracht und vernünftig zu sein! Sophia stand jetzt in ihrer vollen Schönheit einen Meter vor Alex und erschrak und es war als würde eine trübe Erinnerung in ihrer Seele aufblitzen, sie wich sofort wieder zurück und sagte laut "Alex" "ja genau Alex, aber warum trittst du zurück, man könnte ja meine du hast Angst vor mir" Sophia schaute Alex ganz ängstlich an und sagte "ich mußte gerade an unsere letzte Begegnung denken, bist du hier um dich zu rächen" Alex fing laut zu lachen an "nein nicht doch, wie kommst du denn auf so was, es ist sehr lange her und wir waren doch noch Kinder, das Heute ist eher Zufall, aber bitte setze dich doch zu mir" zögerlich setzte sich Sophia auf die Kante des runden Bettes und sagte "ich hatte kurz Angst vor dir, nach allem was man so lesen und auch im Fernsehen über dich sehen und hören kann scheinst du nicht gerade nett zu sein Piranha" sie lächelte, so süß und niedlich wie man nur lächeln kann "du musst nicht alles glauben was in der Presse steht, es gibt den Geschäftsmann Alex und es gibt den Privaten Alex, das sind zwei völlig verschiedene Paar Schuhe, wie geht es dir Sophia" und er schaute ihr besänftigend in die Augen, in denen sogar etwas Freude zu lesen war, "na wie soll es mir schon gehen, wie du siehst arbeite ich seit kurzem hier, aber nicht freiwillig und auch sonst hat es das Leben in den letzten Jahren nicht gut mit mir gemeint, aber egal, wenn man dich im Fernsehen sah mußte ich immer daran denken, an deine Liebeserklärung im Klassenzimmer und das es nicht richtig war dir eine zu scheuern, manchmal tat mir das leid, so im nachhinein" "schon lange verziehen, und jetzt wo du so neben mir sitzt würde ich Diese sofort wieder unterschreiben" fuhr Alex dazwischen, Sophia lächelte "ach Gott bist du süß, danke, aber die Faust von Sven in deinem Gesicht auf dem Spielplatz bei unserer letzten Begegnung, die hattest du aber verdient" Alex lachte laut "die hatte ich verdient, gebe ich gerne zu, wie geht es Sven und seit ihr noch zusammen" Sophia schüttelte mit dem Kopf und ihr dunkelbraunes Haar versprühte dabei einen Angenhmen, betörenden Duft "nein sind wir nicht und wie es ihm geht,

186

so weit ich weiss sitzt er im Gefängniss, aber das alles nach unserer Zeit, wir waren nicht so lange zusammen, aber danach ist vieles genau so gekommen wie du es voraus gesagt hast, mein Leben war als Kind schon Scheisse und so ging es eigentlich bis Heute mit nur wenigen Ausnahmen weiter und weiter und immer weiter und ehrlich ich habe öfters an deine Rede vom Spielplatz gedacht, und sieh an du hattest mit sehr vielem recht, aber trotz allem, deinen Namen habe ich niemals hinaus in die Nacht gerufen, kannst du mir glauben" und sie fing zu lachen an, süß, herzlich und niedlich war dieses Lachen das aus ihrem wunderschönen Mund kam und ihre Lippen zogen Alex förmlich in seinen Bann, von dem Moment an wo er sie neben der Palme sitzen sah bis zu diesem traumhaften, herzlichen Lachen trug alles dazu bei eine immer während, sehr schöne Erinnerung zu werden! "Sophia erzähle mir alles von dir, dein ganzes Leben, ich möchte alles wissen, bitte, wir haben die ganze Nacht zeit, bitte" und als er diese Worte sprach verdrehte er seinen Kopf und spitzte seinen Mund, so das ein bettelndes Gesicht dabei raus kam! Sophia lächelte wieder ihr bezauberndes Lächeln und sagte "Alex das mit deinen Eltern tut mir sehr, sehr leid" Alex schaute etwas traurig drein und sagte "danke, aber jetzt erzähle schon, bitte" Sophia legte sich dann auch in einem gewissen Abstand auf das runde Bett, so das sie Alex gut in die Augen schauen konnte und sie fing an zu erzählen, sie erzählte vom Kinde bis zu diesem Moment wo beide gemeinsam im gewissen Abstand hier auf diesem verruchten rundem Bett lagen! Sophia erzählte Alex von ihrem Alkoholkranken Vater, wie sie mit an sehen mußte wie er die Mutter schlug, wie sie spüren mußte wie er sie selbst immer öfter schlug, wie er sich zu Tode gesoffen hatte, über dann neue Männer der Mutter in ihrer schmutzigen kleinen Wohnung, sie erzählte wie einige der Männer sie sexuell belästigten, sie erzählte wie einige sie sogar sexuell mißbrauchten und sie schlugen, sie erzählte wie ihre meist auch betrunkene Mutter ihr niemals glaubte, sie erzählte von Armut, von Einsamkeit, von Mutlosigkeit, von Selbstmord gedanken, sie erzählte von Traurigkeit und nach einer gewissen Zeit kam sie immer näher zu Alex angerückt bis sie schließlich da lag neben ihm und ihren Kopf auf seine Schulter sanft ablegte,

187

dann erzählte sie weiter von Männern auf die sie immer wieder reingefallen war, weil das Äußeres sie anzog wie der Honig die Bienen, alle wurde sehr schnell böse und sehr einnehmend ihr gegenüber, sie machten ihr Vorschriften was sie zu tun und zu lassen hatte, sie schlugen sie und zwangen sie zu Dingen die sie nie machen wollte, und sie erzählte und erzählte und die Minuten und Stunden vergingen und ihr Vertrauen gegenüber Alex wuchs und wuchs, jetzt hatte sie ihr zartes Köpfchen sogar schon auf Alex seiner Brust platziert und Alex genoss es in vollen Zügen, und nun erzählte sie von Mike ihrem jetzigen Freund, dem schlimmsten von allen! Sie richtete sich nun auf und ihr Blick wurde sehr traurig"Alex dieser Mike ist die Hölle, er ist brutal, böse, boshaft, rachsüchtig, berechnend, faul und dazu noch sehr dumm, erst war es die große Liebe aber dann stellte sich schnell raus das es nicht so ist, er fing an mich zu kontrollieren ja schon zu bewachen, er wurde dann sehr schnell auch immer brutaler und sperrte mich immer öfter ein, er ist der mit dem Feinrippunterhemd, er ist ständig betrunken und mit dem arbeiten hat er es nicht so, das mußte ich machen damit wir so leidlich über die Runden kamen, ich habe geputzt und in Supermärkten Regale eingeräumt und auch an der Kasse gesessen, oft beides zusammen, bis zu 12 Stunden habe ich oft gearbeitet damit wir seinen Alkohol und seine Faulheit bezahlen können, mit der Zeit aber war ihm das alles zu wenig denn er träumt von einer großen, schönen Wohnung und einem Auto, nur arbeiten möchte er dafür nicht, mit Schlägen hat er dafür gesorgt das ich es eben mache und so hat er mich hier her, ja er hat mich hier her geschlagen, geprügelt, flüchten hat keinen Sinn, er würde mich finden, er würde mich jagen und dann würde er mich umbringen, das hat er mir oft genug unmissverständlich gesagt! Alex ich hatte auch Träume und Sehnsüchte, ich wollte einen Beruf, ich wollte eine nette Familie und ganz im Frieden und voller Harmonie mein Leben verbringen, aber ich habe wohl die Schweine angezogen einem nach dem anderen wie das Licht die Motten, Alex ich hasse mein Leben" Alex nahm ihr zartes Köpfchen in beide Hände und schaute ihr tief in die Augen, sie weinte, es war schon recht seltsam, es machte den Anschein als hätten die nur wenigen Stunden die beiden zusammen geschweißt, in diesem Augenblick merkte Alex das sich eine Tür zwischen Sophia und ihm geöffnet hatte, er las die ganze Nacht in ihren traumhaften Augen und verlor sich darin, er las das Sophia die Warheit sagte, ihr Leben war die Hölle, er las aber auch das sie eine Chance witterte um diesem Leben zu entfliehen und zum Guten zu wenden, jetzt wusste es Alex genau, er hatte sie an der Angel, er konnte sein Ziel erreichen, er war seinem Ziel jetzt sehr nahe, das Ziel sie zu besitzen, er wusste ganz genau und er konnte es auch lesen, sie würde ihn niemals lieben, sie würde ihn mögen, sie würde ihm dankbar sein und ihm höchsten Respekt zollen, aber lieben, nein völlig ausgeschlossen, aber das war ihm egal, er wollte besitzen, und er wusste jetzt sofort was zu tun ist! "Sophia du mußt Mike sofort verlassen, sofort, du kommst mit zu mir und dann werden wir weiter sehen, aber erst einmal musst du weg, du musst da raus" Sophia schüttelte mit dem Kopf und sagte "Alex wie soll das gehen, er wird mich finden und umbringen und ich bräuchte noch meine Sachen und außerdem kommt er um 4,30 Uhr hier her und holt mich ab, wie immer und dann durchsucht er mich sofort nach Geld um es mir dann abzunehmen, ich hasse dieses Schwein, wie spät ist es überhaupt" Alex schaute auf seine goldene Hublot und sagte "es ist 3,50 Uhr, ach Gott Sophia du hast ja richtige Angst vor diesem Mike, aber du brauchst bloss ja sagen zu meinem Vorschlag mit zu mir zu kommen und den Rest erledige ich, ich verspreche dir Hoch und Heilig das du niemals wieder vor diesem Mike Angst zu haben brauchst, entscheide dich, denk genau nach, wenn du ja sagst, dann sage ich dir wie es weiter geht" Sophia vergrub ihren Kopf in ihre Hände und schaukelte mit ihrem ganzen Körper kräftig hin und her und dann fragte sie "Alex du kannst wirklich dafür sorgen das Mike mich nicht verprügelt oder umbringt" dann schaute sie Alex fragend an, Alex lächelte und sagte "Sophia, ich bin Milliardär, ich kann alles, wenn du möchtest lasse ich Mike verschwinden und kein Hahn wird nach ihm krähen, aber ich kann ihm auch einfach nur klar und deutlich machen das er dich vergessen muß und nun ab jetzt selbst für sich sorgen muß und er wird es verstehen, glaube mir, also ja oder nein" Sophia schaute Alex dankbar an und schrie es laut heraus "ja,ja,ja"

Alex genoss dieses dreimal ja und wusste, er hatte sie gefangen, nun nur noch Geduld und er konnte sie erlegen, dessen war er sich sicher "okay, gute Entscheidung, Ruf diesen Mike kurz bevor er los muss um dich abzuholen an und sage ihm das du schon unterwegs bist, ein Kunde nimmt dich mit, wir fahren dann zu dir und du holst deine Sachen raus, deine Persönlichen, alle Papiere die du brauchst, alles was dir lieb und teuer ist, nur das Nötigste, Anziehsachen brauchst du nicht die können wir dir neu kaufen, wir gehen mal so richtig einkaufen, du wirst sehen es wird dir bei mir gefallen, ich wohne mit wunderbaren lieben Menschen zusammen du wirst sie mögen, so und nun werde ich etwas machen von dem ich gehofft hatte das ich es niemals machen muss, aber jetzt werde ich es tun" Alex klappte seinen Siegelring auf und drückte den kleinen unscheinbaren Knopf, Sophia schaute ihm dabei ganz aufgeregt zu und fragte "was hast du da gerade getan" "ich habe Hilfe geholt, Dimitrie wird sehr bald hier sein" Sophia holte ihre Sachen und zog sich an, eine Jeans und ein rotes Shirt dazu rote High Heels, sie sah zum umwerfen aus, dann holte sie ihr Handy aus der roten Lederhandtasche raus und drückte eine Nummer, es war kurz still und dann "hallo Mike du brauchst nicht los fahren ich werde gleich nach hause mitgenommen von einen Kunden" dann hörte Alex am anderen Ende jemanden schreien und toben "ja beruhige dich Mike ich bin gleich da wir fahren jeden Augenblick los, wenn du siehst was ich Heute verdient habe geht es dir wieder besser versprochen" sie schaltete dann das Handy aus! Sekunden später schneite Dimitrie in das Zimmer wie ein wild gewordener Stier, er schaute kurz und dann sagte er "Chef wirst du mit diesem zarten, liebreizenden Persönchen nicht selber fertig, nur bei Lebensgefahr habe ich gesagt, ich habe mir Gedanken gemacht, ob es wohl zu spät sein könnte, man man, was ist denn los" und er schüttelte seinen riesen Kopf "Dimitrie es geht um ihr Leben, erkläre ich dir im Auto, jetzt müssen wir los, ach übrings du warst echt sehr schnell hier und siehst auch noch aus wie aus dem Ei gepellt, wie machst du das, hast du in dem Anzug geschlafen" Dimitrie schaute Alex böse an und schüttelte wieder mit seinem Kopf, die drei verließen das Zimmer und an der Bar machte Alex halt und fragte die Barfrau "ist Viktor vielleicht da" " nein Alex der Chef ist nicht hier, was ist denn los hier" Sophia klammerte sich an Alex seinen Arm und der sagte "nun gut bestelle Viktor einen Gruß von mir und sage ihm das ich nächste Woche vorbei komme, ich habe ihm Dimitrie gestolen und jetzt nehme ich auch Sophia mit, sie wird nicht mehr wieder kommen, sage ihm er soll ruhig bleiben ich werde ihn dafür Fürstlich belohnen" die Barfrau lächelte Alex an und kam näher an dessen Ohr "Alex, mein Glückwunsch und alles Gute euch beiden, hoffe wir sehen uns mal wieder, bis dann" die drei verließen das Royal und stiegen in die schwarze Limousine, dann fuhren sie los! Sophia saß ganz schüchtern da und schaute sich dieses Auto genau von innen an und ihre Augen fingen an zu glänzen, dann schaute sie zu Alex und sagte "was für ein mächtiger Kolloss, ich habe Angst vor ihm, der muss unmenschliche Kräfte haben, wow unfassbar" die Ampel wurde rot und Dimitrie drehte sich um, er schaute Sophia ernst an "das was ich groß und stark bin sind sie schön, und wenn sie freundlich und nett sind, dann bin ich ihr bester Freund und sie brauchen keine Angst vor mir zu haben" Alex hörte kurz zu und sagte "fahr weiter es ist grün und schau lieber nach vorne! Kurze Zeit später fuhren sie in eine Grässliche und hässliche Plattenbausiedlung ein, es herschte schon ein leichtes Treiben, aus allen Türen kamen Menschen noch müde von der zu kurzen Nacht, sie waren auf den Weg zur Arbeit und wer weiss wo sonst noch hin, es war Montag 5,15 Uhr! Sophia holte den Schlüssel aus ihrer Handtasche, aber bevor sie ihn ins Schloss stecken konnte öffnete sich die Wohnungstür und Alex kam eine Wolke von Bier und Ziggarettengeruch entgegen geflogen, vor ihm stand Mike und er bediente jedes Klischee, Feinrippunterhemd, graue Jogginhose, etwas zu dicker Bauch, Bierfahne aus dem Mund, kurz geschorene Haare und ein aggressiver Blick der einem stechen konnte! Mike fing dann auch sofort mit dem brüllen an, da lies er sich nicht viel Zeit und er brüllte auf Sophia ein, am liebsten hätte Alex ihm seine Faust in das schwarze Loch seines schreienden Mundes geschlagen, aber er trat nur vor Sophia und sagte "Sophia wird jetzt ihre Sachen packen und von hier für immer verschwinden, du must ab jetzt für dich alleine sorgen und damit klar kommen" Mike schaute böse und keifte laut los "wer bist du denn, du kleiner häßlicher Gartenzwerg, Sophia geht nirgends hin, sie gehört zu mir und das kannst du beficktes Arschloch auch nicht verhinder, hast du mich verstanden du Pisser, aber irgendwoher kenne ich dich kleinen Scheisser doch, ja es fällt mir ein du bist doch dieses reiche Schwein, Gutmann oder so ähnlich, Sophia hat mal erwähnt das sie dich kennt, aber nett hat sie nicht von dir gesprochen, fehlt ja nur noch der Riese dann kann ich gleich euch beide verdreschen" Alex überfiel ein gemischtes Gefühl von Spott und Ekel und er sagte ganz leise und ruhig "du bist nicht nur ein widerliches Arschloch, nein dazu bist du auch noch dumm und völlig verblödet, so richtig bescheuert, man was finden Frauen nur an solch unterbelichteten Halbaffen wie dir" dann schnipste Alex mit dem Finger und Dimitrie kam die letzten sieben Stufen der Treppe hoch und im Flur wurde es schlagartig dunkel "hier Mike kannst gleich damit anfangen ihn zu verhauen, danach kannst du mich ja dann verprügel du Schwachkopf" Mike riß weit seine Augen auf in denen sich die pure Angst widerspiegelte und man konnte ein zittern am ganzen Körper erkennen, Dimitrie griff ihn an seinem Hals, er hob ihn hoch und stellte ihn an der Treppe die weiter nach oben führte ab und stellte sich genau vor ihm hin, Mike stand nun hinter dieser Mauer aus Fleisch und Muskel und Sophia ging in die Wohnung und sagte "Alex kann einen Moment dauern, aber ich beeile mich" dann verschwand sie! Alex stellte sich neben Dimitrie und schaute Mike sehr bestimmend an und sagte "Mike es gibt genau zwei Möglichkeiten für dich, die erste, du nimmst das genauso hin und vergisst Sophia für immer, du wirst sie in Ruhe lassen und dich nie wieder bei ihr melden, die zweite, wir lassen dich für immer verschwinden, aber vorher tobt   sich der gute Dimitrie noch so richtig an dir aus, also eins oder zwei" Mike liefen die Tränen über seine Wangen und er sagte "so dämlich wie du denkst bin ich gar nicht, ich bin jedenfalls schlau genug zu wissen das man sich nicht mit einem Milliardär anlegt, ich wähle die eins, aber vielleicht gibst du mir etwas Geld für Sophia" Alex lachte "gute Entscheidung, ja wenn wir abhauen lasse ich dir Geld da, okay" es verging etwas Zeit bevor Sophia mit einem Rollkoffer und einer kleinen Reisetasche aus der

Wohnung kam, sie schaute zufrieden drein, Dimitrie nahm ihr beides ab, Sophia schaute zu Mike und sagte dann "mach es gut Mike", dann ging sie treppabwärts und Dimitrie folgte ihr auf dem Fuße, Alex schaute noch Mike an, der begonnen hatte bitterlich zu weinen, Alex zückte seine Brieftasche und zog einen Schein heraus "hier du bekommst ja noch Geld von mir, er schmiss den Schein zu Boden und ging abwärts, Mike hob den Geldschein auf, es waren fünf Euro, er brubbelte dann so halbblaut "du kleines, rothaariges Arschloch" vor sich hin, Alex hatte das noch hören können und sagte "ist noch was Mike" "nein, nein, alles okay, danke echt großzügig von dir" antwortete der! Dimitrie hielt den Wagen genau vor dem Eingangstor an und öffnete Sophia die Tür, die sich höflich bei ihm bedankte, Sophia hielt sich bei Alex am Arm fest und schaute schüchtern umher und sagte "wow hier wohnst du also, das ist ja alles unglaublich hier, das muß wohl im Buche des Schicksals geschrieben stehen, das wir uns wieder getroffen haben und sie schaute sich weiter um und in ihren Augen las Alex Dankbarkeit! Es war 6,30 Uhr als Alex die große Eingangstür öffnete, und er wusste das alle schon wach waren an einem Montagmorgen, frischer Kaffee und Brötchenduft kam den beiden entgegen, Sophia schaute nur noch wie verzaubert in dem Haus umher und lächelte, sie sah glücklich aus und Alex fragte "alles okay bei dir" "es könnte nicht besser sein" antwortete diese, sie krallte sich weiter an Alex seinen Arm fest, der in Richtung Esszimmer ging, es kam ihnen eine Hausangestellte entgegen, weisse Bluse, hellblaue Schürze, "guten Morgen Herr Gutmann" sagte sie und Alex antwortete "guten Morgen Maria" nur wenige Sekunden später standen die beiden im Esszimmer und am großen Tisch saßen Joleen, Felix, Jo und der kleine Momo, sie schauten alle vier ganz verdutzt nach oben zu den beiden, Alex lächelte und sagte "das ist Sophia, sie wird ab Heute bei uns wohnen" Er hob dann seinen rechten Zeigefinger und zeigte damit in die Richtung der vier und stellte sie vor "Sophia das ist Joleen und das ihr Mann und mein bester Freund Felix, das dort ist der Bruder von Joleen, mein Freund Jo und der kleine Knirps dort ist Momo der Sohn von Joleen und Felix und wie aus einem Munde kam von allen "guten Morgen Sophia" Felix hob seinen Arm und sagte "schön das du wieder da bist, haben uns Sorgen gemacht als Dimitrie heute früh aus dem Haus geflogen ist wie ein Düsenjet, er schrie kurz, er hat den Knopf gedrückt und weg war er, eine kurze Frage Alex und den Rest kannst du uns später erklären, ist das die Sophia" alle saßen da und warteten gespannt auf Alex seine Antwort, die dann kam "ja, das ist genau die Sophia" Felix lachte laut und sprach "wie das Leben so spielt, herzlich willkommen Sophia, setz dich doch und frühstücke mit uns" "ja bitte setze dich zu uns" schob Joleen hinterher, Momo stand auf und lief zu den beiden rüber, er gab Alex einen feuchten Kuss auf den Mund und zog Sophia an der Hand zum Tisch und sagte "komm fruhstucken" dann schaute er Sophia ins Gesicht und sagte "du bist so hübsch wie Mama, nur anders hübsch" alle mußten lachen und Sophia setzte sich und sie blickte sich um und sah dabei glücklich und zufrieden aus, Alex sagte dann "ich lasse gleich ein Zimmer für dich herrichten damit du dann etwas schlafen kannst, ich werde mich auch gleich hinlegen und dann später ins Büro gehen" dann setzte er sich neben Sophia und nahm einen Schluck heissen Kaffee! Sophia blickte in die müden Augen von Alex und spach "danke, danke für alles" Alex lächelte zufrieden zu ihr zurück und wusste es genau, er wusste es, jetzt hatte er sie in der Falle! Sophia erwachte, sie lies ihren Blick umher schweifen, durch das Fenster des Zimmers drangen unaufhaltsam Sonnenstrahlen herein und zauberten ein träumerisches Muster auf das Parkett, sie mußte sich kurz besinnen, das Zimmer erinnerte an ein Hotelzimmer, zweifellos ein Gästezimmer dachte sie, es war schön, es war hell, es war edel, aber es hatte den Charme eines Hotelzimmers, sie war schon in Hotels, in Hamburg gar zweimal und auf irgendeiner Insel in der Ostsee, das war es, ganze dreimal war sie bis jetzt in ihrem Leben raus, raus   aus dieser Stadt und dreimal nahm es kein gutes Ende, die Errinerungen daran ließen sie kurz erschaudern, sie stand dann auf und ging ins Bad um sich frisch zumachen und ihre Haare zu kämmen, dann öffnete sie ihren Rollkoffer und zog sich saubere Sachen an, einen Rollkoffer das ist alles was ich nach einem Vierteljahrundert mein Eigen nennen kann dachte sie und machte ein trauriges Gesicht, sie schaute kurz durch das Fenster in den weitläufigen, bunten Garten und sah einen dunklen jungen Mann beim beschneiden einiger roter Rosen, Jo ja Jo so wurde er mir heute Früh vorgestellt, sie ging zaghaft und etwas schüchtern nach unten in das Esszimmer, Und sah wie Joleen am Esstisch entlang lief, Joleen hob ihren Kopf und ihre Blicke trafen sich, sie sahen einander an, von oben bis unten sahen sie sich beide an, sie beschnüffelten sich wie zwei Hündinin, und dann sagte Joleen "du bist sehr schön Sophia" Sophia lächelte "du bist auch sehr schön Joleen, ist Alex da?" sagte und fragte Sophia "nein die Männer sind meist nicht da, das ist die Kehrseite der Medaile wenn man so einen Mann wie Felix oder auch Alex es sind geheiratet hat, sie sind immer beschäftigt, was willst du von Alex, weshalb bist du hier" Joleen schaute böse "ich habe Alex Gestern durch Zufall getroffen und wir haben die ganze Nacht geredet, er hat mich netterweise aus einer misslichen Lage befreit und mir seine Hilfe angeboten, mehr kann ich erst einmal nicht sagen, ich weiss nicht wie es weiter geht mit mir, zuerst hatte ich kurz Angst vor Alex, du weißt schon, was man eben so über ihn hört und liest, aber ich habe dann sehr schnell gemerkt das er nett ist, ich bin völlig durcheinander, ich schaue mich hier um und bin plötzlich in einer anderen Welt, ich kenne so etwas nicht, ich war bis jetzt immer arm, das ist ja der reine Wahnsinn hier alles" Sophia sprach sehr ruhig, leise, ja fast schüchtern "so so der reine Wahnsinn hier, und Alex ist nett, ich werde dir einmal was über Alex erzählen, setz dich bitte, es wird länger dauern, Momo schläft wir haben Zeit" Sophia setzte sich und schaute Joleen erwartungsvoll in die feurigen, braunen Augen, Joleen holte kurz Luft und sagte "du meinst das ist der reine Wahnsinn hier, hm ich glaube du hast keine Vorstellung darüber wie reich Alex wirklich ist, das hier alles ist eigentlich nichts, er könnte sich ein Anwesen leisten das um ein vielfaches größer wäre, aber wir fühlen uns hier alle sehr wohl und es ist ein Andenken an seinem Vater, einem großartigen, tollen Menschen, seine Mutter war sehr komisch und unangenehm, aber sein Vater war einfach nur toll, du weißt nicht so genau ob Alex nett ist, dann höre gut zu und urteile selbst, Jo und ich stammen von Barbados, einer traumhaften Insel in der Karibik, unser Vater war Arbeiter auf einer Zuckerrohrplantage,

195

er hat jeden Tag 14 Stunden geschuftet um uns zu ernähren, uns ging es immer gut wir hatten zu essen und immer etwas anzuziehen, ja es hat sogar für zwei klapprige Fahrräder gereicht mit denen wir oft nach der Schule bergauf zu dem grünen Hügel gefahren sind, auf dem Hügel stand ein großes weisses Haus, wir waren fasziniert von diesem Haus, wenn wir unsere Nasen dich an den Zaun drückten konnten wir den bunten Garten und diesen wunderbaren Pool sehen und dann träumten wir, wir träumten einmal darin zu baden, aber dann kam meist jemand und scheuchte uns weg, das Haus gehörte und gehört immer noch den Gutmanns, eines Tages kam ein schwarzer großer Geländewagen durch das Dorf gefahren, wir waren so 11 oder 12 Jahre alt, und aus dem Fenster schaute Alex mit seinen Feuerlocken, wir hatten so etwas noch nie gesehen und im vorbeifahren redeten wir kurz mit Händen und Füßen, der Jeep fuhr den Hügel hinauf und wir wussten, das es die Besitzer waren die dort im Wagen saßen, den nächsten Tag sind wir beide immer um das Haus aussen umher geschlichen und haben versucht was zu sehen, aber am Tor stand jetzt ein Wachposten und scheuchte uns mit einen riesen Palaber immer wieder weg, aber plötzlich stand Alex am Zaun und gab Zeichen das wir zum Tor kommen dürfen, ich weiß noch ganz genau wie aufgeregt ich war, dann verbrachten wir drei schöne 4Wochen Ferien zusammen, leider nie im Haus, das wollte seine komische Mutter nicht, aber außerhalb, am Strand, im Regenwald, bei uns auf der Zuckerrohrplantage, und was soll ich sagen ab jenen Tag war alles anders, ab diesem Sommer ging es unserer Familie besser und besser, mein Vater war und ist ein stolzer Mann, er hat kein Geld angenommen, ich weiss noch ganz genau am letzten Abend haben wir die Gutmanns zu einem Essen bei uns in der kleinen Hütte eingeladen, das letzte bischen Ersparte haben meine Eltern zusammen gerafft um den Gutmanns etwas zu bieten, die Mutter ist aber nicht mitgekommen, der Abend war wunderbar und mein Vater und Alex sein Vater waren gut betrunken, Alex sein Vater wollte nur helfen und hat es nicht böse gemeint als er meinem Vater Geld anbot, nein nein er war zu stolz, aber Jo und ich bekamen neue Fahrräder, die durften wie annehmen, ich erinnere mich noch genau daran wie wir uns freuten und im Dorf damit angaben, ab jenen Abend ging es unserer Familie immer besser, als wir den ersten Plattfuss hatten, Jo hatte ihn, holten wir das Flickzeug aus der Tasche am Sattel und es waren 200$ darin, wir schauten sofort bei mir, und nah klar dort auch, mein Vater bekam vom Plantagenbesitzer urplötzlich eine Prämie für seine gute Arbeit, 1000$, so etwas gab es in den letzten 100 Jahren nicht, aber jetzt plötzlich? Dann bekamen wir ein Telegramm mit einer Geldanweisung, ein plötzliches Erbe von einem uns völlig unbekannten Verwanten aus den USA 5000$, ich stellte Alex am Telefon zur Rede, aber er versicherte mir damit nichts zu tun zu haben, wir wussten alle das das nicht stimmte, Jahre später gab er es zu, er alleine war dafür verantwortlich, sein Vater lies ihm in Gelddingen immer freien Lauf, man merkte schnell das er ein Genie war, ja Alex ist ein Finanzgenie, mit 12Jahren hatte er schon über 100Millionen verdient, er hatt bis jetzt in allen seinen Geschäften nicht einen einzigen Euro verloren, es ist wie verhext, manchmal haben wir alle das Gefühl er könne die Gedanken der Menschen lesen, das ist teilweise schon unheimlich mit ihm! Alex fand weiter Mittel und Wege uns immer etwas Geld zukommen zu lassen, und eines Tages kam er wieder in den Ferien her und war am Boden zerstört, er war so traurig, deprimiert, es tat uns damals so leid dieses Häufchen Elend zu sehen und wir bauten ihn wieder auf, er lachte wieder und wir hatten das Gefühl ihm ginge es viel, viel besser, aber auf dem Heimflug traf er eine Entscheidung, Er wollte nicht mehr in dieser Stadt bleiben, er wollte nur noch weg, er hatte große Seelenschmerzen, für die nächsten 6Jahre wollte er in ein sündhaft teures Internat in die Schweiz und das tat er dann auch, der Grund für seinen Schmerz warst du Sophia! Im Zug auf dem Weg dorthin lernten sich Alex und Felix kennen, denn Felix war auch auf dem Weg dorthin, er war aber nicht reich, sein Vater ist früh gestorben und seine Mutter war eher arm, Felix hatte ein Stipendium bekommen, er war ein außergewöhnlich guter Schüler, man sagt Felix ist einer der schlausten Köpfe der Welt, die beide teilten sich sechs Jahre ein Zimmer und wurden die allerbesten Freunde, Alex bekam sehr schnell mit das Felix sich nichts leisten konnte, er bot ihm seine Hilfe an, aber Felix war auch stolz und wollte nichts annehmen aber um seine Chemie Experimente fort führen

197

zu können blieb ihm kaum eine andere Möglichkeit, die beiden fanden eine Lösung und fertigten eine Liste an, jeder Cent stand dort drauf den Alex für Felix bezahlt hatte, 6Jahre im Internat und nach dem Tod von Alex seinen Eltern zog Felix zu ihm und studierte hier in der Stadt, Alex bezahlte das Studium, Führerschein, Auto, einfach alles und als Felix dann die große Entdeckung machte, ich weiß nicht ob du das weißt, er hat Viagra erfunden, baute Alex eine Pharmaziefabrik, machte Felix zum Chef und alleinigen Bestimmer mit 51% Anteil an dem Pharmaunternehmen Felax Pharma, jetzt sprudelte auch bei Felix das Geld nur so hinein in die Brieftasche, all die Jahre die Felix dafür gearbeitet hatte, all die Experimente zahlten sich aus und er stellte sofort einen Scheck aus mit der Summe die er Alex schuldete, es war schon ein kleines Vermögen, er überreichte Alex den Scheck ganz feierlich, ich war dabei, ich habe es gesehen, Alex nahm den Scheck an sich, bedankte sich und zerriss ihn mit einem Lächeln, bei Felix und mir war es Liebe auf den ersten Blick, ich hatte am Telefon schon viel von Alex über Felix erfahren, aber als er Felix mit nach Barbados brachte und wir uns in die Augen sahen, ja da war es sofort passiert, es war vor unserem kleinen Laden den ich und meine Mutter mit finanzieller Hilfe von Alex eröffnet hatten, ein Laden für alles was man so in einem kleinen Dorf brauchte, er lief sehr gut und wir haben Alex jeden Monat einen Scheck geschickt um unsere Schulden bei ihm ab zu bezahlen, er hat niemals einen einzigen davon eingelöst, ich glaube er hat auch niemals eine Sekunde daran gedacht, ja so ist er dieser wunderbare Mensch, hast du ihn als Freund, ist er der beste Freund den man sich nur vorstellen kann, hast du ihn als Feind, ist er der schlimmste Feind, ein Feind den man seinen ärgsten Feind nicht wünscht" jetzt schaute Joleen Sophia ernst in die schönen grünen Augen und dann erzählte sie von dem Lawinenabgang am Mont Blanc und dann die Geschichte von Tobi! Sophia hörte mit offenem Mund und großen Augen den Geschichten aufmerksam zu und plötzlich hielt Joleen inne, sie nahm Sophias Gesicht in beide Hände, schaute sie sehr eindringlich und böse an, kniff ihre riesigen braunen Kulleraugen zu einem Schlitz zusammen und sagte "Sophia, solltest du Alex je verletzten oder ihm auch nur im geringsten weh tun, bringe ich dich um, das solltest du wissen, und nun erzähle mir wer du bist" sie lehnte sich weit zurück und machte mit ihren Händen eine Geste die zeigen sollte nun fang schon an, und Sophia fing an und erzählte wer sie war und wie sie war und was sie alles so erlebt hatte und sie nahm kein Blatt vor dem Mund und schilderte sogar im Detail, bis in den letzten, tiefen und dreckigen Abgrund und Winkel ihres bis jetzt völlig versauten und verkorksten Lebens und als sie sah das Joleen ganz unruhig wurde, steigerte sie die Glut ihrer Erzählung aufs äußerste bis sie in Joleen ein Feuerwerk der Gefühle entfachte, und zum Schluss, am Ende, sah sie dicke Tränen aus Joleen ihren Augen rollen und auf den Tisch tropfen! Joleen nahm wieder Sophias Gesicht in beide Hände und mit nassen Augen schaute sie Sophia traurig an, dann gab sie ihr einen zarten Kuss auf die Stirn und sagte "das ist ja alles furchtbar und schrecklich was du bis jetzt in deinem Leben so alles erlebt hast, es wird höchste Zeit das dein Leben eine Wendung zum Besseren nimmt, fangen wir doch gleich damit an, ich fliege mit Momo nächste Woche nach Barbados für eine Woche um meine Eltern kurz zu besuchen, was hällst du davon mit zukommen" in Sophias Augen erstrahlte so etwas wie Glanz und sie lächelte "Karibik, Barbados, das wäre ja wohl ein Traum, aber ich habe doch gar kein Geld und ist es nicht etwas weit für nur eine Woche, das ist doch viel zu anstrengend, ich meine den Flug und so, habe ich gehört, ich bin ja noch nie geflogen" Joleen fing an zu lachen "Geld ist das letzte um was du dir Sorgen zu machen brauchst und anstrengend wird es für uns kaum, wir müssen nicht ewig vorher da sein, wir müssen uns nirgends anstellen, wir sitzen nich eingeengt und können uns kaum bewegen, bei uns ist das eher so als sitzen wir im Wohnzimmer und wir können viele Verschiedene Dinge machen, es ist eher entspannt, glaub mir, den Alex und Felix haben ein eigenes Flugzeug" Sophia schaute ganz ungläubig und verwirrt "das ist jetzt nicht dein Ernst, du spinnst, sie besitzen ein Flugzeug" Joleen grinste nur leicht "ja, ich bin schon dreimal damit geflogen, aussen ist es knallrot und innen ein Traum in weissem Leder, es ist ganz wundervoll, als Alex seine Immobiliengeschäfte und auch die Versicherungsagentur nach Asien und Südamerika ausgebaut hatte, so vor etwa 2Jahren haben die beiden sich eins gekauft, es ist bei den beiden sowieso alles komisch und verworren, das Geld der beiden liegt auch alles in einem Topf obwohl Alex ein vielfaches davon besitzt gehört es irgendwie beiden, die Firma Gutmann und Felax Pharma sind durch eine Mauer von Anwälten und einem Labyrinth von Finanzgesellschaften abgeschirmt, undurchdringlich Und stählernd wie ein Panzer, ich blicke da nicht im geringsten durch, es ist schon unvorstellbar wie Alex das macht, Felix sagt immer nur, Alex ist einfach in diesen Dingen ein Genie, er würde mit einer Präzision denken wie es sie nur einmal auf der Welt gibt! Sophia um ehrlich zu sein muß ich dir sagen, ich mag dich, du bist eine bezaubernde, bescheidene und nette Person und ich würde mich sehr freuen wenn du mit uns fliegen würdest, aber wie gesagt, solltest du Alex jemals verletzen bringe ich dich um" "das habe ich nicht vor, aber eine Frage warum sprichts du so hervorragend deutsch, du sprichst perfekt mit einem ganz kleinen charmanten und süßen Akzent, und ich würde euch beide sehr gerne begleiten, es wäre mir eine Freude" "Sophia ich bin jetzt knapp über 5Jahre hier in Deutschland und die ersten 2Jahre hatte ich viermal die Woche für je 3Stunden am Tag einen Privaten Deutschlehrer und der war ein Freund der Deutschen Gründlichkeit" beid fingen herzhaft zu lachen an dann wanderten ihre Blicke zur Tür und Momo kam noch etwas verschlafen aber schon bei bester Laune mit seinen kleinen hektischen Schritten zur Tür rein gerannt und stürzte auf Sophia zu, er machte mit seinen Armen eine Geste die zeigen sollte das er auf Sophias Schoss möchte, Sophia hob in hoch auf ihren Schoss und schaute in ganz verträumt an und sagte dann "das ist ja wohl das süßeste Kind was ich je gesehen habe" und dann gab sie dem Kleinen einen Kuss auf die Wange! Sophia saß am Pool auf einer der Liegen und hielt ein Buch in der Hand, sie schien völlig vertieft in diesem zu sein und hauchte das gelesene leise und zart aus ihrem Mund, plötzlich sah sie Alex noch weit von ihr entfernt die Terrassentreppen hinunter steigen, er lief auf Sophia zu und lächelte schon von weitem, Sophia sah zu ihm und sie sah einen kleinen rothaarigen Mann und nach allem was sie Heute so von Joleen gehört hatte über Alex dachte sie, unter diesem kleinen Alex steckt ein Mann mit Charakter und Mut und in ihrem Geiste stellte sie diesen Mann nach oben auf ein Podest, dann lächelte sie ihn freundlich und lieb an "Sophia es tut mir furchtbar leid, ich wollte heute unbedingt früher zuhause sein, Heute an deinem ersten Tag bei uns, aber es ist leider noch etwas wichtiges dazwischen gekommen, ich hoffe du hast dich nicht zu sehr gelangweilt, ich sehe die Bibliothek hast du schon gefunden, Thomas Mann der Zauberberg, naja es gibt wohl leichtere Bücher" Sophia legte das Buch bei Seite und nickte mit dem Kopf "hallo Alex, ja da hast du recht, ich verstehe das Buch auch kaum, ich hoffe es stört dich nicht das ich es genommen habe, und langweilig war mir auch kaum, Joleen hat mich in die Mangel genommen" ihr Gesicht nahm kurz einen strengen Zug an der sich schnell wieder verflüchtigte "nein das stört mich überhaubt nicht, fühl dich nur wie zuhause hier, keine Tür ist dir verschlossen, so so Joleen hat dich in ihre Mangel genommen, das tut mir leid, ich weiss doch was für ein Wadenbeisser sie sein kann" "nein sie ist kein Wadenbeisser, sie ist bezaubernd und sehr nett, aber auch sehr besorgt um dich, ich mag sie sehr, sie hat mir sehr viel über dich erzählt" Sophia lächelte Alex dabei so süß an das es ihm schon leicht schwindlig wurde und auch weich in den Knien "sie hat dir sehr viel über mich erzählt, na das muß aber ein langweiliges Kapitel gewesen sein, ich hoffe du bist dabei nicht eingeschlafen" sie schauten sich beide in die Augen und Sophia schüttelte ihren Kopf "ganz und gar nicht, es war eher wie ein spannender Krimi von Edgar Wallace" dann zwinkerte sie im zu und Alex war kurz in ihrem wunderschönem Gesicht versunken "ich habe gerade mit Joleen 5 Minuten geplaudert, sie mag dich auch sehr, sie hat dich eingeladen mit ihr nach Barbados zu fliegen" "ja, aber ich habe doch gar kein Geld und auch keinen Reisepass" warf Sophia ein "okay, genau darüber möchte ich mit dir sprechen, ich finde die Idee von Joleen hervorragend, du könntest mal abschalten und was neues für dich entdecken, es ist traumhaft auf Barbados es wird dir sicher gefallen und auch gut tun, Reisepass ist kein Problem, ich rufe dich morgen Vormittag an und gebe dir einen Termin beim Bürgeramt durch, du machst schnell Passfotos vorher, eine Unterschrift und du kannst wieder gehen in zwei Tagen bringt ihn mir ein Bote ins Büro, erledigt, aber jetzt kommt das was ich dir ganz in aller Ruhe erklären muß, also wenn du das Haus verlassen möchtest und das kannst du wann immer du Lust hast verlassen, aber ich bitte dich dann vorher rüber in das Poolhaus zu gehen und in Dimitrie seinem Büro bescheid zu geben, Dimitrie wird nicht da sein, denn er ist bei mir, aber es ist immer jemand dort, meist zwei oder drei, und einer der Leibwächter wird dich begleiten, ob du mit dem Auto fahren möchtes oder mit dem Bus oder auch zu Fuss gehen möchtest, alles egal die Männer wissen bescheid und du wirst sie nicht einmal war nehmen außer du läßt dich fahren, du denkst jetzt sicher das ich dich kontrollieren möchte aber so ist es nicht, auch Joleen geht nie ohne Leibwächter irgendwo hin, und das ist auch kein goldener Käfig hier, die Männer haben Anweisung uns nichts zu erzählen, weder wann, wie oft, noch wo ihr seid oder wart, sie sollen nur da sein wenn etwas passieren sollte, das ist ehrlich alles, es wäre schön wenn du mir da vertrauen würdest" "Joleen hat mir heute soviel von dir und Felix erzählt und deshalb ist mir das Sonnenklar, ich verstehe das Alex, und eines noch du hast ein eigenes Flugzeug, das erste Gesetz der Menschheit lautet, vertraue nie einen Mann mit einem eigenen Flugzeug, das weiss doch jeder, aber gut ich glaube bei dir könnte ich einmal eine Ausnahme machen, habe ich bei all den anderen Männern die ich kennengelernt habe mit eigenem Flugzeug nie gemacht" und dann fing sie laut zu lachen an, Alex schaute kurz dumm aus der Wäsche und dann hatten beide einen Lachkrampf, von dem es schwer wurde sich zu erholen, und als die Beiden sich endlich erholt hatten sagte Alex "ich hoffe du hälst mich jetzt nicht für aufdringlich, oder bist völlig beleidigt oder sonst was, aber ich habe hier eine Kleinigkeit für dich, da ich ja deine jetzige Situation kenne glaube ich das du diese hier gut gebrauchen kannst" und er hielt ihr eine Eurocard entgegen "jetzt nicht gleich mit deinen schönen Beinen strampeln vor Wut, nimm bitte diese Karte und hier ist der passende Pinn dazu, du kannst überall an jedem Geldautomaten Geld damit abheben, oder auch mit ihr bezahlen, und damit du nicht sonst was denkst ist die Summe im Monat limitiert, ich habe mich mit Angestellten in der Bank unterhalten ohne zu sagen wieso, welch eine Summe angemessen ist bei normalen

Menschen, aber die Summen die sie so nannten erschien mir doch etwas niedrig, aber egal mit dieser Karte kannst du dir kaufen und machen was du möchtest und brauchst nicht immer dumm nach Geld fragen, aber bei 5000 Euro im Monat ist Schluss, und überhaupt bin ich der Meinung du solltest mal so ein halbes Jahr nichts tun sondern dich neu ausprobieren, schauen und suchen wie und mit was du dein neues Leben beginnen möchtes, alles was dich interessiert steht dir offen, meiner Unterstützung kannst du dir sicher sein, also mach mal Urlaub von dem Scheiss den du all die Jahre erlebt hast" Sophia schaute ihn mit verträumten Augen an, und Alex erkannte tiefe Dankbarkeit und auch Verbundenheit in ihnen, Sophia umarmte Alex und drückte ihn fest, dann gab sie ihm einen Zarten, Liebevollen Kuss auf die Wange "Alex ich danke dir für alles, einfach für alles, aber 5000 Euro im Monat werde ich niemals brauchen, du bist ja völlig verrückt" Alex war noch leicht in Euphorie wegen dem Kuss auf seiner Wange, und er wurde leicht rot "nicht so voreilig Sophia, einmal Shoppen gehen mit Joleen und das Geld ist in einer Stunde weg und die Karte gesperrt, so ich gehe was essen, habe einen Bärenhunger und Maria hat mir einen Supperburger mit Pommes zubereitet, mmmm ich liebe ihre Burger" er zwinkerte ihr selbstbewusst zu, dann drehte er sich um und ging! Sophia sah ihm aufmerksam nach, und sie sah einen Mann verschwinden, sie sah in davon gehen und langsam wurde er zu einem Strich, der sich in der Leinwand verlor, sie dachte nur noch was ist hier los, ihre Sorgen schienen weit weg, ja sogar wie aus der Welt geschaft, ein einziger Tag hatte genügt, sie selbst hätte wohl Jahre dafür gebraucht, es kam ihr vor als hätte sie die Welt zeitlebens in Schwarzweiß gesehen und mit einem Mal wäre sie zum Leben erwacht, in leuchtenden, kräftigen, bunten Farben die sie berühren und anfassen konnte und sie dachte das erste mal seit ihrem Dasein auf dieser Welt, das Leben ist schön, einfach wunderschön! Alex ging die Treppe zur Einganstür hoch, er betrachtete kurz die große Holztür seines Hauses und aus dem Augenwinkel sah er noch kurz den mächtigen schwarzen Schatten den Dimitrie hinterließ als er rechts am Haus abbog um in Richtung Poolhaus zu seinem Büro zu gehen, Alex war aufgeregt, denn er wusste wenn er heute das Haus betritt ist Sophia wieder zurück, Sie, Momo und Joleen sind seit ein paar Stunden wieder zurück von Barbados und der Gedanke daran zauberte ihm ein Lächeln ins Gesicht, er machte sich rar, er rief sie nicht an und wenn sie anrief, das was sie fünfmal tat ging er nicht ans Handy und schrieb ihr später, es tue ihm leid aber er hatte keine Zeit, eine Woche, es gab noch keine Woche in seinem Leben die so lang war, eine Woche die ihm vor kam als würde sie niemals enden wollen, eine Woche hatten alle anderen Menschen keine Gesichter, vor seinen Augen sah er immer nur das Gesicht von Sophia so rein und schön und der Rest der Welt waren nur Gesichtslose, starre, tote, leblose Mumien und so manches mal hatte er Angst das er durch einen schrecklichen Unfall die Erinnerung an ihr makelloses Gesicht verlieren könne, es lief ihm dann immer ein Eisiger Schauer über den Rücken! Er schloss auf und betrat den weitläufigen Flur, er ging dann schnellen Schrittes ins Wohn und Esszimmer, da saßen sie dann alle in einer Unterhaltung vertieft, Sophia, Joleen, Jo, Felix und der kleine zuckersüße Momo "hallo" sagte Alex, sie hoben alle ihre Köpfe, Sophia sprang auf und rannte auf Alex zu, sie sprang ihn mit einem Satz an und viel ihm um den Hals, so das Alex sich nur mit aller Mühe auf den Beinen halten konnte, sie duftete nach Karibik, sie küsste ihn auf die Wange, ihre Lippen waren so zart wie der letzte Schein der untergehenden Sonne im Karibischen Meer, Alex sah das ihre Seidenweichehaut jetzt in einem mittelbraun getaucht war und sie noch etwas schöner erscheinen ließ! Ohne jede Umschweife fing Sophia sofort zu erzählen an, und sie erzählte mit Händen und Füßen, wie ein kleines Kind das all ihre Wünsche zu Weihnachten erfüllt bekommen hatte erzählte sie und sie überschlug sich fast dabei, sie zog ihn an der Hand zum Sofa und setzte ihn dort hin, Alex hatte keine Chance sich zu wehren, und sie redete weiter ohne Punkt und Komma, vom Regenwald, vom Strand, vom Affenfelsen, vom Wasserfall, von den Zuckerrohrplantagen, von dem Korallenriff mit all den bunten Fischen und dann sagte sie noch völlig aufgeregt "und Alex, das Haus, das Haus auf dem grünen Hügel, es ist so schön dieses Haus mit dem bunten Garten, ein Wundervolles Haus Alex du solltes es einmal sehen, es würde dir bestimmt genauso gut gefallen wie mir"

204

Alex lachte laut und sagte "Sophia, Sophia beruhige dich doch bitte, ja das Haus gefällt mir auch, ich kenne dieses Haus, es ist mein Haus" "ach ja" sagte Sophia mit einem Lachen unterlegt und Joleen grinste Alex nur an und sagte "hallo Alex und nun stelle dir Sophia eine ganze Woche genau so vor, ich brauche Urlaub, aber sie ist schon eine süße, liebe Person deine Sophia" "sie ist nicht meine Sophia, leider" antwortete er und grinste dabei und dafür erntete er eine liebevollen Blick von Sophia, der Rest des Abends wurde sehr nett, fröhlich und einfach nur Wunderbar, so ein Abend der niemals zu Enden brauchte, aber auch dieser Abend hatte dann ein Ende, der Himmel und die Erde reichten in Dunkelheit wieder fest die Hände! Der Sommer war da, er kam mit aller Macht, aber dieser Sommer war für Alex anders als alle Sommer zuvor, der Himmel war immer etwas blauer, der Regen fühlte sich angenehmer an, die Blätter waren grüner und üppiger, die Luft duftete süßer als jemals zuvor und alles erschien Alex bunter, alles hatte jetzt irgendwie einen neuen Anstrich bekommen, Sophia brachte neuen Schwung ins Haus und in Alex sein Leben, und wenn er die Zeit dafür fand, von der er sich immer mehr nahm, viel mehr als vor Sophia, redeten die beiden sehr viel miteinander, Sophia kam Alex dabei oft sehr nahe, sie legte ihre Kopf auf Alex seiner Brust ab, sie umarmte ihn ständig und oft, Alex war das einfach nur schön und er hatte Mühe seine Männlichkeit unter Kontrolle zu halten, er hatte immer den Wunsch sie ständig zu berühren, seine Sehnsucht sie heiß und innig zu küssen war oft schon schmerzhaft aber er spielte immer den Gentleman außer ein paar netten Komplimenten blieb er recht cool auch wenn in ihm ein stürmisches Gewitter tobte! An einem trüben Sommertag setzte sich Felix zu Alex und mit einem Lächeln im Gesicht fragte er "Alex wann greifst du endlich an, Sophia mag dich das sieht man doch auch wenn man halb blind wäre" "lieber Felix, wenn ich so aussehen würde wie du hätte ich ihr schon längst die sieben Sachen von ihrem Leib gerissen, aber ich kleines Männlein erobere diese Göttin peu a peu" Felix fing laut zu lachen an und sagte "peu a peu heißt aber nicht Jahrelang"! An einem warmen und malerischen Spätsommertag sah Alex wie Sophia gekonnt im Pool schwamm, es war Sonntag, er ging zum Pool und schaute

205

ihr zu, auf einer der Liegen war ein gelbes Handtuch platziert und auf dem Marmorboden lag ein Stapel Bücher, Alex schaut den Stapel flüchtigen Auges durch, es waren Bücher über Kunst, Malerei und Gemälden, eines trug den Namen, die 98 Stilrichtungen der Kunstmalerei aber sein Blick wendete sich sofort zurück zum Pool, denn mit einer schnellen und gekonnten Bewegung wobei sich Sophia mit ihren Armen am Beckenrand in einem Ruck aus dem Wasser zog stand sie nun nass vor ihm und lächelte, Alex schaute sie an, ihre Haare lagen glatt und nass an ihrem Kopf fest an und gaben so ihr schönes Gesicht völlig frei, glitzernde Wasserperlen rannen langsam an ihrem perfekten Körper herunter bis sie dann zu ihren kleinen Füßen nieder fielen, Alex hätte sie am liebsten mit Wonne und seiner Zunge ganz langsam und zärtlich von ganz oben bis ganz unten trocken geschleckt, aber er schaute nur ganz cool und sagte "ich habe ganz kurz deine Bücher überschlagen, ich hoffe das stört dich nicht, du interessierst dich für Kunst" Sophia nahm das gelbe Handtuch von der Liege um sich damit ganz kurz abzutrocknen, Alex sah jede einzelne Kontur und das leichte aber noch sehr fraulich anmutende Muskelspiel ihres Körpers und dabei wurde ihm fast schwindelig "nein stört mich selbstverständlich überhaubt nicht, es gibt so viele wunderbare und wunderschöne Dinge auf dieser Welt anzuschauen, ich hatte von überhaupt nichts eine Ahnung und ich war und bin immer noch dumm und völlig ungebildet, aber irgendwie habe ich Lust bekommen dies vielleicht mal zu ändern, ich liebe es diese Bücher zu lesen und mir die vielen prachtvollen Gemälde und Bilder anzuschauen, einige würde ich gerne einmal im Orginal betrachten, aber es gibt ja Museen da kann ich mir einige von denen die in den Büchern sind ja mal selbst anschauen" sie schlug sachte mit ihre Hand auf ihre Liege und sagte "komm setz dich zu mir ich zeige dir die Bücher genauer" "okay, gerne" kam aus Alex seinem Mund und er setzte sich zu ihr! Sie erzählte und zeigte wie wild, sie schien völlig begeistert von der Kunst zu sein, sie erklärte Alex die vielen verschiedenen Stilrichtungen und die Maler und Künstler die diese Wunderwerke erschaffen hatten und Alex hörte gut und genau zu und nach einer Stunde erkannte er schon was und wer ihre Favoriten waren,

Sophia stand und begeisterte sich für, Surrealismus, Pop Art, Fotorealismus und Kubismus, für Salvatore Dahli, Roy Lichtenstein, Andy Warhol und vielen andere dessen Name Alex noch nie gehört hatte aber ein Ggemälde hatte es ihr so richtig angetan und schien ihr unter die Haut zu gehen, sie zeigte es immer wieder, in allen größen, von nah von weitem, einfach in allem was ihre Bücher so her gaben, dieses Werk entsprang dem Kubismus und erschaffen wurde es von Juan Gris und der Name des Gemäldes war Gitarre und Klarinette, dieses Gemälde schien sie förmlich zu fesseln! "ach ja Alex ich muß dir noch etwas erzählen, ich habe alles erledigt und alles beantragt und Morgen habe ich und nun halte dich gut fest, meine erste Fahrstunde, ich mache mein Führerschein, und all das kann ich nur machen weil du so ein Wunderbarer und großzügiger Mensch bist" Alex schaute ihr ganz verdutzt in die Augen und sagte "Sophia ich bin weder wunderbar noch großzügig, ich bin einfach nur, unglaublich Reich" er drehte seinen Kopf zur Seite und schaute dann in die Unendlichkeit, starr und stumm, in diesem Moment gab es einen mächtigen und lauten Knall als hätte man eine Bombe in den Garten fallen lassen, Sophia und Alex erschracken und drehten beide sofort ihre Köpfe zum Pool und ihre Augen sahen eine mächtige Meterhohe Wasserfontäne in den Himmel steigen und als diese wieder zu Boden viel waren beide nass und im Pool sahen sie einen weißen Riesenhai am Grund des Pools tauchen, dann stieg der Hai empor und beide sahen die furchterregende Fresse von Dimitrie aus dem Wasser schauen "tut mir leid Chef wenn ihr beide jetzt nass seit, aber mir war warm! In den nächsten Tagen und Wochen konnte Alex beobachten wie verbissen Sophia lernte und dabei machte sie jedes Mal ein so süßes Gesicht, es ist einfach nur zum anknabbern dachte Alex jedes Mal so bei sich! Und seit dem Einzug von Sophia war eine Sache jetzt völlig anders als jemals zuvor in diesem Haus, denn das ganze Haus war jetzt mit Musik erfüllt und durchzogen, egal wann man das Haus jetzt betrat, war Sophia da, war auch Musik da! Keiner hatte etwas dagegen, alle saßen irgendwie da und nickten mit ihren Köpfen im Takt oder wippten mit den Füßen im Rhythmus, sogar der kleine Momo fing zu wackeln an, Alex kannte diese Musik nicht, er hatte nie für diese Art von Musik Interesse gezeigt, und er wusste auch nicht wen oder was er da ständig zuhören bekam, aber der Stimme nach schien es sich immer um den selben Sänger zu handeln, aber auch er mochte diese Musik, Sophia hingegen schien sie zu lieben, sie sang laut mit und tanzte durch das ganze Haus so elegant und wunderschön wie eine Elfe, sie schien in diesen Tönen zu leben und zu atmen! Wochen später, es war einer dieser viel zu lauen Heiligabende, das Wohn und Esszimmer war prachtvoll geschmückt, und es roch im ganzen Haus nach Plätzchen und Zimt und aus der Küche trat so langsam der Duft des Weihnachtsbratens hinaus und verteilte sich bis in den letzten Winkel, neben dem Kamin stand ein riesiger Weihnachtsbaum, wundervoll und bunt geschmückt, der kleine Momo stand genau daneben und lies ihn noch mächtiger erscheinen, er schaute auf die bunt verpackten Geschenke die unter dem Baum verteilt umher lagen und konnte es kaum abwarten diese zu öffnen, dann kam Dimitrie und nahm den Zwerg auf seinen Arm und nun wirkte der Baum eher mittelmäßig, es hatte bis jetzt noch nicht einmal geschneit, was das Weihnachtsfest für Jo angenehmer gestaltete und ihn glücklicher machte, er hasste das Schneefegen wie die Pest, es war dann auch endlich soweit, die Kirchenglocken läuteten um 18 uhr das Weihnachtsfest ein, und alle sangen kurz ein Weihnachtslied bevor sie sich über die Geschenke her machten, Momo wusste gar nicht welches zu erst und er schien etwas überfordert zu sein, aber er bewältigte diese Situation dann doch recht schnell und war kurze Zeit später im Geschenkpapier begraben! Alex ging zu Sophia und umarmte sie und sagte "frohe Weihnachten, ich habe auch ein Geschenk für dich aber du mußt mir bitte kurz folgen" Sophia wünschte Alex auch alles Liebe und folgte ihm mit skeptischen Augen hinaus in den Garten, Alex bog dann links ab in Richtung Garage, er drückte mit seinen Daumen die Fernbediehnung und das Tor ging langsam auf "das ist für dich zum bestandenen Führerschein letzte Woche und zu Weihnachten natürlich" das Tor gab jetzt das innere der Garage frei und Sophia traute ihren Augen kaum, mit einer blauen Schleife auf der Motorhaube stand dort genau vor ihren verdutzten Augen ein nagelneuer roter BMW Cabriotet 325i, Alex drückte Sophia den Schlüssel in die Hand und sagte "bitte für dich, ich hoffe er gefällt dir" Sophia schaute auf das Auto und man konnte Nässe in ihren Augen erkennen, sie umarmte Alex ganz fest und drückte ihm einen fetten Kuss auf die linke Wange "du bist ja völlig verrückt, du spinnst doch, danke, danke ja er gefällt mir, er ist ja ein warer Traum einfach nur wunderschön" "Sophia ich bin weder verrückt noch spinne ich, das hatten wir doch schon, ich bin einfach nur unglaublich Reich" Sophia lachte fröhlich und glücklich und sagte voller Euphorie "Mütze, Schal und dicke Jacke an, wir fahren eine Runde aber offen" "okay bin dabei" erwiderte Alex und beide rannten im D-Zugtempo ihre Sachen holen, Alex rannte dabei kurz am Wohnzimmer vorbei und rief kurz hinein, Sophia und ich sind Punkt 20uhr zum Essen zurück, wir probieren das Auto aus" und weg war er, Sophia saß schon im Wagen und machte sich damit vertraut, sie drückte einen Knopf und das Verdeck verschwand wie von Geisterhand gezogen im Kofferraum, gleichzeitig gingen die Scheiben nach unten und Alex sprang wie in einem Roadmovie über der Beifahrertür mit einem gekonnten Satz hinein und saß "dann mal los Sophia" Sophia gab Gas und als sie langsam durch die Alleen fuhren strahlte hell der Vollmond über ihren Köpfen und tauchte die Welt in eine silbernen Weihnachtsverpackung, Sophia fuhr dieses Auto sicher und souverän, sie holte eine CD aus ihrer Jackentasche und schob sie in den CD Spieler und schon hörte Alex wieder diese Musik, er schaute sich die Hülle genau an die sie neben sich abgelegt hatte "du stehst total auf diese Band" Sophia grinste breit und zufrieden und antwortete "die beste Musik die es gibt, ich liebe diese Musik" "so,so" haucht Alex gelassen aus seinem Mund, die Strassen waren leer und ruhig und die beiden unterhielten sich angeregt als dann plötzlich eine Ampel an einem düsteren Platz rot wurde, auf einer Bank vielleicht 10 Meter von ihnen entfernt sahen sie drei finstere Gestalten, eine von ihnen schrie laut "schaut mal wer da ist, Sophia die verfickte Schlampe" sie standen alle drei auf und kamen auf das Auto zu, dabei sahen sie aus wie Zombies, als sie vor dem Wagen standen sah Alex das der eine Zombie eine Frau war, graue, strähnige, fettige Haare zierten ihr Haupt, verfaulte Zähne stachen aus ihrem Mund hervor, sie trug einen langen grauen Wintermantel der so dreckig und starr war das er wie ein Panzer wirkte, die Frau trat zu Sophia an die Tür und legte ihre Hand auf Sophias Schulter, sie trug an den Fingern abgeschnittene graue Wollhandschuhe und Alex konnte ihre dreckigen fast schwarzen Finger genau sehen "na Sophia du Schlampe, bist ja jetzt eine piekfeine Dame geworden du Drecksstück" lallte sie aus ihren verfaulten Mund und ihr Atem roch nach billigem Fusel "woher willst du das denn wissen" sagte Sophia leicht beunruhigt "die Leute reden und ich höre zu" sagte der weibliche Zombie und durch dir Beleuchtung vom Amaturenbrett konnte man ihre tiefen Falten sehen, sie sah aus als hätte sie schon in ihr Grab geschaut "stimmt, zuhören konntest du schon immer gut nur was unternehmen oder sagen war nie so dein Ding, geh weg wir wollen weiter" die Frau lachte ""halt deine Schnauze du widerliches Drecksstück und gib mir Geld, alles was die Dame so bei sich hat und der Vogel neben dir auch" dann nahm sie einen kräftigen Schluck aus der Flasche die sie in der linken Hand hielt "wir haben kein Geld und nun geht bei Seite wir wollen weiter" sagte Sophia laut und deutlich, die Frau lachte wieder und sagte "los Männer holen wir uns ihr Geld, die Piekfeine Dame hat doch jetzt genug davon und dann griff sie an Sophias Jacke, in dem Moment kamen die beiden Männer mehr getorkelt, als gelaufen auf Alex zu, der eine schlug seine Bierflasche auf der Strasse am Hals ab und drohte damit zu Alex, als er an der Autotür bei Alex stand hob er den scharfen Flaschenhals in die höhe und wollte damit zuschlagen, das Glas schimmerte braun, Alex öffnete mit einem kräftigen und schnellen Ruck die Tür und rammte sie dem Zombie in seine Weichteile hinein, der schrie laut und ging auf die Knie, Alex sprang aus den Wagen er holte mit dem Bein aus und trat ihn mit voller Wucht in die Fresse, er fiel um wie ein gefällter Baum, aus den Augenwinkel sah er den anderen mit der Faust ausholen, doch der billige Fusel hatte ihn zu langsam gemacht, Alex duckte sich, drehte sich blitzschnell um und schlug ihm seinen Ellenbogen quer über seine Nase, er fiel zu Boden und man sah das Blut aus seinen Nüstern schiessen, dann rannte er um den Wagen und sah wie Sophia sich mit der Alten an die Haare zog, er umklammerte die Alte von hinten und zog sie vom Wagen weg, sie stank nach Dreck und Unrat, es ekelte Alex und erschwerte die Sache, dann schmiss er sie bei Seite, sprang auf seinen Sitz und sagte "Sophia fahr, los fahr schon" Sophia gab Gas und die Alte schrie aus vollem Halse "Sophia du Schlampe, du Drecksstück, du verfickte Fotze" dann verloren sich ihre Worte in der Weite und der Dunkelheit! Die nächsten Minuten fuhren sie Wortlos bis Sophia ihren schönen Mund öffnete "Alex, wozu brauchst du eigentlich Dimitrie, das bekommst du doch alles ganz alleine hin" sie lächelte jetzt verschmitzt und dann breit und mit diesem Lächeln in ihrem Gesicht fuhr sie weiter in aller Ruhe einfach weiter, Alex schaute sie völlig verdutzt an und sagte "ha ha sehr witzig, die waren alt und besoffen, Sophia wer war das" Sophia blickte weiter auf die Strasse und sagte keinen Mucks "Sophia wer war das" hakte Alex nach, doch von Sophia kam keine Antwort und ihre leicht zerzausten Haare wehten im Wind und sie sang den Song der aus den Lautsprechern kam! Alex wartete noch 5 Minuten um dann seine Frage laut und mit dem nötigen Nachdruck zu wiederholen "Sophia, sag mir bitte wer das Gewesen ist, sie schien dich ja überhaupt nicht zu mögen" er schaute ernst und fordernd zu Sophia rüber und sein Blick stach, Sophia lächelte wieder und sagte "meine Mutter" danach herrschte eine eisige Stille und beide blickten nur geradezu auf die leeren Strassen, Sophia drehte dann die Musik etwas lauter und summte so still vor sich hin, kurze Zeit später trafen sich ihre Blicke, und dann fingen beide laut zu lachen an "eine bezaubernde Person deine Mutter, echt entzückend" murmelte Alex recht verstohlen "ja das war sie schon immer" sagte Sophia, dann machte sie eine Pause, schaute kurz aber heftig zu Alex rüber und fügte hinzu "Bruce Lee" die ganze Fahrt zurück mußten beide lachen, sie lachten unentwegt über Bruce Lee! Alle saßen am festlich gedecktem Tisch, der Weihnachtsbraten duftete durchs ganze Haus und alle taten sich das wohlschmeckende Essen auf ihre Teller, Sophia und Alex saßen sich genau gegenüber, sie grinsten und lachten sich die ganze Zeit an, und als Sophia mit ihren Fäusten wilde Schläge in die laue Luft des Esszimmers fuchtelte, bekamen beide einen Lachkampf der sich gewaschen hatte, die anderen schauten nur verstörrt, sie schauten sich gegenseitig in die Augen und schüttelten mit ihren

Köpfen "okay ihr beiden, was ist los mit Euch zwei, was ist da draußen passiert, da muss doch irgendetwas vorgefallen sein" sagte Felix mit einem breiten Grinsen auf den Lippen "genau, los redet schon" fügte Joleen hinzu! Sophia und Alex schauten einander an, sie verständigten sich per Blickkontakt und Alex deutete ihr das sie ruhig reden könne wenn sie möchte "okay" sprach Sophia, sie schaute ganz ernst rüber zu Dimitrie, der gerade dabei war sich einen ganzen Kloß in sein gewaltigen Rachen zu schieben "Dimitrie, du bist gekündigt, wir brauchen dich nicht mehr" dann zeigte sie mit dem Finger zu Alex rüber und sagte "Bruce Lee da drüben kann gut auf sich selbst aufpassen" allgemeines Schweigen durchzog den Raum, ungläubige Gesichter überall "Sophia du bist doof, hör auf damit" rief Alex Sophia zu "was ist hier los" sprach Felix laut und alle schauten ganz verwirrt, aber mit einem Lächeln im Gesicht, außer Dimitrie, der schien von allem völlig unberührt zu sein und kaute in aller Seelenruhe den Kloß, dann schluckte er kurz und sagte "Chef, keine falsche Bescheidenheit bitte, der Trick mit der Tür in die Weichteile hat selbst mich beeindruckt und Chef mit welcher Katzenartigen Gewandheit du aus dem Auto gesprungen bist war eine ware Augenweide, der Tritt hingegen war gefährlich fürs Kniegelenk, Chef müssen wir noch dran arbeiten, nun gut Chef bei der Leiche die hinter dir stand und dir eine verpassen wollte, hättest du dich gar nicht so schnell umdrehen müssen, der war so langsam, Chef hättest du noch in aller Ruhe ein Weihnachtsliedchen pfeifen können, ich glaube sowieso nicht das der dich getroffen hätte und der Schlag mit dem Ellenbogen muß doch mehr aus der Schulter kommen Chef, hab ich dir doch schon oft gezeigt, schau genau so" und er schlug ein Loch in die Luft, den Luftzug konnte man überall im ganzen Raum spüren, Momo lachte laut vor Freude, dann widmete sich Dimitrie wieder in aller Ruhe seinem Braten und machte ein desinteressiertes Gesicht! Sophia und Alex hingegen bekamen kaum noch ihre Münder zu vor Überraschung "Dimitrie du hast das alles gesehen" fragte Alex erstaunt "ja Chef habe in der ersten Reihe in der Loge gesessen, nur etwa 6-7 Meter entfernt von dem Konzert, hatte gute Sicht und guten Ton in der Limousine, und noch eines Chef, solltest du je wieder ohne vorher in meinem Büro Bescheid zu sagen das Grundstück verlassen, kündige ich von ganz alleine Chef, ich bin für dein Leben verantwortlich, also sag das nächste mal Bescheid" "tut mir leid Dimitrie, Dimitrie du bist echt teuer aber jeden Cent wert, danke" sagte Alex ganz kleinlaut, Joleen, Felix und Jo redeten völlig durcheinander, aber alle wollten wissen was da los war "Dimitrie, was war da draußen los bitte" schrie Joleen, Dimitrie machte mit seinen Pranken ein Zeichen das zeigen sollte, das er nicht über seinen Chef redet und deutete er auf Sophia und Alex! "okay ist ja gut" sagte Alex und dann erzählte er die ganze Geschichte! Etwas später kam aus Joleen ihrem Mund "das war deine Mutter, ist ja unglaublich" "ach vergesst mal diese ganze Geschichte und meine Mutter, ich habe sie schon vor vielen, vielen Jahren vergessen"! Es wurde noch ein besinnlicher und auch lustiger Heiligabend, es wurde noch viel genascht und viel geredet, bis sich so ganz langsam und gemächlich alle zurück zogen um ihre Betten aufzusuchen und in ihren Träumen zu versinken, nur Sophia und Alex saßen noch am Kamin im Gespräch vertieft und Maria war schon mit dem Aufräumen stramm beschäftigt, da stand Alex plötzlich auf und sagte "so Sophia, ich werde mich jetzt auch ins Bett begeben" Sophia stand dann auch auf und beide gingen gemeinsam in den Fur hinaus zur großen Treppe, Alex nahm dann Sophia in seine Arme und drückte sie ganz herzlich "Sophia schlaf gut bis Morgen dann" sagte er ganz liebevoll, Sophia griff vorsichtig nach Alex seiner Hand und hauchte ihm leise ins Ohr "du schläfst heute Nacht bei mir" dann zog sie ihm die Treppe hinauf, Alex seine Beine waren wie Gummi und er zitterte am ganzen Körper, aber er folgte ihr ohne sich zu wehren! In ihrem Zimmer angekommen schloss sie langsam und leise die Tür, dann ging sie gekonnt und aufreizend zum Bett und entledigte sich ihrer Kleidung, dann drehte sie sich zu Alex um, Alex betrachtete ihre Silhouette, ihre Nacktheit machte sie noch schöner, sie war einfach nur makellos, Alex zitterte vor Erregung und er stand da starr und unfähig sich zu bewegen, er schaute ihr tief in die Augen und fragte "bist du dir sicher" und es hauchte leise, sanft und unmissverständlich ein "ja" aus Sophias rotem Mund, Alex seine Beine schienen am Boden festgewachsen zu

213

sein und er war kaum fähig sich zu bewegen, sein Herz pochte wie wild und unkontrolliert, sein Atem wurde immer schneller und dann kam es in ihm hoch, alle die Tage und Minuten die er Sophia begehrt hatte, die ständige Fleischeslust die ihm in den letzten Monaten ein immer währender Begleiter waren und ihn fast in den Wahnsinn trieben, die Lust sie zu berühren, sie zu streicheln, ja sie zu nehmen wie ein Mann eine Frau nehmen möchte, diese Gier nach ihrem Fleisch, ihrer Haut, ihren Brüsten, ihrem Gesäß, ja die Gier nach ihr und ihrer makellosen Schönheit, nach ihrer Vollkommenheit, all das ging ihm durch den Kopf, an all das mußte er denken und schließlich und endlich konnte er sein Verlangen nicht mehr zurück halten bevor er voller Anbetung nieder auf seine Knie sank, und mit seinen Händen fest ihre Taille hielt und mit seinem gierigen Mund und seiner Zunge ihre Weiblichkeit zärtlich küsste und heftig liebkoste, dann stand er auf und legte Sophia sanft aber bestimmend auf das Bett, er riss sich voller Uungeduld seine Sachen vom Leib und stürzte sich wie ein wildes Tier auf sie, er liebkoste sie mal zärtlich mal heftig voller Leidenschaft von ganz oben bis ganz unten, er wollte von jedem Winkel von jeder noch so versteckten Stelle ihres Körpers kosten, schmecken, einatmen, er drehte sie, er wendete sie, er wollte alles an ihr schmecken und riechen, sie duftete nach Cocosnuss und kurz bevor er sie voller Geilheit auffressen wollte, spürte er ihren warmen, wohltuenden Atem an seinen Mund, an seinem Hals, an seiner Brust, an seinem Bauch und schließlich an seinen Länden, eng umschlungen, ja völlig ineinander verknotet wälzten sie sich von eine Ecke zu anderen des Bettes und küßten sich dabei leidenschaftlich und gierig, Alex seine Hände griffen nach allem was er zu greifen bekam, er hielt dann ihren wie ein Apfel geformten Po fest in seinen Händen, mal kräftig mal zärtlich streichelnd und dabei saugte er ihre harten Knospen ganz tief in seinen Mund ein, er hörte das leichte Wollüstige stöhnen aus Sophias weit geöffneten Mund, diese Geräusche schienen ihn fast um seinen Verstand zu bringen und er stöhnte voller Lust und Verlangen nach ihr laut auf und schrie ihren Namen! Sophia wusste das sie wunderschön war und sie wusste das sie eine schöne Vagina hatte und es wurde jetzt Zeit davon gebrauch zu

214

machen um Alex zu besitzen, gezielt und gekonnt, schnappte Sophias Vagina gierig nach Alex, und sie zog mit ihrer schönen Vagina Alex seine Männlichkeit hinein, mitten hinein in ihre Vagina, sie umschlang Alex seine Männlichkeit fest und fordernd und als Alex mit seinen wellenartigen Bewegungen anfing wurde es eine Körperliche Vereinigung die nicht mehr aufzuhalten war und in dem Moment als Sophia ihre roten Nägel tief und fest in Alex sein Gesäß vergrub und beide voller Geilheit und Lust laut aufschien, ja da war es klar, ja eines war jetzt klar aus beiden wurde Eins, Alex hatte Sophia und Sophia hatte Alex, welch Aufregendes Weihnachten und welch geiles Geschänk für beide, frohe Weihnachten! Es wurde laut, es wurde hell, es wurde bunt, am dunkelen Winterhimmel in dem Moment als die Spezialisten von der Firma QundT Fireworks die Silvesterraketen zündeten, das üppige und kostspielige Feuerwerk nahm seinen Lauf hinauf in den Himmel, einzelne bunte Kugeln schossen rasend schnell in die Luft um sich oben angekommen mit einen lauten dumpfen Knall in tausende schillernde Sternschnuppen zu teilen und von Sekunde zu Sekunde wurde ein Kunstwerk untermalt von Vivaldis vier Jahreszeiten daraus, etwa 50 von Felix und Alex geladene Gäste standen draußen auf der Terrasse und erfüllten jedes Klischee in dem mehrere ohhhs und ahhhhs aus ihren Münder sprudelten, mit glänzenden Augen schauten sie noch oben zu dem Kunstwerk in der Winterluft das strahlte, zischte und knallte aber eigentlich nichts weiter als gemischtes Schwarzpulver war! Etwas abseits saßen Sophia und Alex am Pool auf einer Liege, Sophia kuschelte sich mit ihrer Rückseite Alex zugewandt in seinen Armen und seinem Bauch gemütlich ein und schaute zum beleuchteten Himmel hinauf, beide hatten dicke Winterjacken an, denn es war kalt und Alex hielt sie ganz fest in seinen Armen um sie zu wärmen, dabei berührte seine Wange ihr schönes volles Haar das wie immer unwiderstehlich duftete, er griff mit seiner rechten Hand in die Aussentasche seiner Daunenjacke und holte von dort eine kleine rote Schachtel hervor, sie war aus feinstem Leder, er hielt sie fest in der Hand und mit dem Daumen öffnete er den Klappdeckel, dann hielt er die Schachtel genau vor Sophias Sichtfeld die ihre Augen weit aufriss und in der Schachtel einen Ring sah, in der Mitte schaute ein Diamant etwa 3 Karat und Lupenrein umrahmt von 10 Smaragden ihr entgegen, ein Ring so wunderschön und kostspielig das er jede Frau die ihn am Finger tragen würde zu einer Prinzessin machen würde oder ihr zumindest das Gefühl geben würde, Sophia drehte sich zu Alex um und schaute ihn mit glänzenden Augen an, leicht verwirrt sagte sie "Alex der ist ja Wunderschön, ein Traum, ein Kunstwerk sogar, ist der etwa für mich" Alex schaute ihr mit einem Lächeln im Gesicht tief in die Augen und sagte "kommt darauf an welches Wort du mir gleich sagen wirst" er rappelte sich auf und kletterte von der Liege, dann kniete er nieder genau vor Sophia und schaute sehr ernst und wohl überlegt "Sophia ich sehe dich jede Nacht in meinen Träumen auf einer weissen Wolke sitzen, du bist das Schönste und zarteste was die Schöpfung je geschaffen hat und deshalb frage ich dich jetzt, Sophia möchtest du meine Frau werden" Sophia schien erschrocken und faste sich mit beiden Händen ans Herz aber dabei lächelte sie Alex liebevoll ins Gesicht und in Sekunden ratterte das ganze Leben und das volle Program durch ihren Kopf und sie dachte rasend schnell und Messerscharf, präzise wie ein Uhrwerk nach und sie dachte daran wie arm sie war, daran wie sie von Männern benutzt, misshandelt und missbraucht worden war, wie traurig und Elend sie ihr Leben bis Alex fand, an ihren widerlichen Vater, an ihre Mutter an all das Schlechte an den ganzen Mist und Dreck der ihr ihr Leben zur Hölle gemacht hatte, sie dachte mit einem Wort mit dem richtigen Wort würde ich die Frau eines der reichsten Männer der Welt werden, ein Märchen, ein Traum, wie aus einem kitschigen Roman, surreal, unwirklich kam ihr das alles vor und sie wusste auch das sie nie die Kraft hätte ihn zu lieben, aber in der tiefe ihres Verstandes flammte es auf, sie würde ihn besitzen und dann sagte sie mit einem Lächeln im Gesicht und sehr wohl überlegt bei vollem Verstand im Geiste durchgegangen, glücklich, zufrieden und mit viel Freude aber doch ohne jeglichen Herzensantrieb "ja, ja Alex ich möchte deine Frau werden, liebend gerne" dann fiel sie Alex sofort um den Hals und küsste ihn heiß und innig "wow, wow nur langsam Sophia aber die Dame beim Juwelier die mir den Ring verkaufte sagte mir gleich das so was passieren wird" er nahm den Ring aus der

Schachtel und steckte ihn auf den linken Ringfinger der schönsten Hand die es gibt, auf die Hand von Sophia und in ihren Augen sah Alex wie sich das Feuerwerk spiegelte und er sah auch das Glück was aus ihren Augen funkelte, aber er sah auch jedes Wort was sie dachte bevor sie ja sagte, aber das war ihm egal, denn auch er wollte sie besitzen, er wollte sie immer besitzen seit er sie das erste mal gesehen hatte, für ihn war sie die mit Abstand schönste Frau auf der Welt und nun war sie sein, sie gehörte ihm so wie er ihr gehörte, Arm in Arm und glücklich gingen sie jetzt in Richtung Terrasse und schauten sich dabei beide in ihre Augen und sie sahen glücklich und zufrieden aus und über ihren Köpfen erlosch so ganz langsam das bunte Feuerwerk das das Jahr 2007 eingeläutet hatte, und beide wussten das wird unser Jahr einfach nur Unseres! Der Himmel war angenehm hellblau, durchzogen von einigen Wolken die wie weisse Märchenschlösser an ihm zu stehen schienen aber in Wirklichkeit schwebten sie ganz ruhig und friedlich dahin, die Sonne schien grell und golden und man konnte an der Wärme ihrer Strahlen den nahenden Frühling erahnen obwohl das ganze Dorf noch in einem zarten weissen Schleier gehüllt war, es fuhr eine weiße offene Kutsche die Dorfstrassen entlang, gezogen von zwei prächtigen Schimmeln und der Kutscher saß auf seiner Bank, gekonnt hiel er die Zügel in der Hand, er trug einen grauen Frack und hatte einen grauen Zylinder auf seinem Kopf, man konnte erkennen das die große weiße Kutsche vorher mit viel Mühe und Liebe wunderbar geschmückt wurde und im inneren saß ein Hochzeitspärchen mal sich verliebt in die Augen schauend mal ihre Blicke gezielt nach vorne gerichtet, die Braut schaute jetzt den Bräutigam in die Augen und sagte "Alex mir ist leicht kalt" "das glaube ich dir Sophia" antwortete Alex und nahm sie ganz fest in seine Arme um sie etwas zu wärmen, beide sahen dann geradeaus und konnten die weiße Dorfkirche erkennen die immer näher kam und auch die vielen Hochzeitsgäste die vor ihr ein Spalier aber irgendwie durcheinander bildeten, Reporter und auch ein Fernsehteam haben sich dicht am Eingang der Dorfkirche platziert! Hinter der Dorfkirche sahen Sophia und Alex die wuchtigen, wunderschönen mit Schnee bedeckten Gipfel des Engerdin, ein würdevolles

217

Schauspiel das nur die beiden, der Kutscher und die Schimmel sahen, denn die anderen schauten gespannt in die falsche Richtung, zur Kutsche auf die sie alle voller Ungeduld zu warten schienen, als sie der Dorfkirche immer näher kamen, sahen die beide das auch sie würdevoll geschmückt wurde, sie sah schön und erhaben aus, die Dorfkirche von St.Moritz! Schnellen Schrittes kam ein Mann der Kutsche entgegen gelaufen, völlig aufgeregt schien er zu sein, er trug einen weißen Gehrock und schwarze Hosen, ein Backenbart zierte sein Mondförmiges, ja auch angespanntes Gesicht, an den Fingern trug er große und bunte Ringe, sein Haar war fest und streng mit Gel nach hinten gekämmt, seine Augenbrauen waren zu kleinen Strichen gezupft und an seinen Nägeln ließ sich eine frische Maniküre erahnen, sein rechtes Ohrläppchen zierte ein diamantener Ohrring und mit einer Bariton Stimme die man niemals bei diesem Mann erwartet hätte sagte er "Alex las sofort Sophia aus deiner Umklammerung du zerknitterst noch ihr traumhaftes, märchenhaftes Kleid" "Aber mir ist kalt Walter" entgegnete ihm Sophia, Walter verzog sein Gesicht zu einer Grimasse und sagte "Sophia, Schätzchen, da must du jetzt durch, du siehst wunderschön einfach zum sterben aus, die schönste Braut die ich je gesehen habe einfach nur bezaubernd meine süße kleine Märchen Prinzessin, ach mein Gott Sophia bist du wunderschön, Süße pass gut auf dein Make Up auf und nicht mehr küssen bitte, denk an dein Lippenstift, ach Sophia alles ist noch Perfekt, und denkt daran ihr bleibt in der Kutsche solange bis alle ihr Plätze eingenommen haben und dann gehst erst du hinen Alex und dann Sophia bringt Dimitrie dich zum Altar, macht alles so wie ich es euch gesagt habe meine Süßen dann wird alles nur zauberhaft" Alex schaute runter zu diesem komischen Mann "he Walter und wie sehe ich aus" "ja Alex du siehst auch gut aus in deinem schneeweißen Anzug in dem ich dich gesteckt habe mein bester, ja gut siehst du aus" und dabei verdrehte Walter seine Augen "he Walter du hast meine Frau und manchmal auch mich 8 Wochen genervt, 8 Wochen bist du auf unseren Nerven rumgetrampelt, wenn das hier alles vorbei ist haben wir beide Mal zu reden, hast du gehört" "ja, ja Alex machen wir dann, aber jetzt sei ein braver Junge und höre auf mich dann wird

218

"alles gut" Sekunden später fuhren die beide in das Spalier hinein und sahen die Leute klatschen, Walter blieb dicht bei der Kutsche, Walter der wohl bekannteste und teuerste Hochzeitsplaner der Schönen und Reichen, 8 Wochen lang hielt er das Unterfangen der Hochtzeit am 4.März für völlig unmöglich, Kinder zu wenig Zeit, viel zu wenig Zeit meine Süßen sprudelte es ständig aus seinem Mund, aber das Budget von 1,5 Millionen trieb ihn immer wieder zu neuen Höchstleistungen an und er vollbrachte wahre Wunder, er war einfach nur gut und so gut wie er war so schwul war er auch, sein Benehmen war so exzentrisch und weibisch, hätte man Homosexualität messen können wäre ein Walter das Maximum, sein Äusseres war so schrill, bunt und extravagant und sein Benehmen so extrovertiert das man denken konnte das alles was er je berühren würde und alles an dem er vorbei zog und wandelte zu dunklem, harten Stein erstarren würde! In dem Spalier schaute sich Alex um und sah die klatschenden Menschen um ihn herum mit viel Skepziss, 250 geladene Gäste standen dich am Wegesrand und drumrum mehrere Schaulustige, auch Kameras vom Fernsehen konnte er erkennen, es war im alles eher unangenehm und zu dekadent, er hätte sich vorstellen können Sophia im kleinsten Kreise und ganz still und leise zu heiraten, aber schon nach kürzester Zeit wurde ihm klar das es ihm unmöglich war Sophia auch nur einen Wunsch abzuschlagen, diese Gabe war ihm nicht gegeben und Sophia wollte diese Traumhochzeit, sie saß in der weissen Kutsche wie eine Prinzessin die zur Krönung fuhr, selbstsicher und souverän huldigte sie ihrem Volk und lächelte dabei ihr stahlenstes Lächeln! Nach kurzem Jubel und bestaunen der imposanten Kutsche gingen die geladenen Gäste in die Kirche und setzten sich auf die für jeden einzelnen von ihnen dafür vorgesehenen Plätze, Sophia und Alex schauten sich tief in die Augen und gaben sich einen zärtlichen Kuss als Walter sie aus ihren Träumen riss und sagte "husch, husch Alex, jetzt gehst du bitte im ruhigen Schritt zum Altar und stellst dich neben deinem Trauzeugen" Alex löste sich von Sophia, stieg aus der Kutsche und betrat die Kirche, er ging den Gang ruhig runter und sah nichts was rechts und links von ihm war, er schaute nur geradeaus zu seinem Trauzeugen und er fühlte sich dabei wie ein Tier das von vielen Besuchern im Zoo hinter Gittern begafft wird und dann endlich nach gefühlten Stunden stand er neben Felix, die beiden umarmten sich, dann grinsten sie sich an und Felix versuchte Alex mit einem Spruch etwas zu lockern, auch die Trauzeugin von Sophia ging zu Alex und umarmte diesen herzlich und flüsterte ihm etwas ins Ohr, Alex zwinkerte ihr mit dem linken Auge zu bevor sie zurück zu ihrem von Walter streng dafür vorgesehenen Platz ging! Simone war ihr Name, die beste Freundin von Sophia, sie kannten sich aus der Oberschule und auch danach aus dem Milieu, Alex hatte sie schon vor ein paar Wochen kennengelernt als Sophia sie einlud um sie zu fragen ob sie Trauzeugin werden möchte, was sie sofort bejate, Simone war groß, schlank, und mit sehr langen blonden Haaren die aber nicht Naturblond waren, genauso nicht von der Natur gegeben wie ihre überdimensionalen Brüste, die schien wohl ein warer Künstler erschaffen zu haben, ihr Gesicht war fein und hübsch anzuschauen und aus ihren blauen Augen strahlte viel Lebensfreude hinaus in die Welt, kurz um Simone war eine hoch attraktive Frauengestallt und sie war Alex höchst symphatisch, wegen ihrer Art, ihre Art war in einem kleinen Maße leicht ordinär, aber was Alex an ihr mochte und auch zu schätzen wusste war das sie nicht voller Ehrfurcht vor ihm erstarrte sondern wenn ihr was nicht passte was Alex zu sagten hatte, ja dann gab sie sofort Kontra und sie sagte ihm auch ihre Meinung über sehr reiche Menschen frei raus mitten in Alex sein Gesicht, mit leicht vulgärem Wortschatz , Alex war es gewöhnt das alle vor ihm, seiner Macht und seinem Reichtum kuschten, Simone nicht, sie plapperte frei raus und zeigte keinerlei Respekt vor ihm, genau das mochte Alex und in einer ruhigen Minute sagte er zu ihr "Simone, nichts ist schwerer als Aufrichtigkeit und nichts leichter als Schmeichelei, du wählst den schweren Weg und schmeichelst mir nicht, das schätze ich an dir sehr sehr doll" Simone lächelte ihn an und erwiderte "das werde ich auch niemals tun" dabei zwinkerte sie Alex zu "das würde ich auch nie von dir erwarten" antwortete Alex und zwinkerte ihr zurück! Aus der riesigen Kirchenorgel ertönte laut und voller Kraft das Lied, hier kommt die Braut, und im selben Moment betrat Sophia die Kirche, ihr linker Arm war eingehakt in dem von Dimitrie und beide schritten, ja schwebten fast Schritt für Schritt den Gang entlang, neben Dimitrie wirkte Sophia noch viel kleiner und zarter, die ganze Hochtzeitsgesellschaft schien von Sophia verzaubert zu sein und sie konnten auch nicht nur eine Sekunde ihre Augen von der Braut lassen, die so wunderschön und anmutig aussah in ihrem stahlend weissem Kleid mit der zwei Meter langen Schleppe die sie am Boden hinter sich her zog, ihre Haare und das Make Up waren in einem Wort, Perfekt, Sophia genoss es, sie genoss jeden Schritt, ihr Gesicht verriet sie! Am Altar angekommen übergab Dimitrie, Sophia an Alex der sofort ihre Hände nahm und sagte "Sophia niemals zuvor und niemals wieder wird eine schönere Braut vor dem Altar stehen" Sophia lächelte Alex an und sagte "danke" dann stellten sich die beide nebeneinander und schon erschien in seiner allerfeinsten Robe und mit seiner prachtvollen Mitra auf seinem Haupte der Erzbischof vom Kanton Graubünden um die Tauung zu vollziehen, die ganze Hochzeitsgesellschaft stand voller Ehrfurcht auf! Nach der Trauung ging es für alle geladenen Gäst zurück ins Charlton Hotel St.Moritz der ersten, feinsten und kostspiligsten Addresse von diesem mondänen Ort, zurück in das Hotel wo alle 250 Hochtzeitsgäste letzte Nacht schliefen und auch diese Nacht schlafen werden, Walter hatte das komplete Hotel für 2,5 Tage gemietet, eine ware glanz und Meisterleistung, ein Wunder das wohl nur Walter im Stande war zu vollbringen und das Geld von Alex natürlich! Morgen Mittag dann, nach einem ausgedehnten Champagnerfrühstück wird jeder Gast mit dem Flugzeug, Zug oder Auto wieder persönlich nachhause gebracht, von Barbados bis hier vor der Tür in der Schweiz, egal wohin es gehen sollte, in alle Himmelsrichtungen von oben nach unten, von rechts nach links, es spielte keine Rolle und wurde möglich gemacht!Es wurde dann eine Hochzeitsfeier wie im Traum, mit allem was dazu gehört, das Essen und später auch das Büffet wurden von dem Sterne Cheffkoch des Hotels zusammengestellt und auch zubereitet, es spielte eine bekannte und auch sehr gute Hochzeitsband die wahrlich diesen Namen verdiente von A, wie ACDC bis Z, wie Zuckero hatte sie alles in ihrem Repertoire, aber zu aller erst wurden zahllose Tatzen geschüttelt und Glückwünsche entgegen genommen und die Kunst des kurzen Smaltalks vollführt, Sophia schien darin die perfektionisierte Meisterin zu sein und in kürzester Zeit zog sie alle Menschen die sie noch nicht kannte mit ihrem Charme in ihren Bann, wehrlos und gefangen schienen alle zu sein! Alte Weggefährten tauchten dabei auf, Alfred schüttelte ihm die Hand, er war nurnoch ein Greis und an seiner Seite die gute Esmeralda die Alex sofort umarmte und in Tränen ausbrach, sie war grau aber ihr Temperament hatte sich nicht geändert, dann standen der Doc und Frau Müller vor ihm die schon sehr lange ein Paar waren, Frau Müller hatte den Doc gezähmt und gut unter Kontrolle, Alex dachte kurz daran was er ohne den Doc machen wird wenn der nächstes Jahr in Rente geht, dann stand ein altes Ehepaar vor ihm das Alex nicht sofort erkannte, es war der Gärtner Paul mit seiner Frau die sich noch einmal für die Reise nach Barbados bei ihm bedankte weil sie nie die Möglichkeit hatte es persönlich zu tun, "bitte sehr gerne" sagte Alex, dann stand Tom vor ihm und wie immer schien er irgendwie nicht hier her zu passen, aber er gehörte hier her den Tom und Alex wurden in den zurück liegenden Jahren so etwas wie Freunde, Frau Böhm schüttelte ihm die Hand, komisch in diesem Moment kam in ihm der Appetit nach Milch und Keksen hoch, Schmitt stand dann vor ihm er sagte "wir sehen uns Mittwoch, es gibt einiges zu bereden" "ich weiss, bis Mittwoch dann", dann schüttelte ihm Stollberg die Hand und er schaute Alex tief in die Augen und konnte sich ein Grinsen nicht verkneifen "Herr Gutmann habe sie eigentlich gehört wie es Tobi da im Gefängniss so ergangen ist und wie es geendet hat, ich glaube schon denn ihre Finger steckten doch darin" und aus dem Grinsen wurde ein Lachen "Herr Stollberg ich weiss nicht von was sie da sprechen, was ist denn mit dem armen Tobi passiert" und dabei lachte er triumphierend zurück und dann sagte er das was er zu allen Gästen sagte "ich komme nacher mal vorbei dann reden wir" wohlwissend das er es nicht bei allen schaffen würde, aber auf Stollberg hatte er Lust, dann kamen Joleen, Jo mit ihren Eltern und der Mutter von Felix zu den beiden, alle küssten sich herzlich und das Gespräch dauerte auch länger, Alex fragte "wo ist eigentlich Felix" die Mutter zeigte mit dem Finger auf ihn, er ging abseits von dem ganzen Trubel in einer Ecke immer hin und her und dabei schien er mit sich selbst zu reden "was ist den mit dem los" fragte Alex, die Mutter schmunzelte und sagte das wirst du gleich selber sehen und hören" danach setzten sich alle auf ihre Plätze, die Feier wurde schön, lustig und feuchtfröhlich, aber das allerbeste kam zum Anfang als alle saßen und der Trauzeuge mit dem Messer an sein Glas schlug um sich Gehör zu verschaffen, als es dann ruhig wurde stand Felix auf und fing an zu reden, nach 20 Sekunden etwa saß die komplette Gesellschaft mit offenen Münder da und lauschten seinen Worten, Felix seine Worte schwammen wie Leuchtbojen im gleichmäßigem, intelligenten und witzigen Strom seiner Rede, eine Rede die die Leute aus der Fassung brachte, sie lachten sich dabei fast zu tode und schlugen hemmungslos auf ihre Schenkel ein, dann wiederum lauschten sie gespannt und wurden dabei zu Tränen gerührt, Felix fand dabei genau den richtigen Weg, genau das richtige Maß, er machte daraus ein Monologes Theaterstück das es wert war in den besten Häusern aufgeführt zu werden, zum Ende klatschten und schrien die Leute vor Begeisterung, ja schon fast in einer Art von Extase versunken schienen sie zu sein, und Felix setzte sich ganz bescheiden wieder auf seinem Platz, aber er wusste dabei ganz genau das er richtig gut war! Stunden später trafen sich Felix und Alex nach Verabredung auf der Terrasse mit einer Zigarre um ein Ruhiges Gespräch zu führen, dabei genossen sie den Blick hinunter zum Lake St.Moritz der bei Sonnenuntergang von einem Kupferroten Teppisch überzogen wurde während sie sich die Zigarren anzündeten, sie schauten sich dann an und umarmten sich "ich kann mich noch genau daran erinnern als du mir das erste mal von Sophia erzähltest, es war auf unserem Zimmer im Internat, sie hatte dich verletzt, aber trotzdem hast du von ihr gesprochen wie von einer Göttin und nun ist sie deine Frau, der Geist weht ja wo er will und dabei geht das Leben seltsame Wege, du wolltest sie und nun hast du sie, Respekt mein Freund du hast alles richtig gemacht, aber als du sie vor 10 Monaten zu uns gebracht hast, da habe ich so etwas gleich geahnt" Sie schauten sich einander an und Alex sagte "eine Ahnung ist die Abkürzung des Gehirns auf den Weg zur Warheit" "da ist was Wahres dran" antwortete Felix und beide bließen dicken, blauen Qualm aus ihren Münder in

Richtung Tal zum See, in sanften Wellen und Kreisen schwebte er nach unten bevor er sich in der Bergluft auflöste, dann führten beide ein Gespräch! "Felix mein bester Freund, das war ja eine aussergewöhnliche Rede, du hast die Gäste ja richtig zum schreien gebracht und auch zum weinen und das alles auf meine Kosten, ich verzeihe dir denn das war richtig gut einfach Fantastisch, habe gar nicht gewußt das du so ein Oskarreifer Schauspieler bist, danke dafür" Felix schob seinen Unterkiefer leicht nach vorne und kniff seine Augen ein wenig zusammen, und dann sagte er mit verstellter Stimme die leise und rau klang, wie die des Paten "Alex mein Freund, das war mein Hochzeitsgeschenk für dich, ein Geschenk das du nicht ablehnen konntest" Alex mußte laut lachen, aber in dem Moment ging die Terrassentür mit einem heftigen Schwung auf und Sophia stürmte hinaus, in ihrem Schlepptau Simone die auf ihre Schleppe aufpaste und das fast den ganzen Abend "Alex mein Ehemann komm schnell sie spielen unser Lied, las uns tanzen" schrie sie ganz aufgeregt, Alex schaute dumm aus der Wäsche und antwortete "wir haben doch gar kein Lied" "jetzt schon, nun komm schon" erwiderte Sophia, Alex stand auf und ging hinein da hörte er ein ruhiges Lied das ihm auch gefiel, es war unverkennbar die Lieblingsband von Sophia und als Alex den Text lauschte, ja da dachte er das paßt ja, dann zog er seine Frau dicht an sich und tanzte ruhig und sanft ihr neues, gemeinsames Lied! Zur vorgerückter Stunde verabschiedeten sich Sophia und Alex am Mikrophon von ihren Gästen, bedankten sich für ihr kommen, wünschten ihnen noch eine angenehme Feier und eine gute Heimreise Morgen nach dem Champagnerfrühstück, sie selbst werden ihr Frühstück wo anders einnehmem, und dann unter Beifall gingen sie aus dem Saal! In der großzügigen Hochtzeitssuite angekommen, genossen die beide erst einmal die Ruhe und entgegen Alex seiner Erwartung schien Sophia noch voller Energie zu sein, von Müdigkeit keine Spur und sie fiel Alex ungestüm um den Hals und bedankte sich für die traumhafte Märchenhochtzeit währenddessen sie sich ihres Hochzeitskleides entledigte, sie fasste Alex bei seinen Händen und zog ihn in Richtung Bett "komm" sagte sie mit glücklich, verträumten Augen und dann öffnete sie voller

Dankbarkeit für Alex ihre Weiblichkeit, und in der Nacht war sie wild und stürmisch wie ein tosender Orkan, ihre Libido war wie feuriges Magma! Unsanft und laut wurden das Ehepaar Gutmann aus ihren Träumen geweckt, die wilde Hochtzeitsnacht war in ihren Gesichtern deutlich zu erkennen und in ihren Gliedern zu spüren, aber sie machten sich fertig und traten beide hinaus auf ihre Terrasse, Sophia fragte mehrmals was denn jetzt passieren würde, Alex sagte nichts und spielte den Geheimnissvollen, plötzlich wurde es laut und stürmisch, ein tosender Lärm erfüllte das ganze Hotel und machte wohl die Gäste die noch in ihrem tiefen Schlaf versunken waren wach, vor Sophias und Alex seinen Augen tauchte jetzt ein Helikopter auf, bereit vor ihnen zu landen, als er vor ihnen stand mit seinen drehenden und teuflisch donnernden Rotorblättern ging die Tür auf und ein viereckiger Mann im schwarzem Anzug mit Sonnenbrille auf der viel zu breiten Nase kam heraus gerannt und führte die beiden zu diesem Ungetüm in rot, kurze Zeit später waren sie hoch oben in der dünnen Luft, Sophia war ganz ruhig und genoss mit weit aufgerissenen Augen die Schönheit der gewaltigen Berggipfel der Alpen, soweit ihr Auge reichte sah sie die Berge in allen Formen und Variationen, am Horizont hinter einem Riesen stieg die Sonne auf bereit den neuen Tag zu erleuchten, die ersten Strahlen drangen in den Helikopter hinein und füllten diesen mit Wärme "Alex das ist wunderschön anzusehen was hier gerade passiert" sagte sie mit nassen Augen, "es wird für dich noch viel schöner hoffe ich" antwortete Alex und dabei hielt er liebevoll ihre Hand, einige Zeit später, der Helikopter flog nach rechts, nach links, nach oben, nach unten konnte Sophia eine Stadt erkennen, die Stadt kam immer näher und die Häuser und Strassen wurden immer größer vor ihren Augen und dann ging er runter und landete auf einer Wiese die mitten in der Stadt zu sein schien, es wurde ruhiger denn die Rotoren drehten langsamer und langsamer bis sie endlich absolute Ruhe gaben, der viereckige Mann stieg aus und öffnete dem Ehepaar Gutmann die Tür wobei er Sophia seine Hand reichte und half, nach etwa 20 Meter die sie gelaufen waren blieben beide stehen und schauten auf ein altes ehrwürdiges Gebäude, das aber irgendwie nichts besonderes war, am großen Eingang der von einem Rundbogen geziert wurde stand ein Mann im Nachtblauen Anzug mit roter Krawatte und machte ein freundliches aber auch schlaues Gesicht, plötzlich las Sophia die großen Buchstaben über dem Eingang so groß das sie nicht zu übersehen waren und sie las Kunsthistorisches Museum Basel, Sophia wusste nur zu gut was sie jetzt zu sehen bekommen würde! Der Mann am Eingang stellte sich als Direktor des Museums vor und begrüßte die beiden voller Freude und sehr höflich, im Museum waren der Direktor und Sophia unzertrennlich, alle drei wandelten von einem Raum in den nächsten und Sophia staunte bei jedem Schritt, völlig aufgeregt rannte sie nach allen Seiten weil sie ständig etwas neues entdeckte und dabei stellte sie Frage über Frage und plapperte wie aufgezogen den Direktor ins Ohr so das der arme Mann einem schon fast leid tun konnte, sie schien förmlich versunken zu sein mit allem was in und an ihr war, versunken in die Gemälde, versunken in die alten Meister die hier in Hülle und Fülle an den Wänden hingen, Paul Gouguin, Vincent van Gogh, Franz Marc, Paul Klee, Pablo Picasso, Jan Vermeer, Heinrich Holbein, Michelangelo, Albrecht Dürer, Claude Monet, Paul Cezanne, Joseph Beuys, auch Andy Warhol und der sogar noch lebende Gerhard Richter, ja all diese Künstler mit ihren unbezahlbaren Meisterwerken verzierten die Wände des Museums und stachen in Sophias Augen, für Alex waren es nur Lichtbilder an einer überladenen Leinwand der Vergangenheit! Alex merkte so allmählich seinen leeren Magen und war froh als sie endlich nach gefühlten Stunden vor einem Raum standen, vor dem Raum der eigentlich sein Ziel war, er nahm Sophia an die Hand und dann betraten die beide den Raum der mit 250 roten Rosen geschmückt wurde, der süße Duft strömte ihnen entgegen, in der Mitte des Raumes stand ein schwarzer großer Konzertflügel der Marke Bechstein vor dem ein kleiner Mann im schwarzen Frack stand und die beiden mit einer tiefen Verbeugung empfing, es war der Solopianist der Wiener Pilharmoniker, er hätte es verdient das man sich vor im verbeugt, ein Vituiose, ein Meister an diesem wahrhaft edlen Instrument, Sophia stand jetzt mitten in diesem Raum und mit offenem Mund ließ sie ihren Blick einmal im Kreis schweifen und sah dabei das rechts an der Wand eine fein, sorgfältig gedeckte Tafel, auf dem weissen Tischtuch standen die leckersten Frühstücksleckereien, bunte Blumen und zwei große silbende Kerzenständer zierten die Köstlichkeiten, der Champagner war wohl gekühlt, ein Ober im schwarzen Smoking zog einen Stuhl nach hinten und sagte "Frau Gutmann bitte setzen sie sich doch, zielsicher und gekonnt schob er den Stuhl unter Sophias zarten Po! Beide saßen nun und Sophia schaute zur Wand, zu ihrer linken, 50cm von ihren smaragtfarbenen Augen entfernt hingen 7 Ölgemälde von Juan Gris und genau vor ihren Augen Gitarre und Klarinette ihr Lieblingsgemälde, Sophia schaute und war stumm, stumm wie ein Fisch, auf ihren langen Wimpern glänzten Tränen wie Eiszapfen! "Alex, wie kommst du nur auf so eine Idee, das alles ist wie im Märchen, all diese wunderbaren Kunstwerke im Orginal und live zu sehen ist ja unbezahlbar, sie sind alle wenn man sie selbst sieht so wunderschön und das du dir gemerkt hast welches Gemälde mein Lieblingsgemälde ist, ja das ist ja kaum zu glauben, dieses Bild ist so traumhaft das es mir glatt die Sprache verschlägt, alles hier ist einfach nur Wunderschön" und im Hintergrund spielte der Meister sanfte Töne von Chopin! Alex lächelte leicht verlegen und schaute kurz zum Meister dann drehte er seinen Kopf zurück um Sophia anzuschauen, er nahm ihre Hand und küsste sie zärtlich "Sophia, ich höre dir eben zu, ich höre dir immer zu, es interessiert mich eben was du zu sagen hast und außerdem lausche ich sehr gerne deiner wundervoll klingenden Stimme, so zart und doch ausdrucksstark, so rein, so Charmant, eine ware Wohltat fürs Ohr und all diese wunderschönen Gemälde dieser Meister, dieser Künstler die sie zweifellos sind und waren, ja all diese Bilder verblassen einfach nur zu einem grauen Nichts wenn du an ihnen vorbei schreitest, die Schönheit aller Gemälde zusammen, kommt nicht auch nur im entferntesten an deiner maßlos vollendeten Schönheit heran und ich glaube nicht das es auch nur einen Meister gegeben hat der deine unvorstellbare Schönheit mit Ölfarbe auf eine Leinwand hätte erschaffen können, dieses halte ich für unmöglich, schier für nicht machbar" und bei all diesen Worten machte Alex ein ernstes Gesicht, Sophia nicht, sie lächelte und lachte sogar "Alex oh Alex, ich bin mir sicher das du der letzte und einzige Mann auf diesem Planeten bist,

227

der noch solch kitschiges Zeug sagt, der solche Worte gebraucht, um ehrlich zu sein gefällt mir das sogar, es hatte mir schon damals als Kind gefallen nur da wusste ich es noch nicht, Alex ich bitte dich, bitte höre niemals damit auf mir solch Kitschiges Zeug zu sagen, ich fühle mich dann immer so gut, es gibt mir Selbstvertrauen, es schmeichelt mir, und manchmal habe ich sogar das Gefühl wirklich so wunderschön zu sein wie du sagst, ja deine Worte machen mich sogar glücklich, bitte höre niemals damit auf mir solche Worte zu sagen, bitte" und dabei erhellte ihr Strahlen den ganzen Raum und gab ihm neuen Glanz, Alex zog eine nachdenkliche Mine auf und sagte "Sophia, das war aber jetzt auch kitschig und jetzt mal im Ernst, für mich bist du wirklich und ganz ehrlich die schönste Frau auf der Welt, dessen kannst du dir sicher sein" Sie fasten sich bei den Händen, schauten sich in die Augen und gaben sich einen zärtlichen Kuss und Alex wusste genau in diesem Moment, ja er konnte es fühlen, er konnte es fast greifen, da gab es eine unsichtbare Brücke zwischen zwei Welten, getrennt durch Ozeane voller Erinnerungen, aber es gab diese Brücke und deshalb konnte das alles gut gehen! Als Sophia 2 Tage später die Gutmann Bank betrat, kam sie sich vor als ging sie zu etwas Bösem, aber ihr war auch klar das es etwas unausweichliches war, ein Weg wie sie vorher wusste, der zu ihrem neuen Leben gehörte, sie war noch nie zuvor hier an diesem Ort, in diesem edlem Gebäude, sie bemerkte die Blicke die sie durchbohrten, man erkannte sie, man wusste gleich wer sie war und alle grüßten freundlich auf die eine oder andere Weise und alle Menschen in diesem Gebäude spürten die Aura von Schönheit und Frieden die sie hinter sich her zog und im ganzen Raum verteilte, eine Aura die sie ab jetzt weiter Tag für Tag begleiten sollte! Mit einem Lächeln begrüßte Alex sie und erntete ein skeptisches Gesicht, sie sah zwei alternde Männer am großen Teaktisch in ihren feinsten Zwirn sitzen und vor den Anwälten der Firma Gutmann lag er bereit, der Ehevertrag, er lag bereit und wartete voller Ungeduld auf ihre Unterschrift, bei einem Kaffee erklärten die Anwälte mit viel Geduld und sehr ausführlich was in dem Vertrag stand, Sophia machte ein mehr als gleichgültiges Gesicht und hörte nur was sie hören wollte, im Falle einer Ehescheidung stehen ihr

Einhundertmillionen zu, sie hörte noch ein paar Klauseln über
eheliche Pflichten und andere Dinge, diese einzuhalten ihr ein
Leichtes war und bei der letzten Klausel hörte Sophia gut zu, eine
Klausel die Alex sehr sehr wichtig zu seien schien, sollte Sophia ihn
betrügen und Ehebruch begehen, angefangen bei einem Kuss, steht
ihr bei der Scheidung nichts zu, rein gar nichts, kein einziger Cent, als
dieser Punkt des Vertrages durchgegangen wurde schaute Sophia,
Alex liebevoll in dessen Gesicht und der sagte "du hast ja gesagt und
nun gehörst du mir" "ich habe ja gesagt und du bist ein wundervoller
Mensch, ich werde dich niemals betrügen, aber ich gehöre nicht dir"
antwortete Sophia und machte kurz eine Pause, dann sagte sie "du
gehörst mir, damit das klar ist" auch die Stocksteifen Anwälte
mussten schmunzeln, Sophia und Alex lachten laut, Sophia
unterschrieb und als sie Alex dabei zusah wie der unterschrieb spürte
sie mit voller Wucht und das erste mal völlig bewusst, die zügellose
und unbändige und unaufhaltsame Macht die von ihm ausging, von
diesem kleinen unscheinbaren Mann, aber Sophia spürte diese Macht,
die Macht die ihr ab jetzt ihren neuen Weg öffnen würde wie der
Reissverschluss die Jacke und Hose, die Macht die es ihr ab jetzt
ermöglichen würde ihren neuen Intersssen nachzugehen und ihre
Wünsche und Sehnsüchte zu erfüllen, all das war möglich, nicht
warten nur nicht warten gleich damit anfangen und dann griff sie zum
Handy und rief das teuerste Restaurante an, von dem sie einmal einen
Bericht im Fernsehen verfolgt hatte, es hatte sie damals sehr
beeindruckt "es tut uns leid aber wir sind die nächsten 3 Wochen
völlig ausgebucht, ach so sie sind Frau Gutmann, wir freuen uns auf
ihren Besuch zusammen mit ihrem Mann, wäre ihnen 20Uhr
angenehm" sie gab dann Alex einen Kuss "hast du ja gehört, sei bitte
pünktlich wir gehen essen, wir haben um 20Uhr einen Tisch im Vau,
bis heute Abend Alex" dann verzauberte sie Alex mit ihrem Lächeln
und ging, Alex schaute nur dumm und rief ihr hinterher "du hast aber
schnell kappiert wie das alles so läuft" Sophia drehte sich um und
zeigte Alex ihren zum Kuss geformten Mund und ging ihres Weges!
In den nächsten Monaten saugte sich Sophia mit Pracht und Prunk bis
oben hin voll, sie zog es gierig bis in die letzte Faser ihres schönen
Körpers rein

und genoss es wie andere Menschen die ersten Frühlings Sonnenstrahlen, sie nahm Golf und Tennisunterricht, sie erlernte das Reiten und entdeckte eine Liebe zu Pferden, es dauerte auch nur wenige Momente bis sie eines besaß, sie kaufte ihre neue Vornehme Garderobe in den edelsten und teuersten Boutiquen, wobei ihr Joleen eine große Hilfe war, sie besuchte die angesagtesten Kunstgalerieen und auch um Alex kümmerte sie sich, sie stylte ihn komplett um und Alex erntete Komplimente von allen Seiten, Sophia schleppte Alex mit zu Vernissagen, zu Filmpremieren über den roten Teppisch, in die Oper, ins Theater auch bei Politikern und im Finanzministerium waren die Gutmanns gern gesehende Gäste, Galaabende und Charityveranstaltungen gehörten jetzt zu Alex seinem Programm wobei ihn Sophia ja fast schon nötigte eine menge Geld zu spenden, all das sah Alex mit einem lachenden Auge, das Geld was Sophia ausgab tat ihm nicht in geringsten weh und etwas am Sozialen Leben teilzunehmen machte ihm Mühe und war auch anstrengend aber irgendwie tat es ihm auch auf einer gewissen Art und Weise gut! Zu hause im eigenen Heim im Ehebett öffnete Sophia weiterhin und bereitwillig ihre schöne Vagina und gab Alex ihre Weiblichkeit wann immer es ihm danach verlangte, aber ihre Libido wurde nie wieder so feurig und heiß wie Magma und Alex merkte das natürlich und wusste das es bei Sophia in der Hochzeitsnacht wohl eher nur ein leichtes aufflammen von Gefühlen war und er es dem Rausch der Hochzeit zu verdanken hatte, es störrte ihn nicht, er hatte alles was er wollte, er hatte die schönste Frau der Welt an seiner Seite und er genoss es! Alex saß auf der Terrasse und rauchte in aller Ruhe eine Zigarette, er spürte schon die Wärme der gerade erst aufgegangenen Sonne und wusste das es ein sehr heisser Sommertag werden würde, ganz in seinen Gedanken vertieft schaute er runter in den bunten Garten, in ihm war es traurig denn Heute war der zehnte Todestag seiner Eltern und das gab Anlass zum nachdenken, zehn Jahre stand er jetzt an der Spitze der Firma Gutmann, zehn Jahre jonglierte er jetzt mit Unsummen von Geldern, er hatte den Wert der Firma und seinen Reichtum in den letzten zehn Jahren verzwanzigfacht, eine unglaubliche Leistung die Bewunderer wie auch Neider hervorbrachte, Arschkriecher und widerliche Zecken, ihm waren beide

gleich unangenehm, wie Reich war er eigentlich, wie viel war er
Wert, er wusste es nicht ganz genau, aber genau genug um zu wissen
das man so viel Geld niemals ausgeben könnte und eigentlich lebte er
für einen Mann der in etwa 20-25 Milliarden schwer war recht
bescheiden obwohl Sophia richtig Gas gab und Alex merkte auch das
die Zeit an ihrer Seite irgendwie wie im Fluge verging, Sophia fragte
auch recht lieb wenn es etwas teurer zu werden schien, aber das das
alles für Alex nur Krümel waren hatte sie noch nicht zu 100%
verstanden, so saß Alex eine ganze Zeitlang tief in sich vergraben da
als plötzlich die Tür aufging und Felix sich neben Alex gesellte
"gutem Morgen Alex wie geht es dir Heute, ich glaube nicht so gut,
ich weiss genau was Heute für ein Tag ist, komm erst einmal rein wir
frühstücken alle gemeinsam wie jeden Sonntag" Alex schaute und
lächelte "danke Felix es geht mir gut, ich habe nur gerade darüber
nachgedacht was so in den letzten zehn Jahren passiert ist, die Zeit ist
gerast wie Michael Schumacher" Als er und Felix sich an den
Frühstückstisch setzten bemerkte er die mitleidigen Blicke von
Joleen, Jo, Sophia, der er einen lieben Kuss gab und auch Dimitrie
schaute mitleidig zu seinem Chef, nur der kleine Momo mittlerweile
schon 5 Jahre alt und kurz vor seinem 6.Geburtstag schaute Alex mit
einem Lachen und riesigen Kulleraugen an und winkte ihm zu! Joleen
saß zappelnd und wackelnd auf ihren Stuhl und wollte ständig was
sagen, verkniff es sich aber immer kurz vor dem rausreden in dem sie
sich auf ihre Lippen biss, doch dann konnte sie nicht mehr anders und
sagte "Alex, vielleicht gehst du ja Heute einmal mit zum
Gottesdienst, ich bin der Meinung das Gott dir etwas Trost spenden
kann" Joleen und Jo kamen aus der Karibik und waren natürlich
Christlich erzogen, Felix aus Oberbayern, dort sind fast alle gläubige
Katholiken und auch Dimitrie war gläubig und sie gingen fast jeden
Sonntag zum Gottesdienst, nur Sophia und Alex nicht, Felix faste sich
kurz mit beiden Händen an die Stirn "Joleen, ich sagte doch halt den
Mund, Alex geht nicht in die Kirche" Felix ahnte was jetzt kommen
würde! Alex sah rüber zu Joleen, und machte ein ernstes aber auch
konzentriertes Gesicht, dann holte er noch einmal tief Atem und sagte
mit ruhiger aber auch durchdringender Stimme " so so Joleen,

Gott soll mir also etwas Trost spenden, Gott und die Religion im Allgemeinen sind nie ein Trost, sie haben immer nur gedroht und Schuld verteilt, ich werde nie verstehen warum die Menschen an dieses Märchen glauben, als hätte es die Evolution nie gegeben, es ist nicht so als hätte ich mich nie damit beschäftigt, ich habe die Bibel gelesen, Christus ist für unsere Sünden gestorben, er hat uns erlöst durch sein Blut, eine wunderbare Vorstellung, da kannst du genauso gut die Atzteken nehmen, die lebende Herzen herausschnitten weil sie glaubten, die Sonne würde nicht mehr auf und unter gehen, wenn sie das nicht täten, das Christentum ist nicht besser. Was hällst du von einem Gott, der nach Blut verlangt, höre dir ihre Lieder an, lese die Bibel, es handelt von nichts anderem, wenn ich Gott wäre, wäre ich nicht so blutrünstig, normale Menschen wären nicht so blutrünstig, ich rechne Hitler nicht mit, sie waren es einstmals vor langer Zeit, aber nicht mehr jetzt! Gott wurde vom Menschen erschaffen und nicht der Mensch von Gott, er wurde erschaffen von einem Menschen in einem niedrigeren und blutrünstigeren Stadium seiner Entwicklung als dem jetzigen, die Evolution ist größtenteils bewiesen und nicht mehr von der Hand zu weisen, wir wissen Heute warum es blitzt und donnert, warum die Erde bebt und Feuer aus Bergen sprüht, warum es regnet oder schneit oder die Landschaft von Nebel überzogen wird all das wissen wir und ihr wist es auch, also warum Gott, warum so ein blutrünstiges Monster, ich habe in 10 Quatratmeter Blut meiner Eltern gestanden, warum hat er sie ausbluten lassen, hat er sich an ihren Blut ergötzt, warum hat er das zugelassen, steht er drauf, macht ihn das an, scharf, oder was ist mit ihm los, las mich mit Gott zufrieden, einfach nur zufrieden" Am Tisch herschte eisiges Schweigen und trübe Gesichter, Momo saß da mit weit aufgerissenen Augen, dann stand er auf und ging zu Alex, er nahm Alex seine Hand und schaute ihn traurig an "Onkel Alex aber bitte nicht meiner Mama das Herz rausreissen, bitte nicht" Alex nahm den kleinen auf seinen Schoß und gab ihm einen liebevollen Kuss "nein Momo natürlich nicht das würde ich niemals machen, das weisst du doch, wollen wir runter zum Pool und im Wasser Ball spielen" "au ja, los komm Alex" sie standen beide auf und hielten sich bei den Händen, Joleen schaute und traute sich jetzt etwas zu sagen "nein bleibt mal hier, Momo hat noch nicht aufgegessen" "das ist uns doch egal" antwortete Alex rebellisch und dann gingen die Zwei, Momo drehte sich kurz um, schaute Joleen und Felix an und sagte "das ist uns doch egal" und schon waren beide draußen auf der Terrasse und gingen die Treppe hinunter um sich im Pool zu vergnügen und Alex auch um sich runter zu kühlen, er brauchte eine Abkühlung für seinen Körper und seinem Geiste! Es war bitterkalt und der erste Schnee des Jahres viel vom Himmel als Dimitrie und Alex das kurze Stück über das Rollfeld des Flughafens liefen um den Parkplatz der schwarzen Limousine zu erreichen, unter ihren Füssen knirschte das weisse gefrorene und Alex klapperte mit den Zähnen so kalt war ihm, Dimitrie merkte man nichts an, sein Gesicht war starr und grausam wie immer und man hatte bei ihm das Gefühl als merke er es nicht mehr wenn die Augen der Menschen gezielt auf in starrten, die Menschen wie Steine da standen und vergaßen zu atmen wenn sie ihn sahen, nur da wo sie herkamen war es sogar ihm zuviel, denn dort war er ein Weltwunder, es herrschte schon fast ein Kult um ihn und die Menschen starrten nicht, sie schrien und wollten ihn teilweise sogar anfassen, 10 Tage waren die beide auf Reisen, Dubai, Bangok, Peking, Hong Kong, und Tokio waren die unausweichlichen Stationen, Alex mochte Geschäftsreisen nicht sehr gerne und meist wenn es ging schickte er jemand anderen, aber diesmal war seine persönliche Anwesenheit gefragt, es ging um Geld um wahnsinnig viel Geld, die Reise wurde auch zum Erfolg und machte Alex und die Firma Gutmann noch reicher als Reich! Die Limousine wurde so langsam innen warm und die beiden fuhren durch die Strassen der Stadt und genossen wie jedes Jahr die vielen und bunten Lichter der in der Vorweihnachtszeit geschmückten Strassen und Häuser"schön wieder hier zu sein" sagte Alex zu Dimitrie "so ist es Chef" brumte Dimitrie, als sie auf die Einfahrt fuhren sahen sie Jo dick eingemummelt in allen möglichen Anziehsachen, er saß auf den neuen Schneebesenwagen und befreite den Bürgersteig vor dem Grundstück von dem ihm verhassten Schnee, er winkte ihnen kurz aber mit einem Lächeln zu und Alex dachte Jo wer ist eigentlich Jo? Er kannte Joleen, er kannte sie sehr gut, aber Jo kam immer zu kurz, die beiden waren völlig verschieden, Zweieiige Zwillinge eben, Jo machte seine Arbeit, nie mußte man ihm etwas sagen er machte alles ruhig und besonnen von alleine, er war immer freundlich und bescheiden, er war beim Essen anwesend und tat seine Arbeit aber sonst sah man ihn selten, er war Abends oft nicht zuhause und wenn er da war, hielt er sich meist in seinem Zimmer auf, das einzige was auffiel war das er seine Freundinin oft und rasch wechselte, sein Charme, sein exotisches Aussehen und der von Dimitrie geformte und gestählte Körper machten das möglich, er übernachtete oft woanders und Frauen brachte er nur ganz selten und in Ausnahmesituationen mit, also wer war Jo eigentlich, niemand wusste das so ganz genau! Als Alex das Wohnzimmer betrat begrüßten ihn alle freundlich, Sophia saß in einer Ecke auf dem Ledersofa zusammen mit Simone, Simone hatte rote Augen aus denen Tränen wie ein Wasserfall hinab auf ihre Wangen stürzten, ihr Nase war rot und rotzig und sie schluchzte wie ein Kleinkind das ihren Willen nicht bekam, Sophia schaute zu Alex mit einem Gesicht das wohl sagen sollte, ja was soll ich machen, Sophia und Alex umarmten und küssten sich "schön das du wieder da bist, ich habe dich vermisst und wie war es" "hallo, ja ich freue mich auch wieder hier zu sein, es war anstrengend aber von Erfolg gekrönt" dann schaute er zu Simone "na Simone dir geht es wohl nicht so gut wie ich sehe und höre" dann ließ er ein mitleidigen Blick zu ihr rüber wandern "Kai hat sie rausgeschmissen und schluss gemacht, darf sie erst einmal bei uns wohnen" sagte Sophia mit einem traurigen Gesicht "natürlich darf sie das, Simone fühl dich bitte ganz wie zuhause bei uns, ist kein Problem Sophia, aber so langsam brauchen wir ein größeres Haus" antwortete Alex und lachte leise "ja Alex genau du kannst mir ja ein großes Schloss bauen lassen, hast du mir nicht eines versprochen damals in der Schule, ich kann mich genau daran erinnern" dabei mußte sie laut lachen "liebe teure Sophia und das meine ich wörtlich, treib es nicht zu weit, obwohl ich kann ja mal drüber nachdenken" Alex lächelte und ging in die Küche um sich einen Kaffee zu holen, als er kurze Zeit später bei Felix saß um von der Reise zu berichten sah er wie Jo föllig durchgefroren in die Küche ging, Sekunden später trat er wieder raus mit auch einen

Kaffee in seiner Hand, er lächelte kurz einmal in die Runde und ging dann nach ganz hinten in sein Zimmer, Alex beobachtete ihn genau und führte dann das Gespräch mit Felix weiter, aber so nach fünf Minuten stand er auf und ging den Flur entlang nach ganz hinten, dann klopfte er an Jo seiner Zimmertür "egal wer es sei, ich bitte einzutreten und fühler er sich wohl bei mir" schallte es aus dem Zimmer, Alex runzelte die Stirn und musste dann innerlich lachen, er öffnete die Tür und trat ein, er sah sich um und sein Gesicht hätte erstaunter nicht sein können, er schaute in die Runde, er war still und stumm, das Zimmer war mit englischen Möbeln eingerichtet, ein riesiger Schreibtisch stand am Fenster, ein Chesterstyl Ledersofa in der einen Ecke und an den Wänden hingen unzählige Portrais und Zeichnungen wie Alex schnell merkte von Schrifftstellern, gerahmt in Mahaghoni, Jo saß an seinem Schreibtisch und lächelte Alex zu, doch der stand verdust da und schaute sich die Bilder genauer an, er erkannte Ernest Hammingway, Charles Dickens, Alexandre Dumas, Oscar Wild, Kafka, Dostojefskie, Leo Tolstoi, Turgenjev, Leskow, Tschechow, Kurt Tucholsky, Nietsche, Hermann Hesse, Theodor Storm, Thomas Mann, Heinrich Böll, und viele die Alex nicht erkannte, es ging bis hin zu den bedeutendsten Schriftstellern unserer Zeit, Patrick Modiano, Mario Vagas Llosa, Alice Munro, Hertha Müller, Ismael Kandare, und und und auch viele dieser Gesichter erkannte Alex nicht, Alex sein Mund stand weit offen, an der einen Front stand ein Bücherregal ebenfalls aus Mahaghoni, voll gestopft mit der bedeutsamsten Literatur überhaupt! Alex sagte kurz "Wow" "schön das du dich mal in mein Zimmer verirrt hast, du warst noch nie hier, aber du hast auch verdammt viel zu tun, verdammt viel Verantwortung und auf deinen Stress könnte ich gut und gerne verzichten, Alex was führt dich hier her, bitte setz dich doch" Alex machte es sich auf dem Ledersofa bequem lächelte Jo liebevoll ins Gesicht und sagte " als ich dich vorhin auf dem Schneebesenwagen sah, und du den von dir so verhassten Schnee bei Seite geräumt hast, ja da habe ich einmal über dich nachgedacht, ich dachte wer ist Jo eigentlich, was treibt er so, was interessiert ihn, ich kenne Joleen in und auswendig, aber über dich weiss ich nicht viel, außer das du immer sehr freundlich bist, und deine Arbeit gut und zu meiner vollsten Zufriedenheit erledigst und ich frage mich warum arbeitest du eigentlich, du gehörst doch zur Familie, Jo ich frage dich jetzt, wie geht es dir und gefällt es dir überhaupt hier bei mir und in diesem ja doch teilweise sehr kaltem Land" Alex mein Freund das ehrt mich sehr das du das fragst, wie sollte es mir hier nicht gut gehen, dich kennenzulernen war das beste was einem Menschen überhaupt passieren kann, es hat für unsere Familie alles geändert, ich habe einen super Job, ich verdiene dank deiner Großzügigkeit gutes Geld, sieh dich um mir geht es verdammt gut, ich habe ein Auto und kann Frauen regelmäßig ausführen, ich weiß ich habe zu oft und zu viel Frauen, aber was soll ich machen sie werden mir sehr schnell zu langweilig, wie du siehst interessiert mich die Literatur, zu Anfang nur um gut deutsch zu lernen dann später habe ich eine Liebe dafür entdeckt, ich liebe das lesen aber in der letzten Zeit noch mehr das schreiben, aber dafür habe ich leider zu wenig Zeit dank meiner Schwäche für die Frauenwelt, ich besuche seit 6 Monaten zweimal die Woche eine Autorenschule, meine Lehrerin sagt immer ich habe mehr als nur das Talent dafür und sie ist von meinem Schreibstil und meinen Kurzgeschichten völlig begeistert, ich hoffe sie lügt nicht, ich glaube sie ist verliebt in mich, Alex ich werde jetzt weil ich dich über alles schätze und mehr als mag ganz ehrlich zu dir sein, ich bin glücklich hier bei dir und in diesem scheiss kalten Land, aber irgendwie habe ich das Gefühl mein eigentliches Leben noch nicht leben zu können und hier ein blinder Passagier zu sein, mein Traum ist es einen großen ansprechenden Roman zu schreiben, naja irgendwann nehme ich mir mal eine lange Auszeit und schreibe den Roman, in meinem Kopf ist er ja schon, ich muss nur die richtigen Worte zu Papier bringen, Alex ich hoffe eindringlichste das du mich nicht falsch verstanden hast, ich liebe das alles hier und ich bin dir überaus dankbar für alles aber du wolltest die Warheit und das ist es was ich fühle und denke" Alex schaute Jo etwas dumm an "kannst du mir vielleicht etwas vorlesen und darf ich bei dir eine Zigarette rauchen" Jo grinste schelmisch "natürlich darfst du bei mir rauchen und ja ich lese dir gerne eine Geschichte vor" er zog eine Lade am Schreibtisch auf und holte ein rotes Buch hervor in dem er kurz hin und her blätterte bis er eine Seite stehen ließ, Alex machte es sich dann so richtig auf dem Sofa bequem in dem er sich lang hinlegte und lauschte, Jo fing dann sofort an "das Dorf am Fluss" waren seine ersten Worte und Alex lauschte völlig entspannt zu, er hörte eine mehr als interessante Geschichte, verpackt in Worten und Sätzen die in Alex seinen Ohren wie wahre Kunst eindrangen, innerhalb von kürzester Zeit wurde Alex zu Tränen gerührt, zum Lachen gebracht, zum nachdenken angeregt und als die Geschichte nach etwa 45 Minuten mit einer Überraschung endete, ja da merkte Alex das er noch Stundenlang hätte zuhören können "das war fantastisch Jo ich kann deiner Lehrerin nur beipflichten, du weisst ja ich liebe auch die Bücher, ich habe Schuld und Sühne schon mit 8 Jahren gelesen, aber dein Stil hat was, er ist irgendwie einzigartig, du bist gut, sehr gut, bitte schreibe deinen Roman, von was handelt er denn" Jo machte ein sehr glückliches Gesicht "danke Alex für deine netten Worte, ich lege sehr viel wert auf dein Urteil, aber um diesen Roman zu schreiben brauche ich wirklich viel Zeit und die Ruhe dafür und von was er handelt sage ich dir nicht, nur eines, du währest sehr überrascht das könnte ich dir versprechen" Alex machte ein nachdenkliches Gesicht und kehrte kurz in sich, dann sagte er "Jo ich glaube an dich und deinen Roman und wünsche mir auch das du dir nicht mehr vorkommst wie ein blinder Passagier und somit mache ich dir einen Vorschlag, suche dir einen Nachfolger für deine Arbeit hier den du dann einarbeitest und wenn der letzte Schnee vom Himmel gefallen ist, ja dann fängst du an mit deinem Roman, ich zahle weiter dein volles Gehalt, aber du schreibst und lebst, aber erst wenn der letzte Schnee vom Himmel gefallen ist, Strafe muß sein weil du mir nicht sagen möchtest von was der Roman handeln wird" Jo machte ein ernstes und glückliches Gesicht zu gleich "das kann ich nicht annehmen, das ist zu großzügig von dir, ich kann nicht einfach auf deine Kosten leben, das ist mehr als lieb von dir aber das geht einfach nicht aber danke" Alex lachte laut und herzlich "Jo doch du kannst und du lebst doch nicht auf meine Kosten denn du schreibst einen Roman für mich und ich bin schon ganz gespannt auf das Wunderwerk, Jo ist dir eigentlich bewusst wie reich ich wirklich bin, du bist mein Freund

und gehörst zur Familie, bitte, ich bitte dich nehme mein Angebot an, bitte, aber erst wenn der letzte Schnee vom Himmel gefallen ist, das meine ich ernst" Jo seine Augen fingen leicht an zu glänzen, er trat zu Alex und umarmte ihn fest und herzlich "Alex, ich danke dir und ich werde dich nicht enttäuschen und dein scheiss weisses und kaltes Zeug räume ich dir auch weg bis die letzte giftige Flocke vom Himmel gefallen ist und von meiner eigenen Hand getötet wurde, versprochen und nun las uns noch gemeinsam eine rauchen" dann setzte er sich neben Alex und klopfte ihn auf die Schulter! Als Alex kurze Zeit später ins Wohnzimmer kam sah er wie alle wieder wipten, wackelten und ihre Köpfe im Takt bewegten, denn sie hörten Musik, Sophias Musik! Simone schwebte jetzt schon über drei Monate durch das Haus und man hätte fast denken können sie ist die Hausherrin, Joleen gefiel das nicht immer, sie hegte manchmal eine gewisse Abneigung gegenüber Simone, aber manchmal auch so etwas wie Bewunderung ihr gegenüber, sie war sich da noch nicht so sicher, Alex bekam das alles mit und trat dem mit einem Lächeln entgegen, na macht ihr drei mal, dachte er immer, Simone hatte auch ein Auge auf Jo geworfen und flirtete mit ihm wann immer sich auch nur die geringste Gelegenheit dafür ergab, Jo ging nicht mehr alleine durch Haus und Garten, er hatte jetzt Roberto stets in seinem Schlepptau, Roberto war ein 25 Jähriger Puertoricaner den Jo bei einer ehemaligen Geliebten kennengelernt hatte, einer älteren Staatsanwältin mit einer Schwäche für farbige Männer, ob Kaffebraun oder Milchkaffeebraun spielte da keine Rolle, sie trank beides gerne und regelmäßig! Roberto arbeitete bei der Staatsanwältin stundenweise als Gärtner und kümmerte sich auch um alles was so an und in einem doch sehr großen Haus anfällt, und wie Jo auch von Roberto erfuhr, kümmerte der sich auch noch um die schöne Staatsanwältin, die nicht nur Staatsanwältin sondern auch Nymphomanin war! Jo sah eine waren Traum von einem Garten, einem Paradies gleichend, und er merkte auch das alles was Roberto anfasste zu Gold wurde, er holte ihn zu dem Gutmann Anwesen wo er auch schon die ersten kleinen Wunder mit seinen geschickten Händen vollbrachte, Roberto hatte dickes, volles, schwarzes Haar, ein zartes glattes Gesicht mit feurigen, dunklen Augen, reine und makellose Haut, es konnte kaum zwei Meinungen geben, er war schön! Wann immer Jo und Roberto, Alex über den Weg liefen verfiel Roberto sofort in tiefster Ehrfurcht und er machte einen Diener so das sein Kopf fast den Boden berührte, Alex amüsierte das und Jo ärgerte das, er versuchte ihm beizubringen das Alex nett und in Ordnung ist, doch Roberto sagte "Herr Gutmann ist einer der reichsten Männer der Welt, man dein Freund ist reicher als Gott" Jo schüttelte nur den Kopf und erwiderte "man du bist doch bekloppt und eines laß dir gesagt sein, erwähne nie Gott vor Alex, auf den steht er nicht besonders, ansonsten kannst du mit ihm über alles reden" Roberto hatte ein Auge auf Simone geworfen aber Simone konnte nur über in lächeln, den Roberto hatte einen Fehler, wann immer er Simone über den Weg lief, kam in ihm ein verbissener Gedanke hoch,er hatte von ihm Besitz ergriffen so das er nicht anders konnte als all seine Vorzüge in Parodien zu verwandeln, sein Mund sah feucht aus und stand meistens ein wenig offen, seine Augen waren halb geschlossen, sein Gesichtsausdruck ein siegessicheres, lüsternes Grinsen, seine Bewegungen träge, übertrieben und einladend, hätte er mit einer Gitarre auf einer Bühne gestanden, ächzend und stöhnend, zuckend und erregend, vielleicht hätte er dann echt gewirkt, aber ohne Bühne war er nicht überzeugend und Simone hatte nur ein leichtes Lächeln für ihn übrig, auf sie wirkte er nicht anders als jemand der ständig Schluckauf hat, eintönig und nichtssagend! Drei Tage später war Sonntag, ein sehr sonniger Sonntag und die laue Luft im Einklang mit den Sonnenstrahlen fraßen die letzten Reste vom Schnee, alle saßen gemeinsam am Esstisch um das Mittagessen einzunehmen, es wurde gelacht und gescherzt als plötzlich Felix zu Alex schaute, er verzog sein Gesicht und spitzte den Mund "Alex was war da los bei euch in der Bank, ich habe gehört das die komplette Führungsetage, die Geschäftsführer und alle Abteilungsleiter der Firma Gutmann für zwei Tage völlig aussersich waren und dich angefleht haben diesmal die Finger weg zulassen von dem Geschäft, ich habe mitbekommen wie sie redeten, du bist der beste ein Genie aber diesmal bringst du die Firma am Rande des Ruins, was mit dir los sei fragten sie sich, warum du so einen

Fehler machst, untypisch für dich, ja sie hatten sogar Existenzangst , du bist starrköpfig und hast zum ersten Mal böse und mit Nachdruck den Chef den Unantastbaren raus hängen lassen, und Gestern haben alle gefeiert und mit ihren Köpfen geschüttelt, ich habe Lehmann kurz gehört, er sagt nie wieder was du tun sollst denn du hast immer Recht und er schämt sich dein Urteil angezweifelt zu haben, er wäre ein nichts gegen dich, Alex was war denn bei euch los" Alex lachte laut, seine gute Laune konnte man bis nach Mexiko spüren "ach Felix was soll ich sagen, ich habe die komplette Zachwald Gruppe geschluckt, alle wussten das sie Pleite waren und keinen Müden Cent mehr besaßen und ich habe viel dafür bezahlt, alle waren der Meinung viel zu viel, sogar mehr als viel zu viel, aber sie wussten alle nicht was ich wusste, Zachwald hat Geld versteckt in unzähligen Scheinfirmen, verdammt viel Geld, ein riesen Berg so hoch wie das Matterhorn sag ich dir und als die Verträge unterzeichnet waren, habe ich per Knopfdruck sofort sein Geld überwiesen, der Vetrag war rechtskräftig und drei Minuten später habe ich im Beisein von Finanzkommissaren und der Kripo auch noch die Herausgabe von 400 Scheinfirmen verlangt deren Exestenz ich beweisen konnte und laut Vertrag gehörten auch die mir samt dem Geld das dort versteckt war, das Finanzamt bekommt natürlich ihre Steuern von denen sie sonst nichts bekommen hätte, ach die lieben mich, aber Zachwald hasst mich, er will mich umbringen, hat er mir versprochen, aber er muß erst noch warten bis er aus dem Gefängniss kommt, nach Abzug von allem was da so zu gehört hat die Firma Gutmann 1,2 Milliarden verdient" alle starrten Alex an und waren still "Alex woher wusstest du von den Scheinfirmen und dem Matterhorn, wie machst du das nur" Alex lachte laut und wohl gelaunt "ach Felix was soll ich dir jetzt sagen, bei den Verhandlungen hat sich Zachwald selbst verraten, es hat nur keiner mitbekommen außer mir"! Sophia schaute Alex ungläubig an "hast du 1,2 Milliarden gesagt, Schatz wie reich bist du eigentlich" im selben Moment kam Maria mit dem lecker duftenden Braten rein und stellte ihn gekonnt auf den Tisch "mmm Maria das duftet wunderbar, ich möchte mich einmal bei dir liebe Maria für deine hervorragene Arbeit und dein wunderbar schmackhaftes Essen bedanken, danke Maria, und das hier ist für dich" er holte einen Briefumschlag aus seiner Tasche und reichte ihn hinüber zu Maria, die ganz schüchtern und langsam zu griff "danke sehr Herr Gutman, aber es ist mir doch eine Freude für sie alle zu kochen und ich mache das doch gerne, aber vielen dank" sie drehte sich um und ging in die Küche, Sekunden später hörten alle einen Schrei und sie sahen wie Maria aus der Küche rannte, sie rannte zu Alex, umarmte ihn und gab ihm einen dicken Schmatzer auf seine Wange, dann sagte sie "Entschuldigung Herr Gutmann, es ist wohl mit mir durchgegangen, vielen dank, vielen dank" dann rannte sie zurück in ihre Küche! "Was war denn in diesem Umschlag, schien sie ja förmlich umzuhauen" fragte Dimitrie und alle schauten gespannt auf Alex und seiner Antwort! "10000 Euro" Dimitrie runzelte seine breite Stirn "Chef und was bekomme ich, meine Arbeit ist doch auch gut" "ach Dimitrie ich weiss doch, sogar lebenswichtig gut ist deine Arbeit, aber du bekommst doch jeden Monat soviel, sogar etwas mehr, aber gut was hällst du von einer neuen Limousine, eine so wie sie dir gefällt, ganz nach deinen Vorstellungen, wüßtest du was du da haben möchtest" "ach Chef die Limousine ist doch erst 2 Jahre alt, aber ich wüßte sofort was für eine Limousine, ich habe da so einen Traumwagen vor Augen, genaue Vorstellungen Chef, Bentley Cobriolet in Braunmetallic, das wärs doch Chef" Dimitrie grinste Alex an "okay Dimitrie, kümmer dich drum, gleich Morgen, sollst du haben" Alex schaute in die Runde und traf auf überraschte Augen "Jo, ich glaube es schneit nicht mehr und wenn doch egal unsere Abmachung gillt ab Morgen, kommt Roberto schon alleine klar" Jo hob überrascht seinen Kopf und lächelte "Roberto kommt alleine besser klar als ich jemals alleine klar gekommen bin, er hat echt goldene Hände, danke Alex super, also ab Morgen" jetzt schauten alle noch verdutzter als verdutzt, aber die Abmachung blieb ein Geheimnis zwischen Jo und Alex bis es soweit war! "Alex da du ja anscheint die beste Laune heute hast sage ich es dir gleich, meine Mutter geht nächste Jahr in Rente und dann hätte ich sie gerne hier bei uns" "Felix deine Mutter diese wunderbare Frau ist mir immer herzlich willkommen, was mich aber gleich zu dem nächsten Punkt bringt" Alex drehte seinen Kopf zu

Sophia, er griff nach ihrer schönen Hand und nahm sie zärtlich in die seine, er schaute in ihre Smaragdaugen und sagte "Sophia vor langer Zeit habe ich dir in Übermut ein Märchenschloss versprochen und ich finde jetzt ist die Zeit gekommen mein Versprechen einzuhalten, Sophia ich meine es im Ernst, ich lasse dir ein Schloss bauen, es soll genau so aussehen wie du dir das vorstellst, es geht nur nach deinen Geschmack und Wünschen, na was sagst du dazu" Sophia schaute eher zurückhaltend "ach Alex du bist süß, ein Schloss für deine Prinzessin, na das wäre doch mal eine Schlagzeile wert, aber ich nehme an du machst Scherze" "nein mache ich nicht, ich meine es bitter ernst, ein Schloss mit allem drum und dran, vielleicht auch Pferde wenn du möchtest, eben ein Schloss mit einem Paradies hinten drann, so wie du es gerne möchtest und du und wir alle uns so richtig wohlfühlen können" jetzt schaute Sophia Alex eher skeptisch an "was ist los mit dir, bist du übergeschnappt, was kostet so ein Schloss denn wohl, das was mir da gleich so im Kopf umher poltert muß ein Vermögen kosten, meinst du das wirklich ernst" Alex grinste über beide Backen "ja Sophia, meine ich und ein Schloss kostet eben was ein Schloss so kostet, ich bitte dich nur darum dich um alles selbst zu kümmern, ich glaube Joleen und Simone können dir dabei helfen, Frau Müller wird dir bei der Grundstückssuche behilflich sein, rufe sie einfach Morgen an, und findet einen Architekten der sich der ganzen Sache gewachsen fühlt, wenn ihr einen findet dann wird er nach deinen Vorstellungen ein Entwurf machen und dann eine Kostenvoranschlag der natürlich später dann weit übertroffen wird, also fang Morgen an mein Schatz, das ist mein Ernst" Sophia schaute jetzt mehr als glücklich und sprang auf, direkt hinüber auf Alex seinen Schoss, sie griff mit beiden Händen Alex an die Wangen und fing an ihn abzuknutschen, sie bedeckte sein Gesicht mit nassen Küssen die kein Ende zu nehmen schienen, sie rieb ihre zierliche Nase wie besessen an der von Alex "du bist ja völlig verrückt, du bist der beste Mann der Welt, ich bin eine Prinzessin, ich bin wirklich eine Prinzessin, du bist ja verrückt, bekloppt, völlig durchgeknallt, danke, danke" schrie sie schon fast in Hysterie durchs ganze Haus "Felix ich möchte auch ein Schloss" sagte Joleen und schaute Felix mit einem

Bettelblick an, doch der würdigte sie nicht eines Blickes und sagte nur ganz ruhig und gelassen "du spinnst wohl" Joleen schaute dann traurig bevor sie anfing zu lachen!Felix stand dann auf und erhob sein Glas, das mit Weisswein gefüllt war "last uns alle darauf anstossen das wir bald wie die Könige in einem Schloss residieren werden, Alex ich muß dir noch sagen das ich es gut finde das du endlich deinen Arsch von deinem riesigen Berg aus Geld erhebst und mal was ausgibst und du auch bald so wohnen wirst wie es sich für einen der reichsten Männer der Welt gehört, meinen Glückwunsch, Alex und Sophia, auf das Schloss, Prost"! In den nächsten Wochen und Monaten ging dann alles sehr schnell, das passende Grundstück war schnell gefunden, es lag am Westrand der Stadt mit einem angrenzenden See und einen Architekten zu finden erwies sich nicht als allzu problematisch, als man von den Vorhaben der Gutmanns hörte, bewarben die sich von ganz alleine, Sophia entschied sich für Dr. Werner Käßler, einen hoch dekorierten und bekannten Architekten der bekannt dafür war, Unmögliches möglich zu machen, nach dem sich Sophia mehrere Male mit ihm traf und ihm all ihre Wünsche geäußert hatte, alle gut durchdacht mit Hilfe und Vorschlägen von Joleen und Simone die bei unzähligen Kaffeekränzen entstanden, gediehen und wuchsen, fertigte Käßler ein Modell an von dem die Frauen förmlich aus dem Häuschen oder Schlösschen waren, der Kostenvoranschlag landete natürlich auf Alex seinem Schreibtisch, nach dem ein schneller Blitz seinen Körper von oben nach unten durchzog und er einen kurzen aber heftigen Schmerz spürte, segnete er ab und überwies die erste Anzahlung, und als der Sommer begann, ja da begannen auch die Arbeiten! Der Herbst und auch der Winter wurden sehr mild, was zur Folge hatte das die Arbeiten zügig von statten gingen, Sophia traf sich weiter Regelmäßig mit Käßler und über Weihnachten und Silvester konnte man ihre Vorfreude jeden Tag spüren und sehen, sie tanzte vollgestopft mit guter Laune durchs ganze Haus, und sie sang dabei, sie sang ihre Musik! Alex schaute ihr manchmal dabei zu und dachte eigentlich ist mein Leben doch perfekt, aber eines wollte einfach nicht gelingen, Sophia wurde nicht schwanger, jeder der Alex kannte wusste von seinem Kinderwunsch, er wünschte sich so

243

sehr ein Kind aber es klappte einfach nicht, Alex wollte das sie sich beide untersuchen ließen, aber Sophia sagte das es schon irgendwann klappen würde und sie sträubte sich gegen jede Art von Untersuchung, Alex nahm das erst einmal so hin, fand es aber merkwürdig! Alex konnte nur darüber staunen wie schnell Sophia lernte, wie schnell sie es verstand nach ihrer Heirat die Frau von Welt zu spielen, ihr Benehmen war tadellos, ihr Auftreten weltgewandt, geschickt und in den angebrachten Fällen ließ sie auch Diplomatie nicht vermissen, jeder der sie kennenlernte oder ihr auch nur über den Weg seines Lebens lief, sah sich einer gebildeten und wohl erzogenen Frau von Welt gegenüber, keiner konnte auch nur ahnen wer sie war, und woher sie war! Ihre Aufgaben hinsichtlich des Schlosses erledigte sie voller Hingabe und auch ihre Hobbys wurden von ihr nicht vernachlässigt, sie machte Sport und sie interessierte sich weiter für die Kunst, sie gründete sogar einen Verein zur Förderung Junger talentierter Künstler, sie sammelte Kunst und Bilder von Künstlern bei denen sie dachte das ihre Werke im Laufe der Jahre im Preis stark steigen würden, ja sie selbst hielt sich sogar schon für so etwas wie eine Expertin und so kam es das Sophia eines Abends sehr liebevoll und anschmiegsam an Alex heran trat und ihn mit ihren Smaragdaugen und ihren liebsten Blick den sie zu bieten hatte anschaute und sagte "Alex es gibt da einen jungen Künstler den ich für ein Genie halte, der Wert seiner Bilder wird sich in den nächsten Jahren um ein vielfaches steigern, davon bin ich überzeugt, er gibt Oster Samstag eine Vernissage und diese Ausstellung wird dann noch die nächsten zwei Wochen dort an diesem Ort bleiben, er würde dich sehr gerne kennenlernen und sich bei dir persönlich bedanken" "Stopp Sophia, für was bei mir bedanken" "naja Alex die Vernissage und auch die Austellung mit allem was da so zu gehört habe ich gesponsert, aber er ist intelligent genug zu wissen das es dein Geld ist was ihn sponsert" "aha, wer ist er, was macht er" "er heisst Pierre Durand und macht Fotorealismuss, es wird dir sehr gefallen, es wäre schön wenn du mit kommen würdest, er würde sich sehr darüber freuen" "ein Franzose" fragte Alex garstig "ja er kommt aus Lyon und ist 26 Jahre alt, er ist wirklich überaus talentiert du wirst es sehen, es beginnt um 19 Uhr"

Alex schaute Sophia etwas skeptisch an und sagte "okay, ich komme sehr gerne mit, aber ein Franzose, ich habe so meine Eigene Meinung von den Franzosen, ich hatte und habe manchmal geschäftlich mit ihnen zu tun, ein komisches Völkchen diese Franzosen" er lachte leicht "ach ja, was für eine Meinung hast du denn von den Franzosen" fragte Sophia neugierig" Alex lachte jetzt sehr laut "dann höre gut zu Sophia, Franzosen sind sehr heiter und liebenswürdig, wenn dies nötig und von Vorteil ist, aber unerträglich langweilig, wenn die Nötigung, heiter und liebenswürdig zu sein wegfällt, der Franzose ist selten aus eigener Natur liebenswürdig, sondern immer wie auf Befehl, aus Berechnung. Erkennt er es etwa als notwendig an, sich phantasievoll und originell zu zeigen tut er das und wenn es sein muss auch vulgär, der Franzose, wie er wirklich von Natur aus ist, besteht aus kleinbürgerlichem, geringwertigem, gewöhnlichem Stoff, kurz gesagt, er ist das langweiligste Wesen von der ganzen Welt, und ich verstehe nicht wie sich manche Frauen von Franzosen blenden lassen und dieses nicht bemerken und sofort erkennen und unerträglich finden" jetzt lachte Sophia laut und sagte mit böser Miene "du hast doch einen Knall" Alex drehte sich lächelnd um und ging! Sophie und Alex saßen Hand in Hand im Bantley, er duftete nach neuem Wagen, Dimitrie steuerte die Limousine gekonnt und stolz, er liebte dieses Fahrzeug und manchmal aber nicht Heute setzte er sich sogar eine Chauffeursmütze auf, sie rollten jetzt über ein großes Industriegelände und erkannte von Weitem schon eine Halle vor der sich einige Menschen drängten, kurz vor der Halle standen zwei junge Männer ganz in schwarz mit weissen Handschuhen, einer von ihnen hielt seine Hand hoch zum Zeichen das Dimitrie anhalten solle, was der auch tat und gleichzeitig die Seitenscheibe öffnete, der junge Mann sagte "okay sie können aussteigen meine Herrschaften, ich werde den Wagen für sie parken, ich wünsche ihnen viel Spass" Dimitrie schaute ihn nur ganz kurz in die Augen und erwiderte "du parkst hier gar nichts, geh weg ich parke alleine" und schon gab er Gas!Sophia und Alex betraten die Halle, Alex sah eine große Halle die für diese Ausstellung extra aufgehübscht wurde, es standen Bauzäune überall umher, auch große Mauern aus Beton standen wahllos rum an denen Fotographien

245

hingen, die Wände waren alle voll mit bunten Fotographien, Tische überspannt mit weissen Decken auf denen Champagnergläser standen und kleine Häppchen!Alex schaute sich in aller Ruhe um, er schaute was da so an den Wänden, Bauzäunen und Mauern hing und was er sah gefiel ihm überaus gut! Er sah sehr große, große und nicht so große Fotos, grelle und schöne Farben stachen ihn ins Auge, es war aber angenehm, er sah nur diese Fotos und war davon fast wie verzaubert, zwei VW Käfer in beige standen sich gegenüber und küssten sich, ein silberglänzender Wohnwagentrailer stand mitten in einer Wüste, eine zerquetschte Coladose, ein Glas voll mit bunten runden Kaugummis, ein Spiegelei auf einem roten Teller, ein wunderschönes grünes Auge, ein Berg mit Haribo Lakritze, glatte kleine Steine in einem klaren Fluss, eine große Glassmurmel auf einem bunten Teppisch, ein Bierflaschen Kronenkorken mit Wassertropfen auf ihm, und viele Portrais von Schauspielern und Musikern, all das stach Alex ins Auge und verzauberte ihn, er drehte sich zu Sophia um und sagte ganz ruhig und leise "das gefällt mir alles sehr gut, sehr schöne Fotos" Sophia lachte sanft und flüsterte Alex leise ins Ohr "das sind keine Fotos, das ist alles gemalt" Alex schaute ganz verdutzt "quatsch, so kann man doch nicht malen, das sind Fotos" Sophia lächelte wieder ganz kurz "nein Alex das ist gemalt in einer besonderen Technik, Pierre wird dir das bestimmt gerne genauer erklären, ach schau da hinten steht er ja" und sie zeigte mit ihrem Finger nach ganz hinten in die Ecke! Hand in Hand gingen Sophia und Alex auf Pierre Durand zu, er stand genau unter Mick Jagger und er war umgeben von älteren Damen, Falten, Runzeln, Zellulite, Grauhaar, Tränensäcke, Großporigkeit, Zahnersatz und Figurverlust schienen ihn fast zu erdrücken, er schaute kurz auf und sah zu Sophia und Alex herüber, mit einer Geste und einer Handbewegung die den Alten zeigen sollte, Entschuldigung, befreite er sich und ging den beiden entgegen, Alex schaute sich Pierre genau an, er nahm ihn genaustens unter die Lupe, er war athletisch gebaut, groß und breit, er trug ein weisses enganliegendes Hemd das seine Muskeln wohl gewollt betonten sollten, dichtes blondes Haar hinter die Ohren gekämmt zierte sein Haupt und betonte seine messinggelben Augen, die ölig und scharf blickten, seine Ohren waren klein und anliegend wie zwei Broschen, sein Kinn wirkte wie aus Porzellan gebrand, die Nasenflügel rosig wie Tabbakblüten und sein Hals glänzte wie Kerzenwachs! Pierre begrüßte Sophia mit einer Umarmung und Kuss rechts und links auf die Wange, Alex viel sofort auf wie vertraut sich die beiden anscheinend schon waren, dann reichte er Alex seine Hand und machte einen höflichen Diener und sagte "Herr Gutmann, guten Abend es ist mir eine Ehre sie persönlich kennenzulernen und ich möchte mich in aller Form bei ihnen für ihre Großzügigkeit bedanken, ich hoffe es gefällt ihnen was sie hier sehen" Alex sah ihn kalt an und sagte "ja das gefällt mir außerordentlich gut was ich hier sehe, ich kann es kaum glauben das dies alles gemalte Bilder sind, für meine Augen sind das Fotos" Pierre lächelte etwas verlegen "ja eines ist sicher, wer Kunst sammelt ist kein Künstler, gehen sie mit ihren Augen ganz dicht an dieses Bild und schauen sie, dann werden sie es sehen" Alex schaute kurz umher und ging dann zielstrebig auf einen schwarzen Ford Mustang zu, so dicht das seine Nase beinahe das Bild berührte, da sah er es, Ölfarbe und von ganz nahem konnte man fast nichts mehr erkennen, nur noch Punkte und Striche, ein Wirrwar von Farben, er ging zurück zu Pierre "jetzt habe ich es auch erkennen könne, das ist ja Fantastisch, sie sind ein wahrer Künstler soweit ich das beurteilen kann, meine Frau Sophia kann das sicher viel besser als ich, aber das werden sie ja schon wissen und sie ist die Kunstsammlerin bei uns im Haus, aber das werden sie ja sicher auch schon wissen, aber ich bin beeindruckt, ich finde Ihre Bilder, oder Gemälde wirklich wunderschön, das meine ich ehrlich, wenn dem nicht so wäre würde ich es ihnen sagen, bitte glauben sie mir" Pierre wusste nicht ganz so genau ob er lächeln oder Angst haben sollte, er entschied sich für das Lächeln "das freut und ehrt mich sehr das ihnen meine Gemälde oder Bilder gefallen, beides ist okay Herr Gutmann, wenn sie möchten könnten wir uns ja kurz hier her setzten und ich erklären ihnen wie die Technik funktioniert und zum Zeichen meiner Dankbarkeit möchte ich das sie und ihre bezaubernde Frau sich ein Bild aussuchen, es soll ein Geschenk sein, ich bestehe darauf Herr Gutmann" Alex lächelte ihn jetzt sehr sympathisch an "dann bedanke ich mich herzlich bei ihnen, ich nehme das Geschenk sehr gerne an und habe auch schon einen Favoriten, aber ich werde erst mit Sophia darüber reden, reden müssen, die beiden VW Käfer die sich küssen haben es mir vom ersten Moment an angetan, erklären sie mir wie sich das auf die Leinwand bekommen bitte" die beiden setzten sich an einen Tisch, Sophia ging in der Halle umher und Alex sah wie sie Smalltalk hielt mit den Alten, es kamen einige Leute auf Pierre Durand und Alex zu und wollten mit dem Künstler reden, aber zwei Meter vor dem Tisch an dem die beiden saßen war Schluss, sie standen dann vor Dimitrie und der breitete seine gewaltigen Arme aus und sagte höflich aber mit ernster Miene, bitte jetzt nicht! Alex lauschte genau den Worten von Pierre Durand und bemerkte das der sich so gab, als hätte ihn der Zauberstab der Weissheit und der Kunst berührt, eben ein Franzose dachte Alex bei sich und hörte weiter zu obwohl er nicht richtig zuhörte! Sophia und Alex schauten sich dann die Ausstellung genaustens an und Sophia war einverstanden mit dem Bild was Alex haben wollte, sie sagten es Pierre Durand und verabschiedeten sich, der versprach das Bild Morgen im Haus Gutmann vorbei bringen zu lassen, dann gingen Sophia, Dimitrie und Alex in Richtung Ausgang, Alex drehte sich noch einmal um und sah Pierre Durand, der stolzierte jetzt umher wie ein preisgekrönter Ganter, auch Sophia drehte sich noch einmal um und ging dabei weiter, während ihre Augen zärtlich fragend nach den seinen suchten, Alex sah und las in ihren Augen und dachte das riecht nach, nein das stinkt nach Ärger! Dimitrie öffnete Sophia die Tür des Bentley und ließ sie einsteigen, dann schloss er sie sanft, und dann ging er rüber zu Alex und beugte sich runter zu seinem Ohr und flüsterte "Chef, soll ich den Froschfresser gleich umbringen, Chef" Alex lachte "nein Dimitrie alles zu seiner Zeit" In den nächsten Wochen herrschte Aufregung im Hause Gutmann, alle redeten nur noch vom Schloss und jeder für sich machte sich so seine eigenen Gedanken, Dimitrie war schon einmal vor Ort um sich den ganzen und gewaltigen Grundriss anzusehen und er dachte dabei, um das alles sicher zu machen und zu bewachen brauche ich mehr Personal und das auch noch vom Wasser aus, der kleine Momo sah sich schon im Garten und Pool umher toben, Jo war kurz vor Abschluss seines Buches und dachte, ob er im Schloss wohl die richtige Insperation finden würde, Joleen war ganz aufgeregt und freute sich auf das Schloss, Maria machte sich Gedanken, wie wird wohl die neue Küche aussehen und wie viel Personal brauche ich um alles sauber zu halten, auch das waren die Gedanken von Roberto nur das es um Aussen ging, Simone konnte ihr Glück kaum fassen und sagte einmal zu Alex "ich werde in einem Schloss wohnen und das alles umsonst dank dir du reicher und großzügiger Mann" Alex schaute nur recht gleichgültig und erwiderte "umsonst ist nur der Tod und der kostet das Leben, wir werden schon eine angemessene Tätigkeit für dich finden"! Alle zusammen lagen am Pool gut verteilt umher und redeten durcheinander, ganz aufgeregt und ausgelassen, den Morgen war es soweit Sophia und Alex waren Morgen um 10 Uhr mit Käßler und dem Bauleiter Müller zur Abnahme im Areal verabredet, das würde sehr lange dauern das war klar, Sophia würde dann Joleen anrufen um Bescheid zu geben wann der Rest kommen kann zur Besichtigung, es fanden alle dann so langsam zur Ruhe und lauschten der Musik die man im Hintergrund aber auch deutlich hören konnte, alle lagen jetzt rum und baumelten mit der Seele, ein Jeder ließ das eine oder andere Körperteil wackeln und wippen im Takt zur Musik, zu Sophias Musik! Sophia und Alex saßen in aller Gemütlichkeit im Bentley, Dimitrie fuhr gelassen wie immer, etwa 30 Minuten dauerte die Fahrt als er rechts in eine schon bewachte Strasse einbog, eine Strasse die man nur mit einer Genehmigung befahren durfte, Dimitrie hielt kurz an und begrüßte den Wachmann durch die Seitenscheibe, dann fuhr er weiter bis sie kurze Zeit später vor einem 5 Meter hohen Schwarz-Goldenen Stahltor anhielten "das Tor scheint schon einmal zu meiner Zufriedenheit zu sein, sehr sicher" sagte Dimitrie, dann tastete er nach einer Fernbediehnung und drückte einen roten Knopf, das Stahltor setzte sich in Bewegung und öffnete sich, es war offen und Dimitrie fuhr langsam los, der Bentley rollte still und würdevoll einen mit blauem Rollsplitt bedeckten Weg entlang, genau auf eine Majestätigen und riesigen Eiche zu "wow das nenne ich doch einmal Baum" sagte Alex im sanften Ton, Dimitrie fuhr rechts an der Eiche vorbei, alle drei rissen ihre Augen weit auf und schauten, ja sie schauten fast schon andächtig auf das was sie in weiter Entfernung erblicken konnten "das ist wunderschön und würdevoll was ich dort sehe" sagte Alex beeindruckt und wie aus einem Munde antworteten Sophia und Dimitrie gleichzeitig "das ist es, wow" Dimitrie ließ den Bentley jetzt noch etwas langsamer rollen bis er neben der schwarzen Limousine zum Stillstand kam, Käßler und Müller standen neben ihr und schauten erfreut und gespannt in den Bentley, Dimitrie stieg dann aus und ging nach hinten rechts um Sophia die Tür aufzumachen, das tat er immer, Sophia schaute Alex kurz mit einem Lächeln in dem Alex tiefste Dankbar und Zufriedenheit erkannte an und stieg aus, Alex schaute noch wenige Sekunden zum Schloss und stieg dann mit einem Gedanken Wirrwarr in seinem Kopf aus dem Bentley aus und trat in eine neue Welt ein!

Ende zweites Kapitel !!

Drittes Kapitel !!

Alex öffnete seine Augen und schaute verwirrt nach oben, hoch zur gewaltigen in üppigem Grün getauchten Krone der Eiche unter derer er sich nieder gelassen hatte, er war noch erstaunt, erstaunt und verwundert über die Flut von Erinnerungen die über seinen Kopf hinweg gerollt waren wie Kugelblitze, Alex stand dann langsam auf und ging über den blauen Rollsplittweg in Richtung Schloss, er drehte sich noch einmal kurz um und schaute mit einem Lächeln im Gesicht zur Eiche und dachte dabei, das ist ja mal ein Baum, mein Baum! Er ging langsam und bedächtig den Weg entlang und schaute sich in aller Ruhe um, dabei kam mit jedem seiner Schritte das Schloss immer näher und näher und Alex fühlte so etwas wie Stolz, das Schloss wurde mit jedem seiner Schritte immer wunderschöner und sein Stolz mit jedem seiner Schritte immer größer, und er dachte, was ist los mit mir, Stolz habe ich bei allem was ich im Leben erreicht habe nur ein einziges Mal gespürt, empfunden, war genommen und das war am Mont Blanc, ganz oben auf dem Gipfel als die Sonne orangen aufging, ja das war Stolz was ich dort oben empfand, und das jetzt was ich hier gerade empfinde ist zweifelsfrei stolz, na egal, vielleicht habe ich auch das Recht darauf stolz zu sein, er ging dann am großen Brunnen vorbei und spürte die Gicht des Wassers in seinem Gesicht, das ihm willkommen war an diesem warmen Tag nun stand er vor der imposanten Eingangstür, er holte noch einmal ganz tief Atem und dann mit einem Ruck öffnete er die Tür und trat hinein in das Schloss, in seinem Schloss, in das Monument der Schönheit, der Schönheit einer Frau, seiner Frau Sophia!Dann stand er plötzlich in einem riesigen, mächtigen Raum der nach allen Seiten offen gehalten war und man seinen Blick weit schweifen lassen konnte nur durchsetzt und getragen von Säulen, Alex hätte verwunderter nicht sein können, von aussen war das Schloss im Stil des 1800. Jahunderts erbaut worden im Inneren war es hoch modern, alles war gerade und rechtwinklig, exakt und genau, alles war schon eingerichtet, die ganze Einrichtung die Alex zu sehen bekam, so weit seine Augen und seine Blicke reichten waren kostbar und verschwenderisch aber von edlem Reiz, die Arbeit und Handschrift eines Profis waren unverkennbar, Alex ging dann weiter zur Mitte des Raumes und er wurde dann gefangen von der Schönheit und dem Zauber der von dem Anblick des ganzen Inneren ausg "ist der Anblick nicht Atem beraubend" fragte Sophia die plötzlich wie ein Geist neben ihm stand "ja, nahe zu unbeschreiblich" antwortete er, Sophia nahm ihn an die Hand und sie wandelten weiter durch den Raum der kein Ende zu nehmen schien, sie kamen dann an einer großen Flügeltür vorbei die weit offen stand und Alex sah eine im Mittelalterlichen Stil gehaltene Küche, das viele Kupfer, frisch poliert stach ihm ins Auge wie ein Sonnenstrahl, Käßler und Müller traten heraus und Käßler lächelte Alex an, nur kurz aber freundlich bevor er anfing wie ein Maschinengewehr zu reden und zu reden und zu reden, Alex hörte kaum oder fast gar nicht zu, jetzt gingen alle vier gemeinsam durch das ganze Schloss und Käßler schoss und schoss weiter und immer weiter, wärend Alex sich die Muster im Marmorfussboden ansah die fliessend zu gewaltigen im Bogen geformten Treppen die nach oben führten übergingen, sie liefen und redeten und schauten und sahen und staunten und bewunderten und Alex sah in den nächsten vier Stunden die Käßler sie durch das innere des Schlosses führte, eine Bibliothek

251

dessen Ausmaße an eine Staatsbibliothek erinnerte, er sah ein Poolzimmer, in dem ein Snookertisch stand eingebettet von alten englischen Möbeln und einer gut bestückten Bar, im oberen Teil des Schlosses waren Zimmer, geschmackvoll und edel eingerichtet, alle mit eigenem Marmorbad und großem Balkon von dem man einen Blick auf den Garten und den See hatte, es müssten so etwa 20 Zimmer sein dachte Alex laut vor sich hin "22" antwortete Käßler kugelschnell! Fast traumwandlerrich ging Alex weiter und immer weiter, er sah überall wo er auch nur hinschaute Kunst, Gemälde an den Wänden, Skulpturen auf den Fluren und in allen Ecken, Modern, Antik alles war dabei, im wohl dosiertem Rhythmus aneinander gereiht, doch irgendwann war es dann soweit, Käßler öffnete geschickt eine 5 Meter breite Flügeltür und alle vier traten hinaus auf die Terrasse, der Anblick war kaum zu beschreiben, es fehlten einem die passenden Worte, Sophia hielt sich an ein Mormorgeländer fest und lies ihren Blick schweifen, Alex schaute ihr ins Gesicht und sah dicke Tränen an ihren Wangen ganz langsam und leise entlang rollen und im Hintergrund hörte er das Wasser tosen, das Wasser das den 10 Meter hohen Wasserfall über riesige Hinkelsteine hinunter stürzte, bevor es in einer märchenhaften Poollandschaft friedlich mit tausenden und aber tausenden Litern von Wasser zu einer Einheit verschmolz und dabei eine zarte Wolke aus Sprühnebel hinterließ, die diesem ganzen Schauspiel etwas exotisches gab! Bei dem Rundgang über das ganze Areal sah Alex den Rest, er sah eine Schwimmhalle, mit Sauner und einem Fitnesstudio das keine Wünsche offen lies, einen Tennisplatz, einen großen Spielplatz, eine Reithalle, einen Reitplatz und auf den See führte eine 5 Meter lange Brücke direkt zu einem 10x10 Meter großen Steg aus feinstem Holz und wunderschön verziertem Geländer, der ganze See wurde würdevoll mit prachtvollen Lampen umrahmt, Alex dachte nach, aber ihm fiel nichts ein was noch fehlen könnte, alles schien Perfekt zu sein, alles war fein, schön, anmutig, edel, und teuer, alles aus den feinsten Materialien und den teuersten Baustoffen errichtet, die Natur war üppig und grün, aber untermalt von bunten Blumen aller Art, ein zarter Geruch, süß und angenehm durchzog das ganze Anwesen und wärend Alex sein

Handy aus der Jackentasche zog dachte er, wenn Dekadenz eine Kunstform wäre, dann ist das Schloss hier das Museum, er drückte eine Taste und wenige Augenblicke später sagte er "Felix, ihr könnt dann jetzt mal kommen! Alex tat das Handy zurück in seine Tasche und wusste jetzt endlich ganz genau wofür er die 100 Millionen bezahlt hatte! Wie kleine Kinder auf dem Rummelplatz rannten jetzt alle durcheinander, umher, alle waren überrascht, erstaunt und voller Bewunderung über das was sie alles zusehen bekamen, Maria stand in der Küche mit nassen Augen und umarmte Alex voller Glück, draußen im Garten stand Roberto wie erstarrt, aber ab und zu wackelte er mit seinem Kopf, und als Alex an ihm vorbei gehen wollte, senkte er wie immer voller Ehrerbietung sein Haupt und sagte "Herr Gutmann, ich tue alles was ich auch nur zu geben vermarg aber das alles schaffe ich nicht einmal annähernd" Alex blickte ihn an und lächelte "Roberto, zu allererst möchte ich ab jetzt nicht mehr das du deinen Kopf senkst wenn du mit mir sprichst und für dich bin ich ab jetzt Alex und ich habe den größten Respekt vor deiner Arbeit und vor dem was du alles in letzter Zeit geleistet hast, ich glaube nicht das es einen besseren Gärtner und Haushandwerker geben kann, mir ist klar das das nicht alleine zu bewerkstelligen ist, du wirst noch zwei, drei Leute brauchen, aber das besprechen wir in aller Ruhe Montag" Roberto schaute auf und lächelte jetzt voller Selbstachtung Alex direkt ins Gesicht "Herr Gutmann darüber bin ich mehr als erfreut das sie meine Arbeit so sehen" ich bin Alex" "nein niemals könnte ich sie so nennen, niemals, sie sind ein großer und würdevoller Mann, ein Herr eben" Alex mußte dann laut lachen, er umarmte Roberto freundschaftlich und flüsterte ihm ins Ohr "nenn mich einfach Alex das macht mich nicht weniger Würdevoll" dann drehte er sich um und ging in Richtung Schloss, Roberto schaute ihm mit einen Lächeln im Gesicht und voller Respekt hinterher! Als Alex wieder das Schloss betrat sah er wie Sophia mit Müller in einer Ecke vor einer silbernen Säule standen, die Säule sah in Alex seinen Augen aus wie aus der Zukunft durch ein schwarzes Loch hier her geholt, Müller erklärte und Sophia hörte zu, Alex gesellte sich dazu, Sophia drehte sich um und sagte "schau mal Alex das ist die Musikanlage, du kannst jedes einzelne

Zimmer, jeden Raum von hier steuern, du kannst nur einen an machen oder drei oder zwanzig alle Möglichkeiten stehen dir offen, der Soundtechniker der Firma hat den Sound schon optimal eingestellt und den Rest habe ich schon kappiert" sie strahlte und öffnete ihre Handtasche und zog eine CD heraus, legte sie gekonnt in ein Fach und streichelte ein Symbol und schon hallte Musik durch das ganze Schloss, Sophias Musik! Müller schaute Alex an "wir haben im ganzen Schloss fein aufeinander und miteinander abgestimmte 300 Lautsprecher der besten Qualität angebracht, ein Wunsch ihrer Frau, das ist eine Anlage der nächsten Generation, etwas ganz Feines" Müller lächelte mitfühlend "was hat denn das ganz Feine so gekostet" fragte Alex "ich weiss es nicht auf den Euro genau, aber ich glaube so um die 300Tausend Euro" Alex zog die Augenbrauen nach unten und Müller grinste nur noch! Kurze Zeit später versammelten sich alle in der Küche und setzten sich an einem hölzernen Esstisch der Platz für mehr als zwanzig Leute hatte gemütlich und aufgeregt hin nur Alex und Felix standen noch vor der Küche, Felix umarmte Alex und sagte "Glückwunsch mein Freund das ist wirklich alles traumhaft schön und darüber kann es keine zwei Meinungen geben, hat Sophia toll gemacht, wir haben ja schon einmal darüber gesprochen aber was hat das alles nun genau gekostet" Alex kniff das gesammte Gesicht zusammen als hätte er in eine Zitrone gebissen "100Millionen" Felix machte ein gleichgültiges Gesicht "nun entspanne dich mal wieder lieber Alex, das hast du doch bestimmt aus der Portokasse genommen und in ein zwei Wochen hast du das wieder verdient" jetzt mußte Felix lachen "ja bin völlig entspannt, war ja doch alles ein Schnäppchen hier" In der Küche redeten alle über den Umzug der Montag von einer Firma gemacht wurde und Alex sagte Maria, Roberto und Dimitrie das sie neues Personal einstellen sollen, alle drei nickten bejahend, und dann auf einmal schrie Joleen es laut hinaus "wir sollten ein großes Fest geben um das Schloss gebürend einzuweihen, ein riesiges Fest mit allem drum und drann" Alex riss weit seine Augen auf "du hast recht Joleen in genau 5 Wochen hat Sophia ihren 30zigsten Geburtstag und da soll die Feier stattfinden" Sophia schaute skeptisch aber auch erfreut und sagte "eine gute Idee noch

5Wochen Zeit zum planen, Joleen, Simone last uns das übernehmen und ich rufe gleich Morgen Walter an der kann unsere Wünsche verwirklichen" Joleen und Simone stimmten voller Tatendrang zu und machten erwartungsvolle Gesichter! Alex sprang auf und mit wilden Gesten fing er an zu reden "ich möchte ein riesiges Fest, ich möchte Gaukler, ich möchte Feuerspeier, ich möchte einen Champagnerbrunnen, ich möchte einen Kaviarberg, ich möchte Hummer, ich möchte einen Grillmeister der Koberind grillt, ich möchte Magie, ich möchte den besten DJ der Stadt" "wäre eine Band nicht angebrachter" fragte Sophia "nein Sophia, ich gebe Euch freie Bahn, ihr dürft planen mit Walter was ihr möchtet, wie immer Euch es gefällt, völlig freie Hand sollt ihr haben, meine einzige Bedingung ist ein DJ und ich wünsche mir maßlose Übertreiblichkeit" "ich glaube dieses Wort gibt es überhaupt nicht" warf Felix kurz ein "habe ich mir gerade ausgedacht, aber nach diesem Fest wird man es neu im Duden finden" sagte Alex mit strahlenden Augen und dann sprang er auf und verlies die Küche, er rannte rasend schnell einer der Marmortreppen rauf, lief dann flink ganz nach hinten und lies sich auf einen der kostbaren Stühle unter einem der vielen kostbaren Ölgemälde bequem nieder, wann und wo immer eine Idee auf den Gipfel kommt, diese Idee kam Alex in dem Moment als Joleen sagte last uns ein großes Fest geben, und nun drückte er einen Knopf und hielt sich das Handy an sein Ohr "hallo Walter, hier ist Alex Gutmann" Walter begrüßten ihn freundlich und übertrieben überschwänglich, so ganz wie es seiner Art entsprach "Walter ich wollte dich vorwarnen, Sophia wird sich Mogen bei dir melden, wir geben ein großes Fest in genau 5 Wochen zu ihrem Geburtstag und gleichzeitig soll das Schloss pompös eingeweiht werden und du bist selbstverständlich unser Mann fürs Aussergewöhliche" Walter gratulierte zum Schloss und erklärte sich bereit den Auftrag anzunehmen obwohl es doch viel zu wenig Zeit bis dahin war, zu wenig Zeit, zu wenig Zeit weinte er in sein Handy, Alex lachte da er das Spielchen schon einmal durchgemacht hatte "Walter bleib ruhig das ist noch gar nichts zu dem was ich von dir möchte, ich möchte das du" und Alex sagte ihm ganz konkret und genau was er sich vorstellt, was sein Wunsch war, schweigen bei Walter, eisiges Schweigen bei Walter kurz bevor er seine Antwort gab, Alex hörte gut und genau zu "Walter was heißt das ist unmöglich, der Werbeslogan deiner Firma lautet (wir machen das Unmögliche möglich) also was ist nun damit" und wieder Schweigen bei Walter und dann sagte Walter "Alex Schatz, ich würde alles versuchen möglich zu machen für dich mein Teuerster, aber das ist Unmöglich, es tut mir sehr leid" doch Alex hackte scharf nach "Walter wenn es jemanden gibt der das schaffen und möglich machen kann bist du es und denk daran was für dich hängen bleibt, versuche es doch bitte" "alles klar Alex, ich verspreche dir das ich es versuchen werde, ich habe da auch schon eine Idee, es wird nie und nimmer funktionieren aber ich versuche es, Versprochen, Schatz ich rufe dich an in den nächsten drei Tagen, dann werden wir sehen ob mein Slogen nicht übertrieben ist, ich glaube nicht daran mein Bester aber wir werden in drei Tagen mehr wissen" Alex schöpfte leichte Hoffnung "Walter ich danke dir und erwarte deinen Anruf voller Ungeduld, wenn einer dann Du, also bis dann"! Eine ganze Woche später, jeder hatte seinen Platz jeder hatte seine Aufgabe, alles funktionierte perfekt im Schloss, einige neue Angestellte liefen Alex schon so manchmal über den Weg, im Schlossgarten wurde täglich und eifrig gearbeitet, Alex beobachtete Roberto wie er den Chef spielte und er spielte die Rolle ausgezeichnet, im Schloss wurde geputzt und gekocht und gebacken, viele junge und auch ältere Damen kreuzten oft seinen Weg, einige machten höflich einen Knicks wenn sie an Alex vorüber schritten, Alex war amüsiert, Anordnung von der Hausdame Maria! Als Alex Heute nach dem Büro das Schloss betrat sah er in einiger Entfernung Sophia und Pierre Durand, die sich die Wände anschauten und wild diskutierten, Sophia hatte Recht behalten, bei der ersten Ausstellung von Durand waren seine Bilder zwischen 800 und 1200 Euro wert, jetzt waren sie gefragt wie geschnitten Brot und man zahlte zwischen 5000 - 8000 Euro dafür, Pierre stolzierte jetzt den Gang entlang und seine Selbstverliebtheit und Selbstherrlichkeit schienen groß genug zu sein um ein ganzes Kriegsschiff zu versenken und Alex schaute ihn angewiedert nach, das Verlangen ihn zu begrüßen war nicht in ihm, rein gar nicht!

"soll ich ihn umbringen Chef" sagte Dimitrie, der plötzlich neben Alex stand "Dimitrie, alles zu seiner Zeit, aber das hatten wir doch schon" Am späten Abend holte sich Alex noch ein Sandwitsch von Maria aus der Küche, wobei er ihr im vorbeigehen einen Kuss auf die Wange gab, Maria kicherte und wurde rot wie immer, Alex ging die Marmortreppe nach oben um zu Sophia ins Bett zu steigen, doch da öffnete sich am Ende des Ganges eine Tür und Jo kam heraus "Alex gut das ich dich gerade sehe, kann ich ganz kurz mit dir reden" "na klar" erwiderte Alex, Jo kam langsam auf Alex zu und hatte seine Arme nach hinten gehalten, ganz so als hätte er etwas zu verstecken! "das ist ja alles wie im Märchen hier, traumhaft schön ist es geworden dieses Schloss, es kommt mir alles irgendwie nicht echt vor ganz so als würde ich träumen, ich hoffe das ich nicht gleich wach werde" dann holte er hinter seinem Rücken ein zusammengebundenes dickes Manuskript hervor und reichte es Alex mit einem Grinsen entgegen "für dich, ich bin fertig und du sollst, nein mußt es als erster lesen, ich wollte mein erstes Buch dir witmen, aber das wäre Quatsch, du wirst verstehen warum wenn du es gelesen hast, Alex wann findest du einmal die Zeit es zu lesen" Alex streckte seine Arme aus und nahm es entgegen, es war im hellen grün eingeschlagen und Alex las (Klein ist nicht immer Klein, von Jo Buckland) "Zeit, ich nehme mir die Zeit jetzt gleich" er klopfte Jo auf die Schulter und flüsterte "danke mein Freund ich freue mich auf dein Buch und rede erst wieder mit dir wenn ich fertig bin" er ging zu Sophia und sagte das er leider noch arbeiten müsse, dann ging er bewaffnet mit Zigaretten und Kaffee in die Bibliothek und nahm eine äußerst bequeme Position ein, er schlug das Manuskript auf und fing um 22,30 Uhr an zu lesen! In seinem Kopf braute plötzlich ein Sturm aus Worten auf, Worte sorgfältig und fein aneinander gereiht und zu Sätzen geformt die man nurnoch Kunst des Schreibens nennen konnte, ja durfte, der Rhythmus und die Melodie dieser Worte und Sätze waren wie ein Zauber, wie Magie, und Alex las und las bis ihm die Augen brannten und dennoch las er weiter und er las mit allen Sinnen, er wurde ganz tief innen getroffen, berührt, er war fasziniert, gefangen, gefesselt auf seinem Sofa sitzend nicht fähig aufzustehen, ein Blick auf die Hublot verriet ihm, es ist 6 Uhr in der früh, egal es ist Samstag, berauscht und gierig las er weiter und weiter, mit einem nicht zu stillenden Durst nach mehr und immer mehr, er brauchte jetzt das Ende, er mußte es haben, niemand auf der Welt würde so wie er nach dem Ende lechsen und japsen, niemand, aber er las fast wie in Trance immer weiter, es ist bald soweit das Ende naht unaufhaltsam, wie wird es enden, ein letzter blick zur Hublot 11,50 Uhr, Alex wusste natürlich schon nach 10 gelesenden Seiten wer der Titelheld war und das machte das Buch für ihn zum fressen interresant, es war gleich soweit, Alex las mit zitternden Händen, Schweiss rann an seinem Gesicht entlang, sein Atem wurde immer schwerer und schwerer, er, er Alexander Gutmann war der Titelheld, es war soweit zwei, drei Sätze noch, da war es, das Ende, das Ende bestand aus Höllenwege zwischen Schatten und Licht! Alex schmiss das Buch bei Seite und fiel völlig erschöpft in einen tiefen komatösen Schlaf! Ein unwiderstehlicher Duft von Kaffee strömte in Alex seine Nase und er öffnete seine Augen, er fühlte sich wie erschlagen, seine Glieder waren steif und starr und in seinem Kopf herrschte noch Unordnung, als er die grünen Augen von Sophia erkannte die ihn durchdringend anschauten "hallo, wir haben dich gesucht, das war also deine Arbeit, du hast das hier gelesen, ist das war, ist das von Jo, hat Jo das geschrieben, Dimitrie hat mir gesagt wo ich dich finde, na werde erst einmal richtig wach" dann gab sie ihm einen Kuss "wie spät ist es denn" "16 Uhr" antwortete Sophia mit ernstem Gesicht "da habe ich ja nicht so lange geschlafen wie ich mich fühle, weißt du wo Jo ist" "ja, am Pool mit Momo" "schicke ihn bitte zu mir, ich möchten ihn sprechen und ja Jo hat das Buch geschrieben" Sophia lächelte Alex an, drehte sich um und verlies die Bibliotek ohne ein weiteres Wort! Mit einem dicken Grinsen auf dem Gesicht trat Jo ein und setzte sich zu Alex, der ihn mit einem bösen Blick fixierte "so siehst du mich also, so denkst du über mich" fragte Alex mit strengen Ton und bös verkniffenen Gesichtsausdruck, doch das Grinsen wich nicht aus Jo sein Gesicht, es schien um seinen Mund herum gewachsen zu sein "ja Alex genau so sehe ich dich und so denke ich über dich" Alex reicht Jo seine Hand und als der zugriff zog er ihn an sich heran und umarmte den Grinsenden " herzlichen

Glückwunsch, es ist fantastisch, in meinen Augen ein wares Meisterwerk wie ich schon lange keines mehr gelesen habe, ich wurde beim lesen regelrecht überwältigt, ich hoffe nur das mir persönlich das Ende erspart bleibt, ich danke dir für diese aussergewöhnliche Nacht" Alex lies Jo jetzt wieder los "schön das es dir gefallen hat, ich hoffe auch das dir das Ende erspart bleibt, aber ich würde nicht drauf wetten" in diesem Moment fiel das Grinsen aus Jo seinem Gesicht, Alex lächelte zufrieden und sagte "wir werden sehen, ich kenne in Frankfurt zwei der größten Verleger, wir fliegen morgen nach Frankfurt und dann mach ich dich mit ihnen bekannt, sie werden dein Buch lieben" das Grinsen war wieder da "das ist nett von dir, ich hoffe das es ihnen gefallen wird" "es wird, bin mir sicher ich werde gleich mal durchklingeln und fragen ob sie Zeit haben"! Danach sollte alles sehr schnell gehen, Alex sein Urteil war nicht falsch und die Verleger rissen sich förmlich um das Buch, ein Lektor änderte noch wenige Details mit Jo seiner Zustimmung, es wurde in großer Auflage gedruckt und mit Jo seinem Grinsenden Gesicht wurde auch noch Werbung betrieben, das Buch fand man dann die nächsten 21 Wochen auf den Bestsellerlisten, niemals auf Platz eins aber doch lange auf Platz zwei, die Literaturkritiker waren voll des Lobes und in einem Artikel einer renommierten Süddeutschen Zeitung war zu lesen (Jo Buckland, der wohl beste und vollkommenste farbige Schrifftsteller nach Alexandre Dumas, seine Worte und Sätze sind ein wares Erlebnis, seine Geschichte die er zu erzählen hat fesselt den Leser ab Seite eins und grenzt schon an Magie, ein Muss für jeden Liebhaber der anspruchsvollen Literatur) das war schon ein heftiger Ritterschlag den Jo da bekam und er war stolz und zufrieden, blieb aber weiter umgänglich und bescheiden, obwohl sein Konto im Laufe der Zeit immer stattlicher wurde, er sollte noch viele weitere Bücher schreiben, es wurden gute Bücher, Bücher die gelesen wurden aber keines sollte je wieder so erfolgreich werden wie (Klein ist nicht immer Klein)! Sophia hatte Geburtstag, sie lief schon den ganzen Tag aufgeregt und voller Vorfreude durch Schloss und Garten, am Frühstückstisch hatte sie sich über die 30 Bacararosen gefreut doch kurze Zeit später zog sie eine Schippe einen Schmollmund und rannte die ersten Morgenstunden ständig hinter Alex her, wie die Hündin dem Herrschen, doch dann wurde es ihr zu Bunt und sie fragte "Alex ich bin heute 30zig geworden, Schatz hast du nicht was vergessen" "nein was denn, was meinst du" innerlich lachte er sich halb tot, äußerlich blieb er gelassen "na mein Geschenk vielleicht" "ach Sophia, Liebes, du läufst hier in deinem Schloss auf und ab und heute Abend gibt es ein riesiges Fest, ich glaube das reicht doch wohl" Sophia zog weiter ihre Schippe und eilte von Dannen, aber im Laufe des Tages fand sie sich damit ab und ihre Laune wurde großartig!Noch etwa eine Stunde bis zum Fest, Sophia und Alex waren in ihrem Zimmer, Sophia machte das was Frauen so machen eine Stunde vor dem großen Auftritt, und Alex stand auf dem Balkon und schaute dem Wilden Treiben im Garten ganz interessiert zu, es waren 22° und es sollte nicht kälter als 20° werden in dieser Nacht, es war ein herrlicher Spätsommertag, Alex dachte darüber nach ob die Leute wohl denken könnten, schau an auch das Wetter hat der Gutmann gekauft, es schaute weiter in den Garten der Heute doch sehr verändert da stand, alles war geschmückt, würdevoll und Edel, es liefen unten jede Menge junge Frauen und Männer umher, alle beschäftigt, die Männer trugen schwarze Hosen, weißes Hemd und Fliege, die Cheffin des Cateringsunternehmen das Walter organisierte lief aufgeregt hin und her und gab Anweisungen, sie war ca 50 Jahre alt hatte langes schwarzes Haar und trug einen schwarzen Hosenanzug, sie waren gerade dabei den Champagnerbrunnen aufzubauen als eine kleine leicht stramme junge Frau mit roten Haaren zu einem Pferdeschwanz gebunden, gekleidet auch im Hosenanzug auf die Cheffin zu ging, Kuss rechts Kuss links, sie kannten sich gut das konnte Alex schon von weitem erkennen, sie führten ein intensives Gesprech und gingen beide weg und hinaus aus Alex seinem Blickwinkel, Alex hatte seine Smoking an und ging dann nach unten in Höhe der Küch merkte er das ihm warm war und er legte seine Smokingjacke über einen der Stühle vom Esstisch, dann trat er hinaus in den Garten, es duftete nach Fleisch, nach Kobefleisch und er ging zum Grillmeister um die Prachtstücke zu betrachten, der Grillmeister mit einer weißen Kochmütze auf seinem Haupt begrüßte ihn nett, zuvorkommend und sehr höflich und sagte "das duftet fantastisch nicht war Herr Gutmann, aber das dauert noch, sie müssen sich bitte noch etwas gedulden" Alex schnupperte noch einmal ganz tief "ich komme wieder, verlassen sie sich darauf" er zwinkerte dem Grillmeister zu und ging weiter, aber nur drei Schritte schaffte er als plötzlich jemand an seinem Hemd zog, Alex drehte sich um und schaute in Kobaltblaue Augen, in ein Gesicht voller Sommersprossen die bis auf die Stupsnase reichten, es war die junge Frau die Alex von oben beobachtet hatte beim Gespräch mit der Cheffin vom Cateringservice "wie heisst du bitte" sagte sie mit kaltem Gesichtsausdruck "Alex" antwortete der "hast du nichts zu tun, ich frage nur weil du hier so dumm rum stehst, ich bin Anna die Nichte von Frau Holzer, sie mußte gerade dringend weg für die nächsten 2 Stunden und nun habe ich hier das sagen, schau nur wie deine Kollegen alle fleißig arbeiten, du bist wohl einer von der Sorte die sich gerne drücken aber das Geld kassieren wenn Feierabend ist, ich werde ein Auge auf dich haben, wenn Heute irgend etwas nicht klappen sollte, ja dann gibt es richtig Ärger" Alex hob ganz schüchtern seinen Finger "Frau Anna sie können ja schimpfen wie ein Bauarbeiter, aber dabei duften sie wie eine Märchenprinzessin" Anna schaute Alex verbissen ins Gesicht und plötzlich mußte sie herzlich lachen "wow Alex du bist ja ein kleiner Charmeur, aber nicht mit mir" sie schaute Alex durchdringend aber mit einem Lächeln an und aus dem Lächeln wurde ein angenehmes Grinsen "jetzt im Ernst Alex, ich möchte dich bitten das du die Teller und das Besteck an der Grillstation noch einmal polierst, bitte, du weisst doch wie die feinen Pinkel immer so drauf sind, besonders Frau Gutmann, wenn ich mir vorstelle sie greift sich einen schmutzigen Teller oder schmutziges Besteck, ich glaube meine Tante wäre ruiniert, sie soll ja sehr zickig sein die Frau Gutmann, dabei hat sie doch nichts anderes gemacht als sich den Mega Reichen Schnösel zu angeln und der hat doch nur eine Trophäe gesucht, ein Vorzeigepüppchen, nichts desto trotz sind es unsere Kunden und wir möchten sie doch zu 100% zufrieden Stellen, denn wir sind doch Profis, Hmm ich könnte das nicht nur des Geldes wegen, er soll nicht gerade eine Schönheit sein der Herr Gutmann, ich habe ihn noch nie so bewusst gesehen, wenn er im Fernsehen war, ja dann war ich nie am Fernsehen und in der Zeitung fliege ich über den Wirtschaftsteil hinweg, hmmm der alte Piranha, na heute Abend werde ich ihn ja endlich mal sehen, persönlich sogar, aber eines entspricht der Warheit, Frau Gutmann ist wirklich wunderschön, sie ist mir vorhin über den Weg gelaufen, wunderschöne Frau, ja siehste so aus klappts auch mit einem Milliardär, nein, nein lieber bleibe ich arm" all das sagte sie so naive, ja schon so niedlich und unbekümmert das Alex sich bis aufs äusserste konzentrieren mußte um nicht laut los zu lachen "Frau Anna ich fange sofort mit dem polieren an versprochen, aber eines noch, ich bin Herrn Gutmann schon persönlich begegnet, ehrlich er ist sehr nett und auch hässlich fand ich ihn überhaubt nicht, eigentlich ein netter Kerl dieser Gutmann" "so nun rann Alex genug geschwafelt" und sie schaute Alex noch kurz in die Augen Aber intensiv und sie lächelte dabei , dann drehte sie sich um und ging mit einem schnellen, leicht aber nur leicht trampligen Schritt davon! Alex stand wir angewurzelt da und fühlte Dinge die er niemals zuvor in seinem Leben gefühlt und gespürt hatte, es waren völlig neue Gefühle, was war denn das, dachte er, er las Dinge in ihren Augen die ihn leicht aus der Bahn warfen, was war das nur, was da gerade an seinen Augen vorüber geflogen kam, Alex hatte die Flüchtigkeit und Schönheit ihrer Exestens ganz tief gespürt, er war verwirrt, sehr verwirrt in ihren Augen konnte er lesen das sie Anna, ihn Alex attraktiv und nett und interessant fand, das ist ihm noch nie zuvor passiert, Alex fühlte sich leicht und beschwingt zugleich "sie sind aber gemein Herr Gutmann, ich habe natürlich alles gehört, die gute Frau Anna bringt sich doch um wenn sie erfährt wer sie wirklich sind" "ich hoffe nicht, ich hoffe nicht, stimmt sie haben recht ich bin gemein" und wieder zwinkerte er dem Grillmeister zu und ging ins Schloss nahm seine Jacke vom Stuhl und ging noch völlig verwirrt nach oben um Sophia abzuholen! Die Gäste trafen ein, ihre Autos wurden nach einem ausgeklügelten Sythem von jungen Männern in roten Anzügen geparkt, Sophia und Alex standen an Eingang und begrüßten jeden einzeln, eine ganze Menge an Arbeit hatten sie zu bewältigen, es waren 800 Gäste geladen die jetzt alle nach und nach eintrafen, Gäste aus Politik, Wirtschaft, Fernsehen, Show, Sport und Freunde nicht zu vergessen,

Sophia sah fantastisch aus, eine Augenweide für jeden Mann und Komplimente nahm sie gerne und mit gespielter Bescheidenheit entgegen und genoss es, ihre Augen verrieten sie! 1Stunde später war es im Schlossgarten voll, alle schauten, bestaunten und genossen das Essen und die Getränke und Alex fühlte sich wie in einer überfließenden warmen Menschenwabe, Smaltalk hier und da, und im Hintergrund auf einem Podest stand der DJ und nahm auch gerne Wünsche entgegen, Alex sah aus dem Augenwinkel Pierre Durand im Gespräch mit Sophia vertieft, die Stimmung wurde immer besser und ausgelassener, der Richtige Moment dachte sich einer der Barkeeper um den Absinth von unten vorzuholen, es liefen Feuerspucker durch die Gegen und an den Stehtischen verzauberten Magier die staunenden Gäste mit ihrer Zauberei, es wurde langsam Dunkel und hunderte von Fakeln gaben dem Anwesen einen warmen und bezaubernden Glanz! Es war soweit Alex verlangte es nach seinem Lieblingsfleisch und er ging schnellen Schrittes zum Grillmeister "jetzt geben sie mir bitte ein schönes Stück, kann auch ruhig ein Brocken sein" Sehr gerne" erwiderte der Grillmeister und machte mit seinem Kopf eine zeigende Bewegung, Alex drehte sich um und sah wie die Cheffin der Cateringfirma mit Anna im Schlepptau genau auf ihm zu gelaufen kam, sie reichte Alex ihre Hand, Alex nahm sie und schaute im Augenwinkel zu Anna "guten Abend Herr Gutmann" "guten Abend Frau Holzer" gab er zurück und dabei sah er weiter aus seinem Augenwinkel zu Anna, die ganz weit ihre Augen aufriß und zu Untertellern formte, sie hob ihre kleinen mit Sommersprossen überzogenen Händ nach oben um sie vor ihren Mund zu halten und ihre Augen füllten sich plötzlich mit Tränen, sie drehte sich um und rannte weg! "ich hoffe es ist alles okay und entspricht ihren Vorstellungen und trift auch ihren Geschmack" "Frau Holzer es ist alles wunderbar, sie haben sich selbst übertroffen, einige Freunde haben schon nach ihrer Nummer gefragt, sie hätten sie gerne für ihre nächste Party, ich hoffe es stört sie nich das ich sie weiter empfohlen habe" "Herr Gutmann natürlich nicht, ich freue mich sehr darüber, dürfte ich ihnen meine Nichte Anna kurz vorstellen" sie drehte sich um und sah vieles aber nicht Anna "wo ist sie nur" fragte sie verwundert "sie ist schnellen Schrittes weggerannt, ich glaube sie muste mal dringend auf die Toilette" antwortete Alex "die dumme Nuss, sie war ganz aufgeregt, wollte sie unbedingt kennenlernen und begrüßen und nun hatte sie die Gelegenheit und dann muss sie mal" Alex grinste über beide Backen "was nicht ist kann ja noch werden" beide gingen freundlich und mit einem Lächeln getrennte Wege, Alex geradewegs in Richtung Schloss um Anna zu suchen und sie zu beruhigen! Sie saß alleine an einem Tisch etwas abseits und hielt sich noch die Hände vors Gesicht, Alex setzte sich dazu und schaute sie still an, sie hob ihren Kopf und erschrak heftig als sie Alex ihr gegenüber sitzen sah "Herr Gutmann, es tut mir unendlich leid, oh mein Gott ich habe meine Tante ruiniert" "du hast gar nichts ruiniert Anna und außerdem waren wir beide doch schon beim Du" fuhr Alex dazwischen, Anne schaute ihn traurig an "wieso, haben sie sich nicht bei meiner Tante beschwert" "nein habe ich nicht und werde ich auch nicht" sie lächelte aber nur kurz "dann wird es bestimmt ihre Frau machen" Alex lachte laut "nein, nein keine Sorge der habe ich nichts von dem Vorfall erzählt, das bleibt auch so" er hielt sich den Zeigefinger vor die Lippen und machte piiiischt "also Anna kein Wort zu niemanden und nun lach mal wieder, du solltest jetzt lieber raus kommen, ich werde gleich eine Rede halten und dann gibt es noch eine Überraschung" in genau diesem Moment kam Sophia an den Tisch gerannt und umarmte Alex von hinten "Alex der Dj spielt schon den ganzen Abend nicht meine Musik, Anordnung von dir hat er mir gesagt, stimmt das" Anna schaute Sophia voller Bewunderung an "ja meine Anordnung, Heute mal ohne deine Musik, hoffe du überlebst es mein Schatz, das hier ist übrigens Anna die Nichte und stellvertretende Cheffin von Frau Holzer vom Catering" Sophia reichte ihr die Hand "hallo Anna, fantastische Arbeit was sie da alles auf die Beine gestellt haben" Anna schaute dankbar "danke schön, das freut mich das es ihnen gefällt, Frau Gutmann tut mir leid aber ich muss es loswerden, sie sind wunderschön, die schönste Frau die ich je gesehen habe" Sophia schaute ganz erstaunt "danke schön Anna, du bist aber auch sehr süß" sie machte eine Handbewegung die sagen sollte das Alex mitkommen solle "Sophia geh doch bitte schon mal Richtung See zum DJ, ich komme in einer Minute nach, ich brauche dann mal das Mikrofon und das Podest, habe noch eine kleine Überraschung für dich" "für mich" fragte Sophia mit zuckersüßem Gesichtsausdruck "für wenn denn sonst, du hast doch Geburtstag" sie drehte sich um und ging! Anna und Alex schauten sich jetzt in die Augen und da war es wieder Alex las Dinge darin die er noch niemals in den Augen einer Frau gelesen hatte, er merkte wie sein Herz anfing zu pochen "Herr Gutmann ich möchte mich noch einmal in aller Form bei ihnen entschuldigen, ich plapper und plapper und oft denke ich nicht nach, es kommt einfach immer so aus meinem Mund" "kein Problem Anna zwischen uns ist alles gut, ich wünsche dir für deine Zukunft nur das beste, so nun muss ich da mal raus, solltest du auch machen sonst verpast du was, ehrlich, also alles gute" er drehte sich um und ging bis er plötzlich Anna hörte "Alex du hattest recht, ein netter Kerl dieser Gutmann und hässlich ist er kein bischen, ich finde eher das Gegenteil" Alex drehte sich sofort um, beide schauten sich wieder an "hab ich dir doch gleich gesagt" dann ging er weg und drängelte sich durch die warme Menschenwabe zum DJ wo Sophia schon auf ihn wartete!Er stieg auf das Podest und Sophia schaute ihn von unten mit erwartungsvollen Augen an, der DJ forderte über sein Mikro alle Gäste auf zur Tanzfläche vor dem See zu kommen, nach und nach fanden alle den Weg zur großen von Fachmännern verlegten Holztanzfläche und im Hintergrund funkelte ein 5 Meter hoher silberner Vorhang der den Steg im See umschloss, ein buntes Licht und Laserspiel wurde auf ihn projiziert und ließ die bizzaresten Formen hinaus in die Nacht funkeln und die Augen der Gäste erleuchten! Alex nahm sich das Mikrofon und rief laut und deutlich "guten Abend" es wurde still, ganz ruhig, alle waren gespannt was der kleine Mann zu sagen hatte, Alex fuhr fort als er die eisige Stille vernahm "guten Abend liebe Gäste, meine bezaubernde Frau Sophia und ich freuen und bedanken uns das ihr alle so zahlreich erschienen seid um Sophias Geburtstag und die Schlosseinweihung mit uns gemeinsam zu feiern, als ich vor sehr vielen Jahren Sophia das erste mal sah, war mir sofort klar das ich das schönste Wesen auf dieser Welt sehe und nach dem ich sie Monate lang nur angestarrt hatte wie ein dummer Esel faste ich mir ans Herz und sagte ihr wie wunderschön ich sie fand und im vollem Übermut versprach ich ihr ein Schloss für sie zu bauen wenn sie mich heiratet, ihre Antwort war eine Ohrfeige und die Worte, du bist doch nicht ganz dicht, könnt ihr euch vorstellen das man diese süße Fresse Ohrfeigt" Alex grinste in die Menge und drehte seinen Kopf nach allen Seiten, dann wurde gelacht und Alex sprach weiter "na was solls dachte ich man muß auch mal verlieren können und als ich Sophia dann viele Jahre später durch Zufall wieder traf ging ich die ganze Sache doch etwas ruhiger an und sieh da, nach einer Weile ohrfeigte sie diese süße Fresse nicht mehr sondern küsste sie und dann wurde sie meine Frau, die bezaubernste Frau die es gibt, ich habe von Sophia zwei wichtige Dinge gelernt, erstens das man manchmal nicht alles sofort bekommen kann wenn man es will, manches mal braucht man doch Gedult, Gedult wohl nicht meine Stärke, aber sie kann sich doch zu guter Letzt auszahlen und das zweite was ich bei ihr doch recht schnell gelernt habe, oder mußte war das ich nicht mit meinem Hintern auf meinem Geld sitze wie ein geiziger Schotte, nichts für Ungut Jeff" Alex zeigte mit dem Finger in die erste Reihe auf Jeff Braun dem Cheff der Bank of Scotland und grinste ihn an, der mußte lachen "ja ich habe von ihr gelernt, Geld ist zum ausgeben da, Sophia war heute Früh doch sehr erstaunt, es gab 30 Bacararosen und sonst nichts, erst zog sie eine Schnute aber dann hat sie es wohl verstanden, wenn ich hier einmal so in die Runde schaue ist das Schloss und die vielen Gäste ja wohl alles andere als nichts, aber ich habe trotzdem noch eine Kleinigkeit für meine Frau, eher so Symbolich gedacht und gemeint, bei unserer Hochzeit rannte sie in einem Augenblick auf mich zu und sagte, komm Alex sie spielen unser Lied, ich kannte dieses Lied überhaubt nicht, aber der Titel dieses Liedes passte wie die Faust aufs Auge, er hieß Green Eyes, Sophia hat sich Heute schon bei mir beschwert das der DJ nicht ihre Musik spielt, das war eine Anweisung von mir, und jetzt liebe Sophia möchte ich dich bitten mit mir ganz alleine nach unserem Lied Green Eyes zu tanzen und so nach einer Minute bitte ich alle verliebten Paare es uns gleich zu tun und auf die Tanzfläche zu kommen und mit uns zu tanzen und dann verspreche ich dir noch liebe Sophia als kleines Geschenk das wir dann mindestens

noch eine ganze Stunde deine Musik spielen deine Lieblingsband"
Alex ging runter vom Podest und die Gäste klaschten, er nahm Sophia
an die Hand und ging mit ihr auf die Tanzfläche, die Musik begann in
gewaltigen Tönen und Sophia und Alex tanzten und küssten sich
dabei, sie lachten und schmusten und nach einer Minute schrie der DJ
ins Mikrofon "jetzt ist es aber genug mit dem Geschmuse und dieser
Schnulze, es gab einen riesigen Knall, Feuerwerksraketen stiegen in
die Luft und aus den Lautsprechern knallte der Song Clocks von
Coldplay heraus, mit einem bunten Lichtergewirr viel der silberne
Vorhang am Steg nach unten, in der Menge rissen alle weit ihre
Augen auf und konnten ihre Münder nicht mehr schliessen als sie
sahen was zu dem Song Clocks hinter dem silbernen Vorhang auf
dem Steg zum Vorschein kam und die Menge fing zu schreien an, dort
standen sie und spielten Live Clocks, Sophias Lieblingsband
Coldplay standen auf dem Steg im See, Guy Berryman zupfte
gewohnt lässig den Bass, Will Champion trommelte mit seiner
typischen Kopfbewegung die Drums, der Namensvetter von Jo, Jonny
Buckland spielte gekonnt wie immer die Liedgitarre und Chriss
Martin stand hinter dem Piano und spielte es, dabei sprang er immer
auf und nieder und sang liebevoll den Text von Clocks, die Menge
tobte und war aussersich vor Überraschung, sie drangen nach vorne
soweit es ging um Coldplay von Nahem zu bestaunen, kurz vor der
Brücke war Schluss, denn da stand die Menge vor einer Russischen
Wand in deren Mitte Dimitrie stand, Sophia und Alex standen jetzt
oben auf dem Podest um besser sehen zu können, Alex umarmte
Sophia und flüsterte ihr ins Ohr "Happy Birthday mein Schatz"
Sophia schaute Alex kurz an bevor sie ihn mit Küssen überdeckte und
dann schrie sie es laut hinaus in diese verzauberte Nacht "du bist ja
völlig irre, völlig bekloppt, völlig durchgeknallt" sie nahm Alex bei
der Hand und stürmte die Tanzfläche um zu tanzen als gäbe es kein
Morgen mehr! Danach spielte Coldplay Viva la Vida und dann Speed
of Sound, dann bat Chris Martin Sophia auf die Bühne um ihr
persönlich zu gratulieren und gemeinsam den Song Yellow mit ihr zu
singen, dabei nahm er sie in den Arm und stellte fest das Sophia den
Text fehlerfrei beherrschte! Coldplay spielte genau 76 Minuten bevor
sie

sich mit Joleen, Felix, Jo, Simone, Sophia und Alex in ein ruhiges Zimmer zurückzogen, sie aßen alle gemeinsam eine Kleinigkeit, tranken und führten ein nettes, lustiges, aussgelassenes Gespräch, Alex und Chris Martin tauschten noch schnell ihre Handynummern aus bevor er sie zum Flughafen bringen ließ um sie dann mit Felix und seinem Flugzeug nach London fliegen zu lassen! Die Party wurde noch recht Wild und Bizarr, je später oder besser früher es wurde landeten immer mehr Frauen in Abendkleidern und Männer im Smoking mitten in der Poollandschaft, der Absinth floss in strömen, auf den Toiletten waren spuren von Kokain nicht von der Hand zu weisen und Morgens um sechs wurden die letzten Schnapsleichen vom Anwesen gebracht und alle gingen völlig geschaft aber mit einem guten Gefühl vom Spielplatz der Schönen und Reichen in ihre Betten um zu schlafen und vielleicht auch zu träumen, von was, wer weiß das schon so genau, aber Chris Martin war bei der einen oder anderen Frau mit Sicherheit dabei! Alex lag neben Sophia im Bett und hörte ihren sanften und süßen Geräuchen die sie beim schlafen von sich gab leicht Abwesend zu, denn er dachte nach, er konnte noch nicht schlafen, egal wer man ist oder wie man sein Dasein fristet, dachte er, aber vor einem ist man nie gefeiht, dem Tod, und er dachte an Walter, an dem Mann, so merkwürdig und komisch er auch zu seien schien, aber er Walter hat das alles was in dieser Nacht passiert war möglich gemacht und dennoch konnte er selbst nich mehr dabei sein, denn 4 Tage vor dem großen Fest verstarb er, heimtückig und hinterlistig erwischte es ihn so wie es jeden erwischen kann, immer und überall, er verstarb an einen Herzinfarkt, daran dachte Alex kurz bevor auch er sanft einschlief und dabei hoffte auch wieder auf zu wachen! Alex hatte nachgedacht, er hatte ganze 2 Tage nachgedacht und so kam es das Sophia am dritten Tag nach ihrem Geburtstag durch die Bank lief und sie zog wieder einen langen und würdevollen Schleier von Anmut und Schönheit hinter sich her der die Menschen stets dazu verleitete ihr nach zu schauen, Alex hatte sie ins Büro bestellt, kurze Zeit später saß sie an dem großen Tisch neben Alex und zwei Notaren, sie hielt ein Schriftstück in ihren schönen Händen, in feinstem Leder gebunden das bereit war ihre Unterschrift zu empfangen, sie las in aller

Ruhe und sehr aufmerksam bevor sie Alex tief in die Augen blickte und dann sagte "Alex das ist nicht nötig, es ist lieb und nett aber nicht nötig, warum tust du das" Alex grinste leicht "das ist dein Schloss, ich habe es für dich bauen lassen und nun soll es auch dir gehören und wenn du hier unterschreibst, gehört es auch unantastbar dir, es ist dann deines und ich halte das für Richtig" Sophia schaute überrascht, aber auch schlau "Ja dem ist wohl so, aber erst in über drei Monaten, am 1.1.2011" Alex grinste wieder "du hast viel gelernt Sophia ich bin stolz auf dich, ja das stimmt, das hat Steuerrechtliche Gründe das ist der Grund, ob jetzt oder in 3 Monaten, was spielt das für eine Rolle, es wird dir gehören" Sophia nahm den Stift und unterschrieb, sie unterschrieb ernst und kühl, dann stand sie auf und gab Alex einen Kuss, sie schien leicht verwirt zu sein "danke" sagte sie zu Alex voller Zurückhaltend und wenig überschwänglich "bitte mein Schatz und herzlichen Glückwunsch, dir gehört jetzt ein ganzes Schloss" Sophia drehte sich um und ging zur Tür, dort blieb sie stehen "ja bald gehört mir ein ganzes Schloss und ich finde das merkwürdig und komisch, aber danke nochmals und benimm dich bitte in nächster Zeit sonst stehst du bald ohne ein Dach über den Kopf da, dann kann ich dich nämlich rausschmeißen wenn mir was nicht paßt" und sie lachte laut schon mit der Klinke in der Hand "ja das kannst du dann, dein gutes Recht" antwortete Alex "tschüß bis nachher Alex, noch muß ich dich ja rein lassen" sie streckte ihm die Zunge raus und ging und wärend sie durch die Bank schritt, dachte sie nach und grübelte vor sich hin, plötzlich grinste sie über beide Backen und ihr Schleier war dann noch länger, noch anmutiger und noch schöner als zuvor! Die Zeit verstrich, der Dezember mit seinem leichten, klaren Frost und der Januar kam und trat an seiner Stelle mit Regen und Schlackerwetter, der Dezember, der Erfolgreichste Monat den Alex jemals im Geschäft hatte in all den Jahren, das Geld, sein Geld sprengte alle Konten ja es überflutete schon sein ganzes Dasein, es wurde langsam so viel das es ihm schon anfing weh zu tun und es begann eine Zeit in der Alex nachdenklich wurde, und er dachte so manches mal, was soll das, wohin damit, hat ein einzelner Mensch alleine so viel Geld verdient, auch über privates dachte er viel nach über Sophia über die Frau die ihn

269

enttäuscht hatte, das Nikolausgeschenk war Schuld, der verdammte Stiefel der am Eingang vom Bad stand in dem sich Sophia befand als Alex es sah, das sah was ihm fast die Luft ab zu schneiden drohte, ein Schlag in seine Fresse war es, Alex stand aus seinem Bett auf und ging mit der goldenen Cartieruhr zum Stiefel um die Uhr dort rein zu stecken und da sah er durch den winzigen offenen Spalt der Tür wie Sophia eine Tablette mit einen Schluck Wasser hinunter spülte, die Schachtel lies sie dann in ihre Kosmetiktasche gleiten, schon die Uhr am Handgelenk und das schöne Gesicht voller Freude bei Sophia in dem Moment als Alex in der Tasche nachsah und ihn ein Dolch mitten ins Herz traf, es war die Pille, die Antibabypille, das war Verrat ja schon eine Revulotion gegen ihn, gegen jede Abmachung war es! Worte und Sätze fielen, laut,klar und deutlich gefolgt von Uneinsicht auf Seiten Sophias, für Alex einfach nur wirres blabla, hysterisches Geschrei, es war klar von Anfang an war es Sophia klar, Alex wollte unbedingt ein Kind jeder wusste genau wie sehr er sich ein Kind wünschte und Sophia erst recht, es fielen noch viele Worte an diesem Nickolausmorgen bis sie dann schließlich verstummten und ihre Münder geschlossen blieben, eine dumpfe Mauer stand jetzt zwischen ihnen, Alex ging dann die nächsten Tage zusammengefallen, gelb durch die Tage und Schlaflosigkeit war sein ständiger Begleiter, den ganzen Dezember machte sich Sophia rar man sah sie selten zu hause, viel beschäftig, Kunstförderverein, Weihnachtsfeiern und ähnliches standen auf ihrem Pogramm und wie Alex hörte war auch Pierre Durant oft dabei anwesend und wenn Sophia und Alex wichtige Termine gemeinsam war nahmen, ja so war Sophia im stande eine Parodie der Liebe aufzuführen, so gekonnt, so echt das alle geblendet wurden und überzeugt wurden, aber zwischen Sophia und Alex stand eine Geheime, schuldbeladene, Entfremdung! Über all das dachte Alex verbissen nach, eingekauernd sitzend auf seinem Bürosessel an diesem verregneten Januartag, kalt und ungemütlich war dieser Tag, düster und grau noch dazu dieser verdammte Tag, er stand blitzschnell auf und öffnete seine Tür und schaute zu Frau Böhm "Frau Böhm bitte sagen sie Dimitrie bescheit, er möchte mich bitte nach hause bringen so in etwa 10 Minuten" Frau Böhm schaute ihren Chef mit weit aufgerissenen Augen an, ja erschrocken schien sie zu sein "Herr Gutmann geht es ihnen nicht gut, soll ich lieber einen Arzt rufen, es ist 10 Uhr sie haben noch niemals so lange ich sie auch kenne ohne Grund das Büro am Vormittag verlassen" Alex schaute böse "ich habe einen Grund, ich möchte nach hause, ich möchte mich mit meiner Frau versöhnen und außerdem kann ich den Scheiß hier heute nicht mehr länger ertragen" "Herr Gutmann wie reden sie denn, so kenne ich sie ja gar nicht" Alex lächelte jetzt liebevoll "tut mir leid Frau Böhm, sagen sie bitte alle Termine für Heute ab und denken sie bitte an Dimitrie, danke"! Dimitri und Alex gingen gemeinsam durch das ganze Schloss und suchten Sophia, niemand hatte sie gesehen vor einer Stunde noch ja aber jetzt schien sie wie vom Erdboden verschluckt "vielleicht ist sie bei den Pferden" sagte Alex hinauf zu Dimitrie, sie liefen beide durch den Schlosspark dann vorbei an der Poollandschaft, das Wasser dampfte gespenstig nach oben und das Rauschen des Wasserfalles huschte durch ihren Ohren, sie gingen weiter und weiter Richtung See und nun standen die beiden genau vor dem Eingang der Ställe und sie konnten leise und geheimnisvolle Geräusche deutlich wahrnehmen, Dimitrie öffnete langsam und ganz leise die Tür, die Geräusche waren jetzt noch klarer noch deutlicher zu hören, jedes Geräusch ein pochen entlang von Alex seinem Rückgrat, es wurde ihm ganz heiß und Schweiss rann an seinen Schläfen entlang und dann plötzlich sahen die beide es, sie sahen es genau vor ihren Augen, Sophia war am reiten, nackt in ihrer ganzen Schönheit, entblößt wie die Schöpfung sie schuf, und sie ritt wie sie noch niemals geritten ist, ihr Gesicht vor Begierde und Lust föllig verzerrt aus ihrem Mund den wohl schönsten Mund der Welt stöhnte es nur so hinaus, voller Extase stöhnte sie laut und immer lauter, ihre üppigen und wohl geformten Brüste wippten auf und ab, ihre roten Nägel krallten sich im Fleisch fest und immer fester ihr Kopf ging hin und her und sie schrie es durch den ganzen Stall, ja, ja schrie sie, oh Gott schrie sie und dabei ritt sie immer schneller und schneller und sie wurde immer lauter und lauter und unter ihren Nägel quoll jetzt Blut hervor und ihr runder Po klatsche und wackelte erotisch bei jeder ihrer Bewegungen, sie verdrehte voller

Gier ihre schmale Tailie nach rechts und nach links, ihre wallende Mähne berührte sanft ihren traumhaften Rücken ihre schlanken Beine presste sie zusammen um besser halt zu finden, dann ließ sie sich nach vorne fallen und umklammerte das Stück ihrer Begierde fest und erbarmungslos und sie ritt immer schneller und schneller bis sie dann laut aufschrie, Alex stand da, es war ihm als würde man ihm einen kalten vergifteten Dolch durch seine Seele treiben, Sophia ritt dann langsamer und sie ritt auf keinem Pferd, sie ritt auf Pierre Durant! Dimitri wollte jetzt nach vorn preschen, in seinem Gesicht konnte Alex den Tod lesen, Alex hielt ihn kurz fest und sagte mit zitternder Stimme "Dimitrie alles zu seiner Zeit, aber du bist schon ganz nah drann mein Freund" Alex räusperte sich laut sehr laut und die Augen von Pierre, Sophia und Alex trafen sich, wie scheue Tiere trennten sie sich und krabbelten auf allen vieren bis ganz nach hinten in die Ecke, Angst legte sich wie Eisklumpen auf ihren Seelen, das schrie förmlich aus ihren Augen! Es roch nach Heu nach Stroh und nach Sex, als Alex seinen Mund öffnete und sagte "bitte erspart mir die Worte, es ist nicht das wonach es aussieht, ich bitte Euch" der ängstliche Gesichtsausdruck von Sophia änderte sich rasch in einen Bösen "ja Alex was hast du denn gedacht" Alex hob blitzschnell seine Hand und fuhr dazwischen "Sophia bitte überlege dir genau was du jetzt sagst" Sophia kniff ihre Augen zusammen "was soll ich überlegen, was hast du denn gedacht das ich dich wirklich liebe, schau dich an, schau dich doch einmal selbst an, ich wollte einen Mann, einen richtigen Mann, groß, muskulös und schön all das was du nicht bist und außerdem liebe ich Pierre" Alex lachte laut und voller Hähme wärend Dimitrie mit seinen riesigen Füßen über der Boden schabte wie ein wildes Pferd und aus seinen Nüstern schnaubte "ich habe dich aus der Gosse geholt, du hattest nichts und dann alles, dir ist doch wohl klar das du jetzt wieder nichts hast" jetzt lachte Sophia "ich habe Pierre und außerdem gehört mir das Schloss" Alex schüttelte mit seinem Kopf "ja das Schloss gehört dir und ich werde sofort und ich nehme an auch die anderen gleich ausziehen, hast du überhaupt eine Ahnung davon was so ein Schloss an Unterhalt im Monat kostet, ach ja und eines noch Pierre hast du auch nicht, das ist ein Versprechen" in Pierre

Durant seinem Gesicht stand die blanke Angst, er schien wie gelähmt, unfähig sich zu bewegen und plötzlich öffnete er seine Lippen "Herr Gutmann" "halt deine dumme Froschfresserschnautze sonst reißt dir Dimitrie sofort deinen Kopf von deinen Schultern du verschissener Franzose" Dimitrie tat einen Schritt nachvorne um zu zeigen das er bereit war seinem Chef zu gehorchen, Pierre drängte ängstlich noch näher an die Holzwand "das sieht dir wieder ähnlich Alex, für alles hast du jemanden, du selbst bist wohl zu fein und zu feige mal was selbst zu erledigen" sagte Sophia halb schreiend "so so Sophia das denkst du also von mir, eine kurze Frage" und dabei schaute er Pierre Durant direkt in dessen Augen, Alex seine Augen funkelten in besinnungsloser Wut und sein Gesicht war voller Grausamkeit und Macht "glaubst du das auch Froschfresser, sag die Warheit, glaubst du ich bin zu fein und zu feige mich alleine um dich zu kümmern, glaubst du das" Pierre schaute voller Angst auf den Boden mitten ins Heu und war unfähig zu antworten "glaubst du das auch habe ich dich gefragt du Pisser, du kleiner Farbkleckser, glaubst du das auch, ich gebe dir 10 Sekunden zum antworten, kommt bis dahin nichts aus deinem scheiss Maul so werte ich das mit einem Ja" Alex wartete auf Antwort und Pierre schaute weiter nach unten und dabei zitterte er als säße er mitten im Schnee, aber es kam kein Sterbenswörtchen aus seinem Mund "alles klar du denkst also genauso, nimm deine Sachen und verpiss dich, wir werden ja dann sehen ob ihr beide Recht hattet" Pierre griff eilig nach seinen Sachen stand dann nackt auf und rannte aus der Box, als er auf Höhe von Alex und Dimitrie war holte Dimitrie kurz aus und schlug ihm mit der flachen Hand mitten ins Gesicht, es gab einen heftigen Knall und Pierre machte einen Rückwärtssalto und blieb auf dem Rücken liegen, er schüttelte sich kurz das Blut floss aus Nase und Mund, er stand auf mit Tränen in den Augen und rannte weg! "tut mir leid Chef ich konnte nicht anders" "alles gut" antwortete Alex, dabei schaute er Sophia in die Augen und spuckte auf den Boden mitten ins Stroh wo es immer noch nach Verrat stank, er drehte sich dann um und ohne ein weiteres Wort zu verlieren ging er hinaus in Richtung Schloss! Dimitrie legte seine mächtige Pranke auf Alex seiner schmalen Schulter ab, schaute zu ihm nach unten und sagte

"Chef das tut mir sehr sehr leid was da gerade passiert ist, sehr leid Chef" dann zog er ihn dicht an sich ran, Alex schaute nach oben und sagte "danke Dimitrie, mir geht es gut, ich habe sie auch niemals geliebt, ich wollte nur ihre Schönheit besitzen, ihre Schönheit kaufen, ihre Schönheit für mich alleine haben, dieses scheiss verschissene Geld, es kotzt mich an, ich kann mir alles kaufen, ich will alles haben weil ich mir alles leisten und kaufen kann, ich habe manches mal das Gefühl ich kann mir die ganze verdammte Welt kaufen, aber eines kann ich mir nicht kaufen das weiss ich seid Heute genau, Liebe ja Ehrliche Liebe kann ich mir von meinem Geld nicht kaufen, alles Scheisse sogar dich habe ich mir gekauft" Alex schaute betrübt nach unten zu Boden wärend die beiden weiter gingen und plötzlich sagte Dimitrie "Chef mich hast du nicht gekauft, ich würde auch umsonst mit dir gehen und auf dich aufpassen Chef, denn ich liebe dich Chef" beide schaute sich an und mussten aus vollstem Herzen lachen und lachen bis sie das Schloss betraten! Beim Abendessen waren alle samt betrübt, erschüttert, völlig außer sich schienen einige zu sein, es wurde darüber gesprochen denn alle merkten sehr schnell es konnte darüber gesprochen werden, Alex schien kühl ja sogar gelassen darauf zu reagieren, sogar Simone die beste Freundin von Sophia hielt mit ihrer abwertenden Meinung nicht hinter den Berg und verurteilte Sophia aufs schärfste, eines war allen sofort klar, alle wollten das Schloss so schnell wie möglich verlassen, Sophias Schloss, Felix traute es kaum auszusprechen aber er tat es, er wollte für sich und seiner Familie ein eigenes Haus kaufen, Joleen erwartete auch jetzt ihr zweites Kind, eine Weihnachtsüberraschung war das, eine gelungende sogar, Alex hielt das für eine gute Idee und Felix atmete tief auf, Jo wollte sich eine eigene Wohnung mieten denn es floss jetzt eine ganze Menge Geld durch sein Buch in seine Taschen, für Alex war die Sache klar, zurück in sein Elternhaus hieß es und für alle anderen die mit wollten auch, er besaß es noch, verkaufen war niemals eine Obsion für ihn, Maria, Roberto und ein nettes junges Hausmädchen würden wieder mit zurück gehen und alle anderen Hausangestellten waren ihm völlig egal, das war nicht mehr seine Sache sondern die Sache von Sophia! Nach dem Abendessen kam Simone direkt auf Alex zu und sagte "Alex es tut mir so leid das hast du nie und nimmer verdient" "danke Simone lieb von dir, was hast du jetzt vor, bleibst du hier im Schloss" Simone schaute ganz betrübt holte noch kurz Luft bevor sie antwortete "um ehrlich zu sein wollte ich dich fragen ob ich mit zu dir zurück in dein Elternhaus darf, Sophia ist für mich ab heute gestorben und außerdem" Alex unterbrach sie "pssst und außerdem bist du in Dimitrie verliebt, ja ja das weiss ich doch" woher, ich weiss das Dimitrie nichts verraten hat" unterbrach Simone jetzt völlig überrascht "das kann man doch sehen, natürlich kannst du mit, bekommst diesmal auch ein großes Zimmer, das von Jo, bist herzlich willkommen" Alex nahm sie in seine Arme und drückte sie ganz fest! Vier Tage später war alles soweit erledigt, Sophia sah Alex in der Zeit nicht wieder, sie ließ sich in der Zeit nicht sehen, sie hatte wohl diese Tage bei Pierre verbracht, aber keine wusste das so genau und Alex wollte das auch gar nicht wissen, noch nicht aber das sollte sich noch ändern! Es war so gegen 18uhr, genau eine Woche war vergangen seit dem Ehebruch auf Seitens von Sophia, es war schon dunkel hier im Kiez, ein eisiger Regen der den Menschen in ihren Gesichtern brannte viel nieder auf den gepflasterten breiten Bürgersteigen hier im Kiez nahe dem Prachtboulevard, die angesagten Kaffees und Restaurantes waren noch recht spärlich besucht und alle Passanten hatten es irgendwie eilig in ihre geräumigen Altbauwohnungen zu kommen oder schnell weiter voran zu gehen hier im Kiez bei den Kaffees wo sich oft an lauen Sommerabenden die Künstler oder die die sich dafür hielten, die Schriftsteller die Intelektuellen unserer Gesellschaft trafen um sich bei einem Plausch zu vereinen, sie saßen dann an den Tischen die die Wirte auf den Bürgersteigen aufgestellt hatten, aber jetzt war es Januar und es war kalt und naß und ungemütlich, in einem großen, prachtvollen Altbauhaus im frischen Gelb gestrichen gegenüber eines Kaffees drang im vierten Stock ganz oben unter dem Dach sehr helles Licht aus einem sehr großen Fenster bis hinunter auf die Kiezstrasse, die Eingangstür des Hauses war aus dunklem Holz, die Klingelknöpfe und Namenschilder glänzten frisch poliert golden, der Hausflur war großzügig und kunstvoll gestrichen, der Fußboden aus hellem Marmor und die Treppe die hinauf in die Wohnungen führte breit und in der Mitte der Stufen mit dunkelrotem Teppisch ausgelegt, die Wohnungstüren waren grau und sie waren Flügeltüren, die Wohnung ganz oben aus der das helle Licht bis hinunter auf die Kiezstrasse fiel war geräumig und sehr hoch gehalten, es war unaufgeräumt ja etwas schlampig sogar war es in der Wohnung, die Möbel in Modern und Antik gemischt ein ausgewogenes Verhälltniss schien es zu sein, in der großen Wohnküche standen noch die Reste vom Mittag auf dem Herd und in der Pfanne lag ein Stück Fleisch, dreckige nicht abgewaschene Teller und Gläser standen um die Spüle herum und machten das Bild von Unordnung perfekt, das Zimmer aus dem das Licht hinaus schien, hinaus in den frühen Kiezabend schien das größte in dieser Wohnung zu sein, es standen überall Leinwände umher, Leinwände bemalt und unbemalht, oben an der schräg abfallenden Decke war ein in etwa 2Meter mal 2Meter großes Dachfenster eingebaut und gab diesem Raum am Tage wohl wunderbares natürliches Licht, es war zweifelsfrei ein Atteliere, in der Mitte des Raumes stand eine Staffellei und ein Tisch mit Farben und vor der Staffellei saß ein junger, schöner, gut gebauter, blonder Mann mit einem Pinsel im Mund auf einem Stuhl, Pierre Durant starrte abwesend auf die Leinwand nicht fähig was darauf zu bekommen, er schaute starr und leer, sein Blick einem Nichts gleichend, seit einer Woche befand er sich in einem Zustand von hysterischer Nervosität, geistiger Zerrüttung und dachte unentwegt, was habe ich mir nur dabei gedacht, die Frau von Alexander Gutmann, ich dummes Schwein, aber sie ist so wunderschön ihre Reize Grenzenlos, wer könnte ihr wohl wiederstehen, aber seit einer Woche ist nun jeder Tag sein Feind ja Paranoid scheint er schon zu werden, bei jedem Schritt an allen Ecken und Enden kommt panische Angst in ihm hoch und er denkt, wann wohl, wann wird er zuschlagen und mich bestrafen, wie wird seine Bestrafung wohl sein, was hat er vor, diese Angst scheint seine Nerven förmlich in kleinste Fetzen zu zerreissen, Pierre griff in seine Zigarettenschachtel um sich eine anzubrennen, auch das noch sie ist leer dachte er und stand dann auf ging in den Flur und schlüpfte in seine Stiefel die er nicht zu band dann zog er sich seine Winterjacke rasch über steckte Schlüssel und Brieftasche ein und verlies seine Wohnung,

276

als er die Treppen hinunter rannte kam die furchtbare Angst wieder in im hoch und als er auf den Bürgersteig trat sah er nach rechts und er sah schon den Tabakwarenladen, vielleicht in hundert Meter Entfernung, das gelbe Licht von der Lottoreklame konnte man schon deutlich erkennen und er beschleunigte in Angst und Panik seinen Schritt, doch plötzlich kam ein schwarzer Van angerast und fuhr auf den Bürgersteig, er hielt genau neben Pierre, die Schiebetür ging auf, Pierre wollte türmen aber es war zu spät, er bickte in die schwarzen Masken von zwei sehr starken und kräftigen Männern genau in dem Moment als einer der beiden ihm einen Leinensack über den Kopf zog dann griffen beid ganz fest zu und zogen ihn in den Van wo sie seine Hände hinter seinem Rücken mit Plastikschellen fest banden, das alle passierte in veblüffender Geschwindigkeit und Pierre dachte, wehren erscheint mir Sinnlos, er schien sogar erleichtert zu sein, es war soweit, endlich war es soweit, aber was haben sie jetzt mit mir vor und ein unvorstellbares Gefühl von Angst von Todesangst machte sich in seinem ganzen Körper breit und nahm ihn ganz in Besitz! Er saß in dem Wagen und es war dunkel unter dem Leinensack, er saß ganz still, er rührte sich kaum, er senkte seinen Kopf nach unten und ergab sich seinem Schicksal, wenige Minuten später etwa 15 könnten es gewesen sein hielt der Van an, die Schiebetür wurde aufgeschoben und Pierre merkte wie er recht unsanft heraus gezogen wurde, er hörte gespannt zu und hörte wie eine Tür geöffnet wurde dann ging es abwärts, die beiden Männer rissen ihn förmlich sehr viele Treppen runter bis sie schließlich wieder eine Tür öffneten und ihn dann auf einen Stuhl setzten, Pierre blieb ganz ruhig sitzen und hörte noch wie die Tür mit einem lauten Geräusch zuschlug, er war nicht alleine das konnte er spüren und sein Körper fing an zu zittern, plötzlich schnitt jemand die Plastikschelle auf und Pierres Arme sanken nach unten und nun merkte er wie jemand den Leinensack von seinem Kopf zog mit einen Ruck und plötzlicht blendete es in seinen Augen grell und schmerzhaft, er kniff seine Augen zusammen und dann blickte er in das Gesicht von Alex der ihn einfach nur angrinste, die Augen jetzt an das grelle Licht gewöhnt schaute er sich um, die Wände waren einfach nur gekreidete Mauersteine, überall verliefen sich Rohre, die Tür war grau und aus Stahl und an der flachen Deck hing eine grelle Neonröhre die den etwa 15 Quatratmeter großen Raum hell ausleuchtete, in der Mitte des Raumes stand ein viereckiger Holztisch in weiß lackiert, unsauber und laienhaft, zwei Stühle standen sich gegenüber, auf den einen saß Alex und auf dem anderen ihm gegenüber saß Pierre, an der rechten Seite stand noch ein Stuhl und Pierre sah dann wie Dimitrie dort Platz nahm, der ihn kalt und angeekelt anstarrte aber kein Wort sagte, Pierre bemerkte jetzt plötzlich was in der Mitte des Tisches lag und in ihm wucherte eine Furcht eine Angst wie er sie sich hätte niemals zuvor vorstellen können, er blickte auf ein rotes Samttuch auf dem ein gewaltiger Revolver lag, er glänzte im Neonlicht wie Chrome und sein Griff war aus feinstem Vogelaugen-Ahorn, daneben wohl platziert lag eine 45mm lange goldene Patrone, Pierre konnte seine weit aufgerissenen Augen nicht von dem Revolver lassen "45er Winchester Magnum, die gewaltigste Handfeuerwaffe der Welt" sagte Alex kurz und trocken, Pierre schaute Alex mit Tränen in den Augen traurig an "hinterlässt ein nettes Loch im Kopf" witzelte Alex und lachte, mit zittriger Stimme fragte Pierre "damit wird Dimitrie mich also umbringen" und dann fing er an zu reden in vollster Verzweiflung versuchte er sich zu rechtfertigen, er weinte und der Rotz lief ihm aus seiner schönen Nase und er bettelte um sein Leben, er fing an zu sabbern und zu spucken und er bettelte ohne Luft zu holen und jedes seiner Worte war in den Geruch der Niederlage gehüllt, bis Alex ihn unterbrach "hör auf zu jammern und zu heulen wie ein kleines Kind Du scheiß französicher Froschfresser, das ist ja widerlich, keiner wird dich erschießen, höchstens du dich selbst, ich jammer doch auch nicht denn wir spielen jetzt Dimitrie sein Lieblingsspiel, Russisches Roulette und ich freue mich drauf, ekelhaft dein gejammer, was finden die Frauen bloß an dir du kack Farbklechser, die Chancen stehen 50/50, du warst doch der Meinung ich bin zu fein und zu feige um was alleine zu machen, sollte ich sterben läßt Dimitrie dich ungehindert hier raus, sollte ich gewinnen naja dann bist du eben tot" Dimitrie nahm den Revolver in seine Pranken, er holte die Trommel raus, bei Seite, sie war leer, er nahm die Patrone und schob sie sachte in eine der sechs Kammern und drehte er die Trommel schnell und heftig und klappte sie dann wieder rein, dann drückte er einen kleinen Hebel und dreht noch einmal schnell und etwa 5 Sekunden lang bevor er den Hebel losließ und den Revolver auf den Tisch ablegte "und zum Zeichen meiner Großzügigkeit darfst du dir aussuchen wer anfängt, also wer fängt an" Pierre schaute nur abwesend und starr zu Boden und gab keine Antwort, Alex wartete ein Zeit ab und schrie dann "wer soll anfangen, mach dein scheiß Maul endlich auf" Pierre schaute weiter zu Boden und fing laut zu wimmern an aber er war unfähig zu reden! Alex wartete wieder kurz ab und schrie dann laut "wer, wer nun sag schon" aber es kam nichts aus Pierre seinem zitternden Mund "okay, also ich" schrie Alex und griff nach dem Revolver, er hielt ihn sich an seine rechte Schläfe und drückte ohne mit der Wimper zu zucken ab, es machte nur Klick und sein Blick war starr und eisig, er legte den Revolver sachte auf den Tisch ab und sagte "nun du" Pierre schaute mit nassen Augen ganz leer auf den Revolver, nicht fähig ihn in seine zitternde Hand zu nehmen "nimm ihn, los nimm ihn" schrie Alex doch Pierre zitterte jetzt am ganzen Körper als hätte er einen Anfall von Fieber und er fing noch lauter und jämmerlicher zu weinen an, plötzlich stand Dimitrie auf nahm die rechte Hand von Pierre und führte sie unsanft zum Revolver, er drücke ihn in Pierre seine zitternde Hand und dann hob er Pierre seinen Arm so hoch bis der Lauf genau richtig an seiner Schläfe endete dann brachte er den Zeigefinger in Position, direkt am Abzugshebel und sagte "drück ab, sonst ich drücke ab, aber wenn es muß sein fünfmal hintereinander" Pierre zitterte immer heftiger und er jammete immer lauter und dann schrie er "ja,ja,ja" und drückte ab, es machte klick und er legte den Revolver völlig fertig und apathisch auf den Tisch ab, er weinte jetzt aus den tiefen seiner Seele, er senkte seinen Kopf demütig nach unten und im ganzen Raum verbreitete sich der Geruch von warmen Urin, Alex schaute unter den Tisch und sah das Pierre seine Hose nass wurde und dann lief es unten aus den Hosenbeinen in seine offenen Stiefel "das ist ja widerlich" sagte Alex ruhig und gelassen und dabei nahm er den Revolver hielt ihn an seine Schläfe und drückte kalt wie ein Fisch ohne jede Regung ab, es machte klick, er legte den Revolver wieder auf den Tisch und sagte "puh, Glück gehabt, nimm ihn los" Pierre nahm ihn sofort, er war fertig, gedemütigt und zu allem bereit, es sollte einfach nur ein Ende haben, er hielt ihn an seine Schläfe schaute zu Alex, Reue und Verzeihung war darin zu lesen und in ihm war eine mit blitzenden Rädern durchjagte Gedankenflut, dann drückte er ab! Ein donnernder Knall in unvorstellbarer Lautstärke durchdrang die Ohren von Dimitrie und Alex, beide merkten wie ihre Stühle wackelten und von den Heizungsrohren rieselte der Staub, Alex schaute jetzt nach rechts und Dimitrie geradeaus, an den weiß gekreideten Mauersteinen klebte jetzt ein Stück Schädeldecke, leicht überdeckt und durchzogen von Blut und Elfenbeinfarbiger Gehirnmasse, die blonden Haare von Pierre hingen noch an dem großen Stück Schädelknochen, diese ganze Masse fing an sich selbständig zu machen und rutschte erst langsam dann immer schneller abwärts bis sie dann auf den Betonboden mit einem dumpfen Geräusch nieder fiel und an der Wand eine rote und klebrige Spur hinterließ ganz so wie eine schleimige Schnecke, Dimitrie und Alex seine Augen wanderten mit der Masse langsam abwärts und dann schauten beide zu Pierre, seine Arme hingen nach unten der Revolver hing noch leicht an seinem Zeigefinger und der kleine Finger zuckte noch nervös, sein Kopf war nach links und nach vorne geneigt, man konnte das riesiges Loch an seinem Schädel gut erkennen, es pulsierte Blut heraus, und Gehirnmasse kroch langsam und bedächtig aus dem Loch, zog sich dann lang um zu einer schleimigen Kette zu werden und fiel dann Stück für Stück zu Boden, der Revolver verließ Pierre seine noch zuckende Hand und knallte mit einem metallischem Geräusch zu Boden, dann kippte Pierre nach links um und knallte zu Boden sofort bildete sich eine Blutlache um seinen Kopf herum, der ganze Raum stank jetzt nach Blut, Fleisch und Urin "es stinkt ekelhaft hier drin" sagte Dimitrie leicht angewiedert, stand auf und nahm den Revolver auf, wischte ihn ab und wickelte ihn in das rote Samttuch dann steckte er ihn in seine Jackentasche, jetzt stand auch Alex auf, sie gingen beide ohne ein Wort aus dem Raum, Dimitrie löschte das Licht bevor er die Tür schloss, "ruf bitte Sergej an, er soll hier ordentlich sauber machen und sehr gut aufräumen" sagte Alex zu Dimitrie "mache ich sofort Chef, Sergej ist sehr gründlich das schätze ich an ihn,ein guter Mann Chef" beide traten jetzt wieder an die frische Luft, ein eisiger Wind wehte ihnen ins Gesicht, Dimitrie atmete tief durch, dann stiegen sie in den Bentley und fuhren los! Und Alex war mal wieder erschrocken, so wie damals als kleiner Junge, als er Sven den Zirkel in die Hand jagte und auch noch einige Male danach bei den einen oder anderen Gelegenheiten, er war erschrocken darüber wie kalt er sein konnte, wie leicht er solche Dinge nahm, stimmte etwa was mit mir nicht, ach egal, ich bin wie ich bin, dann grinste er so in sich hinein und dachte noch einmal, Pierre hatte eigentlich nie eine Chance! Dann lachte er laut "was ist los Chef, warum lachst du so" "Dimitrie hattest du ganz ehrlich zu jeder Zeit eben alles unter Kontrolle" fragte Alex "selbstverständlich Chef" beide grinsten und fuhren dann ganz entspannt und ruhig in die Nacht! Zwei Tage später, die Bilder vom toten Pierre, die grausamen Bilder von rauskriechenden Gehirn, langsam und zäh kroch es aus dem großen Loch im Schädel, ja diese Bilder waren weg, raus aus den Gedanken, raus aus seinem Kopf, saß Alex zuhause am Kamin mit einer Zigarette im Mund und er war damit beschäftig Luftlöcher zu starren, da klingelte sein Handy und auf dem Display las er Sophia, er zögerte keinen Augenblick und ging ran "hallo mein Schatz, alles klar bei dir oder kann ich dir irgendwie helfen" waren seine Sarkastischen Worte "tu nicht so du hinterlistiges, verlogenes Schwein, wo ist Pierre, was hast du mit ihm gemacht, du bist wirklich das Allerletzte du kleiner häßlicher Zwerg" als Alex diese Worte aus dem Munde Sophias hörte, merkte er wie sich langsam das Gift des Hasses in ihm ausbreitete und er antwortete "ich bin hinterlistig, ich bin verlogen, ich bin ein Schwein, ich bin das Allerletzte, sage mir nur ein einziges mal wann ich eines von diesen Dingen in unserer Ehe war, das kannst du nicht, nicht ein einziges mal war ich das, ich war nie ein Schwein im Gegesatzt zu dir, als ich dich das letzte mal sah, ja da saßt du mit deiner Möse mitten auf Pierre Durant seinen Schwanz und das war auch das letzte mal das ich diesen scheiss Franzosen gesehen oder gesprochen habe, es tut mir sehr leid aber ich kann dir nicht weiter helfen, mach es gut" "ich glaube dir kein

Wort, du Schwein, sag schon wo ist Pierre" Alex legte ohne ein
weiters Wort zu verlieren auf! Aber das Handy behielt er gleich in
seiner Hand und drückte eine Nummer "hallo Schmitt hier Alex" und
in einem kurzen aber guten Gespräch erteilte Alex, Schmitt den
Auftrag sich um Sophia zu kümmern, Alex wollte genau wissen was
Sophia jetzt so vor hatte, denn er war noch nicht ganz fertig mit ihr, in
ihm war Hass und er hatte keine Ahnug wann der verflog und ob er
überhaupt jemals verflog, wenn nicht wollte er gewappnet sein! Am
nächsten Morgen nahm Alex seine Morgenzeitung zur Hand und
mußte erschrocken feststellen das ein großes Foto von ihm und
Sophia zu sehen war, das Foto war in der Mitte zerrissen und teilte die
beiden, es war klar das jemand geredet hatte, ein Hausangestellter
oder wer auch immer hatte wohl Lust sich ein paar Euro dazu zu
verdienen, der Bericht war föllig schräg geschrieben und entsprach
auch in vielen Punkten nicht der Warheit, diese miesen
Schreiberlinge, schreiben was sie wollen nur nicht die Warheit dachte
Alex so bei sich, in dem Moment als Simone an ihm vorbei lief und
ihn grüßte "guten Morgen Alex, rege dich bitte nicht Unnötig auf, die
wissen doch selber nicht was sie da immer so für einen Mist
schreiben, ich habe es schon gelesen" sie lächelte "Lust auf Brunch
im Adlon" fragte Alex "immer" antwortete Simone "okay dann sag
mal deinem Schatz bescheid, in einer halben Stunde okay" " ja mache
ich, halbe Stunde, perfekt, bis gleich" Simone ging nach rechts und
Alex nach links, Simone, ja Alex mochte Simone mit ihrem losen
Mundwerk und ihrem Sarkasmus, ihrer positiven Art, einst die
Trauzeugin von Sophia jetzt nach sehr vielen guten und auch
tiefgründigen Gesprächen, lustigen Abenden wohl eine sehr gute
Freundin von Alex und sie war ja auch wunderschön anzuschauen,
eine Zugabe die Alex wohl bemerkte aber an ihm vorüber zog wie ein
flüchtiger Schatten in der Mittagssonne! Als die drei im Bentley
saßen und lachten, sah Alex hinaus auf die Strassen, hinaus in die
Stadt, es fiel ein Schneeregen der sofort zu Matsch wurde wenn er
den Boden berührte, es war kalt und ungemütlich da draußen, die
ganze Welt schien grau und trübe an einem vorüber zuziehen, kalt und
farblos lag sie da genau vor Alex seinen Augen, diese Stadt und er
dachte kurz an Barbados mit all seine Farben

und Schönheiten, aber wenn er aus dem Fenster blickte sah er nur einen langweiligen, öden Schwarzweißfilm, doch plötzlich sah Alex einen roten Punkt auf dem Bürgersteig den er wie geblendet betrachtete, aus dem roten Punkt wurde ein roter langer Wintermantel aus dem ganz unten rote Winterstiefel zum Vorschein kamen und den Wintermantel Schritt für Schritt vorwärts trieben, ganz oben eine rote moderne Wollmütze unter der lange rote Haare bis tief unter die Schultern fielen und bei jedem Schritt angenehm und beruhigend auf und ab wallten, Alex betrachtete diese Frau von hinten und war irgendwie gespannt darauf was für einen Anblicke ihn von vorne erwartete, der Bentley fuhr langsam an der Frau in rot vorbei, Alex drehte seinen Kopf erwartungsvoll nach rechts und wie ein Ruck riss das Unerwartete ihn aus all seinen Gedanken "Anna, das ist doch Anna" sagte er laut vor sich hin "Dimitrie bitte fahr mal rechts ran und halte den Wagen an" Alex bemerkte wie er Aufgeregt wurde und sein Herz pochte, er ließ seine Fensterscheibe mit einem surren nach unten fahren und streckte seinen Kopf raus dann sagte er im klaren Ton "hallo Anna" Anna schaute ganz verdust zum Bentley und ihre blauen Augen strahlten förmlich durch das trübe Wetter mitten in Alex sein Herz "ach hallo, dich habe ich Heute doch schon gesehen" und sie hob eine Tageszeitung nach oben so das Alex sie gut sehen konnte, andere Zeitung, gleiches Foto dachte Alex, Anna machte zwei Schritte in Richtung Bentley und ging leicht in die Knie und schaute "aaaah, das ist wohl der bezaubende Grund für diese Trennung" dabei zeigte sie auf Simone und war bereit weiter zu plappern, ganz so wie es ihre Art war, Alex fuhr sofort dazwischen "nein ist es nicht, und das was da in der Zeitung steht auch nicht, das ist Simone eine sehr gute Freundin und die Verlobte von Dimitrie" und er zeigte mit seinem Finger nach vorne zu Dimitrie, der drehte sich um und zeigte ihr sein strahlenstes Lächeln "oh man, tut mir leid, Sonntagmorgen und schon das erste Fettnäpfchen, das ich auch nie meinen Mund halten kann" Alex lächelte nur und sagte "tja, das hatten wir doch schon einmal, wir fahren ins Adlon zum Brunch, vielleicht hast du ja Lust mit uns zu kommen" jetzt lachte Anna "ins Adlon, naja warum wundert mich das nicht, und in dieses Protzmobil würde ich doch nie einsteigen"

283

"heee, das ist echt bequem hier drin" schob Alex dazwischen "das glaube ich dir gern, nein hier habe ich mein Frühstück" und sie zeigte Alex eine Tüte vom Bäcker "na gut, aber wir können dich doch ein Stückchen mitnehmen bei diesem Sauwetter" dabei schaute Alex sie ganz lieb an "na das wird aber ein kurzes Stück, ich wohne nämlich dort" sie zeigte auf ein hellblaues Altbauhaus mit der Nummer 17 auf einem großen goldenen Schild in schwarz drauf, Alex sah zu einem gepflegten, netten, hübschen Haus und dachte ich glaube das gehört mir, muss mal nachsehen Morgen! "schade, dann wünsche ich dir noch einen schönen, wunderbaren, gemütlichen Tag" Anna schaute jetzt so nett, lieb und vielsagend das es Alex ganz nervös wurde "danke, das wünsche ich euch auch und guten Appetit" sie lächelte und dann drehte sie sich um und ging zum blauen Haus, sie hatte schon den Schlüssel in der Hand, der Bentley stand noch, hatte aber schon das Blinklicht gesetzt, da drehte sich Anna noch einmal um und winkte Alex zu der immer noch aus dem Fenster schaute und dabei dachte, jetzt oder nie "Anna, darf ich dich mal anrufen" rief er ihr zu "klar, warum nicht" rief die zurück "gib mir bitte deine Nummer" "he du bist Alexander Gutmann, du wirst meine Nummer schon raus bekommen" antwortete sie mit hämischer Stimme "ich ruf dich an, schon sehr bald, versprochen" "ich freue mich darauf" sagte sie schon halb im Hausflur stehend und ging rein! Simon schaute Alex mit großen Augen an "wer war denn das, dieses kleine Mauerblümchen, woher kennst du sie denn" Simone schaute jetzt erwartungsvoll in Alex sein grinsendes Gesicht "ich kenne sie von dem großen Fest, sie ist die Nichte von der Chefin des Cateringunternehmens und sie ist die Mutter meines ungeborenen Kindes" und dabei schaute Alex völlig überzeugt Simone an "du spinnst doch" sagte sie mit einem Kopfschütteln, Dimitrie drehte sich mit ernster Mine um und schaute Simone und Alex an "Simone, nicht doch, Chef ist verliebt in Mauerblümchen von Fuß zu Kopf" "das heißt von Kopf bis Fuß und nun halt die Klappe und fahre ich habe Hunger" "mach ich mein verliebter Chef" dann brachte er den Wagen lächelnd in bewegung! Am selben Abend saß Alex vor dem Kamin ganz in seinen Gedanken vertieft und er fühlte sich wohl, das konnte er spüren als er plötzlich von seinem Handy aus seinen Gedanken unsanft gerissen wurde, er vernahm den schrillen Ton den er immer hörte wenn eine SMS eintraf, er öffnete und las, Anna Schumann- Privat 23……… Handy 017…….. Alex lächelte zufrieden und schloss! Der Montag im Büro wurde lang und zäh und Alex schien meist abwesend, der Tag war aber auch sehr aufschlussreich, er erfuhr das das Haus in dem Anna wohnte ihm gehörte und er hatte ein Gespräch mit Schmitt, kurz und bündig, Sophia war dabei Teile ihres Schmuckes zu verkaufen, sie brauchte Geld und Schmuck besaß sie in Hülle und Fülle und sie suchte Pierre, sie machte bei der Polizei eine Vermisstenanzeige und behauptete das Alex ihn verschleppt oder sogar umgebracht hätte, von den Polizisten wurde sie nur belächelt und nicht ernst genommen was sie dazu brachte einen Tobsuchtsanfall auf dem Revier zu bekommen den Beamte unsanft stoppen mußten, Schmitt und Alex lachten laut als sie das Telefonat beendeten! Nach dem Abendessen zog Alex sich in sein Zimmer zurück, er war aufgeregt, ein komisches Gefühl geisterte in ihm umher, was fremdes, was unbekanntes, was mulmig schönes, er machte es sich bequem und griff zum Haustelefon er wählte die Nummer Privat und es klingelte "ja Anna Schumann" hörte er in seinem Ohr "hallo hier ist Alex" sie reagierte sofort "na endlich Alex, ich habe deinen Anruf eigentlich schon Gestern erwartet" Alex lachte in den Hörer "hätte ich auch beinahe getan denn deine Nummer hatte ich schon aber ich dachte mir du könntest mich für zu aufdringlich halten und das wollte ich nicht riskieren" "so so, na nun hast du mich ja angerufen, ich freue mich obwohl ich sehr zwiegespalten bin" "warum das" fragte Alex völlig erschrocken "erst einmal wegen des Berichtes gestern in der Zeitung, aber das ist nicht so schlimm ich höre mir gerne deine Version an um die Wahrheit zu erfahren und um bei der Wahrheit zu bleiben, hmmm ich habe dich gegoogelt, Alex du und ich sind zwei völlig verschiedene Welten, was hätten wir uns schon zu sagen obwohl es schon mehr als Interessant war über dich zu lesen, du wirst als Finanzgenie beschrieben, im zarten Alter von zwölf sollst du schon über hundert Millionen verdient haben, es gibt wohl kein bekanntes Geschäft wo du auch nur einen Cent verloren hättest und in der Forbes vom letzten Jahr stehst du auf Platz neun der reichsten Männer der Welt, he Alex es gibt sieben Milliarden Menschen auf der Welt und du bist der neunt Reichste, da gehen bei mir die Arlarmglocken an, du weißt ich halte nichts von den reichen Pinkeln, die haben doch alle Leichen im Keller und haben ihr Vermögen auf den Rücken der armen Leute aufgebaut, aber da ist die andere Seite ich finde dich normal, du bist nett und irgendwie kommst du mir lieb und angenehm vor und ich habe dich ja eigentlich als armen Kellner oder wie ich damals dachte als Studenten kennengelernt als ich dich zusammengeschissen habe, man man ich sollte lieber mal meinen immer zu plappernden Mund halten, aber da war etwas bei mir ich habe gleich etwas gefühlt, man Alex was soll ich machen, ich kann kaum glauben das so jemand wie du sich mit mir unterhalten möchte und würde am liebsten auflegen und nie wieder mit dir reden aber irgendwie bin ich fasziniert von dir und habe das Verlangen mit dir zu reden mit dir Zeit zu verbringen, man man was soll ich denn machen" jetzt unterbrach Alex mal ihren Redefluss "Anna Anna nur die Ruhe, ja du hast Recht natürlich habe ich Leichen im Keller der ist randvoll davon, und da dich das ja alles so sehr interessiert, die Forbes war veraltet ich bin jetzt an Nummer vier mit einem geschätzten Vermögen von 45 Milliarden, so nun kannst du mich noch mehr verachten, aber soll ich dir mal was sagen, ich habe in letzter Zeit festgestellt, Scheiss drauf, ich kann mir alles kaufen aber nicht das was ich wirklich will, das was mir am wichtigsten wäre, das kann ich mir nicht kaufen, also scheiss auf das Geld, in der letzten Zeit habe ich oft darüber nachgedacht ob es richtig ist das ein einzelner Mensch so Reich sein darf, aber noch bin ich zu keinem Ergebniss gekommen und mir ging es genauso wie dir ich war vom ersten Moment an von dir fasziniert und auch ich habe etwas gespürt und seit dem gingst du mir irgendwie nie ganz aus dem Kopf, der Bericht gestern stimmt nicht, es war anders und wenn du möchtest erzähle ich dir die ganze Wahrheit" "siehst du genau das meine ich, du bist so normal, ja bitte erzähle es mir" sagte Anna im aufgeregtem Ton und Alex erzählte ihr was genau vorgefallen war bis zum letzten kleinsten schmutzigen Rest "Alex das ist ja schrecklich was du da mit ansehen mußtes, es tut mir ehrlich leid, du hast sie ja bestimmt sehr geliebt diese wunderschöne Sophia" sagte Anna voller Mitleid in ihrer Stimme "das muss dir nicht leid tun, es geht mir gut, um ehrlich zu sein ich habe sie wohl nie geliebt, ich habe sie wohl eher mit meinem scheiß Geld gekauft, ich habe mir ihre Schönheit gekauft und das war nicht schwer, sie war ganz unten in der Gosse und hat sich sofort von meinem Geld einfangen lassen, sie war sehr empfänglich dafür, sie war einfach genau die Sorte Frau die alles gemacht hätte um so Reich zu sein, aber genug von Sophia, das mit anzusehen war nicht schön aber glaub mir ich habe schon schlimmeres gesehen, aber darüber ein anderes mal mehr, Anna darf ich dich um ein wie es heute so schön heißt Date am Samstag bitten, ich möchte dich so gerne näher kennenlernen ich möchte alles über dich erfahren, ich mag dich" "soso du magst mich, du möchtest alles über mich erfahren, na im Gegensatz zu dir bin ich eher uninteressant und es könnte dich langweilen, also ein Date und wie soll das wohl aussehen, im Bentley zum Flughafen und mit deinem Privatflugzeug nach Rom um dann vor der beeindruckenden Kullise des Kolosseums zu dinieren mit Stehgeiger im Hintergrund und 500 roten Rosen um uns herum gut platziert, Champagner, Kaviar und danach Übernachtung in einer deiner Luxuswohnungen mit Blick auf den Trevibrunnen und das alles mit dem Wissen das der weiße Riese immer irgendwo dezent im Hintergrund umherspukt" Alex fing an zu lachen "um ehrlich zu sein so in etwa habe ich mir das vorgestellt, aber Übernachtung in Rom hmmm ich weiß gar nicht ob ich dort eine Wohnung besitze, ich frage Morgen mal nach, wenn nein kaufe ich uns schnell eine damit das Date perfekt wird" jetzt mußte Anna lachen "Alex du bist bekloppt aber süß, man nimm mal deinen Stock aus dem Hintern, ich freue mich auf ein Date mit dir aber nach meinen Regeln, ich hole dich Samstag vor deiner Tür ab, keinen Anzug, keine Krawatte, Leger und locker, keinen Bentley, keinen weißen Riesen, Kino und danach Pizza und dann mal sehen, ich würde dich um halb sieben abholen, einverstanden" "okay, einverstanden, aber ohne den weißen Riesen, das läst Dimitrie niemals zu, naja irgendwie werde ich das schon hin bekommen, gut dann bin ich um halb sieben draußen und Anna ich freue mich

287

schon darauf und bis Samstag ist noch so verdammt lang hin, werde ich mir die Zeit damit vertreiben in dem ich an dich denke, also bis Samstag" "Alex warte noch, du bist wirklich süß, ich brauche noch deine Adresse ich weiß doch gar nicht wo du wohnst" "he du bist doch Anna Schumann, du wirst meine Adresse schon raus bekommen" sagte Alex mit einem Lachen in der Stimme und legte auf! Die Woche des wartens begann und Alex konnte so mansches mal der Versuchung sich in Tagträumen zu verlieren nicht wiederstehen, nur so war es einigermaßen erträglich für ihn, wie er von Schmitt erfahren hatte wurde nach Pierre gesucht aber bald wurde er unter dem Status Vermisst in eine Schublade abgelegt, Sergej hatte seine Arbeit perfekt erledigt, es machte den Anschein als hätte es Pierre Durant niemals gegeben und so sollte es auch bleiben, in der Mitte der Woche ging er zum Abendessen zu Joleen und Felix auch angetrieben von der Sehnsucht nach Momo betrat er das riesige, moderne Haus von Felix, ein Schmuckstück, alle fühlten sich wohl, Alex erzählte was ihm widerfahren war und das er ein Date Samstag hat, er erzählte alles im vollem Überschwang, Joleen und Felix merkten das es ihm gut zugehen schien und all das verleitete Felix zu der Aussage "Alex ich glaube du bist ein wenig verliebt und ich glaube auch das es das erste mal ist in deinem Leben" "Felix wenn dieses Gefühl was ich gerade empfinde verliebt sein ist, ja dann habe ich es zum ersten mal und es ist wunderbar, einfach nur schön" und er grinste im Halbkreis umher, seine Augen leuchteten hell und fröhlich! Am Freitag überredete er Simone mit ihm einkaufen zu gehen, er brauchte ein neues Outfit für Samstag und Simone war wohl der beste Ratgeber den er kannte also ging es los mit Dimitrie im schlepptau, hellbraune Boots, hellblaue Jeans die so aussahen als gehörten sie in den Müll, verwaschen und an einigen Stellen sogar zerrissen, Alex schüttelte mit dem Kopf aber Simone bat um Vertrauen, abgerundet wurde das mit einem schwarzen Hemd von einer Firma die gerade völlig in war und all das wurde vollendet mit einer dicken, warmen, sehr teuren Winterjacke ebenfalls in schwarz, Simone war sehr zufrieden und zum Dank gab es auch zwei Paar neue Schuhe und ein Kleid für sie und für Alex noch ein bezauberdes Lächeln obendrauf, beim anprobieren in einer ruhigen Ecke erklärte Alex, Simone das er Dimitrie am Samstag so ab 18Uhr los sein müßte, er erklärte ihr genau warum und sie wisse doch das er keinen Schritt alleine machen darf da draußen in der Welt, er bat Simone ihm zuhelfen, es war wohl eine Kombination aus Freundschaft, Loyalität und Dankbarkeit die sie dazu verleitete ja zu sagen, sie meinte das bekommt sie locker hin, dann trotteten alle drei in Richtung Bentley, Dimitrie bepackt mit den Einkaufstüten und dabei war sein Gesicht wie immer dunkel und aufmerksam! Es war Samstag und Alex fertig und bereit, Simone hatte Wort gehalten und Dimitrie aus dem Haus gebracht, Alex trat vom Grundstück hinaus auf die Strasse und da stand Anna schon angelehnt an einem winzigen Renault Twingo in Hellblau, der Lack war stumpf und matt, der Twingo hatte seine besten Zeiten schon weit hinter sich gelassen, Anna strahlte übers ganze Gesicht, im roten Wintermantel und moderner Wollmütze sah sie Alex dabei zu wie er auf sie zu kam und Alex erkannte in ihren heute schön geschminkten Augen Freude "du siehst gut aus aber ganz anders, aber gut" sagte Anna "danke und du siehst bezaubernd heute aus, aber du siehst immer bezaubernd aus" dann umarmten sich die beiden, Alex spürte ihren angenehmen Körper in seinen Händen und er spürte auch mit seinen Sinnen, sein Herz klopfte mit schweren Schlägen wie schluchzende Schreie die sich in seiner Brust ereigneten und er fühlte es in diesem Moment in diesem wundervollen Moment, Sie ist es und sie duftete nach Zuckerwatte, süß und betörend und für einen kurzen Augenblick dachte er daran sie nie wieder los zu lassen, aber er ließ los und beide schauten sich in die Augen, Anna lächelte sanft und dann lachte sie, ihr Lachen war süß und rau wie brauner Zucker! Im Auto schaute Alex sich nach allen Seiten um "eng hier drin, wir können auch den Bentley nehmen, den hier packen wir in den Kofferaum und nehmen ihn mit" "glaub mir der Twingo bringt es auch und wir finden überall einen Parkplatz, du wirst schon sehen und sie fuhr los, schnell fuhr sie los und sie wackelte auf dem Sitz hin und her und sie sang das gespielte aus dem Radio mit und Alex dachte sie ist so süß, so unfassbar süß, aber im Auto fühlte Alex sich nicht wohl, die anderen Autos, die Strassen ja die ganze Welt kam ihn viel zu nahe und er hatte das Gefühl alles anfassen zu können und in seinen Gedanken kreiste es nur so umher, man ist der klein, aber dann unterhielten sich die beiden angeregt und sehr ausgelassen, sie lachten und scherzten und unangenehme, schweigsame Pausen hatten keinen Platz mehr in der Blechdose, Alex merkte wie witzig Anna war und dabei kam immer eine Spur angenehme Naivität zu ihm rüber gesprudelt, Alex wurde geradezu verzaubert von ihr, er fühlte sich gut! Vor dem Kino wurde es Realität und Anna buxierte den Twingo in die kleinste Parklücke, gekonnt und perfekt "siehst du Alex, hier hat nur der Twingo platz und der Parkplatz ist sogar umsonst" und dann zwinkerte sie Alex zu, der hob nur seinen Daumen und lächelte voller Anerkennung! Im Foyer des Kinos war es laut und hektisch, überall Menschen, egal wo Alex auch hin blickte, Frauen, Männer, Kinder, Alte, Junge, Schöne, weniger Schöne, duftende, stinkende, laute, ruhige, von allen Seiten her dröhnte es in seinen Ohren, in ihm war es leicht unangenehm und er merkte ganz wenig in seinem inneren das er Dimitrie etwas vermisste, aber dann diskutierten beide über den Film den sie sich ansehen würden, Alex gab nach und es wurde eine Romantikkomödie mit Schauspielern die ihm völlig unbekannt waren, Anna mochte die Schauspieler, dann war es soweit, er mußte sich der Menge drängelnder Menschen anschliessen "zwei mal Kino drei" sagte Alex, der Mann hinter der Kasse tippte kurz mit seinem Finger auf eine Tastatur und sagte "24 Euro bitte" Alex gab ihm 30zig und sagte "stimmt so, danke" er nahm die Tickets drehte sich um und verließ die Schlange der Drängler! Der Mann hinter dem Ticketschalter schaute ihm ganz verdutzt nach! Anna hatte Popcorn und Cola besorgt! Während des Filmes flüsterten sich die beiden laufend was zu und dabei kam Alex Annas Mund so nahe das er statt den Film oft nurnoch Sterne sah, der Film handelte von einem schönen Junggesellen, einem Draufgänger, einem Weiberheld der ständig eine neue weg knallte und davor immer eine Viagra nahm um dann den Helden zuspielen, bis dann schließlich die Richtige kam, die bekam er aber nicht so leicht, Herz, Schmerz, Liebe, Kerz und Käsekuchen bis sie sich endlich fanden und der Draufgänger ein zarmer Kater wurde! Wieder im Twingo fragte Anna "magst du eine gute Pizza" "ja mag ich sehr gerne, ich kenne da

290

einen fabelhaften Italiener in Mitte" antwortete Alex bevor ihn Anna unterbrach "papelapap, die beste Pizza gibt es bei Giovanni" und dann fuhr sie los! Der Giovanni befand sich in unmittelbarer nähe ihrer Wohnung und als beide eintraten merkte Alex sofort das man sie hier kannte, die Pizza war wahrlich ein Leckerbissen, jetzt unterhielten sich die beide ernst und intensiv, Alex erfuhr von Anna und über Anna sehr vieles, sie war 26 Jahre alt und hatte ihre Eltern schon früh verloren, gerade 2 Jahre war sie alt als ihre Eltern mit dem Auto tödlich verunglückten, Erinnerungen fast Fehlanzeige, sie wuchs dann bei ihrer Tante die Schwester ihrer Mutter auf und sie versicherte Alex das sie es gut hatte, sie liebte ihre Tante vom ganzen Herzen, die Tante hatte es zu Anfang nicht leicht, fast mittellos und noch sehr jung, selbst erst 23 Jahre alt brachte sie Anna durch bis sie sich selbstständig machte und ihre Carteringfirma immer größer und bekannter wurde, dann hatten es beide geschafft, die Tante selbst war nie verheiratet oder hatte einen Freund denn sie steht auf Frauen, für Anna nie ein Problem wie sie beteuerte, sie machte dann durch Beziehungen der Tante eine Ausbildung zur Hotelfachfrau im Adlon bevor sie dann bei ihrer Tante anfing, beide kamen bestens miteinander aus, sie hatte eine Beziehung von 4 Jahren und danach zwei Affären die kurz und knapp waren, ja das war Anna, Anna Schumann und als sie mit ihrer Geschichte fertig war, lächelte sie und sagte "und nun du Alex, ich möchte alles wissen" Alex schaute sie verträumt an und merkte jetzt wie traumhaft schön er sie fand und dann legte er los! Er erzählte und erzählte ohne Punkt und Komma, er erzählte vom Internat, vom Mont Blanc, von dem blutigen Ende seiner Eltern, davon wie er mit 18 Jahren ein Multimillionen Euro Unternehmen leiten mußte und wie er es zu einem Milliarden Uunternehmen gebracht hatte und er erzählte alles wie im Rausch, alles, fast alles, pikante Details lies er natürlich weg, die Pizzeria wurde schon immer leerer nur ein junges Paar saß noch unmittelbar neben ihnen, selbst am reden, als er fertig war mit seiner Lebensgeschichte schaute ihn Anna traurig an, ihre Augen waren feucht, Alex las mitleid in ihren Augen, sie schüttelte mit dem Kopf, ihre vollen roten Haare wedelten hin und her und sie sagte "Alex das tut mir so leid, du bist ja durch die Hölle gegangen, du wurdest nicht nur mit dem goldenen Löffel gefüttert wie ich immer annahm, das was du da gesehen hast ist die pure Hölle, das mit deinen Eltern, wow Wahnsinn" sie fing zu weinen an und Alex reichte ihr eine unbenutzte Serviette und sagte lächelnd "nun is aber gut, lange her und mir geht es gut, besonders heute, hier mit dir, Anna weißt du eigentlich das ich jedes mal wenn der Hauptdarsteller in dem Film eine Viagra geschluckt hat Geld verdient habe" Anna schaute "wieso" Alex lachte "na weil mir 50% der Pharmaziefirma gehören die es herstellen und das Monopol darauf haben" "du spinnst" sagte Anna "nein ich spinne nicht Felax Pharma heißt die Firma, Felix, Alex, Hmmm dämmert da was bei dir" der junge Mann am Nebentisch der gerade bezahlt hatte fing zu lachen an und sagte "na sie haben ja eine blühende Fantasie, wenn dem so wäre, man man dann wären sie aber mega Reich und würden bestimmt nicht hier essen, sondern gut bewacht im Luxusrestaurante" und er lachte weiter "he he lachen sie nicht, ich habe sogar ein eigenes Flugzeug" und das sagte Alex genau so das es niemand glauben würde, der junge Mann lachte weiter "sie sind echt gut, echt Klasse sind sie, ich wünsche noch einen netten guten Abend und fliegen sie nicht zu schnell nach Hause bitte" alle lachten Anna und Alex winkten den beiden noch zu und konnten kaum aufhören mit dem Lachen! Als die beiden die Pizzeria verließen lachten sie immer noch und Anna griff Alex seine Hand und zog ihn unsanft und schnell hinter sich her etwa 50 Meter mögen es gewesen sein, dann hielt sie vor einer Bar an und öffnete die Tür, sie zog Alex dort ohne zu fragen rein, Alex stand da und schaute und hörte, er hörte Rockmusik, er sah blauen Rauchnebel der durch die Bar zog, er sah junge Leute sich anregend unterhielten, einige wippten im Takt der Musik, andere schüttelten ihr Haupt, er sah in glasige Augen und er hörte vom Alkohol gelöste Zungen "hallo Klaus, bringst du uns bitte zwei große Cola nach hinten" hörte er noch Anna zum Barkeeper sagen, einem kleinen Kraftprotz mit dem Gesicht einer Bulldogge, dann betraten beide ein Hinterzimmer, in der Mitte stand ein Billiardtisch an dem sich zwei Rocker ähnliche Typen zu schaffen machten, doch Anna ging auf die beiden Flipperautomaten zu die in einer Ecke standen, es spielte niemand daran und Anna steckte eine Münze in den rechten "komm wir flippern, ich mach dich fertig, verlass dich drauf" sie lachte bei ihren Worten wieder so süß das ihre mit Sommersprossen übersähte Stupsnase kleine Fältchen hervor brachte und beide flipperten, Alex das erste mal in seinem Leben, Anna nicht das sah Alex sofort, das Bulldoggengesicht stellte zwei große Cola auf den Tisch der vor den Automaten stand, Anna lachte und war bestens gelaunt, es machte ihr Freude Alex zu verscheissern wenn der das Spiel verlor, aber Alex seine Blicke waren mehr auf den Kicker gerichtet der in der anderen Ecke des Zimmers stand, zwei Jungs, mögen sie so 18-20 gewesen sein spielten geschickt und gut und machten einen Höllenlärm, der eine groß und schlacksig mit einer Fußstellung von zehn nach zehn der andere klein mit einer breiten Stirn und Hakennase, seine Bewegungen glichen der einer Marionette, wie an Fäden gezogen sprang er hin und her und er schnalste mit der Zunge und hob zwei Finger in die Luft immer dann wenn er ein Tor schoss, Alex erinnerte sich sofort an die Zeit im Internat, er und Felix hatten wenig Zeit dort, aber sie nahmen sich sechs Jahre lang jeden Tag mindestens eine Stunde Zeit um im Spieleraum des Internates zu Kickern, sie waren so etwas wie die ungekröten Könige dieses Spieles und beherrschten alle Tricks, sie duellierten sich sechs Jahre lang und der Endstand war 412:309 zu Gunsten von Alex zeigte schon das er reichlich Übung darin besaß, er hatte auch die rechte Lockerheit in seinen Handgelenken wie Felix immer sagte, eine Lockerheit die Felix so manches mal bis zur Weißglut trieb, nach einem beendeten Flipperspiel ging Alex rüber zu den beiden und schaute zu, Anna tat es ihm gleich "kannst du kickern" fragte er Anna leise flüsternd ins Ohr "nicht so gut wie flippern, aber ein wenig schon, kannst du es denn" flüsterte sie zurück "genauso gut wie Geld machen" sagte er und lächelte! "Lust auf ein Doppel, ihr gegen uns" fragte Alex mit Blick auf den Schlacks, der drehte sich zu Alex um und musterte die beiden "und was soll das bringen, ihr habt doch sowieso keine Chance gegen uns, nein las mal, sei denn wir spielen um Geld, dann sind wir dabei" Alex wusste es war schon lange her, aber das verlernt man doch nicht dachte er "okay wir sind dabei, an was für einen Einsatzt dachtest du denn so" der Schlacks holte seine Brieftasche aus der Hosentasche und schaute rein, er überlegte kurz "sagen wir drei Gewinnspiele und danach tauschen wir vier gegenseitig jeder einen Fuffie aus" er schaute zur Marionette "hast du noch einen Fuffie" "ja habe ich, aber brauche ich doch nicht, man man in ein paar Minuten einen Fuffie gewinnen, das gefällt mir gut" und er streckte wieder zwei Finger in die Höhe, diesmal ohne ein Tor geschossen zu haben! Dann mal los, Alex steckte eine Münze in den Schlitz und drückte den Hebel, mit lautem Klackern fielen die 11 Bälle in die Schiene, oh gut Korkbälle dachte Alex, dann flüsterte er Anna ins Ohr "ich gehe nach hinten, wenn ich den Ball habe stelle deine beiden Reihen hoch, wenn die den Ball haben versuchst du nur ihn abzuwehren, mehr brauchst du nicht machen, okay" Anna schaute konzentriert aber immer noch süß "alles klar, habe verstanden, dann las uns mal das Geld was wir diesen Abend ausgegeben haben zurück holen" Alex ließ den ersten Ball durch das Loch rollen, der Schlacks, plock 0:1, die Marionette, plock 0:2 Alex, plock 1:2, der Schlacks, plock 1:3, der Schlacks, plock 1:4, Alex, plock 2:4, Alex, plock 3:4, Alex, plock 4:4, Alex,plock 5:4, die Marionette,plock 5:5 vier verbissene Gesichter, eines nur süß, Alex, plock 6:5! 1:0 Alex und Anna, Seitenwechsel, die Marionette schiebt den ersten Ball durchs Loch, der Schlacks, plock 0:1, Alex, plock,plock,plock,plock 4:1, die Marionette, plock 4:2, Alex spürte und merkte wie seine Handgelenke immer runder liefen, locker, geschmeidig wie gut geölte Kolben im Zylinder, Alex, plock,plock 6:2! 2:0 Anna und Alex, Seitenwechsel, Alex wirft den ersten Ball duch das Loch, Anna, plock 1:0 Alex schaute "super" rief er, was dem Schlacks dazu verleitete zur Marionette zu sagen "wenn sie jetzt auch noch trifft haben wir überhaupt keine Chance mehr" Alex, plock 2:0, Anna, plock 3:0, der Schlacks, plock 3:1, Alex, plock,plock,plock 6:1 Sieg! Anna schrie laut auf und reckte jetzt ihrerseits zwei Finger in die Luft, und dann sprang sie Alex an und fiel ihm um den Hals, sie jubelte, jetzt standen die beide umarmt, Stirn an Stirn sich gegenseitig in die Augen schauend da, ihre Nasen berührten sich leicht und sie schauten und schwiegen und ihre Lippen kamen sich immer näher und näher und plötzlich "wo hast du so spielen gelernt, das war ja erstklassig, wow, mit einem von uns als Partner könnten wir uns schnell etwas Geld verdienen" Alex drehte seinen Kopf zum Schlacks " 6 Jahre Internat, jeden Tag und meinen Partner möchte ich nicht wechseln, nie mehr möchte ich wechseln und Geld brauche ich nicht" er schaute jetzt zu Anna, sie schaute jetzt ganz verlegen, bei dem was Alex da gerade gesagt hatte wurde ihr ganz warm ums Herz "Geld kann man doch immer gebrauchen, kann man nie genug haben" sagte der Schlacks "doch kann man, glaub mir und apropos Geld" Alex streckte seine Hand aus und machte damit eine Bewegung die Zeigen sollte, her mit dem Geld, Anna tat es ihm mit einem Lächeln gleich! Der Schlacks und die Marionette griffen beide gleichzeitig in ihre Hosentaschen und dann öffneten sie die Brieftasche, der Schlacks reichte Alex mit einem lächeln fünfzig Euro entgegen, Alex nahm sie, die Marionette hielt Anna die fünfzig Euro entgegen, aber er lächelte nicht, er kniff seine Augen zusammen und schaute maß nehmend zu Alex rüber wärend Anna den Schein nahm! Die Marionette schaute Alex weiter an "du bist doch Alex Gutmann, ich weiß nicht was du hier machst, aber ich glaube du bist es" Alex lachte laut "ich Alexander Gutmann, man das wäre aber gut man" sagte Alex lachend "der war aber gut man" sagte Anna und lachte Alex ins Gesicht "komm Bernd wir müssen los" schob sie hinterher "danke für das gute Spiel, ihr seid aber auch nicht schlecht, alles Gute noch und Tschüß" sie griffen ihre Jacken und gingen aus dem Raum, Alex blieb am Tresen stehen und reichte dem Bulldoggengesicht zwanzig Euro "stimmt so" sagte er, die Bulldogge bedankte sich und rief noch "Tschüß Anna" als beide auf den Bürgersteig traten atmeten sie gut durch und genossen die kühle Winternachtluft, Anna hackte sich bei Alex unter, der schaute sie liebevoll an und sagte "du wohnst doch gleich hier um diese Ecke rum, ich bring dich noch zur Tür und nehme mir dann ein Taxi von da vorne" nein ich fahre dich selbstverständlich noch nach hause, wie spät ist es eigentlich" Alex schaute auf seine Hublot "2 Uhr 35, Anna du brauchst mich wirklich nicht nach hause fahren, das ist kein Problem" "ehrlich nicht" und sie schaute so süß wie es hätte sonst niemand tun können, untergehackt gingen sie die hundert Meter bis zu ihre Haustür und genossen die Stille der Nacht, vor der Tür schauten sie sich an und umarmten sich, sie verweilten so, Wange an Wange standen sie da und Alex fühlte eine diffuse Erregung und Zärtlichkeit die sich überall unter seiner Haut ausbreitete, es war ein Genuss sie im Arm zu halten, eine kribbelnde Zufriedenheit in der Gegenwart des anderen und sie duftete immer noch nach Zuckerwatte, süß und weich und dann fanden ihre Lippen zusammen und sie küssten sich, sie küssten sich leidenschaftlich, Annas Lippen schienen aufzublühen bei diesem Kuss und sie küssten sich mit der Hingabe derer, die einander gehören, fern von der Welt und abseits jeder Realität und als sie sich nach langer Zeit endlich von einander lösen konnten, lächelten sich beide an, sie lächelten beide verliebt das las Alex in ihren Augen und fühlte es überall in und an seinem Körper, Anna hatte schon den Schlüssel im Schloss da sagte Alex "das war wohl der schönste Tag in meinem Leben, ich rufe dich morgen an okay" "mach das bitte, ja der Tag war wunderschön und du bist toll Alex, gute Nacht und komm gut nach hause und las mich nicht so lange warten morgen meine ich mit dem Anruf, ich freue mich jetzt schon" Anna gab ihm noch einen Kuss in die Luft und ging in den Hausflur, die Tür schloss zu! Alex ging völlig beschwingt durch die Nacht und dachte das ist also Liebe, ich liebe die Liebe, er war gerade 30 Meter gelaufen als plötzlich neben ihm ein Bentley rasend schnell anhielt und die Fahrertür aufging, Dimitrie schaute Alex böse, ernst, ja völlig erbost an und sagte "Chef, einsteigen, oder arbeite ich nicht mehr für dich Chef" Alex stieg ein "was machst du hier Dimitrie" "dich abholen, bin aber um Block gefahren, mehrmals um Chef beim küssen nicht zu stören, habe gar nicht gewußt das Chef so gut kann kickern, ich hoffe Pizza hat geschmeckt und Film war gut Chef, und Chef muß glauben, Simone hat nichts verraten, ehrlich Chef, man man Chef ehrlich der fast reichst Mann der Welt und benehmen wie ein kleiner Teenager, war schöner Abend Chef" "der schönste in meinem Leben, ich bin froh das du da bist Dimitrie" dann fuhren sie ab und Alex machte seine Augen zu und träumte, er träumte einen schönen Traum! Die neue Januarwoche blieb weiter feucht und dunkel wie das Maul eines Wolfes, der Gemütszustand der meisten Menschen war eher trübe und

finster in dieser Jahreszeit, bei Alex sah das ganze eher anders aus, er
ging fröhlich und beschwingt durch die Woche, er hatte fast jeden Tag
mit Anna 1-2 Stunden telefoniert, Anna hatte ihn zum Dank für Kino
und Essen, für den kommenden Samstagabend bei sich zuhause
eingeladen, sie wollte schön kochen, Alex seine Vorfreude steigerte
sich von Tag zu Tag bis ins Unermäßliche und oft versank er mit einer
guten Zigarre im Ohrensessel vor dem Feuer im Kamin um in
Mozarts Klängen zu versinken! Es war endlich Samstag, Alex war
fertig und Dimitrie fuhr Alex, bewaffnet mit einem riesigen
Blumenstrauss zu Anna, 50 weiße Rosen gespickt mit 20 gelben und
roten Lilien, rote Rosen hatte er sich nicht getraut, er dachte zu früh
für rote Rosen, der Bentley hielt an und Dimitrie schaute ernst und
sagte "Chef du bleibst oben bei ihr, den ganzen Abend" Alex
antwortete nervös "ja und wenn nicht gebe ich Bescheid, und las dir
bloß nicht einfallen hier die ganze Zeit rumzustehen, mach dir lieber
einen schönen Abend mit Simone" er öffnete die Tür und stieg mit
seinem Blumenstrauß aus dem Bentley, und er dachte man der ist aber
schwer "Tschüß Dimitrie und hau jetzt ab bitte" waren noch rasch
seine Worte, Dimitrie knirschte mit seinen Zähnen und gab Gas! Anna
öffnete die Wohnungstür, im blauem Kleid, wunderschön geschminkt
und mit einem Lächeln im Gesicht stand sie vor Alex, der sah wieder
wie wunderschön sie war, nicht die Schönheit von Sophia sondern
eine Schönheit die bis in sein Herz hinein reichte und nicht nur am
Unterleib stehen blieb, er reichte ihr den Blumenstrauß "du siehst
fantastisch aus Anna" sagte er ganz verlegen, Anna nahm den Strauss
entgegen "Dankeschön, für die Blumen und das Kompliment" sie
umarmten sich beide und gaben sich einen langen zärtlichen Kuss
"komm rein und fühl dich wie zuhause hier, muß erst mal schauen ob
ich so eine große Vase besitze, der ist ja wunderschön dieser Strauss,
der muß ja ein Vermögen gekostet haben, wahnsinn" und sie
schüttelte mit dem Kopf "ja hat er, er wird mich wohl ruiniert haben
aber für dich ist mir das völlig egal" er grinste und schaute sich um,
es duftete gut, es duftete nach Fleisch, nach Gemüse, nach Reis, ihm
lief das Wasser im Mund zusammen, Alex stand auf einem kleinen
Flur und konnte in die Küche schauen und zur

anderen Seite sah er das Wohnzimmer, die anderen Türen waren geschlossen, es war alles piniebel sauber, die Einrichtung war super Modern, die Einbauküche rot, das Wohnzimmer schwarz-weiß, aber alles kam Alex so winzig und klein vor ganz wie in einem Puppenhaus, er merkte schnell das diese Altbauwohnung 2 Zimmer hatte, Bad und Küche noch dazu, die Räume waren hoch und an den Decken mit Stuck verziert, das ganze Wohnzimmer war mit schön gerahmten Bildern durchzogen, fröhlich und bunt und alle hatten das gleiche Motiv, die Karibik, Alex ging in die Küche und setzte sich um Anna zuzuschauen "Anna es ist sehr schön und geschmackvoll hier bei dir, aber doch sehr klein und beengt" Anna lachte laut "ach Alex, diese Wohnung hat zwei Zimmer und ist 80qm groß, das ist für normale Menschen eher großzügig" Alex schaute sich jetzt in der Küche um, auch hier eingerahmte Kochrezepte aus der Karibik, Alex mußte schmunzeln "Anna ich habe es bis jetzt verschwiegen aber jetzt sage ich es dir, diese Wohnung gehört mir" Anna drehte sich um und schaute Alex an "ich weiss" sagte sie trocken "und die ganze Strasse auch" schob sie nach, Anna brachte mit Alex seiner Hilfe das Essen ins Wohnzimmer und sie aßen und sie unterhielten sich angeregt und liebevoll, Alex genoss das Essen, es war lecker und sehr schmackhaft, Anna trank dazu Wein und Alex ein Wasser "Alex kann es sein das du keinen Alkohol trinkst, ich glaube so ist es, auch Samstag hast du nur Cola getrunken, selbst auf dem Fest beim anstoßen hast du nur die Lippen befeuchtet" Alex war sehr verwundert, Sophia hatte es in der ganzen Ehe nie bemerkt, nie ein Wort darüber verloren und Anna sah ihn das das vierte mal und hatte bemerkt das er eine Abneigung gegen Alkohol hatte "das fasziniert mich das dir das so rasch aufgefallen ist, nein ich habe noch niemals Alkohol getrunken und werde es auch niemals machen, ich hasse Alkohol aber ich habe rein gar nichts dagegen wenn du Wein trinkst, nicht im gerigsten" nach mehren Kompliementen fürs Essen half Alex noch beim abräumen und dann machte sie es sich bei Kerzenschein und Musik auf dem Sofa bequem! Eines wurde schnell klar, sie konnten nicht ihre Finger von einander lassen und schmusten und küssten und redeten und küssten sich immer weiter und weiter und heftiger und heftiger bis

Anna schließlich aufstand und Alex bei der Hand nahm dann öffnete sie eine Tür, es war das Schlafzimmer, Alex sah nur ein großes Bett und war nicht mehr fähig was anderes anzuschauen außer Anna, die machte zwei Kerzen an und dabei drehte sie sich von Alex weg, Alex war nervös und unsicher aber wenn er daran dachte ihre nackte Haut auf der seinen spüren zu können, ja da verlor er jeden Verstand, er öffnete ihr langsam das blaue Kleid, bedächtig und ruhig zog er den Reissverschluss immer tiefer und dabei küsste er zärtlich jeden Zentimeter ihres Rückens, Anna stöhnte leise und sanft bis Alex schließlich an ihrem Po angekommen war, er zog ihr den Slip etwas nach unten und küsste ihre obere Hälfte der Pobacken, da wurde Anna wild und riss sich das Kleid runter von Leib und Seele, schmiss Alex unsanft auf das Bett, ab da gab es für beide kein halten mehr und sie liebten sich, sie liebten sich mal sanft und zärtlich und dann wild und leidenschaftlich im ständigen wechsel ging es hin und her und beide schienen wie von Sinnen zu sein, Alex liebkoste Anna von Kopf bis Fuß mit voller Leidenschaft und er war verzauberd von ihr so das er manches mal kaum noch wusste was er liebkosen wollte so reich an Schönheit war dieser Spielplatz der Lust und sie liebten sich weiter und weiter voller Hingabe und es schien kaum ein Ende zu geben und zu nehmen, immer wieder fielen sie übereinander her bis sie dann schließlich völlig erschöpft sich in den Armen haltend ruhig und still liegen blieben, und nachdem was gerade hier im Schlafzimmer passiert war konnte man die Luft trinken! "wow, was war denn das hier gerade, oh mein Gott ich bin ja völlig fertig,wow" sagte Anna schweren Atems "ich weiß es nicht ganz genau und ich wage es kaum auszusprechen, aber für mich war das kein Sex, für mich war es etwas was ich zuvor noch nie erlebt habe, es war kein Sex sondern Liebe" antwortete Alex schüchtern und verlegen "das geht mir genauso und ich wage es auszusprechen" flüsterte Anna in Alex sein Ohr, der sie ganz fest drückte und ihr einen zärtlichen Kuss gab, Anna legte dann ihren Kopf auf Alex seiner Brust und Alex schaute sich im Schlafzimmer um und entdeckte auch hier Fotos mit dem Motiv Karibik! "du stehst wohl voll auf die Karibik, deine ganze Wohnung ist mit bunten und schönen Bildern durchzogen, Bildern aus der Karibik,

299

warst du schon oft dort" "woher weißt du das das alles Fotos aus der Karibik sind, und nein ich war noch nie dort aber dort Urlaub zu machen war schon immer mein Traum seit ich als junges Mädchen einmal ein Foto an der Scheibe eines Reisebüros gesehen habe, Kokospalmen, weißer Sandstrand und türkisfarbenes, kristallklares Meer, da war es um mich geschehen und irgendwann fing ich an zu sparen und auch alles zu lesen und schöne Fotos zu sammeln" sie lächelte Alex an und der sagte "ich war schon sehr oft in der Karibik und mein Favorit ist Barbados, wie lange mußt du denn noch sparen um dir diesen Traum zu erfüllen" Anna stand dann nackt wie sie war auf und machte eine Siegerpose, süß und glücklich sah sie dabei aus, dann lies sie sich wieder fallen direkt in Alex seine Arme "gar nicht mehr, ich habe es geschaft, ich wollte eigentlich diese Woche buchen und ich brauche nicht so genau aufs Geld schauen, drei Wochen im guten Hotel sind locker drin, ich möchte so Ende Februar, Anfang März fliegen" und sie juchzte vor Freude laut durchs Schlafzimmer "wohin genau" fragte Alex "das weiß ich noch nicht, da muß ich noch drüber nachdenken, oh Gott das wird eine Schwierige Entscheidung, aber ich habe schon einiges eingegrenzt" "ist Barbados auch dabei und fliegst du alleine oder mit jemanden" fuhr Alex dazwischen und schaute sie neugierig an, Anna lachte "ja Barbados ist auch dabei, obwohl es mit die teuerste Variante ist und nein ich fliege nicht alleine, ich fliege mit dir, natürlich nur wenn du dir das leisten kannst und Zeit hast, ich gebe immerhin fast 4000 Euro dafür aus, dann ist es aber auch ein Traumhotel, aber das habe ich mir einfach mal verdient finde ich" Alex mußte lachen und Anna lachte noch lauter "mit dir unter Palmen am weissen Strand ist das verlockenste Angebot was ich mir überhaupt nur vorstellen kann und wenn du dich für Barbados entscheiden könntest würde es die ganze Sache einfach nur perfekt machen, ob ich mir das leisten kann, muß ich mal auf mein Konto schauen, Zeit nehme ich mir, ich bin der Chef, ich mache ab jetzt das was ich will, und wenn du etwas Geld sparen möchtest, he ich habe ein Flugzeug" Anna kniff die Augen zusammen und schaute böse, aber immer noch süß "das sieht dir wieder ähnlich du reicher Pinkel, nein nein wenn du mit möchtest dann Holzklasse und das Hotel was ich aussuche aber auf

300

Barbados können wir uns einigen, Alex ich habe da mal eine Frage, wie lange brauchst du um 4000 Euro zu verdienen, ich weiss, scheiss Frage und bestimmt nicht so einfach zu beantworten aber es interessiert mich mal so" Alex schaute sie völlig verwirrt an "Holzklasse aha, habe ich noch nie sitzen müssen aber kann ja vielleicht ganz amüsant werden und eng, aber neben dir würde ich auch auf einer heissen Herdplatte sitzen wenn es sein müßte, wie lange ich brauche um 4000 Euro zu verdienen, schwere Frage, ich habe da in etwa eine Ahnung, aber wenn du es genau wissen möchtest muss ich kurz mein Handy holen, bist du dir sicher Anna das du die Antwort dann auch ertragen kannst, ohne auf mich ein zu schlagen" "klar, mach mal" sagte sie ganz keck, Alex stieg aus dem Bett nackt wie er war und ging in Richtung Flur "netter Hintern" rief Anna ihm hinterher, Alex drehte sich um und wurde ganz verlegen und etwas Röte kroch in sein Gesicht "danke" sagte er schüchtern und holte aus seiner Jackentasche sein neustes iPhon 4s heraus "ich kann es dir ausrechnen wenn du möchtest, muss aber mein Finanzchef kurz anrufen" "ja mach das" Alex rief ihn an "hallo hier ist Alex, ja ich weiss wie spät es ist, aber ich brauche mal zwei Zahlen, WDF und PKS und AFZ, ja okay sind drei Zahlen, ja es ist 3uhr Morgens ich weiss, ich weiss aber auch was du verdienst und dafür kannst du mir einmal in 5 Jahren auch um 3uhr Früh drei Zahlen geben, also bitte" "böser Chef" murmelte Anna und Alex wartete kurz ab "okay danke schön und schlaf schön weiter" Alex beendete das Telefonat mit einem Kopfschütteln und rechnete am Taschenrechner seines Handys bis er das Ergebniss hatte "Anna bist du dir sicher das du das hören möchtest" "ja nun sag schon" sagte sie laut und überdeutlich "okay ist ja gut, 6 Minuten" "was 6 Minuten, brauchst du noch um es auszurechnen, ich warte kein Problem" Alex fing zu schmunzeln an "nein du brauchst nicht mehr zu warten, 4000 Euro verdiene ich in etwa 6 Minuten" Anna schaute Alex mit offenen Mund und starren Augen an, als hätte sie gerade einen Geist gesehen "ich habe mir das Geld in Jahren zusammen gespart und du liegst hier in meinem Bett und rauchst mit mir eine Zigarette und bum hast du das Geld, das ist ja widerlich gerade zu abartig, du kannst ja so eine Reise überhaupt nicht richtig genießen" "oh doch Anna kann ich, ehrlich, ich kann mich auch sehr an den schönen Dingen erfreuen, so wie die Karibik, ich muß nur nicht so lange sparen, ich rauch dann mal eine und dann ist es gut" sagte Alex recht kleinlaut aber schelmisch! Anna schüttelte ihren Kopf "das ist ja unglaublich, unfassbar finde ich das" sie legte dann ihren Kopf in Alex seinen Armen ab und schaute ihn durchdringend an, dann fing sie mit einem wie es schien nicht enden wollenden Monolog an, sie redete über den Egoismus der Reichen, sie lies nicht das kleinste gute Haar an diesen für sie abscheulichen Menschen, und sie redete in giftigen Worten, Alex erkannte nicht den geringsten Schatten eines zweifels in ihren blauen Augen, sie redete sich förmlich in Rage aber dabei streichelte sie mit ihrer zarten, kleinen mit Sommersprossen übersähten Hand Alex liebevoll und zärtlich über Brust und Arme und sie schoss weiter mit Giftpfeilen in Alex seine Richtung, ab und an unterbrochen von einem Kuss den sie Alex auf Mund und Brust gab und sie redete weiter bis sie ganz langsam müde wurde, dann plötzlich unterbrach Alex ihren Redefluss "Anna du kleines, süßes, bezauberndes Wesen, was soll ich ich machen, all mein Geld verschenken" Anna grinste ja fast schon verzweifelt "nein natürlich nicht, du kannst es ja für gute Zwecke spenden" Alex antwortete trocken und schnell "okay werde ich tun" "nein tust du nicht" murmelte es noch aus Annas Mund und dann schliefen beide erschöpft aber glücklich mit einem grinsen im Gesicht ein! In den nächsten Tagen merkten alle die mit Alex zu tun hatten eine Veränderung an ihm, ja er verbreitete eine Lässigkeit und eine Gelassenheit wie nie zuvor in seinem Leben, als Mann als reiner Mann war er Selbstbewußter und viele Zweifel die er zuvor hatte schienen wie ausgelöscht, gerade zu weg gefegt, er stolzierte mit einem Pfeifen auf den Lippen durch die Welt, er war auch jetzt nicht mehr wie verbissen hinter jeden Euro der sich ihm anbot hinterher wie der Hund hinter der Katze, einige Geschäftsführer und enge Vertraute machten sich Sorgen! Alex dehnte seine Mittagspausen weit aus um sich mit Anna zum Essen zu treffen, sie telefonierten oft miteinander und auch zu hause war Alex nicht mehr so oft, er verbrachte seine Abende in den nächsten zwei Wochen bei Anna und auch einige Nächte, Anna und Alex, ja den beiden wurde sehr schnell klar das zwischen ihnen ein Strom von Zuneigung floss, der weit über Worte und Gesten hinaus ging, sie planten beide ihren Urlaub und Annas Vorfreude darauf verbreitete sich quer über die ganze Stadt und so manches mal dachte Alex das deswegen alle Menschen mehr lächelten als je zuvor, aber es gab da einen Menschen der das alles mit gemischten Gefühlen betrachtete, Dimitrie, er sah das sein Chef glücklich war und das gefiel ihm gut, anderseits war es fast schon Unmöglich auf ihn aufzupassen, so sehr er sich auch bemühte, musste er doch feststellen das sein Chef ihm ab und an entwischte, das machte seine Arbeit sehr schwer und ritzte Narben in sein Gewissen, so groß und stark er auch war, so furchteinflößend und finster er auch auf alle Menschen wirkte, so war er doch der erste der es erkannte und er dachte, alles beginnt bevor wir den Beginn erkennen und er fühlte und spürte es ganz tief in sich das ihm selbst eine große Veränderung in seinem Leben bevor stand, ob gut oder schlecht würde sich noch herausstellen, aber alles würde anders werden das war ihm Sonnenklar! Alex hatte es überlebt, er überlebte die Holzklasse auch wenn er ständig von Anna verscheissert wurde, das war ihm egal denn in Annas Nähe fühlte er sich nahe zu unsterblich und konnte alles ihm Fremde ertragen, eine Woche waren die beiden schon auf Barbados in einem schönen Hotel mitten am weissen mit Kokospalmen umsäumten Strand in Puderzuckerweiss, Anna war von der ersten Minute an völlig begeistert, sie liebte alles hier, die lebenslustigen, freundlichen Menschen, die Musik, das bunte Treiben auf den Strassen, die traumhaftschöne Landschaft, das Meer, die Strände, einfach alles und sie schrie ihr Begeisterung oft und laut hinaus, sie merkte aber auch sehr schnell das Alex sich hier offenbar sehr gut auskannte, Anna und Alex waren verliebt und erfüllten so beinahe jedes Klischee, sie aßen Himbeereis zum Frühstück und tanzten Rock and Roll im Fahrstuhl, sie tobten am Strand und im Wasser, am Pool und auf ihrem Balkon, sie aßen bei Sonnenuntergang zu Abend und sie fuhren nach Bridgetown zum tanzen und bummeln und sie liebten sich in der Nacht und am frühen Morgen! Anna und Alex lagen völlig ineinander verschlungen im Bett und hörten nur das Surren ihrer Klimaanlage, Alex streichelte Anna sanft und liebevoll über den Rücken als er plötzlich sagte "Anna ich liebe dich über alles auf der Welt" Anna schaute ihn jetzt verträumt an und sagte "Alex ich liebe dich auch über alles, obwohl das gegen meiner Abneigung gegenüber reichen Pinkeln ist, du ein normaler Bankangestellter und ich angestellt in einem Hotel und das hier auf dieser Insel, das wäre so ein Traum, ein Traum den ich gerne mit dir leben möchte, Alex ich liebe dich" und dann schauten sich beide ganz verliebt in ihre Augen und küssten sich und genau in diesem Moment wusste Alex endlich was das aller schönste auf der Welt war, er glaubte jetzt zu wissen was der Sinn des Lebens ist, es war etwas was er noch nicht kannte, es war erwiderte Liebe! "Anna ich habe uns für morgen Früh einen Mietwagen bestellt, wir machen Morgen einen Ausflug und du darfst echt gespannt sein, ich zeige dir was sehr schönes" "das du dich hier gut auskennst habe ich schon gemerkt, na da bin ich aber jetzt schon sehr gespannt drauf, was zeigst du mir denn" antwortete Anna mit Neugier in ihrer Stimme "sage ich dir nicht aber lockere Kleidung und festes Schuhwerk brauchst du" beide schliefen eng umschlungen ein und Alex machte ein glückliches Gesicht dabei! Nach dem Frühstück stiegen die beiden in einen Golf Cabriolet, Alex lies den Wagen an und legte den ersten Gang ein dann fuhr er los aber nur einen Meter denn er würgte den Motor ab, Anna schaute und lachte, Alex wiederholte das ganze inklusive Motor abwürgen, Anna lachte wieder und sagte "na du reicher Pinkel wohl schon lange nicht mehr selbst gefahren was" Alex schaute mit bösem Blick "10 Jahre bin ich nicht mehr selbst gefahren, aber jetzt du wirst sehen" und er fuhr los, leicht holprig aber mit der Zeit immer besser und die Morgensonne krönte ihre Häupter, sanft und lau und Anna schaute und schaute und redete wie eine geschwätzige Elster, alles war schön und traumhaft, alles gefiel ihr so gut, dabei waren sie auf der Schnellstrasse die nur von weitem die Schönheiten der Insel erkennen lies, aber dann bogen sie auf den Sandweg ab und das Schöne kam immer näher und näher, sie fuhren dann an den riesigen Zuckerrohrfeldern vorbei und ließen das Dorf von Joleen und Jo rechts neben sich liegen, etwas größer war es geworden, dann fuhren sie den grünen Hügel hinauf und plötzlich erkannte man den weißen Eisberg der immer näher kam und oben angekommen wollte Alex weiter den Hügel runter zum grünen Teppisch zum Regenwald als Anna sagte "Alex halte doch bitte einmal an" und Alex hielt an und stand mit dem Auto genau vor seinem Haus, Anna stieg aus und Alex tat es ihr gleich, Anna stand da mit weit aufgerissenen Augen und sie hielt ihre Hand vor ihrem Mund, sie drehte sich im Kreise ganz langsam ihre Turnschuhe hinterließen eine Spur im roten Staub und sie zeigte mit dem Finger überall hin "Alex schau dir das an, dort unten der schneeweiße Strand, die Palmen, sie sind über das Meer gebogen und dort die Zuckerrohrfelder, sieh dir das an dort unten ist der Tropische Regenwald von Barbados und hier dieses traumhaft schöne Haus, ich glaube das ist das schönste und bezauberndste Haus was ich je gesehen habe, das ist ja ein Traum und es steht im Paradies, Alex hier muss das Paradies sein, hier ist das Paradies ich bin mir sicher" Anna ging in Richtung Eingangstor und Alex folgte ihr, beide schauten durch das Tor und Alex sah wie Jo und Joleens Vater den Rasen sprengte, die Eltern der beide waren schon seit längerem die Haushüter und wohnten auch in dem Haus, Alex sah den Vater, er war schon leicht in die Jahre gekommen und sein Haar war grau aber noch immer voller Locken "sieh nur wie schön der Garten ist und wie sauber und gepflegt hier alles ist, wunderschön" und dabei drückte sie ihre süße Stupsnase mitten durch das Gitter "ja Anna es ist traumhaft schön hier ich weiss, komm wir wollen weiter, es wird noch schöner" "Alex warst du schon einmal hier an diesem Ort" fragte Anna plötzlich "ja war ich" "mit Sophia" sie schaute jetzt grimmig drein "nein, ich war niemals mit Sophia auf Barbados, ich war früher mit meinen Eltern oft auf Barbados und dort unten im Dorf habe ich Joleen und Jo kennengelernt und die beiden haben mir das gezeigt was ich dir heute noch zeige und dann wurden sie meine ersten und auch besten Freunde, Felix mal ausgenommen, Felix und Joleen haben sich dort unten im Dorf kennen und lieben gelernt als ich Felix in den Ferien vom Internat mit hier her genommen habe, das ist die Geschichte von diesem Ort, komm jetzt bitte wir müssen noch ein ganzes Stück laufen aber es lohnt sich" Anna lächelte jetzt zufrieden "weisst du wem dieses Haus gehört, bestimmt auch so einem mega reichem Pinkel wie du es einer bist" Alex lachte kurz und abgehackt "ja ich weiss wem das Haus gehört und ja er ist sehr Reich, aber fast nie hier nur ganz ganz selten" sie stiegen ins Auto und fuhren den Berg runter, tief hinein ins Dunkel bis es nicht mehr weiter ging, dann gingen sie zu Fuss weiter, Anna war begeistert und sie fühlte sich als ob sie mitten in einem Abenteuerbuch war, in der Hauptrolle, plötzlich sah sie den großen Felsen und zeigte mit dem Finger auf ihn "las uns doch dort etwas ausruhen und eine Zigarette rauchen, der ist echt schön und mystisch" Alex ging voran und kletterte auf den Felsen, dann reichte er ihr seine Hand und sagte "genau hier macht man Pause und gleich wirst du sehen wie mystisch dieser Felsen wirklich ist" Anna nahm seine Hand und schaute erwartungsvoll "voll spannend" sagte sie und setzte sich neben Alex der schon sah was er sehen wollte, Alex griff in seine Tasche und holte zwei Zigaretten heraus die er beide gleichzeitig anbrandte, er reichte Anna eine und sagte "lehne dich ganz entspannt hier an und schau genau dort hin" er zeigte mit seinem Finger zu den Baumriesen, Anna schaute und schaute bis sie plötzlich aufschrie "Affen, alles voller Affen, das gibt es doch gar nicht" sie saßen in Umarmung da und schauten den Affen eine ganze weile zu "Alex ich habe mich getäuscht, hier ist das Paradies" "das habe ich damals auch zu Joleen gesagt und ich sage dir jetzt das was Joleen damals zu mir sagte, nein das Paradies kommt noch" sie blieben noch eine gute halbe Stunde und schauten den Affen zu dann gingen sie weiter und Anna konnte schon mit jedem Schritt den sie tat das rauschende Wasser immer lauter hören, plötzlich standen die beiden und sahen das Loch im Regenwald und der Wasserfall toste nach unten, die Sonne schien genau durch das Loch und tausende von Schmetterlingen flatterten umher, Alex nahm Annas Arme und streckte sie nach oben zur Seite und plötzlich setzten sich die Schmetterlinge auf ihren Armen nieder in allen Farben schimmerten sie ihr ins Auge, Alex sah Anna an und sah große Tränen in ihren Augen, die dann an ihren Wangen hinab kullerten, Anna schien sprachlos zu sein, das erste Mal das er Anna sprachlos sah und das war für Alex ein Gefühl an das er sich niemals hätte gewöhnen können, er mochte das geschnatter von Anna, das war eben Anna und auch dafür liebte er sie, er drehte sie um und zeigte ihr noch drei Papageien die an den Ästen der

Bäume hin und her flogen und dann entdeckten die beiden noch einen Tukan mit seinen gelben Schnabel saß er fast genau vor den beiden und ließ sich kaum stören und die Tränen flossen weiter und der Mund stand weiter still "Anna komm wir gehen baden" Alex zog sich aus und sprang ins Wasser, Anna schaute, aber plötzlich zog auch sie sich ihre Sachen aus und sprang ins Wasser, sie schwamm zu Alex und umarmte ihn heftig "angenehm erfrischend stimmts" sagte Alex und Anna nickte nur bejahend mit dem Kopf immer noch nicht fähig zu reden "was ist los Anna fehlen dir immer noch die Worte" und wieder nickte sie mit ihrem Kopf und Tränen standen ihr noch immer in den Augen, dann standen sie unter dem herab fallenden Wasser und lachten und küssten und schmusten, Alex nahm dann Annas Hand und ging aus dem Wasser beide legte sich auf einen der großen Steine und ließen sich von der Sonne trocknen und nun fand Anna endlich wieder Worte "Alex ich möchte diese Insel nie wieder verlassen" Alex schaute jetzt ernst "wir müssen die Insel aber wieder verlassen das ist dir doch klar, aber wir haben ja noch ein paar Tage" Anna schaute jetzt traurig! Auf dem Rückweg kam mit jedem zurück gelegten Meter auch Annas gute Laune und ihre redseligkeit zurück und im Auto auf der Rückfahrt sang sie laut und zeigte schon wieder mit ihren wirbelnden Händen in allen Richtungen und der süße Mund stand nicht still, genau so wie Alex es an ihr liebte, er lächelte sie glücklich an, sie fuhren dann wieder den Hügel hoch und am Eisberg vorbei, Anna drehte ihren Kopf nach dem Haus um "dieses Haus ist so wunderschön, perfekt ist es" Alex gab kurz Gas und fuhr den Hügel runter an den Zuckerrohrfeldern und dem Dorf vorbei als Anna plötzlich eine gute Frage stellte "Alex wenn du hier Joleen und Jo kennengelernt hast, dann frage ich mich wo haben denn du und deine Eltern gewohnt, kannst du mir das zeigen" Alex atmete tief durch "bitte" sagte Anna mit einem Gesicht das Alex hätte fressen können "ich habe es dir gezeigt, du standest genau davor" Anna zog Alex an seinem Ohrläppchen "und du hast mir nichts gesagt, habt ihr das immer gemietet und ist es von innen genauso schön wie aussen" Alex verdrehte seine Augen und stieß einen heftigen Seufzer aus "es ist von innen auch wundervoll und riesengroß und nein wir haben es nicht

307

gemietet, liebe zuckersüße Anna dieses Haus gehört mir" Anna konnte sich die ganze Rückfahrt kaum noch beruhigen und sie erzählte und redete von allem was sie heute gesehen hatte und immer wieder wies sie Alex darauf hin das sie sich heute im Paradies befand, beide machten sich im Hotelzimmer frisch unter der Dusche und gingen zum Dinner, der Hunger war groß und ihre Liebe später im Zimmer auch, Anna lag nackt in Alex seinen Armen "du Alex heute war für mich der schönste Tag in meinem Leben" sagte sie plötzlich "ja der Tag war wundervoll, einfach nur perfekt" antwortete Alex dann schliefen beide schlagartig wie vom Hammer getroffen ein! Der Rest des Urlaubes war dann noch das was man einen Traumurlaub nennt, und alle beide wussten es, das unsichtbare Band zwischen ihnen, diese abgeschiedene Welt, die sie sich fern von allem und allen errichtet hatten war ein Wunderbarer Zauber und sie genossen und liebten ihn! Die Rückreise, der Rückflug wude liebevoll, Anna war lieb und anhänglich aber auch ruhig und in sich gekehrt, sie sah traurig aus und in ihren Augen war sehr oft so ein feuchter Glanz, irgend ein Dorn oder Stachel saß tief in ihr drin und schien sie zu quälen, am Flughafen wieder zurück holte sie Dimitrie ab und mit leichtem widerstand stieg Anna doch letztendlich in den Bentley, Dimitrie fuhr zu Anna nachhause, vor der Tür verabschiedeten sich die beiden von einander "Alex es war traumhaft schön mit dir" sie gab Alex einen Kuss und mit Tränen in den Augen ging sie ins Haus "ja mit dir auch, ich rufe dich heute Abend an" erwiderte Alex, Alex war leicht verwirrt und stieg zurück in den Bentley! Maria hatte schön gekocht und Alex aß als plötzlich das Telefon klingelte, Schmitt war am anderen Ende und berichtete, Sophia hat das Schloss auf den Imobilienmarkt geschmissen, sie wollte es verkaufen und mit dem Geld hatte sie vor sich ein schönes Leben zu machen, der Schmuck war weg und wie Schmitt erzählte war sie dem Alkohol und auch den Drogen gegenüber recht aufgeschlossen, Alex wusste das es nicht von heute auf morgen geht solch ein riesiges und dekadentes Objekt zu verkaufen, also machte er sich erst einmal weiter keine Gedanken darüber, erteilte Schmitt aber den Auftrag ihm immer genauestens zu informieren, Alex machte sich da eher Gedanken um Anna und bei den Gedanken fühlte er unvorstellbare Liebe aber es kam auch ein mulmiges Gefühl in ihm hoch, irgend etwas stimmte nicht und er saß da und musste urplötzlich erschaudern! Alex rief Anna an "schön das du anrufst Alex, kannst du vorbei kommen ich muß mit dir reden" und Alex hörte wie ihre Stimme zitterte "bin gleich da" sagte er und legte auf "Dimitrie komm wir müssen los" Als Anna die Tür öffnete, sah Alex sofort das sie geweint hatte, ihre Augen waren rot und angeschwollen und ihre süße Stupsnase ebenso, beide standen im Flur und Alex sagte "Anna was ist los, rede mit mir" Anna wurde jetzt sehr ernst und eine Spur blass, dann holte sie noch einmal tief Atem und sagte "Alex ich liebe dich sehr, aber wir beide könnte nie im Gleichschritt durchs Leben gehen, ich habe das Paradies gesehen und kennengelernt und mir ist jetzt bewusst das wir die schönen Dinge des Lebens nie gemeinsam genießen könnten, ich müsste für schöne Dinge lange sparen die du dir in einer Minute leisten könntest, ich könnte nie von deinem Geld leben das bin ich einfach nicht und da ich wenig oder normal viel habe und du das Geld bergeweise besitzt passt das einfach nicht, die Welt ist in der Krise weil sie nicht teilt, das Geld ist da aber es wird nicht geteilt, der Egoismuss der Reichen ist unerträglich und du bist einer von ihnen, ja du stehst sogar ganz oben an der Spitze, schau dich bei euch um, sieh doch wie obszön das Schauspiel der Reichen, des Überflusses ist, wir beide und jeder einen normalen Job bei dem wir von mir aus auch recht gut verdienen, eine schöne Wohnung mit Blick über den Hafen von Bridgetown das wäre mein Traum ein Traum den ich so gerne mit die leben möchte, aber das ist leider unmöglich" Anna weinte jetzt bitterlich und Alex wollte sie in seinen Armen nehmen, aber sie wich einen Schritt nach hinten "Anna in meinem Papiekorb ist ja mehr Ordnung als in deinem Kopf, es stellt sich letztendlich doch nur eine Frage, Anna liebst du mich, das ist doch das einzige was zählt" Alex schaute traurig "ja Alex, ich habe niemals zuvor einen Menschen so geliebt wie dich, aber ich würde immer darüber nachdenken müssen ob du nicht glaubst ich wäre deines Geldes wegen mit dir zusammen, es würde mich den Rest meines Lebens martern, es würde mich zerstören, es würde meine Seele zerfressen" "das würde ich niemals denken, nicht eine

Sekunde lang" unterbrach Alex "das würde ich aber nie mit absoluter Gewissheit wissen, ich kann ja nicht deine Gedanken lesen" "ich aber deine" entgegnete Alex ihr, Anna schmunzelte kurz "und wenn ich alles was ich besitze verkaufe und dann das ganze verschissene Geld spende" Anna muste jetzt noch mehr schmunzeln als zuvor "das würdest du nicht, niemand würde so etwas dummes tun, keine Frau der Welt und keine Liebe der Welt wäre das wert" Alex nahm Annas Gesicht in beide Hände, sie lies es zu, er schaute in ihre Augen, die Tränen kullerten wie ein Wasserfall heraus, er schaute auf ihre süße Stupsnase, sie war rot und der Rotz vom weinen war zu erkennen, Alex wischte ihn mit seinem Daumen ab und sagte "vielleicht bin ich ja so dumm, vielleicht bin ich der dümmste Mensch der Welt" Anna nahm Alex jetzt in ihre Arme und küßte Alex auf die Stirn "das bist du nicht, manchmal gibt es Situationen da reicht grenzenlose Liebe einfach nicht aus, denen die man liebt muß man manchmal am meisten weh tun, das ist wohl das Gesetz der Liebe, bitte geh, ich bitte dich" In Alex sein Kopf war jetzt Nebel, er erblich und rang nach Fassung, dann drehte er sich um und ging! Im Bentley drehte sich Dimitrie zu Alex um und schaute in sein trauriges Gesicht "Unglück passiert Chef" Alex antwortete mit wenigen Worten und brachte das Geschehende auf den Punkt "alles Quatsch Chef, Anna und Chef gehören zusammen, das sieht und merkt jeder" Alex lächelte verhalten "fahre mich bitte zu Felix" Dimitrie fuhr los und er besaß die gute Eigenschaft den Mund zu halten wenn es angebracht war, Felix wohnte jetzt etwas abseits von der Stadt und Alex wusste das sie jetzt fast eine Stunde unterwegs sein werden, er schloss seine Augen und war dann in Gedanken vertieft, und er hörte immer wieder Annas Stimme, die Welt ist in der Kriese weil sie nicht teilt, der Egoismuss der Reichen, Worte die in seinen Kopf umher hämmerten wie ein böser Tumor und vor seinen Augen lief jetzt ein schwarz-weiß Film ab, im wechsel mit einem Farbfilm, es sah kleine farbige Kinder, völlig unterernährt und ihre Bäuche waren aufgebläht von den Parasiten die in ihnen wohnten, dann sah er kleine Kinder bunt gekleidet wie sie die Kerzen auf dem Geburtstagskuchen ausbliesen und mit einem Auge auf den Berg von Geschenken blinzelten, er sah Kinder in

310

dunklen Fabriken bei der Arbeit, fast schon Blind nähten sie mehr als zwölf Stunden am Tag, er sah dicke voll gefressene Kinder wie sie vor irgendwelchen Videospielen sitzend Schokolade und andere Leckereien in sich hinein stopften und dabei die Sachen die die anderen genäht haben tragen, er sah Männer und Frauen in der zivilisierten Welt wie sie in Kisten unter Brücken und auf Parkbänken lebten, er sah die Traumhäuser der Reichen überall an den schönsten Orten dieser Welt, er sah Männer sich im Krieg gegenseitig erschiessen, er sah wie Bomben Städte zerstörten und unzählige Leben nahmen, er sah in den teuersten Anzügen steckend Männer in Limousinen sitzen und sie ließen sich dann in die edelsten Restaurantes fahren um zu Mittag zu essen, sie schauten dann ständig auf ihre hundertausend Euro Uhren um auch nichts zu verpassen, denn es sind die Männer die die Bomben und Waffen bauen und sie verkaufen, diese Mörder, er sah Famlienväter jeden Tag schwer arbeiten und trotzdem konnten sie ihre Familien kaum ernähren, jeschweige ein schönes Leben bieten, er sah Männer und Frauen gelangweilt in irgendwelchen Ämtern, Ministerien und Abgeordneten Häuser sitzen und nur darauf wartend ihr Geld fürs Nichtstun im Überfluss auszugeben und dann später werden sie ihre Fette Rente verprassen, die Menschen die die Anderen klein hielten, diese Verbrecher, er sah Frauen völlig überarbeitet vom Zweitjob nach Hause kommen um sich dann dem Haushalt zu witmen und noch ihren Kindern eine gute Mutter zu sein, er sah Frauen mit Gold behangen bei Wellness und Champagner sich langweilend aber das Leben genießend an einem Pool liegen, wie sie darüber nachdachten das Geld ihres Gatten unter die Leute zu bringen, das Geld was ihre Männer geschenkt bekommen haben, nach dem Fall des Sozialismus von einem Mann der ihre Taschen füllte um sich dann später von ihnen gut bezahlen zu lassen von den Oligarchen, denn er hat sie dazu gemacht, und es war anzunehmen das dieser Mann in Wirklichkeit der reichste Mann dieser Erde ist, er sah Kinder und Jugendliche in Manila auf der Müllkippe im Unrat umher stöbern um zu überleben aber meist holten sie sich die abscheulisten Krankheiten an denen sie dann jämmerlich krepierten, er sah Kinder wie sie das neueste Smartphone mit Vertrag überreicht bekamen und

311

Jugendliche wie sie es kaum fertig brachten sich ordentlich für das neue Auto zu bedanken, er sah Mütter und Väter wie sie sich trotzdem um diese verwöhnten Bälger sorgten wenn sie einen Schnupfen bekamen, er sah Diktatoren in völliger Dekadenz leben, im unvorstellbaren Reichtum hausen wärend sie das Volk verhungern ließen, der Egoismuss der Reichen, das Geld ist da es wird nur nicht geteilt, oh Anna wie recht du hast, das waren Alex seine letzten Gedanken und dann sah er Felix sein Haus! Joleen, Felix und Alex saßen im Wohnzimmer und Alex erzählte alles, alles was er mit Anna erlebt hatte er erzählte einfach alles bis zu dem traurigen Ende und die beiden hörten einfach nur still und leise zu bis Alex die Frage stellte "was soll ich jetzt machen, was nur ich weiß es nicht" und Felix antwortete ruhig und besonnen "alles Quatsch, Anna und du, ihr gehört zusammen das sieht und merkt doch jeder, ich bin mir sicher das wird wieder, du liebst sie und sie liebt dich ja dich und nicht dein Geld das dürfte schon einmal klar sein" Alex schmunzelte "ja ich liebe sie, sie nimmt mir den Schatten von der Seele, sie versteht mein Herz, sie ist einfach die die mich nachhause bringt, bei ihr sind die kleinen Momente einfach groß, sie läßt mich einfach heller erstrahlen" "buh mein Freund du liebst aber mit allem was du hast, egal was du jetzt machen wirst und ich befürchte das Schlimmste, aber egal ich stehe hinter deiner Endscheidung, das solltest du wissen, aber denke genau darüber nach, nichts Übereiltes bitte" Alex gab sein Wort darauf und wollte nach Hause! Am nächsten Tag rief er Anna zweimal an, das erste mal ging sie nicht ans Telefon und das zweite mal drückte sie ihn weg, am nächsten Morgen erschien Alex in seinem Büro und rief Anna an, aber sie drückte ihn wieder weg und kurze Zeit später bekam er eine SMS von ihr (Alex bitte mach es uns doch nicht so schwer, von meiner Seite aus ist alles gesagt und ich möchte dich bitten nicht mehr anzurufen, bitte respektiere das, ich liebe dich trotzdem noch immer und du wirst immer in meinen Gedanken bleiben solange ich lebe, ich wünsche dir nur das allerbeste auf dieser Welt, ein letzter Kuss von mir), Alex erstarrte und eine Träne schimmerte silbern auf seiner Wimper, aber er rief die nächsten zwei Tage nicht mehr an, er lief dann wie stigmatisiert durch Büro, Haus und Leben und seine

Gedanken kreisten wie ein Kreisel umher und waren kaum noch zu bändigen, in ihm war es so, als sei ein Erdrutsch über sein Leben gefegt und habe alle Bedeutung mit sich gerissen, und nur den Verlust von Anna hinterlassen, es gab dann einen Moment da machte es klick im Kopf und ihm war alles Sonnenklar so klar wie die Sonne auf Barbados und er wusste es jetzt genau, er wusste was jetzt zu tun war, denn Anna war sein Leben, das einzige Leben was er leben wollte und so fasste er einen festen und unumstößlichen Endschluss, eine Endscheidung die für Furore sogen sollte! Er und Felix trafen sich am frühen Morgen im Büro das durchzogen wurde vom Kaffeeduft, sie umarmten und setzten sich "Felix ich habe eine Endscheidung getroffen" und er reichte Felix einen Vertrag rüber, Felix nahm ihn und warf einen mehr als Flüchtigen Blick darauf "ich fürchte das Schlimmste, sprich" sagte er mehr oder weniger überrascht "wenn du das unterschreibst gehört dir allein Felax Pharma, ich überschreibe dir meine 49%" "ja danke, aber das ist doch noch lange nicht alles" unterbrach Felix "nein natürlich nicht, in einer Stunde wird es hier nur so vor Menschen wimmeln, Rechtsanwälte, Notare, alle Geschäftsführer die komplette Finanzabteilung, einfach alle die hier was zu sagen haben, Felix ich verkaufe alles und werde dann das ganze Geld spenden" Felix hob die Hand um ihn zu unterbrechen "du bist doch völlig bekloppt, das sind Milliarden" Alex schaute Felix mit einem Gesicht an als wüßte er genau was er tut "ja Felix das ist mir durchaus bewusst, erst hat das Geld dafür gesorgt das ich bekam was ich nicht wollte und nun dafür das ich das nicht bekomme was ich immer wollte, das Geld fesselt mich, es zementiert mich ein, ich will grenzenlose Freiheit, Anna und Ich auf Barbados das war grenzenlose Freiheit, ohne Limousine, ohne Leibwächter, völlig unerkannt und frei, ein ganz normales Leben, ich habe Geld gesammelt seit dem ich richtig denken konnte, ich habe als kleiner Junge schon mit Millionen jongliert und jetzt mit Milliarden, Felix ich kann nicht mehr, es wird aller höchste Zeit das die Armen, die Kranken, die unterprivilegierten unserer Gesellschaft endlich was von meinem Geld haben, es gibt unzählige Bedürftige, es wird Zeit das ich teile, ich kann tausenden helfen und darüber wird heute zu sprechen

313

sein, wir müssen eine Lösung finden" Felix traute seinen Ohren kaum "ich nehme an du hast lange und gründlich darüber nachgedacht, nun wenn es so sein soll werde ich dir natürlich helfen, aber dir ist schon klar das du damit eine Bombe zündest, du wirst in der nächsten Zeit keine Ruhe mehr finden, die Presse, Rundfunk und Fernsehen werden dir die Hölle heiß machen, du wirst das Gesprächsthema Nummer eins sein" Alex lachte "ich werde in den nächsten 48 Stunden ohne Pause daran arbeiten und lasse den Rest erledigen, dann schliesse ich mich zuhause ein und las Dimitrie eine Mauer aus Leibwächtern errichten, erledige den Rest am Telefon und lasse die wichtigen Termine zu mir nachhause legen" "nun gut Alex so soll es sein wenn es dein Wunsch ist, du warst für mich schon immer der großzügigste Mensch den ich je kennen gelernt habe, aber das ist nicht mehr großzügig das ist ja schon Großmut, aber dir sollte bewusst sein das du nie arm sein kannst, denn ich habe genug Geld für uns beide, das solltest du wissen" "ich weiss mein Freund, so nun lass uns noch eine in aller Ruhe rauchen und einen Kaffee trinken und dann an die Arbeit gehen, gleich kommen viele Menschen die mich dann am liebsten lynchen würden, das ist mir bewusst, ich werde schon mal Dimitrie rufen, besser ist besser" beide mussten trotz der absurden Situation dann doch heftig lachen! Kurze Zeit später tummelten sich die Maßanzüge nur so rum im voll gestopften Büro, es war komplett durchzogen von lackierten Schnöseln in dessen Augen Alex gute Laune erkannte die sich schlagartig änderte als Alex bekannt gab weshalb alle da waren, dann sah Alex Unverständniss, Egoismuss, persönliches Interesse, Habgier, ja bis hin zu Hass in ihren Augen und plötzlich war jegliche Ordnung im Büro verloren gegangen und alle schrien laut und quer durcheinander und Alex musste schon Angst haben das ihn die Haifische zerbeissen! Er blieb ruhig, leicht spöttisch und sehr selbstsicher, aber so konnte er sie nicht beruhigen diese aufgebrachte Meute von Hyänen, dann wurde er laut und sprach mit harter Stimme, er machte ihnen klar das das alles hier keine Aktiengesellschaft ist sondern alles bis auf das letzte Blatt Papier in diesem ganzen Milliarden schweren Imperium ihm gehöre und das alle noch die nächsten drei Monate von ihm persönlich bezahlt werden, wem das nicht passte der solle gehen, hätte aber von ihm nichts mehr zu erwarten, die Meute beruhigte sich so nach und nach und dann ging es los! Angebote für sein Imperium gabe es genug, sie trudelten immer so nach und nach im Laufe der Jahre ein, Araberische, Chinesische, Russische Aktienkonzerne wollten ihn schon lange fressen, keiner konnte verstehen wie einem einzigen Mann, klein, zart, rothaarig, schüchtern wirkend alles alleine gehörte ohne Aktionäre! Es ging los, die Telefone, die Handys glühten, Papiere, Verträge flogen umher, Videokonferenzen reihten sich aneinander gefolgt von Telefonkonferenzen, es wurden Gruppen gebildet zuständig für Verkauf, Verträge, Recht und der Erstellung einer Stiftung wo das Geld einfließen sollte um es zu teilen, das ganze Geld, Alex sein Geld! 52 Stunden später, es roch nach Schweiss nach Testosteron und das ganze Büro und der Konferenzsaal glichen einer Müllhalde, Papier, Pizzaschachteln, Kaffebecher und volle Aschenbecher standen und lagen völlig durcheinander umher, die Luft war verbraucht und an ihrer Stelle stand jetzt blauer Dunst und dunkler Nebel, die Maßanzüge zerknittert, die Frisuren zerzaust, die Zähne nicht geputzt lagen einige der Haifische völlig fertig, geschafft und ausgezerrt mit ihren Köpfen auf den Tischen und schliefen, ja nach 52 Stunden war alles in groben Zügen geschafft, das riesige Imperium war verkauft und eine Stiftung gegründet, die größte Humanitäre Stiftung die es jemals auf dieser Welt gegeben hatte, schlau und professionell ausgeklügelt, oben in einer mächtigen Blase floss das Geld aus Verkauf und persönlichem Vermögen von Alex ein um unten fein dosiert in Tröpfchen wieder jahrelang abzufließen, es floss dann in 162 verschiedenen Hilfsorganisationen die sich um die Armen, Kranken und Bedürftige kümmerten, die Chinesen haben alles gekauft nur Felax Pharmer war nicht dabei, für 12 Privatbanken, Versicherungsarkentur, unzähligen Immobilien und einem mächtigen Aktienpaket zahlten sie gut runtergehandelte 27,5 Milliarden! Dieses Geld plus Alex sein privates Geld das auf der Bank lag flossen in diese Blase und ergaben eine Summe von 35 Milliarden Euro, dann wude ein Vermögensverwalter und ein kleiner Vorstand für diese Stiftung eingestellt die sich um alles vor allem Gerechtigkeit zu kümmern hatten und zu guter letzt gaben alle der Stiftung den Namen, Humanitäre Otto Gutmann Stiftung, Alex dachte dabei an seinen Ururgroßvater Otto Gutmann dem Gründer der Firma und außerdem sah Alex wie der alte Otto hoch über seinem Schreibtische thronend, ihm mit einem Auge die ganze Zeit wohlwollend zugezwinkert hatte! Alex stand dann auf, erschöpft und müde sah er aus und sagte "die Presse bekommt das sowieso raus, also sagen wir es ihnen, ich werde gleich das Büro verlassen und wahrscheinlich werde ich sehr viele von ihnen nicht wiedersehen, ich bedanke mich für alles bei ihnen, es war mir eine große Ehre mit ihnen, ach was sage ich da mit euch zusammen zu arbeiten und wünsche euch alles Gute für eure Zukunft, die letzten drei Monate übernehmen meine Geschäftsführer, ich persönlich stehe ab jetzt niemanden mehr zur Verfügung, Tschüß" er ging dann zum Pressesprecher und erteilte ihm die Erlaubnis der Presse alles mitzuteilen ihm aber noch eine halbe Stunde zu geben um sicher nach Hause zu kommen, dann gab er Felix ein Zeichen das sie Heute noch telefonieren und Dimitrie das sie jetzt fahren, der stand mit seiner mächtigen Gestallt und einer Banane im Mund sofort auf und schon waren beide weg und kurz bevor Alex die Tür von seinem Büro schloss zwinkerte er dem alten Otte noch einmal zu und ihm schien es fast so als lächelte der grimmig drein schauende Otto kurz aber liebevoll zurück! Draußen dämmerte der frühe Morgen, die Strassen waren noch Menschenleer als die beiden das Haus betraten und kurze Zeit später in ihre Betten krachten, Alex nicht mehr fähig einen klaren Gedanken zu fassen schlief sofort ein und lag in seinem Bett wie ein tonnenschwerer Stein, so lag er genau 5 Stunden als sich plötzlich seine Augen öffneten und er versuchte seine Gedanken zu ordnen und auf Vordermann zu bringen, dann durchfuhr ihn ein Schreck der seinen ganzen Körper erbeben lies und er dachte, es war kein Traum, ich habe es wirklich getan, ich muß doch wohl verrückt sein, er stand dann auf und ging mit zerzausten Haaren und zerknittertem Gesicht ins Wohnzimmer, dort sah er mit noch recht müden Augen, Simone und Maria vor dem großen Plasmafernseher sitzen, erschrocken hielten sich die beiden ihre Hände vor den weit aufgerissenen Mündern, Alex sah Dimitrie aus der Küche kommen, eine Schüssel Müsli in seiner mächtigen Hand schaute er Alex an und zeigte auf den Fernseher "guten Morgen Chef, Haus umzingelt, und im Fernseher auf vielen Sendern Chef die Sensation, Chef hat jetzt neuen Spitznamen aus dem Piranha wurde Vater Teresa, ja Chef so kann gehen und das über die Nacht" er lachte laut und Simone drehte sich um und schaute Alex erschrocken an, sie schüttelte mit ihrem Kopf "Alex bist du völlig verrückt, durchgeknallt, bekloppt, was hast du da getan" in ihrer Stimme war Entsetzten zu hören, Alex antwortete nicht und ging zum Fenster, die Paparazzo standen an allen Ecken und Enden, er drehte sich um und schaute zum Fernseher in dem gerade das klug wirkende Gesicht seines Pressesprechers zu sehen war, und wie immer fand dieser Wortgewaltige Mann die passenden Sätze die das Ganze zu einem rührenden Schauspiel machten, Alex ging in die Küche um sich einen Kaffee zu holen, auf Maria konnte er Heute nicht zählen die saß wie angewurzelt mit Tränen in den Augen vor dem Fernseher!Zur gleichen Zeit am Südlichen Stadtrand in einer kleinen aber feinen Eigentumswohnung mitten im Grünen saß eine junge Frau in weiten schlampigen Sachen mit einem Brötchen in ihrer Hand im Schneidersitz auf einem schwarzen Ledersofa vor dem Fernseher, ihr Gesicht war völlig ungeschminkt und starr, ihre Augen rot und verquollen vom tagelangen Weinen, sie drehte ihren Kopf zu Seite und schaute ihre Tante die neben ihr auf dem schwarzen Ledersessel saß mit leuchtenden Augen an, ein leichtes Lächeln war jetzt nach Tagen wieder in ihrem Gesicht zu erkennen"Tante, ist der völlig verrückt geworden" sie schüttelte ihre roten, dicken Haare "ach Anna jetzt weißt du wenigstens warum er nicht mehr angerufen hat, gekämpft um dich, wie du das nanntest, er hatte keine Zeit und wenn das kein Kampf war dann möchte ich auf der Stelle tot umfallen, der Kampf um Troja, die Errichtung des Taj Mahaj, alle Monumente der Liebe auf dieser Welt, erricht und gebaut von Kaisern, Königen, Sultanen, Großmogulen ja alle zusammen sind ein Nichts, Peanuts, gegen das was dieser Mann getan hat, damit bist du die teuerste Geliebte der Weltgeschichte ist dir das eigentlich klar, ruf Alex an, aber sofort" Anna lächelte ihre Tante mit einem breiten Grinsen an, ihre Stupsnase viel in Falten und ihre Augen leuchteten wie Saphire, sie griff zu ihrem Handy stand auf und ging ins

317

Schlafzimmer, sie legte sich auf das Bett und wählte Alex seine Handynummer! Alex sein Handy klingelte, er schaute auf das Display und las, Anna, und in seinem Herz wurde es sofort heller, die Dunkelheit wich von einer Sekunde auf der anderen "hallo Anna" sagte er ruhig und schüchtern "Alex bist du völlig verrückt geworden, was hast du da nur getan" "ich habe geteilt, deine Worte und die gingen mir nicht mehr aus dem Kopf genau so wie du und du wärst mir den Rest meines Lebens nicht mehr aus dem Kopf gegangen das weiß ich genau" antwortete Alex "du kleiner Spinner, du bist doch völlig verrückt, können wir uns sehen bitte, ich liebe dich" ein kurzer Seufzer von Alex "nichts lieber als das, aber das ganze Haus ist umzingelt die Presse und Fotografen stehen überall und möchten über mich her fallen" "ja ich weiss, man sieht es im Fernsehen, aber ich möchte dich so gerne sehen" protestierte Anna "ich dich auch, nah Dimitrie wird schon etwas einfallen um mich hier raus zu bekommen, wir versuchen es, versprochen" "danke Alex und eines noch, ich bin nicht zuhause, ich bin bei meiner Tante, es ging mir so schlecht das ich mich bei ihr einquartiert habe, ich schicke dir die Adresse sofort aufs Handy, ich freu mich so" "ich mich auch und ich gebe alles und ich liebe dich, also bis gleich" dann beendeten die beiden das Gespräch! Kurze Zeit später trat Dimitrie aus der Haustür, er hatte einen Koffer in seiner rechten Hand, er sah wie ein Blitzlichtgewitter durch den Zaun auf ihn nieder ging, er machte die Garage auf und ging dann wild entschlossen auf den Zaun zu, Mikrofone und Blitzlicht kam direkt durch den Zaun auf ihn zu und Dimitrie hörte ein Stimmengewirr das ihm fast die Ohren abfielen und er sagte mit bösem Gesicht "lassen sie bitte Herr Gutmann in Ruhe, geht ihm nicht gut, liegt in Bett, fertig, müde, krank, es hat mitgenommen ihn, lassen in Ruhe, gehen sie doch, hier nichts zu holen kein Foto kein Reden von Herr Gutmann" "Dimitrie, verreisen sie" hörte er eine Stimme laut und deutlich sagen "nein, nein Koffer leer" Dimitrie hob den Koffer und streckte ihn gerade nach vorne, dann schüttelte er ihn um zu zeigen das er leer ist "ich holen Sachen aus Büro, Herr Gutmann wird betreten nie wieder Büro" Dimitrie drehte sich um und ging zur geöffneten Garage, er machte den Kofferraum auf und legte den leeren Koffer hinein, dann schloss er und stieg in den Bentley, das Tor ging auf und Dimitrie blieb 5 cm hinter dem Tor stehen und wartete bis es geschlossen war damit keiner durchschlüpfen konnte, dann gab er Gas und fuhr los, nach etwa 50 Metern gab er richtig Gas die Räder des Bentley quietschten und er fuhr links, rechts, links, rechts durch die Alleen bis er auf der Hauptstrasse richtig Gas gab, er sah es konnte ihm niemand folgen und dann rauf aud die Stadtautobahn Richtung Süden, er vergewisserte sich noch einmal, die Luft war rein, am Hauseingang von Annas Tante ihrer Wohnung öffnete Dimitrie den Kofferraum und dann den Koffer und Alex sprang heraus, Alex stand vor Dimitrie und schlug ihn mit der Faust in den Bauch "musstest du den Koffer auch noch schütteln, mir wurde Kotzübel da drin" sagte Alex leicht wütend "Chef nicht so zimperlich, mußte zeigen das Koffer leer" er grinste über sein ganzes grausames Gesicht, Alex ging die vier Stufen zum Eingang hoch und klingelte, Sekunden später stand er vor Anna und schon umarmten sie sich fest und küssten sich lange und innig! "Alex bist du völlig verrückt geworden, was hast du getan, ich sagte dir doch niemand wäre so blöd" sie packte ihn am Kragen und zog ihn rein und schloss die Wohnungstür "Anna ich hatte die Seele um dich zu erobern, das Herz um dich zu lieben, jetzt möchte ich das Leben um es mit dir zu leben, deinen Traum der auch zu meinem wurde möchte ich auf Barbados mit dir leben, bist du noch dabei" und er schaute Anna dabei erwartungsvoll an "nah klar bin ich noch dabei, lieber heute als morgen" Alex sah wie die Tante auf ihn zu kam "meinen Segen habt ihr, ich kann euch ja oft besuchen, Barbados hmmm nicht schlecht" sie lächelte Alex dabei liebevoll ins Gesicht "so ich muss jetzt mal für die nächsten 4 Stunden aus Haus, habe noch was zu tun und ich glaube die nächsten zwei, drei Tage bleiben sie besser hier Herr Gutmann bis etwas Gras über die Sache gewachsen ist, ich gehe so lange zu Anna in die Wohnung" sie nahm ihren Mantel und zog ihn über, Alex schaute ihr dabei zu und sagte "Alex, ich bin Alex und vielen, vielen Dank" die Tante schaute die beiden abwechselnt an "ich bin Gabi, das ist alles einfach verrückt" sie lachte und ging! In den nächsten vier Stunden merkte die beiden wie groß ihre Liebe war und wie sehr sie sich gegenseitig vermisst hatten und konnten ihre Finger nicht von einander ab lassen, bis die Tante wieder da war und dann besprachen die drei wie es weiter gehen sollte, Alex überredete Anna das er noch ein letztes mal seine Kontakte spielen lassen darf um eine schöne Wohnung zu besorgen, ihr einen Job im Hotel und ihm selbst einen in der Bank, Anna hörte gespannt dabei zu wenn Alex telefonierte, Alex sprach und schaute dabei Anna lächelnd an und Anna begriff zum ersten mal, das dieser kleine Mann mal nur so vor Macht und Selbstbewußtsein im Geschäftsleben strotzte, sie bewunderte was sie hörte, souverän, selbstsicher, bestimmend, schlau, freundlich, direkt, fordernd, charmant, witzig und das alles in einem perfekten Englisch, so redete Alex und erledigte Dinge im Schnelldurchgang "wow du weisst aber genau was du da tust, Alex eine Frage habe ich noch, bist du jetzt arm" Alex schaute mit strengen Blick "ja, für meine Verhältnisse, arm wie eine Kirchenmaus" "gut so" sagte Anna und lachte laut und dabei bemerkte Alex wieder wie unaussprechlich schön er sie fand! Das Versteckspiel hatte geklappt, keiner hatte auch nur eine Ahnung davon wo Alex sich aufhielt, außer Dimitrie der oft hin und her fuhr um Sachen zu bringen, nach drei Tagen war Ruhe eingekehrt, Anna und Alex tauschten mitten in der Nacht mit der Tante wieder die Wohnungen, aber alles blieb weiter ruhig, die Presse beruhigte sich und die Welt verstummte, und nahm dieses großzügige Geschenk dankbar an! Es war an einem Donnerstag, es war alles vorbereitet, alles in trockenen Tüchern, alles erledigt, ihr Flug, der Umzug sollte am Montag 21 Uhr von statten gehen und beide freuten sich darauf, als Alex sein Handy klingelte, Schmitt war drann und erzählte Alex das Sophia einen sehr ernst zunehmenden Interessenten für ihr Schloss hatte, ein russischer Oligarch, Alex wohl bekannt suchte für seine kleine Prinzessin Olga ein Schloss, laut Bildern im Expose´ gefiel es den beiden äußerst gut und es wurde schon über den Preis verhandelt, der Russe war bereit zwischen 60-70 Millionen zu bezahlen und am Dienstag kamen beide Vater und Tochter vor Ort um sich das Schloss persönlich anzuschauen und dann wenn es gefällt den Vertrag zu unterschreiben, Alex hörte gut und still zu und sagte dann "Schmitt vielen dank für alles, für alles was sie in den ganzen Jahren für mich erledigt haben, ein Scheck ist unterwegs, ab jetzt übernehme ich selbst, ich wünsche ihnen alles gute und vielleicht sehen wir uns ja mal wieder, wer weiß das schon" Schmitt verabschiedete sich und legte auf! Es war Samstag und eine kleine Abschiedsparty bei Felix im Hause war geplant und angesagt, Dimitrie holte Anna und Alex ab und gut gelaunt fuhren sie durch die Strassen und Anna unterhielt sich angeregt mit Dimitrie und wollte wissen wie es mit Simone weiter geht, Heirat, Kinder unsoweiter, Dimitrie lachte und sagte "so groß und stark wie ich bin soviel redet Anna, so neugierig ist sie" Anna lachte "nein, nein, dan wäre ich ja der neugierigste Mensch der Welt, denn ich glaube du bist der stärkste Mann auf der Welt" Dimitrie zwinkerte ihr zu und blickte dann wieder nach vorne, bei Felix angekommen bekam Anna große Augen als sie das Haus sah und schon stichelte sie wieder gezielt gegen die Reichen, aber trotz allem mochten alle sofort diese Anna, sie merkte alle gleich wie witzig und auch intelligent sie war, sie verbreitete gute Laune die ansteckend war wie die schwarzen Pocken, sie war einfach nur ein Sonnenschein und man merkte wie sehr und aufrichtig sie Alex liebte und das machte alle glücklich und zufrieden! Alex hatte auch Roberto und Maria bestellt, er ging auf dem kleinen Fest kurz mit den beiden in ein Nebenzimmer und teilte ihnen mit das er es nie fertig bringen würde sein Elternhaus zu verkaufen und das er einen Fond eingerichtet hat aus dem weiter ihre Löhne und eventuelle Reparaturen am Haus bezahlt werden, sie sollen alles pikobello in Ordnung halten und wenn er mal kommt sage er vorher Bescheid, die beiden fielen ihm um den Hals und versprachen ihr Bestes zu geben! Es war dann soweit Anna und Alex wollten nach Hause und es gab einen fröhlichen Abschied im stehen, denn alle wussten sie waren nicht aus der Welt, es gab Telefone und Felix hatte ja sogar ein eigenes Flugzeug wie Alex kurz bemerkte und als die beiden in den Bentley stiegen winkte man ihnen noch zufrieden und fröhlich hinterher und dann waren sie weg! Vor Annas Haustür sagte Alex "Anna gehst du schon einmal alleine nach oben bitte" Anna beugte sich nach vorne zu Dimitrie umarmte ihn und gab ihn einen dicken Kuss "danke für alles" sie stieg aus und ging ohne sich noch einmal umzudrehen ins Haus! Die beiden saßen jetzt alleine im

Bentley und schauten sich gegenseitig an bis Alex sagte "Dimitrie wir sind richtige Männer und wir lassen den ganzen sentimentalen Scheiss weg, du hast über 10 Jahre auf mein Leben aufgepasst, es gibt nichts womit ich dir dafür danken könnte, das war einfach unbezahlbar, am Montag fahre ich mit dem Taxi zum Flughafen, ich lege dir hier Papiere hin, unterschreibe sie und der Bentley gehört dir, und ich habe noch einen letzten, aber wichtigen Auftrag für dich" Alex erklärte Dimitrie genau was es noch zu tun gab, dann nahm er einen Umschlag aus seiner Jacke und überreichte ihn Dimitrie mit den Worten "wenn du den Auftrag ausgeführt hast solltest du vielleicht besser mit Simone das Land verlassen irgendwo hin wo es euch gefällt, aber das bleibt euch überlassen, in meinem Haus könnt ihr wohnen so lange ihr möchtet, wenn dein letzter Auftrag erfolgreich war öffne etwa 12 Stunden danach den Umschlag, vorher bringt es nichts, dort drin befindet sich die Telefonnummer einer Schweizer Privatbank, rufe dort an, nenne deinen vollständigen Namen und die Kontonummer die aufgeschrieben steht, es ist ein Nummernkonto, man wird dich dann nach einem Passwort fragen oder viel mehr Passatz, wenn du ihnen den sagst erfüllen sie dir alle Wünsche, Kontoauskunft, Transaktionen, egal was du dann mit dem Geld machen möchtest, egal wohin, oder wie, alles ist möglich, Dimitrie du kannst dann machen was immer du möchtest, du brauchst auch nie wieder einen deiner riesigen Finger zu rühren wenn du keine Lust darauf hast, das verspreche ich dir und nun sage ich dir den Passatz, pass gut auf" Dimitrie hörte gut zu und sagte "alles klar Chef habe genau verstanden alles und um letzten Auftrag kümmere ich mich natürlich und wird Freude sein für mich und eines noch Chef, egal wann, egal wo, ein Anruf und ich bin da" Alex nahm Dimitrie seinen Kopf in beide Hände und gab ihm einen Kuss auf die Stirn "ich weiß mein Freund ich weiß" er öffnete die Tür und stieg aus, ohne sich noch einmal umzudrehen ging er ins Haus und auf den Hausflurboden tropften dicke Tränen! Der Augenblick den Alex so mochte war gekommen, die Düsen des Flugzeuges jaulten in die Höhe, das kreischen der Turbinen steigerte sich bis es einem im Ohr weh tat, dann rollte das Flugzeug los und alle wurden mit unbändiger Kraft in die Sitze gepresst,

Anna krallte sich wie auch das letze mal an Alex seinem Arm fest und schon hob es ab in den dunkelen Abendhimmel hinein und Sekunden später waren die Lichter der Stadt wie kleine Kerzen am Boden zu erkennen, Alex schaute aus dem Fenster, Anna hatte die Augen geschlossen ja sogar zusammengekniffen und plötzlich sah Alex am westlichen Stadtrand ein lodernes Feuer, riesig schien es zu sein und erhellte den Himmel, eine mächtige schwarze Rauchwolke stieg empor und verteilte sein Ruß in alle Richtungen, es bebte und flackerte nach rechts, nach links, nach oben, nach unten, das Flugzeug stieg weiter in die Höhe bis die kleinen Kerzen schließlich erloschen, aber das große Feuer war noch da und war auch das letzte was Alex sah bis er dann letztlich nur noch das Dunkel der Nacht in seinen Augen war nahm und er lächelte, ja er grinste sogar zufrieden vor sich hin und dachte so bei sich, auf Dimitrie ist einfach verlass, Danke! Der BMW bog rechts ab um auf die Zufahrtsstrasse die zum Schloss führt zu fahren, Sophia am Steuer traute ihren Augen nicht, sie sah ein Flammenmeer, ihr Gesicht war müde aber schön als sie genau vor der Feuerbrunst stand und nicht mehr weiter kam weil Feuerwehrzüge ihr den Weg versperrten, sie stieg aus und schaute mit traurigen Augen den vielen Feuerwehrmännern bei der Arbeit zu und sie merkte den Hitzeschwall der ihr Gesicht errötete, es gab einen lauten Knall gefolgt von noch einem lauteren Knall, Sophia stand da und sah wie das ganze Schloss in sich zusammen viel, mit nassen Augen blickte sie zum Nachthimmel empor, er war blutrot gefärbt und es regnete Asche wie tote Schneeflocken, und sie schrie "nein, nein" sie vergrub dann ihr Gesicht in ihre Hände und sank zu Boden auf die Knie, sie weinte bitterlich als sie plötzlich ein Feuerwehrmann ansprach, in voller Ausrüstung stand er stumm vor Ihr, das Gesicht mit Ruß verschmiert, graue nasse Haare schauten aus dem Feuerwehrhelm heraus "sind sie Frau Gutmann" fragte er mit Taktvoller Stimme, Sophia schaute hoch, ihm genau in die Augen in denen sich das Feuer rot spiegelte "ja bin ich" antwortete Sophia mit zittriger Stimme " mein Name ist Arndt ich bin der Einsatzleiter und Oberbrandmeister, es tut mir sehr leid Frau Gutmann, vom Schloss ist nichts mehr zu retten, es zerfällt in Schutt und Asche wir versuchen das Feuer so weit einzudämmen das es nicht aus dem Anwesen rüber lodert und die anschliessenden Wälder und Äcker auch noch vernichtet, aber was das anbelangt sieht es sehr gut aus wir haben das Feuer jetzt unter Kontrolle, wie es jetzt aussieht kann man Brandstiftung nicht ausschließen, ich gehe sogar davon aus um ehrlich zu sein" Sophia stand jetzt vor dem Einsatzleiter und der bemerkte wie schön sie war und wusste nicht so genau wohin mit seinen Blicken "das heisst jetzt das ich nichts mehr besitze bis auf das Auto und den Sachen die ich gerade an meinem Körper trage, ist dem so" Arndt schaute jetzt sehr mitfühlend und ernst "ja Frau Gutmann, es tut mir wie gesagt ehrlich sehr leid, aber ich nehme doch an das solch ein Anwesen sehr gut versichert ist, auch gegen Brandstiftung" er schaute dann fragend, Sophia dachte nach und ihr viel ein das es versichert war gegen alles was es da so gab, einfach alles sie konnte sich genau daran erinnern, wie Alex darüber sprach über 100 Millionen war es versichert das wurde ihr genau jetzt klar und sie lächelt Arndt ins Gesicht und sagte "ja das ist es wohl" sie ging dann weiter zurück und schaute dem ganzen Schauspiel des Löschens noch Stunden zu und in ihr war es gelassen und ein ständiges lächeln konnte sie nicht mehr verbergen, sie dachte 100 Millionen sind besser als 60-70 Millionen und so saß sie noch ewig nur so da bis das Feuer erlosch und verstummte und es keine Asche mehr vom dunklen Himmel regnete!Mittwoch, 23.3.2011, 09:03Uhr etwa 1,5 Tage später, Anna und Alex standen mit einem Becher Kaffe in der Hand und noch müden Augen auf ihrer Terasse und schauten dem bunten Treiben unten am Hafen von Bridgestone zu, Arm in Arm und verliebt, in ihrem Rücken eine helle, freundliche Neubauwohnung, Anna war von den 110 geschmackvoll und modernen eingerichteten Quadratmetern in einem vier Familienhaus begeistert und sie sah glücklich aus, Alex fühlte sich leicht eingeengt aber auch er sah überglücklich aus, sie küssten sich dann lange und Anna fragte "wollen wir raus und über den Markt schlendern, was einkaufen" Alex lächelte "gerne" sagte er! Zur selben Zeit in der Stadt 14:03 Uhr Sophia betrat das Büro einer Versicherungsagentur der Versicherungsgesellschaft die noch vor kurzem ihrem Mann gehörte, hinter einem

Schreibtisch saß ein Mann, blauer Anzug, schwarze Krawatte, dicker Bauch, von kleiner Statur, mit einer Frisur einem Kunstwerk gleichend, der Mann stand auf und reichte ihr mit arrogantem Gesichtsausdruck seine rechte speckige Hand "Frau Gutmann, was verschaft mir diese Ehre, was kann ich denn für sie tun" Sophia schaute ihn an, mit gezieltem Blick "tun sie doch nicht so dumm, sie wissen genau was ich möchte, das von dem Schloss haben sie doch sicher schon erfahren und wie ich genau weiss war es sehr gut versichert auch gegen Brandstiftung und da das Schloss ja nun mir gehörte möchte ich von ihnen wissen wie es weiter geht und wann ich dann mal mit dem Geld rechnen darf" der Mann tippte dann wie besessen auf der Tastatur seines Computers umher, stand dann auf und zog einen Aktenordner aus einem Regal, es setze sich wieder, schlug dann den Ordner auf und drehte den Bildschirm des Computers so hin das beide jetzt gut sehen konnte, dann las er und man konnte an seinen Augen erkennen an welcher Stelle er gerade las, er hob dann seinen Kopf schaute Sophia in ihr Gesicht und räusperte sich kurz "ja Frau Gutmann sie haben natürlich vollkommen recht, das Schloss war auch gegen Brandstiftung versichert über genau 100 Millionen war es versichert" dann lächelte er freundlich und Sophia erkannte etwas merkwürdiges und widerliches in seinem Lächeln! Zur selben Zeit 16:03 Uhr St.Petersburg, Belmond Grand Hotel unweit dem Newski-Prospekt, betrat ein Mann das Foyer, er zog alle Blicke auf sich, Hotelgäste öffneten ihre Münder und bekamen sie kaum noch zu, der Mann zog einen Rollkoffer hinter sich her der wie eine Butterdose hinter ihm wirkte, an seiner rechten Hand hatte er eine Blondine, groß, schlank, lange blonde Haare, blaue Augen, an der Rezeption angekommen schaute ihn die Hotelangestellte hinter der Rezeption mit großen Augen an "hallo, Dimitrie Rassjenkoff, ich hatte gestern reserviert" er erledigte dann die Formalitäten und nahm die Keycard entgegen dann sagte er "Simone kommst du bitte" 09:13Uhr Bridgestone, Barbados, Anna und Alex machten sich fertig, sie lachten und redeten dabei gemeinsam im Bad!14:13Uhr in der Stadt Sophia wirkte leicht gereizt und sagte "na dann ist doch alles soweit klar, wie geht es denn nun weiter" Der dicke Mann schaute jetzt recht souverän drein und sagte "ich habe nicht umsonst das Wort, war, zweimal so deutlich betont, es war Ende Dezember, da kam ihr Mann in mein Büro und wollte mit mir reden, was wir dann auch taten" Sophia schaute gespannt und hörte gut zu! 16:13Uhr St.Petersburg, Simone und Dimitrie betraten den Fahrstuhl, dann verließen sie den Fahrstuhl und schauten gezielt auf die Zimmernummern, angekommen Zimmer 202 Simone öffnete mit der Keycard das Zimmer, beide lächelten, Groß, Edel, Schön, war es dieses Zimmer, sie legten ihre Koffer auf dem Kingsizebett ab, dann machte Simone ein ungeduldiges Gesicht und sagte "Dimitrie nun mach schon, rufe endlich an" Dimitrie antwortete nicht und schaute sie auch nicht an, er nahm das Handy Und den Briefumschlag aus seiner Jackentasche, er öffnete den Umschlag, dann wählte eine Nummer, tut, tut, tut, "Züricheprivatbank Eggermann und Co, Frau Schnätzler am Apparat, was kann ich für sie tun" 09:15 Uhr Barbados Alex griff nach einem Schlüssel und nach Anna, beide verließen die Wohnung, wenige Augenblicke später standen sie im bunten Trubel von Bridgetown, Hand in Hand zogen sie los! 14:15 Uhr im Büro der dicke Mann fuhr fort "ihr Mann sagte mir das er den Vertrag fristgerecht zum Ende des Jahres kündigen möchte, ich sagte dann wäre doch das Schloss völlig ohne Versicherungsschutz, er sagte das ihm das völlig klar ist, er unterschrieb und machte alles soweit klar" Sophia fragte dann mit einem ungutem Gefühl im Bauch "aber warum sollte er so etwas verrücktes machen" der Dicke schaute ernst "genau das habe ich ihn auch gefragt, Herr Gutmann warum treffen sie so eine verrückte, dumme Entscheidung, das macht doch keinen Sinn habe ich zu ihm gesagt und er gab mir eine Antwort die mich sehr lange zum Nachdenken gebracht hatte, aber ich habe sie bis heute nicht verstanden, seine Antwort, er sagte" Sophia schaute traurig aber auch voller Neugier platzend auf dem Dicken sein Mund! 16:15 Uhr Belmond Grand Hotel Zimmer 202 "guten Tag mein Name ist Dimitrie, Ivan, Rassjenkoff, ich habe Nummernkonto bei ihnen und fragen wollte was auf Konto ist, aktuelle Stand bitte" "sehr gerne Herr Rassjenkoff, ich bräuchte bitte ihre Kontonummer und dann ihren persönlichen Passsatz bitte" "ja gerne die Nummer ist 671907538 und Passsatz lautet (es regnete Asche wie tote Schneeflocken)" "das ist absolut korrekt Herr Rassjenkoff ihr aktueller Kontostand lautet …! Kann ich sonst noch etwas für sie tun" Dimitrie stand wie versteinert da, sein Mund weit offen, seine Augen starr und weit weg "ich melde mich dann wieder, danke" er machte das Handy aus und drehte seinen Kopf zu Simone, die schon ungeduldig wartete und sagte "und nun sag es schon, was ist auf dem Konto, los sag wie viel 2-3 Millionen, bist du jetzt reich Dimitrie" 09:19 Uhr Barbados, Bridgestone Hafen, Anna kaufte eine Banane und schälte sie ab, dann biss sie voller Leidenschaft hinein und hielt sie Alex vor seinen Mund, der biss ab und beide schauten sich an und kauten, beide lächelten und dann umarmte Anna Alex und drückte ihn ganz fest, gab ihn noch einen zärtlichen Kuss und sagte "Alex du bist meine große Liebe, ich liebe dich" 14:19 Uhr Stadt, Büro der dicke Mann sprach weiter "ja ihr Mann sagte, ich habe es in den Augen meiner Frau gelesen das ich das tun muss, dann stand er auf und verlies das Büro, lies mich dumm zurück, es tut mir sehr leid aber es gibt kein Geld das Schloss war nicht mehr versichert" Sophia stand ohne ein weiteres Wort zu verlieren auf und verließ das Büro, auf der Strasse angekommen sah sie aus wie tot, ihre Gedanken kreisten durcheinander, fertig am Ende schien sie zu sein und sie fiel auf die Knie, streckte ihre Arme in den Himmel und schrie es laut hinaus, sie schrie "Alex du kleiner, rothaariger, widerlicher Bastard, ich hasse dich" dann brach sie weinend auf dem Gehsteig zusammen! 16:19Uhr St. Petersburg Hotelzimmer 202 Simone wiederholte "nun sag schon, sag es endlich" Dimitrie stand vor ihr, dieser Riesenkerl schien zu wanken, zu taumeln, wie ein angeschlagener Boxer stand er vor Simone, dann plötzlich platzte es aus ihm heraus und auch er schrie es laut hinaus "Chef du kleiner rothaariger Bastard, Chef ich liebe dich, Simone halt gut fest dich, mein Kontostand" er machte noch einmal eine Pause um gut Luft zu holen "150 Millionen, 150 Millionen Euro" schrie er völlig überwältigt durch das Zimmer 202 in St. Peterburg, Russland! 16 Minuten waren es nur, 16 Minuten vollgestopft mit großen Gefühlen, großen Emotionen, voll von Liebe und Hass, 16 Minuten die über Reichtum und Armut entschieden, 16 Minuten zwischen warten, hoffen, bangen und genießen,

16 Minuten Leben, 16 Minuten zwischen Gut und Böse, 16 Minuten in denen Alex geliebt, gehasst und wieder geliebt wurde, 16 Minuten in denen die Welten von Menschen verändert wurden, 16 kuriose, intensive Minuten, aber es waren doch nur 16 kurze, kleine, lächerliche Minuten im Unendlichen Ozean der Zeit! Zwei Tage später, Freitag, ein BMW Cabriolet fuhr eine Strasse entlang, genau auf ein Rondell zu, im Wendekries hielt der Wagen mit quietschenden Rädern abrupt an, eine Frau stieg aus, ihr Zustand war genauso jämmerlich wie grotesk, ihr Blick auf ein absolutes Halteverbots Schild fixiert, eine Frau in blauer Uniform mit der Aufschrift Ordnungsamt auf dem breiten Rücken trat ihr gegenüber und sagte "hier dürfen sie aber nicht halten, fahren sie den Wagen bitte sofort weg" Sophia schaute sie an und aus ihren Smaragdaugen war der Glanz und die Schönheit verschwunden, matt und trist war ihr Blick, sie schmiss der Frau vom Ordnungsamt den Autoschlüssel entgegen, der vor ihr zu Boden fiel und sagte "fahren sie den Wagen doch alleine weg, oder besser noch behalten sie ihn, geschenkt" dann ging sie auf die Eingangstür eines Hochhauses zu und hörte noch leicht und unwirklich den Protest der Frau, Sophia ging in das Haus und drückte den Fahrstuhlknopf, eine Fahrstuhltür öffnete sich und es kam ihr ein Mann entgegen der einen Duft von Schweiß und Wodka um sich herum versprühte, dahinter eine Frau, billig und unsauber angezogen zog sie ein kleines Mädchen hinter sich her und meckerte mit unseligen Worten so das das Mädchen zu weinen anfing, dann trat Sophia in den Fahrstuhl und drückte einen Knopf, Geräuchvoll und wackelnd fuhr der Fahrstuhl hoch und hoch und immer höher bis er stehen blieb und mit einem Gong die Tür sich öffnete, Sophia las starr und abwesend 26. Stockwerk, sie stieg aus dem Fahrstuhl und ging zum Fenster und schaute runter, die Welt war klein und unbedeutend von dort oben, Autos klein wie gemalte bunte Striche, Menschen wie winzige Ameisen, sie wollte ein Fester öffnen, aber es war verschlossen, sie öffnete einen kleinen Rucksack den sie in ihre Hand hielt und zog einen grauen Pflasterstein raus, holte aus und schmiss ihn gegen das Fensterglas das in tausend Teile splitterte, mit ihren blosen Händen schlug sie die Reste raus, das Blut tropfte zu Boden und klebte am Glas wie

Erdbeermarmelade, Sophia zuckte nicht auch nur kurz mit der Wimper, dann stieg sie auf einen Heizkörper und von da auf den Fensterrahmen, der Wind pfiff ihr kalt ums Gesicht und sie starrte nach unten, Tränen bedeckten ihre Wangen, sie atmete schwer, dann schaute sie nach oben und der Himmel war ohne Farbe, ich hatte Nichts, dann hatte ich Alles, jetzt habe ich wieder Nichts, ich kann nicht mehr Nichts haben, nicht nachdem ich Alles hatte, murmelte sie leise vor sich hin und sprang, sie flog unkontrolliert wie ein Zentnerschwerer Getreidesack durch die Luft nach unten zu Boden, es gab dann einen dumpfen Knall und der Boden bebte, Passanten drehten sich um rannte zu ihr, die Frau vom Ordnungsamt riss ihre Augen weit auf konnte kaum glauben was sie dort voller entsetzen sah, Sophia lag am Boden nichts mehr da wo es hin gehörte, Eingeweide und Blut krochen aus ihrem aufgeplatzten Körper, der Kopf war in der Mitte gespalten und das Gehirn pochte noch vor sich hin, Knochen durchstießen überall an ihrem Körper das Fleisch und die Haut, Passanten standen um sie herum und schauten erschrocken und angeekelt auf ein massigen, roten, klebrigen Klumpen Mensch und der Beweis lag direkt vor ihren Augen, Schönheit ist vergänglich! Stunden später in einem Restaurante am Hafen von Bridgestone, Anna und Alex saßen sich gegenüber an einem fein gedeckten Tisch, vor ihnen beiden stand ein Salat, frisch, bunt, und beide sahen dabei zu wie eine Feuerscheibe dunkelrot im Meer versank, Anna lächelte und zeigte dabei wieder ihre Fältchen auf der Stupsnase, beide redeten und lachten und freuten sich über die mehr als eine Woche die sie noch frei hatten bevor sie ihre neuen Jobs antraten, danach aßen sie noch eine Pasta und sahen wie der Mond ganz langsam seinen silbernen Glanz über den Hafen legte, kurz darauf wollte Alex zahlen aber er merkte das sein Bargeld nicht mehr reichte "Anna ich gehe kurz mal da rüber zum Bankautomat und hebe den Rest Bargeld ab" er stand auf und ging die etwa 100 Meter zum Geldautomat, vor ihm ein älterer Herr der nicht so richtig klar zu kommen schien, Alex wartete geduldig, in der Zeit bezahlte Anna schon und stand dann auf um Alex nachzugehen, Alex jetzt an der Reihe schob seine Karte ein und tipte, wenige Augenblicke später kamen 1000 US$ aus dem Fach,

Alex griff danach und die Klappe ging zu als er plötzlich merkte wie ihn jemand von hinten auf die Schulter klopfte, noch mit dem Geld in der Hand drehte er sich um und sah Anna die nun direkt hinter ihm stand, das machte sie immer, leise wie eine Raubkatze, ein schwarzer Panter konnte sie sein um dann plötzlich aus dem Nichts aufzutauchen und Alex erschrak dann jedes Mal, aber diesmal erschrak er nicht, dieses Mal war es etwas anderes was in ihm vorging, Angst, Anna schob Alex unsanft bei Seite und zeigte mit dem Finger auf den Bildschirm, Alex schaute in ein böses Gesicht, dann senkte er seinen Kopf zu Boden und in ihm war ein Gefühl ja eine Angst die er hätte nie beschreiben können, den Finger noch auf dem Bildschirm stand Anna da und kniff ihre Augen zusammen, dann sagte sie "Alex das ist doch nicht dein Ernst, du hast auf deinem Konto ein Guthaben von mehr als 64 Millionen US$" sie schüttelte mit ihrem Kopf und packte Alex mit beiden Händen fest an seinen Hemdskragen, Alex schaute sie demütig, traurig und beschämt an, aber dann wieder wie aus dem Nichts sprang Anna Alex an und fiel ihm um den Hals, sie drückte ihn, sie küsste ihn und flüsterte leise in sein Ohr hinein "Gott sei dank, du warst nicht so dumm und hast alles weg gegeben" sie küsste Alex kreuz und quer über sein Gesicht, drückte ihn ganz fest und sagte "ziehen wir in das weisse Haus bitte" Alex schaute sie völlig verdutzt an "Anna bist du verrückt geworden, mir ist das Herz in die Hose gerutscht, ich dachte es hört jeden Moment auf zu schlagen, woher kommt denn dieser Sinneswandel auf einmal, sag schon warum denkst du jetzt anders, oh man hatte ich eine Angst vor dem was hätte passieren können" Anna strahlte auf einmal, sie holte schnell noch tief und glücklich Luft "woher dieser Sinneswandel kommt möchtest du wissen, naja unsere ganze Situation hat sich schlagartig geändert, Alex wir bekommen ein Baby, ich bin schwanger, wir werden Eltern" Alex schaute jetzt völlig dumm drein und dann küsste er Annas ganzes Gesicht, ihren Mund, ihre Stirn, ihre Augen, das Kinn, die Wangen und ihre süße Stupsnase dann ihre Hände er drückte sie ganz fest an sich und sagte "Anna ich war schon vorher der glücklichste Mann auf der Welt, aber jetzt bin ich glücklicher als der glücklichste Mann auf der Welt, Anna ich danke dir" Alex zog dann seine Karte aus den Geldautomat und beide gingen Arm in Arm in Richtung Wohnung und der Himmel war voller Sterne "du Anna" sagte Alex "ja" antwortet diese "Anna das Leben ist einfach nur wunderschön, auch wenn es vergeht" !!!!!!!

Was mich angeht, mich der großen Eiche, so habe ich den großen Brand im Winter 2011 überlebt, ich entkam der Feuerhölle, okay ein paar Zweige hat es mich gekostet und an manchen Stellen wurde ich angekokelt aber die tüchtigen Feuerwehrmänner konnte das Feuer doch noch rechtzeitig löschen, es war kapp und mir wurde schon mächtig heiß um den Stamm herum, aber es ist noch einmal gut gegangen und im Laufe der vielen Jahre habe ich mich sehr gut erholt und bin jetzt noch prächtiger als jemals zuvor! Irgendwann dann war es auch soweit, gewaltige Maschinen kamen wieder und störrten dann meine Ruhe, die kläglichen Überreste des Schlosses wurden abgetragen und weg gefahren, nicht das kleinste Stück Kunst, kein Gemälde, keine Statur, kein Schmuck, einfach nichts konnte gerettet werden alles nur noch Asche und Holzkohle, ein trauriger Anblick der sich mir dort bot, Die Maschinen machten dann alles platt und schon waren sie wieder da die unzähligen Bauarbeiter und unter meiner Krone wurde wieder so ein komischer Bauwagen platziert in dem es wieder drunter und drüber ging, dann wurde gearbeitet und geackert eine ganze lange Weile ging das so bis es dann endlich eröffnet wurde, was? Ein riesiges Einkaufscenter, ein mächtiger Glaspalast mit allem drum und dran, jetzt drängen sich täglich Menschen in Hülle und Fülle an mir vorbei, Autos parken neben mir, es ist laut und stickig, einfach unangenehm, sie alle rennen in dieses Einkaufscenter um später beladen mit den buntesten Tüten wieder raus zu gehen, es gefällt mir nicht mehr so gut wie früher hier, es herrscht jetzt ein wildes Treiben hier am Einkaufscenter mit dem Namen Havelcenter, aber natürlich habe ich mich daran gewöhnt, man gewöhnt sich ja an alles und wenn so manches Mal sogar Hunde ihr Bein heben und mich anpinkeln, ja dann sehe ich dem gelassen zu denn sie können mir nichts die dämlichen Hunde, das stecke ich locker weg aber trotzdem denke ich dann oft zurück, zurück an die Zeit als hier einmal für kurze Zeit ein wunderschönes Märchenschloss stand, ein Anblick den ich wohl nie vergessen werde in den nächsten Jahren, wie viele noch, ja das weiß ich auch nicht so genau, wir haben doch gesehen was alles so passieren kann, also warten wir es mal ab, so das war nun meine Geschichte von Alex, aber halt da fällt mir noch etwas ein, beinahe hätte ich es vergessen, Glück gehabt, noch einmal gut gegangen, also für die letzte Geschichte müssen wir ab dem Zeitpunkt wo Alex erfahren hatte das er Vater wird vorreisen, ja die Tage, die Monate und die Jahreszeiten verstrichen, sie vergingen im Nu!

Ich verabschiede mich schon einmal von den Lesern, vielleicht sehen wir uns ja einmal, wer weiß das schon so genau, also bis dann und alles Gute wünsche ich jedem einzelnen guten Menschen!!!!!

Etwas mehr als zwanzig Jahre war es her als Alex erfuhr das er Vater wird, ja da saß eine junge Frau am Flughafen von Miami, auf das kleine aber feine Flugzeug das sie nach Barbados fliegen sollte wartete und las in einer Zeitung, ihre roten Haare trug sie offen, sie waren voll und leicht lockig, wenn die junge Frau lachte und das tat sie sehr oft ja da sah man immer solch niedliche Fältchen auf ihrer Stupsnase, sie war eine junge Frau die einfach nur gute Laune versprühte, sie steckte sämtliche Menschen mit ihrer guten Laune an und zog sie in ihren Bann, sie war einfach nur ein Sonnenschein und dann im kleinen Flugzeug sitzend funkelten ihre blauen Augen und ihre Sommersprossen leuchteten wie Sterne in dem Licht das durch das Bullaugenfenster in ihr Gesicht schien, sie war recht locker denn sie wusste das der Flug nur wenige Minuten dauerte und die Flugangst ihrer Mutter hatte sie zum Glück nicht geerbt! Am Flughafen von Bridgestone ging sie mit ihrem grünen Seesack durch den Zoll und sah dann gleich einen jungen dunkelhäutigen Mann den sie schon gut kannte, es war Sam Junior, so wurde er genannt und sein Vater hatte wohl vor langer Zeit ihren Vater aus der Gewalt eines Verbrechers befreit, im großen schwarzen Geländewagen angekommen stiegen die beiden ein und fuhren los, sie unterhielten sich wie immer fröhlich und angeregt, Sam Junior war ein großer, breitschultriger Mann mit einer Zahnreihe die unecht und wie aus Porzellan wirkte, beide lachten, sie steckte auch jedesmal Sam mit ihrer guten Laune an, dann fuhren sie an den Zuckerrohrfeldern vorbei, sie öffnete das Fenster und genoss den süßlichen Geruch und schon sah man den weißen Eisberg oben auf den Hügel stehen, schön wie eh und je, sie freute sich, angekommen bedankte sie sich bei Sam mit einem Kuss auf dessen Wange, nun stand sie vor dem Tor und konnte schon viele Stimmen die sie kannte hören und auch ihre Mutter konnte sie entdecken, und Anna Gutmann, ja Gutmann war schon seit langen ihr Name sah sie auch und rannte ihr sofort entgegen, beide umarmten sich, Anna war älter geworden, hatte aber immer noch die Aura einer jungen Frau, ein paar Fältchen waren ihr nur gewachsen "Emma schön das du jetzt endlich da bist, dein Vater wartet schon voller Ungeduld" Emma begrüßte ihre Mutter herzlich und liebevoll mit einem Kuss auf den Mund, Emma studierte in Miami kam aber so oft es ging nach Hause, Emma blickte in den Garten und entdeckte Onkel Felix, Onkel Joe, und auch der mächtige Dimitrie war anwesend, mit tiefen Falten im Gesicht sah er noch böser aus als früher schon, Tante Joleen und Simone waren mit einem Getränk in der Hand in ein Gespräch vertieft, und sie erkannte drei sehr alte Menschen, grau und schon eingefallen, aber immer noch mit einem Lachen im Gesicht, Joleen und Joes Eltern waren das und die Mutter von Felix saß daneben "was für ein alter Haufen da im Garten" sagte sie im Scherz zu ihrer Mutter, die darüber herzhaft lachen mußte dann aber entdeckte sie Momo, und dachte welch Augenweide, ein schöner junger Mann, der hätte besser nicht aussehen können, obwohl doch schon Jahre älter als sie verstanden die beide sich mehr als gut und Emma freute sich sichtlich, denn sie lächelte zufrieden und glücklich, dann aber plötzlich sah Alex seine Tochter und er stand auf und ging auf sie zu, Anna sah das und sagte "ich lasse euch beide mal alleine" Emma sah ihren Vater auf sich zu kommen, ihre Gedanken kreisten umher sie sah einen Vater der hätte nicht besser sein können, er war der beste Vater der Welt dessen war sich Emma sicher, sie liebte ihn über alles auf der Welt, Alex kam immer näher, er sah aus wie vor zwanzig Jahren immer noch das Gesicht eines kleinen Jungen und die Falten um seine Augen waren kaum zu erkennen und die waren sowieso vom Lachen vom schönen Leben das er führte, am Bauch etwas fülliger war er geworden, der Preis des Alters eben mehr nicht, er kam immer näher und lächelte glücklich und zufrieden, dieser wunderbare Vater! Beide umarmten sich innig, Alex gab seiner Tochter einen Kuss auf den Mund und sagte "Emma mein Engel, schön das du endlich hier bist, wie geht es dir und was macht das Studium, kommst du zurecht mein kleiner Schatz, komm wir gehen, du hast doch sicher Hunger" Emma schaute ihren Vater wunderlich ins Gesicht und lachte laut dann sagte sie "das ist doch erst einmal alles nicht so wichtig Papa, du bist heute wichtig" sie packte mit ihren beiden Händen Alex seine Wangen und schaute ihn an, lächelte und sagte "alles Liebe und alles Gute für dich, herzlichen Glückwunsch zu deinem 51. Geburtstag mein lieber Papa"!!!!

Gab es diesen Fluch, oder war alles einfach nur reiner Zufall, wer würde sich schon anmaßen darüber zu urteilen!

Und hat Alex jemals etwas von seiner besonderen Fähigkeit verraten? Es gib Dinge die bleiben im Herzen eines jeden einzelnen verschlossen!!!!

Ende

Ich bedanke mich recht herzlich für ihre tolle Musik die dieses Buch begleiteten bei den Bands, Coldplay, Pixis, Modest Mouse, Go Go Berlin, The Black Keys, The Afghan Whigs, Bear´s Den, Polica, LP, Twenty one Pilots, Placebo, The last Shadow Puppets, Michael Kiwanuka, Red Hot Chilli Peppers, The Veils, The Vaccines, The Growlers, Peter Björn und John, Vollbeat, Arctic Monkeys, Editors, Welshly Arms, Spoon, Sivert Höyem, The Charlertans, Future Islands, Mozart und Frederick Chopin!

Einen ganz besonderer Dank an meine Frau und meiner großen Liebe Tina ! He Tina ich liebe dich über alles, und ich werde dich so lange lieben bis sich meine Augen für immer schliessen! Versprochen und dicken Knutscha!

Von allen Welten, die der Mensch erschaffen hat, ist die der Bücher die Gewaltigste.

(Heinrich Heine)

Herstellung und Verlag:
BoD - Books on Demand, Norderstedt
ISBN 978-3-7448-9873-7